DAS HAUS AM MOOR

Heike Denzau, Jahrgang 1963, ist verheiratet, hat zwei Töchter und lebt in dem kleinen Störort Wewelsfleth in Schleswig-Holstein. Beim KrimiNordica-Award 2015 erlangte sie den zweiten Platz in der Kategorie »Story«. Ihr Kriminalroman »Die Tote am Deich« war nominiert für den Friedrich-Glauser-Preis 2012 in der Sparte »Debüt«. Es folgten zahlreiche Kriminalromane. Heike Denzau veröffentlicht außerdem humorvolle Liebesromane.

HEIKE DENZAU

DAS HAUS AM MOOR

Kriminalroman

emons:

Lust auf mehr? Laden Sie sich die »LChoice«-App runter, scannen Sie den QR-Code und bestellen Sie weitere Bücher direkt in Ihrer Buchhandlung.

Bibliografische Information der Deutschen Nationalbibliothek
Die Deutsche Nationalbibliothek verzeichnet diese Publikation in der Deutschen Nationalbibliografie; detaillierte bibliografische Daten sind im Internet über http://dnb.d-nb.de abrufbar.

FSC www.fsc.org
MIX
Papier aus verantwortungsvollen Quellen
FSC® C083411

Umschlagmotiv: Silas Manhood/Arcangel Images
Umschlaggestaltung: Nina Schäfer, nach einem Konzept von Leonardo Magrelli und Nina Schäfer
Umsetzung: Tobias Doetsch
Gestaltung Innenteil: César Satz & Grafik GmbH, Köln
Lektorat: Hilla Czinczoll
Druck und Bindung: CPI – Clausen & Bosse, Leck
Printed in Germany 2020
ISBN 978-3-7408-0776-4
Originalausgabe

Tief atmet er auf, zum Moor zurück.
Noch immer wirft er den scheuen Blick:
Ja, im Geröhre war's fürchterlich,
O schaurig war's in der Heide!

Aus »Der Knabe im Moor«
von Annette von Droste-Hülshoff

EINS

Kathrin Pinkert setzte den Rollstuhl in Bewegung. Ihr enges Shirt war unter den Armen feucht vom Schweiß. Auch Stirn und Schläfen waren benetzt. Kraftvoll schob sie mit den Händen die metallenen Greifreifen an, um den Rolli in Fahrt zu bringen. Sie sah sich um, während sie sich fortbewegte. Das stillgelegte Firmengelände der Dosenfabrik lag menschenleer vor ihr. Außer dem dunklen »Krah-Krah«, das die Krähen in den blauen Aprilhimmel schrien, herrschte Ruhe. Nur ihr Atem war zu hören. Verärgert drehte sie den Kopf. Wo blieben die Jungs?

In diesem Moment sprang hinter dem ehemaligen Bürogebäude ein Motor an.

»Na endlich«, grummelte sie, weiter vorwärtsrollend. Sie spürte die Anstrengung in den Oberarmen, doch die Muskeln schmerzten nicht. Durch die vielen Sportstunden, die sie im Fitness-Club gab, war sie trainiert.

Das Motorengeräusch schwoll an. Ein Mercedes Sprinter überholte sie und blieb mit quietschenden Reifen drei Meter vor ihr stehen. Die Fahrertür wurde geöffnet. Sie schaffte es gerade noch, einen spitzen Schrei auszustoßen, bevor ein Mann mit schwarzer Sturmhaube über dem Kopf bei ihr war und ihr grob ein Tuch auf Nase und Mund presste. Sie zappelte, zerrte an den Armen des Mannes und versuchte erneut zu schreien. Sie hörte, wie die hintere Tür des Sprinters geöffnet wurde. Dann erschlaffte ihr Körper in den Armen des Mannes. Er ließ von ihr ab.

Ihr Kopf hing über der Rückenlehne, leblos wie ihr übriger Körper, während der Mann hinter den Rollstuhl stürmte und ihn mit der reglosen Last vorwärtsschob – zur offenen Hecktür des Sprinters, in dem ein weiterer maskierter Mann auf den Knien hockte und fluchte.

»Verdammt!« Er riss sich die Sturmhaube vom Kopf und

pfefferte sie in die Ecke des Wagens. »Das ist doch zum Kotzen!«

Kathrin Pinkert fuhr hoch. Sie sprang aus dem Rollstuhl. »Sag mal, wie dämlich bist du eigentlich?«, schrie sie. »So blöd kann man doch gar nicht sein!«

Mit einem Satz war sie im Laderaum des Sprinters und schlug mit der rechten Faust auf Arm und Oberkörper des Mannes ein, der schnell aufgestanden war. »Wie kann man es *nicht* schaffen, in einer Minute diese blöde Platte«, sie stampfte stakkatoartig mit dem Fuß auf der eisernen Platte auf, »aus dem Wagen zu kippen? Wie soll Nick den Rollstuhl in den Sprinter schieben, wenn die Platte nicht draußen ist? Wir haben das jetzt so oft geübt, und nicht ein einziges Mal sind wir in der Zeit geblieben, die wir uns gesetzt haben.«

Sie kam nicht dazu, dem Mann die Ohrfeige zu verpassen, die sie ihm zugedacht hatte. Ihre Hand wurde in der Luft von dem Maskierten abgefangen, der nach ihr in den Sprinter gestiegen war. Grob drehte er ihren Arm nach hinten.

»Au!«, schrie sie. »Lass mich gefälligst los, Nick … Diese Flasche wird uns alles vermasseln!«

»Lass ihn in Ruhe, Kat«, schnauzte Nick Mattow sie an und zog sie vom Wagen. Er gab ihr einen Stoß Richtung Rollstuhl und sprang in den Sprinter zurück. Dort riss er sich die Maske vom Kopf und strich sich die feuchten Haarsträhnen aus der Stirn.

»Leon, komm, das kriegen wir hin.« Er legte dem anderen den Arm um die Schulter. »Hör nicht auf sie.« Er ruckte mit dem Kopf zu Kathrin, die mit ihrer Stiefelette auf den Rollstuhl eintrat. An sie gewandt rief er: »Lass das! Wir brauchen das Ding noch zum Üben.«

»Üb lieber mit der Flasche da, die Platte zu kippen«, stieß sie aus, ein wenig ruhiger. »Und du musst auch noch schneller werden. Ich hatte Zeit für einen kurzen Schrei. Das darf nicht passieren.« Sie ging ein paar Schritte in die entgegengesetzte Richtung und fummelte eine zerknitterte Zigarettenpackung aus der Jeans.

»Sie hat recht, Nick«, sagte Leon Jahn. »Ich bin schuld, dass wir zu langsam sind. Aber mit den Handschuhen hab ich nicht das richtige Gefühl in den Fingern. Ich hab die Platte nicht richtig zu fassen gekriegt.«

»Ist doch kein Ding.« Nick Mattow blieb ruhig. »Wir schweißen dir noch einen kleinen Griff dran. Dann sind wir auf der sicheren Seite. Und jetzt ab nach Hause. Für heute reicht's. Wir können alle eine Dusche gebrauchen. Komm, Leon.« Er knuffte den Jüngeren spielerisch in die Seite. »Wir kriegen das hin. Echt, mach dir keinen Kopf. Das läuft doch schon alles super. Und mit dem Griff wird das ein Kinderspiel.«

Leon Jahn sah zu Kathrin. Die Kippe hing in ihrem Mundwinkel, während sie mit den Fingern eine Pistole formte und auf den Krähenbaum zielte, aus dem das Gekrächze der Vögel immer lauter herüberdrang. Er nickte in Kathrins Richtung. »Das sagst du, Nick, aber Kat ...«

»Kat ist einfach nervös. Sie meint das alles nicht so. Wenn wir erst mit den Scheinchen um uns werfen, wird sie auch wieder normal.«

»Ja, klar«, sagte Leon, klang aber nicht überzeugt. Er hob die Sturmhaube auf und klopfte sie auf seinem Bein aus, um den Staub abzuschütteln.

»Noch mal?«, rief Kathrin und schnippte die glühende Kippe weg.

Nick schüttelte den Kopf und sprang vom Wagen. »Feierabend. Ich schweiß nachher einen Griff an die Platte, dann üben wir morgen und übermorgen noch mal.« Er hob den Rollstuhl in den Sprinter. Leon schob ihn in die Ecke und stellte die Bremse fest.

»Vielleicht sollten wir noch mal zum Haus fahren?«, schlug Leon vor, der die ganze Zeit aus dem Fenster starrte, während Kathrins Finger an Nick rumfummelten, der den Sprinter über die A 23 Richtung Elmshorn fuhr.

Nick fegte ihre Hand weg, als sie über seinen Schritt strich.

»Spinnst du?« Er sah zu Leon, doch der schien mit seinen Gedanken weit weg zu sein.

»Pff!« Kathrin zog die Hand zurück, öffnete das Handschuhfach und nahm eine Zigarettenschachtel heraus.

»Beim Haus ist doch alles klar«, sagte Nick und beugte sich vor, um mit seinem Freund Augenkontakt aufzunehmen.

»Aber vielleicht haben wir noch was vergessen.«

»Was denn?«, fauchte Kathrin Leon an, bevor sie die Zigarette anzündete und den Rauch tief inhalierte.

»Wir bringen morgen die Lebensmittel zum Haus«, sagte Nick. »Dann kannst du die Räume noch mal durchchecken, okay?«

»Na gut.« Leon gab sich zufrieden.

Sie ließen ihn an der Köllner Chaussee in Elmshorn raus, wo er in einer Ein-Zimmer-Wohnung zur Miete wohnte. Sie studierten oder arbeiteten alle drei in Hamburg, doch die dortigen Mietpreise hatten sie ins Umland gezwungen.

Nick und Kathrin fuhren zu ihrer Wohnung in der Elmshorner Meteorstraße. Als sie den Block betraten und Nick zum Fahrstuhl gehen wollte, hielt Kathrin ihn am Arm zurück. »Wir nehmen doch wohl die Treppe? Es schadet nicht, wenn du an deiner Kondition arbeitest.«

Kathrins Atmung war im dritten Stock ruhiger, als es Nicks im zweiten Stock gewesen war. »Wie kann man nur so ätzend fit sein«, sagte er.

Als er den Schlüssel ins Schloss der Wohnungstür steckte, öffnete sich die Tür der Nachbarwohnung, und eine alte Frau steckte ihren Kopf heraus. Das schüttere weiße Haar hing ihr strähnig über die Ohren.

»Ich wollte nur mal schauen, wer es ist«, sagte sie. »Ich –«

»So wie immer«, fuhr Kathrin ihr über den Mund. »Stehen Sie eigentlich den ganzen Tag hinter der Tür? Versuchen Sie es doch mal mit Stricken oder Kreuzworträtseln.«

»Kat!«, warnte Nick sie leise. Zu der alten Frau sagte er: »Hallo, Frau Kankowski. Einen schönen Tag für Sie.« Dann zog er Kathrin in die Wohnung und schloss die Tür.

»Neugierige Alte«, murmelte Kathrin und stieg aus den Stiefeln.

»Sei nicht immer so unfreundlich zu ihr. Wenn du mal so alt bist und so allein ...«

»... und so hässlich«, führte Kathrin seinen Satz zu Ende. »Aber das wird mir nicht passieren. Ich bring mich um, wenn der Östrogenmangel bei mir einsetzt und alles schlaff und faltig wird, das weiß ich.«

»Du bist doch nicht ganz dicht.« Er zog seine Jacke aus und warf sie auf den Schuhschrank.

»Hast du dir die Haut von alten Leuten mal genau angeguckt? Es sind ja nicht nur die Falten und die Runzeln. Altersflecken, geplatzte Äderchen, dicke weiße Barthaare ... Bah!« Sie zog ihr Shirt über den Kopf und schälte sich aus der hautengen schwarzen Jeans. »Ich geh duschen. Den Rolli zu fahren ist anstrengender, als ich dachte.«

Sie blickte ihn ernst an. »Die kleine Kröte wird eine gute Armmuskulatur haben. Bist du sicher, dass du es ohne meine Hilfe schaffst, ihn zu sedieren?«

Irritiert von der Sprunghaftigkeit ihrer Gedanken, musste er erst einmal überlegen, bevor er antwortete.

»Du bleibst auf jeden Fall im Wagen. Dass wir schnellstens wegkommen, ist die halbe Miete. Und ich werde ja wohl mit einem Elfjährigen fertigwerden.« Er ließ seine Armmuskulatur unter dem eng sitzenden Shirt spielen, sodass der auf den Oberarm tätowierte Star-Wars-Roboter sich zu bewegen schien. »Er wird panisch sein und so heftig atmen, dass er in Nullkommanix abseilt.«

Kathrin ging in die Küche, nahm zwei Flaschen Bier aus dem Kühlschrank und öffnete sie mit dem Laryngoskop-Öffner, den Nick ihr zum Geburtstag geschenkt hatte – seinerzeit hatte sie ihr Medizinstudium noch nicht abgebrochen. »Ich bin noch nicht überzeugt«, rief sie. »Warum fährt Leon nicht den Wagen, und ich gehe hinten rein?«

»Lass es uns nicht immer wieder durchkauen.« Er war ihr gefolgt und nahm das Bier, das sie ihm reichte. »Leon ist hinten einfach besser aufgehoben. Je weniger er sieht, desto weniger kann er in Panik ausbrechen.«

»Pff!« Kathrin stellte ihre Flasche so hart auf dem Küchentisch ab, dass Schaum aus der Öffnung trat. »Schlimm genug, dass wir den Panikfritzen dabei haben. Wenn er es vermasselt, dann –«

»Er wäre bestimmt ruhiger, wenn du ihn nicht immer so anschreien würdest«, fuhr Nick ihr über den Mund. Er wechselte die Bierflasche von der Rechten in die Linke und zog Kathrin an ihrem dunkelblauen BH zu sich heran. »Er macht das schon. Wenn er muss, funktioniert er.«

Kathrin löste sich aus seinem Griff und ging ins Wohnzimmer. »Immer nimmst du ihn in Schutz. Immer.« Vor einer metallenen Stange, die zwischen Zimmerdecke und Boden installiert war, blieb sie stehen. Sie legte beide Hände um die Stange und schwang sich langsam darum. Sie spreizte ein Bein ab, schwang weiter und wickelte sich in aufreizender Stellung um das kalte Metall. Die Muskeln an ihrem durchtrainierten, grazilen Körper zeichneten sich ab, während sie verschiedene Poledance-Figuren ausführte. Nick ging zur Musikanlage.

Als harte Beats erklangen, grinste sie ihn an. »Ah, da kommt also jemand in Stimmung. Soll ich für dich tanzen?« Sie schlang ein Knie um die Stange und brachte ihren Körper in die Waagerechte, während sie mit den Armen federleichte Bewegungen zur Musik machte.

Nick zog sein Shirt über den Kopf und ließ es fallen. Seine vom Bier kühlen Lippen pressten sich auf ihr Dekolleté, als er sich über sie beugte. »Du schmeckst salzig«, sagte er an ihrer Haut und leckte noch einmal darüber. Als er seine Arme um sie schlang, löste sie ihr Knie von der Stange.

Ihre Finger schienen das Roboterherz, das auf seine Brust tätowiert war, herunterkratzen zu wollen, als er sie zum Bett trug. »Setz die Maske noch mal auf«, flüsterte sie an seinem Ohr.

***

Vivien Fahrenkrug hatte ihre Mitspieler fest im Blick. Theo starrte auf das Kartenblatt in seiner Hand. Dann sah er seinen großen Bruder Sören an, der ihn beobachtete.

Theo holte tief Luft. »Ich erhöhe auf sechs.« Er schob von seinen Smarties sechs Stück zur Tischmitte, wo sich bereits ein buntes Häuflein angesammelt hatte. »Gehst du mit, Noa?«, fragte er das schwarzhaarige Au-pair an seiner linken Seite aufgeregt.

»Nein.« Noa warf ihre Karten auf den Tisch. »Ich habe schon so viele Bonbons verloren.« Sie sprach stark akzentuiertes, aber perfektes Deutsch.

»Das sind keine Bonbons«, sagte Theo. »Das sind Smarties. Und Smarties sind … Smarties.«

»Ich kenne Smarties«, sagte Noa entrüstet. »Es gibt sie auch in Spanien.«

»Das ist kein Schnackspiel«, ging Sören dazwischen. »Ich will sehen.« Er schob von seinem Schoko-Haufen sechs Smarties zur Mitte und sah Vivien an.

»Verrate das bloß deinem Vater nicht«, sagte Vivien Fahrenkrug zu Theo, der sie mit vor Aufregung roten Wangen beobachtete. »Magnus bringt mich um, wenn er herausfindet, dass ich euch das Pokern nicht verboten habe.«

»Und sogar noch mitspielst.« Sören grinste seine Stiefmutter breit an.

»Pst!«, wehrte sie mit gespielter Aufregung ab, »ich muss mich konzentrieren.« Sie musterte die Gesichter ihrer Mitspieler. Theo hatte offensichtlich ein Bombenblatt, das verriet sein zartes Jungengesicht. Sörens Miene hingegen ließ keine Schlüsse zu. »Ich denke, ich lasse es und steige aus.« Sie legte ihre Karten verdeckt auf den Tisch und steckte sich einen ihrer Smarties in den Mund.

»Die darfst du nicht essen, Vivi! Das sind doch unsere Dollar!«, rief Theo empört. Noa und Vivien lachten.

»Wo er recht hat, hat er recht«, sagte Sören, zog eine imaginäre Pistole aus der Hüfte und erschoss Vivien mit einem »Peng!«.

»He«, sagte sie und sah ihn an, »ich hab nicht falsch gespielt.«

»Stimmt.« Er grinste, dann veränderte sich seine Miene. »Im Ernstfall hätte ich eine so schöne Frau sowieso nicht erschossen.«

Vivien löste ihren Blick hastig. »Also«, sie sah zu ihrem elfjährigen Stiefsohn, »jetzt bin ich gespannt, Theo. Deinem Gesicht nach zu urteilen, hast du einen Royal Flush.«

»Ha, hab ich gar nicht.« Er legte sein Blatt auf den Tisch.

»Zwei Pärchen?«, rief Noa. »Das ist schlecht!«

Theo freute sich. »Ich wollte euch anschmieren, damit ihr alle aussteigt. Und das hat fast geklappt. Nur Sören ist nicht auf mich reingefallen.«

»Da hast du mich wirklich reingelegt«, sagte Vivien in Gedanken an ihre drei Bauern.

Sören warf seine Karten aufgedeckt auf den Tisch und schaufelte den Smarties-Haufen aus der Mitte zu sich. »Danke, Theo, dass du *so* schlechte Karten hattest.«

Theo blickte auf Sörens Karten. Auch er hatte nur zwei Pärchen, allerdings mit zwei Assen. »Du bist auch ein Zocker, Sören, genau wie ich«, strahlte er seinen Bruder an. »Du hast aber mehr Glück gehabt.«

»Nicht immer, Kleiner, nicht immer«, sagte Sören ernst und stand auf. »Will noch jemand einen Kaffee?«

»Ich«, sagte Theo, während die beiden Frauen verneinten.

»Träum weiter«, rief Sören ihm auf dem Weg in die Küche zu.

»Wollen wir an die Au gehen, Theo?«, schlug Noa vor. Sie sah aus dem Fenster, vor dem eine der Linden stand, die das Haus umgaben. Zartes Grün hatte sich schon gebildet. »Es ist wieder trocken. Ich möchte noch ein bisschen frische Luft atmen.«

»Oh ja!« Theo rollte seinen Rollstuhl vom Tisch weg. »Wir nehmen die Angeln mit und gehen zum Steg. Vielleicht fangen wir heute einen Hecht.«

»Nein, das lohnt den Aufwand jetzt nicht mehr«, sagte

Vivien und tippte auf die Armbanduhr an ihrem Handgelenk. »Bis ihr das Angelgedöns zusammengesucht habt, ist es dunkel.«

»Oh Mann«, maulte Theo. »Noa ist doch nur noch ein paar Tage hier. Und sie will so gern vorher noch einen Hecht angeln. Oder?« Er grinste Noa an.

»Ja, unbedingt«, log sie und lachte.

»Bitte, Vivi!«, bettelte Theo. »Mit Taschenlampen macht Angeln total viel Spaß.«

Sie sah ihn an. Die hellblauen Augen, die Theo von seinem Vater hatte, schienen von innen her zu leuchten. Das rotblonde Haar stand struppig vom Kopf ab, weil er es beim Kartenspielen immer wieder gerauft hatte. Viviens Blick blieb schließlich an seinen dünnen Beinen im Rollstuhl hängen. Die Beine, die nie wieder laufen, springen oder hüpfen würden. Nie Rad und Hoverboard fahren würden, nie tanzen.

»Also gut«, gab sie nach. »Wir verschieben das Abendessen um eine Stunde, damit es sich für euch lohnt. Um Punkt halb acht seid ihr aber drinnen, verstanden?«

»Du bist die Beste, Vivi!« Freudig rollte Theo aus dem Esszimmer.

»Und zieh deine Schwimmweste über«, rief sie ihm hinterher.

Er stöhnte auf. »Ja-ha.«

Vivien hielt Noa, die Theo folgen wollte, an der Hand fest. »Pass gut auf ihn auf, ja?«

»Natürlich.« Noa strich über Viviens Hand auf ihrer. »Tue ich doch immer.«

»Ich weiß«, sagte Vivien und streichelte kurz über Noas Wange.

Die junge Spanierin folgte Theo hinaus. Vivien sah ihr hinterher. »Ich werde sie furchtbar vermissen. Sie ist ein tolles Mädchen«, sagte sie zu Sören, der mit einer Tasse dampfenden Kaffees ins Wohnzimmer zurückkam. Ihr Stiefsohn war mit seinen sechsundzwanzig nur vier Jahre jünger als sie selbst.

Sören stellte die Tasse auf dem würfelartigen Massivholztischchen ab und ließ sich auf die cremefarbene Ledercouch fallen.

Sie sah ihn an und er sie.

»Und, Stiefmami? Was machen wir beiden Hübschen jetzt?«

***

»Wann fängt der Schreihals eigentlich mal zu laufen an?« Sophie hockte im Schneidersitz auf der Couch und blickte mit gerunzelter Stirn zu Lyn herüber, die auf dem Sessel saß und gerade einen zärtlichen Kuss auf das Köpfchen an ihrer Brust drückte. Emil war in ihren Armen eingeschlafen. Er hatte gerade seinen ersten Geburtstag gefeiert, aber es sah nicht danach aus, als würde er bald laufen.

Lyn strich zart über die warme, rosige Wange ihres Sohns. »Jungs sind eindeutig fauler. Du und Lotte habt mit zwölf Monaten die ersten Schritte gemacht. Unser Krabbelmeister wird sich wohl mehr Zeit lassen«, sagte sie mit Wehmut in der Stimme. Am morgigen Montag würde sie nach Mutterschutz und zehn Monaten Elternzeit wieder arbeiten gehen, und vielleicht würde sie bei seinen ersten Schritten gar nicht dabei sein.

Sie sah Sophie an. »Magst du mir deinen Bruder abnehmen, Krümel? Dann kann ich mich ums Abendessen kümmern.«

»Er ist nicht mein Bruder, sondern mein –«

»Wenn ich von dir noch einmal das Wort ›Halbbruder‹ höre«, fuhr Lyn ihrer Tochter über den Mund, »schreie ich.« Der Blick, der Sophie traf, war wenig freundlich.

»Ist doch die Wahrheit«, maulte Sophie und stand auf. »Leg ihn einfach in seine Wiege. Ich muss Vokabeln pauken.« Ohne Lyn oder dem Kleinen noch einen Blick zu gönnen, ging sie aus dem Wohnzimmer. Es war zu hören, dass sie in der Küche den Kühlschrank öffnete und eine Flasche herausnahm.

»Alte Zicke«, murmelte Lyn und schwang sich mit dem Bündel auf dem Arm aus dem Sessel. Emil hatte gut zugelegt.

Sein Geburtsgewicht von dreitausendfünfhundert Gramm hatte er fast verdreifacht.

»Hat die *Halb*schwester mal wieder schlechte Laune?«, erklang Hendriks belustigte Stimme an der Tür. Er war vor einer halben Stunde von der Arbeit gekommen – unwillkommener Sonntagsdienst – und hatte geduscht. Der Geruch seines herben Duschgels drang angenehm in Lyns Nase, während er ihr Emil abnahm und einen Kuss auf dessen Stirn hauchte.

»Langsam nervt es«, sagte Lyn. »Mit fünfzehn kann man doch unmöglich eifersüchtig auf ein Baby sein, oder?«

Hendrik legte seinen Sohn in der Wiege ab, die noch neben dem Sofa stand, obwohl Emil aus ihr herausgewachsen war. Momentan wurde sie überwiegend von der Katze genutzt. Die Wiege war ein Familienerbstück der Wolffs, schon Hendriks Mutter hatte darin geschlafen. Entsprechend stolz war er gewesen, als sein Sohn darin lag. »Sophie ist mit allem spät dran«, sagte Hendrik. »Sie pubertiert halt.«

»Erzähl doch noch mehr blöden Scheiß, Hendrik Wolff«, ertönte es von der Treppe. Sophie stand mit einem Glas Cola in der Hand am Geländer. Ihr Blick war giftig wie eine Aspisviper.

»Schon deine Ausdrucksweise zeigt, dass Hendrik recht hat«, sagte Lyn und versuchte ruhig zu bleiben.

»Ihr könnt mich alle mal!« Sophie begann zu weinen – lautstark – und rannte die Treppe hinauf.

»Respekt«, rief Lyn ihr mit Blick auf die Stufen hinterher. »Du hast keine Cola verschüttet. Sonst hättest du nämlich jetzt wischen dürfen.«

Sophies Antwort war ein heftiges Türknallen.

»Damit dürften unsere Nachbarn jetzt auch wach sein«, sagte Hendrik trocken und nickte Richtung Haustür, hinter der der Wewelsflether Friedhof lag. Er folgte Lyn in die Küche.

»Wie weit seid ihr im Grünberg-Fall?«, fragte sie, während sie das Kartoffelnetz auf der Spüle aufschnitt. »Hat der Nachbar gestanden?«

Hendrik nahm einen Topf aus dem Schrank. »Ja, hat er.

Thilo Steenbuck und Hendrik Wolff«, er warf sich in die Brust, »haben die Wahrheit aus ihm herausgekitzelt.«

»Ihr habt also mal wieder versucht, ›Guter Bulle, böser Bulle‹ zu spielen«, kommentierte Lyn spöttisch.

»He«, er boxte ihr spielerisch gegen den Oberarm. »Ich war ein perfekter Bad Cop.«

»Was denn, Thilo hat den Good Cop gegeben? Das kann er doch gar nicht.«

Hendrik lachte und öffnete ein Glas mit Rotkohl und schaufelte ihn mit einer Gabel in den Topf. »Nächste Woche darfst du das dann übernehmen.« Weil Lyn schwieg, sah er sie an. »Alles gut, Frau Hauptkommissarin?«

»Ja, schon.«

»Aber?« Hendrik stellte das Glas ab.

Lyn legte das Schälmesser aus der Hand, ging zu Hendrik und schlang die Arme um seinen Bauch. »Haben wir das wirklich richtig entschieden? Ich fühl mich heute richtig elend bei dem Gedanken, dass ich morgen zur Arbeit gehen soll, als wäre nichts geschehen.«

Hendrik streichelte ihr Haar. »Nun, geschehen ist in der Tat etwas, seit du zuletzt im K1 warst. Du hast unser Baby bekommen. Das niedlichste Baby ever.«

»Ja. Und jetzt, nach einem Jahr, lasse ich es einfach zurück und gehe arbeiten.«

Hendrik hielt sie fest in seinen Armen. »Liebling, du setzt es ja nicht in einem Binsenkörbchen auf der Elbe aus, sondern lässt es bei seinem ihn über alles liebenden Vater.«

Lyn löste ihren Kopf und sah Hendrik mit einem schiefen Lächeln an. »Das weiß ich doch, Liebling.« Sie küsste ihn zärtlich. »Du bist ein wundervoller Vater«, murmelte sie an seinen Lippen. »Ich weiß ja, dass es Emil an nichts fehlen wird, und dennoch …« Sie seufzte leise.

»Es war dein Wunsch, Lyn, dass wir es so machen.«

»Ja … Ich hab nicht gewusst, dass es sich so anfühlt, wenn es so weit ist.«

Hendrik drückte sie wieder an sich. »Nur dreißig Wochenstunden, Liebling. Und wenn es dir nicht gefällt, reduzierst du weiter. In einem halben Jahr gehe ich wieder arbeiten, und du könntest noch mehr reduzieren oder sogar eine Zeit lang aufhören zu arbeiten.«

Lyn löste sich aus seinen Armen. »Das nun auch wieder nicht. Ich würde durchdrehen. Ich bin ja kaum in der Lage, die anderthalb Stunden in der Krabbelgruppe durchzuhalten. Die jungen Mütter mit ihren Gesprächen über Biokarottenbrei und Tragetuchbindetechniken ... Das fand ich auch alles megawichtig, als Lotte und Krümel klein waren, aber jetzt ...«

Sie sah Hendrik an. »Ich freue mich auf die Arbeit, auf die Kollegen, sogar auf Birgit und ihren furchtbaren Kaffee. Und weil ich mich freue, habe ich ein schlechtes Gewissen.« Ein weiterer dicker Seufzer folgte. »Vielleicht sind alte Mütter ja keine so guten Mütter?«

»Oh bitte, jetzt nicht diese Leier.« Hendrik trat einen Schritt zurück. »Du tust immer so, als wärst du Methusalem. Heutzutage ist es doch völlig normal, mit zweiundvierzig ein Kind zu kriegen.«

»Na, normal wohl nicht gerade. Vielleicht üblicher als früher. Und mittlerweile bin ich dreiundvierzig.« Lyn lächelte, als sie das Kartoffelschälmesser wieder aufnahm. »Ich vermisse Lotte. Hätte sie dir eben zugehört, hätte sie gesagt, dass der Vergleich mit Methusalem hinkt. Schließlich war er ein Mann. Und die können bekanntlich keine Kinder kriegen.«

Hendrik nahm die Fleischtüte vom Edeka-Markt aus dem Kühlschrank. »Aber Männer können ihre Kinder lieben und behüten. Das tue ich das nächste halbe Jahr intensiv. Und ich werde es wahnsinnig genießen. Du darfst dich ohne schlechtes Gewissen auf deinen Job freuen. Unsere lieben Kollegen freuen sich auch auf dich.«

ZWEI

Jana Roffler sah den Fahrer des Lkw an, als er in Itzehoe bei der Esso-Tankstelle am Sandberg hielt, während ihre Freundin Neele Haack bereits die Beifahrertür öffnete und heraussprang.

»Tschüs, und danke fürs Mitnehmen.« Jana nahm ihren Rucksack aus dem Fußraum und folgte Neele auf den Parkplatz.

»Goodbye, girls«, sagte der Fahrer des Lkw mit einem Winken. Osteuropäischer Akzent färbte die Worte.

Bevor Jana die schwere Tür schloss, lauschte sie kurz dem Song im Radio, der gerade anlief. »Oh, Mist, jetzt kommt ›Speechless‹. Hätten die ja mal eher spielen können.« Sie machte ein paar Moves zur Musik. »If you love me, then say you love me«, sang sie, dann schlug sie die Tür zu. Der Lkw fuhr los.

Neele ging nicht auf Janas Gesang ein. Sie streifte ihren Rucksack über und fuhr mit beiden Händen über ihre Oberarme. »Mir ist kalt … Wo gehen wir jetzt hin? Es wird ja kaum von hier aus ein Auto in das Kaff fahren?« Sie sah zu dem Parkplatz hinter der Tankstelle.

»Nee, per Anhalter kommen wir jetzt nicht weiter. Wir gehen zum Busbahnhof und fahren mit dem Bus nach Vaale. Auf geht's!« Auch Jana schulterte ihren Rucksack und ging voran. »Wenn wir an einem Supermarkt vorbeikommen, kaufen wir noch ein.«

»Das können wir doch in dem Kaff erledigen. Oder gibt's da keinen Supermarkt?« Neele schloss zu Jana auf.

»Keine Ahnung. Ist fünf oder sechs Jahre her, seit ich das letzte Mal bei meinem Uropa war. Da war ich acht oder neun. Das Haus liegt jedenfalls in der Pampa, nicht direkt im Dorf. Und im Dorf lassen wir uns besser auch nicht blicken. In so einem kleinen Kaff fällt doch jeder Fremde direkt auf. Wenn die vom Heim unsere Fotos in die Zeitung setzen lassen, erkennen die Dorfdödel uns sofort. Also decken wir uns hier in Itzehoe mit Proviant ein.«

»Und denk dran«, sagte Jana zu Neele, als sie den Supermarkt in der Straße Große Paaschburg betraten. »Die leichten, teuren Sachen einstecken, die schweren kommen in den Einkaufswagen. Wir geben höchstens zehn Euro aus.«

»Ja, schon klar.« Sehr glücklich sah Neele bei dem Gedanken, gleich klauen zu müssen, nicht aus.

Jana musterte sie von der Seite. Vielleicht hätte sie doch lieber allein abhauen sollen? Andererseits war Neele ganz okay. Ein bisschen zu ängstlich, aber sie begriff, worauf es ankam, und war nicht so eine Hohlbirne wie die anderen im Heim.

Janas Herz schlug schnell, als sie mit dem Einkaufswagen an der Kasse standen. Neele legte gerade einen Sixpack mit kleinen Colaflaschen auf das Laufband. Toast, Marmelade und zwei Dosen Ravioli folgten. Und ein Doppelpack Klopapier, da Jana nicht wusste, was im Haus ihres verstorbenen Uropas noch vorhanden war.

Zwei Tafeln Milka mit bunten Kakaolinsen und Camembert steckten in Neeles Jackentaschen, eine Flasche Sekt und Thunfisch-Sandwiches im Rucksack. Jana hatte Nutella und Frikadellen in ihrem Rucksack verschwinden lassen. Schinken und Salami steckten in der Bauchtasche ihres Hoodies, unter der Jeansjacke. Es war nicht schwer gewesen, die Sachen einzusacken. Wichtig war: Man durfte nicht zögern. Dann fiel man auf. Und zu zweit war es eh einfacher. Einer konnte dem anderen Deckung geben. Kritisch wurde es beim Klauen noch mal beim Verlassen des Ladens. Diese Erfahrung hatte Jana oft genug gemacht, wenn sie sich ihre Garderobe in der Kieler Innenstadt zusammengestellt hatte. Aber sie konnte gut rennen.

Dass sie im Heim gelandet war, lag nicht am Klauen, jedenfalls nicht nur. Ihrer ständig zugedröhnten Mutter war vom Jugendamt das Sorgerecht entzogen worden. Und sie musste das jetzt ausbaden! Aber nicht mit ihr. Wenn sie sie jetzt schnappten, würde sie wieder abhauen. So lange, bis sie zu ihrer Mutter zurückkonnte. Da hatte sie wenigstens ihre Ruhe und konnte ausschlafen, wann immer sie wollte. Schule war eh vertane Zeit.

Jana zog ihr Portemonnaie aus der Hosentasche und legte noch eine Plastiktüte auf das Laufband. Es war besser, die Rucksäcke nicht zu öffnen. Sie zahlte. Beim Verlassen des Ladens sprachen sie beide vor Aufregung kein Wort. Aber alles ging glatt. Niemand hatte die Schmuggelware entdeckt. Nichts piepte.

Neele atmete draußen erleichtert aus. »Das stresst mich total. Dich nicht?«

»Nee.« Dass Janas Herz schneller klopfte, musste Neele nicht wissen. »Und jetzt auf zum Busbahnhof.«

***

»Fühl mal!« Kathrin Pinkert hielt Nick ihren Arm hin. »Ich bin vor Aufregung ganz heiß. Es fühlt sich wie Fieber an.« Als Nick seine Hand auf ihren Oberarm legte, zog sie den Arm ruckartig weg. »I, du hast Schweißhände.«

»Im Gegensatz zu dir haben Leon und ich ein paar Nerven, die angespannt sind«, stieß er aus.

Kathrin musterte ihren Freund unter zusammengezogenen Augenbrauen. Großflächige rötliche Flecken hatten sich auf Nicks Hals gebildet, während sie im Sprinter warteten. Sein Blick glitt immer wieder die Bürgersteige entlang. Es war eindeutig, dass er fürchtete, von Passanten wahrgenommen zu werden. Gut, dass kaum jemand zu Fuß unterwegs war.

Nicks übrige Gedanken galten mit Sicherheit Leon, der im hinteren Teil des Lieferwagens hockte und auf seinen Einsatz wartete – wahrscheinlich schweißgebadet unter der Schimpansen-Latexmaske. Kathrin sah auf die Zeitanzeige ihres Handys. Es war Montag, frühabends, und der Coup stand unmittelbar bevor.

»In einer Minute fahren wir los«, sagte sie, ohne Nick anzusehen. »Zeitlich müsste der Kleine jetzt schon auf dem Bischofer Weg sein.« Der zigfach gegoogelte Stadtplan von Wilster hatte sich ihr ins Hirn gebrannt.

»Und wenn der Junge doch noch im Stadtgebiet ist? Vielleicht hat er jemanden getroffen und noch geschnackt.«

»Dann halte ich eben kurz an, wenn er vor uns auftaucht, bevor wir am geplanten Punkt sind.« Sie sah wieder auf die Uhr. Der Junge war vor genau zwölf Minuten in Wilster von der Auffahrt des Hauses am Bischofer Deich gerollt, wo sein bester Freund wohnte. Bis zum Haus seines Vaters an der Wilster Au in Kasenort waren es knapp zwei Kilometer.

»Aber bei jedem Stopp könnten uns Leute sehen. Irgendwie«, Nick stockte kurz, »erscheint mir die Idee jetzt gar nicht mehr so brillant, wie du immer gesagt hast.« Er packte ihren Unterarm. »Wenn uns einer sieht ... und die Kripo dann ein Phantombild erstellt ...«

»Wirst du jetzt weich, oder was?« Sie riss ihren Arm erneut weg. »Wir tragen doch Perücken. Und an der Au stülpen wir die Masken über. Außerdem spielt uns das Wetter in die Karten.« Nach einem sonnigen Nachmittag war das Wetter umgeschlagen. Es regnete zwar nicht, aber der Aprilhimmel verwandelte sich in eine einzige graue Masse. »Was soll denn schiefgehen? Sogar Leon hat bei der letzten Probe alles richtig gemacht.«

Nick starrte ohne ein Wort aus der Frontscheibe.

Sie sah, wie angespannt seine Wangenmuskulatur war, und strich ihm über das Bein. »Es wird alles laufen wie geplant «, sagte sie mit ruhigerer Stimme. »Stell dir einfach vor, wir üben wieder. Stell dir vor, ich sitze im Rollstuhl und nicht die kleine Kröte.«

Er sah sie an. »Wie kannst du nur so ruhig sein?«

»Wenn man exakt plant, kann man doch entspannt sein. Planung ist alles, das haben wir nun oft genug gehört.« Nach einem erneuten Blick auf ihr Handy legte sie es auf den freien Mittelplatz neben sich und startete den Wagen. »Auf geht's.«

Sie bog in die Allee ab und fuhr am Friedhof vorbei in den Bischofer Weg und aus Wilster heraus zur Schleuse Kasenort, wo die Wilster Au in die Stör mündete. Sie ließen ein paar Häuser hinter sich und fuhren unter der Überführung der B 5 hindurch. Dann wurde es einsamer. Rechts floss die Au, links lag ein reetgedeckter Bauernhof. Es folgten wenige weitere Häuser und Weideland.

Theo Fahrenkrug hatte eindeutig niemanden getroffen, der ihn in ein Gespräch verwickelt hatte, stellte Kathrin aufatmend fest, als sie den weißen Sprinter um eine leichte Kurve lenkte.

Mini-Fahrenkrug rollte vor ihnen auf der Straße. Er hatte noch einen Kilometer vor sich. Sein Elternhaus lag zwischen zwei reetgedeckten Höfen. Der Rollstuhl war mehr als gut beleuchtet. Darauf hatten seine Eltern bestimmt bestanden. Schließlich gab es hier keinen Bürgersteig.

Kathrin stoppte den Wagen. Sie riss die schwarze Perücke vom Kopf und nahm die Trump-Maske, die Nick ihr reichte. Er nahm seine schwarze Kurzhaarperücke ab und zog eine Shrek-Maske über den Kopf. Dann stopfte er die beiden Perücken in die Tüte und deponierte sie im Fußraum.

»Kein Auto in Sicht«, stieß er erleichtert aus.

»Und auch sonst niemand«, sagte Kathrin. Die Wahrscheinlichkeit, auf der schmalen Straße entlang der Wilster Au auf ein Auto zu treffen, war wesentlich geringer, als einem Radfahrer oder Jogger zu begegnen.

Kathrin fuhr an und drückte auf das Gaspedal. Der Junge hörte sie kommen, denn er lenkte seinen Rolli auf der Straße ganz nach rechts. Er beherrschte den Rollstuhl. Nur wenige Zentimeter trennten ihn von der Bankette.

»Bereit?« Eine rhetorische Frage, denn Kathrin sah Nick weder an, noch nahm sie seine gepressten Worte wahr. Ihr Fokus lag einzig und allein auf dem wie ein Christbaum leuchtenden Rollstuhl. Während sie Gas wegnahm, hämmerte Nick an die Rückseite der Innenkabine – das Zeichen für Leon, sich bereit zu machen.

Als Nick die Gefriertüte nahm, die er auf dem Mittelplatz deponiert hatte, ließ Kathrin die Seitenscheibe herunter. Auch Nick öffnete seine Scheibe, bevor er mit behandschuhten Händen den Verschluss der Gefriertüte öffnete und den mit Äther getränkten Waschlappen herausnahm. Sofort erfüllte der strenge Geruch die Kabine des Lieferwagens. Kathrin hielt automatisch die Luft an, während sie den Jungen überholte und bremste.

Noch bevor sie standen, riss Nick die Beifahrertür auf und sprang aus dem Wagen.

Kathrin hörte ein Scheppern. Es war das Geräusch, das die Metallplatte machte, wenn Leon sie vom Wagen aus auf die Straße fallen ließ. Sie rückte auf den Beifahrersitz und sah im Außenspiegel, dass Nick schon bei dem Jungen war und ihm den Lappen auf das Gesicht presste. Theo Fahrenkrug wehrte sich, wie erwartet. Seine Schreie unter dem Lappen klangen gedämpft. Er schlug desorientiert um sich, dann griffen seine Hände nach Nicks Hand, die dieser auf das Jungengesicht presste. Kathrin überlief es heiß und kalt zugleich. Es würde noch ein wenig dauern, bis der Junge sediert war. Gegen Nicks Kraft würde er letztendlich keine Chance haben.

Als der Jungenkörper erschlaffte, atmete Kathrin auf. Es lief.

Sie wollte auf den Fahrersitz zurückrutschen, aber ein lautes »Nein!« ließ sie erstarren. Eine Frauenstimme.

»Lassen Sie ihn! Hilfe!«, tönte es in die Fahrerkabine hinein. »Hilfeee!«

Kathrin stieß die Beifahrertür auf und blickte auf das Szenario, das sich hinter dem Wagen abspielte. Eine junge schwarzhaarige Frau in Jeans und senfgelber Jacke hatte Nick am Arm gepackt und zerrte daran. Sie schrie unaufhörlich in die einsetzende Dämmerung der ruhig daliegenden Marschlandschaft. »Hilfe, Hilfe!«

Und dann riss sie Nick die Maske vom Kopf.

Leon war aus dem Wagen getreten, stand aber da wie eine Marmorstatue, nicht fähig, sich zu rühren. »Oh Gott«, klang es dumpf durch das Gummi seiner Schimpansenmaske. »Oh Gott!«

Kathrin überlegte nicht lange. Sie zog ihr Messer aus der Hosentasche und ließ es aufspringen. Mit wenigen schnellen Schritten war sie bei Nick und der jungen Frau. Nick hatte sie gerade erfolgreich abgewehrt und in das feuchte Gras der Bankette gestoßen, von wo aus sie weiterschrie und sich jetzt aufrappelte.

Kathrin zögerte nicht. Sie schob sich zwischen Nick und die Frau, hob den Arm und stach zu, aus voller Kraft in die Brust. Der Schrei erstickte der jungen Frau gurgelnd im Hals. Als ihr Blick brach, zog Kathrin das Messer heraus. Dann drehte sie sich um und sammelte Nicks Maske auf. Er stand keuchend da, mit weit aufgerissenen Augen.

»Mach hinne«, schrie sie und stülpte ihm die Maske über. Das löste seine Starre.

»Bist … bist du irre?« Das freundliche Shrek-Grinsen der Maske stand in krassem Widerspruch zu seiner Stimmlage. Er starrte auf die junge Frau, die wie eine Marionette, der man die Fäden durchtrennt hatte, wieder zu Boden gefallen war. Ihre dünne Steppjacke verfärbte sich in Brusthöhe rot. »Was hast du getan?«, schrie er Kathrin an, stürzte aber zu seinem Kumpel, der weinend in die Knie gegangen war.

»Steh auf, du Memme!«, schrie Kathrin, eilte zu den Männern und zerrte an Leons Arm. »Wir müssen hier weg!« Dann überließ sie es Nick, seinen zitternden Kumpel hochzuziehen.

»Verfrachte ihn auf den Beifahrersitz. Du fährst«, rief sie Nick zu. »Ich bleibe hinten bei dem Jungen.« Diese Planänderung schien angebracht. »Wer weiß, was Leon hier hinten sonst anstellt.«

Hektisch begann sie die Taschen des bewusstlosen Jungen nach seinem Handy abzusuchen. Sie fand es in der Jacke. Mit Schwung warf sie das Smartphone in die Au. Dann schob sie den Rollstuhl mit dem Jungen die Platte hinauf in den Lieferwagen. Es kostete Kraft, zumal sie in der Rechten noch das Messer hielt. Sie sicherte die Bremsen des Rollstuhls, nachdem sie ihn in die rechte hintere Ecke des Wagens geschoben hatte, sprang aus dem Lieferwagen und klappte die Platte ein. Dabei warf sie einen letzten Blick auf die junge Frau am Wegesrand. Deren dunkle Augen blickten starr in die Dämmerung.

Kathrin sprang in den Laderaum zurück. Bevor sie die Türen schloss, sah sie zwei Radfahrer näher kommen. Sie hämmerte gegen die Wand, und Nick fuhr umgehend los.

Die Beine lang ausgestreckt, setzte sie sich mit dem Rücken an der Wagenwand neben den ohnmächtigen Jungen im Rollstuhl. Noch immer hielt sie das blutverschmierte Messer in der rechten Hand. Wo war diese Bitch hergekommen? Sie hatte alles vermasselt.

Kathrin registrierte das Zittern ihrer Beine, das jetzt einsetzte. Sie legte den Kopf zurück, schloss die Augen und spürte dem Gewicht des Messers in ihrer Hand nach.

Sie hatte einen Menschen erstochen.

Eigenartig.

Es fühlte sich nicht schlimm an. Im Gegenteil. Dieses Gefühl, als sie die Klinge durch die Jacke hindurch in das Fleisch gebohrt hatte …

***

»Wie weit denn noch?«, fragte Neele genervt. »Sind wir vielleicht irgendwann mal da?«

»Gleich«, gab Jana zurück.

»Ich kann nicht mehr laufen. Und ich frier mir den Hintern ab.«

Sie waren vom Itzehoer ZOB mit dem Bus nach Vaale gefahren und hatten das Dorf dann Richtung Vaalermoor verlassen. Dass das Haus allerdings so weit entfernt lag, hatte sie nicht mehr in Erinnerung gehabt. Es war eine Stunde vergangen, seit sie an der Vaaler Sparkasse aus dem Bus gestiegen waren, Vaalermoor hatten sie längst hinter sich gelassen. Um sie herum war Einsamkeit pur. Linker Hand verlief ein schmaler, zu beiden Seiten mit Gräsern bewachsener Wasserkanal am

Hochmoor entlang. Die Armee von Birken, die diesen Teil des Moors vereinnahmte, wirkte fast unheimlich. Wie die Weißen Wanderer aus »Game of Thrones«. Aber das würde sie Neele lieber nicht sagen. Die war schon mies genug drauf.

»Das Moor arbeitet pausenlos.« Diese Worte ihres Uropas fielen Jana jetzt ein. Opa hatte ganz viel über das Moor gewusst und erzählt, aber das Einzige, was sie behalten hatte, war, dass es über siebentausend Jahre alt war und pro Jahr einen Millimeter wuchs. Voll wenig. Darum dauerte es wohl so lange, bis ein Meter Moor entstand.

Die Straße wurde immer schmaler. Und miserabler. Absackungen, Schlaglöcher und gebrochener Teer ... Straße konnte man das gar nicht mehr nennen. Hier konnte ein Auto nur im Schritttempo fahren, wenn man es nicht schrotten wollte. Darum fuhr hier wahrscheinlich auch niemand.

»Das Haus muss gleich auftauchen«, sagte Jana mit Blick auf die riesige baumfreie Fläche rechter Hand.

»Das dahinten?«, fragte Neele hoffnungsvoll, als sie an eine Einfahrt kamen, an der unter einem Verschlag mehrere Briefkästen angebracht waren. Das Gehöft lag so weit zurück, dass es kaum zu sehen war.

»Nein, ein Stückchen weiter.« Jana wusste nicht genau, wie lange sie noch gehen mussten. Uropas Haus lag jedenfalls auch so weit zurück wie dieses, und das würde Neele nicht gefallen. Um der Freundin und sich selbst Mut zuzusprechen, sagte sie: »Gleich können wir uns aufwärmen. Opa hatte so einen tollen Ofen. Voll gemütlich, mit Holz reinlegen und so.« Sie freute sich darauf, denn ihre Füße in den Sneakers waren eiskalt.

»Warum sind wir nicht einfach nach Hamburg oder Berlin gefahren?«, maulte Neele weiter. »Da hätten wir im Bahnhof pennen können. Und tagsüber hätten wir Action in der Stadt gehabt.«

»Das machen wir auch noch. Aber erst mal müssen wir unterkriechen. Die Bullen nehmen uns sofort hops, wenn die uns sehen. Unsere Fotos landen doch ganz frisch bei denen.«

»Hm«, grummelte Neele. »Hier, du bist wieder dran mit Tragen.« Sie hielt Jana die Tüte mit dem Einkauf hin.

Obwohl Neele die Tüte gerade mal seit fünf Minuten trug, nahm Jana sie. Im gleichen Moment schrie Neele auf.

Aber es war nur ein Reh, das sie aus dem Dickicht am Wasserlauf aufgescheucht hatten. Blitzschnell war der weiße Püschel des Hinterteils im Birkenwald aus ihrem Blick verschwunden.

»Da vorn!«, rief Jana nach weiteren zähen Minuten des Laufens erleichtert. Sie deutete auf eine von Gras und Unkraut überwucherte Spurbahn voller Schlaglöcher, die nach rechts abging. Aber erst nach weiteren Hunderten von Metern war die Backsteinkate gut zu erkennen. »Das ist es.«

Jana blickte auf das alte Haus, dessen bröckelndes Gemäuer sich unter dem griesen, mit Moos bewachsenen Reetdach wegduckte, als wollte es sich verschämt verstecken. Sie hatte es größer in Erinnerung, und etwas, das sie nicht benennen konnte, fehlte, aber es war trotzdem ein schöner Anblick. Schade, dass es drinnen nicht nach frisch gebackenem Brot riechen würde. Opas Brot, zusammen mit dem selbst geimkerten Honig auf einer dicken Schicht Butter … Selbst aus der Erinnerung heraus lief ihr das Wasser im Mund zusammen.

»Alter, ernsthaft?«, stieß Neele aus, als sie näher kamen. Sie blickte Jana mit offenem Mund an. »Die Bude fällt ja zusammen, wenn wir da reingehen.«

»Quatsch.«

»Boah, ich will hier wieder weg. Ich frier und hab Hunger!« Tränen klangen durch ihre Stimme.

»Jetzt lass uns doch erst mal reingehen.« Jana bedauerte erneut, Neele mitgenommen zu haben. Sah sie denn nicht die Gemütlichkeit, die dieses Haus ausstrahlte? »Wir machen den Ofen an, dann essen wir was und trinken den Sekt. Wir lassen es uns richtig gut gehen.«

Und in diesem Moment schoss Jana durch den Kopf, was fehlte. Das Rauchen des Schornsteins. Aus Opas Schornstein hatte es immer gequalmt, wenn sie mit ihrer Mutter hier gewesen war.

Ihr wurde heiß. Dass er jetzt nicht qualmte, war klar. Ihr Uropa war schließlich längst tot. Aber wenn sie jetzt den Ofen anheizten, würde es wieder Rauch geben. Rauch, der kilometerweit zu sehen war. Würden die Dorfdödel sich nicht wundern, wenn es aus Opas Kate qualmte? Bestimmt würde einer hier auftauchen, um das zu checken.

Sie sah Neele von der Seite an. Wenn sie der Freundin jetzt sagte, dass sie den Ofen besser auslassen sollten, würde die bestimmt ausrasten. Und Jana musste vor sich selbst zugeben, dass die Aussicht, in der Kälte zu hocken, verdammt ätzend war.

Rund um das Haus, um den großen, von Unkraut überwucherten Hof und den schäbigen Schuppen gab es ein paar Bäume, deren Geäst von der einsetzenden Dunkelheit geschluckt wurde. Der hintere Garten war nicht zu sehen. Hoffentlich war der Strom nicht abgestellt, dachte Jana. Das Licht konnten sie ruhig einschalten, in der Nähe wohnte schließlich niemand. Sie fasste ein wenig Zuversicht und wurde auf den letzten Metern schneller. Sie würden sich einfach in Opas altes Bett verkriechen, das es hoffentlich noch gab, und sich unter der dicken Decke aufwärmen und dabei Sekt trinken und die Schoki futtern. Die Sandwiches hatten sie im Bus schon aufgegessen.

»Und welches Fenster wollen wir einschlagen?«, fragte Neele, als sie vor dem Haus standen.

Dass sie anders nicht hineinkommen würden, stand fest. Jana hatte keinen Schlüssel. Ihre Mutter auch nicht mehr, soweit Jana wusste. Seit dem Tod des Uropas waren sie nie mehr hier gewesen, denn den Opa um Geld zu erleichtern war der einzige Grund gewesen, warum ihre Mutter hierher in die Provinz gefahren war. Er hatte Mutti immer ein paar große Scheine zugesteckt.

»Hinten«, beantwortete Jana Neeles Frage nach dem Fenster. »Da ist so 'ne kleine Abstellkammer.« Sie linste dabei durch ein verdrecktes Fenster neben der Eingangstür. Jana wusste, dass es das Küchenfenster war. Aber es war zu dunkel. Es war nichts zu erkennen.

Gerade als sie um das Haus herumgegangen waren und Jana sich nach etwas umsah, mit dem sie die Scheibe einwerfen konnte, erklang Motorengeräusch. Schnell näher kommendes Motorengeräusch. Jana linste um die Hausecke. Die Lichter eines großen Wagens waren zu erkennen. Sie hielten Kurs auf das Haus. »Scheiße!«, stieß sie aus.

»Ist das die Polizei?«, fragte Neele ängstlich. Sie traute sich nicht, um die Ecke zu gucken, sondern zerrte an Janas Jackenärmel. »Komm da weg, die sehen dich sonst.«

Jana überlegte nicht lange. »Wir verstecken uns im Schuppen. Schnell!«

DREI

Als ihr Diensttelefon klingelte, sah Lyn auf dem Display, dass der Anruf von zu Hause kam. Bestimmt wollte Hendrik wissen, wann sie Feierabend machte.

»KHK Harms bei der Arbeit«, meldete sie sich gut gelaunt.

»Hausmann Wolff, voller Sehnsucht nach seiner Frau.«

Lyn lachte. »Das klingt gut. Ich habe auch Sehnsucht nach euch. Wie geht's meinem Mini-Wölfchen?«

»Das Baby?«, stieß Hendrik aus. »Oh Gott, stimmt, da war doch was. Ich ruf dich gleich wieder an. Ich muss ihn erst mal suchen. Ich glaube, ich hab den Kinderwagen im Dörpsladen stehen lassen.«

»Witzig.«

»Emil und ich haben eine schöne Mittagsstunde gemacht, anschließend haben wir uns vom Deich aus die ›Peking‹ in der Werft angeguckt und sind noch mal durchs Neubaugebiet geschoben. Zu Hause haben wir dann die tote Maus bewundert, die Mieze in der Wiege abgelegt hatte.«

»Echt?«

»Echt. Die Wiege steht jetzt bei mir im Wagen. Ich bring sie morgen zu meinen Eltern zurück. Mieze ist beleidigt, weil sie sich einen neuen Schlafplatz suchen muss, und Emil sitzt im Knast, damit ich in Ruhe das Abendessen vorbereiten kann, da meine Frau gleich hungrig von der Arbeit kommt.«

Nachfragen musste Lyn nicht. Knast war ihr Synonym für das Laufgitter. »Was gibt's Schönes?«

»Hühnersuppe mit extra viel Fleischklößchen.«

»Na, da muss ich ja nicht fragen, wer sich das gewünscht hat.« Sophie liebte Hühnersuppe. Und Fleischklößchen. Lyn sah auf die Uhr. »Ich fahre hier in fünfzehn Minuten los. Bis gleich, Liebling.«

Sie legte auf und sah sich um. Lächelnd nahm sie das Cellophantütchen mit dem Gebäck in die Hand, das mit einer schwarzen Schleife zugebunden und mit einem Welcome-back-Schildchen versehen war. Von welchem Kollegen die Tüte stammte, war ihr gleich klar gewesen, denn es waren Kekse in Form von Bullenschädeln, überzogen mit Schokolade. Eine nette Geste von Wacken-Fan Thilo.

Lyn wusste, dass sie auch Blumen zur Begrüßung bekommen hätte, wäre ihre Kollegin Karin Schäfer hier gewesen, aber die Hauptkommissarin war im Urlaub. Und noch ein Kollege hatte heute gefehlt. Thomas Martens war mit Magen-Darm-Grippe zu Hause geblieben. So hatte das Wiedereinstiegs-Kaffeetrinken mit leckerer Itzehoer Torte der Konditorei Ramm im kleinen Kreis stattgefunden. Die Kollegen hatten sie heute noch verschont. Sie durfte erst mal wieder ankommen.

»Lyn?« Wilfried Knebel, Chef der Itzehoer Mordkommission, klopfte an den Türrahmen ihres Büros, da Lyn die Tür immer offen stehen ließ. »Du hast hoffentlich an deinem ersten Tag nicht vor, pünktlich Feierabend zu machen?« Er verzog die Lippen zu einem schiefen Lächeln. Sein Haar war im letzten Jahr noch schütterer geworden.

Lyn sah den gemütlichen Abend schwinden. »Was ist passiert?«

»Die Leitstelle sprach von einer Toten an der Wilster Au. Der Name Fahrenkrug fiel. Könnte der Küchenmogul sein, der wohnt doch in Wilster. Ich fahre selbst hin. Jochen kommt mit. Und du bitte auch.«

»Alles klar. Ich nehme meinen eigenen Wagen. Vielleicht kann ich ja von dort direkt nach Hause fahren.«

Wilfried nickte, dann war er auch schon weg.

Lyn stand auf, griff ihre Tasche und öffnete den Schrank, der zur Hälfte als Garderobe und zur anderen Hälfte als Aktenschrank diente. Sie schlüpfte in die Jacke und warf noch einen Blick in den kleinen Spiegel.

Auf dem Weg zum Parkplatz rief Lyn zu Hause an. Sophie war dran. »Hi, Krümel, gibst du mir bitte mal Hendrik? Bei mir wird's heute später.«

»Wer wurde ermordet? Und wie?« Sophie klang gewohnt

gespannt bei diesen Fragen. Im Gegensatz zu ihrer großen Schwester hatte sie einen mächtigen Hang zum Morbiden.

»Weiß ich noch nicht. Bin auf dem Weg zum Leichenfundort. Und jetzt gib mir bitte Hendrik.«

Sie hörte, wie Sophie beim Weiterreichen des Hörers sagte: »Mama hat eine Leiche. Dein Kind musst du also selbst zu Bett bringen.«

Lyn klärte Hendrik auf und verabschiedete sich: »Ich liebe dich. Knuddel unser Baby und sag ihm, dass seine schreckliche Mama ihn lieb hat und die Überstunden abbummeln wird, um die Zeit mit ihm nachzuholen.«

»Mach dir keinen Kopf, Liebling. Bis später.« Hendrik schmatzte einen Kuss hinterher und legte auf.

***

Kathrin stand schon, als Nick die Türen des Sprinters aufzog. »Danke auch, dass ihr auf der Schotterpiste so schnell gefahren seid«, fuhr sie ihn an. »Jetzt tut mir der Hintern weh.«

Nick sah sie entgeistert an. »Das ist dein Problem, Kat? Dein Scheißarsch?« Er sprang zu ihr in den Wagen. »Du hast gerade ein Mädchen abgestochen!«

Kathrin war mit zwei Schritten bei ihm. »Weil du zugelassen hast, dass sie dir die Maske abreißt! Ich hab das für dich getan!«

»Ja, danke!«, schrie Nick. »Danke, dass wir jetzt Mörder sind! Du … du …«

Kathrin packte ihn am Sweater. »Ja? Ja? Spuck es doch aus!«

»Hört auf!« Leon stand draußen an der Wagentür. Seine Stimme zitterte. »Ihr seid ja bis ins Dorf zu hören.«

»Nichts sind wir«, fauchte Kathrin, allerdings deutlich leiser. Sie löste die Hand aus Nicks Shirt. »Hier gibt's nur Karnickel und Rehe. Hier hört uns kein Mensch.«

»Was machen wir denn jetzt?«, fragte Leon. Er klang weinerlich.

»Genau das, was geplant ist. Daran hat sich nichts geändert.« Kathrin trat an den Rollstuhl, löste die Bremse und schob den Rolli ein Stück zurück, bevor sie ihn umdrehte. Der Junge stöhnte und versuchte seinen Kopf zu heben.

»Verabreiche ihm noch eine Ladung von dem Äther«, sagte sie zu Nick. »Ich muss mich erst mal selbst sortieren, bevor ich dem Jungen klarmachen kann, was er zu tun und zu lassen hat.«

Sie ließ den Rollstuhl los und sprang vom Wagen. »Ich schließ auf«, sagte sie zu Nick. »Dann könnt ihr den Jungen hochtragen. Den Rolli könnt ihr ins Wohnzimmer stellen.«

Sie blickte in die Dunkelheit. Das Haus lag ruhig da. Rechter Hand stach der Schatten des verfallenen Schuppens leicht hervor. Kein Geräusch störte die vollkommene Ruhe der Landschaft.

Die schäbige Haustür quietschte in den Angeln, als sie sie öffnete. Muffgeruch schlug ihr entgegen. Eklig, aber ein paar Tage musste sie es ertragen. Sie ignorierte die Taschenlampe, die auf dem Boden bereitstand, denn noch reichte das schwindende Tageslicht aus, um sich umzusehen.

Alles war vorbereitet. In der Küche zu ihrer Rechten befanden sich ausreichend Vorräte. Im Wohnzimmer links standen Tisch und Stühle. Das meiste Zeug war zwar aus dem alten Haus herausgeräumt worden, aber einige Möbel waren zurückgeblieben. Wohl weil sie alt und schwer waren und niemand sie haben wollte. Drei dünne Matratzen, die sie hierhergebracht hatten, lagerten an der Seite.

Sie trat in die Küche, als die Männer mit dem Jungen kamen. Da der Flur schmal war, brauchten sie den gesamten Platz.

»Legt ihm eine von den Windeln um«, rief sie ihnen hinterher. »Ich komm gleich nach.«

In der Küche säuberte sie unter dem dünnen Strahl des Wasserhahns das Messer. Es musste ganz rein sein, wieder frisch und glänzend. Für das nächste Mal. Zärtlich strichen ihre Finger über die Klinge. Dann öffnete sie die ans Stromnetz angeschlossene Kühltasche und nahm eine Flasche Bier heraus. Sie hebelte den Bierdeckel mit dem Messer auf, trank und ließ den kühlen Schluck mit einem genüsslichen »Ahh« durch die Kehle laufen.

Bis hierher hatte alles geklappt. Jedenfalls *fast* alles. Das Mädchen an der Au war nicht eingeplant gewesen. Wo war sie nur so plötzlich hergekommen?

Egal. Sie nahm einen weiteren Schluck, und weil sie sich vor der Windel ekelte, wartete sie noch ein paar Minuten, bevor sie den Männern nach oben folgte.

Dort gab es nur ein ausgebautes Zimmer. Ein riesiger Holzkleiderschrank stand darin, außerdem eine alte Kommode, ein schäbiger Sessel mit einem abgewetzten Fußschemel davor, ein altes Holzbett und ein Nachtschränkchen. Neben der Tür hing noch ein Regal, auf dem ein paar vergilbte Bücher vor sich hin staubten.

Die Männer hatten den Jungen auf der Matratze abgelegt. Ein Laken gab es nicht, aber ein Kissen. Da Nick ordentlich schnaufte, schien es kein leichtes Unterfangen gewesen zu sein, den bewusstlosen Jungen in die Windel und dann wieder in die Jeans zu kriegen.

Leon griff nach der Decke auf der Kommode.

»Willst du ihm auch noch eine Gutenachtgeschichte erzählen?«, sagte Kathrin. »Der trägt Jacke und Schal und wird schon nicht erfrieren.«

Leon hatte zwar in der Bewegung innegehalten, doch dann deckte er den Jungen zu. »Es ist saukalt hier oben. Und es soll ihm gut gehen, oder? Das war doch die Ansage?« Herausfordernd sah er sie an.

»Hm«, grunzte Kathrin unter zusammengezogenen Augenbrauen. »Hast ja recht.« Sie ließ sich auf den Sessel fallen und legte die Füße auf dem Schemel ab. »Ich bleibe hier, bis er wach ist.«

»Das kann ich doch machen«, bot Leon sich an.

Kathrin schüttelte den Kopf. »Nein, geht ihr mal schön unten chillen.« Sie zog das Messer aus der Jeans und ließ es aufspringen. »Ich will der kleinen Kröte persönlich klarmachen, was mit ihm passiert, wenn er auch nur einen falschen Mucks von sich gibt.«

***

»Hast du das gesehen?«, flüsterte Jana ihrer Freundin zu, die zitternd neben ihr auf dem Boden des Schuppens hockte. »War das ein Mensch, was die da ins Haus geschleppt haben?« Sie selbst zitterte ebenfalls, aber nicht vor Kälte, sondern vor Aufregung.

»Ich hab Angst«, wimmerte Neele. »Was sind das für Leute?« Sie hatte gar nichts gesehen, weil sie sich nicht getraut hatte, durch die alte Schuppentür zu schauen, dort, wo ein Stück einer Holzlatte splittrig herausgebrochen war.

Jana kroch ein Stück zurück und hockte sich auf einen der beiden Strohballen, die in einer Ecke lagerten. Sie mussten noch vom Uropa stammen, der Kaninchen gezüchtet hatte. Entsprechend alt und muffig roch das Stroh.

»Lass uns abhauen«, flüsterte Neele. »Das ist voll unheimlich.«

Jana zog ihr Handy aus der Hosentasche. »Nee, wir bleiben hier. Es ist schon so spät.«

»Hier?« Neele klang entsetzt.

»Ja, hier. Wir nehmen das Stroh, breiten es aus, und mit dem Stroh von dem anderen Ballen decken wir uns zu. Stroh ist total warm.«

»Aber ich will hier weg!«

»Dann musst du allein gehen. Ich bleib hier. Bis zum Dorf ist das ewig weit, und ich hab keinen Bock, das ganze Ende wieder zurückzulatschen. Außerdem fährt so spät kein Bus mehr. Wo sollen wir also im Dorf unterkriechen, ohne dass wir auffallen? Ich hab nicht vor, mich gleich wieder hopsnehmen zu lassen.«

Neele begann leise vor sich hin zu weinen.

Genervt durchtrennte Jana mit einem Kartoffelmesser, das sie aus der Heimküche hatte mitgehen lassen, den Strick eines Strohballens und verteilte das Stroh auf dem Boden. Hauptsache, die Typen kamen nicht in den Schuppen. Was sollten die hier auch schon wollen?

Sie leuchtete mit der Handy-Taschenlampe durch den Raum. Hier gab es nichts außer altem Gartengerät und ein paar rostigen Werkzeugen. An einer Wand hing Opas alter vergilbter Kopfschutz, den er getragen hatte, wenn er zu seinem Bienenstock ging. Jetzt hausten die Spinnen darauf.

»Mach das Licht aus!«, zischte Neele.

Schnell tat Jana, was die Freundin gesagt hatte. War sie blöd? Licht war ja nun wirklich verräterisch. »Die hauen bestimmt gleich wieder ab«, sagte sie zu Neele. »Und wenn nicht, verschwinden wir morgen ganz früh. Bevor die Typen wach sind.«

Statt Sekt, nach dem ihnen beiden nicht mehr der Sinn stand, tranken sie Cola, und weil der Appetit sich auch verabschiedet hatte, aßen sie nur die Schokolade.

»Ich muss so dringend«, sagte Neele. »Aber ich trau mich nicht, rauszugehen.«

Jana zeigte auf einen rostigen Eimer bei den Gartengeräten. »Da kannst du reinpinkeln.«

»Ernsthaft?« Neele schossen wieder einmal Wuttränen in die Augen.

»Ist doch sogar besser, als hinterm Schuppen ins Gras zu pinkeln. Da sind bestimmt Zecken und so 'n Zeug.«

»Witzig«, fauchte Neele. Sie zog die Klopapierpackung aus der Tüte, öffnete sie und warf Jana eine der beiden Rollen zu. Mit der anderen ging sie in die Werkzeugecke.

Jana hörte Neele leise weinen, als der Urinstrahl hart das Blech des Eimers traf. Sie verdrehte die Augen. Die war aber auch empfindlich!

Nachdem auch Jana den Eimer genutzt hatte, lagen sie schließlich schweigend nebeneinander im Stroh, zitternd, weil es nicht genug Stroh war, um durchzuwärmen. Und all die Geräusche draußen … Jana lauschte angestrengt. Überall knackte und raschelte es, und irgendetwas flatterte immer wieder am Schuppen vorbei. Hauptsache, es gab hier drinnen keine Ratten oder Mäuse.

Von den Typen hatte sich keiner mehr draußen blicken lassen. Wer waren die? Die Besitzer? Das konnte eigentlich nicht sein. Mutti hatte doch gesagt, dass irgendeine Naturschutzstiftung Uropas Haus gekauft hatte, weil es nicht wieder bewohnt werden sollte. Weil es am Moor lag, das unter Naturschutz stand.

Eigenartig. Und unheimlich. War das wirklich ein Mensch gewesen, den die da reingetragen hatten? Vielleicht doch eher ein Tier.

»Neele, das sind Wilderer«, flüsterte sie aufgeregt. »Ja, bestimmt. Opas alte Kate ist doch ein super Versteck für so was.«

Es kam keine Antwort. Neele war also entgegen ihrer Ansage, sie würde hier keine Sekunde pennen, eingeschlafen.

Und dann erklangen Stimmen, dunkle Männerstimmen. Jana schoss hoch. Sie ging zur Tür und lugte durch das Loch nach draußen in die Dunkelheit. Sie hörte zwei Wagentüren zuschlagen, dann den Motor. Die Lichtkegel der Scheinwerfer erhellten kurz das Haus, dann wendete der Fahrer den Wagen auf dem Hof und fuhr davon.

Zwei Autotüren ... War die andere Person noch im Haus, die Frau? Jana war sich sicher, dass die dritte Person eine Frau gewesen war.

Sie sah zu der alten Backsteinkate. Da! Da war ein Licht. Unstet, wie von einer Taschenlampe. Dann war es dunkel. Traute die Frau sich nicht, das Licht anzumachen? Vielleicht wollte sie nicht, dass jemand sah, dass sie im Haus war. Jana beobachtete das Haus noch einen Moment, aber es tat sich nichts mehr. Sie kroch zurück unter das muffige Stroh und starrte in die Düsternis der Scheune. Obwohl sie hundemüde war, wollte und konnte ihr Kopf nicht abschalten.

Was ging hier vor sich? Warum wurde im Haus das Licht ausgeknipst?

Gänsehaut bildete sich auf Janas Körper. Nicht nur vor Kälte.

***

Die Spurensicherung war bereits vor Ort, als Lyn in Kasenort ihren roten Beetle am Straßenrand parkte, unweit des rot-weißen Flatterbandes, das ein Kollege gerade weitflächig um den Leichenfundort zog. Das Scheinwerferlicht des Beetle reichte nicht bis dort heran.

Erst als Lyn ausstieg und ein paar Schritte gegangen war, sah sie die Tote im feuchten Gras der Bankette liegen, keine zwei Meter von der Wilster Au entfernt. Sie erkannte im Licht der Lampen, die die Kollegen aufgestellt hatten, schlanke Beine in Bluejeans und eine senffarbene Jacke. Der Kopf der Toten wurde durch die weiße Schutzanzüge tragenden Kollegen verdeckt.

Die Szenerie wurde von verschiedenen Lichtern in der Dunkelheit beleuchtet. Vom Blaulicht der Polizeiwagen und des Rettungswagens, von den Scheinwerfern der Spurensicherung und vom Licht der Häuser in der Ferne. Etliche Schaulustige hatten sich auch schon eingefunden. Sie standen hinter dem Flatterband und diskutierten. Ein Streifenpolizist, der bei ihnen stand, wurde gerade laut. Wahrscheinlich hatte wieder ein asozialer Gaffer versucht, ein Handyfoto zu schießen.

Kollege Jochen Berthold stand bei einem Mann und einer Frau und befragte sie. Zwei Räder lagen im Gras. Vielleicht hatten die Radfahrer das Mädchen gefunden? Oder aber die hysterisch schluchzende Frau, die von einem Sanitäter betreut wurde? Wilfried stand neben ihr und redete auf sie ein.

Lyn stieg in die weißen Überschuhe, die ihr eine Kollegin der Spurensicherung reichte, streifte Einweghandschuhe über und sah wieder zu der Leiche, die ein weiterer Kollege gerade fotografierte. Die Frau war jung, so viel war im Licht zu erkennen. Ihre Augen waren leicht geöffnet gen Himmel gerichtet. Die langen Fransen ihres bunt gestreiften Schals wehten im Wind und bedeckten zum Teil ihr dunkles Haar.

»Die Rechtsmedizin müsste auch gleich hier sein«, sagte einer der Kollegen, als Lyn und Wilfried die Erlaubnis bekamen, an die Leiche heranzutreten.

»Die Tote ist das Au-pair der Fahrenkrugs«, sagte Wilfried

zu Lyn, als sie sich zu der Toten hinunterbückte und mit den Fingern eine Haarsträhne aus dem Gesicht des Mädchens strich.

Es versetzte Lyn einen schmerzhaften Stich im Oberbauch, das Mädchen so daliegen zu sehen. Dieses wunderbare junge Leben … Vor zwei Stunden hatte sie vielleicht herzhaft gelacht, mit Freunden gechattet, Musik gehört oder sich einen Rooibostee mit Vanillearoma gekocht. Den trank Lyns ältere Tochter Charlotte am liebsten. Sie mochte im gleichen Alter wie das Mädchen sein.

Lyn schluckte. Wer auch immer die Eltern dieses Mädchens waren … sie würden heute den Schmerz ihres Lebens erleiden.

»Vivien Fahrenkrug hat Schreie gehört«, fuhr Wilfried fort. »Als sie hier ankam, hatte das Pärchen mit den Rädern bereits die Polizei gerufen.« Er deutete hinter sich, wo das hysterische Weinen der Frau einem etwas ruhigeren Schluchzen gewichen war. »Sie ist, wie vermutet, die Frau von Magnus Fahrenkrug, dem Küchenmogul, und wie es aussieht, ist der Mord an dem Mädchen nicht alles, Lyn.«

»Was meinst du?« Sie kam aus der Hocke hoch.

»Eventuell haben wir es mit einer Entführung zu tun. Der Sohn der Fahrenkrugs ist vor über einer Stunde bei seinem Freund aufgebrochen, um nach Hause zu fahren. Das hat ein Anruf bei dem Freund ergeben. Theo Fahrenkrug ist verschwunden. Zwei Streifen erkunden gerade die Gegend.«

»Aber das heißt doch nicht, dass –«

»Die Radfahrer glauben gesehen zu haben, dass ein Gefährt in einen Transporter geschoben wurde.« Wilfried sah Lyn ernst an. »Der Junge ist gelähmt und sitzt in einem Rollstuhl. Bitte sprich du noch mal mit Frau Fahrenkrug, Lyn. Vielleicht hat sie sich weiter beruhigt, und du bist doch immer so einfühlsam. Wir brauchen Details. Ich informiere den Leiter der Bezirkskriminalinspektion. Wenn das wirklich eine Entführung ist, brauchen wir eine BAO.«

Lyn nickte. In Fällen, in denen ein erhöhter Kräftebedarf bestand oder, wie in diesem Fall, bei verschiedenen Zuständigkeiten eine einheitliche Führung benötigt wurde, wurde eine »besondere Aufbauorganisation« gebildet.

Mit einem letzten Blick auf die in Brusthöhe rot verfärbte Jacke des Mädchens ging sie zum Rettungswagen, wo Vivien Fahrenkrug in der geöffneten Wagentür saß und ein Handy in Händen hielt. Sie sah jünger aus als erwartet, trug einen khakifarbenen Pulli und eine Hose, die den gleichen Farbton hatte wie die Jacke des toten Mädchens.

Als Lyn sich vorstellte, sah es nicht aus, als hätte die Frau ihre Worte aufgenommen. Sie hielt Lyn das Handy mit zitternden Händen entgegen. »Ich kann ihn nicht erreichen! Ich muss ihm doch sagen, was passiert ist. Er muss es doch wissen.« Sie weinte auf und drückte wild auf der Tastatur herum.

Lyn ging vor ihr in die Hocke. »Wen müssen Sie erreichen, Frau Fahrenkrug?«

»Meinen Mann! Er ist auf Dienstreise.«

»Wir übernehmen das für Sie. Bitte geben Sie mir seine Handynummer. Sobald ein Kollege ihn erreicht hat, können Sie mit ihm sprechen. Jetzt ist es wichtig, dass Sie mir alles erzählen, was Sie wissen. Sie glauben, dass Ihr Sohn entführt wurde?«

»Theo ist nicht mein Sohn. Ich bin seine Stiefmutter. Aber ich … ich musste doch auf ihn aufpassen! Sein Vater ist nicht hier. Und seine Mutter ist in England. Und jetzt … Oh Gott! Jetzt ist er verschwunden.« Sie weinte bitterlich und wiegte ihren Oberkörper vor und zurück.

Lyn sah den Notarzt an.

»Noch mehr Beruhigungsmittel möchte ich ihr hier nicht geben«, sagte er. »Sie gehört ins Krankenhaus, aber sie hat sich strikt geweigert, einzusteigen.«

»Ich kann hier nicht weg!«, schrie die verzweifelte Frau. »Ich muss hier sein, wenn Theo kommt.« Sie krallte die Finger in Lyns Oberarme, so heftig, dass es wehtat.

In diesem Moment trat ein Streifenpolizist an Lyn heran. »Dort hinten steht ein Mann, der behauptet, zur Familie zu gehören. Er hat keinen Ausweis dabei, aber …«

Vivien Fahrenkrug war aufgesprungen, winkte wild und machte ein paar Schritte. Sie humpelte dabei stark. »Sören! Sören!«, schrie sie, dann drehte sie sich zu Lyn um. »Das ist Sören, mein … also, der Sohn meines Mannes. Theos Bruder. Ich habe ihn angerufen. Er soll herkommen, bitte!«

»Lassen Sie ihn durch«, sagte Lyn zu dem Kollegen der Streife.

Sören Fahrenkrug war ein schlanker dunkelhaariger Mann, der im kalten Licht der Scheinwerfer blass wirkte. Seine Stiefmutter fiel ihm um den Hals, als er am Rettungswagen eintraf. »Oh, Sören, Noa ist tot. Und Theo ist weg! Er wurde vielleicht entführt! Was soll ich denn jetzt tun? Kannst du deinen Vater erreichen? Bitte, ich … ich …« Sie sackte in seinen Armen zusammen.

»Vivi!«, stieß er hilflos aus, aber ein Rettungssanitäter war schon bei ihm. Gemeinsam mit dem Arzt betteten sie sie auf die Trage.

Als der Arzt allerdings sagte: »Wir nehmen Sie jetzt mit ins Krankenhaus«, kam wieder Leben in die Frau.

Ruckartig richtete sie sich auf. »Niemand bringt mich hier weg«, schrie sie. »Ich bleibe hier!« Sie hielt dem Arzt ihren Arm hin. »Geben Sie mir noch was. Ich … ich kann das vertragen.«

Lyn sah den Arzt an.

»Also gut«, sagte er zu Vivien Fahrenkrug. »Unter der Bedingung, dass Sie sich jetzt im Haus hinlegen und dort jemand ist, der ein Auge auf Sie hat.«

»Ich bin da«, erklärte Sören Fahrenkrug. »Wenn Sie mir helfen, sie zu meinem Wagen zu bringen, fahre ich sie zum Haus.« Er wies zu einem großen reetgedeckten Haus, wo Lichtschein aus mehreren Fenstern drang.

»Ich mach das«, sagte Lyn. »Dann können Sie mir gleich ein paar Fragen beantworten.« Sie wandte sich an einen der Streifenpolizisten. »Sagen Sie Herrn Knebel bitte, dass ich Frau Fahrenkrug und ihren Stiefsohn ins Haus begleite und dort befrage.«

»Ich muss es Magnus sagen!« Vivien Fahrenkrug deutete verzweifelt auf das Handy, das Sören in Händen hielt. »Bitte, versuch es noch mal.« Sie saß neben ihrem Stiefsohn auf dem cremefarbenen Ledersofa im Wohnzimmer. Sören hatte ihr eine Decke um die Schultern gelegt, nachdem sie sich geweigert hatte, sich hinzulegen.

Lyn, die auf einem der beiden Sessel Platz genommen hatte, hatte Verständnis für Viviens Unruhe. »Wo genau hält sich Ihr Mann auf? In einem Hotel oder einer Firma? Vielleicht können wir es dort versuchen.«

»Was ist mit Tessa?«, fragte Sören Fahrenkrug und sah Vivien an. »Sie begleitet Papa doch?«

»Ja, ja!«, stieß Vivien aus. »Versuch es bei ihr.«

»Wer ist Tessa?«, hakte Lyn nach.

»Tessa Munck. Die Assistentin meines Mannes.« Vivien richtete den Blick auf Sören, der auf seinem Smartphone eine Kurzwahltaste drückte. Er hielt das Handy ans Ohr und wartete.

»Tessa!«, sagte er gleich darauf. »Ist mein Vater bei dir? Er geht nicht an sein Handy. ... Okay, dann hol ihn da raus. ... Doch, sofort!« Sörens Stimme wurde laut. »Es ist etwas passiert. Er soll sofort zurückrufen. Sofort! ... Ja, danke.« Er drückte sie weg und sah Vivien an. »Er ist in einer Besprechung. Tessa holt ihn. Er wird sich gleich melden.«

»Wo genau befindet sich denn Ihr Mann«, fragte Lyn noch einmal.

»In Köln. Er ist heute Morgen geflogen.« Vivien knetete wild ihre Hände. Ihr war kaum anzumerken, dass sie eine hohe Dosis eines Beruhigungsmittels bekommen hatte.

»Okay«, sagte Lyn. »Jetzt ist es wichtig, dass Sie beide«, ihr Blick wanderte von Vivien zu Sören Fahrenkrug, »mir ein paar Fragen beantworten. Einzeln. Darf ich Sie bitten, den Raum solange zu verlassen, Herr Fahrenkrug?«

»Aber Vivi soll nicht allein sein, hat der Arzt gesagt. Ich bleibe hier. Außerdem haben wir keine Geheimnisse.«

»Ihre Stiefmutter ist nicht allein«, sagte Lyn ruhig. »Ich bin ja bei ihr, solange Sie in einem anderen Raum warten. Die

Alternative wäre, dass ich Sie beide mit auf die Dienststelle nach Itzehoe nehme. Und dort einzeln befrage.«

Seinem Gesicht war anzusehen, was er von ihren Worten hielt, aber er stand auf. »Ich bin gleich wieder bei dir, Vivi.« Er tätschelte ihre Schulter. »Sei stark.«

»Ich benötige einige Angaben zu der Toten, Frau Fahrenkrug«, sagte Lyn, als Sören das Wohnzimmer verlassen hatte.

»Oh Gott, Noa ... ja!« Vivien schlug die Hände vor das Gesicht und weinte auf. Die Decke rutschte von ihren Schultern. »Noa ... Noa.«

»Sie ist Ihr Au-pair für Theo?« Lyn versuchte, ruhig und sachlich zu bleiben.

»Jein. Im Grunde nicht nur für Theo, sondern auch für mich als Unterstützung im häuslichen Bereich. Theo lebt ja die meiste Zeit bei seiner Mutter in Itzehoe. Und weil ich selbst einmal Au-pair war, unterstützen wir das gern.«

Vivien krümmte sich. »Sie wollte doch morgen nach Hause fliegen! Nach Hause! Es war ihr vorletzter Tag hier.« Sie legte die Hände an die Augen und schluchzte.

Lyn wartete, bis sie sich einigermaßen beruhigt hatte. »Ich brauche den Ausweis des Mädchens, Frau Fahrenkrug, ihre Adresse, die Telefonnummer der Eltern. Wie lautet der vollständige Name des Mädchens?«

»Noa Ruiz. Sie kommt aus Spanien.« Vivien sprach abgehackt durch das viele Weinen. »Noa war ... seit sechs Monaten bei uns. Vorher war sie in München. Ihre Eltern wohnen in Valencia.«

Obwohl sie so aufgeregt und stammelnd sprach, fiel Lyn Vivien Fahrenkrugs angenehme, wunderbar klare Stimme auf.

Vivien setzte sich gerade hin. Sie wischte die Tränen von ihren Wangen und schniefte: »Noas Eltern, oh Gott, sie werden ...« Sie sah Lyn an. »Ich kann sie nicht anrufen! Das kann ich nicht.«

»Das müssen Sie auch nicht, Frau Fahrenkrug«, sagte Lyn. »Nicht jetzt und nicht heute. Wir übernehmen es, die Eltern von Noa zu informieren. Und dann sehen wir weiter.«

Die Eltern, die vielleicht gerade das Willkommens-Banner für ihr Kind vorbereiteten … Lyn kroch eine Gänsehaut über die Arme.

Sie atmete tief durch. Noa Ruiz' Eltern würden nach dem ersten Schock natürlich mit den Fahrenkrugs sprechen wollen, vielleicht sogar nach Deutschland reisen, aber das war erst einmal zweitrangig.

»Frau Fahrenkrug, Sie sagten, Theo sei bei einem Freund und dann auf dem Rückweg nach Hause gewesen. Wie passt Noa da rein? Was hat sie an der Straße gemacht?«

»Ich weiß es doch nicht!«, rief Vivien Fahrenkrug verzweifelt. »Sie hat nur gesagt, dass sie noch mal rauswill. Ich habe zu ihr gesagt, dass sie bitte drinnen bleiben soll, weil Theo doch gleich käme, und sie sollte ihm bei einem Ferienprojekt für die Schule helfen. Das war abgesprochen.«

»Okay, aber sie ist dann trotzdem rausgegangen.«

»Ja, muss sie ja. Aber ohne mein Wissen.«

»Sie haben meinem Chef gesagt, Sie hätten Schreie gehört. Wo hielten Sie sich zu dem Zeitpunkt auf?«

»In meinem Arbeitszimmer. Ich … ich musste noch Text lernen.«

»Text? Was meinen Sie genau?«

»Ich bin Synchronsprecherin.«

»Ah, okay.« Lyn war noch nie einer Synchronsprecherin begegnet, aber sie konnte es sich bei Vivien Fahrenkrug gut vorstellen. Sie hatte eine schöne, eine besondere Stimme.

Vivien starrte vor sich hin. »Wer tötet denn einfach ein Mädchen? Wer bringt einfach unsere Noa um?«

»Wir werden es herausfinden, Frau Fahrenkrug. Dazu ist es wichtig, dass Sie meine Fragen beantworten. Sagen Sie mir bitte, was Sie taten, nachdem Sie die Schreie hörten. Waren es mehrere Schreie? Oder nur einer?«

»Erst einer. Ich war mir nicht sicher, ob ich richtig gehört hatte. Ich habe gelauscht, weil der Schrei von draußen kam, und dann folgte noch ein Schrei. Ich bin aufgesprungen und rausgelaufen.«

»Sie haben die Schreie gleich als Hilfeschreie einordnen können?«

Vivien nickte. »Vielleicht durch meine Arbeit. Ich habe schon Krimis synchronisiert«, schluchzte sie. »Ich wusste sofort, dass es ein Hilfeschrei war. Und ... sie hat dann ja auch laut ›Hilfe, Hilfe‹ geschrien. Da wusste ich aber noch nicht, dass es Noa war.«

»Was taten Sie dann?«

»Ich bin rausgerannt. Da waren zwei Radfahrer am Au-Ufer. Die Frau hat geschrien, und ich sah, dass dort jemand lag, im Gras. Ich habe Noas Jacke erkannt.« Sie schluchzte auf und stammelte: »Ich ... habe sie ihr zum Geburtstag geschenkt.«

Lyns Handy klingelte. Der Blick auf das Display verriet, dass es Wilfried war. Sie stand auf und nahm das Gespräch an. Auf den Holzdielen auf und ab laufend, lauschte sie ihrem Chef. Als sie sich Vivien wieder gegenübersetzte, fragte sie: »Ist der Rollstuhl Ihres Stiefsohns beleuchtet, Frau Fahrenkrug, also mit –«

»Ja ... ja!«, fiel sie Lyn ins Wort. »Er ist mit Licht gut ausgestattet. Weil Theo unbedingt überall allein hinfahren will. Haben Sie ihn gefunden?«

Lyn schüttelte den Kopf. »Leider nicht. Aber ...«, sie holte Luft, »die beiden Fahrradfahrer haben ausgesagt, dass das, was in den Wagen geschoben wurde, stark beleuchtet war.«

Aufweinend krümmte Vivien sich.

Lyn wartete ein paar Sekunden, bevor sie fragte: »Haben Sie einen Verdacht, wer Theo entführt haben könnte, Frau Fahrenkrug?«

»Nein!« Entsetzt sah sie Lyn an.

»Gibt es Menschen in Ihrem Umfeld, die Sie oder Ihr Mann vielleicht als feindlich gesinnt bezeichnen würden?«

»Nein!«

»Gab es vorher schon mal einen Vorfall, in den Theo verwickelt war? Irgendetwas, das merkwürdig war? Vielleicht hat er Ihnen etwas erzählt.«

Vivien überlegte. »Nein. Nein, absolut nicht. Alles war gut, wenn Theo bei uns war.«

»Sie sagten, er wohne zurzeit bei Ihnen, weil seine Mutter in England ist?«

»Ja, Hilke ist bei Freunden in Devon. Sie hatte eine schwere Zeit. Depressionen. Sie ... sie brauchte mal Abstand. Zumal es jetzt auch noch einen Wasserschaden in ihrem Haus gibt.« Vivien schloss die Augen. »Oh Gott, Hilke ...«

»Noa hat Ihrer Bitte, drinnen auf Theo zu warten, zuwidergehandelt«, kam Lyn auf das Au-pair zurück. »Ist so etwas öfter vorgekommen?«

Vivien überlegte kurz. »Nein, eher nicht. Wenn ihr etwas nicht passte, hat sie es gesagt. Sie war sehr selbstbewusst.«

»Ist Ihnen sonst etwas an ihr aufgefallen? Hat sie sich in letzter Zeit vielleicht verändert? War sie stiller als üblich? Traurig? Oder vielleicht aufgekratzter? Fröhlicher?«

»Nein ... nein. Gefreut hat sie sich natürlich. Auf zu Hause.« Sie brach wieder in Tränen aus.

Lyn stand auf und ging zur Tür, um Sören Fahrenkrug hereinzubitten. Es war kriminaltechnisch unprofessionell, ihn in Anwesenheit seiner Stiefmutter zu befragen, aber sie traute sich nicht, Vivien allein zu lassen.

Als sie die Tür aufzog, stand Sören genau dahinter. Hatte er gelauscht? Allerdings wirkte er nicht ertappt, sondern einfach nur besorgt. »Kommen Sie rein«, sagte Lyn.

Sie stellte ihm die gleichen Fragen wie Vivien. Im Gegensatz zu seiner Stiefmutter nannte er einen Namen, als Lyn nach Personen fragte, die eventuell für einen persönlichen Racheakt in Frage kamen. Axel Wäscher, ein handwerklicher Angestellter des Fahrenkrug'schen Küchenstudios, der vor acht Wochen fristlos entlassen worden war, weil er Werkzeuge hatte mitgehen lassen.

»Aber eigentlich traue ich ihm so was nicht zu«, fügte Sören nach kurzer Überlegung hinzu. »Axel würde niemals, also, er hätte doch niemals Noa ...« Er brach ab.

Lyn gab ihm ein paar Sekunden, damit er sich fangen

konnte. Dann fragte sie: »Haben Sie eine Ahnung, was Noa Ruiz draußen wollte?«

»Darüber hab ich mir eben auf dem Flur auch Gedanken gemacht. Vielleicht …«, Sören sah von Lyn zu Vivien, »vielleicht wollte sie ja Theo entgegengehen. Oder ihn erschrecken. Sie hat sich manchmal einen Spaß daraus gemacht.«

»Was?« Vivien sah ihn verstört an. »Davon weiß ich nichts.«

»Weil sie es dir nicht erzählt haben«, sagte Sören. Er griff nach der Decke und legte sie der zitternden Vivien wieder um die Schultern. »Du regst dich ja immer über alles auf, was Theo betrifft. Sie hatten beide Spaß daran. Theo hat es mir mal erzählt. Noa hatte sich im Gebüsch an der Au versteckt und ist dann mit Geheul rausgestürmt. Er fand's klasse.«

»Es wäre eine mögliche Erklärung«, sagte Lyn. »Sie muss sich ja nicht unbedingt versteckt haben. Vielleicht ist sie ihm einfach entgegengelaufen und hat beobachtet, was geschehen ist. Als sie ihm zu Hilfe kommen wollte, ist die Situation eskaliert.«

»Wer tut denn so was?«, weinte Vivien Fahrenkrug erneut auf. Sie beugte sich vor und suchte Lyns Blick. »Versprechen Sie es mir, dass Sie Theo finden. Versprechen Sie es mir!«

Lyn sah Vivien in die Augen, deren Lider geschwollen und rot waren. »Ich verspreche Ihnen, dass wir alles dafür tun werden. Alles.« Sie überlegte, dann sagte sie: »Ich brauche jetzt den Schlüssel für Ihren Postkasten, Frau Fahrenkrug. Und ich möchte Sie bitten, in Ihr E-Mail-Fach zu sehen.«

»Was?« Verwirrt blickte Vivien sie an.

»Wenn es sich um eine Entführung handelt, wird wahrscheinlich eine Lösegeldforderung eingehen oder bereits eingegangen sein. Wo finde ich den Schlüssel für den Postkasten?«

Sören ging mit Lyn zum Flur und nahm einen kleinen Schlüssel aus einem antiken Holzschränkchen an der Wand. Lyn streifte die Handschuhe wieder über und öffnete den edlen Postkasten neben der grün-weiß gestrichenen hölzernen Eingangstür. Er war leer.

Nachdem Vivien versichert hatte, dass sie ein paar Minuten

allein bleiben könne, folgte Lyn Sören auf den Flur zur Treppe. Außer der Treppe gab es einen Fahrstuhl, der in den ersten Stock führte, wo sich Viviens Arbeitszimmer befand.

Das Arbeitszimmer hatte einen Balkon, war hell tapeziert, die Möbel dem Sechziger-Jahre-Look nachempfunden, und die Wände waren mit gerahmten Kinoplakaten zugepflastert, ohne dass es aufdringlich wirkte. Doris Day, Rock Hudson und James Stewart. Lyn war hin und weg. »Sind das alte Plakate, also Originale?« Sie betrachtete das gerahmte Plakat neben dem Fenster. »Breakfast at Tiffany's«. Audrey Hepburn posierte darauf mit Zigarettenspitze im kleinen Schwarzen.

»Nicht alle, aber ein paar. Vivi liebt diese alten Film-Schinken.«

Sympathisch, dachte Lyn. Es gab schließlich nichts Schöneres, als an einem verregneten Sonntagnachmittag auf dem Sofa herumzulümmeln und einen Doris-Day-Film zu gucken.

Während Sören Fahrenkrug das Kabel vom Laptop löste, sah Lyn sich um. Der Blick aus dem Fenster zeigte die Au, aber nicht den Teil, an dem der Mord geschehen war. Die Balkontür war zwar geschlossen, aber das Fenster stand im Kipp geöffnet, und herein drang nur die Stille der Landschaft. Noas Schreie konnten also tatsächlich gut zu hören gewesen sein.

Als Lyn einen Blick auf den Schreibtisch warf, fiel ihr das in graues Leder gerahmte Foto eines rothaarigen Jungen sofort ins Auge. Sie griff danach und hielt es Sören Fahrenkrug hin. »Ist das Theo?«

»Ja.«

Lyn betrachtete das Bild. Theo war süß. Hellrothaarig, Sommersprossen … Er strahlte auf der Porträtaufnahme in die Kamera. Seine körperliche Behinderung hatte ihm eindeutig nicht die Lebenslust genommen.

»Wir benötigen für die Ermittlungen ein Foto von Theo. Ist dieses aktuell? Dann würde ich es gern mitnehmen.«

Sören blickte noch einmal darauf. »Ja. Ja, so sieht er jetzt aus.«

Lyn nahm das Bild heraus und stellte den Rahmen zurück.

»Und dann möchte ich noch einen ersten Blick in Noas Zimmer werfen.«

Sören führte sie zwei Zimmer weiter. Ein Hauch Vanille einer Duftkerze streifte Lyns Nase, als sie den großzügigen Raum mit den hellen Holzmöbeln betraten. Das Doppelbett hatte Noa sich zur Gänze einverleibt. Ein Kopfkissen und zwei kleine bunte Kissen sowie die seitlich aufgeschlagene Bettdecke lagen in der Mitte auf der durchgehenden Matratze, so, als sei Noa gerade aus dem Bett gestiegen. Ein abgegriffener und sichtlich oft geknuddelter dunkelbrauner Teddy lag zwischen den Kissen. Auf einer Kommode lagerten Unmengen von Kosmetik und Modeschmuck. Und definitiv hatte Noa eine Vorliebe für Tücher und Schals gehabt.

Lyn nickte Sören zu. »Danke. Meine Kollegen werden das Zimmer später gründlich untersuchen.« Sie warf noch einen Blick zum Bett. Die schwarzen Augen des Teddys glänzten, als ob er wüsste, dass er ab heute allein war.

Zusammen mit Sören ging sie wieder hinunter ins Wohnzimmer. Er stellte den Laptop vor Vivien Fahrenkrug auf dem würfelartigen Holztisch vor dem Sofa ab.

»Wie sollen diese Leute denn wissen, wie meine E-Mail-Adresse lautet?«, fragte Vivien mit bebender Stimme, während sie das Passwort dreimal eingeben musste, weil ihre Finger zitterten.

»Entführer sind nicht immer Fremde«, sagte Lyn nur.

»Aber per E-Mail?«, fragte Sören. »Wie soll das gehen? Der Absender würde doch nachzuvollziehen sein. Ich meine … Sie würden doch rausfinden, woher die Mail kommt.«

»Haben Sie mal was von Tor gehört? Dem Netzwerk?«, fragte Lyn. »Sie glauben gar nicht, wie verschleiert man Nachrichten versenden kann. Über verschiedene Server in verschiedenen Ländern.«

»Ach.« Er klang ungläubig.

Vivien Fahrenkrug hatte zwei neue E-Mails. Eine von Amazon und eine von ihrem Internetanbieter.

»Ihr Mann muss sein Fach und das Firmen-E-Mail-Fach

ebenfalls checken«, sagte Lyn. »Bitte geben Sie ihn mir gleich, wenn er anruft und Sie mit ihm gesprochen haben. Kollegen werden außerdem umgehend Ihren Festnetzanschluss präparieren, falls die Entführer sich telefonisch melden.«

»Oh Gott, oh Gott«, murmelte Vivien.

»Es gibt ein Prozedere für Entführungsfälle, das jetzt anlaufen wird, Frau Fahrenkrug. Ich weiß, dass es leicht dahergesagt ist, aber bitte versuchen Sie, so ruhig wie möglich zu bleiben. Sie werden auch professionelle Hilfe erhalten. Wir haben speziell geschulte Mitarbeiter, die Sie und Ihre Familie betreuen werden.«

Vivien griff nach Lyns Hand. »Sie bleiben doch auch hier, oder? Sie gehen nicht weg?«

»Keine Sorge, Frau Fahrenkrug. Es wird immer jemand hier bei Ihnen sein.« Lyn tätschelte die zitternde Hand. »Jetzt brauche ich noch Namen und Adresse von Theos Freund, den er besucht hat.«

»Levi Reimers«, sagte Vivien. »Er wohnt in Wilster im Bischofer Deich. Die Hausnummer …«, sie presste die Hände an die Schläfen, »sie fällt mir nicht ein.«

»Das ist in Ordnung«, sagte Lyn. »Wir finden sie heraus. Eine Frage müssen Sie mir aber bitte noch beantworten, Frau Fahrenkrug. Ich sah, dass Sie beim Gehen humpeln. Warum?« Es konnte schließlich sein, dass es eine frische Verletzung war. Und dann wäre es interessant, zu wissen, woher sie kam.

Das Antworten übernahm Sören Fahrenkrug. »Vivien hatte vor drei Jahren einen schlimmen Autounfall. Theo saß mit im Wagen. Er ist seitdem querschnittgelähmt. Vivien hat ebenfalls Monate im Krankenhaus verbracht. Ihre Hüfte und beide Beine wurden schlimm in Mitleidenschaft gezogen … Sie wird immer humpeln.«

Lyn nickte. »Ich hoffe, Sie verstehen, dass ich das fragen musste. Und ich brauche jetzt auch die Telefonnummer von Theos leiblicher Mutter.« Sie zog ihr Notizbuch aus der Tasche und sah Sören an. »Ist Theos Mutter auch Ihre Mutter, Herr Fahrenkrug?«

»Ja. Theo und ich liegen altersmäßig zwar fünfzehn Jahre auseinander, aber wir sind beide waschechte Fahrenkrugs.« Er schloss kurz die Augen. »Meine Mutter … das übersteht sie nicht. Sie wird zusammenbrechen.«

Vivien Fahrenkrug wurde auf dem Sofa noch kleiner, sofern das überhaupt möglich war. »Sie wird mich umbringen. Ja, das wird sie wirklich.«

Sören öffnete den Mund, sagte aber doch nichts. Er sah Lyn an. »Soll ich meine Mutter anrufen? Sie ist in England, bei Freunden.«

Lyn nickte. »Und dann geben Sie sie mir bitte anschließend.«

Er nahm sein Handy auf, als es gerade klingelte. »Das ist mein Vater«, sagte er mit Blick auf das Display und ging ran.

Lyn ließ ihn die Situation erklären. Es war gut, wenn Magnus Fahrenkrug es von einem Familienmitglied erfuhr, bevor sie das Gespräch übernahm.

Sie atmete tief durch. Eine Kindesentführung war grauenhaft. Hoffentlich ging es dem Jungen gut.

VIER

Jana erwachte aus einem unruhigen Schlaf, zeitgleich mit Neele. Die Morgendämmerung schickte ein wenig Licht durch die beiden dreckigen Fenster des Schuppens.

»Pst!«, stieß Neele leise aus, den Zeigefinger an die Lippen gelegt, die Augen weit aufgerissen.

Motorengeräusch hatte sie beide geweckt. Im Gegensatz zu Neele, die wie erstarrt dalag, kam Leben in Jana. Sie wedelte die Strohhalme von ihrem Körper und stand auf. Gebückt, um durch das Fenster nicht gesehen zu werden, tappte sie zur Tür, um zu gucken, was beim Haus vor sich ging.

Der Wagen, der auf den Hof gefahren war und gerade hinter dem Haus parkte, war nicht der weiße Lieferwagen von gestern Abend, sondern ein Pkw. Silberfarben. Oder grau? Die Dämmerung ließ keinen genauen Schluss zu. Die Fahrertür öffnete sich, und ein Mann stieg aus. Zumindest lief er wie ein Mann. Jana hielt den Atem an, als er in Richtung Schuppen blickte. Aber er steckte sich nur eine Zigarette an, machte ein paar Schritte und schien sich allgemein in der Umgebung umzublicken. Wenig später schloss er die Hintertür der Kate auf und verschwand mit der Kippe im Mund im Haus.

Sie ging zu Neele zurück. »Einer ist zurückgekommen«, flüsterte sie der Freundin zu und zog ein paar Halme aus deren Haar. »Mit einem anderen Auto. Oder das ist ein ganz anderer Typ als die von gestern. Ich glaub jedenfalls, dass das Wilderer sind. Hier gibt's doch so viele Rehe. Die schießen die bestimmt und verkaufen dann das Fleisch. Rehbraten ist voll lecker. Gab's bei meinem Uropa manchmal.«

»Ich will hier weg«, flüsterte Neele. »Sofort.«

»Nein. Wir müssen noch warten. Wenn wir jetzt rausgehen, sehen die uns vielleicht.«

Neeles Augen füllten sich mit Tränen. »Fuck-Idee von dir,

in diese Fuck-Gegend zu fahren. Wär ich bloß im Heim geblieben.«

»Ja, wärst du man!«, fauchte Jana leise. »Du nervst tierisch!«

Neele streckte ihr den Mittelfinger entgegen und griff nach ihrem Handy. »Oh fuck«, stieß sie aus. »Kein Akku mehr. Gib mir mal dein Kabel.« Ohne eine Antwort abzuwarten, ging sie an Janas Rucksack und zog zwei Reißverschlüsse auf, bevor sie auf das Aufladekabel stieß und es herauszog.

Jana hatte ihre Bürste aus dem Rucksack genommen und bürstete ihr langes braunes Haar. »Das Kabel nützt dir hier gar nichts«, sagte sie, zog einen Halm aus der Bürste und tastete mit der anderen Hand ihr Haar nach weiteren Strohresten ab. »Ich glaub nicht, dass Opa im Schuppen Strom hatte.« Sie blickte um sich, während sie weiterbürstete.

Neele war bereits aufgesprungen, um sich auf die Suche nach einer Steckdose zu machen. »Ist doch scheiße«, zischte sie, als sie erfolglos zurückkam. »Wo sollen wir das denn jetzt aufladen? Hast du noch Akku?«

Jana schüttelte den Kopf. »Nee, heute Nacht schon nicht mehr.« Sie legte die Bürste zur Seite, griff nach einer der Colaflaschen neben ihrer muffigen Schlafstätte und öffnete sie.

Wütend stopfte Neele das Kabel in ihren Rucksack.

Jana trank ein paar Schlucke von der Cola. Beim Zudrehen der Flasche sagte sie: »Wir essen jetzt einen Toast, und dann schauen wir mal. Wenn drüben alles ruhig ist, hauen wir hier ab. Wir müssen ja nicht auf dem Weg zur Straße laufen, wo die uns sehen könnten. Hinterm Haus können wir über die Weiden gehen. Da wird's dann ja auch noch irgendwo ein Dorf geben. Da laden wir dann auch unsere Handys auf.«

»Warum verschwinden wir nicht hinter dem Schuppen auf die Weiden?«

»Weil da ein Graben ist, viel zu breit, um rüberzuspringen.«

»Na gut.« Neele schluckte die Frusttränen runter. Sie öffnete ihren Rucksack, holte das Nutellaglas heraus und drehte den Deckel auf. Mit dem Zeigefinger stach sie in die Folie und zog sie anschließend ab. Sie hielt Jana das Glas hin. »Wieder Frieden?«

»Frieden.« Breit grinsend tauchte Jana ihren Finger ins Glas, fuhr damit durch die dunkle Masse und steckte den Finger mit dem cremigen Schokohügel dann in den Mund. »Hmm, lecker.« Sie nahm das Toastpaket aus der Plastiktüte, riss es auf und zog zwei Scheiben heraus. Eine reichte sie Neele, die nun mit ihrem Finger im Glas bohrte.

Zufrieden öffnete Jana die Packung mit der Salami und legte drei Scheiben auf das pappige Weißbrot. Alles würde gut werden. Gleich waren sie hier weg.

***

Theo Fahrenkrug wusste schon, dass etwas nicht stimmte, bevor er die Augen aufmachte. Ihm war kalt. Und da war dieser eigenartige muffige Geruch, wie bei Oma im Keller. Aber er war doch nicht bei Oma. Dann hörte er schweres Atmen und zwang sich, die Lider zu öffnen. Gewichte schienen daran zu hängen.

Irgendwo im Raum brannte ein schwaches Licht. Verschwommen nahm er wahr, dass jemand auf einem Sessel hinter dem Bett saß, in dem er lag. Und es war eindeutig nicht sein Bett, nicht sein Zimmer. Sein Blick wurde klarer, und die Erinnerung kehrte zurück, langsam, wie in Zeitlupe. Eine Frau hatte mit ihm gesprochen. War das gestern gewesen? Eine Frau mit einer Maske auf dem Kopf. Präsident Trump …

Theo starrte die Maske an, die jetzt auf ihn herunterblickte. Shrek.

»Was …?«, murmelte er. Sein Mund fühlte sich eklig an. Pelzig und trocken. Und ihm wurde übel. Er versuchte, sich auf die Seite zu drehen, und würgte.

»Ist dir schlecht?« Es war eine männliche Stimme. Shrek stand auf, trat neben ihn ans Bett und nahm einen gelben Plastikbecher von einem Nachttisch. »Das wird gleich besser. Trink was.«

Theo würgte noch einmal trocken und ignorierte den gelben Plastikbecher, den Shrek ihm hinhielt. »Sie haben mich entführt!«, stieß er aus, als die Erinnerung klarer wurde. »Der weiße Lieferwagen ... Sie haben mir was auf das Gesicht gedrückt!«

»Ja. Und wenn du schön die Klappe hältst und brav bist, müssen wir das nicht wieder tun. Wenn du schreist, stellen wir dich mit dem Betäubungsmittel ruhig. Dann wird dir wieder schlecht.«

Theo konnte den Blick nicht von der breit grinsenden Shrek-Maske lösen. Er war entführt worden! Er war tatsächlich entführt worden. Wie oft hatte er sich das ausgemalt! Jetzt war es Wirklichkeit. Papa hatte immer gelacht, wenn er »Entführt« gespielt hatte. Und nun ... Sein Herz begann wild zu klopfen, und eine neue Welle der Übelkeit überfiel ihn.

Nach dem Würgen packte der Shrek-Mann ihn, zog ihn hoch, sodass er gegen die kühle Rückwand des Bettes gelehnt zu sitzen kam, und hielt ihm den Becher an die Lippen. »Trink das.«

Theo roch am Inhalt. Es roch nach ... Wasser. Gierig schluckte er. Wenn da doch irgendetwas zum Betäuben drin war, hatte er Pech gehabt. Sein Durst war viel stärker als der Argwohn.

»Dir passiert nichts«, sagte Shrek. »Tu einfach, was wir dir sagen, dann ist alles gut. Es ist immer einer von uns hier. Wir sind unten, und wenn du hier oben Zirkus machst, hören wir das.« Er deutete zu einer dunklen Holzkommode mit abgestoßenen Ecken, die unter einem kleinen Dachfenster stand. Ein beigefarbenes Gerät stand darauf.

»Das ist ein Babyfon«, sagte Shrek. »Wir hören unten alles. Jeden Pups. Also verhalte dich mucksmäuschenstill, wenn du nicht wieder betäubt werden willst. Und: Schreien nützt hier sowieso nichts. Wir sind in der Pampa. Verstanden?«

Theo nickte, aber seine Aufmerksamkeit galt eher nicht dem Babyfon, sondern dem Stapel Windeln auf der Kommode, der vor einer Papiertüte lag. Er riss die Decke von seinem Körper und fingerte über die Jeans. Tränen schossen ihm in die Augen. »Sie haben mir eine Windel angezogen?« Wut und Scham färbten seine Stimme.

»Reg dich ab, Kleiner. Wir gucken dir schon nichts ab. Ist für alle einfacher so.« Shrek ging zur Kommode, nahm die knittrige Papiertüte und stupste mit dem Fuß etwas vor sich her ans Bett. »Ich stell dir die Bücher auf den Schemel. Dann kommst du besser ran.«

»Bücher?«, fragte Theo verwirrt.

Shrek wies auf die Tüte. »Da sind Bücher drin. Damit du dich nicht langweilst.«

Theo starrte ihn an. Er sollte hier lesen? Er konnte ja kaum denken! Und dann begann er schwerer zu atmen, weil ihm gerade dämmerte, was die Frau gesagt hatte. Die Erinnerung daran war nur dumpf, aber sie hatte ein Messer gehabt. »Die Frau … Sie hat gesagt, sie schneidet mir die Beine ab!«, stieß er hervor. »Die brauchst du ja sowieso nicht«, hatte sie gesagt und gelacht.

Shrek blickte auf ihn herab. Einen Moment herrschte Stille, dann sagte er: »Hör nicht auf die. Die spinnt manchmal. Dein stinkreicher Papa bezahlt schön das Lösegeld, und dann darfst du wieder nach Hause. Dir passiert hier nichts. Wenn du parierst!«

***

»Alles klar, Wilfried«, sprach Lyn in ihr Handy. »Dann bis später.« Sie legte es neben ihren Frühstücksteller, auf dem sich Apfelschale kringelte. Emil, den sie auf dem Schoß hielt, spielte brabbelnd mit der langen Kette, die sie zu einem schlichten grauen Langarmshirt und Bluejeans trug.

»Die Taucher haben in der Au nur Theos Handy entdeckt«, sagte sie erleichtert zu Hendrik, der darauf wartete, zu erfahren, was ihr Chef so Wichtiges mitzuteilen hatte, dass er Lyn am frühen Morgen zu Hause anrief. »Und das war natürlich zu erwarten, dass die Täter das Handy entsorgen.«

Nachdem das Einloggen in den Funkturm zur Ortung von Theos Handy gestern schon negativ verlaufen war, hatte festgestanden, dass das Handy entweder ausgestellt oder kaputt war.

Sie hatte den Fahrenkrugs nichts davon gesagt, aber da es noch keine absolute Gewissheit gab, dass es sich um eine Entführung handelte, mussten alle Möglichkeiten in Betracht gezogen werden. Und so hatten Polizeitaucher die Wilster Au nach einem eventuell toten Theo abgesucht.

»Nein, mein Schatz, nein!« Sie löste Emils Händchen von ihrer Kette, als er begann, daran zu reißen. »Wilfried möchte, dass ich direkt nach Kasenort fahre. Magnus Fahrenkrug ist zu Hause eingetroffen. Und Theos Mutter wird ebenfalls noch heute Vormittag erwartet. Die Entführer haben sich noch nicht gemeldet.«

Hendrik hatte gerade in seine mit Käse und Tomaten belegte Brötchenhälfte gebissen. »Nicht verwunderlich«, sprach er mit vollem Mund. »Die Tote war kaum eingeplant.«

»Allerdings. Und das macht mir am meisten Angst. Wenn sie zur Ruhe kommen, wird ihnen klar werden, was sie getan haben. Und die Frage ist ...« Der Satz blieb unvollendet in der Luft hängen.

»... ob sie die Sache dann nicht abblasen und den Jungen töten«, ergänzte Hendrik ihn ruhig.

Lyn nickte nur, drückte Emil an sich und küsste sein Köpfchen.

»Ich beneide dich nicht«, sagte Hendrik. »Die Eltern müssen furchtbar leiden. Nicht zu wissen, was mit dem Kind passiert ist. Ob es noch lebt ...« Er sah Emil an. »Irgendwie kann ich es erst jetzt richtig nachvollziehen, was sie durchmachen. Ich meine, früher fand ich es auch grauenhaft, wenn Kinder in einem Fall betroffen waren, aber jetzt ... Er ist noch aufwühlender geworden, dieser Gedanke.«

»Vater- und Muttersein macht natürlich empathischer«, sagte Lyn. »Ich darf mir auch nicht vorstellen, was die Eltern von Noa Ruiz jetzt durchmachen. Dann könnte ich nämlich heulen. Noa war im gleichen Alter wie Lotte. Sie haben ihre Tochter ein Jahr lang nicht gesehen und sich auf die Heimkehr gefreut, und dann«, Lyn schüttelte den Kopf, »gerät das Leben aus den Fugen. Mit solch unfassbarer Wucht.«

»Vielleicht hätten wir doch lieber Friseur werden sollen«, sagte Hendrik mit schiefem Lächeln. »Dann hätten wir Leute glücklich machen können.«

»Ja, oder Eisverkäufer.« Lyn stand auf, ging mit dem Kleinen zum Flur und trat an die Treppe. »Krümel?«, rief sie hinauf. »Ich fahre heute nicht bis Itzehoe, sondern direkt nach Wilster. Du musst also den Bus nehmen, wenn du zu Opa willst. Das heißt, du musst dich im Bad beeilen.«

Lyns Vater Henning Harms hatte am Vorabend angerufen und mit einem schönen Taschengeld gelockt, falls Sophie ihm heute bei der Gartenarbeit helfen würde. Und da sie ständig knapp bei Kasse war, weil sie und ihre beiden besten Freundinnen quasi im Kino wohnten, hatte sie zugesagt, obwohl das mit viel zu frühem Aufstehen verbunden war.

Ein genervtes Aufheulen war aus dem Obergeschoss zu hören. Zwei Sekunden später stand Sophie am Treppenabsatz, im Pyjama, die Zahnbürste in der Hand haltend, Schaum am Mund. »Warum kannst du mich denn nicht erst zu Opa bringen? Busfahren ist ätzend.«

»Andere Kinder fahren jeden Tag mit dem Bus zur Schule. Es ist Luxus, dass du immer bei mir mitfahren kannst. Heute mal nicht. Punkt.«

»Boah, für den Dicken da machst du alles.« Sophie deutete auf Emil, der bei ihrem Anblick fröhlich-glucksende Geräusche ausstieß. »Aber ich …« Wütend stapfte sie ins Bad zurück und knallte die Tür zu.

Hendrik kam aus der Küche, grinsend. »Der ›Dicke‹ … Finde ich jetzt besser als Halbbruder. Und sie hat ja recht.« Er breitete die Arme aus. »Komm zu Papa, Dickbacke. Dann kann Mama sich fertig machen.«

Aber der Kleine machte keine Anstalten, Lyns Arme zu verlassen.

Sie küsste das kleine Köpfchen und reichte ihn an Hendrik weiter, sich die Worte verkneifend, die ihr auf der Zunge lagen. Ich fühle mich mies. Ich will hier nicht weg. Ich will bei euch sein.

Als Lyn in Kasenort die Auffahrt zum Haus der Fahrenkrugs hinauffuhr, fiel ihr wieder einmal auf, wie wunderschön das Haus war. Es war aufwendig restauriert worden. Die Außenwände waren mit altem Gestein neu gemauert worden. Hendrik und sie waren bei Radtouren zum Eisessen nach Wilster oft hier vorbeigeradelt und hatten das Anwesen bewundert. Sie hatten allerdings nicht gewusst, dass es den Fahrenkrugs gehörte.

Vielleicht war es früher ein Bauernhaus gewesen? Die Größe sprach dafür. Ebenfalls das Reetdach. Die dunkelgrün-weiß gestrichenen Holzfenster hatten Sprossen, und die doppelflügelige Haustür war mit den Ornamenten und kleinen Buntglasscheiben prächtig anzusehen. Der Garten war ein Traum, besonders im Sommer. Wenn Geld keine Rolle spielte …

Im gleichen Moment schämte Lyn sich für ihre Gedanken. Die Gier der Entführer nach dem Reichtum der Fahrenkrugs hatte schließlich zu dem grauenhaften Unglück geführt.

Magnus Fahrenkrug öffnete ihr in dunkler Anzughose und weißem Hemd die Tür. Er war attraktiv, die ältere Ausgabe von Sören, mit dem Unterschied, dass seine Schläfen grau waren und er eine dunkle Brille trug. Was ihm im Gegensatz zu seinem Sohn fehlte, und das nicht zu seinem Nachteil, war der verlebte Zug um den Mund.

Sie stellte sich vor, und er bat sie herein, nachdem sie seine hastige Frage, ob es etwas Neues gäbe, verneinen musste. Lyn wusste nicht, was sie erwartet hatte, aber nicht die Ruhe, die er ausstrahlte. Gut, er war blass, aber er schien seine Gefühle unter Kontrolle zu haben.

Im Wohnzimmer begrüßte sie den Kollegen vom Kommissariat für Wirtschaftskriminalität, der im Nebenamt als Mitarbeiter der Verhandlungsgruppe die Familie betreute und das Telefon überwachte. Er war besonders geschult in der Betreuung von Angehörigen von Entführungsopfern, instruierte sie, wie sie sich zu verhalten hatten, wenn die Entführer sich meldeten, und er beruhigte sie, wenn die Nerven blank lagen.

Nachdem sie kurz mit dem Kollegen gesprochen hatte, führte Magnus Fahrenkrug sie ins Esszimmer. Sören, Vivien und eine weitere Frau saßen an dem runden Holztisch, in dessen Mitte auf einer antiken Silberplatte ein riesiges Gesteck aus mintfarbenen und weißen Kunstblumen thronte.

»Es gibt noch nichts Neues«, beantwortete Magnus Fahrenkrug die Frage, die im Raum hing.

Sören stieß ein wütendes Stöhnen aus und fuhr sich mit beiden Händen durch das dunkle Haar. Anscheinend nicht zum ersten Mal, denn es stand nach allen Seiten ab.

Vivien Fahrenkrug sackte in sich zusammen. Sie sah noch blasser und fertiger aus als am Vorabend. Ihr Gesicht war käsig weiß, und ihre Lider waren nach wie vor geschwollen und rot. Sie schien gar nicht geschlafen zu haben, denn sie trug noch immer die Sachen vom Vorabend, die senffarbene Jeans und den khakifarbenen Pulli.

Die Frau, die Vivien gegenübersaß, war etwa im gleichen Alter wie sie, vielleicht ein, zwei Jahre älter. Sie hatte ihr langes blondes Haar hochgesteckt. Die Brille, durch die sie Lyn aufmerksam musterte, hatte einen weinroten Rahmen und passte perfekt zu dem blau-weiß-rot gemusterten Blazer, unter dem sie eine kragenlose weiße Bluse trug.

»Tessa Munck, meine Assistentin«, stellte Magnus Fahrenkrug sie vor. »Meine Frau kennen Sie ja bereits.« Er stellte sich hinter den Stuhl, auf dem Vivien saß, und legte ihr seine schlanken Finger auf die Schultern.

Lyn begrüßte alle mit Handschlag. Dann wandte sie sich an Magnus. »Ich würde Sie gern allein sprechen, Herr Fahrenkrug.«

»Wir können selbstverständlich vor meiner Frau und meinem Sohn reden. Und Tessa ist sehr eng mit uns verbunden. Sie hat mein vollstes Vertrauen –«

»Ich muss dennoch darauf bestehen«, unterbrach Lyn ihn freundlich, aber deutlich.

Tessa Munck war aufgestanden und umrundete den Tisch. Sören und Magnus sahen ihr beide hinterher. Sie trug Stiefeletten zu einer dunkelblauen Hose und hatte einen forschen Gang. Eine Businessfrau durch und durch, so schien es Lyn. Schlank, energiegeladen …

»Ich warte in der Küche, wenn das okay ist?« Tessa Munck sah von Magnus zu Vivien Fahrenkrug.

»Wie? Was?«, stieß Vivien aus. Sie schien völlig weggetreten zu sein.

»Oh, keine Umstände«, sagte Lyn. »Sie drei dürfen gern hier zusammen sitzen bleiben.« Sie sah Magnus Fahrenkrug an. »Es gibt bestimmt einen Raum, in dem wir uns allein unterhalten können?«

»Nun, dann lassen Sie uns in mein Arbeitszimmer gehen.« Er zeigte zur Tür.

Das Arbeitszimmer war so groß wie Lyns Wohn-Ess-Zimmer und ein typischer Männerraum. Dunkles Mobiliar, ein schwerer Teppich, kaum Deko. Auf den Bücherregalen, die eine komplette Wand einnahmen, erkannte Lyn auf den ersten Blick nicht ein einziges belletristisches Werk, sondern nur Fachliteratur und Sachbücher, dazu etliche Biografien und politische Werke. Auf dem Schreibtisch stach eine witzige Golfspieler-Figur ins Auge. Vielleicht hatte Theo sie seinem Papa geschenkt?

»Darf ich fragen, warum Frau Munck hier ist?« Lyn sah Magnus Fahrenkrug an. Assistentin hin oder her. In diesem höchst persönlichen und grauenhaften Fall hatte das Geschäft doch wohl zurückzustehen.

»Ich muss ihr Instruktionen für den Betrieb geben. Ich werde erst einmal nicht dort sein. Bis …« Er atmete tief durch. »Bis Theo wieder hier ist.«

»Aha.« Sie musterte ihn. »Das, was Sie zu instruieren haben, hätten Sie Frau Munck nicht telefonisch oder per Mail mitteilen können?«

Magnus Fahrenkrug versteifte sich. »Was soll das? Soll ich Ihnen jetzt etwa eine Einführung in die Leitung einer Firma geben? Haben Sie nichts Besseres zu tun? Zum Beispiel mein Kind zu suchen und dessen Entführer?«

Lyn blieb sachlich. »Vertrauen Sie uns, Herr Fahrenkrug. Wir Kriminalisten stellen viele Fragen, die Ihnen vielleicht nicht gefallen oder unnötig erscheinen. Aber sie sind Teil unserer Arbeit.«

»Entschuldigung«, er bot ihr einen Stuhl vor dem Schreibtisch an, »meine Nerven. Dieses Warten auf Nachricht ... Das macht so mürbe. Die Lösegeldforderung hätte doch längst eingehen müssen!« Er holte tief Luft. »Seien Sie ehrlich: Dass noch kein Lösegeld gefordert wurde, ist doch ungewöhnlich, oder? Das ... das ist kein gutes Zeichen, oder?«

Er hatte zwar um Ehrlichkeit gebeten, doch in seinen Augen glaubte Lyn zu lesen, dass er auf Widerspruch hoffte. Den Gefallen konnte sie ihm tun, denn letztendlich war alles offen.

»Es sind noch nicht einmal vierundzwanzig Stunden vergangen, Herr Fahrenkrug. Machen Sie sich bitte nicht mehr Sorgen als ohnehin. Natürlich können wir davon ausgehen, dass die Entführer den Mord an Noa Ruiz nicht eingeplant hatten. Niemand konnte ahnen, dass Noa zu dem Zeitpunkt dort an der Au sein würde. Aber das heißt nicht, dass die Entführer deswegen kein Lösegeld mehr fordern werden. Wenn sie in Panik geraten wären, hätten sie Theo zurückgelassen und wären geflüchtet. Aber sie haben ihren Plan fortgeführt. Also können wir davon ausgehen, dass eine Forderung eingehen wird.«

Er begann hin und her zu laufen. »Können wir nicht irgendetwas tun?«

»Ein Kollege ist unterwegs zum Postverteilungszentrum in Neumünster. Wenn die Erpresser gestern bereits einen Brief versandt haben, könnte er dort schon liegen.«

»Aber dann müssten sie ihn ja schon vor der Entführung zur Post gebracht oder eingesteckt haben«, sagte Magnus Fahrenkrug.

»Ja«, gab Lyn ihm recht. »Das wäre ungewöhnlich, aber alles ist möglich. Die Wahrscheinlichkeit ist natürlich höher, dass die Forderung erst morgen eingeht, falls sie per Post kommt. Am wahrscheinlichsten ist es, dass die Entführer sich telefonisch über das Festnetz melden.«

»Dieses verdammte Warten!« Magnus Fahrenkrug atmete erneut tief ein. »Bitte, fragen Sie, was auch immer Sie wissen müssen. Ich tue alles, um Theo zu retten.«

Lyn stellte ihm die üblichen in einem Entführungsfall zu stellenden Fragen, aber Magnus Fahrenkrug konnte nichts und niemanden nennen, der der Familie Böses wollte. Interessant war allerdings die Tatsache, dass Theo tatsächlich erst am Samstag von seiner Mutter bei seinem Vater und Vivien Fahrenkrug einquartiert worden war. Also sehr kurzfristig.

***

Theo lauschte den beiden Stimmen, die vage von unten heraufklangen. Eine dunkle und eine hellere Stimme. Shrek und Trump, da war er sich ziemlich sicher.

Er saß nach wie vor an den Kopf des Betts gelehnt da, mit dem Unterschied, dass er sich das Kissen in den Rücken gestopft hatte, weil das dunkle Holz die Kälte des muffigen Zimmers aufgesogen hatte und ausstrahlte. Das Bett stand in der Ecke. Es schien uralt zu sein, aber die Matratze und das Kissen rochen neu. Alles andere im Raum war ebenfalls uralt.

Wo er wohl war? Wohin hatten sie ihn verschleppt? Den Geräuschen oder besser den nicht vorhandenen Geräuschen nach zu urteilen, war er in einer menschen- und autoleeren Gegend. Sogar zu Hause bei Papa in Kasenort war ja mehr los! Da hörte man mal ein Auto vorbeifahren oder Touristen reden, die die Schleuse sehen wollten. Hier hatte er nur ein einziges Mal ein Motorengeräusch gehört. Vorhin. Jemand war gekommen.

Theo hatte das Zimmer schon genauestens unter die Lupe genommen, soweit das kaum vorhandene Licht es zuließ. Das

Dachfenster mit der Luke war winzig und verdreckt und ließ kaum Licht herein. Die Tapeten mit dem beige-goldfarbenen Blumenmuster waren uralt und blätterten zum Teil von der Wand ab. An der Wand gegenüber hing links neben der Tür ein Regal mit Büchern, rechts verriet ein helleres Rechteck, dass dort wohl mal ein Bild gehangen hatte.

Ansonsten gab es einen riesigen dunkelbraunen Holzschrank mit zwei Türen, von denen eine leicht schief in den Angeln hing, und die Kommode, auf der das Babyfon neben dem Windelstapel stand. Das kleine Lämpchen am Babyfon leuchtete, was wohl hieß, dass es auf Empfang war. Sein Blick wanderte zu dem Nachtschränkchen, auf dem nur ein gelber Plastikbecher mit Wasser stand. Nicht einmal eine Lampe gab es.

Theo schluckte. Was Papa und Mama und Vivi jetzt wohl gerade taten? Ob Papa schon zur Bank gefahren war, um das Geld zu holen, das die Kidnapper haben wollten?

Wenn er »Entführt« gespielt und aus Zeitungsschnipseln Erpresserbriefe an Papa zusammengeklebt hatte, hatte er immer hundert Millionen verlangt. Papa hatte zwar gelacht, aber immer gesagt, dass er so viel wert sei und dass Erpresser ruhig so viel verlangen könnten. Es war schon eine Weile her, dass er dieses Spiel gespielt hatte. Jetzt, mit fast zwölf, wusste er, dass hundert Millionen wohl etwas hoch gegriffen waren. Wie viel die Entführer wohl verlangen würden? Hoffentlich hatte Papa so viel!

Ob Papa die Polizei verständigt hatte? Bestimmt. Beim Spielen hatte er immer gesagt, dass nur Dummköpfe die Polizei nicht einschalten würden, auch wenn in Erpresserbriefen immer stand, dass die Opfer getötet würden, wenn man die Polizei informierte. Theo hatte ihm zugestimmt und dann nicht nur das Entführungsopfer gespielt, sondern auch den Kommissar, der von einem Killer angeschossen worden war und seitdem im Rollstuhl saß. Mit Papas kalter Pfeife im Mund und der Plastikpistole war er ein cooler Bulle gewesen.

Theo atmete tief ein und aus. Dies hier war die Wirklichkeit.

Was würde mit ihm geschehen? Komischerweise verspürte er keine Angst. Das Gefühl, das ihn beherrschte, war anders. Eher … Aufregung. Ja, das alles fühlte sich megaaufregend an. Ein bisschen wie das Gefühl, das er im Urlaub in der Achterbahn hatte, als der Wagen die steile Anhöhe hinaufgefahren war, kurz bevor es mit Karacho hinunterging.

Papa und Mama würden das Geld bezahlen. Und weil die Entführer Masken trugen, mussten sie keine Angst haben, dass er sie wiedererkennen würde. Also würden sie ihn freilassen. Ja, das würden sie!

Er zuckte zusammen, als die helle Stimme von unten lauter wurde. Die Trump-Frau! Sie war anscheinend auf dem Weg nach oben und sprach von der Treppe aus. Und dann drehte sich auch schon der Schlüssel im Schloss. Die Zimmertür wurde aufgestoßen, und sie trat ein. Mit einem Tablett, auf dem ein Glas Milch und ein Teller standen. Die Trump-Frau war nicht groß. Sie trug enge Jeans, Stiefeletten, Pulli und einen dicken Schal. Mit dem Fuß stieß sie die Tür wieder ins Schloss und kam auf ihn zu.

»Hier, Kröte, Frühstück.« Sie stellte das Tablett auf seinem Schoß ab. Unter der Maske wurde er gemustert. Ihre Augenfarbe konnte er nicht erkennen, es war zu dunkel.

»Ich hab keinen Hunger«, sagte er, weil es die Wahrheit war.

»Du isst das jetzt, verstanden!« Sie packte grob sein Kinn und kam mit dem Kopf ganz dicht an sein Gesicht. Theo konnte das Gummi der Maske riechen. »Du machst *alles*, was wir dir sagen, klar? Wenn ich sage ›Pfeif‹, dann pfeifst du. Wenn ich sage ›Halt die Fresse‹, dann hältst du die Fresse. Und wenn ich sage ›Iss das‹, dann isst du das.« Sie ließ ihn los und richtete sich wieder auf. »Iss!«

Theo nahm das Milchglas und trank einen Schluck. Sie stieß eine Art Grunzen aus. Um sie nicht noch mehr zu reizen, griff er nach dem ungerösteten Toast, auf dem auf einer dicken Schicht Butter eine Salamischeibe lag. Er hasste Butter, biss aber dennoch ein kleines Stück ab.

Sie ging zur Tür und drehte sich dort noch einmal um. »Und wenn ich sage ›Tanz‹«, erklang es unter der Trump-Maske, »dann tanzt du, klar?« Mit einem hässlichen Lachen ging sie hinaus.

Theo starrte die Tür an, dann streckte er die Zunge so weit raus, wie er nur konnte, und machte ein Brechgeräusch. Die kam hoffentlich nach Askaban, wenn die Polizei sie schnappte!

***

Kathrin Pinkert riss sich die Trump-Maske herunter und stülpte sie über den Kopf des Treppenpfostens, als sie unten war. Auf dem anderen Pfosten steckte die Shrek-Maske.

Sie fuhr sich mit beiden Händen durch das blonde Haar und sah zu Nick, der im ehemaligen Wohnzimmer der Kate auf einem der Stühle saß und auf seinem Smartphone herumfingerte. Wahrscheinlich schrieb er gerade seiner Mutter, dass sie gut an der Ostsee angekommen waren. Er hatte seinen Eltern, als er den Sprinter zu ihnen zurückgebracht hatte, erzählt, dass sie sich dort für ein paar Tage ein Ferienhaus genommen hätten.

»Wenn die Kröte aufgegessen hat«, sprach sie ihn an, »lassen wir ihn den Brief an seinen Alten schreiben. Wo ist die Mappe mit dem Briefpapier und dem Aufkleber?«

Er deutete mit dem Kopf zu einer schäbigen grauen Sporttasche, die unter dem Fenster stand. »Da drin. Denk dran, Handschuhe anzuziehen, wenn du es rausholst.«

»Hältst du mich für blöd?« Sie ging zum Fenster, von dem aus man auf den hinteren Hof blicken konnte.

Nick sah nicht vom Handy auf. »Lieber einmal mehr erinnern.« Dann ruckte sein Kopf hoch.

Auch Kathrin, die den Reißverschluss der Tasche aufzog, hielt in der Bewegung inne. Motorengeräusch!

Es war ein Pkw, der um das Haus herumfuhr. Nick stieß einen Laut der Erleichterung aus, nachdem er aus dem Fenster geblickt hatte. Neben seinem silberfarbenen Kombi parkte ein blauer Mazda. »Das ist Leon.«

»Spinnt der?«, zischte Kathrin und eilte zur Hintertür. »Wieso ist der nicht bei der Arbeit?«

Sie riss die Tür auf und ging auf Leon zu, der gerade ausstieg. Der Wagen war staubig, was bei der Strecke über die Schotterpiste am Moor kein Wunder war. »Was machst du hier?«, fuhr sie ihn an. »Wieso bist du nicht bei der Arbeit?« Als Werkstudent hätte er heute bei der Baufirma in Hamburg sein müssen, für die er stundenweise neben dem Studium jobbte.

»Ich bin fix und fertig. Ich konnte nicht los. Ich hab die ganze Nacht kein Auge zugemacht.« Er klang weinerlich. »Ich hab mich krankgemeldet.«

»Mann! *Nicht auffallen!* Was ist daran so schwer zu kapieren?«, fauchte sie, packte ihn am Arm und zog ihn ins Haus. »Wenn hier Betrieb wie auf dem Flughafen ist, könnte das die Dorfbewohner auf komische Gedanken bringen.«

»Du hast das Mädchen einfach abgestochen!« Er klang hysterisch. »Die ist tot! Hast du das eigentlich kapiert?« Im gleichen Moment fing er zu weinen an.

Kathrin öffnete den Mund und schloss ihn wieder. Sie sah zu Nick. »Was hab ich dir gesagt? Das Weichei bringt uns alle in den Knast.«

»Du bist so scheiße, Kat«, weinte Leon.

»Jetzt komm, Leon, alles wird gut.« Nick nahm seinen Freund am Arm und zog ihn ins Wohnzimmer. »Wir müssen nur Ruhe bewahren.« Kathrin warf er einen warnenden Blick zu.

»Ich kann doch einfach krank sein«, sagte Leon schluchzend. »Es weiß doch keiner in der Firma, dass ich was mit der Entführung zu tun habe.«

»Klar kannst du das.« Nick drückte Leon auf einen Stuhl. »Das ist kein Problem. Jeder ist schließlich mal krank.«

Kathrin verdrehte die Augen, sagte aber nichts und ging in die Küche.

»Und mich hat auch niemand hierherfahren sehen«, stammelte Leon. »Hier ist kein Mensch. Das Haus liegt weit genug außerhalb. Darum haben wir's doch ausgesucht.«

»Ja, klar, alles ist gut«, beruhigte Nick ihn weiter.

Leon blickte zur Treppe, dann sah er Nick an. »Geht's dem Jungen gut?«

»Alles bestens«, kam Kathrins Antwort aus der Küche. »Die Kröte frühstückt gerade. Dann schreibt er den Brief.«

Leon schloss die Augen. »Wenn doch nur alles schon vorbei wäre.« Er griff nach Nicks Arm. »Der Kleine kommt doch heil nach Hause? Egal, was passiert?«

»Ja, klar.« Nick tätschelte die zitternde Hand. »Mach dir keine Sorgen.«

FÜNF

»Was ist das denn für eine Sauerei?«, sagte Kathrin mit Blick auf den Teller, als sie das Tablett von Theos Schoß nehmen wollte.

»Ich mag keine Butter. Ich hab sie abgemacht. Wenn ich ein Messer gehabt hätte, hätte ich –«

»Ich geb dir gleich ein Messer!«, fuhr sie ihm über den Mund und zog ihr Messer aus der vorderen Hosentasche. Sie ließ es aufspringen. »Und zwar zwischen deine Ohren.«

Theo wich bis ans Kopfteil des Bettes zurück, weil sie mit der Klinge auf seine Stirn zielte.

Mit einem verächtlichen Laut steckte sie das Messer wieder ein, nahm das Tablett und stellte es auf der Kommode ab. Sie räumte das leere Glas und den Teller, an dessen Rand der Junge die Butter vom Toast abgestreift hatte, herunter. Dann nahm sie mit den behandschuhten Fingern das Blatt Papier auf, das sie auf der Kommode abgelegt hatte, und legte es auf das Tablett, ebenso einen Kugelschreiber.

»Ist das der Erpresserbrief? Soll ich den selbst schreiben?« Theo klang nicht entsetzt, sondern eher aufgeregt. Seine blassen Wangen bekamen Farbe.

Kathrin stellte ihm das Tablett wieder auf den Schoß. »Allerdings.« Sie zog ihr Handy aus der hinteren Hosentasche. »Du schreibst jetzt genau das, was ich dir diktiere. Klar?« Mit beiden Händen fuhr sie sich über die Maske. Die Haut juckte darunter.

Der Junge griff nach dem Kugelschreiber. Er schwieg und sah sie erwartungsvoll an.

»Also, schreib dorthin …« Sie tippte auf die Stelle, wo er schreiben sollte, und las den vorbereiteten Text von ihrem Smartphone ab.

Als der Brief fertig war, nahm sie das Blatt vom Tablett und las, was Theo geschrieben hatte. »Bist 'n Streber, was?«, sagte sie schließlich. »Sind nur zwei Fehler drin. Und die können ruhig bleiben.«

»Darf … darf ich noch was dazuschreiben?« Er blickte sie mit seinen blauen Augen bittend an.

»Spinnst du? Natürlich nicht.«

»Ich will doch nur schreiben, dass Papa mein Meerschweinchen füttern soll. Sonst nichts.«

Kathrin starrte ihn an. Sie überlegte. »Warum nicht?«, sagte sie schließlich. »Das macht das Ganze noch ein wenig dramatischer, und das kann nicht schaden.« Sie legte das Blatt zurück auf das Tablett. »Aber kein Wort mehr, verstanden?«

Theo nickte und nahm den Kuli wieder auf. Als er fertig war, reichte er ihr das Blatt.

Kathrin murmelte halblaut vor sich hin, während sie las: »Papa, bitte denk dran, Kim zu füttern.« Sie sah Theo an. »Kim. Was für ein selten dämlicher Name für ein Meerschweinchen.«

Theo hob die Schultern. »Heißt eben so. Ich finde den Namen schön.«

»Ist ja auch scheißegal.« Sie ging zur Kommode und nahm den vorbereiteten Umschlag auf. »Hier«, sie legte Theo beides auf das Tablett, »falte den Brief und steck ihn in den Umschlag. Dann schön anlecken und zukleben. So kann die Kripo schon an deinem Speichel erkennen, dass der Brief auch tatsächlich von dir ist.«

»Sind ja auch meine Fingerabdrücke drauf«, sagte Theo und faltete das Papier zweimal.

»Du bist ein ganz Schlauer, was? Du hast bestimmt keine Freunde. Klugscheißer sind nie beliebt.«

Theo sah in die Augenausschnitte der Trump-Maske. »Ich hab ganz viele Freunde. Man muss ja nicht blöd sein, um Freunde zu haben.«

Kathrins Hand, die vorher schon gekribbelt hatte, schoss vor. Sie griff ihm in die Haare, ließ ihn aber wieder los, als er laut »Au!« schrie.

»Wenn ich dürfte, wie ich wollte«, murmelte sie unter der

Maske, »dann …« Sie atmete tief durch. Und genoss, dass der Blick des Jungen sich verändert hatte.

So sah Angst aus.

***

»Hast du alles?«, flüsterte Jana ihrer Freundin zu und sah sich im zerwühlten Strohhaufen um, während sie den schweren Rucksack aufsetzte. Sie hatten die restlichen Lebensmittel aus der Plastiktüte aufgeteilt und in ihren Rucksäcken verstaut.

»Ja«, flüsterte Neele zurück. Sie stand seitlich neben dem Schuppenfenster und sah hinaus. »Hoffentlich sehen die uns nicht, wenn wir am Haus vorbeigehen.«

»Ach was. Selbst wenn die uns sehen … Wir sind denen doch völlig egal«, sagte Jana beschwichtigend, obwohl auch ihr nicht wohl bei dem Gedanken war, den Schuppen zu verlassen. Insbesondere, weil jetzt auch noch der Typ mit dem blauen Auto dazugekommen und im Haus verschwunden war. Sie hatte nicht verstehen können, was die Frau draußen zu ihm gesagt hatte, aber freundlich hatte sie nicht geklungen.

Jana ging zur Schuppentür und drückte sie langsam auf. Das Knarzen ging, obwohl es nur schwach war, durch Mark und Bein, und sie verharrten beide mit angehaltenem Atem, aber drüben beim Haus blieb alles ruhig. »Komm«, sagte sie.

Mit hastigen Schritten – aber nicht rennend, um keinen Lärm zu machen – huschten sie Richtung Haus. Hinten hatte der Uropa seinen Garten gehabt. Kartoffeln und Erdbeeren hatte er Mama und ihr mitgegeben, wenn sie im Sommer da gewesen waren. Der ehemalige Garten mit den wilden Brombeerbüschen war ihr Ziel. Dahinter konnten sie sich auf die Weiden schlagen und verschwinden.

Sie waren schon an der Rückseite des Hauses vorbei, als plötzlich die Hintertür geöffnet wurde. Auch sie quietschte in den Angeln. Jana gelang es, sich mit ein paar hastigen Schritten hinter die Ecke des Hauses zurückzuziehen. Neele dagegen stand wie erstarrt da. Jana winkte ihr hektisch zu, während sie hinter den verrottenden Kaninchenkäfigen verschwand, die an der Hauswand standen, doch es war zu spät.

Eine Männerstimme stieß panisch aus: »Was …? Scheiße! … Kommt raus! Kommt raus, hier ist ein Mädchen!«

Neele schrie auf und rannte los, Richtung Garten, so, wie sie es besprochen hatten. Jana blickte ihr nach, steif an die Hausmauer gelehnt.

Der Mann, der so panisch geschrien hatte, rannte Neele hinterher. Im gleichen Moment ertönte ein Schmerzenslaut. Neele knickte ein, stolperte weiter, machte noch einen Schritt, dann knickte sie erneut ein und sackte zu Boden.

Jana sah entsetzt zu der Freundin, die laut weinte und an ihren Knöchel fasste, während sie mit schreckgeweiteten Augen den Mann anstarrte, der sie gleich erreicht haben würde. Als der Mann bei ihr war, rannte bereits eine zweite Person aus dem Haus auf die beiden zu. Jana kroch noch weiter in den Schatten der Käfige.

Es war die Frau, die jetzt vor Neele stand und auf sie herabblickte. Jana konnte das Gesicht der Frau nicht sehen, sondern nur langes blondes Haar, das ihr auf den Rücken fiel. Doch ihre Stimme drang zu ihr durch, denn sie übertönte Neeles angstvolles Weinen.

Die Frau zog etwas aus der Hosentasche. Jana konnte nicht erkennen, was es war. »Geh ins Haus! Los!«, fuhr die Blonde den Mann an, der von einem Bein auf das andere trat und wimmerte. Hatte er Angst?

Jana wurde heiß und kalt zugleich. Den Rücken an die Wand gepresst, ging sie seitwärts weiter, weg von den Käfigen. Sie musste es wagen, um die andere Hausecke zu gehen, weg aus dem Sichtfeld des Typen, falls er sich umdrehte und zum Haus zurückging. Als sie bei den beiden Fenstern an dieser Hausseite ankam, ging sie auf die Knie und krabbelte unter ihnen weiter. Aufatmend verschwand sie hinter der Ecke. Dicht an die Mauer gepresst, linste sie nach hinten.

Der Typ entfernte sich gerade von Neele und der Frau. Er wollte anscheinend ins Haus gehen, drehte sich aber immer wieder zu den beiden um. Jana hörte Neele hysterisch weinen, dann schrie sie fürchterlich. Und dann, Jana lief es eiskalt über den Rücken, war plötzlich Stille – bis der Mann aufweinte.

Jana stand wie erstarrt. Sie wagte nicht, noch einmal um die Ecke zu schauen. Warum war Neele plötzlich ruhig? Ihre Stimme war nicht mehr zu hören, kein Weinen …

Wieso weinte Neele nicht mehr?

Jana presste sich eine Hand auf den Mund, um nicht selbst loszuschreien. Wieso weinte Neele nicht mehr? Wieso, wieso, wieso?

Und dann blieb ihr fast das Herz stehen. Keine drei Meter neben ihr wurde die Haustür aufgerissen. Ein Mann stürmte heraus. Mit einem lauten »Was ist los?« verschwand er um die Hausecke. Um die andere.

Jana wimmerte unter der auf den Mund gepressten Hand. Der Mann hatte eine Maske getragen. Eine Shrek-Maske! Was war hier nur los? Was passierte hier?

Sie sah nach vorn, dorthin, wo der elendig lange Schotterweg zur Straße führte. Sollte sie es wagen? Aber sie würden sie sehen. Selbst wenn sie rannte wie der Teufel … die anderen hatten zwei Autos. Sie würden sie einholen, und dann …

Jana atmete tief durch. Neele war immer noch still. So schrecklich still.

***

Was war denn jetzt los? Wo rannte Shrek hin? Und wer hatte da geschrien? Theo starrte zur Zimmertür. Sein Entführer mit der Shrek-Maske hatte ihm gerade Wasser gebracht, als aufgeregte Schreie von draußen hereingedrungen waren. Shrek hatte die Tür aufgerissen und war die Treppe hinuntergestürmt.

Einen Augenblick lang war Theo wie erstarrt, dann begriff er: Irgendetwas war passiert. Er hatte keine Ahnung, was, aber das war auch egal. Es war auf jeden Fall etwas, das seinen Entführer unvorsichtig hatte werden lassen.

Die Zimmertür stand offen!

Theo überlegte nicht eine einzige weitere Sekunde. Er warf sich zur Seite und ließ sich aus dem Bett fallen. Vielleicht würde er es die Treppe hinunterschaffen, bis vor das Haus. Vielleicht war dort eine Straße oder ein Bürgersteig. Vielleicht irgendwelche Menschen, die ihm helfen würden!

Auf den Unterarmen robbte er Richtung Zimmertür, seinen lahmen Unterkörper hinter sich herschleifend. Er musste die Chance nutzen, bevor Shrek zurückkam.

***

Janas Starre löste sich, als sie die Frau schreien hörte: »Bring ihn rein! Bring die Lusche rein, verdammt! Und dann komm wieder. Wir müssen sie hier wegschaffen.«

Jana linste vorsichtig um die Ecke. Der Mann mit der Shrek-Maske hatte den anderen Mann, der hemmungslos weinte und kaum gehen konnte, gepackt und zog ihn mit sich. Aber Jana hatte nur Augen für den leblosen Körper auf dem Boden. Neele.

Doch dann richtete sich ihr Augenmerk wieder auf die Männer. Shrek kam mit dem anderen direkt auf sie zu, an dieser Seite des Hauses. Wieso gingen die nicht hinten rein?

Die Antwort servierte ihr Shrek: »Komm, Kumpel, jetzt mach nicht schlapp. Wir müssen vorne rein. Ich glaub, ich hab die Tür aufgelassen.«

»Sie hat sie abgestochen! Sie hat sie einfach abgestochen!«, hörte Jana den anderen hysterisch ausstoßen, und sie biss sich auf den Handknöchel, um nicht laut aufzuschreien. *Abgestochen?* Neele?

Die Männer waren nur noch ein paar Meter entfernt. Jana hörte nicht mehr, was Shrek sagte. Sie hatte nur zwei Möglichkeiten und musste sich jetzt entscheiden. Für den Weg zur Straße oder …

Nackte Todesangst ließ sie Möglichkeit zwei wählen, wissend, dass sie es zur Straße nicht schaffen würde. Auf den Ballen huschte sie so leise wie möglich zur offen stehenden Haustür und ging hinein. Sie musste sich in Opas Abseite verkriechen! Das war die einzige Chance, der Entdeckung zu entgehen.

Voller Angst sah sie sich um, als sie den Flur betrat und zur Treppe ging. Eine vierte Person schien es glücklicherweise nicht zu geben. Die Küche war leer, ebenso Opas Wohnzimmer, das nicht wiederzuerkennen war. War das ein Rollstuhl, was dort stand? Auf jeden Fall war alles kalt und bis auf wenige Möbel leer, aber das war egal. Alles war egal. Sie wollte sich nur verkriechen. Weg sein. Unsichtbar sein.

Sie hatte gerade zwei Treppenstufen genommen, als von oben ein Geräusch kam, das ihr Herz einen Schlag aussetzen ließ. Aber da standen kein Mann und keine Frau, es war ein Junge, der sie vom oberen Treppenabsatz aus mit großen Augen anblickte. Er lag auf dem Boden, auf seine Unterarme gestützt, und sah sie an, als sei sie eine Erscheinung.

»Bitte!«, flüsterte sie wie erstarrt, denn er musste zu diesen Leuten gehören. »Bitte! Ich will nicht sterben! Ich …« Sie verstummte, denn die Stimmen der Männer kamen näher, sie waren bereits um die Hausecke herum.

»Komm rein, schnell«, flüsterte der Junge, zeigte hinter sich und rutschte, eigenartig verdreht, mit dem Oberkörper zur Seite. Anscheinend, um ihr Platz zu machen. »Versteck dich im Schrank.«

Jana blieb keine Zeit zum Überlegen. Sie huschte die Stufen hinauf und an ihm vorbei in das Zimmer, in dem sie immer mit Mama übernachtet hatte, wenn sie Uropa besucht hatten. Sie nahm nur am Rande wahr, dass das alte, breite Holzbett noch dort stand. Ihr Blick suchte die kleine Tür zur Abseite neben dem alten Kleiderschrank. Sie war nur einen Meter hoch, tapeziert wie die Wände und fiel nicht sofort ins Auge. Statt des Schranks, wie der Junge vorgeschlagen hatte, entschied sich Jana für diese Lösung. Panisch, mit zitternden Fingern, schob sie den cremefarbenen Holzriegel hoch, der die Tür verschloss.

Auf der Treppe war die Stimme eines Mannes zu hören. »Fuck! Scheiße! … Setz deine Maske auf und hilf mir! Der Junge liegt hier! Der ist aus seinem Zimmer raus!«

Jana öffnete die kleine Tür, krabbelte hastig in die Düsternis und zog die Tür zu. Auf Knien hockend krallte sie die Fingernägel an den Rand der Tür, um sie zuzuhalten, aus Angst, dass sie ein Stück aufgehen würde. Verriegeln konnte man die Tür nur von außen.

Sie schloss die Augen, alle Kraft in die Finger legend, die die Tür zuhielten. Bitte, lieber Gott, bitte, bitte, mach, dass sie mich nicht finden!

***

Theo ließ sich widerstandslos von den beiden Männern ins Zimmer zurückschleppen. Das Auftauchen des Mädchens hatte ihn völlig überrascht. Wer war sie? War sie auch entführt worden? Und entkommen? Aber dann wäre sie doch wohl nicht *ins* Haus gelaufen. Sie war von draußen reingekommen, das hatte er genau gesehen.

Die Männer legten ihn auf das Bett und starrten schweigend auf ihn herab. Beide atmeten heftig. Theos Augenmerk galt dem schlaksigen Mann mit der Schimpansenmaske. Ihm war er noch nicht begegnet. Fest stand: Der Affenmann zitterte am ganzen Körper, und wie es sich anhörte, weinte er unter der Maske.

Was war denn hier nur los? Irgendwie ging es den Männern schlechter als ihm. Und Theo war sich nicht sicher, ob das gut war. »Was … was ist denn los?«, wagte er zu fragen.

»Nichts ist los«, antwortete Shrek schroff. »Aber wenn du noch mal versuchst, abzuhauen, wird was los sein. Und zwar nichts Gutes.«

Theo lag eine patzige Antwort auf der Zunge, schließlich hatte der Kerl die Tür sperrangelweit aufstehen lassen. Da hätte doch wohl jeder versucht zu verschwinden. Aber er hielt sich zurück. Wegen des Mädchens. Als er vom Flur aus gesehen hatte, dass sie sich nicht im Kleiderschrank versteckte, war ihm der Schweiß ausgebrochen. Aber jetzt wusste er, dass sie hinter der kleinen Tür in der Wand neben dem Schrank verschwunden war. Er hatte die Tür bisher nicht wahrgenommen, weil sie tapeziert war und mit der Wand verschwamm. Hoffentlich blieb sie ruhig in ihrem Versteck.

Wer sie wohl war? Theo traute sich nicht, zu der Tür zu gucken. Keinesfalls wollte er die Aufmerksamkeit der Männer dorthin lenken. Merkwürdig war, dass sie das Mädchen nicht zu suchen schienen.

»Komm jetzt«, sagte Shrek zu dem schluchzenden Affenmann und legte seinen Arm um dessen zuckende Schultern. »Alles wird gut. Wir dürfen jetzt nicht in Panik geraten. Wir müssen in Ruhe überlegen. Alles wird gut.«

Theo gefiel nicht, dass die Worte sich nicht so anhörten, als würde alles gut werden. Shrek hatte eher völlig überfordert und niedergeschlagen geklungen.

Die Männer verließen das Zimmer. Shrek zog die Zimmertür hinter sich und dem Affenmann zu und schloss ab. Theo wagte es trotzdem noch nicht, zur Abseitentür zu gucken. Vielleicht beobachtete Shrek ihn durch das Schlüsselloch.

***

Als Lyn ihr Büro im zehnten Stock des Itzehoer Polizeihochhauses in der Großen Paaschburg betrat, fiel ihr Blick gleich auf die Veilchen auf ihrem Schreibtisch. Ein weiterer Willkommensgruß? Sie trat an den Tisch und nahm den weißen Übertopf in die Hand. Ein Kärtchen steckte nicht darin.

Als sie ihre Jacke aufhängte, erklang von der Tür eine dunkle Stimme. »Welcome back, Frau Kollegin.«

Sie drehte sich um. Hauptkommissar Thomas Martens erwiderte ihr Lächeln.

»Hallo, Thomas.« Sie musterte ihn. Täuschte es, oder war er dünner geworden? Das markante Gesicht sah schmaler aus als sonst. »Na, dich hatte die Magen-Darm-Grippe ja ordentlich erwischt«, sagte sie. »Du hast abgenommen, seit ich dich das letzte Mal gesehen habe.« Es war sechs Wochen her, dass sie den Kollegen mit Emil einen Besuch abgestattet hatte.

»Kann sein.« Er kam näher und tippte eine der Blüten an. »Ich hoffe, du magst Primeln.«

»Die Blumen sind von dir? Vielen Dank. Allerdings sind es Veilchen.«

»Oh.« Er lachte. »Ich hätte Rosen nehmen sollen, die kenn ich. Aber ich hab mich nicht getraut. Falls Hendrik hier auftaucht und rote Rosen auf deinem Schreibtisch sieht …«

»Du kannst es einfach nicht lassen, Thomas Martens.« Sie boxte ihm gegen den Oberarm.

»Ah!«

Zunächst glaubte Lyn, Thomas' Schmerzenslaut sei gespielt, aber sein Gesicht blieb noch kurz verzerrt. Er rieb sich über den Arm.

»Was ist los?«

»Nichts. Hab wohl einen Muskelkater.« Er breitete die Arme aus. »Schön, dass du wieder da bist. Ohne dich war es hier«, er überlegte, »anders.«

»Na, das kann man so oder so auslegen«, sagte Lyn lachend und erwiderte seine Umarmung genauso fest, wie er sie drückte. Sie mochte ihn. Wie einen Bruder, den sie nie hatte. Ob Brüder auch so gut rochen?

»Irgendwie war es hier dunkler und nicht so warm, als du fort warst«, murmelte er.

Okay, das war jetzt definitiv der Zeitpunkt, ihn loszulassen. Lyn trat von ihm weg. »Ist die BOA schon vollzählig?«, brachte sie das Gespräch auf Berufliches. »Ich habe einen interessanten Aspekt zu vermelden.«

Das Mitwirken in einer besonderen Aufbauorganisation war nicht neu für Lyn, aber durchaus anders als die Arbeit in der gewohnten Form. Schon die Tatsache, dass nicht ihr Chef Wilfried Knebel die Ermittlungen leitete, sondern Arnd Kremer, der Leiter der Bezirkskriminalinspektion, veränderte die Frühbesprechung. Außerdem war das Team größer, aufgestockt durch die Kollegen von der Verhandlungsgruppe. Der Tisch bot nicht allen Platz, sodass es eine zweite Reihe gab.

Einen großen Durchbruch gab es noch nicht zu verzeichnen. Von Theo Fahrenkrug fehlte jede Spur, und eine Lösegeldforderung war immer noch nicht eingegangen, weder telefonisch noch schriftlich. Die Kontrolle der Post im Verteilzentrum hatte nichts ergeben. Es gab keinen an die Fahrenkrugs adressierten Erpresserbrief.

Über die Pressestelle der Polizei war in Zeitungen, Radiosendern und auf Social-Media-Kanälen eine Mitteilung an die Bevölkerung herausgegangen mit der Bitte, sich als Zeugen zu melden, falls verdächtige Beobachtungen gemacht worden waren. Insbesondere der Wagen, in den die Entführer den Rollstuhl geschoben hatten, fiel hier ins Gewicht. Die beiden Fahrradfahrer hatten ausgesagt, dass es sich um einen weißen Kleintransporter gehandelt hatte. Auf die Marke hatten sie sich aufgrund der Entfernung zum Fahrzeug nicht festlegen können und wollen. Auch das Kennzeichen hatten sie nicht erkannt. Sie hatten gar nicht darauf geachtet. Und die Befragung der weit auseinanderliegenden Nachbarschaft der Fahrenkrugs war ebenfalls erfolglos verlaufen.

Hauptkommissar Jochen Berthold hatte, unterstützt von Kollegen des K2, die Ermittlungen im Umfeld von Noa Ruiz übernommen. Sie mussten in Betracht ziehen, dass nicht Noa zufällig zum Opfer geworden war, sondern Theo. Vielleicht war der Junge dazugestoßen, als ein unbekannter Täter Noa – aus zu ermittelnden Gründen – erstochen hatte. Lyn glaubte wie alle übrigen Kollegen zwar nicht daran, aber solange keine Lösegeldforderung vorlag, konnte diese These nicht ausgeschlossen werden.

Jochen Berthold berichtete in seiner gewohnt drögen Art von den Ergebnissen der bisherigen Ermittlungen. Tatsächlich deutete noch nichts darauf hin, dass Noa die eigentliche Zielperson des Verbrechens sein sollte. Sie war in der Schule und in ihrem Freundeskreis, den sie sich in dem halben Jahr aufgebaut hatte, sehr beliebt gewesen. Einen festen Freund hatte sie hier nicht gehabt. Lyn schluckte, als Jochen Berthold mitteilte, dass ihre Freunde Noas Treue zu ihrem Freund Jorge in der Heimat erwähnt hatten. Die beiden hatten geplant zusammenzuziehen, sobald Noa zurück war.

»Ihr Freund hatte ihr eine Papierschlange gebastelt und mitgegeben. Dreihundertfünfundsechzig aneinandergereihte Herzen, von denen sie jeden Tag eines abgeschnitten hat«, sagte Jochen mit emotionsloser Stimme. Aber dass er es erwähnte, zeigte, wie nahe es ihm ging. »Eines war noch übrig.«

Die kurze Stille nach dieser Nachricht zeigte, dass alle ergriffen waren.

»Lasst uns das kaltblütige Schwein fassen«, stieß Thilo Steenbuck schließlich aus.

»Wir sind ja dabei.« Arnd Kremer sah zu Lyn. »Frau Harms, was haben Sie Neues für uns?«

Da ihre Erkenntnisse aus den vorabendlichen Befragungen von Vivien und Sören Fahrenkrug bereits erfasst waren, ging sie direkt auf das Gespräch mit Magnus Fahrenkrug ein. Ein Detail brannte ihr dabei auf der Zunge.

»Laut Magnus Fahrenkrug leidet seine Exfrau Hilke an starken Stimmungsschwankungen bis hin zu Depressionen. In der vergangenen Woche hat sie ihn angerufen und ihm mitgeteilt, dass sie Luftveränderung brauche und zu Freunden nach England reisen wolle. Hilke Fahrenkrug hat ihren Sohn also sehr kurzfristig bei seinem Vater und der Stiefmutter einquartiert. Der Junge war seit Samstag im Haus seines Vaters. Das wussten nicht sehr viele Personen, da Ferien sind und Theo nicht in der Schule war. Und ich finde«, Lyn blickte in die Runde, »dass diese Tatsache, nun, ich will nicht sagen stinkt, aber doch arg müffelt.«

Wilfried Knebel nickte. »Insiderwissen.«

»Wir werden das verstärkt bei den weiteren Befragungen berücksichtigen«, sagte Arnd Kremer. Er sah Lyn an. »Sie bleiben an der Familie dran. Nehmen Sie einen Kollegen mit und dann knöpfen Sie sich alle, die wussten, dass der Junge zurzeit in Kasenort war, noch einmal vor.«

SECHS

»Kein Wort mehr, verstanden!« Kathrin Pinkert stach ihren Zeigefinger fast in Nicks Gesicht, während sie sprach. »Kein Wort!« Sie nahm die Hand runter und starrte schwer atmend auf die Leiche des Mädchens, die vor ihnen auf dem Boden der Scheune lag, die blutige Brust merkwürdig erhöht, weil sie auf dem Rücken lag, auf dem sie einen Rucksack trug.

Nick atmete ebenfalls heftig. Obwohl das Mädchen schlank und feingliedrig war, hatte es Kraft gekostet, den Leichnam in den Schuppen zu schleppen. Nicht nur körperliche. »Du willst mir nicht wirklich den Mund verbieten, oder? Ich bin schließlich nicht derjenige, der hier reihenweise Mädchen absticht. Goofy dreht durch, wenn das rauskommt.« Er deutete auf das tote Mädchen zu seinen Füßen.

»Goofy interessiert mich gerade einen Dreck«, fuhr Kathrin ihn an. »Ich weiß selbst, dass ich Scheiße gebaut habe, aber … hätten wir sie laufen lassen sollen? Dann hätten wir gleich zu den Bullen marschieren und uns stellen können.«

»Wir hätten sie einfach mit dem Jungen zusammen einschließen können«, sagte Nick. »Wir hätten die beiden schon in Schach gehalten.«

Ein verächtliches »Pff!« kam aus Kathrins Mund. »Dir haut doch sogar der kleine Krüppel ab! Außerdem hat sie Leons und mein Gesicht gesehen.«

»Das passiert mir nicht noch mal, dass ich die Tür auflasse. War ja nur wegen der ganzen Aufregung draußen.«

Kathrin antwortete nicht darauf. Sie blickte auf die Leiche. »Wir werden Goofy nichts davon sagen, klar? Das hier«, sie stupste das tote Mädchen mit dem Fuß an, »bleibt einfach unter uns. Wir müssen sie hier wegschaffen.«

Sie sah sich um. »Wir brauchen Plastikfolie. Oder Mülltüten. Du und Leon, ihr könnt sie dann heute Nacht im Wald verbuddeln.«

»Ja, klar, wir machen die Drecksarbeit«, stieß er wütend aus.

»Dann bleib eben hier, und ich gehe mit Leon buddeln.«

Nick fuhr sich mit beiden Händen durch die Haare. »Ich wünschte, wir hätten das ganze Unternehmen sein lassen. Das …«, er wies wieder auf das Mädchen, »das ist das doch alles nicht wert. Kein Geld der Welt.«

»Wenn du die Scheinchen erst mal in der Hand hast, wirst du deine Meinung schon wieder ändern.« Kathrin stocherte mit den Füßen im losen Stroh auf dem Boden herum. »Die scheint hier übernachtet zu haben. Das Stroh war doch in Ballen, als wir damals den Schuppen gecheckt haben.«

»Was weiß ich«, murmelte Nick.

Kathrin ging in die Knie und durchsuchte zuerst die Jackentaschen des Mädchens, dann die Taschen der Jeans. Aus der Hosentasche zog sie ein Handy. »Es ist aus«, sagte sie, nachdem sie darauf herumgedrückt hatte. Sie stand auf, öffnete das Fach des Smartphones und zog die SIM-Karte heraus. »Die lasse ich verschwinden. Die Bullen fangen bestimmt irgendwann an, das Mädel zu suchen, und werden dann das Handy orten.«

»Wenn das Handy aus ist, können die das nicht orten.«

»Ich geh lieber auf Nummer sicher.«

Nick fühlte körperliches Unwohlsein, als er sah, wie Kathrin mit dem toten Mädchen umging. Sie hatte keinerlei Hemmungen, es zu berühren. Im Gegenteil. Um den Rucksack von den Schultern zu bekommen, zog und zerrte sie am Leichnam und drehte ihn auf den Bauch. Nick konnte kaum hinsehen.

Kathrin öffnete sämtliche Fächer des Rucksacks und durchwühlte sie. »Die Kleine scheint irgendwo abgehauen zu sein.« Sie warf einige Lebensmittel und eine Rolle Klopapier neben sich.

»Sieh an«, sagte sie, als sie einen weiteren Reißverschluss aufzog und ein Portemonnaie zum Vorschein kam. Sie öffnete es und wühlte darin herum. »Eine Busfahrkarte für Kiel«, murmelte sie und sah Nick an. »Die Kleine heißt Neele Haack. Sie ist vierzehn.«

Sie drehte das Mädchen wieder auf den Rücken. Der Bodendreck der Scheune klebte an ihrer rechten Gesichtshälfte. »Ich hätte sie älter geschätzt.« Dann griff sie wieder nach dem Portemonnaie, zog die wenigen Geldscheine heraus und schüttete sich das Kleingeld in die Hand. »Das brauchst du ja nicht mehr, Neele.«

Nick fühlte Übelkeit aufsteigen. Abrupt wandte er sich ab und ging in die Schuppenecke, wo ein paar rostige Gartengeräte standen. Er griff nach einem Besen mit abgewetzten Borsten. »Ich werd draußen mal Erde über dem Blut verteilen.«

»Mach das. Ich schnapp mir drinnen im Haus ein paar von den schwarzen Säcken und tüte die Kleine ein.«

Nick blickte seiner Freundin ungläubig hinterher, als sie den Schuppen verließ. Sie pfiff eine Melodie. Gänsehaut zog über Nicks Nacken und Arme. Was passierte hier? Es war ja fast so, als würde es Kat gar nicht berühren, dass sie getötet hatte. *Wieder* getötet hatte. Konnte so etwas einfach an einem abgleiten? Das musste der Schock sein. Kat pfiff diese Melodie unter Schock.

Mit dem Besen in der Hand blickte er auf das tote Mädchen. Kathrin hatte nicht nur einmal zugestochen. Die Gänsehaut kehrte zurück, weil er wusste, dass er sich selbst belog. Kat war nicht nur ungerührt. Nein. Das Töten schien ihr sogar Freude zu bereiten.

***

Janas Knie begannen zu schmerzen, aber sie traute sich nicht, ihre hockende Position zu verändern. Noch immer hatte sie die Finger in die Tür gekrallt, obwohl die beiden Männer bereits vor einer Viertelstunde das Zimmer verlassen hatten. Oder waren sie noch da und sagten nur nichts? Krampfhaft lauschte sie den Geräuschen, die in die dunkle Abseite drangen. Vage Geräusche, die anscheinend der Junge im Bett verursachte. Einmal hatte er gehustet.

Sollte sie es wagen und die Tür öffnen? Da der Junge ja anscheinend nicht zu den unheimlichen Typen gehörte, würde er sie bestimmt nicht daran hindern, ihr Handy an einer der Steckdosen im Zimmer aufzuladen.

Jana schloss die Augen und atmete tief durch. Dann löste sie die Finger von der Tür, die sofort zwei Zentimeter aufging. Sie wartete kurz, dann stupste sie die Tür ein Stück weiter auf. Dann noch ein Stück und noch ein Stück. So weit, bis der Junge in ihr Blickfeld kam. Er saß im Bett, direkt gegenüber, mit dem Rücken ans Kopfteil gelehnt, und sah sie an. Seine Augen waren weit aufgerissen, und sein linker Zeigefinger lag auf seinen Lippen, die ein stummes »Pst!« formten.

Mit der rechten Hand zeigte er auf etwas, das sie nicht sehen konnte. Ihr Herz begann zu rasen. Waren die Männer doch noch im Raum? Aber dann hätten sie doch die Tapetentür aufgehen sehen. Sie traute sich, auf die Arme gestützt den Oberkörper aus der Abseite zu strecken. Der Junge machte weiterhin das Pst-Zeichen und fuchtelte mit der anderen Hand herum.

Jana blickte um die Tür herum. Es war niemand anderes im Zimmer. Ihr Blick wanderte zu der Kommode, auf die der Junge deutete. Und dann sah sie es.

Ein Babyfon!

Dankbar nickte sie dem Jungen zu, ebenfalls den Finger an die Lippen legend, um ihm klarzumachen, dass sie begriffen hatte, dass sie schweigen mussten.

Sie traute sich kaum, eine Bewegung zu machen. Langsam zog sie ihr Handy aus der hinteren Hosentasche und zeigte es dem Jungen.

Seine Augen leuchteten auf, während er heftig zu nicken begann und auf das Handy deutete.

Sie verzog die Lippen nach unten, schwenkte das Handy und schüttelte den Kopf, um ihm zu zeigen, dass sie nicht telefonieren konnte, weil der Akku leer war.

Er schien nicht zu begreifen, was sie meinte, denn er formte seine Hände, als hielte er darin ein Handy, und tippte drei imaginäre Zahlen in die Luft.

Jana drückte auf dem Handy herum und zeigte ihm das dunkle Display. Jetzt schien er zu begreifen, denn die Begeisterung wich einem ungläubigen Ausdruck. Die Enttäuschung stand ihm ins Gesicht geschrieben.

Jana nickte ihm zu und zog sich so geräuschlos wie möglich wieder in ihr Gefängnis zurück. Im schwachen Licht, das hereinfiel, sah sie sich um. Die Abseite war so lang wie das Zimmer, circa dreieinhalb Meter. Zu Uropas Zeiten hatte es hier anders ausgesehen. Kisten und Kartons und allerlei Krimskrams waren hier deponiert gewesen. Jetzt war alles leer geräumt. Nur in der hintersten Ecke lagerten noch zwei Stapel alte Dachpfannen. An der Längsseite lagen alte Rohre. Sonst gab es nur Spinnweben und Staub.

Sie schälte ihren Rucksack vorsichtig vom Rücken und zog den Reißverschluss anschließend mehr als langsam auf, um keine Geräusche zu verursachen. Als von unten dumpf Stimmen zu hören waren, zog sie hastig die Tür ran und hielt sie – aus Angst, die Männer würden hereinkommen – mit den Fingern der linken Hand fest. Mit der rechten fummelte sie in der Dunkelheit im Rucksack nach dem Ladekabel. Es musste doch da sein! Im gleichen Moment sah sie sich und Neele im Schuppen. Neele, die das Aufladekabel aus dem Rucksack genommen hatte, auf der Suche nach einer Steckdose. Aber es hatte im Schuppen keine Steckdose gegeben.

Heiß schossen Jana die Tränen in die Augen. Hektisch durchwühlte sie alle Taschen des Rucksacks, aber sie wusste, dass sie vergeblich suchte. Die Freundin hatte es eingesteckt.

Das Kabel war in Neeles Rucksack.

Weinend öffnete sie die Tür wieder so weit, dass sie mit dem Jungen Augenkontakt aufnehmen konnte. Sie hob die Schultern und schüttelte, auf das Handy deutend, den Kopf.

Der Junge, der ja nicht wusste, dass sie ein Ladekabel gesucht und nicht gefunden hatte, machte erschrocken das Pst-Zeichen. Er schien Angst zu haben, dass ihr Weinen gehört wurde.

Jana schüttelte erneut den Kopf und wischte sich mit dem

Handrücken die Tränen von den Wangen. Was sollte sie jetzt tun?

Stumm schauten sie sich an.

Jana war völlig ratlos. Fest stand aber, dass sie sich wieder in der Abseite verbarrikadieren musste. Und der Junge musste ihr helfen, indem er den Riegel vorschob, wenn sie drinnen war. Sie konnte unmöglich die ganze Zeit über die Tür zuhalten.

Sie deutete auf den Riegel an der Wand und drehte ihn zweimal zur Seite und zurück, damit er begriff, was sie von ihm wollte. Dann kroch sie lautlos in die Dunkelheit zurück und wartete. Aber er kam nicht, um sie einzuschließen. Sie streckte den Kopf wieder aus der Abseite und zeigte erneut auf den Riegel.

Er nickte, schien also verstanden zu haben, was sie wollte, machte aber gleichzeitig wilde Handbewegungen.

Jana hob die Schultern und formte mit den Lippen ein lautloses »Was?«.

Er schlug die Bettdecke zur Seite und tippte auf seine Beine.

Jana starrte ihn an. Was wollte er von ihr?

Er beugte sich vor, hob mit beiden Händen seinen linken Oberschenkel an und ließ ihn los. Sein Bein fiel kraftlos auf die Matratze zurück.

Was für ein dünner Oberschenkel! Mit großen Augen blickte sie ihn an.

Er nickte, griff sich an den anderen Schenkel und ließ ihn ebenso fallen wie den anderen.

Jana schluckte. Sie hatte begriffen, was er ihr sagen wollte. Er konnte nicht laufen. Er war gelähmt!

Was war denn hier nur los? Wer war dieser Junge? Und die anderen? Jana dachte an den leblosen Körper ihrer Freundin. Ob Neele wirklich tot war?

Wellenartig breitete sich Übelkeit in ihr aus. Während sie versuchte, tief und ruhig zu atmen, bewegte der Junge sich im Bett. Erschrocken sah Jana zu, wie er Opas alten Fußschemel, auf dem eine Tüte stand, sachte und vorsichtig ein Stückchen vorschob, verharrte und zum Babyfon sah. Er wartete einen

Moment, dann schob er leise Arme und Oberkörper aus dem Bett hinterher. Stück für Stück tastete er sich auf Händen und Armen vor, den Schemel immer weiter schiebend, weil er im Weg stand. Er achtete darauf, die Beine ganz langsam aus dem Bett zu ziehen, damit es nicht polterte. Dann kam er auf sie zugerobbt, deutete auf die Tür und den Riegel.

Jana verstand. Dankbar nickte sie ihm zu und krabbelte wieder in die Abseite. Er drückte die Tür sachte zu, und sie hörte, wie er den Riegel davorschob.

Tief durchatmend versuchte sie in der Dunkelheit, der Übelkeit Herr zu werden, während der Junge zurückrobbte. Sie hörte das Knistern der Papiertüte. War die Tüte vom Schemel gefallen? Nein, er hatte sie bestimmt runtergenommen, weil er den Schemel als Stütze brauchte, um überhaupt ins Bett zu kommen. Sein schweres Atmen verriet, wie viel Kraft es ihn kosten musste, sich zurückzuhieven. Hoffentlich gab das Babyfon es nicht weiter.

Ob er schon lange gelähmt war? Vielleicht sein Leben lang?

Zu der Übelkeit gesellte sich Schwindel. Jana legte sich lang hin und platzierte den Rucksack unter dem Kopf. Sie begann zu zittern. So stark, dass die Zähne klapperten. Aus Angst, die Männer könnten den Raum betreten und das Klappern hören, öffnete sie den Mund und starrte mit brennenden Augen in die Düsternis.

***

Lyn fuhr gemeinsam mit Thomas Martens zum Haus der Fahrenkrugs. Thomas lenkte den Dienstwagen in Heiligenstedten an einer britisch anmutenden roten Telefonzelle vorbei in die Straße Am Deich, was eigentlich nur den Anliegern gestattet war. Als sie Heiligenstedten verließen, kündigte ein Schild an, dass es fünf Kilometer bis Kasenort waren. Glücklicherweise kam ihnen auf dem schmalen Weg bis zum Hauptschöpfwerk Bekmünde kein Fahrzeug entgegen. Danach wurde die Straße breiter.

Lyn genoss die Fahrt am Deich entlang Richtung Stördorf. Obwohl es kalt war, ließ der Frühling sich nicht länger verleugnen. Magnolien und Forsythien blühten in den Gärten der reet- oder eternitgedeckten Höfe, an denen sie vorbeikamen. In den Beeten leuchtete es gelb und rot von Tulpen und Osterglocken, und an einem Hofgraben blühten bereits Sumpfdotterblumen.

»Ach, süß, guck doch!«, rief sie aus, als sie auf dem Deich ein paar Mutterschafe mit ihren Lämmern entdeckte. »Das eine hüpft in den Frühling.«

Thomas sah kurz nach links. »In ein paar Wochen hüpft es in den Kochtopf.«

»Ach, du Ekel.«

»Wieso? Ein schönes Lammkarree mit Thymian- oder Rosmarinkruste … Lecker.«

»Glücklicherweise mag ich kein Lamm. Für mich muss also keines sterben.«

Thomas deutete auf den Deich weiter vorn, wo ein paar Schwarzbunte weideten. »Und die tun dir nicht leid?«

»Ja-ha, ist ja gut. Ich verachte mich ja manchmal selbst, aber der Weg zur Vegetarierin ist nun mal hürdenreich.«

Thomas lachte. »Eine Hürde heißt Gulasch, nicht wahr?«

Wie gut er sie kannte. Nun, kein Wunder, schließlich gingen sie in der Mittagspause oft alle zusammen essen. Lyn blickte nach rechts, wo auf den Wiesen noch keine Kühe zu sehen waren. Auf der B 5 im Hintergrund wirkten die Autos und Lastwagen wie Miniaturen.

In Kasenort bogen sie bei der Feuerwehr Landrecht rechts ab. Sie passierten einen reetgedeckten Hof, in dessen rotes Mauerwerk hübsche Ornamente mit gelben Klinkern eingearbeitet waren. Das prächtige Haus hundertfünfzig Meter weiter war das Haus der Fahrenkrugs. Als sie auf den Hof fuhren, stand ein Mietwagen neben dem schwarzen Porsche Cayenne von Magnus Fahrenkrug, und an der Hauswand lehnte ein Damenfahrrad.

Thomas parkte den Dienstwagen hinter dem Porsche. Eine

kräftige weizenblonde Frau in den Fünfzigern kam um die hintere Hausecke. Sie grüßte Lyn und Thomas mit einem fragenden »Goden Dag« und musterte sie, wie es Lyn schien, argwöhnisch, bevor sie zu dem Rad ging, eine Tasche in den Fahrradkorb stellte und das Rad in Fahrtrichtung drehte. Lyn und Thomas wechselten einen Blick.

Als die Frau aufstieg, stellte Lyn sich vor das Fahrrad und zeigte ihren Dienstausweis. »Guten Tag, ich würde gern wissen, wer Sie sind.«

»Oh, de Polizei.« Die Frau musterte sie. »Ik bün Telse Schorlau, de Huushöllersch. Daan Se mi een Gefallen: Bringen Se den Lütten wedder heel trüch.«

Lyn zückte ihr Notizbuch. »Ich hätte gern Ihre Adresse, Frau Schorlau. Wir werden dann noch auf Sie zukommen.«

»Denn man to.« Telse Schorlau nannte die Adresse. Sie wohnte nicht weit entfernt in Kathen. Dann schwang sie sich auf das Fahrrad und radelte die Kopfsteinpflasterauffahrt hinunter.

»Wer war das?«, fragte Thomas, während sie zum Vordereingang gingen. »Was hat sie gesagt?«

»Wir sollten dringend mal einen polizeiinternen Plattdeutschkurs organisieren«, sagte Lyn. »Hendrik muss ich auch immer alles übersetzen. Sie hat gesagt, dass sie die Haushälterin ist, und wir sollen ihr den Gefallen tun, den Lütten, also den Kleinen, wieder heil nach Hause zu bringen.«

Lyn klingelte, und Magnus Fahrenkrug öffnete ihr umgehend die Tür. Er stand mit seinem Sohn Sören auf dem Flur.

Thomas Martens bat Sören direkt nach der Begrüßung in das Arbeitszimmer seines Vaters, um ihn dort erneut zu befragen, was von Magnus Fahrenkrug mit Stirnrunzeln zur Kenntnis genommen wurde. Mit ihm ging Lyn zu dem Kollegen, der im Wohnzimmer das Telefon überwachte. Eine Lösegeldforderung gab es immer noch nicht – und das war beunruhigend.

Magnus Fahrenkrug bat Lyn ins Esszimmer. »Meine Exfrau ist eingetroffen.«

Hilke Fahrenkrugs Augen waren rot geweint, die Lider

geschwollen. Sie saß mit geradem Rücken auf einem Stuhl am Esszimmertisch, hatte eine Teetasse vor sich stehen und sah Lyn entgegen.

Lyn musterte sie. Das war also die erste Frau von Magnus Fahrenkrug, Theos und Sörens Mutter. Sie war um die fünfzig, trug das dichte rote Haar bis auf die Schultern fallend und war durchaus attraktiv, aber für Lyns Geschmack viel zu stark geschminkt. Und der vom Weinen verlaufene Lidschatten machte es nicht besser. Aber sie zeigte eindeutig mehr Haltung als Vivien, die wie ein Häuflein Unglück dasaß und kein Wort herausbrachte.

Als Magnus Fahrenkrug Lyn vorstellte, fragte seine Exfrau: »Gibt es etwas Neues?«

»Leider gibt es noch keine Neuigkeiten, Frau Fahrenkrug«, antwortete Lyn mit einem, wie sie hoffte, beruhigenden Lächeln. »Aber wir sind vorbereitet, wenn die Entführer sich melden.« Sie zeigte nach nebenan, wo der Kollege am Telefon saß.

»Aber der Wagen kann doch nicht einfach so verschwunden sein«, rief Hilke. »Jemand muss ihn doch gesehen haben! Zeugen, die wissen, in welche Richtung er fuhr!«

»Die Fahndung nach dem Fahrzeug läuft«, sagte Lyn. »In Rundfunk und Presse und in den sozialen Netzwerken gibt es Aufrufe. Es haben sich auch bereits etliche Bürger gemeldet, die Angaben zu weißen Transportern gemacht haben. Die Kollegen gehen allen Aussagen nach.«

Dass weiße Lieferwagen zuhauf auf den Straßen unterwegs waren, machte die Sache nicht leichter, aber das musste Theos Mutter nicht wissen. Die beiden einzigen Zeugen, die Radfahrer, waren zu weit entfernt gewesen, um auch nur Bruchstücke des Kennzeichens erkennen zu können. Außerdem konnte man davon ausgehen, dass die Täter, wenn sie nicht ganz dämlich waren, gestohlene Kennzeichen benutzt hatten.

»Warum wird Sören verhört?«, fragte Magnus Fahrenkrug. »Warum wollte Ihr Kollege ihn noch einmal allein sprechen?«

Lyn schüttelte leicht den Kopf. »Es ist kein Verhör, Herr

Fahrenkrug, sondern eine Befragung. Wir werden Sie alle noch einmal detailliert zu den Abläufen vor Theos Verschwinden befragen, denn …«, sie zögerte nur einen Moment, »es besteht der Verdacht, dass die Entführer Insider-Informationen aus Ihrem persönlichen Umfeld erhalten haben. Das muss nicht bewusst geschehen sein, aber die Person, die die Informationen lieferte, könnte auch in die Tat verwickelt sein.«

»Was?«, stießen Magnus und Hilke Fahrenkrug gleichzeitig aus.

Viviens Kopf war hochgeruckt. Sie starrte Lyn mit großen, verweinten Augen an.

»Nicht viele Personen haben gewusst, dass Theo sich zurzeit hier bei Ihnen aufhielt, Herr Fahrenkrug«, sagte Lyn. »Und noch weniger Personen werden gewusst haben, dass er seinen Freund Levi besuchen wollte und zur Tatzeit auf dem Rückweg von diesem Besuch sein würde. Sein normaler Lebensmittelpunkt befindet sich ja ansonsten im Haus seiner Mutter in Itzehoe. Richtig, Frau Fahrenkrug?« Sie sah Hilke Fahrenkrug an.

Die nickte. »Ja, ja natürlich, aber …« Sie verstummte und überlegte. Dann blickte sie Vivien an. Und Lyn glaubte zu erkennen, dass es ein hasserfüllter Blick war.

»Du!«, schleuderte Hilke ihr auch schon entgegen und deutete mit dem Finger auf Vivien. Sie sprang auf. »Du warst das! Du hast immer noch nicht genug?« Ihre Stimme kippte. »Du hast Theos Leben doch schon zerstört!«, kreischte sie. »Was willst du denn noch?«

Während Magnus Fahrenkrug ein entsetztes »Hilke! Jetzt ist aber genug!« rief, umrundete seine Exfrau den Tisch und stürzte sich auf Vivien, die starr auf ihrem Stuhl hockte. Lyn und Magnus Fahrenkrug mussten Hilke gemeinsam zurückzerren, so wild schlug sie auf Vivien ein, die sich schützend die Arme vor das Gesicht hielt.

»Jetzt beruhigen Sie sich, Frau Fahrenkrug«, fuhr Lyn sie an. »Niemand hat behauptet, dass Theos Stiefmutter irgendetwas mit dem Verbrechen zu tun hat.« Sie drückte sie auf den Stuhl zurück, während Magnus in die Knie ging und die haltlos schluchzende Vivien in die Arme zog.

»Aber sie war es!«, schrie Hilke mit giftigem Blick zu Vivien. »Wer denn sonst?«

»Das werden wir herausfinden«, sagte Lyn. »Und darum kommen Sie jetzt mit mir. Entweder wir gehen in ein Zimmer, wo wir ungestört sind, oder Sie begleiten mich nach Itzehoe ins Kommissariat.«

Hilke Fahrenkrug sprang auf. »Ich werde dieses Haus nicht verlassen, bis ich etwas von Theo gehört habe. Aber ich bleibe keine Minute länger mit dieser Schlampe in einem Raum.«

Bevor Lyn es verhindern konnte, griff sie nach der leeren Teetasse und schleuderte sie in Viviens Richtung. Allerdings verfehlte die Tasse ihr Ziel. Das zarte Porzellan zerbrach klirrend am Sideboard und hinterließ eine Kerbe im Holz.

»Ja, es ist wohl besser, wenn du ins Gästezimmer gehst«, sagte Magnus harsch zu seiner Exfrau. Er war leichenblass und hatte Mühe, seine verzweifelte Frau zu stützen. »Wie kannst du auch nur eine Sekunde annehmen, Vivi hätte etwas damit zu tun? Sie zerreißt sich für Theo! Sie liebt ihn wie einen eigenen Sohn!«

»Du siehst doch nur das, was du sehen willst!«, schrie Hilke ihn speichelsprühend an. »Dass du deine Hormone nach all den Jahren immer noch nicht im Griff hast! Die kleine Schlampe hat also so viel Macht über dich ...« Laut weinend stürmte sie aus dem Raum.

Lyn blickte auf Vivien. »Brauchen Sie einen Arzt?«

»Nein«, schluchzte Vivien, »nein, ich ... Sie hat ja recht. Ich habe schon wieder nicht auf ihn aufgepasst.«

»Ich kümmere mich um meine Frau«, sagte Magnus Fahrenkrug zu Lyn. »Gehen Sie ihr hinterher. Vielleicht können Sie meiner Exfrau ja klarmachen, dass keiner von uns etwas mit Theos Entführung zu tun hat. Was für eine absurde Vorstellung!«

Er schluckte. »Das ist auch Ihre Schuld, Frau Harms, dass die Situation so eskaliert ist. Sie und Ihre merkwürdige Fragerei. Anstatt mit allen Kräften nach unserem Sohn zu suchen …«

»Es geht hier nicht nur um Theo«, sagte Lyn mit Nachdruck. »Noa Ruiz ist kaltblütig erstochen worden. Sie ist tot! Und in Spanien weinen jetzt auch Eltern um ihr Kind. Und aus genau diesem Grund stellen wir all unsere Fragen. Egal, ob Sie Ihnen gefallen oder nicht. Und jetzt entschuldigen Sie mich bitte.« Sie drehte sich um und folgte Hilke Fahrenkrug hinaus.

***

Nick Mattow ging in der Küche der alten Kate auf und ab, immer wieder tief an der Zigarette ziehend, die er sich mit der zuvor gerauchten angesteckt hatte. Er beobachtete dabei aus dem Augenwinkel Kathrin, die ein Paar Einmalhandschuhe aus einem Pappkarton zog und überstreifte. Dann nahm sie eine Flasche mit Sterilisationsmittel und besprühte damit Finger und Handflächen. Er verdrehte die Augen, gerade als sie zu ihm hersah.

»Was?«, blaffte sie ihn an. »Sollen die Bullen meine DNA auf dem Brief finden? Immerhin fasse ich die Handschuhe ja an, wenn ich sie überstreife. Und ich will unbedingt vermeiden, dass etwas davon auf den Brief übergeht.«

Nick tippte sich an die Stirn. »Die haben doch keine Vergleichs-DNA. Selbst wenn da etwas drauf wäre, könnten sie es nicht zuordnen.«

»Ist mir egal.« Sie nahm den Brief vom Tablett, das sie auf den Lebensmittelkisten abgestellt hatte, und steckte ihn in eine Plastiktüte von Edeka. »Ich fahre jetzt los und werfe den Brief ein. Mach dem Jungen zum Mittag eine Dosensuppe auf und sorg dafür, dass er sie auch isst. Und denkt ans Windelwechseln. Und«, sie senkte ihre Stimme, »pass vor allen Dingen auf Leon auf. Er muss unbedingt hierbleiben. Hier haben wir ihn unter Kontrolle. Ich habe keine ruhige Minute, wenn der wieder nach Hause oder zur Arbeit fährt. Der Labilo würde uns alle verraten.«

Sie trat dicht an Nick heran und hob ihren Finger mahnend vor seiner Nase. »Also pass auf ihn auf!«

»Ja, Mann! Und jetzt fahr endlich. Wir machen das hier schon.« Er nahm noch einen tiefen Zug und steckte die Kippe in die Öffnung einer Coladose. Es zischte.

Als er Kathrin das Gesicht wieder zuwandte, küsste sie ihn. Gierig bohrte sie ihre Zunge in seinen Mund. »Und wenn ich wieder hier bin«, flüsterte sie an seinen Lippen, »treiben wir's im Wohnzimmer. Leon kann solange oben bei dem kleinen Krüppel hocken.«

Nick stieß sie von sich, weil er etwas fühlte, das er zuletzt beim Anblick einer halb verwesten Ratte in einem Parkhaus gefühlt hatte. »Bist du nicht ganz dicht? Wie kannst du jetzt an so was denken? Glaubst du, ich hab jetzt Bock auf Sex?« Er deutete aus dem Küchenfenster. »Im Schuppen liegt ein totes Mädchen! Mir platzt fast der Schädel von der ganzen Gedankenmacherei, und du denkst echt ans Ficken?«

Er war fassungslos. Sie war immer strange gewesen, aber so … Das war neu. »Du bist krank, Kat. Echt krank.«

»Pff!« Sie trat von ihm weg, die Lippen verächtlich verzogen. »Du musst die beiden als Kollateralschäden betrachten. Und jetzt erst mal tschüs. Kathrin Pinkert bringt nun die Geldmaschinerie zum Laufen.« Grinsend wedelte sie mit der Tüte mit dem Lösegeldbrief, drehte sich um und verschwand Richtung Hintereingang.

Nick sah ihr aus dem Küchenfenster nach, als sie mit seinem Wagen den Weg zur Straße herunterfuhr. Übelkeit breitete sich in seinem Bauch aus.

Tief ein- und ausatmend ging er zu seiner Reisetasche, die im Wohnzimmer neben einer der Matratzen stand, die ihnen als Schlafplätze dienten. Er wühlte eine Flasche Whisky heraus, drehte den Deckel ab und trank direkt aus der Flasche einen tiefen Schluck. Mit der Flasche in der Hand ging er in den hinteren Raum und sah aus dem Fenster. Leon hatte sich draußen einen Stuhl an die Wand gestellt. Dort saß er apathisch und stierte Löcher in die Luft.

Nick nahm noch einen Schluck aus der Flasche. Ja, Leon war fix und fertig mit den Nerven, aber er war in ihrem Trio mit Sicherheit nicht die Person, auf die man ein Auge haben musste.

Wann war Kat so geworden? Oder war sie schon immer so gewesen, und er hatte es nur nicht wahrhaben wollen? Du hast es doch schon im letzten Sommer bemerkt, wisperte es in ihm. Oder glaubst du, dass andere Frauen Schmetterlingen auch die Flügel ausreißen? Und Marienkäfer zerquetschen, »weil es so schön knackt«?

***

Da Magnus Fahrenkrug sich um seine Frau kümmerte und Sören noch im Gespräch mit Thomas Martens war, ging Lyn allein auf die Suche nach Hilke Fahrenkrug.

Das Haus war auch innenarchitektonisch ein Hingucker. In eine weiß verputzte Wand des großen Flurs waren Kacheln mit blau-weißem Muster eingesetzt, die wie ein riesiges Gemälde wirkten. Wie es aussah, waren die Kacheln alt und kostbar. Der Boden bestand aus dunklen Dielenbrettern, die ein wenig knarzten, was aber durch Teppiche abgemildert wurde. Die Teppiche, die im Haus auslagen, waren allesamt dünn, wohl damit Theo mit seinem Rollstuhl keine Probleme hatte.

Lyn blickte in ein großzügiges Gäste-WC, dann in eine Art Salon, in dem ein Klavier stand, und in einen Hauswirtschaftsraum, bevor sie Hilke Fahrenkrug in der Küche fand.

Die riesige Küche war ein cremefarbener Traum mit Kochinsel und rustikalem Holztisch mit modernen Schwingstühlen. Und alles, was Hausfrauen oder -männer an elektrischen Geräten jemals begehren konnten, stand auf den Arbeitsflächen der dreiwandigen Kücheneinbauten parat. Kaffeevollautomat, Smoothie-Maker, eine Hightech-Küchenmaschine und ein kleineres Gerät, bei dem Lyn gar nicht gewusst hätte, um was es sich handelte, hätte nicht »SANDWICH« daraufgestanden.

Hilke Fahrenkrug stand mit dem Po an eine der marmornen

Arbeitsplatten gelehnt da, die Hände auf die Platte gestützt. Sie atmete schwer, weinte aber nicht. Anscheinend war sie dazu zu wütend. Noch immer waren ihre Wangen, die bei der Begrüßung blass gewesen waren, ungesund rot.

»Ich hasse diese Frau«, sagte sie auch schon mit vor Abscheu triefender Stimme, als sie Lyn wahrnahm. »Sie hat schon so viel Unglück über unsere kleine Familie gebracht. Wir waren glücklich, Magnus und ich und die Kinder. Und dann kam sie. Und ich«, ihre Stimme brach, »ich habe sie ihm auch noch vorgestellt!«

Sie ging die paar Schritte zum Tisch und sackte auf einem der mit roséfarbenem Stoff bezogenen Stühle in sich zusammen. Trotz all der Schminke sah sie plötzlich alt und erschöpft aus.

Lyn setzte sich ihr gegenüber. »Ich kann mir vorstellen, dass es für Sie nicht leicht ist, hier zu sein, Frau Fahrenkrug, da Sie sich ja offenbar so gar nicht mit der Frau Ihres Exmannes verstehen. Sagen Sie mir doch bitte, was Sie vorhin meinten, als Sie sagten, Vivien Fahrenkrug hätte Theos Leben bereits zerstört.« Lyn ahnte, dass sie den Unfall meinte, aber sie musste hören, ob es da noch etwas anderes gab.

»Ist das nicht offensichtlich?«, fragte Hilke aufgebracht. »Sie hat Theo zu einem Krüppel gemacht!« Sie weinte auf. »Mein kleiner Junge ist ein Krüppel! Sie hat ihn mit ihrer Raserei zu einem Leben im Rollstuhl verdammt. Und jetzt … jetzt hat sie ihn auch noch entführen lassen!«

Sie hörte plötzlich auf zu weinen und grub ihre Finger in Lyns Arm. »Nehmen Sie sie mit und verhören Sie sie! Sie muss sagen, wo er ist! Wo sie ihn versteckt hat!«

»Sie tun mir weh, Frau Fahrenkrug«, sagte Lyn und bewegte ihren Arm, den die aufgebrachte Frau nach wie vor gepackt hielt.

»Oh, Entschuldigung.« Sie löste die Hand.

»Frau Fahrenkrug, warum sollte die Frau Ihres Exmannes Theo entführen lassen? Das ergibt doch keinen Sinn. Was sollte das Motiv sein? Geld kann es nicht sein. Und –«

Hilke unterbrach Lyn. »Weil sie ihn dafür hasst, dass er sie in seiner Versehrtheit ewig an ihren fatalen Fehler erinnern wird.«

»Nun, das scheint mir doch sehr weit hergeholt«, sagte Lyn. »Vivien Fahrenkrug braucht Theo nicht, um ständig an den Unfall erinnert zu werden. Sie hat doch selbst eine Behinderung zurückbehalten.«

»Genau«, fauchte Hilke. »Und dafür hasst sie ihn noch viel mehr. Theo war an diesem verhängnisvollen Tag bei einer Kinderparty, von der Magnus ihn abholen sollte. Der kam dann aber aus der Firma nicht weg und hat Vivien gebeten, Theo abzuholen. Das hat sie gemacht. Aber da sie auch noch einen Termin hatte, ist sie gerast, und …«, Hilke Fahrenkrug presste die Handballen an die Stirn, »dann ist es passiert.«

Lyn sagte nichts dazu. Das Ganze klang nach Eifersucht und nach unbändiger Wut, weil die neue Frau den Unfall verursacht hatte, der Theos Leben radikal verändert hatte.

Sie ging nicht weiter auf die Anschuldigungen ein, sondern befragte Hilke Fahrenkrug zu ihren Lebensumständen und stellte all die Fragen, die sie den anderen gestellt hatte. Aber Theos Mutter war keine Hilfe. Es gab nichts, was ihr im Vorwege auffällig erschienen war. Und Feinde hatte sie auch nicht.

»Wussten Sie, dass Theo am Nachmittag seinen Freund Levi besuchen wollte?«, fragte Lyn am Ende des Gesprächs.

Hilke nickte. »Ja. Wir haben jeden Tag telefoniert. Warum fragen Sie mich das?«

»Das sind Routinefragen an alle Beteiligten. Haben Sie irgendjemandem in Ihrem Umfeld von Theos Plänen berichtet?«

»Nein.«

Hilke hatte ihr zu Beginn der Befragung gesagt, dass sie ihren Beruf aufgrund von Depressionen nicht ausüben könne. Daher hakte Lyn noch einmal nach. »Wovon leben Sie, Frau Fahrenkrug? Werden Sie –«

»Ja, ich liege meinem Mann noch auf der Tasche, obwohl ich großzügig abgefunden wurde«, fuhr sie Lyn über den Mund. »Das wissen Sie doch vermutlich schon längst.«

»Dann hätte ich nicht gefragt«, antwortete Lyn ruhig und stellte das Diktiergerät ab. Hilke Fahrenkrug nannte ihren Ex noch »meinen Mann«.

»Dieses Warten macht mich fertig«, sagte Hilke unvermittelt und fiel wieder in sich zusammen. »Wenn doch endlich ein Anruf käme.« Sie sah auf, die Augen voller Tränen. »Er lebt doch noch, oder? Sie haben doch keinen Grund, meinen Kleinen zu töten, nicht wahr? Warum sollten sie das tun …? Sie werden sich melden, richtig?«

Hilke Fahrenkrug war Lyn nicht sympathisch, aber in diesem Moment empfand sie schieres Mitleid für sie. »Davon können wir zu diesem Zeitpunkt unbedingt ausgehen«, sagte sie und strich ihr über den Arm. »So viel Zeit ist ja noch nicht vergangen.«

Sie wollte nicht zu euphorisch klingen. Mit jeder Stunde, die verstrich, ohne dass eine Lösegeldforderung einging, waren Sorgen umso berechtigter.

SIEBEN

Theo blickte immer wieder zu der tapezierten Tür, hinter der kein Mucks zu hören war. Seit das Mädchen hier war, spürte er zusätzlich zu der Aufregung nun doch Angst. Was würden sie mit ihr machen, wenn sie sie fanden?

Es war so ruhig im Haus. Die Stimmen, die von unten vage heraufklangen, hörten sich nicht aufgeregt an. Sie schienen das Mädchen tatsächlich nicht zu suchen, sonst hätten sie hier doch alles durchkämmt, unter das Bett geguckt, den Schrank aufgerissen und auch die Abseitentür.

Eigenartig. Woher war sie gekommen? Die Neugier zerfraß Theo, aber er wusste, dass er sie nicht gestillt bekommen würde. Denn er durfte nun mal kein Wort mit dem Mädchen wechseln. Während er erneut die tapezierte Tür ins Visier nahm, kam ihm eine Idee. Warum war er nicht gleich darauf gekommen?

»Hallo da unten?«, rief er laut Richtung Babyfon, nachdem er seine Wortwahl kurz überdacht hatte. Schließlich wollte er nicht, dass das Mädchen sich mit seinem Hallo angesprochen fühlte. »Kann mal einer kommen? Ich brauche was.«

Als Theo gleich darauf das Knarzen der Treppenstufen hörte, war er erleichtert. Es war nicht die Trump-Frau, die kam. Das erkannte er an den Schritten.

Der Schlüssel wurde herumgedreht, dann stieß Shrek die Tür auf. »Was ist los?« Er klang angespannt, als er hastig zu Theo ans Bett trat. »Fehlt dir was?«

»Kann ich bitte Stifte und Papier haben? Mir ist so langweilig. Dann kann ich ein paar Bilder malen.«

»Was?« Shrek musterte ihn durch die Gummimaske. »Deswegen rufst du mich hoch? Ich dachte schon, dir ist was passiert!«

Theo versuchte ein Lächeln. »Entschuldigung.« Es war bestimmt gut, höflich zu sein. Das würde den Mann hoffentlich besänftigen. »Ich hab nur so Langeweile.«

»Dann lies ein Buch.« Shrek nahm die Tüte vom Schemel und legte sie vor Theo ab. »Such dir eins aus.«

Theo öffnete die Tüte und sah hinein. Ein paar Bücher lagen darin. Obenauf lag ein Buch, das er kannte. »Der dunkle Wächter« aus seiner Lieblingsbuchreihe »Die drei ???«.

»Ich will nicht lesen«, wagte Theo noch einen Vorstoß, als er Shrek wieder in die Augen sah. »Ich will malen.«

»Entweder du liest ein Buch oder starrst Löcher in die Luft, das ist mir egal. Gemalt wird hier jedenfalls nicht. Das ist kein Kindergeburtstag.«

An der Tür drehte Shrek sich noch einmal um. »Gleich gibt es Mittag. Ich bring dir eine Suppe. Und die wird aufgegessen, verstanden?«

Theo antwortete nicht. Er krallte die Finger in die Bettdecke, während ihm die Wuttränen in die Augen schossen. Wie sollte er mit dem Mädchen kommunizieren, wenn er kein Papier und keine Stifte hatte?

***

Da Hilke Fahrenkrug in der Küche bleiben wollte, ging Lyn allein zurück ins Esszimmer. Sören saß mit Magnus und Vivien am Tisch.

Lyn nickte Thomas Martens zu, der im Wohnzimmer mit dem Kollegen des K4 sprach, und setzte sich zu den Fahrenkrugs. Sie nahm ihren Notizblock aus der Tasche und sah die drei an. »Ich brauche jetzt von Ihnen die Namen aller Personen, die wussten, dass Theo am Montag hier bei Ihnen und nicht bei seiner Mutter war. Und insbesondere benötige ich die Namen derer, die auch noch wussten, dass er am Nachmittag bei seinem Freund sein würde.«

Magnus sah hilfesuchend zu seiner Frau. »Vivi, du weißt das alles besser als ich.« Entschuldigend blickte er zu Lyn. »Ich bin zurzeit in der Firma mit Arbeit überhäuft. Die häuslichen Belange …« Er ließ den Satz in der Luft hängen.

Lyn erwiderte nichts. Ein Workaholic.

»Also, *ich* habe gewusst, dass Theo hier ist«, sagte Sören. »Am Wochenende habe ich hier mit ihm und Vivi und«, er schluckte, »und Noa Karten gespielt.« Seine Lider flatterten, während er Lyns Blick hielt.

»Okay. Haben Sie auch gewusst, dass er gestern zu seinem Freund Levi wollte?« Sicherlich hatte Thomas das schon erfragt, aber das war egal.

»Puh!« Er fuhr sich mit der Rechten durch die Haare und sah Vivien an. »Er hat es, glaube ich, erwähnt, oder? Irgendwas von Levi hat er gesagt. Aber ob sich das jetzt auf Montag bezog … Ich weiß es nicht mehr genau.«

Lyn notierte seine Aussage und sagte: »Es überrascht mich ein wenig, dass Sie den Sonntag mit Ihrem kleinen Bruder verbringen. Im Haus des Vaters und der Stiefmutter. Für einen Mann Ihres Alters durchaus ungewöhnlich.«

Sörens Wangen färbten sich. »Warum? Ich hatte Langeweile. Samstagabend war ich in einem Club in Hamburg, habe dann Sonntagmorgen lange geschlafen und wusste nicht, was ich am Nachmittag tun sollte. Also bin ich hergefahren.«

»Sören besucht uns oft«, warf Vivien ein. Ihre Stimme klang einigermaßen fest. »Er verbringt gern Zeit mit Theo.«

Lyn fiel erneut auf, dass sie eine wunderbar klangvolle Stimme hatte. »Nun gut«, sagte sie und sah Vivien an. »Wer wusste noch davon, dass Theo bei Levi war?«

»Eventuell sein Physiotherapeut. Lukas Bentzow war am Vormittag hier und hat mit Theo seine Übungen gemacht. Es könnte durchaus sein, dass Theo ihm erzählt hat, dass er zu Levi will.« Sie lächelte. »Theo plappert ziemlich viel.« Und dieser Satz reichte schon wieder. Sie legte die Hände über die Augen und begann zu schluchzen.

Sören rutschte unruhig auf dem Stuhl hin und her, während Magnus die Schulter seiner Frau tätschelte und beruhigend auf sie einsprach.

»Was ist mit Ihrer Haushälterin, Frau Schorlau?«, fragte Lyn.

Vivien hob die Schultern, während sie sich bemühte, ruhiger

zu werden. »Ja, vielleicht. Theo hat sie sehr gern. Und sie war am Morgen hier.«

Lyn wandte sich Thomas Martens zu, der telefoniert hatte und ihren Namen rief. Sie ging zu ihm ins Wohnzimmer. »Was gibt's?«

»Ich habe gerade mit Wilfried gesprochen. Zwei Zeugen haben unabhängig voneinander von einem weißen Mercedes Sprinter berichtet, der gegen siebzehn Uhr im Bischofer Deich gestanden hat, fünfzig Meter vor dem Haus von Levi Reimers. Beide haben ausgesagt, dass zwei Personen mit schwarzen Haaren darin gesessen haben. Wahrscheinlich ein Mann und eine Frau.«

»Haben wir ein Kennzeichen?«

»Nicht wirklich. Aber einer der Zeugen ist sich zu neunzig Prozent sicher, dass es ein IZ-Kennzeichen war. Der andere hat nicht darauf geachtet.«

»Hm«, Lyn musterte Thomas, »sie könnten darauf gewartet haben, dass Theo bei Levi losfährt.«

Thomas nickte. »Auf jeden Fall sind die beiden Zeugen auf dem Weg zu unserem Phantombildzeichner in Kiel. Sie haben die Leute im Sprinter zwar nur im Vorbeigehen gesehen, aber manchmal ist ja schon eine Kopfform oder Frisur hilfreich. Und es besteht die Chance, dass sich weitere Zeugen melden.«

»Sie könnten natürlich Perücken getragen haben«, wandte Lyn ein.

»Ja, klar, aber mehr haben wir nun mal nicht.« Er deutete ins Esszimmer. »Ich werde die neuen Erkenntnisse mal weitergeben. Vielleicht gibt es im Umfeld der Familie schwarzhaarige Personen.«

Als es an der Haustür klingelte, kam Hilke Fahrenkrug aus der Küche gestürzt.

Magnus stand auf. »Das ist nur Tessa. Sie bringt mir Unterlagen zum Unterzeichnen.« Er ging zur Tür.

Lyn hörte, wie Tessa Munck auf dem Flur ein paar Worte mit Hilke Fahrenkrug wechselte. Tessa sprach ihr Bedauern aus und fragte Hilke – die beiden duzten sich –, ob sie irgendetwas für sie tun könne.

Hilke verneinte und zog sich ohne ein weiteres Wort wieder zurück.

Magnus ging mit seiner Assistentin in sein Arbeitszimmer, was Lyn ein wenig wunderte. Warum konnte er die Unterschriften nicht im Wohn- oder Esszimmer leisten?

Nach nicht einmal fünf Minuten kamen die beiden wieder aus dem Arbeitszimmer heraus. Tessa Munck warf einen kurzen Blick ins Wohnzimmer. Lyn nickte ihr zu, und Tessa erwiderte das Nicken, bevor sie sich von ihrem Chef mit einem »Wenn irgendetwas ist, Magnus, egal, was, ruf mich an. Tag und Nacht« verabschiedete.

»Danke, Tessa.« Magnus legte seine Hand auf ihren Oberarm und öffnete die Tür für sie.

Als er zurückkam und sich wieder zu seiner Familie setzte, beschloss Lyn, der Firma Fahrenkrug einen Besuch abzustatten – insbesondere Tessa Munck.

***

Jana stierte in die Dunkelheit der Abseite. Ihre Augen hatten sich an die Schwärze gewöhnt, und sie konnte verschiedene Umrisse ausmachen. Dachbalken, die kleine Tür … Auch ihre Nase hatte sich gewöhnt. Der Geruch von Muff und Staub drang nicht mehr so intensiv ein. Das Einzige, was sie noch klar roch, war der Duft der Salami aus der geöffneten Packung im Rucksack. Den verräterischen Geruch loszuwerden wäre einfach. Sie musste die Wurst essen, aber sie wusste auch, dass sie keinen Bissen hinunterbringen würde, ohne sich zu erbrechen. Und das wäre nicht hilfreich.

Stattdessen zog sie ihre Bürste aus dem Rucksack und begann mit langsamen Strichen ihr langes braunes Haar zu bürsten. Es war beruhigend, und es war lautlos. Strich um Strich normalisierte sich ihr Herzschlag.

Als der Junge gerufen hatte, dass einer hochkommen sollte,

war ihr schlecht geworden. Als er den Mann dann um Papier und Stifte gebeten hatte, hatte sie an seinem Verstand gezweifelt. Der wollte jetzt Bilder malen? Und brachte sie deswegen in Gefahr? Schließlich bedeutete jeder Aufenthalt dieser Leute im Zimmer, dass sie auf die Idee kommen könnten, in die Abseite zu gucken. Was, wenn sie mal niesen musste? Oder husten? Sie traute sich ja kaum, sich zu bewegen, aus Angst, dass ein Knarzen der alten Bretter unten gehört werden könnte.

Aber dann hatte sie überlegt ... Vielleicht war das mit dem Malen nur ein Vorwand gewesen? Denn wenn sie Papier und Stifte hatten, konnten sie miteinander kommunizieren. War der Kleine so schlau? Wollte er genau das?

Warum war sie selbst noch nicht auf diese Idee gekommen? Sie hatte zwar kein Papier, aber einen Kugelschreiber im Rucksack. Sie hatte im Heim etliches Nützliches eingesteckt. Wenn man abhaute, brauchte man praktische Dinge. Messer, Gabel, Löffel, Schere, Dosenöffner, den Kuli ...

Ihr Herz begann wieder zu klopfen. Sie hatte ein Messer und eine Schere! Zwar keine große Schere, aber immerhin konnte sie sie als Waffe gebrauchen, wenn es sein musste. Und vor allem das Kartoffelmesser.

Jana legte die Haarbürste beiseite und zog langsam den Reißverschluss des großen Rucksackfachs auf. Sie tastete sich durch die Dose Ravioli, Sekt, die Salami und die Rolle Klopapier zum Boden des Rucksacks durch, nahm die Schere und legte sie sachte neben sich ab. Genauso verfuhr sie mit dem Messer. Sie nahm es in die Hand. Es fühlte sich unheimlich an, es hier im Dunkeln zu halten. Schließlich hatte sie es nicht als Waffe eingesteckt, sondern als Küchenutensil. Doch bei allem Grusel vermittelte es ihr auch das Gefühl, nicht ausgeliefert zu sein. Wenn sie sie fanden, würde sie es benutzen.

Neeles Schreie klangen in ihren Ohren nach und die plötzliche Stille danach noch viel mehr.

Stille war furchtbar.

Mit diesem Gedanken kam die Angst zurück, denn nun waren auf der Treppe Schritte zu hören. Es kam jemand!

Mit dem Messer in der Hand verharrte sie im Sitzen. Sich noch auf die Knie zu hocken, um in einer besseren Position zu sein, wagte sie nicht mehr. Dann hörte sie auch schon den Schlüssel im Schloss der Zimmertür.

»So, Kleiner, Mittagessen.« Es war die Stimme des Mannes mit der Shrek-Maske. »Ich will, dass du den Teller leer futterst, verstanden?«

Schritte waren zu hören und das Rascheln der Decke.

»Ob du das verstanden hast?«

»Ja, hab ich«, erklang die Stimme des Jungen.

»Und trink das Wasser aus«, sagte der Mann. »Wenn du mehr Wasser willst, musst du rufen.«

Janas Herz raste, und sie wagte erst wieder normal zu atmen, als die Tür ins Schloss gezogen wurde und der Schlüssel sich darin drehte.

Nach einem Augenblick hörte sie ein leises Klirren. Der Junge schien zu essen und mit dem Löffel an den Teller zu stoßen.

Jana veränderte vorsichtig die Sitzposition. Sie wollte ihm unbedingt den Kugelschreiber zeigen, aber war es schlau, das jetzt zu machen? Vielleicht kam der Mann schnell wieder, um den leeren Teller zu holen. Es war wohl besser zu warten.

Janas Geduld wurde auf eine harte Probe gestellt. Ihr Gefängnis schien immer enger zu werden, die Luft schlechter. Und ihre Kehle wurde immer trockener. Obwohl sie wusste, dass Neele die letzte Flasche Cola eingesteckt hatte, durchwühlte sie noch einmal den Rucksack in der Hoffnung, sich zu täuschen. Aber wie erwartet befand sich darin neben den wenigen Lebensmitteln nur die Flasche Sekt.

Warum zum Teufel hatte sie die Sachen im Rucksack, die sie nicht gebrauchen konnte, und Neele hatte das Ladekabel und die Cola? Im gleichen Moment wurde ihr vor Scham übel. Neele war vermutlich tot. Und sie lebte.

Als sie die Hand aus dem Rucksack zurückzog, streifte ihre

Hand etwas Weiches. Wie blöd war sie eigentlich? Sie hatte doch Papier! Sie nahm die Klopapierrolle in die Hand.

***

Lyn war gerade zurück im Büro, als ein Handyton eine WhatsApp-Nachricht signalisierte. Hendrik hatte ein Video in der Familiengruppe hochgeladen. Von Emil.

»Hendrik Wolff, du Spinner«, murmelte Lyn lächelnd, als sie es ansah. Emil saß in seinem Hochstuhl. Seine Haare waren zu einer Art Punk-Frisur hochgeschwurbelt. Er trug einen schwarzen Body mit W:O:A-Logo und Bullenschädel, die kleine Hand war in die pinkfarbene aufblasbare Plastikgitarre gekrallt, die Sophie zum Fasching gekauft hatte. Im Hintergrund lief AC/DCs »Thunderstruck«.

Hendrik hatte dazugeschrieben: »Little Wolff rocks the kitchen.«

Noch bevor Lyn antworten konnte, kam schon eine Nachricht von Charlotte, dekoriert mit vielen Herzchen-Smileys: »Sweeeet!!!! Er ist sooo süß! Ich vermisse ihn. Und euch alle.«

Sophie antwortete ebenfalls umgehend: »Wehe, der macht meine Gitarre kaputt!« Danach folgte ein dampfschnaubender Wut-Smiley.

Lyn schrieb: »Lotte Hollwinkel, wieso antwortest du so schnell? Ich denke, du sitzt in der Uni und lernst Pädagogik?«

»Ich bin ja auch in der Uni, allerdings schlafe ich hier gleich ein vor Langeweile. Liebe Grüße aus dem Audimax.«

Es klopfte an der Tür, als Lyn antworten wollte.

»Kommst du?« Thilo Steenbuck blieb auf dem Flur stehen und deutete Richtung Besprechungsraum. »Ist fünfzehn Uhr.«

»Ja, sofort.« Sie tippte: »HEL. Werde es wohl wieder nicht pünktlich zum Abendbrot schaffen.« Sie sandte einen Smiley mit tränendem Auge hinterher. Dann stand sie auf und griff sich ihr Handy und einen Block.

»Guck mal«, sagte sie zu Thilo und ließ das Video abspielen, während sie den Flur entlanggingen. »Emil passt endlich in den Body, den du uns zur Geburt geschenkt hast.«

Weil Thilo herzhaft lachte, als sie den Besprechungsraum betraten, wollten alle wissen, was so lustig sei, und das Video machte die Runde.

»Ja, sehr witzig«, sagte Arnd Kremer, allerdings ohne zu lachen. »Und nun zum Fall. Vorab für Sie zur Kenntnis: Die Eltern von Noa Ruiz sind heute Morgen aus Spanien angereist und in Hamburg direkt vom Flughafen in die Rechtsmedizin gefahren, um sich von ihrer Tochter zu verabschieden. Ich habe mit ihnen im Anschluss per Dolmetscher gesprochen und sie über die laufenden Ermittlungen in Kenntnis gesetzt. Zurzeit müssten sich die Ruiz' bei den Fahrenkrugs aufhalten. Sie werden morgen früh wieder abreisen und möchten die wichtigsten persönlichen Sachen ihrer Tochter schon mitnehmen.«

Lyn musste mehr als einmal schlucken, um den Kloß im Hals zu verdrängen. Noas Teddy würde morgen früh nach Hause fliegen.

Arnd Kremer räusperte sich. »Nun weiter … Die Phantombilder zu den beiden Personen im Sprinter sind erstellt und gehen gleich online, morgen erscheinen sie dann in der Printpresse. Ethnisch wollten sich die Zeugen nicht festlegen. Die Frau meinte, osteuropäische Züge erkannt zu haben, der Mann nicht.«

»Phantombilder für die Tonne«, brummelte Thilo.

»Ich habe mir Sören Fahrenkrugs Aussage noch mal angesehen«, meldete Thomas sich zu Wort. »Er wirkte unsicher in dem Gespräch, das ich heute Morgen mit ihm führte. Als ich ihm sagte, dass ich ihm nicht glaube, dass er den Sonntagnachmittag tatsächlich wegen Theo im Haus seines Vaters verbracht hat, wurde er auffällig nervös. Also habe ich ihm auf den Kopf zugesagt, dass er wegen Noa Ruiz da war.«

Lyn sah Thomas an. Die These, dass der Angriff tatsächlich Noa gegolten haben könnte, war noch nicht widerlegt. Dass Noa selbst ihrem Freund treu gewesen war, hieß nicht, dass andere Männer sich nicht für sie interessiert haben könnten – auch gegen ihren Willen.

»Das hat er allerdings vehement abgestritten«, fuhr Thomas fort. Während er sprach, strich er sich fortwährend über den Oberschenkel, er schien es gar nicht zu bemerken. »Und irgendwie habe ich ihm geglaubt, aber …« Er stockte.

»Ja?«, hakte Arnd Kremer nach.

»Es gäbe noch eine dritte Möglichkeit, wen er eigentlich sehen wollte«, sagte Thomas. »Nämlich Vivien Fahrenkrug.«

»Was?«, platzte Lyn heraus. »Wie kommst du darauf?«

Thomas lächelte sie an. »Manchmal haben wir Männer ja auch Intuition.«

»Ich wäre Ihnen dankbar, wenn Sie Ihre Intuition mit Beweisen untermauern könnten«, sagte Arnd Kremer. »Bleiben Sie an Sören Fahrenkrug dran, Herr Martens.«

Die Befragung des Physiotherapeuten teilte Kremer einem seiner Leute zu, die Befragung der Putzfrau Thilo Steenbuck.

Als die beiden den Raum verließen, sagte Lyn: »Ich würde gern Tessa Munck, die persönliche Assistentin von Magnus Fahrenkrug, übernehmen und mich in der Firma umhören.«

»Okay. Das können Sie gleich noch machen.« Arnd Kremer blickte auf seine Armbanduhr. »Oder ist da schon Feierabend? Diese Munck könnten Sie sonst auch für morgen früh vorladen.«

»Frau Harms ist teilzeitbeschäftigt«, warf Wilfried Knebel ein. »Gestern hast du bereits Überstunden gemacht, die für eine ganze Woche reichen«, wandte er sich an Lyn. »Heute bist du auch wieder drüber. Die Munck kannst du dir morgen vorknöpfen.«

»Aber –«

»Lyn«, unterbrach Wilfried sie bestimmt. »*Teilzeit*beschäftigt. Daran müssen wir uns alle gewöhnen. Insbesondere wohl du.« Ein Lächeln milderte seine bestimmten Worte ab. »Fahr nach Hause zu deinem Baby. Wir sind hier genug Leute.«

»Okay.« Lyn war so perplex, dass sie aufstand. An der Tür drehte sie sich noch einmal um. »Vielleicht kann ich ja morgen früh direkt zu Tessa Munck in den Betrieb fahren? Oder fährt jetzt gleich noch jemand hin?« Sie sah in die Runde.

Arnd Kremer sah kurz von seiner Mappe auf, in die er Notizen eintrug. »Das können Sie gern morgen übernehmen, Frau Harms. Schönen Feierabend.«

***

Jana lauschte. Vor zehn Minuten hatte der Mann das Tablett abgeholt. Im Zimmer war alles ruhig bis auf das Rascheln, das die Bettdecke verursachte, wenn der Junge sich wohl bewegte. Dann hörte sie das Knistern der Papiertüte. Er schien sie vom Hocker ins Bett genommen zu haben.

Sie nahm allen Mut zusammen und wagte es, mit dem Messer leicht über die Tür zu schaben. Sie musste auf sich aufmerksam machen. Die Tür konnte sie schließlich von innen nicht öffnen.

Der Junge schien nur darauf gelauert zu haben. Sie hörte erneut das Rascheln der Decke, dann dauerte es. Jana sah vor sich, wie er den Oberkörper, die Arme voran, aus dem Bett bewegte und die Beine langsam, sehr langsam nachzog, um ja kein Geräusch zu machen. Wahrscheinlich half er mit dem Arm nach, die Beine leise abzulegen. Und dann hörte sie das Schleifen seiner Beine auf dem Boden. Oh Gott, es hörte sich so laut an! Das mussten die Leute unten doch hören!

Er schien das Gleiche zu denken, denn es war einen langen Augenblick ruhig. Vielleicht horchte er, ob jemand kam. Doch dann öffnete sich die Tapetentür ein Stück. Er musste den Riegel sehr leise bewegt haben, sie hatte nichts gehört. Mit großen Augen starrte er in die Abseite.

Janas Augen mussten sich kurz an die Helligkeit gewöhnen, als er die Tür weiter aufzog. Ein minimales Knarzen ließ sie beide erschrocken innehalten. Der Junge sah zum Babyfon.

Aber alles war gut.

Jana dämmerte, dass ihnen in ihrer Angst die Geräusche wahrscheinlich viel lauter erschienen, als sie tatsächlich waren. Ihr Blick blieb an dem Stapel neben dem Babyfon haften. Waren das Windeln? Sie schluckte. Der Junge war gelähmt … vielleicht brauchte er die Windeln. Das war irritierend. Sie hatte sich nie Gedanken über gelähmte Menschen gemacht.

Sie legte das Messer aus der Hand und zeigte ihm den Kugelschreiber. Erwartungsgemäß leuchteten seine Augen auf. Er nickte heftig und deutete an, zu schreiben.

Jana nickte und zog das Klopapier hinter ihrem Rücken hervor. Sie riss vorsichtig ein Blatt ab, legte es vor sich auf dem staubigen Boden ab und schrieb im Licht, das zu ihr hereinfiel: »Wer bist du?« Den nächsten Satz schrieb sie mit weniger Druck, denn das Papier war mit dem Fragezeichen eingerissen. »Was sind das für Leute? Ich glaub, die haben meine Freundin umgebracht!« Sie reichte dem Jungen das Blatt, und er las es. Mit schreckgeweiteten Augen sah er sie an.

Als Jana auf das Blatt zeigte, nahm er den Kuli, den sie ihm hinhielt. Er schrieb etwas – wesentlicher langsamer als sie – auf die Rückseite. Sie nahm das Blatt, als er fertig war, und las: »Ich bin Theo Fahrenkrug. Die haben mich entführt.«

Entführt! Jana musterte ihn unter diesem Gesichtspunkt erneut. Dann löste sie ein neues Blatt von der Rolle und schrieb: »Du darfst mich nicht verpetzen! Die bringen mich um!«

Als Theo es las, blickte er sie mit zusammengezogenen Augenbrauen an und tippte sich an die Stirn. »Natürlich nicht!«, schrieb er unter ihre Sätze.

»Was sollen wir jetzt tun?«, schrieb Jana und reichte ihm das Blatt.

Er hob die Schultern. Einen Moment lang musterten sie sich. Dann schrieb Jana: »Ich hab so Durst! Hast du Wasser?«

Er schüttelte den Kopf und nahm den Kuli. »Ich muss die nach Wasser fragen. Ich bewahre dir was auf.«

Sie las es. Mit Tränen in den Augen sah sie ihn an. Dann schrieb sie: »Ich hab so Angst. Ich will nicht sterben!«

Er las es und schrieb: »Wie heißt du? Wieso suchen die dich nicht?«

Sie wischte sich die Tränen von den Wangen und schrieb:

»Jana Roffler. Ich bin weggelaufen. Aus einem Heim. Hier hat mal mein Uropa gewohnt.« Sie drehte das Blatt. »Die Leute wissen nicht, dass ich hier bin. Die haben mich nicht gesehen.«

Er nickte. Dann deutete er in die Abseite und auf den Riegel.

Jana grauste vor der Dunkelheit, aber sie wusste, dass es vernünftig war, nicht zu viel zu riskieren. Theo musste sich ja immerhin wieder ins Bett hochziehen, und das würde er nicht schaffen, wenn sie warteten, bis die Leute auf der Treppe zu hören waren. Schweren Herzens ließ sie sich von Theo wieder einriegeln.

Sie hörte ihn zurückrobben. Hoffentlich die Entführer nicht! Jana konnte seinen schweren Atem, als er sich ins Bett hochzog, hören. Der Kleine musste mega Armmuskeln haben, dass er das überhaupt schaffte.

Dann wurde es ruhig. Nach ein paar Minuten, die er wohl gebraucht hatte, um wieder normal zu atmen, rief Theo laut: »Hallo? Ich hab Durst. Kann ich Wasser haben?«

ACHT

Lyn parkte ihren Beetle in Wewelsfleth direkt vor dem grünen Friedhofstor neben dem Grundstück des Alfred-Döblin-Hauses, das Günter Grass einst für viele Jahre bewohnt hatte. Sie winkte der Hausdame zu, die sich im Garten mit einem der Berliner Stipendiaten unterhielt, die in dem zweihundertfünfzig Jahre alten Haus im vierteljährlichen Wechsel ihrer Schreibleidenschaft frönten.

»Kommen Sie mit Ihrem Vater nächste Woche zur Lesung, Frau Harms?«, rief die Dunkelhaarige herüber.

»Auf jeden Fall, Frau Tiedemann«, rief Lyn zurück.

Henning Harms, pensionierter Oberstudienrat, liebte es, in der gediegenen alten Küche an dem riesigen Tisch zu sitzen, Wein zu trinken und Blechkuchen zu essen, während die Stipendiaten aus ihren aktuellen Werken lasen. Und Lyn ging gern mit, aber eher, weil sie die gemeinsame Zeit mit ihrem Vater genoss und gern sein Gesicht im Licht der Deckenleuchte studierte, während er lauschte. Er war weiß Gott nicht von allem angetan, was da so aus den Federn der Stipendiaten floss, aber wenn sein Gesicht wie entrückt aussah, hatte ein Autor es geschafft, und ihr Vater suchte anschließend zu gern das Gespräch mit ihm.

Als Lyn das kurze Stück Weg über den Friedhof zu ihrem Häuschen ging, atmete sie die frische Aprilluft tief ein. Es hatte sich falsch angefühlt, nach Hause zu gehen, während alle anderen noch arbeiteten, aber jetzt … jetzt fühlte es sich richtig gut an.

Sie zog ihr Handy aus der Tasche, als es vibrierte. Hendrik hatte ihr eine WhatsApp-Nachricht geschickt. »Bin joggen an der Elbe. Krümel passt auf den Halbbruder auf. Hoffentlich lebt er noch, wenn ich zurück bin. Komm nicht so spät! Ich liebe dich!«

Lyn verzog die Lippen. Sie hatte Hendrik überraschen wollen und ihm nicht geschrieben, dass sie schon früh zu Hause sein würde. Das hatte sie jetzt davon. Immerhin hatte Sophie sich bereit erklärt, auf Emil aufzupassen. Was Hendrik ihr dafür wohl versprochen hatte?

Als Lyn am Haus ankam und aufschließen wollte, hörte sie aus dem hinteren Garten Sophies Stimme. Hatte Krümel Besuch? Lyn ging um das Haus herum und blieb abrupt an der Hausecke stehen, um zu verdauen, was sie da sah. Sophie hielt Emil auf dem Arm und redete auf ihn ein, während sie mit ihm langsam durch den Garten schritt. Lyn zog sich schnell wieder zurück, linste aber um die Ecke.

»Und das ist unser Apfelbaum«, sagte Sophie und schüttelte einen Zweig. »Die Äpfel sind sooo lecker. Lotte und ich machen im Herbst wieder Apfelmus. Den mochtest du doch auch so gerne.«

Emil stieß ein »Mammamm« aus, womit er alles betitelte, Lyn, Hendrik, die Mädchen, die Katze, Lampen, alles, was brummte, und, und, und …

Sophie lachte und küsste ihn auf die rote Wange. Lyn schossen die Tränen in die Augen. Sie wagte kaum zu atmen.

»Ich vermisse Lotte«, sagte Sophie, während sie weiterging und Emil auf dem Arm schaukelte. »Du auch? Bestimmt nicht so wie ich. Du kennst sie ja noch nicht so lange. Manchmal ist sie megaätzend, aber … jetzt ist es so ruhig hier. Obwohl du ja genug schreist. Ja-ja-ja, du bist ein kleiner Schreihals.« Wieder landete ein Kuss auf Emils Köpfchen.

Sophie ging zum Insektenhotel an der Schuppenwand. »Das ist für die Bienen, summ, summ, summ machen die, und für alle anderen Insekten. Wenn du groß bist, gibt es vielleicht keine Bienen mehr, darum muss man protestieren und darf dafür freitags auch mal die Schule schwänzen. Aber das sag ich dir dann noch mal.«

Lyn hatte genug. Sie schaffte es noch nach vorn, bevor sie in Tränen ausbrach. Sie brauchte Minuten, um sich wieder einzukriegen. Was für eine grauenhafte Mutter war sie eigentlich, dass sie nicht mitkriegte, wie einsam Sophie sich fühlte? Seit

Charlotte in Flensburg studierte und dort mit ihrem Freund Markus zusammenlebte, kam sie höchstens noch einmal im Monat für ein Wochenende zu Besuch.

Lyn atmete tief durch, während sie sich die feuchten Spuren von den Wangen wischte. Wie hatte sie so blind sein können? Für Krümel war das alles nicht einfach. Die Schwester weg, plötzlich ein Baby-Bruder da, der von allen betüdelt wurde, dazu die üblichen schulischen Probleme ... Und getroffen hatte Sophie auch der Anruf ihres Vaters vor ein paar Tagen, bei dem er sie gebeten hatte, noch nicht – wie abgesprochen – am ersten Ferientag nach Franken zu starten, sondern erst in der zweiten Ferienwoche zu kommen, weil seine Frau Miriam die Magen-Darm-Grippe hatte. Sophie und Charlotte liebten ihren Vater, und er liebte sie. Es war für alle schwierig genug, dass sie sich fast nur in den Ferien sahen.

Armes Krümelchen. »Und jetzt geh ich auch noch wieder arbeiten«, murmelte Lyn. Sie straffte die Schultern und schloss auf. »Hallo?«, rief sie laut in den Flur. »Wo seid ihr? Ich bin schon zu Hause.«

Es dauerte nicht lange, dann rumste die Terrassentür. Gleich darauf steckte Sophie den Kopf aus dem Wohnzimmer. »Wieso bist du denn schon da? Ich dachte, du kommst später?«

»Hallo, mein Schatz.« Lyn strahlte sie an. »Wilfried hat darauf bestanden, dass ich pünktlich gehe.«

»Hendrik ist joggen.«

»Das hat er mir geschrieben.« Lyn legte Auto- und Haustürschlüssel in der alten Kristallschale auf der Kommode ab und zog die Jacke aus. »Und du? Was treibst du so?«

Sophie trat näher. »Hast du geweint?« Sie musterte Lyn.

»Nein, seh ich etwa so aus?« Lyn blickte in den Spiegel. »Oje, meine Frühjahrsallergie schlägt zu. Wo ist dein Bruder?«

»Im Garten. Hab ihn im Buggy rausgestellt. Der hat mich hier genervt.«

»Aha.« Lyn musste sich ein Lächeln verkneifen. »Aber du bist hoffentlich bei ihm gewesen und hast ihn nicht allein draußen gelassen?«

»Ja-ha. Nicht dass der kleine Prinz vom Marder gefressen wird.«

Lyn ging raus. Emil saß im Buggy und quengelte. Als er sie sah, legte sich auf seinem Gesicht ein Schalter um, und er hob strahlend die Arme. Sie hob ihn raus und drückte ihn an sich. »Hallo, mein kleines Wölfchen.« Sie küsste die Pausbacken. »Passt deine große Schwester gut auf dich auf?«

Sophie wickelte sich in eine Decke ein, setzte sich auf die Holzbank auf der Terrasse und griff nach dem Buch darauf. »Ich hab gelesen, und er hat hier rumgeglotzt. Für Entertainment bin ich nicht zuständig.«

Lyn setzte sich mit Emil zu Sophie. Sie strich ihrer Tochter sanft über die Wange. »Was hältst du davon, Krümel, wenn wir Samstag oder Sonntag mal einen Mädels-Tag machen? Nur wir beide, ohne Hendrik und Emil. Vielleicht Eisessen und Kino? Oder Kino und Abendessen in der Scheune?«

Sophie sah sie an. »Echt?«

»Echt.«

»Musst du nicht den Mörder von Noa suchen?« Sophie öffnete das Buch und legte das Lesezeichen, einen gehäkelten Frosch, zur Seite.

»Ich suche ihn ja nicht allein. Das krieg ich schon hin mit dem freien Tag.«

Sophie vertiefte sich in die Lektüre und brummelte: »Das warten wir mal ab.«

***

»Der Boden … ist … viel zu hart.« Leons Stimme stockte immer wieder vom Weinen, während er den Spaten in den Waldboden rammte. »Wie sollen wir denn … hier … ein so tiefes Loch graben?«

»Verdammt, jetzt sei endlich ruhig!«, blaffte Nick ihn mit gedämpfter Stimme an. Er war fix und fertig. Nicht nur, dass Leon ein heulendes Nervenbündel war, nein, er war selbst mit seinen Nerven am Ende. Sie hatten die Leiche des Mädchens im Kofferraum seines Wagens hierher in den Segeberger Wald geschafft.

Er nannte sie in Gedanken weiterhin »das Mädchen«. Er wollte nicht an ihren Namen denken. Aber das war unmöglich. So unmöglich, wie nicht an einen roten Ball zu denken, wenn jemand sagte: Denk nicht an einen roten Ball.

Sein roter Ball hieß Neele.

Sie lag, umhüllt von schwarzen Säcken und zugeschnürt, ein Stück neben ihm in der Dunkelheit. Leon hatte gewürgt, als sie sie aus dem Kofferraum gehievt, in den Wald geschleppt und zwanzig Meter vom Weg entfernt abgelegt hatten. Glücklicherweise hatte er sich nicht erbrochen.

Nur von dem Licht beschienen, das die beiden auf den Waldboden gelegten Taschenlampen verstreuten, versuchten sie seit zwanzig Minuten, ein Loch zu graben. Es war drei Uhr nachts, und neben ihrem schweren Atmen war nur der Wind zu hören, der durch die Blätter der Bäume fuhr, und ab und an einmal ein Knacken im Unterholz. Die Eule, die sie gehört hatten, hatten sie wohl mit den Spatengeräuschen vertrieben.

Nick wusste, dass Leon recht hatte. Der Boden war viel zu fest und von Wurzeln durchzogen, als dass es ihnen gelingen könnte, das Mädchen hier gänzlich zu vergraben. Aber er versuchte es dennoch weitere zehn Minuten lang. Der Schweiß lief ihm trotz des kalten Windes von den Schläfen.

»Fuck, das wird nichts«, stieß er schließlich aus, warf den Spaten weg und ließ sich auf den feuchten Waldboden sinken. »Fuck!«

»Und nun?« Leon klang, als würde er jeden Moment einen hysterischen Anfall kriegen.

»Sei ruhig. Lass mich überlegen.« Nicks Arme begannen zu zittern, jetzt, da er seine Kraft nicht mehr auf den Spaten verwendete. Tief atmete er die Waldluft ein. Aromen von Tannennadeln und modrigem Laub, vermischt mit etwas, das er nicht zuordnen konnte.

»Wir können sie doch mit Blättern und Zweigen abdecken.

Sie … ist doch eingewickelt«, stammelte Leon. »Dann riechen die Tiere sie nicht, oder?«

»Hm«, grunzte Nick. Die Idee war nicht wirklich gut. Aber wenn sie genug Äste und Zweige ranschafften und über ihr verteilten, würden die Tiere vielleicht tatsächlich nicht rankommen. »Also gut«, sagte er. »Lass es uns so machen. Eine kleine Mulde haben wir ja geschaufelt.«

Die nächste Viertelstunde verbrachten sie damit, Äste und Zweige zu sammeln.

Als Leon den Haufen über dem Mädchen immer höher werden ließ, zischte Nick: »Das geht nicht. Nicht so hoch! Das fällt doch auf. Wenn hier ein Förster rumlatscht …«

»Warum hat sie das gemacht? Warum hat Kat das gemacht?« Leon hatte zwar aufgehört zu weinen, klang aber, als würde er gleich wieder anfangen.

»Irgendwie ist die durchgeknallt«, gab Nick zu, während er zwei Äste entfernte und hinter sich warf. »Ich weiß auch nicht … Als wenn bei ihr eine Sicherung durchgekokelt ist.«

Dass ihm ihr Verhalten Angst machte, behielt er für sich. Der Traum vom großen, schnell und einfach verdienten Geld war zum Alptraum geworden. Sie hatten so gut geplant, jedes Detail durchdacht. Und dann diese Eskalation!

Nick spürte das Bedürfnis, in Leons Wimmern mit einzustimmen. So musste Pandora sich gefühlt haben, nachdem sie die berühmte Büchse geöffnet hatte. »Wir können jetzt nicht mehr zurück, Leon.« Er riss sich zusammen. »Wir müssen das jetzt durchziehen.«

»Aber ich wollte nur Geld, hörst du? Nur Geld!« Leon packte Nick am Kapuzenpulli. »Ich wollte nicht, dass jemand stirbt! Und jetzt … jetzt gibt es sogar zwei Tote. Zwei *Mädchen*! Das ist furchtbar! Das ist … krank!«

Nick legte seine Hände auf Leons, die nach wie vor in den Pulli gekrallt waren. »Du musst jetzt die Nerven behalten, Leon, hörst du? Oder willst du im Knast landen? Das stehst du nicht durch! Und jetzt komm, wir müssen hier verschwinden.«

Er wollte so schnell wie möglich zur Moorkate zurück. Sein

Gefühl sagte ihm, dass es nicht gut war, Kat mit dem Jungen allein zu lassen.

***

Als Jana aufwachte, brauchte sie zwei Sekunden, um zu realisieren, wo sie war. Und sie wünschte sich im selben Moment, einfach wieder einzuschlafen. Heiß schossen ihr die Tränen in die Augen.

Sie hatte unruhig geschlafen. Die Angst, im Schlaf von den Leuten überrascht zu werden, steckte in jeder Körperzelle und ließ niemals Entspannung aufkommen. Dazu kam, dass sie erbärmlich fror. Sie hatte am Abend noch die beiden Langarmshirts angezogen, die sie zum Wechseln mitgenommen hatte, und die Jacke bis oben hin geschlossen, aber die nächtliche Kälte drang wie unsichtbarer Nebel in die nicht isolierte Abseite ein.

Zitternd setzte sie sich vorsichtig auf, um ja kein Geräusch zu verursachen. War es noch Nacht oder schon Morgen? Sie hatte jegliches Zeitgefühl verloren und blickte zur Tapetentür. Die Umrisse waren nicht auszumachen, also musste es dunkel im Zimmer sein. Ob Theo noch schlief? Oder lag er auch wach?

Da er eine Bettdecke und ein Kissen hatte, musste er wenigstens nicht frieren. Die Arme um den Oberkörper schlingend, versuchte sie ruhig zu atmen, denn sie merkte, wie Panik in ihr hochkroch. Ihr Herz begann zu rasen, und an den Handflächen bildete sich kalter Schweiß. Sie versuchte krampfhaft, das Wimmern zu unterdrücken, das mit aller Macht über ihre Lippen wollte, aber es fiel schwer. Unendlich schwer, denn eigentlich war es kein Wimmern, was hinauswollte. Es waren Schreie.

Ja, sie wollte eigentlich nur schreien, schreien, schreien. Und wenn die Männer und die Frau dann kamen, würde sie einfach weiterschreien. So lange, bis sie auch ruhig war. So ruhig, so still wie Neele. Neele, die noch leben würde, wenn sie, Jana, nicht dagegen gewesen wäre, noch am Abend aus dem Schuppen zu verschwinden. Warum nur hatte sie Neele überredet, bis zum nächsten Morgen zu warten?

Sie weinte auf und presste hastig die Hand vor den Mund und lauschte. Aber alles blieb still. Ihre Finger tasteten auf dem Boden nach dem Messer. Sie hatte es in der Hand gehalten, als sie eingeschlafen war, und musste es verloren haben. Als sie es wieder in Händen hielt, fühlte sie sich nicht besser. Was würde mit ihr geschehen, wenn die Leute den Jungen wegbrachten? Würden sie ihn überhaupt wegbringen oder, was sie für wahrscheinlich hielt, ihn töten? Sie hatten schließlich auch Neele umgebracht. Einfach so.

Ihr wurde schlecht, und sie begann hektisch zu atmen. Wasser. Sie brauchte Wasser!

Um die Übelkeit zu bekämpfen, legte sie sich zurück auf den kalten Boden, den Kopf auf den Rucksack bettend, die Beine aufgestellt. Sie traute sich nicht, die Beine lang auszustrecken, weil das ihr zweites großes Problem verschärfen würde. Sie musste so wahnsinnig dringend pinkeln! Schon am Abend hatte es sie gequält, jetzt wurde es langsam unerträglich.

Was sollte sie nur tun? Sie konnte doch nicht einfach in die Ecke pinkeln. Der Boden bestand aus Holzbrettern. Der Urin würde durchsickern und wer weiß wo ankommen. Das durfte sie keinesfalls riskieren. Außerdem würde es bestimmt im Zimmer zu riechen sein.

Es blieb wohl nur die Möglichkeit, die ihr beim Einschlafen gekommen war. Sie brauchte eine von Theos Windeln. Das Problem dabei war: Würde die Bande es bemerken, wenn eine Windel fehlte? Waren sie abgezählt?

Und wenn schon. Jana presste eine Hand gegen ihren Schritt. Sie hielt es bald nicht mehr aus. Sobald Theo die Abseitentür öffnete, würde sie sich eine der Windeln schnappen.

Zusammengekauert legte sie sich auf die Seite. Hoffentlich wurde es schnell Morgen. Um sich abzulenken, versuchte sie, ihren Herzschlag durch bewusstes Atmen unter Kontrolle zu bringen. Sie stellte sich vor, dass ein kleiner Mann in ihrem Herzen auf eine Pauke schlug. Und tatsächlich – irgendwann wurde der Paukentrommler langsamer. Es ging nicht mehr bomm-bomm-bomm. Er holte jetzt mit den Armen weiter aus, schlug abwechselnd und bedächtiger. Bomm-bomm, bomm-bomm …

***

Am Mittwochmorgen fuhr Lyn am Itzehoer Media Markt vorbei und bog in die Portland-Cement-Straße ein. Sie passierte das Teppichhaus Knutzen und die Sparkasse, bevor ihr Blick auf das weiße Firmenschild des riesigen Küchenstudios fiel. »Fahrenkrug« lautete der geschwungene taubenblaue Schriftzug darauf. Nicht Küchenstudio Fahrenkrug oder Küchen-Center oder dergleichen. Nein, einfach nur ein Name. Sie konnten es sich erlauben. Jeder Norddeutsche verband schließlich automatisch Küchen mit dem Namen Fahrenkrug. Außer dem Hauptsitz in Itzehoe gab es zwei weitere Filialen in Neumünster und Schenefeld.

Lyn parkte auf einem der Kundenparkplätze, die jetzt, um kurz vor neun, noch fast alle frei waren. Als sie eintrat, kam eine junge Frau in Jeans und roséfarbenem Blazer mit freundlichem Lächeln auf sie zu. »Guten Tag, wie kann ich Ihnen behilflich sein?«

»Ich würde gern Frau Munck sprechen.«

»Da muss ich nachfragen, ob das passt«, sagte die junge Frau. »Wen darf ich anmelden?«

»Harms, Kripo Itzehoe.«

»Oh! Dann …« Lyn wurde intensiver gemustert. »Einen Moment bitte.«

Während die junge Frau zu einem eleganten Tresen eilte und nach dem Telefon griff, sah Lyn sich um. Was gab es für tolle Küchen! Sie hatte mit Hendrik schon darüber gesprochen, eventuell mal in eine neue zu investieren. Ihre stammte noch aus der Zeit, in der ein Selbsteinzug von Schubladen pure

Science-Fiction gewesen war. Vielleicht sollten sie es nicht mehr so lange aufschieben.

Sie ging zu einer der Nischen und inspizierte eine zartgraue Einbauküche. Als sie einen Apothekerschrank aufzog, erklang Tessa Muncks Stimme hinter ihr. »Guten Tag, Frau Harms.«

Lyn drehte sich um.

Tessa Muncks Lippen umspielte ein Lächeln, das man wohl als geschäftsmäßig freundlich einstufen konnte. »Was kann ich für Sie tun?«

»Ich würde mich gern mit Ihnen unterhalten, Frau Munck. In Ruhe. Und ich dachte, bevor ich Sie zu uns ins Polizeihochhaus bitte, besuche ich Sie hier an Ihrem Arbeitsplatz.«

»Das ist sehr nett von Ihnen. Ich glaube zwar nicht, dass ich Ihnen eine großartige Hilfe sein werde, aber bitte …« Tessa Munck deutete den mit einem blauen Teppichboden belegten Gang hinunter, von dem viele verschiedene Nischen mit Musterküchen abgingen. »Die Büros sind dort hinten.«

Lyn ging neben ihr her. »Wie lange arbeiten Sie schon für Herrn Fahrenkrug?«

»Fast fünf Jahre.«

»Dann waren Sie schon hier, als Herr Fahrenkrug noch mit seiner ersten Frau zusammen war?«

»Jein. Es war quasi die Umbruchphase, wenn ich es mal so nennen darf.« Sie öffnete eine Tür. »Ich habe noch ein halbes Jahr mit der ersten Frau Fahrenkrug hier gearbeitet. Dann hat sie die Firma verlassen.«

Tessas Büro war geräumig und modern eingerichtet. Auf der langen Fensterbank lockerten drei Orchideen in pastellfarbenen Töpfen das zweckmäßige Ambiente ein wenig auf. Der Schreibtisch war aufgeräumt, der Laptop darauf geöffnet. An der Ecke des Schreibtischs fielen kleine Möbelstücke ins Auge – Puppenstubenmöbel. Es war eine winzige Küche mit altem Herd und Spülbecken, zwei Püppchen saßen auf samtbezogenen Stühlchen an einem Tisch mit einem noch winzigeren Porzellanservice darauf.

»Das ist ja entzückend«, sagte Lyn, was die Püppchen allerdings nicht mit einschloss, denn sie waren gestrickt und … hässlich.

Tessa lächelte – diesmal herzlicher. »Ja, ich dachte, hier gehört es her. Die kleine Küche ist Teil meines Puppenhauses aus Kindertagen. Und warum soll sie in einem Karton herumliegen? Gut, die Puppen wären vielleicht eher etwas für einen Voodoo-Priester«, sie verzog die Lippen zu einem schiefen Grinsen, »aber meine Mutter hat sie selbst gestrickt. Sie starb vor drei Jahren.«

»Ich verstehe, dass Sie sie in Ehren halten«, sagte Lyn. »Meine Mutter starb, als ich siebzehn war. Und auf meinem Nachttisch steht immer noch die Kerze, die sie mir zu diesem Geburtstag geschenkt hat – eine lilafarbene Stumpenkerze, die sie mit weißen Wachsschmetterlingen beklebt hatte. An meinem Geburtstag zünde ich sie immer für ein paar Minuten an.«

Tessa Munck sah sie einen Moment lang schweigend an, bevor sie sagte: »Es muss Sie ängstigen, dass sie immer kürzer wird.«

Ihre Feinfühligkeit machte Lyn für eine Sekunde sprachlos. In der Tat ließ sie die Kerze Jahr für Jahr weniger lang brennen.

Tessa schien keine Antwort zu erwarten. Sie war wieder die kühle Geschäftsfrau, als sie »Bitte« sagte, auf den Besucherstuhl zeigte und sich auf ihren Platz setzte.

Lyn blieb stehen. Sie zeigte auf eine geschlossene Tür. »Befindet sich dort das Büro von Herrn Fahrenkrug?«

»Ja. Möchten Sie es sehen?« Tessa stand wieder auf und öffnete die Tür.

Es war zwar nicht nötig, aber Lyn trat dennoch ein. Die Möbel glichen denen im Vorzimmer, nur dass der Chefsessel wuchtiger war und es noch einen Tisch mit vier Stühlen gab. An einer Wand hingen gerahmte Urkunden und zwei große Fotografien. Eine zeigte das Gebäude – anscheinend bei der Einweihung des Küchenstudios –, die andere Aufnahme war ein Gruppenbild der Belegschaft. Alle lächelten fröhlich in die Kamera.

Durch die Fensterfront blickte man auf eine karge Landschaft – keine berauschende Aussicht. In der Ferne sah man die Ruine des ehemaligen Alsen-Zementwerks. Das riesige Gelände war den Itzehoern jetzt eher als Kulturstandort Planet Alsen geläufig.

Lyns Blick glitt über die beiden silbern gerahmten Fotografien auf Magnus Fahrenkrugs Schreibtisch. Auf dem linken Foto lachte Rotschopf Theo aus einem Kajak in die Kamera, das rechte zeigte Vivien. Es war kein Schnappschuss, sondern eine professionelle Schwarz-Weiß-Aufnahme. Sie wirkte darauf wie ein Filmstar der fünfziger Jahre.

»Ihre Chefin ist eine schöne Frau«, sagte Lyn beim Verlassen des Büros. Sie setzte sich Tessa Munck gegenüber.

Deren Augenbraue ruckte leicht in die Höhe. »Ehrlich gesagt betrachte ich Vivien nicht als meine Chefin, da sie sich in keiner Weise in die Firma einbringt. Verstehen Sie mich nicht falsch, das ist von Magnus und Vivien auch so gewollt. Im Gegensatz zu Hilke Fahrenkrug ist Vivien nun mal keine Geschäftsfrau.«

»Sie mögen Vivien nicht?«

»Oh!« Tessa winkte mit einem Lächeln ab. »Meine Gefühle spielen hier keine Rolle. Ich bin Magnus' persönliche Assistentin. Und das bin ich mit Leib und Seele.«

»Das heißt dann wohl, Sie würden nie ein schlechtes Wort über die Familie verlieren?« Lyn lächelte ebenfalls. »Loyalität ist für Ihren Job sicherlich unerlässlich, Frau Munck, aber in diesem Fall … Es geht um brutalen Mord und die Entführung von Theo.«

Tessa nickte. Sie knetete ihre schlanken Finger, während sie sprach. »Ich weiß das, und selbstverständlich würde ich alles tun, um zu helfen, wenn ich das irgendwie könnte. Aber meine persönliche Aversion gegen Vivien Fahrenkrug ist da wenig hilfreich, vermute ich. Es ist einfach nur … eine Aversion. Ich kann es nicht einmal greifen. Oder an etwas Besonderem festmachen. Wobei …« Sie brach ab und überlegte kurz.

»Aber ich möchte mich nicht an Gerüchten beteiligen, die hier in der Firma kursieren«, sagte sie dann. »Ich stehe als Magnus' Assistentin ständig zwischen den Stühlen. Für Magnus Fahrenkrug bin ich seine rechte Hand, für die Belegschaft der Vorzimmerdrachen.« Sie lächelte wieder. »Nicht dass es mich stören würde. Ich liebe meinen Job, und ich habe nicht das Verlangen, den Kollegen zu gefallen, aber ...«

»Ja?« Lyn wartete.

»Nichts.« Tessa Munck setzte sich gerade auf. »Ich werde mich an Spekulationen nicht beteiligen, und wenn Sie sich auf den Kopf stellen. Aber es steht Ihnen natürlich offen, die Kollegen zu befragen, wenn Sie auf Gerüchte etwas geben wollen, Frau Harms.«

Das war eine mehr oder weniger subtile Aufforderung, genau das zu tun. Lyn nickte. »Ich hatte ohnehin vor, die Belegschaft zu dem entlassenen Mitarbeiter Herrn Wäscher zu befragen. Aber wenn *Sie* etwas zu sagen haben, Frau Munck, dann ist jetzt genau der richtige Zeitpunkt, es zu tun.«

Tessa behielt ihr geziertes Lächeln bei. »Ich habe nichts zu sagen. Außer vielleicht: Ich glaube, Vivien macht ihren Job richtig gut.«

»Ihren Job?«

Tessas Augenbraue hob sich erneut. »Na, sie ist doch Schauspielerin.«

»Nun ...« Lyn war ein wenig perplex. »Mir sagte Frau Fahrenkrug, sie sei Synchronsprecherin.«

»Ja, das ist sie auch. Seit ihrer körperlichen Behinderung kann sie das Schauspiel nicht mehr ausüben.«

Lyn fühlte sich von Tessa Munck erwischt. Erwischt bei Job-nicht-richtig-gemacht. Aber Vivien machte ihren also offensichtlich gut. »Wollen Sie andeuten, dass Vivien Fahrenkrug schauspielert?«, hakte sie nach. »Dass ihre Gefühle gespielt sind?«

»Ich sage gar nichts mehr. Nur noch so viel: Ich mag beide Fahrenkrug-Frauen nicht besonders gern. Das muss ich auch nicht. Aber Hilke Fahrenkrug ist wenigstens authentisch in ihrer Schwarzmalerei der Welt.« Sie machte eine Pause, und Lyn wartete, dass sie noch einen Satz zu Vivien sagte, aber es kam nichts mehr.

Lyns Fragen nach Tessas persönlichen Lebensumständen ergaben das Bild, das Lyn sich intuitiv von ihr gemacht hatte. Tessa Munck war Single, kinderlos, wohnte in Itzehoe und gönnte sich pro Jahr einen Ski- und einen exklusiven Sommerurlaub. Ansonsten lebte sie für ihren Job.

Schließlich stand Lyn auf. »Sie können mich jederzeit erreichen, wenn Sie mir etwas zu sagen haben, Frau Munck. Es geht um Theo. Also sollten Sie auf falsch verstandene Loyalität verzichten.«

Tessa erhob sich ebenfalls. »Ich bitte Sie, natürlich würde ich Ihnen alles sagen, wenn ich irgendetwas wüsste, das zu Theos Rettung beitragen könnte. Ich mag ihn sehr. Der Kleine ist ein Kämpfer.«

Lyn bedankte sich. »Ich finde allein raus.«

Sie war auf dem Weg ins Lager, um dort die Kollegen von Axel Wäscher zu befragen, als ihr Handy ging. Thomas Martens rief an.

»Ja, Thomas?« Sie lauschte ihm und sagte: »Endlich, das ist gut.«

Der Erpresserbrief war im Postverteilzentrum eingegangen.

***

»Danke«, sagte Theo, nachdem der Affenmann ihm den gelben Plastikbecher mit Mineralwasser aus einer Anderthalb-Liter-PET-Flasche gefüllt hatte. Während der Mann die Flasche zudrehte, setzte Theo den Becher an die Lippen und trank ihn halb leer. »Bitte mehr«, sagte er und hielt dem Mann den Becher erneut hin.

Der Mann drehte die Flasche wieder auf und schenkte nach. Er zitterte dabei.

»Ich kann doch das Wasser hierbehalten«, sagte Theo. »Dann kann ich mir selbst was einschenken.«

Die Augen unter der Schimpansenmaske musterten ihn. »Nein, wir kommen schon, wenn du was brauchst.«

Theo verzog die Lippen. Was dachten die denn? Dass er ihnen die Flasche an den Kopf warf, wenn sie reinkamen?

»Du hast nur die Hälfte gegessen. Bist du schon satt?«, fragte der Affenmann und zeigte auf das halbe Brötchen auf dem Pappteller, der auf dem Tablett stand. Seine Stimme klang sanft. »Du musst essen, Theo.«

»Mach ich gleich«, sagte Theo schnell. »Ich hatte eben noch nicht so viel Hunger.« Hoffentlich nahm der Kerl das Tablett nicht mit.

»Okay. Ich lass es dir hier stehen.« Er nahm den Pappteller mit dem Brötchen vom Tablett und stellte ihn auf dem Nachtschrank ab. Dann griff er in die hintere Hosentasche und zog eine Haribo-Tüte hervor. »Die magst du doch bestimmt? Hier …« Er öffnete die Tüte, schüttete die Hälfte des Inhalts neben das Brötchen auf den Pappteller und legte die Tüte neben dem Teller ab. »Lass es dir schmecken.«

Mit dem Tablett in der Hand ging er zur Tür. Dort drehte er sich noch einmal um. »Es wird alles gut. Du musst keine Angst haben.«

Theo starrte die Tür an, nachdem der Mann gegangen war und abgeschlossen hatte. Der Affenmann war irgendwie nett. Aber Appetit auf die Color-Rado-Mischung hatte Theo nicht. Er wartete noch fünf Minuten, dann schwang er sich aus dem Bett. Er hatte schon ein wenig Routine entwickelt. Wichtig war, dass er die Beine mit den Händen anhob und vorsichtig auf dem Boden ablegte, um kein Geräusch zu verursachen. Auf den Unterarmen zog er sich Stück für Stück zur Tapetentür und schob den Riegel zur Seite.

Jana kniff die Augen zusammen, als er die Tür öffnete. Es war weiß Gott nicht hell in diesem Zimmer, aber trotzdem mussten sich ihre Augen jedes Mal wieder an das Licht gewöhnen. Es musste schrecklich für sie sein, immer im Dunkeln zu hocken, aber sie hatten nun mal keine Taschenlampe.

Er drehte sich, weil er ihr den Becher und den Teller holen

wollte, aber sie packte seinen Arm und schüttelte den Kopf. Zu seinem Entsetzen kroch sie aus der Abseite heraus. Sie richtete sich gerade auf und huschte leise – ihre Schuhe hatte sie ausgezogen – zur Kommode. Theo blieb fast das Herz stehen. Was hatte sie vor? Als sie nach einer der Windeln griff und ohne ihn anzublicken damit in die Abseite zurückeilte und ihm mit Zeichensprache bedeutete, die Tür zu verschließen, verstand er.

Natürlich, sie hatte keine Möglichkeit, auf eine Toilette zu gehen. Und sie musste bestimmt dringend. Schließlich war sie seit gestern Morgen hier drinnen.

Theo war überfordert. Sollte er jetzt ins Bett zurück und ihr zehn Minuten geben, bevor er die Tür wieder öffnete? Aber sich zurück ins Bett zu schleppen, um dann gleich wieder herauszukrabbeln, war zu anstrengend. Vielleicht sollte er einfach hier liegen bleiben und kurz warten. Doch wenn einer seiner Entführer kam, wüsste er nicht, wie er das erklären sollte.

Während er in Gedanken nach einer passenden Ausrede suchte, hörte er Jana hinter der Wand hantieren. Sie bemühte sich sicherlich, so leise wie möglich zu sein, aber sie musste ihre Hose in der Hocke oder im Liegen in der engen Kammer herunterziehen und die Windel umlegen. Das konnte nicht geräuschlos vor sich gehen. Hoffentlich beeilte sie sich.

Schneller als erwartet erklang das leise Schaben, das ihm signalisierte, dass er die Tür öffnen sollte. Und das tat er. Zu seinem Schrecken kam sie heraus. Sie stand auf und atmete tief und still mehrfach ein und aus.

Er starrte zu ihr hoch. Sie gehörte nicht in diesen Raum, und es machte ihm Angst, sie so zu sehen. Wenn die Leute die Treppe heraufkamen, würde sie es vielleicht nicht schnell genug schaffen, geräuschlos zu verschwinden, aber … Er nickte ihr zu. Er verstand sie. Sie wollte sich einfach mal gerade machen.

Auf Zehenspitzen ging sie die beiden Schritte zum Nachttisch und griff nach dem Becher. Ohne abzusetzen trank sie das Wasser aus und formte mit den Lippen ein lautloses Danke, bevor sie den Becher wieder abstellte.

Theo zeigte auf das Brötchen. Sie schüttelte den Kopf.

Okay, er konnte verstehen, dass sie keinen Appetit hatte, aber es war bestimmt nicht gut, wenn sie nichts aß. Er zeigte erneut auf das Brötchen und die Naschis auf dem Nachtschrank, dann auf die Abseite.

Sie nickte und nahm das Brötchen vom Teller. Dann stopfte sie sich ein paar Lakritze in die Jeans, tappte leise zur Abseite und legte das Brötchen auf ihrem Rucksack ab. Sie richtete sich noch einmal auf und streckte ihre Arme nach oben und zur Seite aus.

Als sie schließlich zurückkrabbelte, war Theo dankbar. Sie griff nach der Klopapierrolle und begann zu schreiben. Theo wurde heiß, als er las: »Wir müssen uns was überlegen, wie wir hier verschwinden können.«

Er hob die Schultern und schrieb auf die Rückseite: »Wie soll ich hier verschwinden? Ich kann nicht laufen.«

Sie nahm ein neues Blatt. »Wir brauchen einen Plan.«

Er nahm den Kuli. »Was denn für einen Plan?«

Sie löste zwei Blätter ab. »Weiß ich auch noch nicht. Aber ich hab Angst, dass die dich hier wegbringen. Wer lässt mich dann raus?«

Theo schaute zu ihr in die Düsternis. Ihr Gesicht befand sich im Halbschatten. Er konnte ihre Gedankengänge verstehen, denn er hatte auch schon daran gedacht. »Wenn ich frei bin, holt die Polizei dich hier raus.«

Sie las die Zeilen, verharrte kurz.. Dann nahm sie ihm den Stift ab. »Und was, wenn sie dich nicht freilassen?«

Er schrieb. »Die lassen mich frei. Papa bezahlt das Geld.«

Sie las, nahm den Stift und setzte zum Schreiben an, aber letztendlich schrieb sie nicht, was auch immer sie hatte schreiben wollen. Stattdessen nickte sie und sammelte die beschriebenen Klopapierstücke ein. Sie tippte auf den Riegel und zog sich zurück.

Theo schob den Riegel vor und machte sich auf den beschwerlichen Rückweg ins Bett, der, und er war einfach nur dankbar dafür, ohne den Schemel gar nicht möglich gewesen wäre. Als er wieder im Bett war, zitterten seine Arme von der enormen Anstrengung des Hineinhievens. Er brauchte etliche Atemzüge, bis er ruhiger wurde.

Jana hatte Angst, dass sie zurückblieb. Klar. Hätte er auch. Sie konnte die Abseite schließlich nicht ohne Hilfe von außen verlassen. Aber was ihm Angst machte, war die Tatsache, dass sie anscheinend nicht überzeugt war, dass die Männer ihn freiließen. Glaubte sie etwa, die würden ihm was tun?

Das würden die nie machen! Die versorgten ihn doch so gut. Das würden die doch nicht machen, wenn sie ihn nicht freilassen wollten? Er starrte zur Tapetentür. Jana hatte gestern geschrieben, dass die Leute vielleicht ihre Freundin getötet hatten. Ob das stimmte?

Vielleicht war ein Plan B doch keine schlechte Idee? Er griff nach der Haribo-Tüte und wühlte darin herum. Lakritz mochte er nicht. Dafür die pinkfarbenen Hütchen, von denen immer viel zu wenig drin waren. Als er eines herausgefischt hatte, pulte er Perle für Perle einzeln von dem Gummi und steckte sie in den Mund, während er überlegte.

Was konnten sie tun?

***

Lyn nahm sich die Zeit, alle anwesenden Lager-Mitarbeiter des Küchenstudios Fahrenkrug zu befragen. Sie nutzte dafür den Pausenraum der Belegschaft, in dem neben der Tür zwei Kalender hingen. Der linke war der aktuelle Wenzel-Hablik-Kalender, den auch Karin Schäfer in ihrem Büro hängen hatte. »Der Weg des Genius« lautete der Titel des Ölgemäldes auf dem Aprilblatt. Lyn hatte von Kunst so viel Ahnung wie Donald Trump vom Regieren, aber das Bild aus dem Jahr 1918 war zweifellos eine Utopie, die durch ihre Farben bestach.

Anscheinend waren nicht alle Fahrenkrug-Mitarbeiter Kunstliebhaber. Der Kalender daneben war aus dem Jahr 2015. Dass er noch hing, war wohl der Tatsache geschuldet, dass sich auf dem Blatt eine hübsche blonde Landwirtin in sexy Dessous auf einem Trecker räkelte.

Die Arbeiter waren allesamt davon überzeugt, dass der gekündigte Kollege Axel Wäscher nichts mit der Entführung zu tun hatte. Die Begründungen dazu fielen unterschiedlich aus.

»Der Axel hat wieder einen neuen Job. Der ist zufrieden.«

»Für 'ne Entführung ist der doch viel zu doof.«

»Axel hat ein großes Maul, aber der ist kein Killer oder Entführer.«

Lyn beendete die Befragungen der Fahrenkrug-Angestellten immer mit denselben Fragen: »Können Sie sich jemanden vorstellen, der der Familie Fahrenkrug Schaden zufügen möchte? Könnte es dafür einen Grund geben, der uns als Polizei nicht bekannt ist und der Familie selbst vielleicht nicht einfällt? Manchmal sind es ja die naheliegenden oder alltäglichen Dinge oder Ereignisse, die wir nicht als wichtig wahrnehmen, es aber durchaus sein könnten.«

Lyn erntete mehrfach Kopfschütteln und Verneinungen. Einer der Lagerarbeiter wand sich etwas, doch schließlich – als Lyn nachhakte – sagte er: »Man soll ja nicht schlecht über seinen Arbeitgeber reden. Also, tu ich auch nicht, also, nicht über den Senior, wir haben hier alle einen guten Job, aber der Junior ist nicht so beliebt. Der lässt manchmal ganz schön den Chef raushängen, vom Arbeiten selbst hält der nicht so viel. Von Beruf ist der eher Sohn. Lebt von Papas Geld. In letzter Zeit …«

»Ja?«, fragte Lyn nach.

»Na, irgendwas ist anders. Der alte Fahrenkrug nimmt den Junior seit ein paar Wochen härter ran. Ist uns allen schon aufgefallen. Und irgendwie hat sich auch der Ton zwischen den beiden verändert.«

»Inwiefern?«

»Ja, weiß ich auch nicht. Der Alte ist irgendwie nicht mehr so locker drauf.«

Ein weiterer Kollege bestätigte dieses Empfinden mit drastischeren Worten. »Der Alte macht dem Jungen in letzter Zeit ganz schön Feuer unterm Arsch. Irgendwas muss da vorgefallen sein.«

»Haben Sie eine Vermutung?«, fragte Lyn.

Der Mann schüttelte den Kopf. »Keine Ahnung. Nichts Konkretes weiß man nicht, aber …« Er schnalzte mit der Zunge.

»Aber?«

»Na ja, Sören Fahrenkrug gräbt alles an, was schlanke Beine und Brüste hat. Nur diesmal …«

Lyn hätte den Mann am liebsten geschüttelt, weil er seine Sätze nicht zu Ende führte. »Was war diesmal?«

»Diesmal hat er vielleicht die Falsche angegraben. Eine, bei der Papa das nicht gefällt, dass er das tut.«

Lyn starrte ihn an. Eloquenz war ja nicht jedermanns Sache, aber sie wusste, wen er meinte, denn Thomas Martens hatte diese Ahnung auch bereits geäußert. Und auch Tessa Munck hatte zweifellos dieses Gerücht gemeint: »Sie meinen, Sören Fahrenkrug hat die Frau seines Vaters *angegraben*? Vivien Fahrenkrug?«

»Nee«, lachte der Mann auf. »Die mein ich nicht. Ich mein den Cyborg.«

»Den Cyborg?«

Seine Stimme wurde leiser, obwohl sie allein im Frühstücksraum waren. »Na, so nennen wir die Munck. Die sieht zwar aus wie 'n Mensch, aber die ist 'n Roboter.« Er grinste. »Aber erzählen Sie ihr das nicht.«

Tessa Munck. Mit dieser Antwort hatte Lyn nicht gerechnet. Jetzt wollte sie es genau wissen. »Sie meinen, es gefiel Herrn Fahrenkrug nicht, weil Frau Munck seine engste Mitarbeiterin ist, und er wollte nicht, dass sein Sohn etwas mit ihr anfängt?«

»*Sehr enge* Mitarbeiterin vom Senior«, fiel der Lagerarbeiter ihr mit anzüglichem Grinsen ins Wort.

»Sie wollen sagen, Magnus Fahrenkrug, Ihr Senior-Chef, hat ein Verhältnis mit Tessa Munck?«

Er verzog die Lippen. »Sind ja nur Gerüchte. Aber jeder denkt sich seinen Teil, wenn man die Chefs und die Munck beobachtet.«

»Vielen Dank für Ihre Offenheit«, verabschiedete Lyn sich.

»Und noch eine kleine Info für Sie: Ein Cyborg ist eine biologische Lebensform. Das, was Sie meinen, ist ein Android.«

Sie grinste, als sie im Rausgehen sein gemurmeltes »Klugscheißerin« hörte. So fühlte Charlotte sich also immer.

Lyn beschloss aufgrund des soeben Gehörten, Tessa Munck direkt anzusprechen. Allerdings war sie nicht an ihrem Platz, als Lyn das Büro betrat. Eine Nachfrage bei der jungen Frau am Empfang ergab, dass Tessa mit dem Auto weggefahren war. Wohin, wusste die junge Frau nicht.

Lyn glaubte eine Ahnung zu haben, als sie in ihren Beetle stieg. Vielleicht würde sie Tessa Munck in Kasenort antreffen, wohin sie sich jetzt auf den Weg machen würde.

NEUN

Lyns Ahnung, dass Tessa Munck sich im Haus der Fahrenkrugs aufhielt, schien sich zu bestätigen, als sie in Kasenort die Auffahrt zum Haus hinauffuhr. Hinter dem Porsche Cayenne parkte ein schwarzer Golf mit Itzehoer Kennzeichen und den Buchstaben »TM«.

Lyn stieg aus. Ihr Blick haftete auf dem Kennzeichen. TM … Tessa Munck. Oder Tessa und Magnus? Wenn die Gerüchte stimmten, konnte die Buchstabenkombination auch dafür stehen. Für die Munck war es in dem Fall ungefährlich, diese Kombi zu wählen, da jeder denken würde, dass das M für ihren Nachnamen stand.

Lyn blickte sich um, als ein Dienstwagen der Polizei hinter ihr zum Stehen kam. Hauptkommissarin Karin Schäfer stieg aus. »Der Erpresserbrief ist da«, begrüßte sie Lyn und schwenkte eine Mappe.

»Hab ich schon von Thomas gehört. Aber noch nichts zum Inhalt.«

Karin ging mit ihr zur Vordertür. »Sie wollen drei Millionen.«

Lyn blieb stehen. »Wow! Das ist mal ’ne Hausnummer.«

»In der Tat.« Karin klingelte. »Für die Fahrenkrugs allerdings machbar, diese Summe in kurzer Zeit zu beschaffen.«

Lyn wusste, dass Magnus Fahrenkrug bereits vorsorglich bei seiner Bank gewesen war.

Hilke, Sören und Vivien Fahrenkrug erwarteten Karin, die sich und den Brief avisiert hatte, im Wohnzimmer. Magnus Fahrenkrug kam aus seinem Arbeitszimmer dazu.

»Ist Frau Munck auch hier?«, fragte Lyn ihn.

»Im Arbeitszimmer. Wo ist der Brief?«

Karin öffnete die Mappe und reichte ihm zwei Blätter. »Es ist eine Kopie des Briefs sowie eine Kopie des Umschlags. Die Originale sind auf dem Weg nach Kiel zur kriminaltechnischen

Untersuchung … Ist das die Schrift Ihres Sohns, Herr Fahrenkrug?«

Er blickte auf die Kopie. »Ja. Ja, das hat Theo geschrieben.«

»Der Brief ist an Sie adressiert, Herr Fahrenkrug.«

Er nickte fahrig, sah kurz auf die Umschlagkopie und las dann den Brief. Karin ließ ihn in Ruhe lesen, während Hilke Fahrenkrug immer wieder dazwischenfragte: »Was schreiben sie? … Herrgott, Magnus, was schreiben sie?«

Magnus war blass. Er sah von seiner Exfrau zu Vivien und Sören. »Ich lese ihn euch vor.« Er räusperte sich und las ab: »›Papa, bitte hilf mir! Wenn du das Geld bezahlst, werde ich sofort freigelassen. Du sollst drei Millionen Euro in nicht durchgehend nummerierten Zweihundert-Euro-Scheinen bereithalten. Die Übergabe erfolgt Samstag. Das Geld muss in genau dem Koffer übergeben werden, der im Link steht. Weitere Anweisungen folgen. Bitte, bitte, mach, was der Entführer will‹«, Magnus Fahrenkrug schluckte einen Kloß im Hals runter, bevor er weiterlas, »›sonst sehen wir uns nie wieder! Dein Theo‹.«

»Nein«, stieß Hilke, die schon nach dem ersten Satz haltlos zu weinen angefangen hatte, verzweifelt aus, »nein, nein … mein Kleiner, mein Kleiner!«

Auch Vivien weinte.

Lyn hatte ruhig zugehört. Der Brief war ungewöhnlich. Jede weitere Kontaktaufnahme barg ein Risiko für die Täter. Trotzdem hatten sie auf detaillierte Angaben verzichtet und würden sich erneut melden. Entweder waren sie sich ihrer Sache sehr sicher oder, was wahrscheinlicher war, sehr verunsichert. Sie hatten vielleicht gehofft, das Lösegeld kassieren zu können, ohne dass die Fahrenkrugs die Polizei einschalteten. Der Mord an Noa Ruiz hatte ihren ursprünglichen Plan durchkreuzt. Die Täter wussten jetzt, dass die Polizei involviert war.

Interessant war auch, dass die Entführer Zweihundert-Euro-Scheine wollten. So große Scheine würden sie zweifellos im Ausland waschen müssen. Die Scheine hier in Deutschland auszugeben war viel zu riskant, die Bande musste davon ausgehen, dass die Nummern, auch wenn sie nicht fortlaufend nummeriert waren, erfasst wurden.

Auch Sören hatte schweigend zugehört. »*Ein* Entführer«, stieß er aus. »Es ist nur einer?«

Lyn wechselte einen Blick mit Karin, bevor sie sagte: »Wir sollen glauben, dass es nur ein Täter ist. Wir können davon ausgehen, dass der Wortlaut Theo vorgegeben wurde. Und«, sie strich Hilke Fahrenkrug über den Unterarm, »die Entführer wollen Sie emotional unter Druck setzen, daher die Drohung.«

Karin wandte sich an Magnus Fahrenkrug. »Sie haben den letzten Satz ausgelassen, weil Ihre Exfrau Sie unterbrach.«

Er räusperte sich und las: »›PS.: Papa, bitte denk dran, Kim zu füttern.‹«

Die Reaktionen darauf waren interessant anzusehen. Alle Köpfe waren hochgeruckt.

»Kim?«, riefen Hilke und Sören gleichzeitig.

Viviens feine Augenbrauen hatten sich zusammengezogen. »Was?«

»Ist Kim ein Haustier?«, fragte Karin.

»Nein«, sagte Hilke. »Oder hat er hier bei euch ein Tier?« Sie sah ihren Exmann an.

Magnus blickte von Karin zu Lyn. »Es sind drei Entführer«, sagte er und sah noch einmal auf das Blatt in seiner Hand.

»Was?« Diesmal waren es Hilke und Vivien, die gleichzeitig sprachen.

»Wie kommen Sie darauf?«, fragte Lyn.

»Kim«, sagte Magnus. »K, I, M, drei Buchstaben. Es sind drei Täter.«

Karin und Lyn wechselten einen schnellen Blick, aber Magnus Fahrenkrug sprach schon weiter. »Theo liebt Detektivgeschichten, insbesondere ›Die drei ???‹. Und er hat schon immer gern Detektiv oder auch ›Entführt‹ gespielt.«

Hilke nickte bestätigend, während Magnus fortfuhr: »Er hat Erpresserbriefe aus Zeitungsartikeln zusammengeklebt und darin ›Geheimtipps‹ versteckt. So hat er es immer genannt. Geheimtipps.«

Magnus zog sein Portemonnaie aus der hinteren Hosentasche und kramte darin herum. Aus einem der Fächer zog er schließlich ein knittriges Stück Papier in der Größe einer Kreditkarte heraus. »Hier«, seine Hand zitterte leicht, als er es Lyn hinhielt. »Theos selbst gebastelte Visitenkarte.«

Lyn nahm das Stück Papier. Mit Buntstiften waren vier Fragezeichen daraufgemalt. Darunter standen die Namen Justus, Peter, Bob und Theo.

»Ja, ja, genau«, rief Hilke. »Die Karten kenne ich auch.«

Magnus nahm Lyn das Kärtchen wieder ab. »Er hat bestimmt hundert Stück davon gemacht. ›Darf ich Ihnen meine Karte zeigen?‹, hat er immer gesagt, wenn er mir eine gegeben hat.« Er blickte auf das Kärtchen, und Lyn sah, wie ihm Tränen in die Augen stiegen. »Oh Gott, Theo«, weinte er auf.

Doch der Moment der Schwäche währte nur kurz. Er nahm die Brille ab und fuhr sich über die Augen. Dann räusperte er sich und sah Lyn und Karin an. »Die Buchstaben des Haustiernamens standen für die Anzahl der Täter oder Bandenmitglieder, wie Theo sie beim Spielen nannte. Einmal hieß ein Papagei Jo, weil es zwei Männer waren, also seine imaginären Entführer.«

»Zeig mal her.« Hilke riss ihm den Bogen aus der Hand und las den Text. »Tatsächlich.« Sie sah Karin an. »Wieso haben die ihn das schreiben lassen? Das andere ist eindeutig nicht von Theo selbst verfasst. Er hätte nie so formuliert.«

Lyn beobachtete Vivien, die zusammengesunken neben ihrem Mann auf dem Sofa gesessen hatte, jetzt aber angespannt auf Karins Antwort zu warten schien. Waren ihre Gefühle wirklich nur geschauspielert? Lyn mochte es nicht glauben.

»Das ist in der Tat eigenartig«, sagte Karin. »Gibt es sonst noch versteckte Hinweise, Herr Fahrenkrug? Bitte lesen Sie den Brief noch einmal.«

Er nahm das Blatt von seiner Exfrau entgegen und las. Er schüttelte den Kopf. »Nein, da ist nichts weiter.«

Auch Hilke entdeckte keinen weiteren Hinweis.

»Drei Personen«, sagte Karin und überlegte. »Eine Million für jeden Täter ergeben drei Millionen. Durchaus denkbar.« Sie stand auf. »Ich gehe kurz telefonieren und gebe Theos Hinweis weiter.« Sie ging ins Esszimmer.

»Aber dass Theo das schreiben durfte«, meldete Hilke sich erneut zu Wort und sah Lyn an, »das heißt doch, dass Ihre Vermutung, eine nahestehende Person hätte Informationen weitergegeben, falsch ist. Diese Person hätte gewusst, dass Theo kein Haustier mit Namen Kim hat.«

»Dass Theo den Hinweis geben konnte, ist in der Tat verwirrend«, sagte Lyn. »Aber das muss nichts heißen. Wenn es tatsächlich drei Täter sind, muss derjenige, der Theo den Brief diktierte, nicht derjenige sein, der über das Insiderwissen verfügt.«

»Ist doch 'ne Irrsinnstheorie«, stieß Sören aus und stand auf. »Als wenn einer von uns Theo so was antun würde.«

Lyn sah, dass Magnus Fahrenkrug seinen Sohn unter zusammengezogenen Augenbrauen musterte. Er öffnete den Mund, schloss ihn aber wieder. Lyn fragte sich, ob Hilke diese Reaktion auch bemerkt hatte, denn sie stand auf und sagte zu ihrem Sohn: »Sören, bitte begleite mich kurz in die Küche. Ich muss in Ruhe über alles nachdenken, aber ich möchte nicht allein sein.«

Sören war deutlich anzusehen, was er von der Bitte hielt, aber er folgte seiner Mutter hinaus.

»Die Zeugen, die das Phantombild erstellt haben, haben zwei Personen in dem Sprinter gesehen«, überlegte Magnus Fahrenkrug. »Aber Theo schreibt von drei Personen. Also könnte die dritte Person doch tatsächlich jemand sein, der aus unserem Umfeld stammt.« Er schloss die Augen. »Wenn derjenige sich Theo gezeigt hat, dann …« Er ließ den Satz offen und schluckte.

»Sag so was nicht, Big.« Vivien krallte ihre Hand in seinen Oberschenkel. »Sie werden ihm nichts tun!« Sie sah zu Lyn. »Das werden sie doch nicht, oder? Sagen Sie, dass alles gut wird!«

»Sie dürfen sich nicht das Schlimmste ausmalen«, sagte Lyn. »Auch wenn das leicht dahergesagt ist. Wichtig ist erst einmal: Theo hat diesen Brief geschrieben. Das bedeutet, dass die Täter die Nerven behalten haben, obwohl der Tod von Noa nicht zu ihrem Plan gehört haben dürfte. Wir können also davon ausgehen, dass es Theo gut geht.«

»Der Brief wird bei der KTU vorrangig behandelt«, sagte Karin, die aus dem Esszimmer zurückkam. »Vielleicht findet sich daran eine Spur, die uns weiterbringt.«

Lyn stand auf und sah Vivien an. »Darf ich bitte einmal Ihr WC benutzen?«

Die nickte und deutete Richtung Flur. »Die zweite Tür links.«

Als Lyn das Esszimmer verließ und über den großen Flur ging, erklangen aus der Küche die Stimmen von Sören und Hilke. Sie schienen beide aufgebracht, auch wenn sie ihren Ton dämpften. Zweifellos wollten sie vermeiden, dass sie im Wohnzimmer gehört wurden. Lyn war froh, dass sie sich am Morgen für die Sneakers entschieden hatte, und huschte leise am Gäste-WC vorbei. Sie blieb, dicht an die Flurwand gepresst, neben der Küchentür stehen und lauschte.

»Du musst es ihnen sagen«, sagte Hilke Fahrenkrug leise, klang aber leicht hysterisch.

»Jetzt hör damit auf, Mama!« Schritte verrieten, dass Sören in der Küche auf und ab ging. »Das eine hat mit dem andern nichts zu tun.«

»Aber Sie werden es sowieso herausfinden! Und dann sieht es so aus, als hättest du es verheimlichen wollen.«

»Das will ich ja auch«, fauchte er. »Wenn Papa seinen Mund hält, muss niemand etwas davon erfahren.«

»Er war doch gerade schon kurz davor, es zu sagen«, stieß Hilke Fahrenkrug aus. »Und er wird es noch tun, schließlich geht es um Theo. *Ich* weiß, dass du nichts mit seiner Entführung zu tun hast, sonst hätte ich es längst selbst gesagt, aber dein Vater … Er scheint dir nicht zu trauen.«

Lyns Herz klopfte. Das war ja hochinteressant.

»Allerdings.« Sörens Stimme klang bitter. »Wie kann er mir so was zutrauen?«

»Bitte, Sören, mach nicht alles noch schlimmer. Sag es der Polizei.«

»Nein!«

Lyn löste sich von der Wand und betrat die Küche. »Was gibt es denn zu sagen, Herr Fahrenkrug?« Er zuckte zusammen und starrte sie an. Auch Hilkes Kopf war herumgefahren.

»Haben Sie uns belauscht?«, fuhr Sören Lyn mit hochrotem Kopf an.

Sie lächelte knapp. »Ich wollte zum WC, da hörte ich Sie reden und konnte nicht weghören – Polizeikrankheit. Also, Herr Fahrenkrug, was auch immer Sie verschweigen, raus damit. Und Sie, Frau Fahrenkrug, muss ich bitten, die Küche zu verlassen. Ich möchte mit Ihrem Sohn allein reden.«

»Er ist da reingerutscht.« Hilkes Stimme zitterte. »Falscher Umgang, und dann passiert so was. Sören hat nichts mit der Entführung zu tun. Dafür lege ich meine Hand ins Feuer.«

Lyn sah sie an. Es gäbe Abertausende verbrannte Mutterhände, würde das Sprichwort jedes Mal umgesetzt werden. »Lassen Sie mich das beurteilen, nachdem ich gehört habe, um was es geht. Bitte, Frau Fahrenkrug …« Lyn zeigte zur Tür.

»Alles wird gut, Sören«, sagte Hilke Fahrenkrug und strich im Rausgehen über den Arm ihres Sohns.

Wütend riss er den Arm zurück.

»Bitte«, wiederholte Lyn und deutete zur Sitzecke. Sein Gesicht war noch immer puterrot, als er sich ihr gegenübersetzte und sich mit den Händen durchs Haar fuhr. »Dann erzählen Sie mal, Herr Fahrenkrug.«

***

Nick Mattow kam die Treppe der alten Moorkate herunter. In der rechten Hand hielt er eine leere Wasserflasche, in der linken eine schmutzige Windel und ein Mikroklistier. Er stopfte alles in der Küche in einen schwarzen Sack, streifte die Handschuhe von den Händen und warf sie ebenfalls in den Müll. Dann nahm er die Shrek-Maske ab und stülpte sie über den Treppenpfosten, bevor er ins Wohnzimmer ging, wo Leon auf einer der Matratzen lag und mit hinter dem Kopf verschränkten Händen Löcher in die Decke stierte. Kathrin saß auf einem Stuhl und hatte die Beine auf einem weiteren Stuhl abgelegt. Ihr Laptop befand sich auf ihrem Schoß.

»Hast du ihm den Einlauf verpasst?«, fragte sie, ohne den Blick vom Bildschirm zu lösen. »Das ist wichtig. Ich hab keinen Bock auf Komplikationen wegen eventueller Rückstände im Darm.«

»Ja, hab ich. Aber wenn du nachher losfährst, Kat, besorg eine Jogginghose für den Kleinen«, sprach er sie an. »Dann haben wir es beim Windeln einfacher. Es ist anstrengend, die Jeans darüberzuziehen.«

Sie sah ihn an. »Ich hab doch gesagt: Lasst ihn ohne Hose liegen. Der spürt doch sowieso nichts an den Beinen.«

»Es ist saukalt da oben! Bring eine Hose mit Gummizug mit, klar?«

»Ja, reg dich ab. Ich mach es ja.«

»Der Junge trinkt so viel«, sagte Nick, während er ans Fenster ging und hinausblickte. »Der wird doch nicht krank werden? Heiß ist er allerdings nicht, soweit ich das durch die Gummihandschuhe spüren konnte.«

»Das ist die Aufregung«, murmelte Kathrin, ohne Nick anzusehen. »Das vegetative Nervensystem innerviert die Blase. Er hat wahrscheinlich einfach nur Durst, weil er so viel Wasser lässt.«

Nick sah sie an. Kat hatte Medizin studiert, aber nur das Physikum geschafft. Im sechsten Semester hatte sie alles hingeschmissen. Angeblich, weil sie festgestellt hatte, dass sie »kein Talent zur Ärztin besaß«. Da diese Erkenntnis nach einem Praktikum an einem Hamburger Krankenhaus kam, war es ihm seinerzeit logisch erschienen, aber nun …

Er schluckte, während er Kathrin beobachtete. Hatte sie wirklich freiwillig aufgehört? Oder war im Krankenhaus etwas vorgefallen? Dieser Gedanke ließ ihn in letzter Zeit nicht mehr los. Seine Gedanken kreisten im Grunde mehr um Kathrin und ihr beängstigendes Verhalten als um den Jungen oben in der Kammer.

Plötzlich sah sie auf. Hatte sie seinen Blick gespürt? Ihre perfekt gezupften Augenbrauen zogen sich zusammen. »Was glotzt du wie ein waidwundes Reh?«, giftete sie ihn an.

»Ich, äh, habe gerade über das Mädchen nachgedacht«, sagte er, weil es das Einzige war, was ihm einfiel. Und gelogen war es auch nicht. Er dachte ständig an das tote Mädchen im Wald. »Was sie hier wohl gemacht hat?«

Leon war von der Matratze hochgeschossen. Auch seine Gedanken kreisten ständig um die Geschehnisse, das stand fest.

»Ihr habt die doch im Wald verbuddelt«, sagte Kathrin. »Also streicht sie aus euren Köpfen und entspannt euch.«

Nicks und Leons Blicke trafen sich. Sie hatten Kathrin nichts davon erzählt, dass das Eingraben nicht wirklich gelungen war. Darum war Nick froh, als sie das Thema wechselte.

»Ich fahre jetzt gleich los in unsere Wohnung, Nick, drucke den Brief aus und werfe ihn ein. Die Fahrenkrugs werden bestimmt schon sehnsüchtig darauf warten.« Sie drehte sich auf dem Stuhl und sah Leon an. »Bei dir ist alles klar, Daniel Düsentrieb? Am Samstag bist du unser Mann der Stunde, das ist dir hoffentlich bewusst?«

Als er vage nickte, fuhr sie ihn an: »Dann reiß dich gefälligst zusammen. Nick und ich stehen unter dem gleichen Stress wie du und hängen hier auch nicht wie die Jammerlappen rum.«

Leon ließ sich kraftlos auf die Matratze zurückfallen. »Keine Sorge«, murmelte er. »Ich mach das schon. Was bleibt mir denn auch anderes übrig?«

***

Lyn bat nach dem Küchen-Gespräch mit Sören Fahrenkrug seinen Vater Magnus in sein Arbeitszimmer. »Ihre Assistentin ist wieder weg?«, fragte sie, als sie den Raum betraten.

»Ja, gerade eben.«

Das war bedauerlich. Lyn beschloss, später noch einmal ins Küchenstudio zu fahren. Doch vorerst gab es andere Prioritäten. »Sie und Ihre Familie haben uns verschwiegen, dass Ihr Sohn Sören erhebliche Spielschulden hat«, sagte sie, als sie saßen. »Dass *er* nicht wollte, dass wir es erfahren, kann ich noch gerade so eben nachvollziehen, aber Sie? Halten Sie es für hilfreich, uns so wichtige Informationen vorzuenthalten? Noa Ruiz wurde brutal ermordet! Ihr Sohn entführt!«

Magnus Fahrenkrugs Gesicht verzog sich. Er sprang hinter dem Schreibtisch auf und stellte sich ans Fenster. Er blickte auf die Weiden. »Sören hat damit nichts zu tun. Er würde Theo niemals so etwas antun.«

»Ihr Sohn vielleicht nicht, aber was ist mit seinem Umfeld? Er hat seine Spielschulden nicht an lustig piependen Automaten in einer Spielothek angehäuft, sondern bei illegalen Pokerrunden in einem Hamburger Restaurant, dessen Besitzer der russischen Mafia-Szene zuzuordnen ist. Und Sie wussten von diesem Umgang, wie Ihr Sohn mir eben erzählt hat. Das wären hilfreiche Ermittlungsansätze gewesen, Herr Fahrenkrug, so etwas müssen wir wissen! Gibt es vielleicht noch mehr Informationen über Menschen aus Ihrem Umfeld, die Sie uns verschweigen? Sei es aus Loyalität oder aus Furcht vor Entdeckung?«

Magnus Fahrenkrugs Miene verfinsterte sich. »Wovon reden Sie?«

»Haben Sie ein Verhältnis mit Tessa Munck?«

»Was? Nein! Das ist ja absurd.«

»Dieses Gerücht kursiert in Ihrer Firma.«

Magnus' Blick war Galle pur. »Bedauerlich, dass die Polizei, außer lächerlichen Mitarbeiter-Gerüchten hinterherzulaufen, nichts, aber auch rein gar nichts Sinnvolles tut, um den Entführern meines Kindes auf die Spur zu kommen.«

»Sagt mir der Vater, der uns wichtige Informationen vorenthält?«, konnte sie sich ihren Sarkasmus nicht verkneifen.

»Tessa Munck ist meine Assistentin, mehr nicht. Ich frage mich, wer solche lächerlichen Gerüchte streut.«

Lyn musterte ihn. »Ich hatte den Eindruck, dass Frau Munck sehr eng mit Ihnen verbunden ist. Sie sagten, Sie vertrauen ihr gänzlich.«

»Das tue ich auch. *Ohne* ein Verhältnis mit ihr zu haben.« Er löste den Blick von ihr und sah wieder aus dem Fenster.

»Nun«, sagte Lyn, »auf jeden Fall muss ich Sie bitten, ab sofort keinerlei vertrauliche Details den Fall Ihres Sohnes und insbesondere die Ermittlungen betreffend an Frau Munck oder andere Personen weiterzugeben. Je größer der Kreis ist, der über die Abläufe informiert ist, desto schwieriger ist es für uns …«

Sie brach ab, weil sein Gesicht sich verzerrt hatte.

»Was?«, fragte sie.

»Ich habe ihr von dem Erpresserbrief erzählt«, sagte er und klang dabei kleinlaut. »Eben, bevor sie ging. Weil ich ihr vertrauen kann. Sie müssen einfach in eine andere Richtung ermitteln, Frau Harms. Sie müssen irgendetwas übersehen haben. Ich schwöre Ihnen, dass von uns niemand in die Entführung involviert ist.« Er trat auf sie zu. »Sind wir hier jetzt fertig? Ich möchte zur Bank fahren. Die Auszahlung des Lösegelds muss vorbereitet werden.«

Lyn nickte. »Ich weiß, dass meine Kollegen bereits mit Ihnen über die Möglichkeiten gesprochen haben, das Geld beziehungsweise den Transportbehälter zu präparieren. Es gibt chemische Substanzen, die zeitverzögert –«

»Verschonen Sie mich mit weiteren diesbezüglichen Vorschlägen«, fuhr er ihr über den Mund. »Ich werde dafür sorgen, dass die Polizei keinen Finger an das Lösegeld legt. Sie können doch nicht ernsthaft von uns erwarten, dass wir unser Kind in Gefahr bringen, indem wir das Geld präparieren lassen! Es ist unser Geld! Bitte respektieren Sie unsere Entscheidung.«

»Natürlich.« Lyn wusste, dass sie es genauso gemacht hätte. »Aber ich muss Sie dringend bitten, zumindest die Nummern der Scheine zu notieren. Wir würden das auch für Sie übernehmen.«

Er schüttelte den Kopf. »Ich sagte doch eben: Wir werden

dieses Geld nicht aus der Hand geben. Das habe ich auch meiner Exfrau versprochen. Wir werden die Nummern selbst notieren.«

Lyn verkniff sich einen Kommentar. Es handelte sich um fünfzehntausend Scheine. Die Familie würde kaum alle Nummern notieren.

Es war Nachmittag, als Lyn erneut das Küchenstudio Fahrenkrug betrat. Sie verzichtete darauf, sich gleich bei Tessa Munck anmelden zu lassen. Stattdessen bat sie die junge Frau am Empfangstresen, die laut Namensschild am Blazer Lena Selchow hieß, um ein Gespräch. Da kaum Kundschaft im Laden war und zwei weitere Mitarbeiterinnen zur Beratung zur Verfügung standen, war dies kein Problem, und die Angestellte führte Lyn in ein kleines Büro.

Nachdem Lyn die Personalien aufgenommen und die junge Frau über ihre Rechte als Zeugin aufgeklärt hatte, kam sie gleich zur Sache. »Es gibt Gerüchte im Küchenstudio, Frau Selchow, die die Polizei interessieren.«

»Gerüchte?« Lena Selchow klang skeptisch.

Lyn wollte nicht zu viel vorgeben. »Gerüchte um eine eventuelle Affäre innerhalb der Firma«, blieb sie daher vage.

Lena Selchows Wangen färbten sich leicht rosa. »Affäre … Welche, äh, meinen Sie denn?« Sie knetete ihre Hände. Das Thema war ihr augenscheinlich peinlich.

»Ach, es gibt mehrere Möglichkeiten?«, horchte Lyn interessiert auf. »Dann hätte ich jetzt gern von allen gehört.«

»Aber das sind ja nur Gerüchte«, sagte Lena Selchow. »Ich hab immer nur das weitererzählt, was ich gehört habe. Also, von den anderen gehört. Das stimmt ja vielleicht alles gar nicht.«

Lyn lächelte. »Wie es so läuft bei Gerüchten. Manches stimmt vielleicht, manches nicht. Ich möchte von Ihnen einfach nur hören, was erzählt wird. Und darum haben Sie jetzt bitte keine Hemmungen, sondern sagen Sie freiheraus, was Sie gehört haben. Wer hat hier in der Firma angeblich eine Affäre? Und mit wem?«

Die junge Frau wand sich sichtlich. Ihre Stimme wurde leise. »Also Frau Munck, die soll was mit dem Chef haben.«

»Mit Magnus oder mit Sören Fahrenkrug?«

Lena Selchow riss die Augen auf. »Na, mit dem Senior! Doch nicht mit dem Junior.«

»Ich habe heute schon anderes gehört. Da hieß es, es sei Sören Fahrenkrug.«

»Sören? Nee.« Sie schüttelte den Kopf. »Da hat einer was verwechselt. Also, wegen Affäre und so.« Ihre Wangen wurden noch röter. »Es heißt, dass Sören was mit Frau Fahrenkrug hat.«

»Mit Vivien, der Frau seines Vaters?«, hakte Lyn noch einmal nach.

»Ja. Aber wie gesagt: Das sind alles nur Gerüchte.«

»Keine Sorge, Sie haben nichts zu befürchten, Frau Selchow. Wir plaudern ja nur. Haben Sie denn auch persönlich Beobachtungen machen können, die darauf hindeuten, dass es sich nicht nur um Gerüchte handelt?«

»Na ja, bei Sören kann ich das nicht beurteilen. Vivien Fahrenkrug ist ja kaum mal hier im Betrieb, aber man munkelt halt, dass Sören andauernd beim Chef zu Hause ist. Vor allem wohl, wenn der Chef selbst nicht da ist. Aber wie gesagt: Ich will nichts gesagt haben.«

Lyn verdrehte innerlich die Augen. Lena Selchow schien eine ziemliche Tratschtante zu sein. Sonst hätte sie kaum so viel Bammel vor Repressalien.

»Allerdings sind die Gerüchte auch bei Frau Munck selbst angekommen«, sagte Lena Selchow. »Und da ist ihr der Kragen geplatzt. Sie kam in einer Mittagspause zu uns in den Pausenraum und hat uns zusammengefaltet und gesagt, dass wir gefälligst aufhören sollen, diese lächerlichen Gerüchte über sie und Magnus Fahrenkrug zu verbreiten.« Die junge Frau verzog den Mund. »Dabei muss sie sich nicht wundern, dass so viel getratscht wird. Einmal hab ich auch was beobachtet.«

»Und was?«

»Ich brauchte eine Unterschrift von Frau Munck und ging zu ihr ins Büro, und da fiel mir auf, dass ihre Bluse falsch zugeknöpft war. Und das war noch nicht so, als sie am Morgen gekommen ist. Das wäre mir sofort aufgefallen. Na, und da macht man sich dann halt so seine Gedanken. Insbesondere, weil sie manchmal auch ein bisschen zerzaust aussieht. Also, ihre Haare.«

Lyn bedankte sich und entließ Lena Selchow mit der Bitte, die anderen Kollegen und Kolleginnen aus dem Verkauf nacheinander ins Büro zu schicken.

Die Erste gab an, nichts von Gerüchten gehört zu haben, was Lyn ihr nicht glaubte, aber sie konnte sie schlecht zu Mutmaßungen zwingen. Eine andere Kollegin berichtete im Grunde das, was Lena Selchow ausgesagt hatte.

»Alle beobachten die Munck und den Chef«, sagte sie. »Da läuft was zwischen den beiden, das wissen alle.« Auch sie bestätigte, dass Tessa Munck die Angestellten aufgefordert hatte, das Verbreiten von Gerüchten zu unterlassen.

»Und gibt es auch Gerüchte um Sören Fahrenkrug?«, fragte Lyn die Mittvierzigerin.

»Ja. Man sagt, er hat was mit seiner Stiefmutter. Wenn das stimmt, kann ich nur sagen: ekelhaft. Andererseits … der Senior nimmt es mit der Treue ja anscheinend auch nicht so genau.«

Lyn beendete die Befragung und ging durch den Küchenausstellungsraum zu den hinteren Büros.

Tessa Munck saß an ihrem Schreibtisch. »Frau Harms«, begrüßte sie Lyn erstaunt. »Haben Sie heute Morgen etwas vergessen?«

»Die Frage, die ich noch habe, ergab sich gerade erst.« Lyn lächelte ihr Gegenüber an. »Folgende Frage, Frau Munck: Haben Sie ein Verhältnis mit Herrn Fahrenkrug?« Den Vornamen hatte sie mit Bedacht weggelassen.

»Wer sagt das?« Tessas hübsch gezupfte Augenbrauen bildeten fast eine Linie.

Lyn setzte sich unaufgefordert auf den Besucherstuhl vor dem Schreibtisch. »Gerüchte, Frau Munck, ich gehe nur Gerüchten nach.«

Tessas Gesichtszüge entspannten sich einen Hauch. »Ja,

ja, die sind mir auch zu Ohren gekommen. Der Mist kursiert schon seit über einem Jahr in der Firma. Aber ich kann Ihnen versichern: Ich habe nichts mit Magnus.«

»Wie kommen Sie auf Magnus?«, tat Lyn erstaunt. »Ich hätte doch auch Sören Fahrenkrug meinen können.«

»Was?« Tessa begann, mit ihren Fingern lautlos vor dem Laptop auf die Schreibtischfläche zu klopfen.

»Nun, für Sie war anscheinend klar, dass ich nur Magnus Fahrenkrug meinen konnte«, sagte Lyn. »Dabei habe ich auch ein Gerücht gehört, das Sie und Sören betraf.«

»Schwachsinn. Hören Sie, Frau Harms«, Tessa beugte sich vor, »Magnus liebt seine Frau. Sören hat, soweit ich es beurteilen kann, keine feste Freundin. Er genießt das Singleleben und flirtet, was das Zeug hält.«

»Auch mit Ihnen?«

»Nicht dass es mir aufgefallen wäre.« Sie lächelte. »Obwohl ich als Blondine in sein Beuteschema falle.«

»Wen meinen Sie speziell?« Lyn wollte, dass Tessa es aussprach, wenn es wirklich um Vivien Fahrenkrug ging.

Aber die hielt sich bedeckt. »Vielleicht sollten Sie die weibliche Belegschaft fragen.«

»Das tat ich gerade eben.«

Tessa musterte sie. »Na, dann wird Lena Selchow Ihnen ja berichtet haben, dass Sören Fahrenkrug eine Weile mit ihr, nun, sagen wir mal, ausgegangen ist? Sie hat es stolz herumerzählt.«

Lyn fühlte sich wieder einmal vorgeführt. Sören und die Selchow? War ihr in dem Jahr Mutterzeit ihr krimineller Instinkt abhandengekommen?

»Aber es ist natürlich nichts daraus geworden. Jedenfalls soweit ich weiß«, setzte Tessa nach. »Nur blond zu sein reicht dann wohl doch nicht, um dem Junior-Chef zu gefallen.«

»Vielen Dank, Frau Munck.« Lyn stand auf. Sie würde sich jetzt Lena Selchow noch einmal schnappen.

***

Jana kaute im Dunkel der Abseite auf einem kleinen Stück Salami-Toast herum. Sie hatte die Brotscheibe dick mit der letzten Wurst belegt, damit der Salamigeruch endlich verschwand, aber der Bissen wurde immer mehr im Mund. Wenn sie doch nur Wasser zum Runterspülen hätte! Theo konnte natürlich immer nur die Hälfte seiner Ration weitergeben, und die musste sie sofort im Zimmer austrinken.

Sie fummelte eine zweite Scheibe Toast aus der Verpackung und legte sie auf die bereits belegte Scheibe, um den strengen Salamigeschmack zu minimieren. Aber das Kauen von noch mehr Brot erleichterte das Schlucken nicht gerade. Nach zwei weiteren Bissen stopfte sie den Rest der Stulle in die Toastverpackung und schloss den Rucksack.

Morgen würde sie wieder eine Windel brauchen. Dass eine fehlte, schienen die Entführer nicht bemerkt zu haben, denn es war keine Bemerkung gefallen, als der Mann den Jungen gewickelt hatte. Aber je kleiner der Stapel wurde, desto eher würde auffallen, dass welche verschwanden. Und was würde dann passieren? Jana wusste, dass sie sich etwas einfallen lassen musste. Theo war in Sachen Fluchtplan keine Hilfe.

Langsam und leise ein Knie vor das andere setzend, kroch sie in die hinterste Ecke ihres Gefängnisses, wo die Dachpfannen gestapelt waren. Sie griff eine der schweren Pfannen und wiegte das raue Gestein in den Händen. Konnte man damit einen Mann bewusstlos schlagen, wenn man ihm die Dachpfanne von hinten auf den Kopf haute?

Ja, mit Sicherheit. Wenn sie die Chance bekam, weit genug auszuholen, um den Schlag auszuführen. Das würde aber voraussetzen, dass der Mann oder die Frau, je nachdem, wer es war, ihr den Rücken zugewandt hielt. Dazu würde Theo die Person ablenken müssen. Und die Abseite musste offen sein, damit sie herauskommen konnte. Leise, damit die Person nichts hörte.

Wie sollte das möglich sein? Insbesondere mit der schweren Pfanne? Das würde niemals klappen.

Mit Tränen in den Augen legte sie die Dachpfanne wieder

vorsichtig auf dem Stapel ab und krabbelte zurück. Sie legte sich hin, zog die Knie an den Körper und begann zu weinen. Hastig presste sie beide Hände auf den Mund und versuchte, sich zu beruhigen. Theo hustete, was bedeutete, dass er das Aufweinen gehört hatte. Mit dem Husten wollte er wohl verhindern, dass ihr Weinen durch das Babyfon nach unten drang. Und diese Tatsache ließ die Tränen noch mehr fließen. Der Kleine war süß. Er wollte sie beschützen. Doch das ließ sie nicht ruhiger werden.

Ihr lief die Zeit davon! Wann würden seine Eltern das Geld bezahlen? Wann würden die Entführer ihn wegbringen? Jana verbat sich den Gedanken, dass Theo das Zimmer nicht lebend verlassen würde. Vielleicht ließen sie ihn ja wirklich frei. Dann konnte er den Polizisten sagen, wo sie war.

Im gleichen Moment fiel ihr ein, dass sie Theo unbedingt aufschreiben musste, wie die Adresse des Hauses lautete. Bislang hatte sie ihm nur aufgeschrieben, wie sie hieß und dass ihr Uropa in diesem Haus gewohnt hatte. Andererseits ... der Polizei würden diese Angaben doch bestimmt reichen, um die Adresse herauszufinden? Nun, sie würde sie Theo trotzdem aufschreiben.

Bisher hatte sie alle Zettel, die sie beschrieben hatten, in ihren Rucksack gesteckt. Er würde die Adresse auswendig lernen müssen, denn das Stück Klopapier durfte bei ihm nicht zu finden sein.

ZEHN

»Brav, Emil, mach ruhig weiter, das gefällt Papa.« Hendrik lag, den Arm aufgestützt, neben Lyn im Bett und sah grinsend zu, wie Emil, der zwischen ihnen saß, an den Knöpfen von Lyns Pyjamaoberteil herumpulte. Ein Knopf war bereits aufgegangen, und der Ausschnitt gab den Ansatz von Lyns Brüsten frei.

Lyn blickte zum Wecker. Es war Viertel nach sechs. Emil hatte sie vor zehn Minuten geweckt, und Hendrik hatte ihn aus seinem Zimmer zu ihnen ins Bett geholt. »Es ist gerade mal acht Stunden her, dass wir Sex hatten.« Sie wandte den Kopf und sah Hendrik an. »Du kannst doch unmöglich schon wieder daran denken.« Mit einem Gähnen ließ sie sich aufs Kopfkissen zurückfallen.

»Ich bin ein Mann. Ich denke ständig daran. Insbesondere wenn sich mir etwas so Reizvolles bietet.« Sein Finger glitt über ihr Dekolleté.

»Gar nichts wird hier geboten«, grummelte Lyn und zog mit geschlossenen Augen den Pyjama zu. »Ich bin müde. Außerdem liegt unser Sohn neben uns. Wenn du nicht willst, dass er Ödipus nachkommt, solltest du langsam anfangen zu bedenken, was du in seiner Anwesenheit machst und sagst.«

Hendrik legte sich auf den Rücken. Er griff nach Emil und zog ihn auf seinen Bauch. »Mama hat Sorgen, was? Dabei weißt du noch nichts von gar nichts, nicht wahr, Little Wolff?«

Lyn öffnete die Augen. »Von wegen«, brummte sie und drehte sich auf die Seite, damit sie Hendrik und Emil ansehen konnte. »Wo ist die Lampe, Emil?«

Der Kleine strahlte sie an. »Mammam.«

»Emil, wo ist die Lampe?«, wiederholte Lyn ihre Frage lauter, und diesmal klappte es. Emil hob den Kopf und suchte die Decke ab, bis er die Lampe sah.

»Siehst du«, triumphierte Lyn. »Er versteht mehr, als du denkst.«

»Ja, klar … Emil, wo ist Mamas hübscher Busen, auf dem Papa gleich einen zärtlichen Kuss platzieren wird? … Siehst du?« Hendrik grinste Lyn an. »Er glotzt überallhin, nur nicht zu dir.«

Lyn lachte und setzte sich auf. »Platzieren wirst du gar nichts, Big Wolff. Ich muss unter die Dusche, wenn wir noch gemütlich zusammen frühstücken wollen. Ich möchte pünktlich zur Frühbesprechung im Büro sein. Holst du Brötchen? Für mich bitte ein Störknacker.«

Sie stand auf und schlüpfte aus dem Pyjama. Nur im weißen Slip ging sie zur Tür. Aber noch bevor sie sie öffnen konnte, war Hendrik aus dem Bett. Seine warmen Hände legten sich von hinten um ihre Taille, und er drückte seine Lippen auf ihren Hals.

Lyn beschloss, den Augenblick zu genießen. Sie legte den Kopf zurück an seine Schulter, und seine Hände wanderten den Bauch hinauf und schlossen sich um ihre Brüste. Er drehte sie zu sich herum und beugte den Kopf. Als sich seine Lippen warm um ihre Brust schlossen, stöhnte Lyn auf, aber im gleichen Moment ließ ein dumpfes Geräusch sie auseinanderfahren.

»Scheiße!«, entfuhr es Hendrik.

»Emil!«, schrie Lyn auf. Beide stürzten zu ihrem Sohn, der nicht mehr im Bett lag, sondern davor. Lyn tastete den kleinen Kopf ab. »Oh, Emil … mein kleines Wölflein.« Sie hob ihn hoch und drückte ihn an ihre Brust.

»Er weint nicht mal«, sagte Hendrik erleichtert. »Gut, dass wir noch nicht das Boxspringbett gekauft haben. Das wäre eine andere Fallhöhe gewesen.« Aber ganz beruhigt schien auch er nicht zu sein, denn er hob Emils Arme und Beine nacheinander an und beugte sie vor und zurück, während Lyn den Kleinen hielt.

»Wir sind furchtbare Eltern«, sagte Lyn und küsste Emils Köpfchen.

Hendrik schien diesmal ihrer Meinung zu sein, denn er widersprach nicht. »Ich mach uns Frühstück«, sagte er. »Und du gehst duschen. Sonst kommst du wirklich noch zu spät zur Arbeit.«

***

Knuth Werner winkte hektisch vom Waldweg aus, als der Polizeiwagen auf den Parkplatz an der Schafhausener Landstraße am Segeberger Forst gefahren kam. Die beiden Uniformierten, ein Mann und eine Frau, parkten neben seinem Opel und stiegen aus. »Hierher!«, rief er, weiter winkend.

»Guten Morgen, sind Sie Herr Werner?«, fragte der Polizeibeamte, als sie bei ihm eintrafen. »Haben Sie uns alarmiert?«

»Ja«, sagte Werner atemlos. »Ich glaube, Titus hat eine Leiche gefunden. Titus ist mein Hund.« Er zeigte auf den hellbraunen Cockerspaniel, den er an der Leine hielt.

Der Hund beschnüffelte die Neuankömmlinge kurz und zerrte dann an der Leine. Er wollte in den Wald zurück.

»Wo?«, fragte die Beamtin.

»Dahinten. Ich bring Sie hin.« Werner deutete in den Wald hinein.

»Ich glaube jedenfalls, dass es eine Leiche ist«, sagte er, während sie mit schnellen Schritten dem mit Baumwurzeln durchzogenen Weg folgten. »Ich habe den Müllsack ein Stück aufgerissen und …« Er schluckte und sah die Beamten an. »Erst dachte ich, es sei nur Kleidung in dem Sack, aber als ich das Plastik weiter aufgerissen habe, da war es ein Ärmel. Mit … mit einer Hand.«

»Ihr Hund hat den Sack entdeckt?«, hakte der Polizist nach.

»Ja. Titus lief eigentlich auf dem Weg vor mir und schnüffelte mal hier, mal da, aber plötzlich lief er in den Wald rein. Ich bin natürlich hinterher und hab ihn gerufen. Ich hatte ihn ja von der Leine gelassen.« Werner klang schuldbewusst. »Ich weiß, dass man das eigentlich nicht darf. Waldgesetz, Paragraf siebzehn. Aber in diesem Fall werden Sie bestimmt eine Ausnahme machen und auf eine Anzeige verzichten?«

»Herr Werner«, sagte die Beamtin, »wenn Ihr Hund wirklich auf eine Leiche gestoßen ist, interessiert es uns herzlich wenig, ob das mit oder ohne Leine geschah.«

»Dachte ich mir.«

Nach weiteren zwei Minuten zeigte Werner nach rechts, wo Fichten und Lärchen dicht beieinanderstanden. »Dahinten, nach gut zwanzig Metern, da ist es. Es ist nicht zu verfehlen. Über dem Sack sind Zweige aufgeschichtet. Das ist ja auch schon auffällig, oder?«

»Sie warten bitte hier mit Ihrem Hund«, sagte der Polizeibeamte, als Werner sich in Bewegung setzte.

»Ach so, ja.« Er nickte. »Wegen Spurensicherung, nicht? ... Ich guck immer Krimis.«

»Genau«, sagte die Polizistin mit einem Lächeln. »Aber bleiben Sie auf jeden Fall hier. Gehen Sie nicht weg. Wir müssen Ihre Aussage gleich protokollieren.«

Werners Herz klopfte heftig. »Natürlich bleibe ich hier.« Das würde er sich doch nicht entgehen lassen.

»Sitz!«, wies er seinen Cocker mehrmals erfolglos an, während er den Beamten mit dem Blick folgte. Jetzt waren sie da und musterten die aufgeschichteten Zweige. Sie bückten sich. Und er sah im Geiste vor sich, was sie sahen: schwarzes aufgerissenes Plastik unter Reisig, eine blasse, dreckige Hand, die aus einem blauen Jackenärmel herauslugte. Eine Frauenhand – für eine Männerhand war sie viel zu klein und zart gewesen.

Und dann standen die Polizisten wieder auf. Der Mann telefonierte, die Frau kam auf ihn zu.

»Und?«, rief er, noch bevor sie wieder auf dem Waldweg war.

»Sie haben tatsächlich eine Leiche entdeckt, Herr Werner.«

***

Im Besprechungsraum des K1 stieß man durch die zusätzlichen Kollegen der Aufbauorganisation an die räumlichen Grenzen, obwohl Kommissariatsleiter Wilfried Knebel fehlte. Er hatte sich mit Magen-Darm-Grippe krankgemeldet. Soweit Lyn sich erinnerte, war ihr Chef nur ein einziges Mal krank gewesen – vor einigen Jahren, wegen einer Lebensmittelvergiftung nach dem Blaulichtfest.

Thilo Steenbuck berichtete von der Befragung der Haushaltshilfe der Fahrenkrugs. Frau Schorlau hatte tatsächlich von Theo erfahren, dass er am Montagnachmittag seinen Freund Levi besuchen wollte. Interessant war, dass Frau Schorlaus Mann seit einem Jahr arbeitslos und somit das Geld im Hause Schorlau knapp war. Thilo hatte ihn befragt und wollte an ihm dranbleiben, da er kein Alibi für den Zeitpunkt der Entführung hatte. Herr Schorlau hatte angegeben, allein zu Hause gewesen zu sein, während seine Frau beim Schwimmen war.

Seinem Physiotherapeuten Lukas Bentzow hatte Theo ebenfalls erzählt, dass er den Nachmittag bei seinem Freund verbringen würde. Bentzow hatte allerdings ein Alibi. Aber auch hier würde der Kollege im Umfeld weiterermitteln, denn die Person, die die Informationen weitergegeben hatte, musste nicht zwingend aktiv an der Entführung beteiligt gewesen war.

Bezirkskriminalinspektionsleiter Arnd Kremer berichtete, dass die drei Millionen Lösegeld in den geforderten Zweihundert-Euro-Scheinen bereitstanden. Magnus Fahrenkrug hatte sich nicht überreden lassen, das Geld bis zur Übergabe in der Bank zu lassen, sondern hatte es mit nach Hause genommen.

»Genug Polizei ist ja vor Ort«, sagte Thilo. »Es wird wohl momentan niemand wagen, bei den Fahrenkrugs einzubrechen.«

»Das stimmt, aber es ist trotzdem bedauerlich, dass die Familie Fahrenkrug uns nicht traut«, sagte Arnd Kremer. »Sie scheinen Angst zu haben, wir würden das Geld in der Bank präparieren.«

Lyn hatte bereits zwei Becher Kaffee getrunken, aber sie traute sich dennoch an die Kanne, die Kommissariatssekretärin Birgit gerade hereingebracht und auf dem Tisch platziert hatte. Vorsichtig probierte sie einen Schluck, denn die Farbe des Gebräus ließ auf enormen Kaffeepulvergebrauch schließen.

»Und?«, fragte Thomas Martens, der sie beobachtete. »Genießbar?«

»Ich hol mal heißes Wasser«, sagte Lyn und stand auf.

Birgit warf ihr vom Sekretariat aus, das der kleinen Kaffeeküche schräg gegenüberlag, einen bösen Blick zu, als sie mit einem dampfenden Glaskrug wieder herauskam. Lyn ignorierte den giftigen Blick, so wie Birgit ständig den alarmroten Zettel am Küchenschrank ignorierte, den Thilo dort vor einigen Wochen hingeklebt hatte: »Zehn Messlöffel Kaffee auf die volle Kanne, Birgit!!! Nicht mehr und nicht weniger! Zehn!!!«

»Was haben *Sie* für uns, Frau Harms«, fragte Arnd Kremer, als sie ihren Kaffee und den von drei weiteren Kollegen mit dem heißen Wasser verdünnt hatte.

»Ich habe viele Gerüchte, die Fahrenkrug-Männer, Vivien Fahrenkrug und Tessa Munck betreffend.« Sie berichtete, was sie von den Angestellten gehört hatte und wie die Betreffenden reagiert hatten, als sie sie mit den Aussagen konfrontierte.

»Und Sören Fahrenkrug hatte ein kurzes Verhältnis mit einer Angestellten, die mir das Verhältnis verschwiegen hat«, ergänzte sie. »Ich halte Lena Selchow allerdings nicht für verdächtig. Sie hat keinerlei privaten Kontakt mehr zu Sören – er hat das auf Nachfrage bestätigt – und wusste nicht, dass Theo zurzeit in Kasenort war.«

»Bleiben Sie an den Fahrenkrugs dran, Frau Harms. Auch wenn alle sagen, es seien nur Gerüchte … Wo Feuer ist, qualmt es auch«, verzerrte Kremer das bekannte Sprichwort. »Und Eifersucht ist schon seit der Steinzeit ein starkes Tatmotiv.« Er hielt inne, weil sein Handy ging.

Er nahm das Gespräch an und sagte in die Runde, noch während das Telefonat andauerte: »Der zweite Brief ist im Verteilzentrum eingegangen.« Er beendete das Gespräch zügig, stand auf und riss die Tür auf. Über den Flur rief er: »Frau Magens, gleich kommt eine Mail vom Kollegen Habekost. Den Anhang bitte sofort ausdrucken und zu uns ins Besprechungszimmer.«

»Frau Magens?«, fragte Thilo leise und sah Lyn an. »Wer ist das denn?«

Die verdrehte die Augen. »Thilo, unsere Sekretärin Birgit heißt Magens.«

»Ach, stimmt. Die hat ja auch einen Nachnamen. Für mich heißt sie seit jeher Birgit Kannkeinenkaffeekochen.«

Lyn grinste, doch ihre Gedanken waren bei dem avisierten Erpresserbrief. Wo und wie die Übergabe des Geldes wohl stattfinden sollte?

***

Theo hasste die Windeln, insbesondere weil es so unglaublich beschämend war, dass diese fremden Menschen die intime Handlung des Klistierens und Wickelns an ihm vornahmen. Er war in diesen Momenten dankbar, dass sie Masken trugen.

Wenigstens war die Trainingshose okay, die der Schimpansenmann ihm angezogen hatte. Sie war ein bisschen weit, aber so ging das Anziehen schneller als mit der Jeans. Die Hose war von KiK. Das hatte das Preisschild verraten, bevor der Mann es abgerissen hatte. Theo beschloss, sich jedes Detail zu merken. Die Polizei war bestimmt dankbar dafür.

Unter diesem Aspekt hatte er das Zimmer und die Sachen darin noch einmal genauer betrachtet. Zeit hatte er ja genug, denn die Minuten vergingen wahnsinnig langsam. Er hatte versucht, eines der Bücher aus der Papiertüte zu lesen, aber er konnte sich einfach nicht konzentrieren. Lag es daran, dass er bereits alle Bände der »Drei ???« kannte? Nein, gab er sich selbst die Antwort. Zu Hause las er seine Lieblingsbände schließlich auch doppelt und dreifach. Er hatte einfach zu viel Angst. Jana in der Abseite zu wissen ließ keine Entspannung aufkommen.

In der nächsten Sekunde wurde ihm mulmig. Jana war kurz vergessen. Er zog die Tüte mit den Büchern zu sich heran und legte die Exemplare vor sich auf der Decke ab, obwohl er es bereits einmal getan hatte.

War es ein Zufall, dass es »Die drei ???« waren? Er schluckte. Genauso ein Zufall wie die Tatsache, dass Shrek ihm gestern zum Abendbrot eine Pizza mit Lachs und Spinat heraufgebracht hatte? Seine Lieblingspizza.

Theos Herz begann schneller zu schlagen. Das mit den Büchern konnte ein Zufall sein. Schließlich lasen alle Kinder gern »Die drei ???«. Jedenfalls seine Freunde. Aber die Pizza? Beim letzten Kindergeburtstag hatte Mama bei Mundfein für alle Gäste Pizza nach Wunsch bestellt. Es waren zehn Kinder gewesen. Er hatte als Einziger eine Spinatpizza genommen.

Ein kaum wahrnehmbares Schaben an der Tapetentür holte ihn aus den Gedanken. Jana wollte raus.

Theo lauschte nach unten. Alles war ruhig. Also konnte er es wagen, die Tür zu öffnen, denn das Frühstück war durch. Er hatte wieder eine Hälfte des mit Nutella bestrichenen Aufbackbrötchens für Jana zurückbehalten. Und den Wasserbecher hatte er auch noch einmal füllen lassen.

Leise schlug er die Decke zurück und ließ sich langsam aus dem Bett zu Boden gleiten. Die Weite der Trainingshose erwies sich beim Robben als unpraktisch. Sie rutschte, als er seinen Unterkörper hinter sich herschleifte. Glücklicherweise war das Stück Weg, das er zurücklegen musste, kurz. Als er bei der Tür ankam, zerrte er die Hose so gut es ging hoch, bevor er den Riegel zurückschob. Er rutschte zur Seite, damit Jana die Tür öffnen konnte.

Sie sah schlecht aus, stellte er erschrocken fest, als sie sich gegenseitig musterten. Dunkle Augenringe zeichneten sich auf ihrer blassen Gesichtshaut ab. Und sie zitterte am ganzen Körper. Ihr Blick wanderte zur Kommode, und er wusste, dass sie nach dem Windelstapel Ausschau hielt. Genau wie er hatte sie wohl auch gehofft, dass die Entführer den Stapel aufstocken würden. Dann würde es weniger auffallen, wenn wieder eine fehlte. Aber den Gefallen hatten sie ihnen nicht getan. Noch sechs Windeln lagen dort.

Jana krabbelte langsam an ihm vorbei, dann stand sie auf und reckte sich kurz. Sie schlich zur Kommode und nahm sich eine Windel. Es wurde erneut deutlich, dass es ihr peinlich war, denn sie sah ihn nicht an, als sie sich wieder zurückzog. Er konnte ihre Gefühle gut nachempfinden.

Es ging nicht geräuschlos vonstatten, als sie sich in der engen

Kammer die Hose herunterzog. Theo war vor Anspannung ganz steif. Er lauschte nach unten, um ja nicht zu überhören, wenn jemand die Treppe heraufkam. Für alle Fälle, falls er es nicht bis ins Bett zurückschaffen sollte, bevor einer der Entführer das Zimmer betrat, hatte er sich eine Ausrede zurechtgelegt, warum er auf dem Boden lag. Es war keine gute Ausrede, aber die beste von allen, die ihm eingefallen waren. Hoffentlich würde er sie nicht gebrauchen müssen.

Als Jana an der Tür schabte, war er erleichtert. Heute hatte sie länger gebraucht. Er schob den Riegel zurück, und sie kam wieder heraus. Sie stand auf, ging zum Nachttisch und deutete auf den Wasserbecher.

Theo nickte.

Als sie nach dem Becher griff, verschüttete sie ein wenig Wasser, weil sie so zitterte. Theo winkte ab. Das würde er gleich mit den Händen wegwischen. Gierig trank sie die Hälfte des Bechers leer. Als sie den Becher abstellte, zeigte er darauf und machte eine Trinkgeste. Sie konnte ruhig alles austrinken. Er bekam ja Nachschub.

Jana nickte. Sie zeigte auf das Brötchen, dann auf sich.

Theo nickte. Extra für sie hatte er auch die restliche Color-Rado-Mischung aus der Tüte auf den Nachttisch geschüttet. So konnte sie sich ein paar Naschis nehmen, ohne dass die Tüte raschelte. Und der Affenmann hatte nicht geschimpft, sondern sich sogar zwei rote Gummiteile herausgepickt. Theo hatte darauf gelauert, dass er die Maske hob, um sie in den Mund zu stecken, aber das hatte er nicht getan, sondern die Gummis in der Hand behalten und mit rausgenommen.

Jana stopfte sich ein paar Lakritze in die Tasche, bevor sie das Wasser austrank. Dann nahm sie die Brötchenhälfte, schlich damit an ihm vorbei zur Abseite und legte sie auf ihrem Rucksack ab. Schließlich ging sie zum Bett zurück und – Theo bekam einen Riesenschreck – legte sich hinein. Den Kopf auf dem Kissen, die Knie an den Körper gezogen, nahm sie die Bettdecke und deckte sich damit bis an den Mund zu. Sie atmete still und tief durch und hielt die Augen geschlossen.

Wie sehr musste sie frieren? Theo kamen die Tränen, aus Mitleid, aber vor allem aus der Angst geboren. Sein Herz raste. Sie durfte dort nicht liegen! Es war viel zu gefährlich. Der Weg zurück, das Hineinkriechen, das Schließen der Tür … sie würden es zeitlich nicht schaffen, wenn einer hochkam.

Er wedelte mit der Hand, als sie die Augen öffnete und ihn ansah. Hektisch wies er in die Abseite.

Sie blieb noch einen Moment liegen, aber dann schob sie die Decke zur Seite und stand auf. Sie hatte kaum zwei leise Schritte gemacht, als von unten plötzlich die hysterische Stimme der Trump-Frau hinaufdrang. Theo blieb fast das Herz stehen, als er sie schreien hörte: »Du mieses kleines Dreckstück! Jetzt bist du fällig!«

Janas Gesicht verzerrte sich vor Angst zu einer Fratze. Sie hastete an Theo vorbei, ging auf die Knie und krabbelte so schnell es ging in die Abseite zurück, durch die Hast diesmal nicht lautlos. Und dann waren auch schon schnelle Schritte auf der Treppe zu hören.

Theo wurde schlecht. Er schaffte es gerade noch, den Riegel vorzuschieben und seinen Oberkörper ein Stückchen Richtung Schrank zu bewegen, bevor sich der Zimmerschlüssel im Schloss drehte und die Trump-Frau die Tür aufstieß.

Sie verharrte abrupt im Schritt, als ihr Blick vom Bett zu ihm auf dem Boden fiel.

Theo sah sie mit weit aufgerissenen Augen an. »Ich … ich wollt nur mal gucken, was im Schrank ist«, sprach er die zurechtgelegte Ausrede aus. Er hörte selbst, wie sehr seine Stimme zitterte, aber er konnte seine Angst nicht unterdrücken.

»Du verdammte Kröte!«, schrie sie und hastete auf ihn zu. »Du durchtriebenes kleines Dreckstück!« Sie ging in die Knie, packte ihn am Hoodie und zog ihn so nah zu sich heran, dass er das Gummi der Maske riechen konnte. »Ein Meerschweinchen! Von wegen *Kim* …« Ihre Stimme war Wut pur. »Du hast mich gelinkt. Aber …«, sie löste eine Hand, »das macht man mit mir nur einmal.« Sie holte aus, und Theo schrie los. Reflexartig zog er seinen Arm schützend vor sein Gesicht.

Es kam nicht zu dem erwarteten Schlag. Stattdessen erklang die Stimme des Affenmanns. »Lass ihn, verdammt!«

Theo fiel zurück und öffnete die Augen. Der Affenmann hatte die Trump-Frau wohl weggestoßen, denn sie saß auf dem Boden. Allerdings kam sie schnellstens hoch. Sie schlug auf die Schimpansenmaske ein und schrie: »Schubs mich nie wieder, hörst du? Nie wieder! Willst du ihm etwa durchgehen lassen, dass er uns gelinkt hat? Er hat der Polizei gesteckt, dass wir zu dritt sind!«

Theo lag, auf einen Arm gestützt, einfach da. Sein Herz raste. Wie hatte sie das rausgefunden? Wie konnte das sein?

»Ist doch scheißegal«, schrie der Affenmann zurück.

»Ich geb dir egal«, fauchte sie und schlug wieder auf den Mann ein.

Theo war dankbar, als Shrek das Zimmer betrat und die Frau vom Affenmann wegzog. »Raus!«, schrie er sie an. »Raus und beruhig dich!« Mit Blick auf Theo sagte er: »Ich klär das hier schon ... Fass mit an«, wies er den Affenmann an.

Zu zweit hievten sie ihn zurück aufs Bett. Theo hatte nur Augen für die Trump-Frau, die das Zimmer nicht verlassen hatte, sondern heftig atmend am Kopfende des Betts stand.

»Der Junge wird jetzt angebunden«, schrie sie. »Ich hab keinen Bock mehr darauf, dass der hier macht, was er will! Dass er uns verarscht!«

Angebunden? Theo weinte los. »Ich will nicht angebunden sein«, schluchzte er. »Bitte nicht! Ich ... ich wollte doch nur mal gucken, was im Schrank ist. Ich ... ich wär doch wieder zurück ins Bett gekrabbelt.«

»Für wie blöd hältst du uns eigentlich?«, schrie die Trump-Frau. Sie stürzte wieder auf ihn zu.

Shrek hatte Mühe, sie festzuhalten. »Lass ... ihn ... in ... Ruhe!«, sagte er betont ruhig. »Du fasst ihn nicht an. Ist das klar? Das ist die Ansage!«

Mit einem verächtlichen »Pff!« riss sie sich los. Sie starrte Theo an, dann schleuderte sie Shrek ein »Leck mich!« entgegen und verließ das Zimmer. Polternd ging sie die Treppe hinunter.

Der Schimpansenmann zitterte, genau wie Theo. »Wir müssen auf sie aufpassen«, sagte er mit flatternder Stimme zu Shrek. Theo weinte noch mehr.

Shrek ignorierte den anderen. Er packte Theo an beiden Armen. »Du bist selbst schuld«, stieß er aus. »Was sollte der Scheiß mit dem Tipp im Brief? Glaubst du, es hilft dir, wenn die Bullen wissen, dass wir drei Leute sind und nicht zwei oder vier? Ich kann damit leben, aber unsere Lady hast du mächtig sauer gemacht. Wie du gemerkt hast. Also überleg dir in Zukunft, was du treibst! Bleib gefälligst im Bett liegen, dann passiert dir auch nichts. Ein einziges Mal noch, Kleiner, dann ziehen wir andere Saiten auf. Dann lassen wir sie machen.« Er deutete zur Tür. »Und sie wird dir wehtun. Das willst du doch nicht?«

»Nein.« Theo schüttelte heftig den Kopf. »Nein, das will ich nicht.« Er sah von Shrek zum Affenmann. »Sie … Sie binden mich doch nicht fest?«

Shrek musterte ihn. »Du lässt uns ja kaum eine Wahl, aber … letzte Chance. Bau noch irgendeinen Mist, dann verpassen wir dir Fesseln.«

Theo nickte unter Weinen.

Der Affenmann trat an den dunklen Kleiderschrank. »Hier ist nichts drin, siehst du?« Er öffnete die beiden Türen. Links gab es vier leere Regalfächer, rechts eine verbogene Kleiderstange mit einem Regal darüber. Dann kam er zum Bett und fuhr Theo mit der Hand über die Wange. »Jetzt hör auf zu weinen. Alles ist gut.«

»Und sorg dafür, dass es so bleibt, Kleiner«, fauchte Shrek Theo an, bevor er den Affenmann vor sich her zur Tür schob.

Als sie draußen waren, wurde Theo vor Erleichterung fast schlecht. Das war ja gerade noch mal gut gegangen.

Er sah zur Tapetentür. Wie es Jana wohl ging? Für sie musste es da drinnen auch die Hölle gewesen sein. Jetzt zitterte sie bestimmt nicht nur vor Kälte, sondern auch vor Angst.

Theo war froh, dass sie wenigstens den Becher Wasser getrunken und das Brötchen mitgenommen hatte. Er war sich ziemlich sicher, dass er die Tür heute nicht mehr öffnen würde. Und Jana würde vermutlich auch nicht rauswollen.

Er schloss die Augen und grübelte. Wie hatte die Trump-Frau das mit seinem Tipp herausgefunden? Er zerbrach sich den Kopf, aber es wollte ihm nichts Plausibles einfallen. Auf jeden Fall mussten Jana und er sich jetzt noch mehr vorsehen. Wenn er noch mal außerhalb des Betts erwischt wurde, würden sie ihn festbinden.

Dann hockte Jana in der Falle.

***

Arnd Kremer warf die Kopie des neuen Erpresserbriefs per Beamer an die Wand des Besprechungsraums. Das Original war bereits auf dem Weg zur KTU nach Kiel. Mit einer weiteren Kopie hatte sich Kollegin Karin Schäfer auf den Weg zu den Fahrenkrugs gemacht.

Lyn fasste sich an den Hals, als sie feststellte, dass der Brief diesmal keine handgeschriebenen Zeilen von Theo enthielt. Es konnte durchaus als schlechtes Zeichen betrachtet werden, dass dieses Lebenszeichen fehlte.

Alle lasen still vor sich hin.

Herr Fahrenkrug, Ihrem Sohn geht es gut. Damit das so bleibt, überbringen Sie persönlich den Koffer mit den drei Millionen Euro am Samstag, den 13. April. Starten Sie zu Hause um zehn Uhr morgens und fahren Sie auf der A 23 Richtung Hamburg. Nehmen Sie Ihr Handy mit und halten Sie es bereit. Darauf folgen weitere Anweisungen bezüglich des Übergabeorts des Lösegelds. Sind die Scheine durchlaufend nummeriert, stirbt Theo. Befinden sich Ortungsgeräte oder chemische Substanzen an Geld oder Koffer, stirbt Theo. Taucht die Polizei am Übergabeort auf oder folgt Ihnen dorthin, stirbt Theo. Wenn die Übergabe reibungslos verläuft und alle Bedingungen erfüllt wurden, wird Theo am Sonntag frei-

gelassen. Sie erfahren zeitnah den Ort, wo Sie ihn wohlbehalten auffinden werden.

»Das ist leider alles sehr vage«, sprach Arnd Kremer aus, was auch Lyn dachte. »A 23 Richtung Hamburg … Das kann heißen, dass es nach Hamburg geht, muss aber nicht. Er wird die Anweisungen erst während der Fahrt erhalten, was wiederum bedeutet, dass wir zunächst nichts haben, wo wir ansetzen können.«

»Auffällig ist, dass die Entführer seine Handynummer haben«, sagte Jochen Berthold.

Arnd Kremer nickte. »Ein weiteres Zeichen, das auf einen Insider hinweist. Und wenn er oder sie tatsächlich aus dem engsten Umfeld stammt, weiß er oder sie ja, dass *wir* es wissen. Wir müssen auf die Kooperationsbereitschaft von Magnus Fahrenkrug setzen und hoffen, dass er uns sein Handy präparieren lässt, damit wir mithören können.«

Lyn verzog die Lippen. »Da sehe ich schwarz. Die Drohungen der Entführer werden ihn zu sehr einschüchtern. Er wird nichts riskieren wollen, was Theos Leben gefährdet.«

»Wenn es so ist, bleibt uns nur, ihm unauffällig zu folgen«, sagte Arnd Kremer. Er blickte in die Runde. »Dafür fallen alle raus, die mit den Fahrenkrugs und deren Umfeld bisher Kontakt hatten. Die direkte Verfolgung übernehmen Kollegen aus einem anderen Kommissariat. Sie alle werden sich aber am Übergabetag zur Verfügung halten.«

Es war fast halb elf, als die Besprechung endete und alle sich in ihre Büros zurückzogen. Lyn ging hinter Thomas über den Flur.

Vor seiner Bürotür blieb er stehen. »Willst du nachher mit Mittag essen kommen, Lyn? Thilo und ich wollen auf eine Dückerstieg-Suppe zu ›B & H‹.«

Der Gedanke an eine der leckeren Suppen war mehr als verlockend, aber definitiv nicht hilfreich, wenn sie die letzten drei Kilo loswerden wollte, die sich seit Emils Geburt vor allem an Bauch und Hüfte hielten. Also schüttelte sie bedauernd den

Kopf. »Hendrik kocht heute Abend. Ich werde nachher nur eine Banane essen.«

»Schade«, sagte Thomas. »Dann … frohes Schaffen.«

»Ja, gleichfalls.« Lyn wollte zu ihrem Büro weitergehen, sah im Augenwinkel aber noch, dass Thomas das Gesicht verzog, als er sich auf seinen Schreibtischstuhl setzte. Statt weiterzugehen, betrat sie sein Büro und schloss die Tür hinter sich.

Er sah sie überrascht an.

»Magst du mir erzählen, was los ist?«, fragte sie und ging zu seinem Schreibtisch. »Ich seh doch, dass du Schmerzen hast. Andauernd fasst du dir an die Arme oder Beine … Gerade hast du gestöhnt.«

»Oh, das …« Er strich sich wieder über den Oberarm. »Ich glaube, das merke ich schon gar nicht mehr.« Sein Gesicht verfinsterte sich. »Ehrlich gesagt möchte ich nicht darüber reden, Lyn.«

»Aha.« Ohne Aufforderung setzte sie sich auf den Besucherstuhl und sah ihn an. »Spuck es aus, Thomas. Ich werde dir sowieso keine Ruhe lassen, bis ich es weiß.«

Sein Gesicht blieb starr. »Es ist vielleicht Rheuma oder so was. Ich war noch nicht beim Arzt. Ich … wollte noch ein bisschen warten.«

»Worauf?«

»Dass es wieder weggeht.«

»Wie lange wartest du denn schon?«

Er schwieg und sah sie an. Dann sagte er: »Etwa ein halbes Jahr. Ich hatte schon mal das Gefühl, es würde besser werden, aber momentan …« Er beendete den Satz nicht.

Lyn riss die Augen auf. »Ein halbes Jahr! So lange hast du schon Schmerzen?« Da keine Antwort kam, fügte sie hinzu: »Das ist ziemlich lange, um noch ›ein bisschen zu warten‹.«

Thomas atmete tief aus. Dann fuhr er seinen PC hoch und starrte auf den Bildschirm. »All die Jahre war alles gut«, sagte er, ohne sie anzusehen. »Und ich will, dass es gut bleibt. Ich will nichts anderes hören.«

Lyn sah ihn an. Wovon redete er?

Jetzt sah er sie an. »Es ist einfach so, dass ich wahnsinnige Angst vor der Diagnose habe, Lyn.«

»Oh, Thomas.« Jetzt wusste sie, was er meinte. Vor ein paar Jahren war er an Hodenkrebs erkrankt. Sie hatte ihn mit Chemotherapie-Glatze kennengelernt. Sie stand auf und trat zu ihm hinter den Schreibtisch. »Du glaubst, es könnten Metastasen sein«, sagte sie ruhig, obwohl ihr Herz schneller schlug.

Er nickte.

Sie setzte sich auf die Schreibtischkante und legte ihre Hand auf seine, die nach wie vor auf der Maus lag. »Ach Mensch, Thomas.«

»Ich habe die ganze Zeit gehofft, dass die Schmerzen verschwinden, aber zurzeit ist es so schlimm wie nie. Arme, Beine, Schultern …«

»Aber vielleicht ist es ja wirklich Rheuma. Oder etwas anderes. Irgendwas Harmloses, das du mit den richtigen Medikamenten in den Griff kriegst.«

»Ja, vielleicht.«

Sie streichelte über seine Hand. »Ich habe allergrößtes Verständnis für deine Angst, Thomas, aber je länger du wartest –«

»Ja, ja«, unterbrach er sie und zog die Hand zurück. »Ich weiß das alles, Lyn. Gestern hatte ich die Nummer meines Arztes schon gewählt, aber«, er verzog den Mund zu einem kläglichen Lächeln, »dann schnell wieder aufgelegt.«

Lyns Blick war ernst. »Bitte ruf an, Thomas. Bitte.«

Er wurde einer Antwort enthoben, weil nach einem kurzen Klopfen Sekretärin Birgit das Büro betrat. »Thomas, du sollst … Oh, störe ich?«

Lyn stand betont entspannt von der Schreibtischkante auf, obwohl es ihr peinlich war, dass Birgit sie so bei Thomas vorgefunden hatte.

»Was gibt's denn?«, fragte Thomas.

»Herr Kremer möchte, dass ihr alle noch mal in den Besprechungsraum zurückkommt.« Nach einem intensiven Blick rauschte Birgit schließlich aus der Tür.

Lyn sah Thomas an. »Wir reden noch mal darüber, ja?«

Er grinste schief. »Muss nicht sein. Und nun auf. Anscheinend gibt es ja Neuigkeiten, sonst würde Kremer uns nicht alle zurückzitieren.«

Arnd Kremer erwartete sie bereits im Besprechungszimmer. Als alle da waren, sagte er: »Gerade haben die Kollegen von der Kripo Kiel durchgeklingelt. Im Segeberger Forst wurde heute Morgen die Leiche eines vierzehnjährigen Mädchens gefunden. Die Kollegen haben uns kontaktiert, weil der Rechtsmediziner nach der ersten Leichenschau vor Ort festgestellt hat, dass das Mädchen aller Wahrscheinlichkeit nach erstochen wurde. Das Obduktionsergebnis steht natürlich noch aus.«

Stimmengemurmel setzte ein. Lyn schluckte. Ein weiteres Mädchen, das erstochen worden war? Das konnte natürlich ein Zufall sein. Aber war das wahrscheinlich innerhalb so kurzer Zeit?

»Der Name des Mädchens ist Neele Haack«, sagte Arnd Kremer. »Sie hatte zwar keinerlei Papiere bei sich, konnte aber schnell identifiziert werden, da sie zur Fahndung ausgeschrieben war. Sie ist vor drei Tagen aus einem Kieler Heim weggelaufen.«

In Lyns Hirn ratterte es. Dass Theo Fahrenkrugs Entführer Noa Ruiz erstochen hatten, war den Umständen geschuldet. Doch was könnten sie mit dem Tod des Kieler Mädchens zu tun haben? Das ergab eigentlich keinen Sinn. Wo sollte die Verbindung sein?

»Neele Haack ist gemeinsam mit einem weiteren Mädchen fortgelaufen«, fuhr Arnd Kremer fort. »Ihr Name ist Jana Roffler. Die Fahndung nach ihr wird umgehend intensiviert. Der Kieler Pressesprecher wird eine Öffentlichkeitsfahndung über sämtliche Medien veranlassen. Wo haben die beiden Mädchen sich seit ihrem Verschwinden aufgehalten? Wer hat sie gesehen? … Wir benötigen die Antworten auf diese Fragen auch für unseren Fall.«

ELF

Wann wurde es nur endlich Morgen? Jana saß mit angezogenen Beinen, die Arme an den Oberkörper gepresst, im Dunkeln und starrte apathisch zur Tür, die noch keine Umrisse freigab. Die Stunden der Nacht zogen sich so quälend langsam dahin! Sie hatte noch kein Auge zugemacht. Ihr war hundeelend, der Kopf dröhnte, und sie zitterte so sehr, dass sie immer wieder die Muskeln stark anspannte, um dem Zittern wenigstens für Sekunden Einhalt zu gebieten. Bestimmt bildete ihr warmer Atem Dampf in der eisigen Kälte der Abseite – sie konnte es nur nicht sehen.

Und der Durst ... Wie selbstverständlich war es immer gewesen, etwas zu trinken zu haben. Klar, sie kannte Durst, wenn sie etwas stark Gesalzenes gegessen hatte oder wenn sie mal drei, vier Stunden nichts getrunken hatte, aber diese Dimension war neu.

Sie befeuchtete die bibbernden Lippen mit der Zunge und wünschte sich, weinen zu können, um die Feuchtigkeit auflecken und die Wärme der Tränen auf ihren kalten Wangen spüren zu können. Aber sie war wie erstarrt.

Sie hockte weiter da, Minute für Minute für Minute. Was wohl schmerzvoller war? Zu erfrieren? Oder zu verdursten? Und wenn sich beides vermischte? Sie wimmerte auf.

Und dann hielt sie es nicht mehr aus. Sie tat das, was sie seit Stunden tun wollte, sich aber nicht getraut hatte. Doch sie musste etwas gegen den grässlichen Durst tun. Jana machte die zittrigen Beine lang, hob den Rucksack auf ihren Schoss und griff hinein. Sie musste nicht lange suchen. Die Sektflasche fühlte sich kaum kälter an als ihre Hände, als sie sie herauszog und vorsichtig auf dem Boden abstellte.

Sie wartete erneut und zählte dabei gedanklich die Sekunden einer Minute ab. Dann noch eine Minute und noch eine. Sie legte die Hand um die Flasche. Hatte der Sekt jetzt genug geruht? Oder würde der Korken losploppen und der Inhalt herausschäumen, sobald sie die Flasche öffnete?

Die Angst, Geräusche oder Gerüche zu verursachen, saß tief, aber der Durst machte sie mutig. Nach nochmaligem Sekunden-Zählen zog sie einen Sneaker und eine Socke aus – noch eisiger konnten ihre Füße sowieso nicht werden. Dann nahm sie die Flasche zwischen die Beine und pulte die Folie von der Öffnung. Während sie vorsichtig mit der rechten Hand das Drahtgeflecht über dem Korken aufzudrehen begann, lag ihre Linke auf dem Plastikkorken, um zu verhindern, dass er hochging.

Sie stellte das Atmen ein, als sie die Hand vorsichtig lockerte, um das Geflecht herunterziehen zu können. Alles ging gut. Der Korken blieb, wo er war. Sie atmete durch, griff nach der Socke und legte sie um den Korken. Dann löste sie ihn langsam. Es gab nur ein winziges Plopp, als sie ihn schließlich herauszog. Sie lauschte, aber nicht einmal Theo rührte sich im Bett.

Weil sie ihren eisigen Fingern nicht traute, hielt sie die Flasche vorsichtshalber mit beiden Händen, als sie sie an die Lippen setzte und trank. Sie spürte die sprudelige Säure auf der Zunge und musste sich kurz schütteln, bevor sie schluckte. Nach zwei weiteren Schlucken setzte sie die Flasche mit einem nicht ganz lautlosen »Aah!« ab. Das tat gut.

Im nächsten Moment schrak sie zusammen. Etwas polterte.

Schritte auf der Treppe!

Oh Gott, sie hatten sie gehört! Die Bande hatte durch das Babyfon das Ploppen gehört! Der Paukenschläger in ihrem Herzen wurde hektisch.

Jana blieb, die Flasche nach wie vor in beiden Händen, stocksteif und starr sitzen wie beim Kindergeburtstag, wenn sie das Musik-Stopp-Spiel gespielt hatten, wo jeder in seiner Position verharren musste, bis die Musik wieder einsetzte. Unfähig, sich zu rühren, hörte sie, wie der Schlüssel im Schloss gedreht und die Tür geöffnet wurde. Und dann die Stimme der Frau, die Jana fürchtete wie nichts sonst auf der Welt. Die

Frau, die Neele so furchtbar still hatte werden lassen. Die Mörderin.

»He, Kröte, wach auf!«

Die Umrisse der Tapetentür zeichneten sich ab. Unstet. Das Licht einer Taschenlampe? Jana registrierte das alles, ohne wirklich zu denken.

Schritte waren zu hören, dann wieder die Stimme: »Aufwachen, hab ich gesagt!«

Janas Herz galoppierte. Glaubte die Frau, Theo hätte die Geräusche verursacht?

Dann erklang Theos verschlafene Stimme. »Was ... was ist?«

»Klappe halten!«

Theo hielt sich nicht an den Befehl. »Was ist los?«, stieß er aus. Diesmal klang er hellwach. »Komm ich jetzt nach Hause?«, fragte er aufgeregt. »Hat Papa bezahlt?«

»Halt endlich die Klappe. Du kannst gleich weiterschlafen. Ich binde dir nur mal kurz die Augen zu.«

»Nein!« Theo weinte auf.

Janas Hände zitterten so stark, dass sie die Flasche noch fester packte, aus Angst, sie fallen zu lassen. Was war da los? Anscheinend war die Frau doch nicht ihretwegen nach oben gekommen. Sie wollte Theo die Augen verbinden? Jana wurde schlecht. Das machten die Gangster doch in den Filmen, wenn einer umgebracht wurde. Das Opfer bekam eine Augenbinde verpasst und wurde erschossen.

Und dann waren weitere Schritte auf der Treppe zu hören. Gleich darauf erklang Shreks Stimme im Zimmer. »Machst du ihm hier Angst, oder was? Verdammt!«

Die Frau klang spöttisch, als sie fragte: »Mache ich dir Angst, Kleiner?«

»Ja-a«, stieß Theo stockend und weinerlich aus.

Das darauffolgende Lachen der Mörderin war hässlich. »Gut, Ziel erreicht. Dann parierst du wenigstens.«

»Gib mir das Tuch!«, sagte Shrek. Dann wurde seine Stimme ruhiger. »Wir werden dir jetzt kurz die Augen verbinden,

Theo. Hab keine Angst davor. Du sollst einfach nur für einen Moment nichts sehen. Und damit du dir das Tuch nicht runterreißt, müssen wir dir auch kurz die Hände auf den Rücken binden.«

Janas Mitleid für Theo war unermesslich. Er weinte so furchtbar, er hatte so viel Angst! Zum ersten Mal empfand sie ihr dunkles Versteck nicht als Alptraum, sondern als Schutz. Sie hätte nicht mit Theo tauschen mögen.

»Ich weiß, dass das beängstigend klingt«, sagte Shrek. »Aber es ist wirklich nur für ein paar Minuten. Dann nehm ich dir beides wieder ab, und du kannst weiterschlafen. Versprochen.«

»Hör auf zu heulen!«, fuhr die Mörderin ihn an, während sie im Zimmer rumhantierten.

Fesselten sie Theo jetzt und banden ihm die Augen zu? Jana lauschte angestrengt, während Theo weinte.

»Wir gehen jetzt runter«, sagte Shrek schließlich. »Bleib einfach ruhig liegen. Ich komm gleich wieder hoch und befrei dich von der Binde.«

Jana hielt den Atem an. Sie wusste, wenn gleich ein Schuss knallte, würde sie losschreien. Sie würde es nicht zurückhalten können.

Aber es knallte nichts – sie hatten Theo nicht erschossen. Und auch nicht erstochen, denn Theo war noch zu hören. Er weinte vor sich hin. Durch das Weinen hindurch konnte Jana nicht hören, ob die Tür ins Schloss gezogen worden war. Sie lauschte weiter. Aber außer Theos Weinen gab es keine Geräusche. Shrek und die Frau schienen den Raum verlassen zu haben. Aber warum hatten sie Theo die Augen verbunden? Warum ihn gefesselt? Jana versuchte, den Sinn dahinter zu finden, während Theos Schluchzer weniger wurden, je mehr Zeit verging.

Und dann, Jana hatte gerade vorsichtig die Flasche abgestellt, weil sie ihre verkrampften Finger kaum mehr spürte, erklangen erneut Schritte auf der Treppe. Sie wusste jetzt, dass die Tür nicht geschlossen worden war, denn so deutlich wären die Tritte bei geschlossener Zimmertür nicht zu hören gewesen.

Ihr Herz raste. Wer von den dreien kam jetzt die Treppe rauf? Die Schritte … sie klangen so anders.

***

Schniefend zog Theo den Schnodder durch die Nase, während er den schweren Tritten auf der Treppe lauschte. Wer war das? Warum hatten sie ihm die Augen verbunden? Sie trugen doch alle ihre Masken!

Fragen über Fragen ratterten durch seinen Kopf, während die Angst ihm schweißnasse Hände und ein rasendes Herz bescherte. Hatten die Trump-Frau und Shrek die Tür aufgelassen? Ja, eindeutig, denn die Schritte auf der Treppe waren viel lauter als sonst. Aber sie waren nicht nur lauter. Sie waren auch anders. Es war kein Tipp-Tapp-Tipp-Tapp, nein, es war ein Tipp-Tipp, Tipp-Tipp, Tipp-Tipp …

Bevor er den Gedanken zu Ende spinnen konnte, wurde die Tür geschlossen, von innen, denn er konnte jemanden atmen hören. Trug derjenige eine Maske? Das Atmen klang jedenfalls schwerer als normal. Also war es einer der drei! Aber was sollte dann das Augenzubinden und das Fesseln? Die Angst kehrte übermächtig zurück. Wollten sie ihn umbringen?

Unstetes Licht drang durch die Augenbinde. Er weinte laut auf und schluchzte: »Bitte, bitte, tun Sie mir nichts! Ich verrate auch nichts! Gar nichts. Ich …« Er zuckte zurück, weil etwas seine Wange streifte.

Dann bewegte sich die Matratze. Theo spürte es am Oberkörper. Er hielt den Atem an. Hatte der- oder diejenige sich zu ihm aufs Bett gesetzt? Er zuckte erneut zusammen, als wieder etwas über seine Wange strich. Und diesmal konnte er nachspüren, was es war. Es waren Finger! Jemand streichelte ihm über die Wange. Jetzt wieder! Hastig drehte er den Kopf zur Seite. Was passierte hier? Er schluchzte, und während er den Schnodder in die Nase sog, gelangte ein Duft mit hinein. Parfüm ... oder Shampoo oder Duschgel?

Wer saß bei ihm auf dem Bett? Die Trump-Frau benutzte Parfüm, aber sie roch anders. Und Shrek und der Affenmann rochen nach Schweiß. Er sog den Duft noch einmal ein, weil er etwas in ihm zum Klingen brachte. Er kannte den Duft. Vielleicht war es doch der Duft der Trump-Frau? Mit verbundenen Augen war das Riechen irgendwie auch anders.

Noch einmal legten sich die Finger an seine heiße Wange. Dann verschwand das unstete Licht, und die Matratze bewegte sich wieder.

Theo lauschte den Schritten. Die Tür wurde geöffnet und gleich darauf ins Schloss gezogen. Es folgten die Schritte auf der Treppe. Tipp-tipp, Tipp-tipp ...

Aber Theo war noch mit dem Geruch beschäftigt, der im Raum hing. Während er grübelte, kam erneut jemand die Treppe hoch. Es war ein schnelles Tipp-Tapp-Tipp-Tapp, und schon wurde die Tür wieder geöffnet und Shreks Stimme erklang. »So, jetzt binde ich dich los.«

Theo atmete zittrig ein und aus, während er von Binde und Fessel befreit wurde. Shrek leuchtete ihm mit der Taschenlampe ins Gesicht. Als Theo geblendet die Augen schloss, senkte er die Lampe und sagte: »Alles ist gut. Schlaf jetzt. Es ist noch lange nicht Morgen. Brauchst du noch was zu trinken?« Der Strahl der Taschenlampe wanderte zum Nachttisch.

Theo interessierte es nicht, ob noch Wasser im Becher war. »Wer war das?«, stammelte er.

»Niemand«, war die Antwort.

Als Shrek die Zimmertür von außen abschloss und die Treppe herunterging, weinte Theo auf. Vor Erleichterung. Alles war gut. Er war nicht tot.

Während er die Bettdecke höher zog, fiel ihm Jana ein. In der Aufregung war in seinen Gedanken kein Platz für sie gewesen. Er wandte den Kopf und starrte durch die Dunkelheit zur Abseitentür. Ob sie das mitbekommen hatte? Oder schlief sie?

Er drehte den Kopf wieder und stierte Richtung Decke. Was hatte das nur zu bedeuten gehabt? Wieso hatte die Frau ihn gestreichelt? Er war sich sicher, dass es eine Frau gewesen war. Männerparfüm roch irgendwie anders. Er sog die Luft erneut tief ein, weil der Duft noch im Raum hing.

Wer roch so?

***

Lyn platzte mit einem »Sorry!« in die Frühbesprechung. Sie hatte zwischen Wilster und Itzehoe anderthalb Stunden in einem Stau festgesteckt.

»Wenigstens musstest du nicht hungern«, sagte Thilo Steenbuck, als Lyn sich setzte und nach einem Kaffeebecher griff. »Hast du uns eine Palette Sahnejoghurt mitgebracht?«

Sie hatte die Kollegen informiert, dass sie später kommen würde, weil ein Lkw verunglückt war und dessen aus Molkereiprodukten bestehende Ladung sich über die B 5 verteilt hatte.

»Als *ich* mal wegen eines Unfalls im Stau stand«, fuhr er fort, »hatte ich nicht so ein Glück. Das wollt ihr nicht gerochen haben. Es war –«

»Oh bitte, nicht wieder die Gülleanhänger-Story«, unterbrach Lyn ihn. »Du erzählst das immer so eklig.«

»Weil es eklig *war*.«

»Ich kenne die Story noch nicht«, brachte Arnd Kremer sich ein, »höre sie mir aber gern später an, Herr Steenbuck. Jetzt wollen wir Frau Schäfer weiter berichten lassen.« Er sah Lyn an. »Bei den Fahrenkrugs war gestern eine Menge los.«

Karin nickte. »Ich kam mir vor wie in einer TV-Soap, Lyn. Hilke und Vivien Fahrenkrug haben sich erneut heftigst in die Wolle gekriegt, während ich vor Ort war. Es ging wieder um Schuldzuweisung. Jedenfalls«, sie blickte in die Runde, »ist Hilke Fahrenkrug dann wutentbrannt aus dem Haus gestürmt und mit dem Wagen weggefahren. Ihr Sohn Sören ist ihr hinterher. Als ich nachmittags noch einmal in Kasenort war, waren beide noch nicht zurück.«

Die Hauptkommissarin hatte die volle Aufmerksamkeit ihrer Zuhörer, als sie fortfuhr: »Heute Morgen habe ich kurz vor seinem Feierabend mit dem Kollegen gesprochen, der in der vergangenen Nacht Dienst im Hause Fahrenkrug hatte. Ich wollte eigentlich nur wissen, ob und wann Hilke und Sören zurückgekehrt sind. Stattdessen erzählte der Kollege, dass Vivien Fahrenkrug in der Nacht auch noch das Haus verlassen hat, nach einem heftigen Wortgefecht mit ihrem Mann, dem ein hysterischer Weinkrampf ihrerseits folgte. Als ihr Mann ihr ein Beruhigungsmittel holte, hat sie laut dem Kollegen gegen Mitternacht das Haus verlassen und war erst gegen sechs Uhr heute Morgen zurück.«

»Meine Güte«, sagte Lyn. »Und Hilke und Sören sind nachts auch nicht wieder aufgetaucht?«

»Nein. Magnus Fahrenkrug war als Einziger im Haus. Mittlerweile sind aber alle wieder da«, sagte Karin. »Vivien ist wohl planlos durch die Gegend gefahren, Hilke Fahrenkrug hat die Nacht in ihrem Haus in Itzehoe verbracht, und Sören war in seiner Wohnung.«

»Eigenartig«, grübelte Lyn laut. »Wenn ich Hilke Fahrenkrug wäre, hätte ich das Haus in Kasenort nicht eine Sekunde verlassen, aus Angst, ich könnte einen Anruf oder eine Nachricht der Entführer verpassen. Kasenort ist nun mal die Anlaufstelle für die Entführer. Beide Briefe waren an diese Adresse gerichtet.« Sie sah Karin an. »Egal, wie sehr ich die neue Frau meines Mannes hasse, ich würde keinen Schritt außer Haus setzen, wenn es um mein Kind geht.«

Karin wiegte den Kopf hin und her. »Das war auch mein erster Gedanke, aber können wir uns wirklich ein Urteil erlauben? Wir befinden uns nicht in dieser extremen Situation. Menschen, deren Nerven blank liegen und die vor Angst nicht in den Schlaf finden, reagieren nicht immer rational.«

»Ja, da hast du wohl recht«, gab Lyn zu. Dennoch, sie war sich sicher, dass sie selbst immer in Telefonnähe geblieben wäre.

»Wie geht's dir heute, Thomas?«, fragte Lyn, als sie zehn Minuten später den Besprechungsraum gemeinsam verließen. Sie sah ihn von der Seite an.

Er wandte ihr den Kopf zu. »Genau das hab ich mir gedacht. Dass du jetzt ständig fragen wirst … Vielleicht hab ich mir ja deshalb gestern noch einen Termin geholt?«

Lyn blieb stehen und griff nach seinem Arm, sodass er gezwungen war, ebenfalls stehen zu bleiben. »Das ist gut, Thomas. Die Angst würde dich doch sonst auffressen. Ich wünsche dir so sehr, dass es für deine Schmerzen eine harmlosere Erklärung gibt als …« Sie brach ab.

»Metastasen ist ein hässliches Wort, nicht?« Er löste seinen Arm und betrat sein Büro.

Lyn ging nicht auf die Bemerkung ein und folgte ihm. »Wann und wo lässt du dich untersuchen?«

»Nächste Woche. Ich lasse das Screening in der Radiologie bei uns im Klinikum machen.«

»So schnell hast du einen Termin gekriegt?«

»Beunruhigt mich auch eher, als dass es mich erfreut. Mein Arzt hat den Termin für mich gemacht – anscheinend dringlich.«

Lyn unterdrückte einen Seufzer und ersparte sich einen weiteren Kommentar, denn Thomas wollte das Thema ruhen lassen, wie seine folgenden Worte zeigten.

»Ich grüble immer noch darüber, warum die Entführer exakt auf diesem bestimmten Koffer bestanden haben, zu dem sie den Link im ersten Brief angeführt hatten.«

»Ich bleibe dabei, dass es ihnen auf die Leichtigkeit dieses Koffers ankommt«, sagte Lyn. »Er hat ja kaum Gewicht.«

Sie hatten im Kollegium alle möglichen Szenarien durchdacht. Vielleicht würde die Übergabe nicht an einem einsamen Ort, sondern in einer Menschenmenge in Hamburg stattfinden?

»Einer von ihnen kommt zu Fuß, verkleidet mit Perücke, Bart, Brille oder was weiß ich«, sagte Lyn, »schnappt sich den Koffer und nutzt dann die Masse der Hamburg-Touris, um zu verschwinden beziehungsweise den Koffer in einem in der Nähe oder in einem der Parkhäuser wartenden Auto zu deponieren und abholen zu lassen.«

»Oder sie machen es wie Dagobert seinerzeit«, sagte Thomas.

In den neunziger Jahren hatte der Karstadt-Erpresser Arno Funke ein Geldpaket in einer Streusandkiste ablegen lassen. Dass sich darunter ein von Funke oberflächlich zubetonierter Einstiegsschacht zu einem Regenwasserkanal befand, hatte die Polizei nicht herausgefunden. Der Erpresser war unerkannt entkommen.

Lyn lachte. »Na, ich hoffe mal, wir haben dazugelernt.« Sie blickte auf ihre Armbanduhr. »Ich werde mich noch mal nach Kasenort aufmachen.«

»Warum? Hast du eine Order von Kremer?«

»Nun, er hat mir gesagt, ich soll an den Fahrenkrugs dranbleiben. Und das tue ich. Diese Familie lässt mir gedanklich keine Ruhe. Sören Fahrenkrug, der smarte Frauenheld und Spieler …« Sie sah Thomas von der Seite an. »Irgendwie ist er so glatt, so wenig greifbar. Und auch Vivien … Ich möchte ihr glauben, dass ihre Gefühle echt sind, aber je öfter ich in Kasenort bin, desto mehr Zweifel kommen mir.«

***

Würde das Mittagessen gleich gebracht werden? Theo hatte das Zeitgefühl verloren, seit er in diesem Zimmer lag und jede einzelne Minute so unendlich lang war. Eine Armbanduhr trug er nicht, weil er ja sein Handy hatte, um die Uhrzeit abzulesen – eigentlich.

Er saß aufgerichtet an den Kopf des Bettes gelehnt, vor sich ein Buch, in dem er zwei Seiten gelesen hatte. Doch er hatte nichts davon aufgenommen, stellte er gerade fest. Ja, er wusste noch nicht einmal, welches Buch es war. Er klappte es zu und sah auf das Cover. »Die drei ??? und der Mottenmann«.

Heiße Wut packte ihn. Auf Justus, Bob und Peter. Diese beknackten drei Fragezeichen! Die wussten doch gar nicht, wie es war, wirklich in Gefahr zu sein. Die waren doch nur erfunden. Er krallte seine rechte Hand um das Buch. Zu gern hätte er es an die Tür geschmettert. Zu gern. Weil er nicht nur auf die Buch-Detektive wütend war, sondern auch auf die drei anderen. Auf Shrek und den Affenmann, aber vor allem auf die grässliche Trump-Frau. Warum taten sie ihm das an? Warum hatten sie ausgerechnet ihn entführt?

Er beherrschte sich und warf das Buch nicht, auch wenn alles in ihm es tun wollte. Er durfte die Bande nicht wütend machen. Nicht, weil er Angst um sich selbst hatte. Das war ihm gerade egal. Nein, weil er Jana nicht noch mehr Angst machen wollte. Sie hatte schrecklich ausgesehen, als er heute Morgen die Tür geöffnet hatte. Noch blasser, noch zittriger. Ihre langen Haare waren im Gegensatz zu den Tagen vorher nicht gekämmt gewesen, und ihr Gesicht und die Hände wurden immer dreckiger. Ein Gemisch aus Tränenspuren und Staub hatte auf ihren Wangen gelegen. Sie war völlig fertig.

Voller Angst hatte er zugesehen, wie sie wankte, als sie zur Kommode gegangen war. Er hatte hektisch abgewunken, als sie ihre Hand nach den Windeln ausgestreckt hatte, aber sie hatte sie schon von selbst zurückgezogen. Ihr war auch klar, dass von den verbleibenden drei Windeln keine mehr fehlen durfte. Es wäre viel zu auffällig gewesen. Ohne eine Regung im Gesicht war sie in die Abseite zurückgekrabbelt. Theo war schlecht vor Aufregung geworden. Benutzte sie eine der bereits gebrauchten Windeln?

Er hatte sich nicht getraut, es auf dem Klopapier zu erfragen, nachdem sie wieder aufgetaucht war, ihr Wasser getrunken und das halbe Brötchen an sich genommen hatte.

Ihr war schwindlig und sie fror so schrecklich, hatte sie ihm geschrieben, und dazu: »Bitte frag nach heißem Tee, Theo!!!«

Er wurde aus den Gedanken um die morgendliche Begegnung mit Jana herausgerissen, als Schritte auf der Treppe erklangen. Mittlerweile konnte Theo sie perfekt unterscheiden.

Jetzt war, was sein Herz schneller schlagen ließ, die Trump-Frau auf dem Weg nach oben – ihre Schritte waren nicht so schwer wie die der Männer. Dafür klackerten ihre Stiefeletten. Er legte das Buch auf dem Nachttisch ab und blickte zur Tür. Als sie aufgestoßen wurde, balancierte die Trump-Frau ein Tablett auf ihrem linken Arm.

Würziger Geruch füllte den Raum, als sie mit einem »Mittagessen, Kröte« eintrat. Da der Fußschemel neben dem Bett im Weg stand, pfefferte sie ihn mit dem Fuß nach rechts, bevor sie das Tablett auf seinem Schoß absetzte. Nudelsuppe dampfte in einem tiefen Teller.

Theo registrierte voller Unbehagen, dass der Schemel jetzt direkt vor der Tapetentür lag. Und dass es nicht schlau gewesen war, dorthin zu sehen. Sie hatte seinen Blick bemerkt, denn sie wandte den Kopf.

Theos mulmiges Gefühl verstärkte sich, als sie zur Kommode ging und das Babyfon ausstellte. Sie ging die paar Schritte zum Schemel und stellte den Fuß darauf. »Komm und hol ihn, Kröte. Du stehst doch so gern auf. Ups«, sie schlug sich theatralisch vor den Maskenmund, »auf*stehen* ist natürlich die falsche Wortwahl. Du *kriechst* gern durch die Gegend.«

Theo wusste, hätte die Maske hämisch grinsen können, hätte sie es getan.

»Los!«, fauchte die Trump-Frau. »Hol den Schemel!«

Theos Herz raste. Was sollte er jetzt tun? »Ich darf doch nicht aus dem Bett raus«, sagte er schließlich und hoffte, dass er mutiger klang, als er sich fühlte.

Einen Moment lang starrte sie ihn schweigend an, dann sagte sie: »Gut, Kröte. Du scheinst es ja kapiert zu haben.«

Angespannt sah Theo zu, wie sie durch das Zimmer schlenderte, vor dem Wandregal stehen blieb und mit schräg gelegtem Kopf die Titel auf den Buchrücken las. Dann griff sie ein Buch aus der Mitte heraus, pustete darauf, dass der Staub aufwirbelte, und schlug es auf.

Sie las stumm vor sich hin, bis sie herb auflachte und, während sie ihn ansah, zum Sessel ging. »Lust auf Alpträume, Kröte? Lust auf Moorgeister? Ich werde dir etwas daraus vorlesen.«

Theo drückte sich fest an das Kopfteil des Betts, als sie den Sessel zu ihm heranzog, den Fußschemel zurückholte und es sich gemütlich machte. Wie eine Märchentante begann sie zu lesen: »O schaurig ist's, übers Moor zu gehen, wenn es wimmelt vom Heiderauche, sich wie Phantome die Dünste drehn …«

Immer wieder sah sie beim Lesen hoch, und Theo wagte nicht, sie nicht anzusehen, denn das schien sie zu erwarten. Es war ein merkwürdiges Gedicht mit vielen Strophen. Anscheinend ein altes, denn viele Worte verstand er nicht einmal.

»Vom Ufer starret Gestumpf hervor, unheimlich nicket die Föhre, der Knabe rennt, gespannt das Ohr, durch Riesenhalme wie Speere«, las sie. »Und wie es rieselt und knittert darin! Das ist die unselige Spinnerin …« An dieser Stelle lachte sie.

Die Nudelsuppe hatte aufgehört zu dampfen, als sie endete. »Schön, nicht? Würdest du nicht auch gern so rennen können wie der Knabe im Moor?« Sie stand auf und schob den Sessel zurück. Dann trat sie zu ihm ans Bett, griff nach der zerknitterten Tüte, nahm das Buch, in dem er gelesen hatte, vom Nachttisch und warf es zu den anderen Büchern. Dann sah sie ihn wieder an.

Theo hielt den Blick auf die Augenöffnungen der Maske gerichtet.

»Viel Spaß beim Lesen«, sagte sie und warf die Tüte mit Schwung weg. Sie prallte mit einem dumpfen Laut an die Tapetentür, sodass Theos Herz einen Hüpfer machte. Hoffentlich blieb Jana ruhig. Er lauschte voller Angst, aber alles blieb still. Theo hoffte, dass die Trump-Frau jetzt ging, aber sie griff nach der Haribo-Tüte.

Warum verschwand sie nicht endlich nach unten?

Während sie in der Tüte wühlte, schaute Theo vorsichtshalber auf den Suppenteller, weil Blickkontakt sie immer zu reizen schien. Er hörte, wie sie die halb leere Tüte in der Hand schüttelte. Irritiert sah Theo zu ihr auf, als sie mit eigenartiger Betonung fragte: »Wo sind die Lakritze?«

»Äh, wieso?«, fragte er, während ihm einfiel, dass Jana immer Lakritze genommen hatte. »Die hab ich gegessen«, fügte er schnell an.

Mit der Tüte in der Hand starrte sie ihn an. »*Du* hast die gegessen?«

»Ja.« Theos Herz klopfte.

»Du magst doch gar kein Lakritz.«

Theo lief es heiß über den Rücken. Woher wusste die Trump-Frau das?

»Hä?«, stellte er sich dumm. »Klar mag ich die.« Und dann fiel ihm glücklicherweise ein, dass der Affenmann sich auch bedient hatte. Er hatte zwar keine Lakritze genommen, aber das wusste die Trump-Frau ja nicht. »Vielleicht hat auch der Affenmann welche gegessen«, schob er schnell hinterher. »Der hat sich auch was aus der Tüte genommen.«

»Affenmann!«, lachte sie laut auf. »Das ist klasse. Gefällt mir, Kröte.« Sie fingerte ein braunes Quadrat aus der Haribo-Tüte und warf sie zurück auf den Nachtschrank. Dann stellte sie das Babyfon wieder an, verließ ohne ein weiteres Wort den Raum und schloss ab. Tipp-tapp. Tipp-tapp.

Theo atmete durch. Das war gerade noch mal gut gegangen. Und genau das schien Jana drinnen in der düsteren Abseite auch zu denken und vor allem zu fühlen, denn Theo hörte ein leises Aufweinen. Erschrocken blickte er zum Babyfon und begann laut zu husten. Jana durfte jetzt nicht schlappmachen! Sie musste sich zusammenreißen! Er würde doch bestimmt bald freigelassen werden, und dann würde er dafür sorgen, dass sie so schnell wie möglich hier rausgeholt wurde.

Hinter der Tapetentür war es wieder ruhig. Ohne weiter zu überlegen, stellte er den vollen Suppenteller auf den Nachttisch, legte das Tablett neben sich auf dem Bett ab und schlug die Bettdecke leise zurück. Er ließ sich aus dem Bett gleiten und robbte hinüber. Er musste das Risiko eingehen. Eine Viertelstunde hatten sie mindestens, bis das Tablett wieder abgeholt werden würde. Jana brauchte ihn jetzt. Und sie brauchte eine heiße Suppe.

Das größte Problem war, die Papiertüte mit den Büchern lautlos von der Tür wegzukriegen. Es kostete unendlich viel Zeit und Husterei, denn ganz ohne Knistergeräusche gelang es nicht, aber unten blieb alles ruhig, während er angestrengt lauschte. Er schob den Riegel zur Seite und zog die Tür auf. Jana saß nicht direkt dahinter. Es dauerte zwei Sekunden, bis ihr Kopf aus dem Dunkel auftauchte. Er schluckte, als er sah, dass sie ein kleines Messer in der Hand hielt.

Sie legte es weg und hob fragend die Schultern. Theo wies zum Nachttisch und machte eine Ess-Bewegung.

Jana überlegte kurz, dann nickte sie und krabbelte vorsichtig über ihn hinweg. Sie stand auf, tappte zum Bett und setzte sich darauf. Sie zog die Bettdecke um sich, nahm den Suppenteller und stellte ihn auf ihren geschlossenen Beinen ab. Vorsichtig, wohl um nicht mit dem Löffel an den Teller zu stoßen, begann sie, die warme Suppe gierig zu löffeln.

Theo war dankbar, dass sie schnell aß. Nicht auszudenken, was passieren würde, wenn jetzt einer hochkam. Sie würden beide sterben. Und während er darüber nachdachte, was die Trump-Frau mit ihnen machen würde, stellte er fest, dass es aus der Abseite heraus roch. Die benutzten Windeln verbreiteten ihren Geruch. Er sah zu Jana. Sie hockte ständig in dem Mief und roch es bestimmt gar nicht mehr. Theo schloss die Tür, um zu verhindern, dass der Geruch sich im Zimmer ausbreitete.

Jana registrierte es und zog die Augenbrauen zusammen. Sie stand auf und stellte gerade den leeren Teller ab, als das passierte, was sie beide am meisten fürchteten.

Schritte auf der Treppe. Nicht gemächlich, sondern schnell.

Jana starrte Theo mit aufgerissenen Augen an. Sie wussten beide, dass es zu spät war. Sie würde es nicht bis in die Abseite schaffen. Theo deutete mit dem Zeigefinger hektisch unter das Bett. Und Jana reagierte, ohne zu überlegen. Sie schaffte es gerade noch, darunter zu verschwinden, als sich der Schlüssel im Schloss drehte.

Es war Shrek, der die Tür öffnete.

»Was ...?« Shrek ging auf ihn los. »Bist du wirklich so dämlich, einfache Anweisungen nicht zu kapieren?« Er klang wutentbrannt. »Jetzt ist Schluss! Du bist selbst schuld, Freundchen.« Er ging die paar Schritte zur Tür zurück und rief nach unten: »Ich brauch hier Hilfe! Der Junge ist wieder aus dem Bett raus. Bringt das Seil mit.«

»Ich wollte mir nur die Bücher wiederholen«, wimmerte Theo. »Ich wollte sie nur holen. Die Frau hat die Tüte weggeschleudert.«

Von unten erklangen Stimmen. Dann stürmten zwei Leute die Treppe hoch.

»Ich glaub es nicht!«, stieß die Trump-Frau aus. »Du Miststück!« Der Geruch ihrer Gummihandschuhe drang in Theos Nase, als sie vor ihm in die Knie ging, grob sein Kinn packte und zischte: »Das war ein Fehler von dir, Kröte. Ein mächtiger Fehler! Ich werde dir jetzt zeigen, was passiert, wenn man mich verarscht.« Sie zog das Messer aus der Hosentasche und ließ es aufspringen.

Theo konnte nicht mal weinen. Er war starr vor Furcht.

Aber Shrek ging schon dazwischen. »Schluss jetzt!« Er packte ihr Handgelenk und versuchte, ihr das Messer zu entwenden, aber es wollte nicht gelingen. Sie hielt es zu fest.

»Lass ... mich ... los!«, zischte sie.

»Nein!« Er zerrte weiter. »Nicht ... solange du ... das Messer hältst.«

Sekundenlang hörte man nur das heftige Atmen unter den Masken. Dann gab die Trump-Frau nach. Ihr Arm erschlaffte. »Ich wollte doch nur das Seil damit durchschneiden«, sagte sie spöttisch und ließ zu, dass Shrek ihr das Messer abnahm. »Wir brauchen schließlich zwei Stücke. *Noch* hat er ja *zwei* funktionsfähige Arme, die wir fesseln müssen.« Sie sandte ein hässliches Auflachen hinterher.

Theo hörte kaum, was sie sagte. Er bemühte sich, nicht zu Jana zu starren. Obwohl es dunkel unter dem Bett war, konnte er sie ausmachen. Darum war er mehr als erleichtert, als die

Trump-Frau aufstand. Aus der Steh-Perspektive konnte sie Jana nicht sehen.

Gefährlich wurde es noch einmal, als die beiden Männer sich bückten und ihn unter den Armen und an den Beinen packten. Doch keiner von ihnen blickte unter das Bett, als sie ihn anhoben. Sie legten Theo auf der Matratze ab, und Shrek schnitt von einem bleistiftdicken orangefarbenen Seil zwei Stücke ab und knotete jeweils ein Ende an Theos Handgelenke.

Theos Starre löste sich, als Shrek ihm den rechten Arm über den Kopf zog und sich über ihn beugte, um das andere Seilende am hinteren Bettpfosten zu befestigen. Er schluchzte auf. »Bitte nicht! Ich steh jetzt auch wirklich, wirklich nicht mehr auf. Ich –«

»Ruhe jetzt!«, fuhr Shrek ihm über den Mund und begann, den linken Arm zu fixieren. »Das hast du schon mehrfach versprochen, Kleiner, und dich nicht daran gehalten. Also leb jetzt mit den Konsequenzen.«

»Und glaub mir«, die Trump-Frau griff nach ihrem Messer, das Shrek auf das Bett gelegt hatte, »*seine* Konsequenzen«, sie zeigte auf Shrek, »sind die angenehmeren. Meine sind die, die dir als Nächstes drohen, wenn du noch ein einziges Mal unangenehm auffällst.« Sie zielte mit der Klinge auf seine Füße. »Die Zehen brauchst du ja sowieso nicht mehr.«

»Jetzt hör schon auf!« Diesmal war es der Affenmann. Seine Stimme zitterte. »Warum musst du ihm solche Angst machen?«

»Weil es mir Spaß macht!« Ihre Stimme klang euphorisch, was Theo noch mehr Angst machte.

Den Männern war ihr Tonfall anscheinend auch aufgefallen. Sie blickten sich stumm an.

»Was?«, fauchte die Trump-Frau. »Die Kröte braucht solche Ansagen. Der tanzt uns doch auf der Nase rum.«

»Jetzt ja nicht mehr«, sagte Shrek und zog noch einmal an der Fesselung, die nicht zu stramm, sondern so locker war, dass Theos Hände nicht in der Luft hingen, sondern auf der Matratze auflagen. Shrek deckte ihn zu und griff nach dem

Tablett, das noch auf dem Bett lag. Er stellte den leeren Suppenteller darauf und nickte Richtung Tür. »Abflug, Leute.«

Als die Tür hinter den dreien ins Schloss fiel und der Schlüssel gedreht wurde, ließ Theo seinen Tränen freien Lauf. Aber nicht lange. Angesichts Janas unfassbar tapferer Haltung schämte er sich für sein Weinen.

Nicht ein Ton kam unter dem Bett hervor.

ZWÖLF

Lyn traute sich kaum, den Motor ihres Beetle abzustellen, als sie auf der Auffahrt der Fahrenkrugs parkte. Beim Anlassen hatte der Wagen neuerdings seine Macken. Als sie ihn auf dem Parkplatz am Polizeihochhaus gestartet hatte, war er erst nach dem dritten Anlauf und viel Gestottere angesprungen.

Ihr rotes Wägelchen kam langsam in die Jahre. Gerade erst waren die Bremsen erneuert worden. Jetzt war wohl eine neue Batterie fällig. Es wurde Zeit, sich nach einem anderen fahrbaren Untersatz umzusehen. Charlotte lauerte schon darauf. Lyn hatte ihrer Ältesten den Beetle versprochen, wenn ein Neukauf anstand. Instand gesetzt werden musste er also so oder so.

Frau Schorlau, die Haushaltshilfe der Fahrenkrugs, kam mit zwei Mülltüten um die hintere Ecke des Hauses, als Lyn ausstieg. »Guten Tag«, grüßte Lyn.

»Tach.«

Nach einem Moment des Überlegens folgte Lyn der Frau zu den Mülleimern, die hinter der Doppelgarage standen.

Frau Schorlau blickte Lyn an, während sie einen der Müllbeutel in einen schwarzen Sack stopfte. Diesmal verzichtete sie auf das Plattdeutsche und fragte: »Sie haben den Lütten immer noch nicht gefunden, was?«

»Leider nicht. Frau Schorlau, Sie können mir bitte noch eine Frage beantworten. Wie beurteilen Sie das Verhältnis von Vivien Fahrenkrug und Theo zueinander?«

Die Haushälterin wechselte zum gelben Sack und steckte den anderen Müllbeutel hinein. »Wieso? Hat das was mit der Entführung zu tun?«

»Bitte beantworten Sie einfach meine Frage.«

Frau Schorlaus Gesicht verzog sich geringschätzig. »Ihr Kollege hat meinem Mann auch so merkwürdige Fragen gestellt. Fast, als hätte er was mit der Sache zu tun. Schlimm genug, dass Jörg arbeitslos ist. Aber dass man sich dann auch noch solche Unterstellungen gefallen lassen muss, ist schon 'n starkes Stück.«

»Bitte haben Sie Verständnis«, sagte Lyn ruhig. »Wir machen nur unsere Arbeit. Und jetzt beantworten Sie bitte meine Frage.«

»Ach so, ja. Frau Fahrenkrug und Theo ... Was soll ich da groß zu sagen? Frau Fahrenkrug ist immer nett zu ihm. Ganz liebevoll. Ist ja nicht selbstverständlich bei einem Stiefkind. Eigene Kinder will sie ja nicht.« Frau Schorlau schürzte die Lippen. »Sagt sie jedenfalls. Vielleicht kann sie auch keine kriegen. Geht mich aber auch nichts an. Dafür, dass sie keine Kinder will, geht sie mit dem Lütten aber sehr liebevoll um.«

Frau Schorlau wischte ein Spinnennetz fort, das die mit weggewischte Spinne zwischen Garagenwand und Biotonne gesponnen hatte. »Ich hab sie nur einmal mit ihm schimpfen hören. Ordentlich laut. Da muss er irgendwas Schlimmes ausgefressen haben.« Frau Schorlau lächelte. »Das hab ich nur durch Zufall mitgekriegt. Sie hat mich nicht gesehen. Sonst hätte sie bestimmt nicht so laut geschimpft.«

Lyn bedankte sich und ging mit der Haushälterin zurück zum Haus. Sie folgte ihr allerdings nicht durch die Hintertür, sondern ging langsam zur Vordertür. War Vivien wirklich die liebevolle Stiefmutter, oder war sie es nur, wenn jemand dabei war? Konnte es sein, dass ihre Gefühle für Theo gespielt waren? Gab sie ihm die Schuld an dem verhängnisvollen Unfall, wie Hilke Fahrenkrug angedeutet hatte?

Gedankenverloren klingelte sie.

Sören Fahrenkrug öffnete ihr. »Hallo, Frau Harms.« Er ließ sie eintreten und fragte hastig: »Gibt es etwas Neues?«

»Leider nichts bezüglich Theo, aber wir versuchen herauszufinden, ob der Mord an einem weiteren jungen Mädchen eventuell in Zusammenhang mit Noas Ermordung steht.«

»Aha.« Er klang irritiert.

Lyn öffnete ihre Tasche und zog eine Fotografie von Neele Haack aus einer Mappe. »Kennen Sie dieses Mädchen?« Das

Kieler Heim, aus dem Neele weggelaufen war, hatte ihnen das Bild gemailt. Es war eine Porträtaufnahme, auf der das für Lyns Geschmack viel zu stark geschminkte Mädchen sanft in die Kamera lächelte.

Lyn blickte mit auf das Foto, während Sören es ansah. Neeles blaue Augen würden nie wieder leuchten. Ihr Licht war erloschen. Für immer und ewig. Mit nur vierzehn Jahren.

»Nein«, Sören schüttelte den Kopf, »die kenn ich nicht.«

»Okay, danke.« Lyn nahm ihm das Foto wieder ab. »Ich würde es gern den anderen zeigen. Ihren Eltern, Ihrer Stiefmutter … Und eine Frage habe ich noch.« Sie lächelte ihn an. »Meine Kollegin sagte, dass Ihre Mutter und die Frau Ihres Vaters sich gestern so heftig gestritten haben, dass Ihre Mutter das Haus verlassen hat. Sie sind ihr gefolgt?«

»Äh, ja.« Er steckte die Hände in die hinteren Taschen seiner dunklen Jeans. »Meine Mutter war sehr aufgebracht. Ich wollte mich vergewissern, dass sie gut nach Hause kommt. Sie ist gerade … nicht sehr stabil.«

Er machte eine Pause, dann sagte er: »Ich hab bei ihr zu Hause noch lange mit ihr geredet. Und … dann bin ich in meine Wohnung gefahren.« Er reckte sich. »Wir müssen doch nicht ständig alle hier sein, oder?«

Lyn lächelte. »Natürlich nicht. Sind Ihre Mutter und die Frau Ihres Vaters zu sprechen?«

Er nickte. »Meine Mutter ist oben im Gästezimmer und telefoniert mit Freunden in England. Vivien ist in ihrem Arbeitszimmer.« Als er ein hastiges »Glaube ich jedenfalls« anfügte, fragte Lyn sich, woher er wohl gerade kam, als er ihr die Tür geöffnet hatte.

»Mein Vater hat sich im Schlafzimmer hingelegt«, fuhr Sören fort. »Er hat heute Nacht schlecht geschlafen.«

Dafür hatte Lyn volles Verständnis. »Lassen Sie ihn noch ruhen. Ich würde gern mit Ihrer Stiefmutter beginnen.« Als er sich Richtung Treppe wandte, hielt sie ihn zurück. »Danke, Herr Fahrenkrug, aber bemühen Sie sich nicht. Ich weiß ja, wo sich das Arbeitszimmer Ihrer Stiefmutter befindet.«

Er sah nicht begeistert aus, sagte aber: »Okay.«

Lyn spürte seinen Blick im Rücken, als sie die Treppe hinaufging. Vor der weißen Holztür von Viviens Arbeitszimmer blieb sie stehen und klopfte. Das »Herein« kam zügig.

Vivien Fahrenkrug saß an ihrem Schreibtisch, als Lyn eintrat. »Frau Harms«, stieß sie überrascht aus und klappte den silberfarbenen Laptop zu. Sie stand auf. »Gibt es Neuigkeiten von Theo?« Hoffnung färbte den Klang ihrer Stimme.

»Leider nicht«, sagte Lyn und beobachtete Vivien, die, das geschädigte Bein nachziehend, auf sie zukam. Vivien sah nach wie vor schlecht aus, obwohl ihr Haar heute nicht strähnig herunterhing, sondern frisch gewaschen schien. Die Schatten unter den hellblauen Augen wirkten allerdings noch dunkler. Die Sorgen um Theo und die Gedanken um Noa und deren Familie waren natürlich eine Erklärung dafür. Aber würde Vivien nicht auch so aussehen, wenn *sie* die Informantin der Entführer war? Denn eines stand wohl fest: Wer auch immer die Bande und deren Informant und/oder Mittäter waren: Die Situation raubte wahrscheinlich allen den Schlaf.

»Was kann ich denn für Sie tun?«, fragte Vivien.

»Ich würde Ihnen gern noch ein paar Fragen stellen, Frau Fahrenkrug.«

»Ach ja? Dann lassen Sie uns nach unten gehen. Ins Esszimmer.«

War es Vivien hier zu persönlich? Das Zimmer spiegelte mit seiner Sechziger-Jahre-Einrichtung und der Filmdekoration viel von Viviens Leben wider, von ihrem Beruf und wohl vor allem von ihren Träumen. Ein Grund mehr, hierzubleiben.

»Ich fühle mich sehr wohl in diesem Zimmer«, sagte Lyn, was nicht gelogen war, und deutete auf die beiden Vintage-Sessel, die nebeneinander an einem Nierentischchen standen. »Lassen Sie uns doch dort Platz nehmen.«

Sie glaubte, dass Vivien ablehnen und sie nach unten bitten würde, aber sie sah sich getäuscht. »Na gut. Bitte.« Vivien nickte Richtung Sessel.

Lyn nahm Platz. Vivien nicht. Sie wollte anscheinend nicht

neben Lyn, sondern ihr gegenüber sitzen, denn sie zog den Sessel um den Tisch herum. Schwerfällig.

Lyn war versucht, aufzuspringen, um ihr zu helfen, aber sie zwang sich, sitzen zu bleiben. Vivien war durch das Humpeln zwar eingeschränkt und brauchte ein wenig länger, aber Hilfe würde sie nicht wollen.

»Der Kollege der Nachtschicht sagte, dass Sie in der letzten Nacht das Haus verlassen haben«, kam Lyn gleich zum Punkt, als Vivien sich schwerer atmend setzte. »Sie sollen sehr aufgebracht gewesen sein. Was war der Grund dafür?«

Viviens Mimik zeigte deutlich, was sie von der persönlichen Frage hielt. »Nichts, was für Sie von Bedeutung wäre«, sagte sie kühl. »Ich hatte Streit mit meinem Mann und die Nerven verloren. Das ist alles.« Sie hob hilflos die Hände. »Der ganze Stress, die Trauer, die Sorgen … Es ist mir alles über den Kopf gewachsen. Ich musste einfach hier raus.«

»Ich kann das gut verstehen«, sagte Lyn. »Trotzdem würde ich gern wissen, worüber Sie mit Ihrem Mann gestritten haben.« Als sich Viviens Augenbrauen erneut zusammenzogen, fügte sie hinzu: »Sie müssen es bitte uns überlassen, zu beurteilen, was für uns von Bedeutung ist, Frau Fahrenkrug.«

»Wir haben wegen ihr gestritten«, stieß Vivien aus. »Wegen Hilke. Sie hat wieder diese … diese furchtbaren Beschuldigungen gegen mich ausgesprochen.« Sie schluckte. »Ich bin dann in unser Schlafzimmer geflüchtet. Magnus kam hinterher. Aber anstatt mich zu trösten, meinte er, ich solle versuchen, Verständnis für Hilke aufzubringen. Sie sei mit ihren Nerven am Ende und wisse nicht, was sie sage.« Ihre Mundwinkel verzogen sich bitter. »Und ich? Ich bin nicht fertig?«

Lyn gab ihr einen Moment, bevor sie fragte: »Und dann sind Sie mit dem Auto weggefahren.«

»Ja.«

»Wohin?«

Vivien sah auf ihre Hände, die sie nervös knetete. »Einfach durch die Gegend. Ich weiß nicht einmal, wo ich überall war. Ich hatte kein Ziel.«

Lyn musterte sie. Vivien sah aus, als hätte sie die ganze Nacht kein Auge zugemacht. Aber war sie tatsächlich die ganze Zeit mit dem Auto unterwegs gewesen? Oder hatte sie vielleicht doch in einem Bett gelegen? Wenn die Gerüchte um Vivien und Sören nicht nur Gerüchte waren, war sie vielleicht zu Sören gefahren, denn er hatte das Haus ebenfalls verlassen. Lyn machte sich eine Notiz in ihr Büchlein. Sie würde die Nachbarn von Sören befragen, ob sie nachts einen Mini Cooper in seiner Straße bemerkt hatten.

»Ich verstehe, dass Sie mit Ihren Nerven am Ende sind«, sagte Lyn und klappte das Buch zu. »Sie haben Theo sehr lieb, nicht wahr?«

»Ja.« Vivien sah auf. »Ja, natürlich. Er ist ein liebenswerter Junge.«

»Und da Sie keine eigenen Kinder mit Herrn Fahrenkrug haben, ist es umso schöner, dass Sie sich so gut mit Theo verstehen.« Scham überfiel Lyn, und sie leistete innerlich Abbitte: Wenn ich dir unrecht tue, Vivien Fahrenkrug, verzeih mir.

Vivien erwiderte leider nichts darauf, sondern nickte nur.

Lyn sah sich gezwungen, direkter zu werden. »Bitte verzeihen Sie die Frage, aber ist Ihr Verzicht auf Kinder den Folgen Ihres schweren Unfalls geschuldet?«

Viviens Wangen färbten sich rot, was durch ihre Blässe noch mehr auffiel. »Das ist jetzt wirklich unverschämt, Frau Harms.« Ihre klangvolle Stimme hatte das Schwächliche verloren. »Sie übertreten Grenzen, Ermittlungen hin oder her. Es geht Sie nichts an, gar nichts, ob mein Mann und ich Kinder haben wollen oder nicht.«

Sie stand abrupt auf und ging ans Fenster. »Ich bin nicht blöd. Ich merke doch, dass Sie immer noch glauben, ich sei diejenige, die den Entführern die Informationen gegeben hat. Sie versuchen herauszufinden, ob ich Theo für etwas bestrafen möchte, das er mir vermeintlich angetan hat. Aber ich kann Ihnen versichern: Ich gebe Theo nicht die Schuld an unserem Unfall. Und da Sie es ja unbedingt wissen wollen: Ich möchte tatsächlich freiwillig kinderlos bleiben! Auch wenn die Gesellschaft Frauen, die, aus welchen Gründen auch immer, keine Kinder möchten, aberkennt, Menschen mit Herz zu sein.«

Lyn fühlte sich hin- und hergerissen. Beurteilte sie Vivien falsch? »In Ihren Augen bin ich mit meinen Fragen zu weit gegangen, Frau Fahrenkrug. Ich kann das verstehen. Aber bitte verstehen Sie auch uns. Es geht um Theos Leben. Solange wir im Dunkeln tappen, wer den Tätern die Informationen lieferte, sind wir gezwungen, allen Beteiligten unangenehme Fragen zu stellen.«

Lyn nahm die Mappe aus der Tasche und zeigte Vivien das Foto. »Das ist Neele Haack. Kennen Sie das Mädchen, Frau Fahrenkrug?« Sie klärte Vivien über den Mord an Neele auf, während die das Foto betrachtete.

»Wie grauenhaft!« Vivien sah Lyn aus großen Augen an. »Dieses Mädchen auch?« Ihre Finger bebten, während sie das Foto noch einmal betrachtete. »Nein, ich kenne sie nicht.«

Lyn nahm das Foto zurück und stand auf. »Ich danke Ihnen. Jetzt möchte ich noch mit der Exfrau Ihres Mannes sprechen. Ihr Stiefsohn sagte, seine Mutter sei im Gästezimmer.«

»Kann sein. Das interessiert mich nicht. Sie finden bestimmt allein hin. Das Gästezimmer liegt den Flur hinunter. Es ist die letzte Tür auf der rechten Seite.« Vivien erhob sich ebenfalls. »Verdächtigen Sie sie eigentlich auch? Wenn nämlich jemand Geld braucht, dann Hilke.« Ihre Stimme war fest wie nie. »Mein Mann hat ihr vor ein paar Wochen angekündigt, ihr demnächst den Geldhahn zuzudrehen, wenn sie weiterhin Sörens Spielschulden tilgt und ihn dadurch ermutigt, immer weiterzuspielen. Magnus zahlt ihr nämlich freiwillig weit mehr Unterhalt, als er es laut Scheidungsurteil müsste.«

»So? Warum?«

Vivien verzog die Lippen zu einem kläglichen Lächeln. »Schlechtes Gewissen.« Sie hob die Schultern. »Wir haben beide ein schlechtes Gewissen ihr gegenüber. Schließlich hat sie sich, nachdem Magnus sie verlassen hat, nie gefangen. Im Gegenteil. Es ist immer schlimmer geworden mit ihrer Unselbstständigkeit, ihrem Jammern und Klagen und ihren …

ihren vermeintlichen Depressionen.« Viviens Ton wurde verächtlich. »Ich bezweifle, dass sie deswegen in Behandlung ist. Ich habe eher das Gefühl, sie suhlt sich in dem Status der ach so bemitleidenswerten verlassenen Frau.«

Lyn gab keinen Kommentar dazu ab. Sie verabschiedete sich von Vivien und ging den Flur entlang zum Gästezimmer. Hilke Fahrenkrug würde wohl kaum ihren geliebten Sohn entführen lassen und ihn damit in Angst und Schrecken versetzen, um an Geld zu gelangen.

Geld, das der andere geliebte Sohn dringend benötigte.

***

Staub. Blöder Staub würde schuld sein.

Jana hatte sich, als sie noch in der Abseite gewesen war, alle möglichen Szenarien ausgemalt, wie sie von der Bande entdeckt werden würde. Sie hatte sich die verschiedensten Ursachen vorgestellt: Außerhalb ihres Gefängnisses erwischt zu werden, so wie es ja fast passiert wäre. Durch Gerüche Aufmerksamkeit zu erregen oder durch knarzende Bretter. Sich durch unbedachte Bewegungen oder Sprechen im Schlaf zu verraten. Aber Staub …

In der Abseite war es schon dreckig gewesen, aber hier, unter dem Bett, lag der Staub zentimeterdick. Er roch muffig wie ein alter Mann und war gierig wie ein junger. Er wollte sie haben. Er drang überall ein. In Haar und Haut, in Mund und Nase, in Ohren und Augen.

Nicht niesen … nicht niesen … nicht niesen. Sie lag auf dem Rücken und konzentrierte sich auf diesen Gedanken, stieß alle anderen beiseite, wenn sie sich wieder dazwischendrängen wollten. Nicht niesen … nicht niesen. Es war das Mantra, das Überleben versprach, während sie dalag. Starr und bis in jede Faser ihres Körpers angespannt, den Kopf zur Seite gelegt, mit aufgerissenen, brennenden Augen auf die schwarzen Stiefel vor sich starrend. Aus der schummrigen Dunkelheit unter dem Bett heraus.

Jana hatte sich zwischen Nasen- und Mundatmung entscheiden müssen, als Shrek das Zimmer betreten hatte. Eine Entscheidung, die Leben oder Tod bedeuten konnte, denn das Atmen durch den Mund war lauter als das durch die Nase. In ihrer Angst kam es ihr monströs laut vor. Aber das Kribbeln in der Nase riet dazu, weiter durch den leicht geöffneten Mund zu atmen. Nicht niesen … nicht niesen …

Theo hatte am Nachmittag sein Essen bekommen. Als Shrek das Zimmer betreten hatte, war mit ihm der Geruch von Tomatensoße eingetreten. Würzig, kräftig und doch nicht stark genug, um den Geruch nach altem Mann abzutöten.

Shrek hatte Theos Arme losgebunden, damit er essen konnte, und Jana hatte gehofft, dass er wieder nach unten verschwinden würde, während Theo aß. Aber dieser Wunsch hatte sich nicht erfüllt. Statt zu verschwinden, hatte er sich zu Theo auf das Bett gesetzt.

»Sie … Sie können ruhig runtergehen«, hatte Theo gestammelt, wahrscheinlich genauso erschrocken wie sie, dass Shrek nicht ging.

»Dich lassen wir keine Sekunde mehr aus den Augen, wenn du nicht gefesselt bist«, war die Antwort gewesen.

Das Klimpern, das zu hören war, wenn Theo mit dem Löffel an den Teller stieß, war unendlich laut. Auch das Schaben der Stiefel, wenn Shrek sich bewegte. Aber alles, was laut war, war gut. Jana wünschte sich verzweifelt, dass Shrek etwas sagte. Oder Theo. Warum schwiegen sie denn beide? Stille bedeutete, dass ihr Atmen zu hören sein konnte – in ihren Ohren hallte es laut wie Donnergrollen. Theo war doch sonst auch so pfiffig. Er musste doch wissen, dass er ihr half, wenn er Shreks Aufmerksamkeit auf sich lenkte.

»Was ist los?«, erklang Shreks Stimme plötzlich. »Schmecken dir die Nudeln nicht? Du stopfst wie ein Ausgehungerter, aber kaust darauf rum, als wäre es Schweinefutter. Ist zwar nur eine Tütensoße, aber so schlecht ist sie nun auch wieder nicht.«

»Doch … ist gut«, antwortete Theo. Dass es sich nach Würgen anhörte, ließ seine Worte nicht gerade glaubhaft klingen. Und in diesem Moment wusste Jana, dass Theo ihr helfen wollte, indem er schnell aß, damit Shrek wieder nach unten verschwand. Aber anscheinend blieb ihm das Essen im Hals stecken. Das war auch nicht hilfreich.

Nicht niesen, nicht niesen, nicht niesen, dachte Jana hektisch, denn die Nase begann heftiger zu kribbeln. Sie hielt den Atem an. Oh Gott! Sie würde jeden Augenblick losniesen. Weil ihr keine Wahl blieb, hob sie den linken Arm, den sie freier bewegen konnte. Der rechte lag eng an der Wand an. So langsam und leise wie möglich, und doch so schnell wie nötig, presste sie die Hand auf Nase und Mund. Es kitzelte in der Nase, und sie spürte, wie der Drang zu niesen kam, immer näher kam, näher, näher … Ihr Gegenhalten ließ ihre Augen tränen, und sie schloss sie.

Und dann, als das Kribbeln unerträglich wurde, ertönte von unten die Stimme der Frau. »Shrek? … Shrek!«

Er murmelte: »Was will sie denn jetzt wieder?«

Da Jana die Augen geschlossen hielt, sah sie nicht, wie er zur Tür ging, aber sie hörte, wie er sie aufzog. Und in sein aus der Tür gegröltes »Was ist denn?« nieste sie, hinein in die Hand, den Mund zugepresst, die Nase von der Hand verschlossen. Ihr Kopf ruckte dabei hoch, aber sie hatte sich unter Kontrolle, war starr und steif und atmete nicht. Sie hörte nicht, was die Frau zu Shrek sagte, sie war viel zu erschrocken und starrte auf die schwarzen Stiefel, die jetzt vor der Tür standen. Der Nieser war zwar erstickt, aber nicht ganz geräuschlos in ihrer Hand verschwunden. Theo begann heftig zu husten. Er hatte es gehört!

Shrek auch? Mit rasendem Herzen blickte Jana zu den Stiefeln, vergaß zu atmen. Doch die Stiefel drehten sich nicht, Shrek ging nicht auf die Knie. Er blickte nicht aus dunklen Maskenlöchern zu ihr unter das Bett.

Er war auf die Frau im Erdgeschoss konzentriert. »Ich komm ja gleich runter. Dann klären wir das.«

Jana wagte zu atmen, als er die Tür schloss. Er setzte sich

wieder zu Theo auf das Bett, und Jana ließ die Hand, wo sie war. Denn ein Nieser hatte meistens einen Zwilling, der ihm folgte.

Dachte Theo das auch? Er hustete und hustete. Oder hatte er sich wirklich verschluckt, wie Shrek jetzt fragte? Er war wieder aufgestanden und klopfte anscheinend auf Theos Rücken herum.

Jana atmete unter der Hand leise durch den Mund und wartete lange genug, um sicher zu sein, dass der Nieser ein Einzelkind war. Das, was jetzt kitzelte, waren die Tränen, die sich aus den Augen lösten und langsam ihren Weg über ihre Haut suchten. Aber das hielt sie aus. Sie schloss die Augen. Eigenartig. Gerade hatte die Frau, die sie fürchtete wie Harry Potter den Dunklen Lord, ihr durch das Rufen das Leben gerettet.

***

Hilke Fahrenkrug war, genau wie Vivien zuvor, wenig begeistert, als Lyn sie im Gästezimmer begrüßte und ihr sagte, dass sie noch ein paar Fragen an sie habe.

»Aber bitte, wenn es sein muss«, sagte Hilke und deutete auf den blauen Sessel, der am Fenster stand – er stammte ebenfalls aus der Vintage-Reihe. Sie hatte ihn wohl dorthin gezogen, denn Schleifspuren und Sesselbeinabdrücke auf dem cremefarbenen Veloursteppich verrieten, dass er sonst neben dem Holzregal stand, auf dem sich außer Büchern verschiedener Genres eine Sammlung von Schneekugeln befand. Da es keinen zweiten Sessel gab, nahm Hilke Fahrenkrug auf dem mit einer hübsch geblümten Tagesdecke überzogenen Bett Platz.

»Es hat mich einigermaßen verwundert, dass Sie dieses Haus in der vergangenen Nacht verlassen haben, Frau Fahrenkrug«, begann Lyn. »Schließlich hätten sich die Entführer melden können, während Sie nicht da waren.«

Hilke sah sie an, ohne ein Wort zu sagen.

»Hatten Sie keine Angst, eine Mitteilung der Entführer zu verpassen?«, hakte Lyn nach.

»Mitten in der Nacht?«

»Was macht Sie so sicher, dass die Entführer sich nur tagsüber melden?«

»Nichts macht mich da sicher. Ich … denke es einfach nur.« Hilke stand auf und begann hin und her zu wandern. »Aber Sie haben natürlich recht. Ich hätte nicht wegfahren dürfen. Aber diese … dieses Biest reizt mich immer wieder aufs Neue.« Sie griff nach einer Schneekugel und schüttelte sie, ohne sie zu betrachten, und stellte sie zurück auf das Regal. Sie sah Lyn an. »Ich habe mich wieder mit ihr gestritten. Mit Vivien.«

Lyn sah aus dem Augenwinkel, wie der Schnee um einen Miniatur-Eiffelturm langsam zu Boden rieselte. »Ich verstehe gut, dass es für Sie alle nicht leicht ist, hier, unter diesen ganz besonderen Umständen, auf engstem Raum miteinander auszukommen«, sagte sie. »Vielleicht sollten Sie doch unser Angebot einer psychologischen Betreuung annehmen.«

»Verschonen Sie mich damit«, stieß Hilke mit wegwerfender Handbewegung aus. »Ich habe selbst einen Psychotherapeuten, an den ich mich wenden könnte. Aber glauben Sie mir, der könnte mir auch nicht die quälenden Gedanken um Theo nehmen.« Ihre Stimme hob sich. »Die Gedanken, wo er ist. Ob es ihm gut geht. Ob … ob er überhaupt noch lebt!« Sie presste beide Fäuste an die Schläfen. »Diese Gedanken machen mich verrückt. Ich wünschte, ich könnte auch so weinen wie diese … diese Heulsuse!«

Sie blickte an Lyn vorbei. »Ich kann einfach nicht weinen. Es ist, als saugten all diese quälenden Gedanken in mir mit einem hässlichen Rüssel die Tränen auf, die mir vielleicht ein wenig Befreiung bringen könnten.«

»Es tut mir sehr leid«, sagte Lyn. Sie fühlte Mitleid mit der Mutter. Hilke Fahrenkrug klang verzweifelt. Und dennoch webte das Misstrauen sein feines Netz weiter in Lyns Kopf. Fiel es Hilke vielleicht deshalb schwer, Tränen, und zwar falsche Tränen, hervorzubringen, weil sie ganz genau wusste, dass es Theo gut ging? Dann wäre die Behauptung, vor Stress nicht weinen zu können, die perfekte Ausrede für die fehlenden Tränen.

»Ist es richtig, Frau Fahrenkrug, dass Ihr Exmann Ihnen gesagt hat, dass Sie bald weniger Unterhalt bekommen werden?«

Hilke verzog die Lippen. »Hat *sie* Ihnen das erzählt? Sie ist nämlich garantiert auch dafür verantwortlich, dass es so sein wird. Sie gönnt mir nicht die Butter auf dem Brot. Aber das spielt keine Rolle. Ich habe genug Geld. Ich komme klar.«

»Ich habe eher den Eindruck gewonnen, dass Vivien Fahrenkrug ein schlechtes Gewissen Ihnen gegenüber hat«, sagte Lyn, ohne sich sicher zu sein, ob Vivien ihr nicht etwas vorgespielt hatte. »Der Grund, warum Ihr Exmann Ihnen weniger Geld zahlen will, scheint doch eher zu sein, dass Sie es Ihrem Sohn Sören geben.«

»Pff!« Hilke winkte verächtlich ab und begann die Schneekugeln nacheinander zu schütteln. Ein wirres Geriesel entstand auf dem Regal.

Da Sören zum Kreis der Verdächtigen gehörte, die als Informanten der Täter in Frage kamen, fragte Lyn: »Haben Sie Ihrem Sohn erzählt, dass Ihnen bald weniger Geld zur Verfügung stehen wird?« Den notorischen Spieler konnte durchaus die Furcht treiben, dass seine Mutter ihn nicht mehr unterstützen würde, wenn das Geld fehlte.

»Ja, das habe ich«, sagte Hilke und hielt die letzte Kugel in der Reihe auf den Kopf. Feiner Schnee rieselte auf die beiden Disney-Figuren Belle und das Biest. »Wir vertrauen uns alles an. Wir sind eine Familie.«

Lyn rechnete es ihr hoch an, dass sie zugab, es Sören gesagt zu haben, sie äußerte sich aber nicht weiter dazu, sondern holte das Foto von Neele Haack heraus. Auch Hilke kannte das Mädchen nicht.

Lyn verabschiedete sich und ging nach unten.

Magnus Fahrenkrug saß im Wohnzimmer dem Kollegen von der Verhandlungsgruppe gegenüber und fingerte auf seinem Smartphone herum. Er war anscheinend gerade erst aufgestanden, denn ein Kissenabdruck prangte noch faltig an seiner rechten Wange. Und seine geröteten, geschwollenen Augenlider verrieten, dass auch seine bemerkenswerte Haltung ihre Grenzen hatte.

Lyn stellte ihm keine weiteren Fragen außer der nach Neele. Sie zeigte ihm das Foto.

Magnus betrachtete es. »Nein, ich kenne sie nicht.« Er sah Lyn an. »Sie glauben, dass dieses Mädchen von den Entführern meines Sohnes …« Er brach ab. Anstatt Lyn das Foto zurückzugeben, blieb sein Blick darauf haften. »Sie ist auch noch so jung, so … unschuldig.«

»Wir wissen nicht, ob es einen Zusammenhang gibt, aber wir können es auch nicht ausschließen.«

Seine Hand zitterte, als er Lyn das Foto reichte. »Wenn diese Leute Theo … wenn sie auch Theo …« Er schluckte und schloss die Augen. Er konnte den Satz nicht zu Ende bringen.

Lyn nahm das Foto und strich mit der anderen Hand über Magnus Fahrenkrugs Unterarm. Sie spürte die Härchen darauf, denn er hatte das weiße Hemd aufgekrempelt. »Sie dürfen jetzt auf keinen Fall die Hoffnung verlieren, Herr Fahrenkrug. Bleiben Sie stark. Denn ich bin sicher, dass Theo auch stark ist. Stark und klug und pfiffig ist er, haben Sie gesagt.«

»Ja.« Magnus nickte. »Ja, es wird alles gut.«

Er hatte sich nicht angehört, als glaube er, was er sagte.

Lyn verstaute die Mappe in der Tasche und verabschiedete sich, indem sie Magnus Fahrenkrug erneut über den Arm strich. »Ich wünsche Ihnen alles erdenklich Gute für die Geldübergabe morgen.«

Sie war schon im Gehen, als sie sich noch einmal umdrehte. »Ich weiß nicht, ob Sie und Ihre Familie gläubig sind, Herr Fahrenkrug, aber vielleicht mögen Sie ja eine Kerze anzünden? Der Glaube daran, dass etwas gut ausgeht, ist eine große Kraftquelle. Senden Sie Theo auf diese Weise Ihre Liebe und Hoffnung.«

Er sah sie einen Moment lang an, bevor er sagte: »Danke.«

Als Lyn in ihrem Beetle saß, brauchte sie erst einmal eine Minute für sich. Sie schloss die Augen und visualisierte das Foto des kleinen Rotschopfs. »Alles ist gut, Theo, alles ist gut«, murmelte sie dabei vor sich hin.

Magnus Fahrenkrug hatte sich nach viel Überredungskunst durch die Verhandlungsgruppe bereit erklärt, sein Handy präparieren zu lassen, damit die Polizei mithören konnte. Man hatte ihm versichern müssen, Theos Leben nicht dadurch zu gefährden, dass die Polizei eingriff, sollte einer der Entführer persönlich auftauchen.

Mit einem tiefen Durchatmen öffnete sie die Augen wieder und checkte die WhatsApp-Nachrichten auf ihrem Handy. Charlotte hatte ihr drei Fotos geschickt, auf denen sie in drei verschiedenen Kurzmänteln – einem grauen, einem schwarzweißen und einem roséfarbenen – zu sehen war. Darunter stand: »Bin bei H&M. Welchen soll ich nehmen?«

»Den schwarz-weiß karierten auf Bild zwei«, schrieb Lyn zurück, obwohl die Nachricht schon fast eine Stunde alt war und Lotte sich bestimmt schon entschieden hatte. Sie setzte zwei Kuss-Smileys dahinter.

Hendrik hatte ebenfalls eine Nachricht geschickt. Er wollte wissen, ob sie zum Abendessen zu Hause sein würde. Lyn schrieb: »Fangt ruhig ohne mich an. Ich weiß noch nicht, ob ich es schaffe. Bin gerade in Wilster, fahre jetzt ins Büro zurück. Mache lieber heute länger, damit ich am Wochenende Zeit für Krümel habe.«

Zeitgleich mit Hendriks Daumen-hoch-Symbol kam Charlottes Antwort. »Da ich nur auf Bild zwei einen schwarzweißen Mantel trage, ist der Hinweis ›auf Bild zwei‹ in deiner Antwort überflüssig, Mama.« Ein Grinse-Smiley war angefügt.

»Ach, ich vermisse dich so, Klugscheißerin«, schrieb Lyn mit einem Lächeln auf den Lippen zurück und seufzte dann tief. Sie hatte wirklich Heimweh nach ihrer Ältesten. »Welchen Mantel hast du denn nun genommen?«, tippte sie weiter.

Die Antwort kam prompt. »Den schwarz-weißen. Auf Bild zwei!!!«

Lyn schrieb zurück: »Wollen wir heute Abend noch mal telefonieren? Hast du Zeit?«

»Ja. Freu mich!!!«

»Ich mich auch«, murmelte Lyn, als sie das Handy weglegte und den Wagen startete, der glücklicherweise gleich ansprang. Sie fuhr am Deich entlang nach Itzehoe und parkte zwanzig Minuten später am Polizeihochhaus. An der gläsernen Eingangstür lief sie quasi in den Rechtsmediziner hinein, weil sie beide auf ihre Handys blickten statt nach vorn.

»Herr Dr. Helbing! Wir haben uns ja ewig nicht gesehen.« Was daran lag, dass Lyns Kollegen immer Erbarmen mit ihr hatten und sich opferten, wenn es hieß, bei einer Obduktion dabei zu sein. Alle wussten, wie sehr Lyn Sektionen verabscheute. Die wenigen Male, die sie dabei gewesen war, hatten immer mit Hinauslaufen und Erbrechen geendet. Einmal sogar in umgekehrter Reihenfolge.

»Sie waren ja auch ewig lange in Elternzeit oder wie das heißt«, sagte der blonde Riese und musterte sie. »Was macht Harms junior? Geht er schon zur Schule?«

Lyn lachte auf. »Na, so lange war ich jetzt auch nicht weg. Emil hat gerade seinen ersten Geburtstag gefeiert. Und er ist kein Harms, sondern ein Wolff junior.«

»Ach. Ihren Namen behalten Sie bei der Heirat, aber der Sohn heißt wie der Papa. So richtig emanzipiert seid ihr Frauen dann doch wieder nicht, was?«

»Im Gegenteil, ich bin so emanzipiert, dass ich es ohne Bedauern aushalte, dass meine drei Kinder die Nachnamen ihrer Väter tragen.«

»Na dann.« Er blickte schon wieder fahrig auf sein Handy. Dr. Helbing war immer auf dem Sprung.

»Gibt es etwas Neues?«, fragte Lyn schnell, bevor er mit seinen langen Helbing-Schritten davoneilen würde.

Er sah wieder auf. »Ja, in der Tat. Die DNA-Analyse für den ersten Erpresserbrief ist durch. Außer Theo Fahrenkrugs DNA haben wir nichts für Sie Verwertbares gefunden. Aber es gibt eine Auffälligkeit bei dem zweiten getöteten Mädchen –

ich stehe im Austausch mit dem Kollegen aus Kiel. Auch bei Neele Haack gibt es diese leicht zerfaserten Austrittswunden. Es könnte sich bei der Tatwaffe also um dasselbe Messer handeln, mit dem auch Noa Ruiz erstochen wurde. Ein Messer mit großer Kerbe beziehungsweise kaputter Klinge.«

Lyn überlief es kalt. »Also stehen diese Morde tatsächlich in einem Zusammenhang? Das hätte ich ehrlich gesagt nicht erwartet.«

»Sie wissen ja, ich irre mich selten. Machen Sie was aus dieser Erkenntnis«, sagte der Rechtsmediziner mit der ihm eigenen leichten Arroganz. »Auf Wiedersehen, Frau Harms. Ich muss schnellstens zurück nach Hamburg. Wenn ich nicht pünktlich fürs Theater fertig bin, kann meine Frau unangenehmer werden als eine alte Wasserleiche.«

Er wollte gehen, aber Lyn hielt ihn zurück. »Sie sagten Austrittswun*den*, Herr Doktor. Wie viele Wunden hatte denn Neele Haack?«

Er musterte sie über seine Brille. »Sechs, vier davon tödlich. Ihr Herz ist Hackfleisch. Wer auch immer das Messer geführt hat, er hat seine Sache gründlich gemacht.«

DREIZEHN

Sie musste es jetzt wagen. Bevor Theo das Abendessen gebracht wurde. Jana begann, ihren steif gelegenen Körper Zentimeter für Zentimeter unter dem Bett herauszuwinden. Vom stundenlangen starren Liegen unter dem Bett schmerzte alles, Kopf, Schultern, Rücken …

Wie hatte sie es heute Mittag nur geschafft, so schnell unter dem Bett zu verschwinden? Der Weg darunter hervor erschien ihr unendlich viel länger und mühsamer. Es dauerte, weil sie keine Geräusche verursachen wollte, was nicht einfach war.

Als sie ihren Kopf unter dem Bett hervorschob, erwartete sie im ersten Moment, Theos rothaarigen Kopf über den Bettrand lugen zu sehen, aber dann fiel ihr ein, dass er sich ja nicht bewegen konnte.

Langsam schob sie sich unter dem Bett heraus. Sie drehte sich, ging auf die Knie, und Theo und sie starrten sich an. Seine Sommersprossen schienen noch mehr hervorzustechen. Vielleicht, weil er noch blasser wirkte? Er musterte sie aus großen Augen. Als er mit dem Finger auf sie zeigte, konnte Jana nichts damit anfangen.

Sie hob die Schultern, um Unverständnis zu demonstrieren, und setzte die Bewegungen gleich fort. Sie reckte und streckte sich, drehte Kopf und Schultern und schwang die Arme. Dann stand sie langsam auf und ging ein paarmal in die Knie, aber sie hörte schnell wieder damit auf, weil ihr schwindlig wurde. Sie sah zum Nachttisch. Glücklicherweise war noch etwas Wasser in Theos Becher. Sie hatte grässlichen Durst.

Als sie nach dem Becher griff und ihn an den Mund setzte, sah sie aus dem Augenwinkel, dass Theo mit den Händen hektische Bewegungen machte. Sie hielt inne und sah Theo an. Mit aufgerissenen Augen schüttelte er den Kopf, während er mit dem Zeigefinger deutete.

Auf den Becher? Gut, es war nur noch wenig Wasser darin,

aber er konnte doch neues nachfordern. Warum sollte sie es also nicht austrinken? Sie sah Theo wieder an, hob die Schultern und trank das Wasser aus. Es waren nur zwei Schlucke, aber das war besser als nichts.

Als sie den Becher leise auf den Nachttisch zurückstellte, überlief sie eine Gänsehaut. Jetzt wusste sie, warum Theo so hektisch geworden war. Mit Herzklopfen starrte sie den Becher an, der nun leer war. Wenn der Entführer, der den Becher nachfüllte, wusste, dass noch Wasser darin gewesen war, hatten sie ein Problem. Denn wie konnte ein Junge, der mit gefesselten Armen im Bett lag, den Becher leer trinken?

Heiß schossen ihr die Tränen in die Augen. Sie würde sterben. Das alles konnte nicht gut ausgehen. Der Schwindel kehrte zurück, und ihr Bauch tat weh. Sich krümmend sah sie Theo an. Was sollten sie nur machen? Sie musste zurück in ihr Gefängnis gehen, aber Theo konnte sie jetzt nicht mehr dahinter einschließen. Wenn sie die Tür von innen zuzog, würde sie diese verflixten zwei Zentimeter aufgehen. War es also besser, wieder unter dem Bett zu verschwinden?

Sie wandte den Blick Richtung Boden und erschrak. Sie hatte nicht nur sich selbst, sondern auch den Dreck unter dem Bett hervorgewühlt. Dicke graue Flusen und Staubhäufchen lagen davor. Hektisch blickte sie sich um. Sie musste das wieder unter das Bett wehen. Aber womit?

Zu pusten traute sie sich nicht, weil ihr schwindlig war, und vor allem, weil es durch das Babyfon zu hören sein könnte. Sie zog eine Socke aus, ging auf die Knie und wedelte den Staub damit zurück. Es dauerte, aber das Ergebnis war in Ordnung, insbesondere nachdem sie den restlichen Staub mit mehr Druck unter das Bett zurückgewischt hatte.

Als sie den Kopf hob und Theo wieder ansah, drehte sich sekundenlang alles vor ihren Augen. Sie verharrte und atmete tief ein und aus, bis es besser wurde. Sie nickte Theo zu und stand vorsichtig auf. Leise schlich sie zur Wand, schob den Riegel zurück und verschwand in der Abseite. Ohne zu überlegen, griff sie nach der Sektflasche und nahm zwei Schlucke.

Der Alkohol war sicherlich nicht gut für ihren Kreislauf, aber der Durst war einfach zu groß.

Sie trank noch einen weiteren Schluck, bevor sie eine pappige Scheibe Toast aus der Tüte fummelte. Während sie appetitlos daran herumknabberte, ging sie das, was sie sich unter dem Bett ausgedacht hatte, noch einmal durch. Dann nahm sie Klopapier und Stift und schob die Tür so weit auf, dass sie Licht zum Schreiben hatte. Theo beobachtete sie, während sie schrieb. Und schrieb und schrieb.

***

Der Himmel war grau, als Leon Jahn um achtzehn Uhr zu der alten Moorkate zurückkehrte. Er parkte den Mazda hinter dem Haus, sodass der Wagen von der Auffahrt nicht zu sehen war. Als er ausstieg, glitt sein Blick über den Hof zum Schuppen und wanderte weiter Richtung Garten und über das Moor. War sie irgendwo da draußen?

Als die Hintertür aufgezogen wurde und Kathrin ihn mit »Und? Ist unser Vögelchen startklar?« begrüßte, steckte er die Zeitung, die er in Händen hielt, schnell in die hintere Hosentasche.

»Ich habe die Elektronik noch mal überprüft. Alles bestens.« Er hörte selbst, dass es nicht nach »bestens« klang. »Wo ist Nick?«

Kathrin deutete nach drinnen. »Der hat sich hingelegt.«

»Okay.« Er setzte sich in Bewegung.

»Leon?«, hielt sie ihn zurück, als er an der Tür war.

»Ja?«

»Ist irgendwas?« Sie beäugte ihn lauernd. »Du machst doch nicht schlapp? So kurz vorm Ende?«

»Lass mich einfach. Ich mach das schon. Geht's dem Jungen gut?«

»Herrje, ja! Dein Augenstern ist quietschfidel!« Sie brach ab, und Leon merkte ihr an, dass sie sich sehr bemühen musste, normal zu sprechen. »Gleich kriegt er sein Abendessen. Ich rauch nur noch schnell eine. Wenn du auch was essen willst – in der Küche stehen Spaghetti und Pesto.«

Leon schüttelte den Kopf. »Ich bin satt. Hab in Elmshorn noch was gegessen.« Das war wieder gelogen. Der sowieso kaum vorhandene Appetit war ihm gänzlich vergangen, als er am Kiosk die Titelseite der Abendzeitung gesehen hatte.

»Okay.« Sie musterte ihn erneut, wandte sich dann ab und zündete sich eine Zigarette an.

Leon ging rein und zog die Tür hinter sich zu. Er musste Nick wecken und ihm die Zeitung zeigen, bevor Kathrin wieder drinnen war. Zwei Minuten hatte er, wenn sie die Zigarette draußen rauchte.

Er eilte ins Wohnzimmer, wo Nick auf einer der Matratzen lag. Er schnarchte. Es tat Leon leid, ihn aus dem tiefen Schlaf reißen zu müssen, denn er wusste, dass auch Nick kaum noch schlafen konnte, aber darauf konnte er keine Rücksicht nehmen. »Nick! Nick, wach auf!«, flüsterte er und rüttelte an der Schulter des Freundes.

Der schoss hoch. »Was ist?« Er blickte wild umher.

Leon zog die Zeitung aus der Hosentasche und entfaltete sie. »Das ist los.« Er tippte auf eines von zwei Fotos auf der Titelseite. »Sie haben sie gefunden.« Das Foto zeigte Neele Haack.

»Was? Scheiße!« Nick riss die Zeitung an sich.

»Ein Spaziergänger hat sie gefunden. Besser gesagt: sein Hund.« Leons Stimme flatterte. »Sie ist eine Ausreißerin. Ist aus einem Heim in Kiel weggelaufen. Aber das ist noch nicht alles. Sie war nicht allein unterwegs.« Er tippte auf das zweite Foto. »Die Polizei sucht jetzt nach diesem Mädchen.«

»Was ist?« Nick stierte auf die beiden Fotos, sah zu Leon, dann wieder auf die Zeitung. »Scheiße, lass mich erst mal lesen.«

Während er den Artikel überflog, erklang hinter ihnen Kathrins barsche Stimme. »Was ist hier los?«

***

Theo wünschte sich, Jana wäre in der Abseite geblieben. Hatte sie denn nicht den Motor gehört? Ein Auto war gekommen. Was, wenn einer hochkam? Mit klopfendem Herzen sah er auf das beschriebene Klopapierblatt vor seinen Augen, das sie ihm hinhielt, und las: »Wir brauchen einen Plan! Ich kann die Tür von innen nicht zumachen.«

Er sah sie an. Jana drehte das Blatt um, sodass er weiterlesen konnte. »Ich kann sie nicht dauernd von innen festhalten.«

Sie hielt ihm das zweite Stück Papier hin. »Wenn die mich finden, töten die mich. Ich brauche deine Hilfe!!!«

Theo schluckte, während sie das Blatt wendete. »Wenn dir einer das Essen hochbringt, werde ich ihn mit einer Dachpfanne bewusstlos schlagen.«

Theo überlief es heiß. War Jana verrückt geworden? Hektisch schüttelte er den Kopf. Das konnte sie nicht machen!

Aber sie hielt ihm schon das nächste Stück Papier vor die Augen. »Dann binde ich dich los, und wir hauen ab.«

Tränen der Wut bildeten sich in Theos Augen. Wie sollte er denn abhauen? Er nickte in Richtung seiner Beine, die unter der Decke lagen. Seine lahmen Beine, die nichts von der Kälte des Zimmers und nichts von der Wärme der Decke spürten.

Sie schien auf seine Reaktion vorbereitet zu sein, denn sie wühlte mit zittrigen Fingern einen Zettel aus den anderen heraus, die sie noch in der Hand hielt. »Ich trag dich auf dem Rücken«, stand darauf. Und darunter der Satz: »Ich kenn mich hier aus.«

Theo schüttelte wieder panisch den Kopf. Es nützte gar nichts, dass sie sich in der Gegend auskannte. Sie würde ihn niemals tragen können. Wahrscheinlich nicht einmal die Treppe hinunter. Erst recht nicht würde sie mit ihm vor den anderen beiden fliehen können, selbst wenn sie es schaffte, den Dritten bewusstlos zu schlagen.

Jana hatte schon das nächste Klopapierstück parat. »Du musst denjenigen ablenken«, stand dort. »Damit ich Zeit habe, aus der Abseite zu kommen.« Sie drehte das Papier. »Sag, dass ein Tier durch das Dachfenster gekommen ist.« Sie nahm das nächste Stück. »Sag, dass es unter dem Bett ist. Sag, dass es da raschelt.« Jana drehte das Blatt. Er las: »Wenn er unters Bett guckt, komm ich aus der Abseite und schlag zu.«

Theo starrte auf die krakelige Schrift. Sie meinte es wirklich ernst.

Er schüttelte wild den Kopf, als Jana ihm noch einmal den Zettel vor das Gesicht hielt, auf dem stand, dass sie ihn tragen wollte. Sie sah wütend aus und tippte in der Luft immer wieder mit dem Finger Richtung Zettel, aber Theo blieb beim Nein.

Sie stellte sich das mit dem Tragen viel zu einfach vor. Er war zu schwer. Schließlich konnte er seine Beine nicht einmal um ihren Körper schlingen, sondern würde wie ein nasser Sack an ihrem Hals hängen und sie würgen. Sie würden keine zehn Meter weit kommen.

Er hatte Tränen in den Augen, während er demonstrativ langsam immer wieder den Kopf von links nach rechts bewegte.

***

»Was habt ihr da?« Kathrin trat neben Leon an die Matratze und riss Nick die Zeitung aus den Händen.

Weder Nick noch Leon antworteten ihr. Leon war bewusst, dass sie das Auffinden der Leiche nicht ewig vor ihr hätten verbergen können. Irgendwann wäre sie im Internet oder durch die Presse darauf gestoßen.

»Die haben die Leiche des Mädchens gefunden?«, zischte Kathrin, nachdem sie den Artikel angelesen hatte. Ihr Blick war eisig, als sie von Nick zu Leon und wieder zurück zu Nick blickte. »Ihr habt die doch eingebuddelt! Wie kann die einer gefunden haben?« Sie las bereits weiter.

»Der Boden war steinhart«, verteidigte Nick sich. »Wir haben sie vielleicht nicht tief genug eingebuddelt. Ein Hund hat sie gefunden. Die erschnüffeln auch, was unter der Erde liegt.«

»*Unter* der Erde?«, presste Kathrin hervor, den Blick nicht von der Zeitung lösend. »Hier steht, dass die Leiche teilweise von Erde bedeckt gefunden wurde. Teilweise!«

»Das stimmt nicht«, log Nick. »Die Zeitungsfritzen saugen sich doch andauernd was aus den Fingern. Aber das ist momentan nicht unser größtes Problem. Hast du weitergelesen?«

»Zu zweit?«, stieß Kathrin auch schon aus. »Die waren zu zweit?« Sie fixierte das Bild neben dem von Neele Haack. »Verdammte Scheiße!« Sie warf die Zeitung von sich, sodass die Blätter zu Boden segelten.

»Wenn hier noch ein Mädchen gewesen wäre, hätten wir sie doch gesehen«, sagte Leon. Er hatte während der gesamten Autofahrt darüber nachgedacht. »Die müssen sich getrennt haben. Wenn die andere, diese Jana Roffler«, der Name aus dem Artikel hatte sich bereits in sein Hirn gebrannt, »hier gewesen wäre, hätten wir sie bemerken müssen. Und vor allen Dingen wäre sie doch längst zur Polizei gerannt, wenn sie mitbekommen hätte, was ... was du mit dem anderen Mädchen gemacht hast, Kat.« Er wandte den Blick schnell von Kathrin ab, als ihrer sich abrupt verdüsterte.

»Das hab ich für uns alle gemacht!«, fauchte sie. »Wir sitzen alle in einem Boot. Vergesst das nicht!«

»Keinen Stress jetzt«, ging Nick dazwischen und schwang sich von der Matratze hoch. »Wir müssen auf jeden Fall die Nerven behalten.«

»Wir müssen vor allem hier noch einmal alles abchecken«, ordnete Kathrin an. »Womöglich hängt die hier noch irgendwo rum. Vielleicht ist sie nur noch nicht zur Polizei gegangen, weil sie Angst vor der Polizei hat. Schließlich sind die aus einem Heim abgehauen.«

Leon sagte nichts dazu. Würde ein Mädchen, das mit angesehen hatte, wie ihre Freundin abgestochen wurde, das nicht melden, aus Angst, ins Heim zurückzumüssen? Wohl kaum. Aber vielleicht hatte diese Jana Roffler ja auch gar nicht mitgekriegt, was mit ihrer Freundin passiert war. Vielleicht war sie wirklich noch irgendwo da draußen. Oder sonst wo. Da sie nicht wussten, wieso das tote Mädchen sich hier in dieser gottverlassenen Gegend aufgehalten hatte, war alles möglich.

»Wir machen uns jetzt auf die Suche«, kam die Ansage von Kathrin. »Draußen, drinnen, im Schuppen, im Garten. Überall.«

»Sie wird wohl kaum hier drinnen sein«, sagte Nick spöttisch.

»Ist mir scheißegal. Wir kontrollieren *alles.*«

***

Lyn hatte es rechtzeitig zum Abendessen nach Hause geschafft und konnte sich direkt an den gedeckten Tisch setzen. Hendrik hatte im Backofen halbe Hähnchen gegrillt, dazu gab es Kartoffelpüree und einen gemischten Salat. Da Sophie keine halben Hähnchen mochte – »Ich kann Hühnchen nicht essen, wenn man das noch erkennt« –, gab es für sie in der Pfanne gebratene, panierte und in Dinosaurierform gepresste Fertigkost-Hähnchenteile aus dem Supermarkt.

»Hat Lotte dir auch die Mantel-Bilder geschickt?«, fragte Lyn sie, während sie Emil, der in seinem Hochstuhl saß, mit püriertem Hähnchen-Kartoffel-Brei fütterte, nachdem sie ihn ordentlich abgeknuddelt hatte.

»Hä? Nö.«

Lyn wunderte sich nicht wirklich darüber, dass Charlotte ihre kleine Schwester nicht um Rat gefragt hatte, da ihre Geschmäcker reichlich auseinanderdrifteten. Sophie präferierte zurzeit den Gammel-Look.

Lyn brach mit dem ungeschriebenen Gesetz, dass Handys bei Tisch nicht erlaubt waren, suchte die Bilder heraus und hielt Sophie das Handy hin. »Sie hat sich für den schwarzweißen entschieden.«

Sophie nahm das Handy. »Hm, na ja. Besser als der Alptraum in rosa, schlechter als der graue Mantel.«

Lyn fütterte Emil mit einem weiteren Löffel, als Sophie sagte: »Und wer ist das?« Sie hielt Lyn das Handy hin. »Ist das die Schleuse in Kasenort?«

Es war tatsächlich eines der Fotos, die Lyn an der Schleuse geschossen hatte. Es zeigte Thomas. Im Hintergrund war eine Frau zu sehen, die filmte. Thomas und sie hatten in den beiden Tagen, in denen noch kein Erpresserbrief eingegangen war, sporadisch die Touristen an der Kasenorter Schleuse gefilmt oder fotografiert – sich selbst als Touristen ausgebend, um nicht aufzufallen. Schließlich hätte es sein können, dass die Entführer das Fahrenkrug-Haus aus der Ferne beobachteten, um herauszufinden, ob Polizei vor Ort war.

»Ich mag es nicht, wenn du unerlaubt weiterscrollst«, sagte Lyn ärgerlich. »Diese Fotos sind nicht für dich bestimmt. Wenn ich das bei dir mache, flippst du doch auch jedes Mal aus.« Sie griff nach ihrem Handy.

Doch Sophie zog es weg und blickte wieder auf den Bildschirm. »Ist das ein Verdächtiger?«

Lyn seufzte und legte Emils Plastiklöffel ab. Sophie wusste mittlerweile, dass es zumeist mit einem Fall zu tun hatte, wenn ihr gesagt wurde, dass etwas nicht für sie bestimmt war. »Nein, das ist nur ein Kollege«, klärte sie ihre Tochter auf. »Wir haben an der Schleuse recherchiert. Und jetzt gib das Handy her.« Lyn hielt die Hand auf.

Sophie überhörte die Aufforderung erneut und stopfte sich mit den Fingern ein Stück panierten Dino in den Mund. »Den kenn isch gar nischt«, sagte sie mit vollem Mund. »Bisschen alt, aber sieht gut aus, oder?«

Sie reichte Lyn das Handy, aber Hendrik war schneller. Über den Tisch gebeugt, griff er nach dem Smartphone und blickte auf das Foto. Er tippte das Bild an und vergrößerte es.

»In deinen Stirnfalten könnte man Mais anpflanzen«, sagte Lyn in bemüht leichtem Ton. Eine Erklärung musste sie nicht abgeben. Sie hatte Hendrik bereits von der Aktion berichtet.

»Sieht gar nicht nach Recherche aus«, erwiderte Hendrik grimmig. »Wie er dich anstrahlt!«

»Es ging mir bei dem Foto nicht um Thomas, sondern um die Frau, die dort filmt«, sagte Lyn, bemüht, ruhig zu bleiben, obwohl in ihr Ärger wie ein überlaufender Gully hochschwappte. »Und selbstverständlich lächelt Thomas, schließlich haben wir uns als Touristen ausgegeben. Das kleine Einmaleins der Polizeiarbeit solltest du eigentlich noch beherrschen, so lange bist du schließlich noch nicht in Elternzeit.«

»Er *lächelt*?« Hendrik sah nicht auf, sondern stierte weiter missmutig auf das Foto. »Von wegen. Er strahlt, als wäre er der Bachelor. Und wem er die letzte Rose gibt, müssen wir wohl nicht fragen.«

»Wieso? Wem?«, hakte Sophie nach, wurde aber von beiden ignoriert.

Als Hendrik begann, auf dem Handy herumzutippen, um die anderen Bilder ansehen zu können, platzte Lyn der Kragen. Sie streckte die Hand aus. »Gib mir sofort mein Handy!«

Hendrik sah auf. »Wieso? Darf ich irgendwelche Bilder nicht sehen?«

»Ich werde diese lächerliche Frage nicht beantworten. Du gibst mir jetzt sofort das Handy. Es ist *meines*, und ich erwarte von euch, dass ihr das respektiert. Ich wühle mich auch nicht durch eure Fotos.«

»Klar machst du das.« Sophie steckte sich die letzte Dino-Hälfte in den Mund. Der lange Dinosaurierhals hing noch aus ihrem Mund, als sie nuschelte: »Du willscht immer wischen, mit wem ich abhänge.«

Emil begann im Hochstuhl zu quengeln, weil der Nachschub ausblieb.

Hendrik schubste das Handy zu Lyn rüber und riss dem halben Hähnchen auf seinem Teller mit so viel Kraft die Keule aus, dass der Saft über den Tellerrand spritzte.

»Gut, dasch esch schon tot isch«, schmatzte Sophie.

Hendrik stieß eine Art Grunzen aus und biss in den Hühnerschenkel.

Lyn fütterte Emil weiter, der jeden Bissen mit einem genüsslichen »Hm-Hm« begleitete und dabei mit einem weiteren Löffel, den er in Händen hielt, auf den Hochstuhl klopfte. Eigentlich hatte sie Hendrik von Thomas' Schmerzen und seinen diesbezüglichen Ängsten berichten wollen, aber jetzt beschloss Lyn, es nicht zu tun, denn sie wusste: Würde Hendrik einen Kommentar dazu abgeben, der nicht mitfühlend war, würden sie sich ernsthaft in die Haare kriegen. Und darauf verspürte sie absolut keine Lust.

***

Nick hatte die Hände in der Tasche des Hoodies versenkt, während er im Schuppen missmutig mit dem Fuß das Stroh hin und her schob.

»Da drunter wird sie kaum liegen«, fuhr Kathrin ihn an, während sie einen alten Schrank aufriss.

»Das Stroh müffelt«, sagte er mit gerümpfter Nase. »Da hätte ich nicht drauf geschlafen.«

»Du bist ja auch nicht weggelaufen und musstest dich nicht verkriechen«, antwortete Kathrin.

Sie ließ den Schrank, in dem auf Regalen alte Farbdosen, steinharte Pinsel und Kästchen mit Schrauben, Nägeln und Dübeln standen, offen stehen und trat an die Schuppentür, um einen Blick zu Leon zu werfen, dessen Kopf hinter den wild wuchernden Brombeeren im ehemaligen Garten zu sehen war. »Komm«, sagte sie zu Nick. »Wir werden uns die Gegend noch mal ein bisschen genauer ansehen, bevor es dunkel ist.«

»Und wenn uns jemand begegnet?«

»Meine Güte! Dann sind wir Spaziergänger.«

Nick ging vor ihr aus der Tür. Kathrin wollte ihm folgen, verharrte aber, weil ihr Blick auf einen Blecheimer gefallen war. Sie stieß den Eimer mit dem Fuß leicht an, sodass die gelbliche Flüssigkeit darin hin und her schwappte. Dann beugte sie sich ein Stückchen runter und roch am Inhalt. »Die haben in den Eimer gepinkelt!«

Nick kam zurück. »Wer sagt dir, dass die Mädchen es waren? Und selbst wenn, war es vielleicht nur … die eine.« Er brachte es nicht fertig, ihren Namen auszusprechen, obwohl er durch seinen Kopf hallte. Neele … Neele … Neele.

»Diese Menge?« Sie stieß den Eimer mit dem Fuß um, sodass Nick zur Seite springen musste, um nichts abzubekommen.

»Bist du bescheuert?«, schrie er sie an. »Was ist eigentlich los in deinem Hirn? Du bist ja völlig durchgeknallt! Du bist gar nicht mehr du selbst, sondern total …« Es gelang ihm gerade noch, das Wort »irre« herunterzuschlucken, denn Kathrins Gesicht war schon bei seinen ersten Worten zu einer Fratze entartet.

»Total was?«, spie sie auch schon aus. Ohne sich darum zu scheren, dass sie durch den Urin lief, war sie mit zwei Schritten bei ihm. Ihre Rechte grub sich in seinen Hoodie. »Pass auf, was du sagst, Nick Mattow«, ihr Speichel traf ihn im Gesicht, »sonst …«

Auch sie brach ab. Doch ihr hässlich verzerrter Mund und die aufgerissenen Augen jagten einen Schauer über Nicks Nacken. Sie *war* irre. Oder nicht? Irgendwie schaffte sie es immer, sich wieder einzukriegen.

Sie lächelte, als sie ihn losließ und einen Schritt zurücktrat. Doch Nick kannte sie zu gut, um nicht zu erkennen, dass es ein falsches Lächeln war.

»Lass uns das Moor ein Stück weit checken.« Als wäre nichts gewesen, trat sie aus der Tür. »Du gehst Richtung Vaalermoor, ich Richtung Neuendorf.«

Ihm schwirrte der Kopf. Sollte er Goofy aufsuchen? Die Handynummer hatte er nicht, die hatte nur Kat. Und die war das Problem. Und das sollte er vielleicht mit Goofy besprechen. Aber Goofy hatte im Vorfeld nichts mit ihm zu tun haben wollen, hatte alles nur mit Kat geplant. Goofy hatte gewusst, dass die Kate hier leer stand und es weit und breit keine Nachbarn gab.

Nick seufzte tief. Was sollte er tun? Goofy persönlich zu treffen war absolut keine gute Idee, denn die Polizei lag auf der Lauer, und Goofy würde mit Sicherheit nicht wollen, dass er das Risiko der Kontaktaufnahme einging. Andererseits wusste Goofy mit Sicherheit nicht, dass Kat langsam, aber sicher durchdrehte und damit unberechenbar wurde.

Er folgte Kathrin nach draußen, die mit schnellen Schritten auf Leon zuhielt, der aus dem ehemaligen Garten trat. »Nick und ich suchen die Gegend jetzt weitläufig ab. Du gehst ins Haus«, wies sie Leon an, »und checkst jeden Raum, jeden Schrank und jeden Winkel noch mal, verstanden? Ich will nicht von einer weiteren Bitch überrascht werden.«

»Mach einfach«, sagte Nick zu Leon, als der Kathrin ansah, als wüchsen ihr Hörner. Natürlich war diese Jana Roffler nicht im Haus, aber wenn es Kat beruhigte … »Bis gleich«, sagte er und verließ mit Kathrin den Hof der alten Moorkate. Was sollte er nur tun?

Im Hin und Her seiner quälenden Gedanken stach einer heraus, der ihm am meisten Magenschmerzen bereitete. Morgen, während der Lösegeld-Übergabe, würde Kat hier mit dem Jungen allein sein. Stundenlang allein.

***

Theo sah zu Jana, die sich wieder in die Abseite zurückgezogen, die Tür aber nicht geschlossen hatte. Sie schrieb etwas im einfallenden Licht. Was brütete sie jetzt wieder aus? Theo wollte nichts mehr lesen. Er wollte, dass sie sich ins Dunkel verkroch und dort die Tür zuhielt, wenn einer kam. Und dann wollte er freigelassen werden und mit Papa und der Polizei hierher zurückfahren und Jana befreien. Das und nichts anderes wollte er. Und ganz bestimmt wollte er nicht, dass Jana versuchte, einen der drei k. o. zu schlagen. Einfach weil er nicht erleben wollte, dass es schiefging.

Jana krabbelte aus der Abseite heraus. Bevor sie den Riegel vorschob, lauschte sie nach unten. Theo tat es ihr gleich. Eigenartig, fiel ihm jetzt auf, nach dem aufgeregten Stimmengemurmel von vorhin war es außergewöhnlich ruhig unten. Kein Ton drang hinauf. Wo waren die drei?

Jana schien sich diese Frage nicht zu stellen. Sie tappte mit dem gerade beschriebenen Stück Klopapier in der Hand zu ihm, und Theo wünschte sich in diesem Moment, dass das

Klopapier aufgebraucht wäre. Dann könnte sie nichts mehr schreiben, und er müsste nichts Beängstigendes mehr lesen.

Sie hielt ihm das beschriebene Blatt vor die Augen. »Du musst mir helfen, Theo!!! Oder willst du«, sie wendete das Blatt, »schuld sein, wenn die mich abstechen? So wie Neele?«

Theo schluckte. Nein, natürlich wollte er das nicht! Aber das würde doch auch nicht passieren! Wuttränen schossen ihm wieder in die Augen, während er den Kopf schüttelte. Warum verstand sie das denn nicht? Die drei Fragezeichen hätten das auch nicht gemacht. Die waren schlau. Klar, die waren auch mutig, aber ... Er schluckte. In der Wirklichkeit brauchte man irgendwie mehr Mut als in einem Buch.

Als er sie wieder ansah, hatte auch Jana Tränen in den Augen. Sie sah wütend aus. Und fertig. Und elend. Und es fühlte sich in seiner Brust furchtbar an, sie so zu sehen. Aber sie durften das nicht riskieren. Sie musste noch ein bisschen durchhalten. Wenn Papa das Lösegeld bezahlt hatte, würden sie ihn freilassen. Und dann konnte er dafür sorgen, dass sie hier rausgeholt wurde. Vielleicht konnte sie sogar selbst weglaufen, denn warum sollten die Entführer die Tür dieses Zimmers wieder abschließen, nachdem sie ihn freigelassen hatten? Die Bande würde hier weggehen, denn es war bestimmt nicht deren Wohnung, sondern nur das alte Haus von Janas Uropa.

Theo wünschte sich so sehr, die Hände frei zu haben, damit er ihr das alles schreiben konnte, aber das ging nun mal nicht.

Und in diese Überlegungen hinein erstarrte er. Ebenso Jana.

Tipp-tapp. Tipp-tapp.

Jana war schon auf den Knien, als er noch den Tritten auf der Treppe lauschte. In beachtlicher Geschwindigkeit rutschte sie unter das Bett. Theo schaltete und begann zu husten, was das Zeug hielt, denn sie hatte nicht die Zeit, dabei leise zu sein.

Die Tür wurde aufgeschlossen, und vom Affenmann kam ein besorgtes »He, alles klar?«. Und als der Affenmann sich über ihn beugte und er das Gummi der Handschuhe an seinen Wangen spürte, weil der Affenmann ihn streichelte, begann Theo zu weinen. Er weinte. Und weinte. Und weinte. Nicht weil der Affenmann ihn streichelte, sondern weil alles zu viel war. Und vielleicht doch ein bisschen, weil der Affenmann ihn streichelte. Einfach immer weiter streichelte und dabei mit erstickter Stimme flüsterte: »Ich weiß. Ich weiß, Kleiner. Ich fühl mich genauso.«

***

Die Tränen kitzelten unter der Gummimaske. Leon rieb mit der rechten Hand fest über den Schimpansenkopf, während seine Linke immer wieder über die Wange des Jungen glitt. Alles war einfach nur scheiße!

Wie hatte das alles nur so entgleiten, so eskalieren können? Heute Nacht, als er wieder nicht schlafen konnte, war er drauf und dran gewesen, einfach zu verschwinden und sich der Polizei zu stellen. Ja, es war verlockend erschienen. Und auch wieder nicht. Denn das Resultat wäre das Gefängnis. Der Knast! Ein grauenhaftes Wort. Knast war etwas, das er aus Filmen kannte. Knast war Fiktion. Knastleben und die Menschen, die Verbrecher darin … Das war nichts, was ihn betraf.

Und jetzt? Wie hatte er so blauäugig, so verdammt dämlich sein und sich über die Konsequenzen keine Gedanken machen können?

Weil er blauäugig *war*! Er hatte nur das schnelle Geld gesehen. Das viele Geld, mit dem er sich den Traum von einer eigenen kleinen Werkstatt erfüllen wollte. Er war Bastler, Tüftler, er wollte erfinden. Und der Plan, den Kat und Goofy ausgearbeitet hatten, hatte so einfach geklungen. Den Jungen einladen, hierherfahren und warten, bis sein Vater das Lösegeld bezahlte. Den Jungen freilassen. Das Geld genießen. Keinem würde wehgetan. Und Millionär Fahrenkrug würde den Verlust des Geldes verschmerzen – er hatte schließlich genug davon. Ja, das war der Plan gewesen.

Und nun? Auf dem Weg in ihr sorgenfreies Leben klebte das Blut zweier unschuldiger junger Mädchen. So viel Blut. Immer wieder, ob er schlief oder wach war, hatte er das grausige Bild vor Augen, wie Kat auf Neele Haack einstach. Sah vor sich, wie Kat dabei ausgesehen hatte.

Leon schloss die Augen unter der Maske. Kathrin Pinkert war eine Psychopathin. Und er wusste, dass Nick es auch so sah, obwohl keiner von ihnen es aussprach. Denn es war noch nicht vorbei. Kat war eine tickende Zeitbombe.

Und darum war er noch hier. Aus Schiss vor dem Knast, ja, aber auch, weil er den Jungen vor ihr beschützen musste. Er sah auf Theo herab, der so winzig aussah in diesem großen alten Bett und so furchtbar weinte.

»Pst«, flüsterte Leon. »Alles wird gut, Theo. Ich pass auf dich auf.« Sein Blick wanderte durch das Zimmer und blieb am Schrank haften, den er einmal geöffnet hatte, damit Theo sehen konnte, dass er leer war. Eine Seite hatte Regale, die andere Seite hatte eine Kleiderstange. Theoretisch konnte man sich dort verstecken.

Leon hörte auf, Theo zu streicheln. Es war natürlich Quatsch. Das Mädchen, nach dem sie suchten, war nicht dort drin. Wie sollte sie auch in dieses Zimmer gekommen sein?

Er stand auf, ging zum Schrank und blieb davor stehen. Natürlich war es Blödsinn. Dennoch zog er die Türen mit einem Ruck auf. Irritierend war nicht, dass der Schrank leer war, sondern dass Theos Weinen abrupt verstummte.

Leon drehte sich zu ihm um. Der Junge starrte ihn mit weit aufgerissenen Augen an, während sein Atem stockend ging. War es Angst, was er in den Augen des Kleinen las? Aber … was fürchtete er denn?

Leons Blick wanderte durch den Raum. Als er wieder zu Theo sah, bemerkte er, dass der Junge die Luft angehalten hatte. Irgendwas stimmte hier nicht. Oder sah er Gespenster, weil seine Nerven überstrapaziert waren? Er ließ seinen Blick erneut schweifen. An der Abseitentür blieb er hängen. Er wusste, dass es diese Tür gab, schließlich hatten sie hier alles gecheckt, aber dadurch, dass sie wie die Wände tapeziert war, war sie ihm noch nicht wieder ins Auge gefallen.

Er hatte gerade einen Schritt darauf zu gemacht, als Theo ausstieß: »Ich hab Durst! Kann ich Wasser haben? Bitte!« Er hustete. »Bitte … gleich!« Wieder ein krasses Husten. »Ich … mir ist schlecht.«

Leon sah ihn an. Dann wandte er sich ab, bückte sich und schob den Riegel der Tür zurück. Sie öffnete sich ein Stückchen, und Theo weinte laut auf. Leon zog die Tür auf und starrte in die düstere Kammer. Ein unangenehmer Geruch schlug ihm entgegen. Es war kein Muffgeruch, wie er überall im Haus präsent war, sondern … Leon musste nur kurz überlegen. Urin. Das war der Geruch von Urin. Theos Windeln rochen genauso.

Theo begann zu wimmern, als Leon sich bückte, um in die Ecken der Abseite zu blicken.

Leons Herz machte einen Doppelschlag. Was war das? Das Licht aus dem Zimmer brachte nicht viel, aber genug, um einen Rucksack erkennen zu lassen. Und ein Paar Sneakers und eine Flasche. Sekundenlang war Leon wie eingefroren, dann krabbelte er in die Abseite hinein und zog den Rucksack mit Herzklopfen zu sich heran. Dabei wurde etwas Kleines über den Boden geschoben. Er griff danach und hielt ein Messer in Händen. Ein Gemüsemesser.

Sein Herz raste, als er mitsamt dem Rucksack ins Zimmer zurückkroch. Noch auf Knien sah er zu Theo, dessen Weinen verstummt war. Wie es aussah, vor Schreck. Blasser als je zuvor, mit Augen groß wie nie, voller Angst wie nie, sah der Junge ihn an. Und doch war es nicht Theo, der seine Aufmerksamkeit auf sich lenkte, sondern etwas unter dem Bett. Etwas, das dort nicht hingehörte. Etwas, das die normale Düsternis, die unter Betten herrschte, störte. Er beugte sich weiter herunter, bis sein Kopf den Boden fast berührte. Theos Weinen wurde hysterisch.

»Gott!« Leon überlief es eisig, langsam, das gesamte Rückgrat hinunter.

Der Schatten unter dem Bett rührte sich nicht. Nicht einen Millimeter. Nicht ein Laut kam aus der Dunkelheit.

Übelkeit überfiel Leon wie eine kalte Dusche. Er setzte sich auf den Hintern und atmete hektisch. Scheiße! Scheiße!

»Sei still!«, fuhr er Theo an, während sein Blick panisch das Babyfon suchte. »Sei still!«

Weil der Junge nicht aufhörte, kam Leon auf die Beine. Er stürzte zum Bett und schüttelte Theo. »Sei ruhig, verdammt! Sie kommen gleich wieder rein!«

Theos Weinen wurde zu einem wilden Schluchzen. Aber es war offensichtlich, dass der Junge sich bemühte, ruhiger zu werden. Er starrte Leon an und schluckte heftig. Seine Wangen waren nass von Tränen, und der Schnodder lief ihm aus der Nase.

Leons Hände zitterten wie Espenlaub im Sturm, als er Theo an den Wangen packte. »Ihr seid still! Hast du das verstanden? Still! Sonst … sonst wird sie euch …« Er brach ab, ließ Theo los und war mit zwei Schritten beim Rucksack. Er warf ihn in die Abseite zurück, schloss die Tür und schob den Riegel vor. Das Messer steckte er in die hintere Hosentasche.

Nicht fähig zu denken, schloss er die Augen. Er wollte nicht noch einmal unter das Bett sehen. Sein Atem ging schnell und flach, und der Gummimief der Maske wurde unerträglich. Er wusste, dass er sich jeden Augenblick erbrechen würde. Erneut packte er Theo an den Wangen. Das, was er sagte, galt dem wild schluchzenden Jungen, aber auch dem stillen Schatten unter dem Bett. »Verhaltet …«, er betonte Wort für Wort inbrünstig, »euch … ruhig!«

Dann stürmte er aus dem Zimmer. Er schaffte es noch, abzuschließen und die Treppe hinunterzustürzen. Ins Badezimmer schaffte er es nicht mehr.

Leon erbrach sich auf dem Flur.

***

Kathrin betrat nach Nick die Moorkate, als sie nach fast anderthalb Stunden die Suche nach dem Mädchen eingestellt hatten. Sie rümpfte die Nase, als sie die Eingangstür schloss.

»Bah! Hier drinnen herrscht Ekelluft.« Sie folgte Nick, der in die Küche gegangen war, und riss das Fenster auf.

Nick nahm zwei Flaschen Bier aus dem Kühlschrank, dann schloss er das Fenster wieder. »Es ist von der Auffahrt aus zu sehen. Es bleibt zu.«

Kathrin verdrehte die Augen. »Die Auffahrt ist einen Kilometer lang, Pussy. Selbst wenn jemand unten an der Straße stehen und hierhersehen würde, könnte er aus der Entfernung kaum das Haus erkennen, geschweige denn das Fenster. Außerdem ist uns gerade nicht ein einziger Mensch begegnet.«

Sie verzichtete dennoch darauf, das Fenster wieder zu öffnen. Nicks Laune war mies genug. So mies, dass sie Lust verspürte, ihm die kühle Flasche, die sie in Händen hielt, in sein unrasiertes Gesicht zu werfen.

»Und, alles gut draußen?«, erklang Leons Stimme hinter ihnen.

Kathrin drehte sich zu ihm um. Seine Gesichtsfarbe erinnerte an die Stämme der Birken, durch die sie und Nick gerade hindurchgestreift waren. »Jedenfalls gut im Sinne von: kein weiteres Mädchen in Sicht«, antwortete sie. »Wobei ich es andersrum vorgezogen hätte. Es ist nicht gerade beruhigend, nicht zu wissen, wo diese andere Bitch sich herumtreibt.«

»Bitch … Ist das dein neues Lieblingswort?«, ätzte Nick. »Bist du neuerdings zu einer asozialen Vierzehnjährigen mutiert, oder warum benutzt du solche Ausdrücke?«

Kathrin ließ seine Worte sacken, ohne sich umzudrehen. Was war eigentlich das männliche Pendant zu Bitch? Vielleicht »Nick«? Sie umklammerte die Flasche so fest, dass die Knöchel weiß hervortraten. Doch statt sich umzudrehen, um sie Nick in sein Gesicht zu schmettern, trank sie einen Schluck. Dann fragte sie Leon: »Hier drinnen hast du alles gecheckt?«

»Ja. Ich hab alles noch mal abgesucht. Jeden Raum, jeden Schrank, so, wie du es wolltest.«

»Auch oben?« Sie deutete mit der Flasche die Treppe hinauf.

»Ja, klar. Hier drinnen ist niemand. Also, außer uns. Und dem Jungen.«

Kathrin trat zu ihm auf den Flur. Ihr Blick fiel auf den großen feuchten Fleck auf den alten Holzdielen. »Was ist das denn?«

»Oh, das … das war ich.« Er sah sie nicht an, als er weitersprach. »Mir wurde plötzlich übel, wegen morgen, und dann hab ich's nicht mehr ins Bad geschafft.«

»Du hast hier hingekotzt?«, stieß sie angeekelt aus. »Deswegen stinkt es hier so.« Weil Leon sie immer noch nicht ansah, packte Kathrin ihn am Arm. »Mach jetzt ja nicht schlapp! Du musst morgen fit sein.«

»Ja doch!« Er riss sich los.

»Das wird alles laufen wie geplant«, versuchte sie ihn zu beruhigen, obwohl sie selbst sich auch eigenartig nervös fühlte. Wobei nervös eigentlich nicht der richtige Ausdruck war. Sie fühlte sich eher … fiebrig. Ja, das traf es. Heiß und irgendwie unwohl fühlte sie sich. Auf eine eigentümliche Art auch erregt. Die Suche nach dem Mädchen hatte dieses Gefühl verstärkt. Dass sie keine Spur von ihr gefunden hatten, hatte die Erregung dann wieder gedämpft. Und das Telefonat mit Goofy vor einer halben Stunde ebenfalls. Goofy hatte wissen wollen, was es mit den beiden Mädchen auf sich hatte.

Kathrin wurde noch heiß bei dem Gedanken an das Telefonat. Sie hatte abgestritten, Neele Haack getötet zu haben. Dass die Polizei eine Verbindung hergestellt hatte, war erschreckend genug. Scheiß-Bullenpack!

»Hat der Junge schon sein Abendbrot bekommen?«, holte Nick sie im Vorbeigehen aus ihren Gedanken. Er setzte sich im Wohnzimmer auf einen der Stühle und trank die Flasche Bier in einem Zug fast halb leer.

Leon schüttelte den Kopf. »Nein. Ich dachte, weil er ja heute so spät noch mal Mittagessen bekommen hat …«

Kathrin sah ihn an. Über Goofy und die Bitches würde sie sich später Gedanken machen. Jetzt galt es erst mal, den Ablauf hier weiter zu organisieren. »Mach die Nudeln und die Soße noch mal heiß. Ich bring es der Kröte gleich hoch. Dann kannst du dich noch ein bisschen ausruhen.«

»Nein!« Leon ging in die Küche. »Ich meine, ist schon okay.

Ich bring es ihm hoch. Das … das lenkt mich ab. Hier unten grüble ich nur rum.«

Kathrin musterte ihn. Leon war eigenartig drauf. Er schien wirklich hochgradig nervös zu sein. Also war es am besten, ihn machen zu lassen. Anschließend würden sie den Plan für die morgige Geldübergabe noch einmal durchgehen. Wenn in Hamburg alles gut lief, würden die Jungs nach Elmshorn fahren. Leon würde in Nicks und ihrer Wohnung mit dem Lösegeld warten, Nick hierher zurückkommen. Dann würden sie hier abwarten, bis es dunkel war, die Kröte betäuben, in den Wagen verfrachten und im Wald abladen, wo die Polizei oder seine Eltern oder wer auch immer ihn finden würde. Den genauen Fundort erführe Magnus Fahrenkrug aus dem Brief, den Nick morgen früh in Hamburg in den Briefkasten stecken würde. Ein paar Stunden im Wald würden der rothaarigen Kröte nicht schaden. Das war der Plan. Abgesprochen mit Goofy. Abgesprochen mit Nick und Leon.

Und dennoch … Kathrin spürte, wie ihr Mund trocken wurde. Ihre Finger begannen zu kribbeln. Die kleine Kröte. Diese miese kleine Kröte! Er hatte sie mit dem Tipp im Brief gelinkt. Hatte sie verarscht. Das Kribbeln wanderte weiter, breitete sich aus. Wanderte über die Haut der Arme Richtung Nacken.

Es wäre so leicht, es ihm heimzuzahlen. Ihre Hand ging zur Hosentasche und erfühlte die Ausbuchtung. Einen Schrei würde er vielleicht noch ausstoßen. Er würde röcheln, so wie Neele Haack.

Das Kribbeln verstärkte sich, es wollte sie durchdringen. Es kribbelte nicht nur auf der Haut, sondern schien nach innen zu streben. Es wollte in ihren Körper hineinkriechen, in das Adergeflecht, wollte sich verströmen, wollte jede Zelle ihres Körpers füllen.

Nach dem Röcheln würde Stille sein.

Herrlich.

***

Warum konnte man nicht selbst entscheiden, ob man schlafen wollte oder nicht? Warum musste man dazu müde sein? Einfach die Augen schließen, denken: Ich will jetzt schlafen, und dann wegdösen. In das behagliche Nichts. Wie herrlich müsste es sein, alles auf Knopfdruck ausblenden zu können: den Durst, die Bauchkrämpfe, den Kopfschmerz, den kribbelnden Staub, die feuchte Jeans, in der die warme Nässe, die sich ihren Weg aus ihr herausgesucht hatte, als die Schimpansenmaske unter das Bett gestarrt hatte, längst erkaltet war.

Aber es war egal, dass sie sich vor Angst in die Hose gemacht hatte, dass sie stank … Ihre Gedanken waren irgendwie zu Watte geworden. Sie waren da, leicht und flockig, aber nicht wirklich greifbar.

Wieso war der Schimpanse gegangen? Wieso lebte sie noch? Vielleicht hatte sie diese Gedanken zu oft gedacht. So, dass sie sich langsam auflösten und zu dieser Watte wurden, die irgendwie ganz schön war.

Aber da war noch Theo, der an der Watte zerrte. Manchmal wimmerte er leise. Manchmal hustete er. Damit konnte er ruhig aufhören. Sie wollte sich nämlich nicht bewegen und Geräusche verursachen. Sie wollte einfach nur daliegen und hoffentlich, hoffentlich bald schlafen. Doch dieser Watte-Gedanke verlor sich, wurde hart und steif und zerbröselte, als Schritte auf der Treppe zu hören waren.

Als der Schlüssel ins Schloss gesteckt und die Tür aufgestoßen wurde, war Jana wacher denn je. Der Paukenmann erhöhte den Rhythmus. Es war zu düster im Zimmer, um sofort an den Schuhen erkennen zu können, wer eingetreten war und die Tür geschlossen hatte. Etwas wurde auf der Kommode abgestellt, dann verriet ein leises Klicken, dass das Babyfon abgestellt wurde. Licht glomm auf. Taschenlampenlicht. Unstet erhellte es den Raum.

Die Stiefel gehörten dem Schimpansen. Die Herzpauke vibrierte. Bommbommbommbommbomm …

Aber die Schimpansenfratze tauchte nicht auf, um sie aus dunklen Augenhöhlen anzustarren. Kein Arm streckte sich aus, keine Hände griffen nach ihr, um sie unter dem Bett hervorzuzerren. Stattdessen wurde die Dachluke geöffnet, und Jana ahnte, dass der Raum nach ihrem Urin roch. Sie selbst roch nur den würzigen Duft, den das Essen verströmte.

Dann ein Flüstern. »Hör gut zu, Theo. Morgen wird alles gut.«

Obwohl der Schimpanse leise gesprochen hatte, hatte Jana alles verstanden. Und sein nächster Satz machte klar, dass es auch so gewollt war. »Ich bin morgen allerdings ein paar Stunden nicht da. Und Shrek auch nicht. Also: Seid! Ruhig!« Mit normal lauter Stimme sagte der Schimpanse dann: »Ich binde dich jetzt los, damit du Abend essen kannst.«

Theo schien die Sprache verloren zu haben. Kein Ton kam über seine Lippen. Vielleicht hatte er auch Watte im Kopf und war starr und steif?

Doch dann hörte Jana, wie Theo sich hochzog, um in Sitzposition zu gelangen. Der Schimpanse lief hin und her, schenkte Wasser ein, und sie konnte hören, wie Theo gierig schluckte. Dann holte der Schimpanse das Tablett und stellte es Theo auf den Schoß.

»Ich hab keinen Hunger.« Theos Stimme war irgendwie geschrumpft. »Mir ist ganz schlecht.«

Kurz war es ruhig, dann flüsterte der Schimpanse: »Ja. Das versteh ich. Aber es kommt nicht gut an bei ihr, wenn ich den vollen Teller wieder mit runterbringe.« Und dann war wieder Stille. Ab und an klimperte es, wenn Besteck an Porzellan stieß.

Und als Theo leise »Danke« sagte, wusste Jana, dass der Schimpanse das Essen aß.

Nach ewigen Minuten stand der Schimpanse auf. Ein Gluckern verriet, dass er den Becher auf dem Nachttisch vollschenkte. »Melde dich, wenn du irgendwas brauchst«, sagte er in normaler Lautstärke. Und dann leise, während er Theos Hände offenbar wieder festband: »Ärgere sie morgen nicht, Theo! Du musst brav sein, hörst du? *Ganz* brav.« Dann schloss er die Dachluke, stellte das Babyfon wieder an, nahm das Tablett und ging.

Janas Bauchschmerzen verstärkten sich so sehr, dass sie die Hände auf den Leib presste. Es hatte wie eine Beschwörung geklungen. *Ganz* brav. Das Unausgesprochene dahinter war gruslig. Was passierte, wenn Theo nicht *ganz* brav war?

VIERZEHN

Am Morgen der Lösegeldübergabe bildeten Lyn und Kollege Thilo Steenbuck eines der Teams, die Magnus Fahrenkrug und dem Mobilen Einsatzkommando in großem Abstand über die A 23 Richtung Hamburg folgten. Die Zweier-Teams des MEK fuhren abwechselnd direkt hinter Magnus Fahrenkrug her.

Thilo fuhr den Dienstwagen, einen Ford Mondeo, während Lyn am Handy auf Anweisungen wartete. Wo würde die Übergabe stattfinden? Sie war angespannt. Hoffentlich ging alles glatt.

»Das ist Kremer«, sagte sie, als ihr Handy zwanzig Minuten, nachdem Magnus Fahrenkrug zu Hause auf die Minute genau um zehn Uhr gestartet war, klingelte. Sie lauschte, was Arnd Kremer zu sagen hatte, und legte mit einem »Alles klar« auf.

»Und?« Thilo sah sie kurz an.

»Wir sollen langsam fahren. Magnus Fahrenkrug hat gerade einen Anruf der Entführer erhalten. Mit Stimmenverzerrer ist er aufgefordert worden, den Rastplatz Rantzau anzufahren. Er soll bei der ersten Bank unter der Sitzfläche tasten und an sich nehmen, was er dort findet.«

Thilo drosselte das Tempo auf das Autobahnminimum. Sie waren noch dabei zu diskutieren, was Magnus dort wohl vorfinden würde, als Minuten später der nächste Anruf von Kremer kam. Diesmal stellte Lyn auf laut, damit Thilo gleich mithören konnte.

Arnd Kremer fasste sich kurz: »Team Alpha des MEK, das Fahrenkrug auf den Rastplatz gefolgt ist, konnte sehen, dass er eine unter der Sitzfläche der Bank festgeklebte Tüte hervorgeholt hat. Sie konnten nicht genau erkennen, was er außer einem Zettel aus der Tüte herausgenommen hat, aber sie glauben, dass es ein Handy war. Darauf lässt auch seine Aktion nach dem Lesen des Zettels schließen. Er hat *sein* Handy in den Mülleimer geworfen. Vermutlich stand das so auf dem Zettel.«

»Scheiße!«, sagte Thilo nur.

Lyn stimmte ihm innerlich zu. Weitere Anweisungen für Magnus Fahrenkrug würden nun über das Handy aus der Tüte kommen, und die Polizei würde somit nicht mehr wissen, wo es hinging und wie die Nachrichten an Magnus lauteten.

»Die beiden Teams direkt hinter Fahrenkrug sind jetzt gefordert«, sagte Arnd Kremer auch schon. »Sie dürfen ihn nicht aus den Augen verlieren. Auf jeden Fall geht es ja erst einmal weiter Richtung Hamburg. Fahrenkrug ist schon wieder auf der Autobahn. Wir müssen abwarten, wo er sie verlässt.«

Thilo erhöhte das Tempo wieder. »Warum hat Fahrenkrug sein Handy in den Müll getan?«, schimpfte er, als Lyn ihr Handy weglegte. »Er hätte uns damit sagen können, wo die Reise hingeht, selbst wenn die Anweisungen der Entführer über das andere Handy kommen.«

Lyn wiegte den Kopf. »Ich glaube, ich wäre das Risiko auch nicht eingegangen. Er hat bestimmt Angst gehabt, dass einer der Entführer ihn dort beobachtet. Und wer weiß, womit sie ihm auf dem Zettel gedroht haben.«

Arnd Kremer meldete sich im Fünfminutentakt. Die Kollegen des MEK waren nach wie vor an Magnus Fahrenkrug dran und folgten ihm quer durch Hamburg. Die letzte Nachricht von Kremer lautete, dass Magnus auf einen Parkplatz bei den Landungsbrücken gefahren war.

Lyn und Thilo fuhren über den Hohenzollernring, als gleich darauf ein weiterer Anruf von Kremer kam. »Frau Harms, Herr Steenbuck, ich habe schnellstens recherchiert ... Füttern Sie sofort Ihr Navi mit der Straße Lüdemanns Weg. Der geht von der Elbchaussee ab. Vielleicht müssen Sie Ihren Wagen direkt an der Elbchaussee stehen lassen und am Lüdemanns Weg Treppen nehmen, den bebauten Hang am Elbufer runter. Die Treppen führen direkt zur Elbe. Ihr Ziel ist der Museumshafen Oevelgönne.«

»Dahin wurde Magnus Fahrenkrug gelotst?«, hakte Lyn nach, während sie die Straße bereits in das Navi eingab.

»Wo die Reise endet, wissen wir noch nicht«, sagte Arnd Kremer. »Fahrenkrug hat an den Landungsbrücken eine HADAG-Fähre bestiegen, die nach Finkenwerder fährt. Team Alpha und Beta sind ebenfalls beide an Bord. Kollegin Sievers hat uns die Anlegestellen per WhatsApp durchgegeben. Und eine davon ist Neumühlen/Oevelgönne. Ihr Part.«

»Danke, alles klar, wir sind schon auf dem Weg«, beendete Lyn das Gespräch. »So viele Anlegestellen wird es bis Finkenwerder nicht geben«, wandte sie sich an Thilo. »Das kriegen wir locker abgedeckt mit unseren Teams.«

»Hoffen wir eher auf viele Anlegestellen, denn ansonsten sind wir bei dem Verkehr vielleicht nicht schnell genug da. Wir haben leider nicht die freie Fahrt, die die Fähre hat.« Thilo gab Gas, obwohl die Ampel bereits sekundenlang Rot zeigte.

In das Gehupe von rechts hinein krallte Lyn automatisch die Hand ans Armaturenbrett. »Kannst du bitte das James-Bond-Gebaren lassen? Ich lebe nämlich ganz gern, anscheinend im Gegensatz zu dir.«

»Wo ist dein Sinn für Abenteuer?«

»Irgendwo ziemlich weit *hinter* meinem Sinn für waghalsige Verkehrsmanöver.«

»Kannst du bitte wieder mit Hendrik tauschen? Ich hab bis heute nicht begriffen, wieso der freiwillig Kackwindeln wechselt, statt mit mir auf Mörderjagd zu gehen.«

Grinsend tätschelte Lyn seinen Oberschenkel. »Du wirst die fünfeinhalb Monate ohne ihn schon überstehen. Wenn du uns nicht vorher totfährst.«

Sie kamen jetzt gut durch und waren innerhalb weniger Minuten an der Elbchaussee. Thilo parkte im Halteverbot, und sie hetzten den Lüdemanns Weg hinunter. Lyn versuchte noch, Rücksicht auf die Fußgänger zu nehmen, die ihnen schwer atmend entgegenkamen, Thilo eher weniger. Er war am Ende einige Meter vor ihr, hatte allerdings unterwegs auch üble Beschimpfungen hinterhergeworfen bekommen, was ihn, wie Lyn wusste, herzlich wenig scherte.

»Entweder«, schnaufte Thilo, als sie am Café Elbterrassen vorbei Richtung Anleger sahen, »sind wir zu spät oder aber zu früh. Keine Fähre in Sicht.«

Lyn schaute hastig atmend auf ihre Armbanduhr. »Wir waren mit dem Wagen mehr als schnell an der Elbchaussee. Also tippe ich auf zu früh.«

Ihr Blick fiel auf den Außenbereich des Cafés, das mit Sitzgelegenheiten zwischen Palmen und Sand gute Deckung bot. »Wir setzen uns dahin und warten. Sollte Magnus Fahrenkrug die Fähre hier verlassen, sehen wir ihn kommen. Er muss dort rüber.« Sie deutete auf den Zugang, der vom Anleger über das Wasser führte.

Zeitgleich ging das Handy wieder. Kremer teilte mit, dass Magnus Fahrenkrug nicht an der Anlegestelle Dockland ausgestiegen, sondern nach wie vor an Bord der Fähre sei. »Und die nächste Anlegestelle ist Oevelgönne. Sollte Fahrenkrug dort aussteigen, bleiben Sie und Herr Steenbuck wie besprochen im Hintergrund, Frau Harms, und warten auf meine Anweisungen. Team Alpha und Beta bleiben ja nah an Fahrenkrug dran.«

Während sie auf die Ankunft der Fähre warteten, ließ Lyn ihren Blick über die Leute und die Örtlichkeiten schweifen. Hierher könnte sie mit Hendrik und den Kindern auch einmal fahren. Der Elbstrand, die nette Außengastronomie und vor allem die hübschen historischen Boote und Schiffe im Museumshafen schufen eine herrlich entspannte Atmosphäre.

»Die Fähre kommt.« Thilo richtete sich im Stuhl gerade auf. Er verschanzte sich hinter einer der Speisekarten, die eine junge Frau gerade vor ihnen abgelegt hatte. Lyn tat es ihm gleich, während sie immer wieder über die Karte schielte, um zu sehen, ob sich Magnus Fahrenkrug in dem Pulk der Menschen befand, die die Fähre verließen und über den Zugang zum Ufer geschlendert kamen.

»Da kommt die Sievers vom MEK mit ihrem Kollegen«,

bemerkte Thilo und machte sich kleiner im Stuhl. »Die machen auf Pärchen, guck. Halten sich an den Patschehändchen.«

Lyns Herzschlag nahm Fahrt auf. »Das heißt, Fahrenkrug ist ausgestiegen.« Und dann fiel ihr Blick auch schon auf Magnus Fahrenkrug, der hinter Team Alpha über die Brücke ging, den Koffer mit dem Lösegeld hinter sich herziehend. Er wurde schneller und überholte die beiden. Lyn registrierte jetzt auch Team Beta, das knapp hinter Magnus herging, und atmete auf. Sie und Thilo konnten also ruhig hier sitzen bleiben, bis weitere Anweisungen von Kremer kamen.

Als Magnus Fahrenkrug abrupt stehen blieb, überholte Team Alpha ihn wieder. Alles andere wäre zu auffällig gewesen. Team Beta hingegen hatte Zeit, sich an das Brückengeländer zu stellen und zu den Schiffen zu gucken. Niemand, der sie sah, würde etwas anderes als Touristen in ihnen vermuten. Magnus zog ein Handy aus seiner Jackentasche und lauschte. Dabei sah er sich um.

»Er kriegt neue Anweisungen«, murmelte Thilo hinter der Speisekarte.

Dann ging Magnus auch schon weiter.

»Na, die beiden machen ihre Sache aber richtig gut.« Thilo grinste, und Lyn wusste, dass er Team Alpha meinte. Sievers und der Kollege, dessen Namen Lyn nicht kannte, waren stehen geblieben, hielten sich verliebt in den Armen und knutschten sogar, als Magnus an ihnen vorbeieilte und sich auf dem Weg nach links wandte.

»Vielleicht sind die ja wirklich zusammen«, meinte Lyn, Magnus Fahrenkrug mit den Augen folgend. Er war ihrem Blick entschwunden, als Kremer sich meldete und wissen wollte, wo sie waren.

»Folgen Sie Fahrenkrug und den Teams mit Abstand«, lautete die Anweisung schließlich, und das taten sie. Sie mussten nicht weit gehen. Magnus stieg gerade – Lyn konnte es kaum glauben – auf eine steinerne Pyramide, die in Wassernähe stand. »Was macht er denn da?«, sagte sie, als er die sechs Stufen hinaufgeklettert war und den Koffer auf dem obersten Steinquader abstellte.

Thilo packte sie am Arm und zog sie ein Stück zurück. »Wir sind zu nah.« Er blickte sich nach allen Seiten um, Lyn ebenfalls. Waren die Entführer hier irgendwo? Hatten sie tatsächlich die Anweisung gegeben, den Koffer so offensichtlich zu platzieren? Auf einem Platz, der von allen Seiten einsehbar war? Wer auch immer den Koffer abholte, derjenige würde für jedermann gut zu sehen sein. Und in diese Gedanken hinein hörte Lyn ein Geräusch über sich.

Thilo blickte schon in den Himmel. »Nee!«, rief er, als er das Flugobjekt wahrnahm, das sich surrend näherte und eindeutig Kurs auf die Pyramide nahm.

»Eine Drohne?«, stieß Lyn ungläubig aus. Genau wie sie und mindestens ein Dutzend weitere Spaziergänger schaute auch Magnus Fahrenkrug gespannt in den Himmel. Dann senkte sich die Drohne, die weit größer war als die Drohnen, die Lyn kannte, über der Pyramide, und Magnus Fahrenkrug hakte den Karabiner, der an einem gut anderthalb Meter langen Seil von der Drohne herunterhing, an den Griff des Koffers. Nur Sekunden später schwebte die Drohne mit ihrer kostbaren Last davon.

»Fuck ey!« Thilos Entgeisterung war zu einem guten Teil mit Bewunderung durchsetzt. »Das ist eine Lastendrohne. Eine fette Lastendrohne!«

Lyn hing schon am Handy und berichtete Kremer, was passiert war, während ihr Blick der Drohne folgte, die an den in den Hang gebauten Villen vorbei immer weiter nach oben flog und schließlich hinter der oberen Reihe aus ihrem Sichtfeld verschwand.

***

»Alter!« Ungläubig blickte Nick auf die gebündelten Zweihundert-Euro-Scheine im Koffer, den er vom Karabiner gelöst und geöffnet hatte, während Leon bereits damit beschäftigt war, die Drohne mit Unmengen von Desinfektionsspray einzusprühen und abzuwischen, obwohl er das bereits vor dem Flug getan und danach nur Handschuhe getragen hatte.

»Du kannst das Scheißgeld später anglotzen!«, fuhr er Nick an. »Pack es einfach um!« Er zeigte zu den beiden Rucksäcken in der Ecke des Rohbaus. Dann fuhren seine zittrigen Finger auch schon wieder hastig über die Rotoren. Seine selbst gebaute Drohne! Sein Meisterstück! Sein Baby!

Er schluckte, während er weiterwischte und der Schweiß ihm unter dem Bauhelm ins Gesicht lief. Bei der Planung der Entführung waren sie seinerzeit davon ausgegangen, die Zeit zu haben, die Drohne auseinanderzubauen und wieder mitzunehmen, aber das war illusorisch gewesen.

Das Desinfektionsmittel drang scharf in Leons Nase, während nach seinen Fingern jetzt sein gesamter Körper zu zittern begann. Zwei tote Mädchen ... da war keine Zeit für ein zeitraubendes Auseinanderbauen. Sie mussten hier schnellstens verschwinden.

»Hör du auf zu putzen und hilf mir lieber beim Einpacken«, konterte Nick. »Da sind keine Fingerabdrücke mehr drauf!«

Mit einem Wimmern stellte Leon das Desinfizieren ein und stand auf. Kurz ließ er den Panoramablick den Hang hinunter auf die Elbe auf sich wirken. Ein Fenster befand sich noch nicht in der dafür vorgesehenen Öffnung dieses Rohbaus an der Elbchaussee. Ein perfekter Ort, so hatten sie gedacht. Er hatte hier stundenweise als Bauhilfskraft gearbeitet, um sich sein Studentenleben zu finanzieren. Und da die Arbeiten am Wochenende ruhten, hatten sie sich den Samstag für die Geldübergabe ausgesucht. Die Kette, die den Bauzaun umgab, hatten sie mit einem Bolzenschneider durchgekniffen. Eine der leichteren Übungen.

Erneut brach ihm der Schweiß aus, als er sich wieder vor Augen führte, was es hieß, die Drohne zurückzulassen. Er hatte mit einem Kollegen vom Bau über sein Hobby gesprochen. Der würde sich vielleicht daran erinnern, auch wenn das Gespräch lange zurücklag. »Wollen wir die Drohne nicht doch mitnehmen?«, fragte er daher, während er Geldbündel in den Rucksack stopfte.

»Hör auf damit!«, fuhr Nick ihn an. »Das haben wir jetzt mehrfach besprochen! Hier sind viel zu viele Leute unterwegs. Die erinnern sich doch sofort an unsere Gesichter, wenn die uns mit dem Riesenviech an der Elbchaussee entlangmarschieren sehen. Und dein Phantombild willst du doch wohl nicht in der Zeitung sehen?«

Nick hatte recht. Sie mussten das Risiko eingehen.

Minuten später war das Geld umgepackt. Nick warf den leeren Koffer auf die Drohne, was Leon einen Stich gab, während er seinen Rucksack schulterte. Nick nahm den anderen Rucksack, dann kletterten sie den Treppenschacht hinunter und verließen den Rohbau, nachdem sie sich am Eingang der Baustelle kurz umgesehen hatten. Hatte die Polizei den Flug der Drohne hierher verfolgt? Lagen sie hier irgendwo auf der Lauer? Leon war so übel, dass er Mühe hatte, zu atmen.

Sie wandten sich nach rechts Richtung Hohenzollernring, wo sie den Mazda geparkt hatten. Sie gingen langsam, um ja nicht aufzufallen, obwohl Leon sich am liebsten den Bauhelm vom Kopf gerissen hätte und gerannt wäre wie nie im Leben. Würden sie entkommen? Die Übelkeit fraß sich seinen Bauch empor, während er sich bei jedem Menschen, der ihnen entgegenkam, fragte, ob das ein Polizist war.

Bitte, lass es gut gehen! Bitte! Lass uns entkommen!

***

Ganz brav! Die Worte klangen in Theos Ohren immer noch nach, obwohl die Nacht und der Morgen dazwischenlagen, seit der Affenmann sie ausgesprochen hatte. Ganz brav … ganz brav … Als ob die Moorgeister ins Zimmer eingedrungen wären und die Worte immer wieder flüsterten.

Ob Jana es unter dem Bett auch hörte? Sie war jedenfalls nicht tot, wie er gestern gedacht hatte, weil sie sich stundenlang nicht gerührt hatte. Nicht einmal atmen hatte er sie gehört. Er hatte vor Erleichterung geweint, als im Morgengrauen – nach einem aufwühlenden Traum, in dem Mama und Vivi miteinander gekämpft hatten – endlich wieder ein Lebenszeichen von Jana kam. Seitdem hatte sie sich mehrfach bewegt. Mal war es ein leises Scharren, mal ein tiefes Atemholen, das zu ihm drang.

Sie musste schrecklichen Durst haben. Theo blickte zu dem Becher, den der Affenmann gestern Abend vollgeschenkt hatte – für Jana, da war Theo sich sicher. Aber der Becher war in der Nacht unberührt geblieben. Janas Furcht vor Entdeckung war stärker als ihr Durst. Obwohl Theo selbst voller Angst war, war sein Mitleid für sie grenzenlos.

Seit der Affenmann ihm sein Frühstück gebracht hatte, waren Stunden vergangen. Theo hatte ein halbes Brötchen runtergewürgt und den Becher mit Kakao leer getrunken. Mit Blick auf den vollen Wasserbecher hatte der Affenmann kurz verharrt. Theo hatte sich in dem Moment gewünscht, sein Gesicht sehen zu können. War sein Mitleid mit Jana groß genug, dass er ihr das Wasser unter das Bett schieben würde? Er hatte es nicht getan. Er hatte nur das Dachfenster geöffnet und war mit einem letzten Blick zu ihm wortlos gegangen. Kurz darauf war der Motor eines Wagens zu hören gewesen.

Seitdem lauschte Theo immer wieder ängstlich nach unten. Waren sie jetzt allein mit der Trump-Frau, so wie der Affenmann es am Vorabend angekündigt hatte? Oder war Shrek noch da? Nichts von unten zu hören war fast grusliger, als wenn Geräusche nach oben drangen.

Vielleicht hätte er das nicht denken sollen. Tipp-tapp, tipp-tapp, erklangen Stiefeletten-Schritte auf der Treppe. Theo versteifte sich in der Erwartung, den Schlüssel im Schloss zu hören, aber das geschah nicht. Er starrte zur Tür, wartete, lauschte … Warum kam sie nicht rein? Sie musste direkt vor der Tür stehen. Lauschte sie hinein ins Zimmer, genau wie er hinaus? Ahnte sie etwas? Hatte sie etwas gehört?

Unter dem Bett war kein Mucks, kein Atmen zu hören. Jana hatte die Schritte auf der Treppe auch gehört.

Tipptapp, Tipptapp, Tipptapp … Theo atmete erleichtert aus. Die Trump-Frau ging wieder nach unten. Aber warum so eilig? So, als wäre sie es, die Angst hatte und flüchtete.

Es verging eine lange Zeit, in der von unten kein Ton heraufdrang. Theos Zeitgefühl schwächelte, aber er war sich sicher, dass die Mittagszeit längst vorüber war. Trotzdem war er dankbar, dass die Hexe wegblieb. Er wollte kein Mittagessen. Er wollte, dass die Moorgeister sich von innen gegen die Tür lehnten, damit sie nicht hineinkam.

Aber es war kein Moorgeist, der sich rührte, sondern Jana. Die Geräusche verrieten, dass sie sich unter dem Bett herausbewegte. Er begann zu husten, obwohl er so gern weiter ganz still geblieben wäre.

Als Jana neben dem Bett auftauchte und sich vorsichtig auf die Knie begab, jagte Theo ein Schauder über die Haut. Seine Härchen stellten sich auf. Jana war der Moorgeist. Ihr strähniges Haar war zottelig und grau von Staubflusen, ihr Gesicht bleich und dreckig. Dunkle Augenränder ließen sie unheimlich aussehen. Sie sah nur kurz zu ihm, denn ihr Interesse galt dem Wasserbecher.

Theo bekam Angst. Was, wenn die Trump-Frau wusste, dass der Affenmann den Becher vollgefüllt hatte? Aber bevor er den Kopf schütteln konnte, griff Jana schon nach dem Becher, mit beiden Händen, wohl weil sie so zitterten. Voller Schrecken sah Theo zu, wie sie das Wasser, ohne einmal abzusetzen, bis auf den letzten Tropfen austrank und sich ein erlösendes »Aahh« gerade noch verkneifen konnte. Sie sah Theo an und stellte den Becher vorsichtig zurück auf den Nachttisch.

Tatenlos musste Theo mit ansehen, wie sie zur Abseite krabbelte. Dunkle Flecken auf ihrer Jeans bewiesen, dass seine Ahnung richtig gewesen war. Der Uringeruch hatte es verraten. Aber das war jetzt nicht so wichtig wie die Staubflusen, die sie auf ihrem Weg verteilte. Wenn die Trump-Frau jetzt hochkam, waren sie geliefert.

Jana verschwand kurz in der Abseite. Er erwartete, dass sie ihm etwas aufschreiben würde, aber das tat sie nicht. Sie kam wieder heraus und verriegelte die Tür. In der Hand hielt sie ihre Sneakers und eine kleine Schere.

Sie wollte auf ihn zukommen, verharrte aber, als sie die Flusen auf dem Boden sah. Kurzerhand zog sie eine dreckige Socke aus und wischte damit, sich langsam vorwärtsbewegend, den Staub auf. Als hätte sie alle Zeit der Welt, krabbelte sie zurück, öffnete die Tapetentür erneut und warf die schmutzige Socke in die linke Ecke. Dann kam sie zurück, stützte sich am Bett ab und stand auf. Sie schien ihren Beinen nicht zu trauen, denn sie setzte sich auf das Bett. Stumm sahen sie sich an. Nach einem Moment zog sie die Schuhe an und stand auf.

Irritiert sah er zu, wie sie die Bettdecke nahm, sich über ihn beugte und die Decke so leise wie möglich über sie beide zog. Es wurde dunkel um sie herum, und Theo spürte voller Schrecken ihre Lippen an seinem Ohr. Er konnte ihrem Flüstern kaum folgen, so sehr erschreckte es ihn. Was, wenn die Bettdecke das Flüstern nicht genug dämmte? Was, wenn es durch das Babyfon nach unten drang? Das, was Jana ihm sagte, war viel. Darum hatte sie wohl auch entschieden, es nicht aufzuschreiben, sondern dieses Wagnis einzugehen.

Als sie fertig war, legte sie die Bettdecke sachte zurück und sah ihn an.

Er starrte zurück, schluckte … Das konnte sie nicht machen! *Er* konnte das nicht machen! Und warum auch? Die Trump-Frau kam doch gar nicht. Sie war unten und würde bestimmt unten bleiben.

Theo hob den Kopf vom Kissen und schüttelte ihn wild. Aber Jana packte ihn und hielt ihn zwischen ihren dreckigen, stinkenden Fingern wie in einem Schraubstock. Ihre Augen waren riesig und der Blick darin entschlossen. »Doch!« formten ihre Lippen lautlos.

***

Kathrin Pinkert steckte sich mit dem Stummel der Zigarette gleich die nächste an und inhalierte den Rauch tief, bevor sie die glühende Kippe in dem bräunlich verfärbten Spülbecken der alten Kate ausdrückte. Aber sie wusste, dass es keine Erlösung bringen würde, auch wenn sie die ganze Packung auf einmal rauchte. Sie war nicht nervös. Es war dieses Fieber, das sie verbrennen wollte.

Kaum dass die Männer am Morgen gegangen waren, hatte sie ihre unruhige Wanderung im Haus begonnen. Ihre Gedanken wanderten mit. So, wie jetzt das Bild von Nicks Kaninchen auftauchte. Wie süß das kleine Näschen an der Möhre geschnuppert hatte. Und wie schnell es die Leckerei verputzt hatte. Und wie dünn und schlaff es dagelegen hatte, als sie das Messer aus ihm herausgezogen hatte. Harvey war gar nicht mehr knuddelig gewesen. Aber er hatte dieses eigenartige und irgendwie wunderbare Fieber in ihr ausgelöst.

Dann wechselte das Bild. Sie sah sich im Krankenhaus in der Pathologie vor dem stählernen Tisch, auf dem der frisch Obduzierte lag. Professor Dr. Aboudi hatte ihr und den anderen Studenten an dem Leichnam die Entnahme des Blinddarms demonstriert. Als anschließend alle dem Professor hinausgefolgt waren, war sie zurückgeblieben. Sie hatte es tun müssen, weil das Messer in ihrer Hose so furchtbar geglüht und das Fieber sie gepackt hatte. Leider war Professor Aboudi genau in dem Moment noch einmal zurückgekehrt, als sie das Messer in den Leichnam gerammt hatte.

Das Ende ihres Medizinstudiums.

Professor Aboudis dringlichen Rat, sich einen Termin bei Frau Dr. Barthing zu holen, hatte sie ignoriert. Natürlich. Wie hätte sie der Psychotherapeutin ein Fieber erklären sollen, von dem sie gar nicht geheilt werden wollte, weil es sich köstlich berauschend anfühlte? Außerdem hätte sich der Professor nicht so anstellen müssen. Der Tote hatte sich schließlich der Wissenschaft zur Verfügung gestellt. Und irgendwie war es doch wissenschaftlich, was sie getan hatte. Sie hatte nachgewiesen, dass es nicht befriedigend war, das Messer in einen leblosen Körper zu stechen. Befriedigung verschaffte nur der Augenblick des Auslöschens.

Kathrin schüttelte sich. Sie musste sich zusammenreißen! Sie ging ins Wohnzimmer, setzte sich auf einen Stuhl und zog Stiefeletten und Socken aus. Dann nahm sie die Wanderung wieder auf. Manchmal half es, barfuß zu gehen, um sich zu spüren.

Sie fühlte die Kälte der alten Bodendielen und spürte deren Ritzen nach, während sie von einem Zimmer ins andere ging – ruhelos, bis in die letzte Zelle vor innerer Hitze brennend. Sie presste ihre Hand auf die Hosentasche. Das Messer darin glühte auf diese eigentümliche Art und versprach gleichzeitig Erlösung von der Hitze, die ihren Körper befallen hatte.

Sie blieb vor der Treppe stehen, nicht zum ersten Mal – einmal war sie sogar schon oben gewesen –, starrte wieder hinauf und zwang sich erneut, sich abzuwenden. Jedes Mal kostete es mehr Energie.

Sie ging in die Küche. Die Finger an das Spülbecken gekrallt, blickte sie aus dem Fenster hinaus aufs Moor. Flüsternd zitierte sie ein paar Zeilen des Moorknaben-Gedichts. »Was raschelt drüben am Hage? Das ist der gespenstische Gräberknecht, der dem Meister die besten Torfe verzecht.«

Gräberknecht ... Was für ein wundervolles Wort. So morbide, so erregend. Der Schauder wanderte von ihrem Nacken herab bis in den Unterleib. Wollüstig schien er, und das ließ sie schneller atmen. Denk an Goofy, denk an Goofy, maßregelte sie sich selbst, während ihre Finger sehnsüchtig über die Ausbuchtung des Messers in der Hose glitten.

Sie drehte den Wasserhahn auf, ließ das kalte Wasser in ihre Hände laufen und schüttete es sich ins Gesicht. Fast erwartete sie, es zischen zu hören. Während das Wasser an ihrem Gesicht herabperlte, sah sie auf ihre nackten Füße. Eiskalt waren sie, und Krümel der ins Haus geschleppten Moorerde klebten darunter. Mit wenigen Schritten war sie im Wohnzimmer. Sie fuhr mit den Füßen über die Hose, bevor sie in Socken und Stiefeletten schlüpfte und ihre Wanderung durch die Räume wieder aufnahm.

»Konzentrier dich, Kat«, ermahnte sie sich murmelnd.

»Denk an etwas anderes.« Denn es ging jetzt nicht um sie. Es ging um eine exakt geplante Entführung. Es ging um Geld. Um viel Geld, das ihr ein wunderbares Leben ermöglichen würde. Sie zog ihr Handy aus der hinteren Hosentasche und blickte auf das Display. Keine Nachricht von Nick oder Leon. Hatten sie das Lösegeld schon eingesackt? Oder war etwas schiefgelaufen? Sie wusste, dass es zu früh war, um das eine oder andere bestätigt zu bekommen. »Geduld, Kat, Geduld«, murmelte sie und steckte das Handy wieder weg. Warum ließen sich nicht auch Gedanken einfach wegstecken?

Sie atmete heftiger, weil ein Bild immer wieder auftauchte. Es ließ sich nicht verstecken. Es war in ihr Auge gemeißelt: der rothaarige Junge … der Knabe im Moor … der dort oben lag, gefesselt, wehrlos … »voran, als woll' es ihn holen« … So nah. Sie musste nur die Treppe hinaufgehen … »Seine bleichenden Knöchelchen fände spät ein Gräber im Moorgeschwele«.

Sie zuckte heftig zusammen, als im Wohnzimmer die Stimme des Jungen aus dem Babyfon schnarrte. Es hätte das Gerät gar nicht gebraucht. Er rief so laut und aufgeregt von oben, dass sie es auch so hörte.

»Hallo? Hallo, kann jemand kommen? Hier ist was!«

Angespannt bis in den letzten Muskel trat sie an die Treppe und starrte hinauf. Hier ist was … Das Fieber ließ ihr Blut kochen. Ja, dort oben war etwas. Er.

Er rief nach ihr. Es war wie eine Erlösung. *Er* rief *sie*. Das würde sie Goofy sagen. Es war nicht ihre Schuld. Er hatte nach ihr gerufen.

Sie ignorierte die schlaffe Trump-Maske über dem Treppenpfosten und setzte einen Fuß auf die erste Stufe.

***

Klackklackklackklackklack … Theo versuchte, das Zähneklappern unter Kontrolle zu bekommen, aber es gelang nicht. Sein Kiefer bewegte sich trotz seiner enormen Anspannung mit unglaublicher Geschwindigkeit. Was hätten die drei Fragezeichen gemacht bei dem, was jetzt kam? Sie wären mutig gewesen. Ja, angespannt, aber mutig!

Sein kleines bisschen Mut bekam allerdings einen weiteren Schlag versetzt, als er die Stiefeletten auf der Treppe hörte. Die Trump-Frau kam.

Oder doch nicht? Es waren ihre Absätze, aber … sie ging so langsam. Es waren nicht diese schnellen Tipp-Tapps, mit denen sie sonst hochkam. Es war eigenartig, gruslig.

Tipp … … Tapp … … Tipp … … Tapp … …

Die Härchen auf seinen Armen stellten sich auf. Als der letzte Schritt verklang, herrschte einen endlosen Moment lang Stille vor der Tür. Dann wurde der Schlüssel im Schloss herumgedreht. Das Blut rauschte in seinen Ohren. Schwindlig vor Angst blickte er zur Tür.

Als sie aufgestoßen wurde und Theo die Frau davorstehen sah, machte sein Herz einen verrückten kleinen Hüpfer. Das war nicht die Trump-Frau! Es war eine junge blonde Frau, die bewegungslos vor der Schwelle stand und ihn anstarrte. Ihr Atem ging heftig, obwohl sie die Treppe so langsam raufgekommen war.

Doch die Erleichterung über das Auftauchen dieser jungen Frau währte nur kurz, denn Theos Blick fiel auf ihre Hand, auf das Messer darin, kehrte zu ihrem Gesicht zurück, nahm auch den Hoodie wahr, den sie trug, die Jeans, die Stiefeletten … Sie war es!

Als sie auf ihn zuschritt – wieder sehr langsam –, weinte er auf. »Da ist was in der Abseite!«, schrie er unter Weinen, während seine Arme wie wild an der Fesselung zerrten. »Ich hab was gehört! Da … da ist jemand drin!«

Sie hatte schon bei seinem ersten Satz gestockt. Jetzt blieb sie abrupt stehen und sah zur Abseite.

Theo konnte den Blick nicht von ihrer Hand lösen. Die Knöchel auf ihrem Handrücken waren weiß, so sehr waren ihre Finger um das Messer verkrampft. Aber anstatt es sofort in seinen Bauch zu rammen, war sie mit zwei Schritten an der

Abseite. Sie schob den Riegel zurück und zog die Tür ruckartig auf. Sie wartete kurz, lauschte, und Theo wurde schlecht. Sie war vorsichtig. Das war nicht gut. Das war gar nicht gut.

Doch dann ging sie in die Knie und steckte ihren Kopf in die Düsternis. Sie blickte nach rechts, dann nach links, und Theo sah, wie ihr Körper sich anspannte. Sie verharrte. Starrte. Dann stieß sie einen hässlichen, einen wütenden Schrei aus und krabbelte hinein.

Und Theo schrie, wie er nie zuvor geschrien hatte. »Jeeetzt!«

Die Schranktür wurde aufgestoßen. Jana sprang heraus, stürzte zur Abseite, knallte die Tür zu und schob den Riegel vor.

Sie sahen sich an. Als ein irrer Schrei aus der Abseite drang, kam Leben in Jana. Sie stürzte Richtung Bett, zog den Nachttisch von der Wand und schob ihn vor die Tapetentür. Die Trump-Frau schrie wie eine Verrückte und hämmerte wild gegen die Tür. »Ich bring euch um! ... Ich ... bring ... euch ... um!«

Jana rannte zu Theo, zog eine Schere aus der Hose und begann, an dem Seil herumzuschneiden. Und während die Trump-Frau weiter schrie und hämmerte, stand fest, dass es so nicht gehen würde. Die Schere aus ihrem Rucksack war viel zu klein und zu stumpf, um das Seil durchzuschneiden.

»Wir brauchen ein Messer«, schrie Theo schrill. »Du musst ein Messer holen! Von unten!«

Jana nahm sich nicht die Zeit zum Antworten, sondern rannte aus dem Zimmer. Ihre Beine flogen die Treppe hinab. Sie warf keinen Blick ins Wohnzimmer. Wäre einer der Männer noch hier gewesen, wäre er durch den Tumult längst aufgeschreckt worden und nach oben gekommen.

Jana stürmte in die Küche. Opas Küchenschrank! Sie riss eine der Schubladen auf. Leer. Die nächste Schublade. Leer. Wimmernd drehte sie sich um. Ihr Blick glitt gehetzt durch die Küche. Plastikkörbe mit Lebensmitteln, dreckige Töpfe auf dem alten Herd ... da! Sie sprang ans Spülbecken, griff das Messer von einem schmutzigen Teller und rannte damit nach oben. Aus dem Augenwinkel nahm sie den Rollstuhl im Wohnzimmer wahr.

Sie konnten es schaffen!

Theo weinte laut auf, als sie ins Zimmer stürzte. Nackte Erleichterung klang hindurch. Hatte er gedacht, sie würde ohne ihn gehen? Dieser Gedanke war ihr im Schrank tatsächlich kurz gekommen. Ihre Chance zu entkommen war so unendlich viel größer ohne ihn. Sie hätte jetzt schon fast an der Gabelung sein können, wo es links nach Vaalermoor ging. Aber der Gedanke war verflogen wie Rauch im Wind.

Sie stieg auf das Bett und kniete sich mit gespreizten Beinen über ihn. Während sie hektisch mit dem Messer über das Seil am Bettpfosten schnitt und dabei die hasserfüllten Schreie der Frau in der Abseite und ihr Hämmern wahrnahm, wusste sie, dass Theo niemals erfahren würde, dass sie kurz daran gedacht hatte, ihn zurückzulassen. Es war ein eigenartiges, fast warmes Gefühl, zu wissen, dass sie entweder gemeinsam sterben oder beide leben würden.

»Mach!«, schrie Theo, als sein erster Arm frei war. Seine aufgerissenen Augen waren Richtung Tapetentür gerichtet, wo die Geräusche sich verändert hatten. Die Frau schrie nicht mehr, sondern stöhnte wütend und kraftvoll, und das Hämmern war einem Rumsen gewichen. Jana wusste: Ihre Peinigerin hatte die Position geändert. Sie stampfte jetzt mit den Füßen gegen die Tür.

Jana legte alle Kraft, die sie hatte, in die Hand, die das Messer wild über die zweite Fessel am Pfosten führte. Der Nachttisch würde die Tür niemals halten, wenn der Riegel aus der Verankerung sprang. Und das würde er.

Theo half, indem er das Seil straff spannte, ob aus Berechnung oder Angst, war egal. Sie wimmerten beide vor Erleichterung auf, als es riss.

»Schnell!«, stieß Theo aus, als sie vom Bett herunterstieg, während sein Blick nicht von der vibrierenden Tür wich.

Jana hatte eigentlich vorgehabt, ihn auf ihrem Rücken herunterzutragen, aber als Theo ihr die Arme entgegenstreckte, weil er sich an ihr festklammern wollte, packte sie seine Handgelenke. Es war keine Zeit dafür, ihn auf den Rücken zu nehmen. Sie zog ihn aus dem Bett, sodass seine Beine auf den Boden schlugen. Hinter sich her schleifte sie ihn zur Treppe und zog ihn, ohne am Treppenabsatz eine Pause zu machen, die Stufen hinunter. Es hörte sich furchtbar an, wie seine Füße auf die Stufen auftrafen. Wie weh das tun musste! Aber sie konnte keine Rücksicht darauf nehmen. Sie mussten schnell sein, denn der Riegel würde nicht mehr lange standhalten.

Unten ließ sie Theo einfach los. Sie stürmte ins Wohnzimmer und schob den Rollstuhl auf den Flur. Das Rumsen oben nahm im selben Maße zu wie Theos panisches Winseln. Jana blendete alles aus. Schnell ... schnell ... schnell mussten sie sein.

Sie legte alle Kraft in die Arme, um ihn in den Rollstuhl zu hieven, und Theo half mit, so gut es ging, und dennoch konnte Jana nicht verhindern, dass sie über seine schlaffen Beine fiel. Die Knie voran landete sie mit ihrem gesamten Körpergewicht auf seinem rechten Unterschenkel. Sie sprang auf, verharrte, starrte ihn an. Warum schrie er nicht vor Schmerz? Das musste doch furchtbar wehgetan haben!

»Hilf mir«, brüllte er sie an. »Hilf mir doch rein!«

Und während sie ihn erneut unter den Armen packte, wurde ihr schlagartig klar, warum er nicht vor Schmerzen schrie. Er spürte doch nichts!

Als er endlich, endlich im Rollstuhl saß – sie hatten viel zu lange gebraucht! –, rannte sie zur Tür und drückte die Klinke herunter. Die Tür war abgeschlossen, aber der Schlüssel steckte von innen. Sie schloss auf, eilte zu Theo zurück, drehte den Rollstuhl und schob ihn über die Schwelle, dann den kleinen Tritt hinunter, ohne jede Vorsicht. Theo klammerte sich an die Armlehnen.

Mit aller Kraft schob Jana den Rollstuhl vor sich her, den langen Weg hinunter zur Gabelung. Es staubte, und die Räder knirschten, während sie über Stock und Stein jagten, doch aus dem Rennen wurde viel zu schnell ein Gehen. Das Schieben zehrte an den Kräften, denn der Weg bestand nur aus Schotter und Sand, aus Unebenheiten und Löchern. Es war so mühsam!

Theo half mit, indem er mit den Händen kräftig die Greifräder antrieb, aber sie näherten sich der Gabelung viel zu langsam. Jana war klar: Wenn sie überhaupt dort ankamen, würde das längste Stück Weg noch vor ihnen liegen.

Ihr Kopf ruckte herum, zurück zum Haus. Wie lange würde sie brauchen, um aus der Abseite herauszukommen? Bitte lass es noch dauern, lieber Gott! Bitte! Sie begann zu schreien, während sie Meter um Meter schafften. Und während Theo in das Schreien mit einstimmte, stellte Jana es wieder ein. Es kostete zu viel Kraft, und die brauchte sie zum Schieben. Ihr Herz galoppierte, und sie stöhnte vor Anstrengung, während sie Stück für Stück vorwärtskamen. Sie hörte ihr Blut durch die Adern rauschen, obwohl Theo so schrie. Schnell … schneller … schneller! Sie waren viel zu langsam!

Die Angst, die wie eine alte schwarze Moorhexe in ihrem Nacken hockte, wuchs ins Unermessliche. Sie waren kurz vor der Gabelung, als Jana aufjaulte, weil ein furchtbares Geräusch von der alten Kate her erklang.

Das Stottern eines Automotors.

FÜNFZEHN

»Versuch es noch mal«, sagte Leon.

Nick, der den Wagen von der Autobahn runter auf den Rastplatz Forst Rantzau gelenkt hatte, versuchte seit einer Viertelstunde, Kathrin zu erreichen. Aber die ging nicht ran. Genervt warf er sein Smartphone in die Ablage des Mazdas. »Fuck! Wo steckt sie nur?«

»Versuch es noch –«

»Wenn du«, fuhr Nick ihm wütend über den Mund, »noch einmal sagst, dass ich es noch mal versuchen soll, schmeiß ich dich aus deinem eigenen Wagen. Sie geht einfach nicht ran, kapiert?« Er hatte es im Minutentakt probiert, wieder und wieder, ohne Erfolg.

»Sie wird ihm doch nichts tun, oder? Sag, dass sie ihm nichts tun wird!«

»Ich weiß es nicht. Klar?« Nick wischte sich mit der Hand über die schweißfeuchte Stirn. »Ich weiß es einfach nicht.«

Er löste den Gurt, ließ die Seitenscheibe herunter und atmete die frische Luft ein, während die Wagen auf der Autobahn geräuschvoll an ihnen vorbeirasten. »Guck nicht wie eine belämmerte Kuh«, herrschte er Leon an, dessen große traurige Augen an seinem Gesicht hingen. »Ich weiß auch nicht, was wir jetzt tun sollen.« Er atmete tief durch. »Wir warten einfach mal ab. Es gibt vielleicht einen ganz harmlosen Grund, warum sie nicht an ihr Handy geht.«

»Sie ist so anders geworden«, sagte Leon. »Ich hab schon gedacht, dass sie …« Er brach ab.

»Was?«, blaffte Nick ihn an, obwohl er eigentlich gar nicht hören wollte, was Leon zu sagen hatte. Denn es war vielleicht genau das, was er auch dachte.

»Ich weiß, sie ist deine Freundin«, stammelte Leon, »aber findest du nicht, dass sie sich in letzter Zeit ganz schön verändert hat? Wie sie redet, wie sie ausflippt, von einer Sekunde zur anderen, und …«, er schluckte, »du hast nicht gesehen, wie sie auf Neele Haack eingestochen hat, aber glaub mir, Nick, du hättest es auch nicht sehen wollen … Sie hatte Spaß daran! Es war furchtbar. Sie hatte dieses Grinsen im Gesicht, wie eine Irre.«

Nick schwieg. Was sollte er auch sagen? Vielleicht die Wahrheit. Dass es erleichternd war, dass sie beide das Gleiche dachten. Stattdessen schloss er die Augen und murmelte: »Ich glaube, Harvey ist gar nicht von der Katze totgebissen worden.«

»Was?«

Nick sah Leon an. »Das Kaninchen, das ich hatte. Harvey. Du weißt schon.«

»Ja, klar kenn ich Harvey, aber …«

»Kat hat doch behauptet, die Nachbarskatze sei vom Balkon auf unseren rübergesprungen und hätte sich Harvey gekrallt, als er in der Wohnung frei lief. Es kam mir damals schon merkwürdig vor, aber ich hatte auch keine andere Erklärung für das viele Blut. Doch langsam …«

Leon sah ihn entsetzt an. »Du meinst, sie hat dein Kaninchen abgestochen?«

Nick hob die Schultern. Er hörte Leon schlucken. Und ihn dann fragen: »Sie ist eine Psychopathin, oder?«

Nick presste seinen Kopf an die Kopfstütze. Er wollte am liebsten gar nichts mehr sehen und hören. »Ich weiß es nicht, verdammt!«

Leon packte ihn an der Schulter. »Wir müssen sofort zurück, Nick! Wir müssen nach dem Jungen sehen. Sie ist nicht zurechnungsfähig!«

Nick schnappte sich das Handy aus der Ablage und drückte die Wahlwiederholung.

Leon stierte durch die Windschutzscheibe auf den vor ihnen parkenden Lkw. »Wenn sie ihn umbringt, dann … dann werde ich …«

Leon behielt für sich, was er dann tun würde, und Nick wusste, warum er den Satz nicht beendet hatte. Weil Leon nichts tun würde. Weil er zu schwach war, um irgendetwas in die Hand zu nehmen. Zu schwach und zu feige. Leon steckte voller Furcht vor den Konsequenzen ihrer Tat, voller Angst vor dem, was ihnen blühte. Genau wie er.

***

»Nein, was tust du denn?«, schrie Theo, weil Jana abrupt stehen geblieben war und den Rollstuhl festhielt. Sie spürte die Kraft, mit der er versuchte, die Räder zu drehen, aber sie zog die Bremsen fest, eilte um den Rolli herum und packte seine Handgelenke. Obwohl er seine Hände in die Räder gekrallt hatte, gelang es ihr mit dem ersten Ruck, sie zu lösen. Ohne Rücksicht zog sie ihn aus dem Rollstuhl und schleifte ihn hinter sich her – vom Weg auf das bewachsene Stück Land zu ihrer Linken. Gräser bildeten neben einigen Sträuchern die einzige Vegetation in wenigen Metern Entfernung.

»Was machst du denn?«, schrie er, während sie ihn weiterschleifte. »Hörst du das denn nicht? Sie kommt!«

»Ich … ver…stecke … dich.« Jana konnte kaum sprechen vor Anstrengung. Aber die Angst trieb sie an, und er war leichter zu ziehen, als der Rollstuhl zu schieben war. »Bleib gleich … flach liegen … hörst du!«, wies sie ihn mit aller Deutlichkeit an, zu der sie noch fähig war, während sie ihn weiterzog. »Lass … den Kopf unten, egal, was du … auch hörst. Hast du … das verstanden? Ich kann uns nur retten, wenn ich … jetzt losrenne.«

Sie zog ihn hinter den Strauch. »Sei still!«, befahl sie, ihren dreckigen Finger auf seine bebenden Lippen pressend. »Still!« Sie drückte seinen Kopf runter und rannte zurück zum Rollstuhl. Ihr Gehör war nur auf das Geräusch im Hintergrund gerichtet. Das Leiern des Motors. Bitte, Gott, lass ihn nicht anspringen!

Sie packte die Griffe des Rollstuhls. Die Leichtigkeit des Stuhls ohne Theos Last verlieh ihr Flügel. Sie bog an der Gabelung rechts ab, Richtung Neuendorf, während das Motorstottern bei der Kate nicht abriss. Nach wenigen Metern schob sie den Rollstuhl in den schmalen Wasserlauf zu ihrer Linken, wo er mit einem Platschen ein Stück einsank. Aber das war nicht das einzige Geräusch. Bei der Kate heulte ein Motor auf.

Jana wimmerte und rannte los. Nach links, Richtung Vaalermoor. Sie durfte an der Gabelung noch nicht im Blickfeld der Frau sein! Die Frau durfte noch nicht um die Kurve auf der Zufahrt herum sein! Bitte, lieber Gott! Ihre Füße flogen über den Schotterweg und wirbelten Staub und kleine Steinchen auf, während sie aus dem Augenwinkel wahrnahm, dass der Wagen noch nicht auf der Geraden zu sehen war. Sie rannte. Und rannte.

Einen Meter noch … das Motorengeräusch wurde lauter … noch einen Meter. Dann warf sie sich mit einem Hechtsprung an den Wasserlauf, robbte in das hohe Gras und lag still, so still sie nur sein konnte, denn ihr Atem ging schwer und hastig. Sie lauschte, die Augen weit aufgerissen. Das Motorengeräusch kam näher … näher …

Jana hielt den Atem an. Der Wagen lief, aber fuhr nicht mehr. Entweder hatte sie Theo entdeckt, oder sie stand an der Gabelung und überlegte, in welche Richtung sie sich wenden sollte. Jana traute sich nicht, den Kopf zu heben, um über die Schulter nach hinten zu blicken. Es waren schreckliche Sekunden. Sie wartete darauf, dass eine Autotür klappte, dass Theo schrie, aber das geschah nicht.

Das Motorengeräusch blieb noch einen Moment gleichbleibend laut. Dann gab die Frau Gas.

Bieg rechts ab! Bitte, bieg rechts ab!

Jana wusste, dass die Frau sie sehen würde, wenn sie links abbog und an ihr vorbeifuhr. Doch anscheinend hatte Gott heute einen guten Tag, denn das Motorengeräusch näherte sich nicht, sondern entfernte sich. Sie war in die andere Richtung abgebogen!

Jana wartete einen Augenblick. Der Wagen musste erst um die leichte Biegung herum sein, sonst würde die Mörderin sie im Rückspiegel sehen. Dann sprang sie auf. Sie stolperte, fing sich und rannte.

Rannte, rannte … Um ihr Leben. Und um Theos.

***

Da! Kathrin trat so hart auf die Bremse, dass sie im Sitz vorruckte. Der Rollstuhl!

Sie sprang aus dem Wagen, eilte zu dem kleinen Kanal und stieg die leichte Böschung zum Wasser hinunter, ohne sich zu bremsen. Bis zu den Knien stand sie im Wasser, beugte sich vor, griff nach dem Rollstuhl und zog ihn heraus. Während sie ihn mit einem Ächzen neben sich warf, suchte ihr Blick schon das Wasser ab. Nein, die Kröte war nicht hier. Das Wasser war klar genug, das zu erkennen. Und sie hatte es auch nicht erwartet.

Aber wo war er?

Gehetzt drehte sie den Kopf von einer Himmelsrichtung in die andere, während sie sich bemühte, den Wutschrei, der wie ein praller Ballon kurz vor dem Platzen war, zurückzuhalten. Er konnte nicht weit sein. Und die Ratte, die in der Abseite gehaust hatte, auch nicht. Sie hatten sich versteckt. Aber wo? Wo, wo, wo?

Fest stand: Sie würde ihnen die Haut mit dem Messer vom Körper ziehen. *Bevor* sie es in sie reinstechen würde.

Sie stierte in das Birkenwäldchen auf der gegenüberliegenden Wasserseite. War da nicht eine Bewegung gewesen? Ein Knacken? Sie lauschte, aber außer dem Piepen eines Vogels und dem Wind, der leicht durch die Äste der Birken fuhr, war nichts zu hören.

***

Jana rannte. Sie gab alles, was an Kraft noch in ihr steckte. Und das war viel. Sie wusste, sie würde niemals wieder so rennen wie jetzt, obwohl ihre Lunge platzen wollte und erste Stiche in der Seite ankündigten, dass die größte Qual noch kam.

Sie stöhnte und keuchte und atmete gleichzeitig, ihr Speichel sprühte aus dem offenen Mund.

Ihr Blick fiel auf die Zufahrt, der sie sich näherte. Das Haus mit den vielen Postkästen. Das Haus, das genauso elendig weit zurück lag wie Opas Kate. Im Laufen entschied sie, das Wagnis nicht einzugehen. Wenn dort niemand zu Hause war, wäre sie erledigt, denn es würde nicht lange dauern, bis die Frau bemerkte, dass sie in die falsche Richtung abgebogen war.

Jana konzentrierte sich auf den Weg. Um das Loch herum … nicht auf den großen Stein treten und wegknicken … weiter, immer weiter. Das Gefühl der Euphorie, das sie überströmte, als in der Ferne das erste Haus in Sicht kam, wurde von einem Geräusch hinter ihr überlagert. Motorengeräusch.

Die Frau hatte gewendet.

Jana begann zu schreien. Das bremste sie, weil sie dafür kostbare Luft verschwenden musste, aber sie konnte es nicht mehr bezwingen. Sie schrie und schrie und schrie. Nicht um Hilfe. Sie schrie einfach hinaus, was rauswollte: pure, nackte Angst.

Das Motorengeräusch näherte sich viel zu schnell. Obwohl Jana wusste, dass es sie noch mehr Geschwindigkeit kosten würde, wenn sie sich umdrehte, blickte sie im Laufen gehetzt über ihre Schulter. Es war der silberfarbene Kombi. Hinter sich eine Staubwolke aufwirbelnd, hielt er auf sie zu.

Jana richtete den Blick wieder nach vorn und … neue Kraft durchflutete sie. Radfahrer! So viele Radfahrer kamen in der Ferne um die Kurve. Die bunten Helme leuchteten wie Blumentupfer auf einer Wiese der Hoffnung.

Jana schrie sich die Lunge aus dem schmerzenden Brustkorb. Abartig klang es in ihren Ohren, wie die Schreie eines Tiers. Und sie lief. Und schrie und lief, lief, lief … Das viel zu schnell näher kommende Motorengeräusch in ihrem Rücken wurde zu Donnergrollen. Aber sie wollte nicht aufgeben. Sie konnte doch schon Gesichter unter den bunten Tupfenhelmen erkennen!

Dann passierten zwei Dinge gleichzeitig. Die Radfahrer

stoppten, sahen ihr entgegen. Und das Motorengeräusch veränderte sich. Auch die Frau hatte gestoppt. Aber dann gab sie wieder Gas. Es klang furchtbar. Und irgendwie anders.

Jana schrie dagegen an. Doch diesmal artikulierte sie ihre Angst. »Hilfeee!« Tränen schossen ihr in die Augen, als sie sah, dass sich zwei der Radfahrer endlich, endlich wieder in Bewegung setzten, ihr entgegenkamen, ihr etwas zuriefen.

»Hilfeee!« Jana hörte nicht auf zu schreien. Die Tränen verschleierten ihren Blick, ließen sie stolpern, aber sie rannte weiter. »Hilfe, Hilfe!« Und ihr war, als würde sie mit ihren Hilferufen das Motorengeräusch leiser schreien. »Hilfeee!«

Als Jana dem Radfahrer, der zuerst bei ihr war, in die Arme fiel, konnte sie nicht sprechen, nur würgen und keuchen und schnauben. In den Armen des Mannes drehte sie sich um.

Der Kombi war verschwunden. Darum hatte sich das Motorengeräusch verändert: Die Mörderin war rückwärtsgefahren. Sie hatte die Radfahrer gesehen und war verschwunden.

»Um Gottes willen, Mädchen! Was ist denn mit dir passiert?«

Jana blickte in das Gesicht des Mannes, der sie hielt. Gott hatte ihr einen alten Mann geschickt. Über seine Schulter sah sie in die anderen Gesichter, die jetzt bei ihnen ankamen. Gott hatte viele wunderbare Menschen mit silbernen Haaren und bunten Helmen geschickt, um sie zu retten.

Jana löste ihre Hände nicht aus der blauen Allwetterjacke, in die sie sie gekrallt hatte, obwohl ihre Beine nachgaben und der Mann mit ihr gemeinsam in die Knie ging. »Die Polizei«, keuchte Jana. »Sie müssen … die Polizei rufen! Theo … liegt dahinten!« Ihre Stimme schraubte sich in die Höhe, wurde schrill. »Schnell! Bitte, bitte … schnell! Sie darf ihn nicht finden!«

***

Theos Kopf lag noch dort, wo Jana ihn hingedrückt hatte. Er hatte sich nicht bewegt, als der Wagen keine zwanzig Meter von dem Strauch entfernt vorbeigefahren war. Er hatte sich nicht bewegt, als der Wagen an der Gabelung gestoppt hatte, und auch nicht, als der Wagen abgebogen und dann nach langen Minuten wieder zurückgekommen und in die andere Richtung gefahren war.

Und er hatte sich nicht gerührt, als er Janas Schreie in der Ferne gehört hatte. Sie schrie und schrie und schrie. Und er wusste irgendwie, dass das gut war. Denn wenn sie schrie, hatte die Frau sie noch nicht geschnappt. Wie eine Melodie der Hoffnung trug der Wind Janas Schreie zu ihm.

Hör nicht auf! Hör nicht auf. Schrei! Schrei immer weiter.

Doch Jana hörte auf. Und Theos Körper wurde zu Stein. Jeden Muskel seines schmächtigen Körpers angespannt, lauschte er dem Motorengeräusch, das wieder lauter wurde. Sie kam zurück! Rückwärts, wie das Geräusch eindeutig verriet. Er konnte hören, wie der Wagen in die Einfahrt fuhr, stoppte und dann vorwärts wieder anfuhr. In die andere Richtung, nach rechts. Er wartete ab. Und wartete. Und gerade als er sich fragte, ob die drei Fragezeichen jetzt nicht vielleicht auch mal den Kopf gehoben hätten, hörte er hinter sich ein Geräusch. Es war das Knacken eines brechenden Zweigs. Die Haut in seinem Nacken zog sich zusammen.

Und dann waren sie auch schon da. Die Schritte. Kein Tipp-Tapp wie auf der hölzernen Treppe, sondern so, wie es sich auf einem Schotterweg anhörte.

Knirsch-knarsch … knirsch-knarsch … knirsch-knarsch.

Theo lag einfach da. Starr. Stumm. Die Augen geschlossen. Vielleicht sollte er an etwas Schönes denken. Er suchte danach. Aber da war nichts Schönes in ihm. Da war nur eine kalte Hand, die sich um seinen Hals legte.

***

Lyn lenkte den Dienstwagen von der Auffahrt der Fahrenkrugs in Kasenort, nachdem sie und Thomas Magnus Fahrenkrug nach der Lösegeldübergabe nach Hause gebracht hatten. Die

Kollegen in Hamburg führten Befragungen in den Häusern am Hohenzollernring durch, dort, wo laut Augenzeugenberichten die Drohne in etwa runtergegangen war. Als Lyns Handy läutete, bat sie Thomas, ranzugehen.

Er nahm ihr Smartphone aus der Ablage und sah aufs Display. »Das ist Kremer.« Er nahm das Gespräch an. Er lauschte, dann legte er Lyn mit einem atemlosen »Halt an!« die Hand auf den Arm.

Lyn fuhr umgehend rechts ran. Sie hing an Thomas' Lippen. Seine Fragen und Antworten sagten ihr, dass etwas Relevantes geschehen war.

»Ja, wir sind ganz in der Nähe«, sagte er. »Wir fahren hin. … Alles klar, Herr Kremer.« Er drückte den Chef weg und sah Lyn an.

»Die Kollegen von der Streife wurden nach Vaalermoor gerufen. Und jetzt halt dich fest: Sie haben die Freundin der Toten aus dem Segeberger Forst. Jana Roffler. Und das Mädchen behauptet zu wissen, wo Theo ist. Sie hat gesagt, sie sei mit ihm eingesperrt gewesen und geflohen.«

»Was?« Lyn war wie elektrisiert.

»Gib Gas«, sagte Thomas. »Nach Vaalermoor sind es zehn, zwölf Kilometer.«

Sie trat aufs Pedal. »Theo und das Mädchen … Und so nah!«, stieß Lyn aus, während Thomas das Blaulicht unter dem Fahrersitz herausfummelte und die Seitenscheibe herunterließ, um es auf dem Dach zu platzieren. Lyn wusste gar nicht, was sie zuerst denken sollte. Vaalermoor, das war weit weg vom Segeberger Forst, wo Janas tote Freundin Neele gefunden worden war. »Geht es Jana Roffler gut?«

»Keine Ahnung. Kremer sagte, der Rettungswagen ist alarmiert.«

»Und sie weiß, wo Theo ist?« Lyn wurde heiß vor Aufregung. Was verband Theo Fahrenkrug und Jana Roffler?

»Anscheinend ja. Kremer hat das SEK schon informiert.«

Fünfzehn Minuten später trafen Lyn und Thomas in Vaalermoor ein. In der von Kremer genannten Straße Ostende gab es nur wenige Häuser. Schon bald wurde es einsam und die Straße eng und unwirtlich.

»Das ist das Herrenmoor«, erinnerte Lyn sich. »Hier war ich als Kind zwei-, dreimal mit meinen Eltern.«

»Was ist denn da los?«, murmelte Thomas, als sie sich einem Pulk von Menschen und Fahrrädern näherten und Lyn den Wagen schließlich stoppte. Sie stiegen aus.

Ein Schutzpolizist steuerte direkt auf sie zu. »Herr Martens! Frau Harms! Sie sind schneller hier als der Rettungswagen. Sind Sie geflogen?«

»Wir waren in der Nähe«, sagte Thomas. »Was ist hier los? Was sind das alles für Leute?«

»Das ist die Seniorengruppe, der das Mädchen in die Räder beziehungsweise in die Arme gerannt ist, wohl im wahrsten Sinne des Wortes. Die Gruppe wollte durchs Moor radeln, und da kam ihnen Jana Roffler hilfeschreiend entgegen.«

Er wies hinter sich. »Das Mädchen sitzt bei Kollege Wollenhaupt im Streifenwagen. Sie hat sich gerade erbrochen. Ist völlig fertig. Aber sie schreit in einer Tour und will raus aus dem Wagen und Theo holen. Wir mussten sie fixieren ... Hoffentlich ist der Rettungswagen gleich da.«

»Redest du mit ihr?«, sagte Thomas. »Ich helfe erst mal dem Kollegen«, er nickte dem Streifenbeamten zu, »die aufgeregten Oldies ein Stück entfernt zu platzieren, damit die Sanitäter gleich durchkommen.«

»Eine gute Idee«, sagte Lyn und bahnte sich den Weg durch die gut dreißigköpfige Seniorenschar, die den Streifenwagen aufgeregt plappernd umlagerte. Während Thomas' dunkle Stimme mit einem gebieterischen »Alle Zeugen hierher!« erklang und sich umgehend dreißig Menschen in Bewegung setzten, kam Lyn beim Dienstwagen an, aus dessen Innerem allerdings keine Schreie zu hören waren.

Als sie die hintere Tür aufzog, war klar, warum. Lyn sah nur einen zuckenden Rücken und eine verdreckte, klettige braune Haarmähne. Das Mädchen saß vornübergebeugt auf dem Rücksitz und würgte. Anscheinend hatte sie schon alles erbrochen, denn es kam nichts mehr. Aber es war deutlich zu sehen und zu hören, wie sehr das Würgen sie quälte.

Lyn nickte dem Streifenbeamten zu, der beruhigend auf das Mädchen einsprach und ihren Rücken tätschelte. »Machen Sie sie los«, wies Lyn ihn an und deutete auf die Handschellen, mit denen Janas linke Hand an die Kopfstütze des Vordersitzes gefesselt war.

»Auf Ihre Verantwortung«, sagte Polizeimeister Wollenhaupt und zog ein Schlüsselbund aus der Hosentasche.

»Der Rettungswagen ist gleich da, Jana.« Lyn übernahm das Rückenstreicheln, während der Kollege die Handschellen abnahm. »Hörst du? Man kann die Sirenen schon hören. Gleich wird dir geholfen.«

Das Mädchen schoss hoch, als die Hand frei war.

Lyn zog scharf den Atem ein. Diesem Kind sah man an, dass es gelitten hatte. »Jana«, sagte sie, ging neben dem Wagen automatisch in die Knie und griff nach der Hand des Mädchens. Braune Augen starrten sie an, umgeben von gräulichen Schatten auf einem blassen und dreckigen Gesicht, in das sich Tränenspuren eingewaschen hatten. »Ich bin Lyn Harms von der Kriminalpolizei Itzehoe. Ich sehe, wie schlecht es dir geht, und ich wünschte, ich könnte dich in Ruhe lassen, bis der Rettungswagen hier ist, aber vielleicht kannst du mir vorher noch sagen, wo Theo –« Lyn kam gar nicht dazu, den Satz zu beenden.

Das Mädchen stieß sie zurück, sodass Lyn auf den Po fiel und sich abfangen musste. Jana, die wieder zu schreien begonnen hatte, gelang die Flucht aus dem Wagen allerdings nicht, denn Wollenhaupt hielt sie fest. »Hab ich doch gesagt«, schrie er Lyn an, während sie hochkam.

Jana schlug wild um sich und versuchte sich aus dem Griff des Polizisten zu befreien. »Theo!«, schrie sie dabei. »Theo!«

Lyns Reaktion war ein Automatismus. Ihre Hand klatschte an die Wange des Mädchens. Erschrocken über sich selbst hielt sie die Luft an, als es abrupt still war.

Jana schien genauso erschrocken, aber auch irgendwie erlöst. Sie sah Lyn an, schien sie erst jetzt wirklich wahrzunehmen. »Theo«, stammelte sie und grub ihre dreckigen Finger in Lyns Arm. »Ich muss ihn holen! Ich –«

»Wo ist er, Jana?«, fiel Lyn ihr ins Wort. »Sag mir, wo er ist. Erkläre es mir genau. *Wir* holen ihn. Sag mir, wo er ist.«

»Dahinten!« Ihr Finger ruckte hoch, deutete den Weg hinunter. »Es ist weit. Hinter einem Strauch. Ich hab ihn versteckt. Ich … kann das nicht beschreiben.« Sie wurde wieder lauter. »Ich kann das nur zeigen!« Ihre Nägel gruben sich noch tiefer in Lyns Fleisch. »Wir müssen da hinfahren! Sie holt ihn sonst!«

»Sie?«, fragte Lyn nach. »Eine Frau? Die Frau, die ihn entführt hat?«

»Ja.« Jana nickte hektisch. »Und zwei Männer, aber die sind nicht da. Aber die Frau hat ein Auto. Sie darf Theo nicht finden!«

Lyn versuchte, aus den wirren Informationen schlau zu werden. Sie war hin- und hergerissen. Durfte sie es wagen? Ohne auf das SEK zu warten? Und vor allem: mit Jana, die ins Krankenhaus gehörte?

Die Sirene des Rettungswagens übertönte inzwischen alles. Der Wagen bog gerade in den Weg ein. »Theo liegt draußen?«, vergewisserte Lyn sich noch einmal. »Er ist nicht in einem Haus?« Wenn er sich in einem Gebäude befand, brauchten sie das SEK.

»Nein, wir sind doch rausgelaufen!«, schrie Jana sie an. »Bitte! Sie bringt ihn um! Sie hat auch meine Freundin umgebracht!« Ihre weit aufgerissenen Augen lagen beschwörend auf Lyns Gesicht.

Lyn war dankbar, als Thomas neben ihr auftauchte und überflüssigerweise sagte: »Der Rettungswagen ist da.« Sein Blick hing dabei an dem Mädchen, und Lyn erkannte, dass Janas erbärmliches Aussehen auch ihn berührte.

»Jana weiß, wo Theo ist«, klärte Lyn ihn auf. »Sie sagt, sie sind aus dem Haus geflohen. Jana hat ihn draußen hinter einem Strauch versteckt, kann es aber nicht beschreiben. Sie sagt, sie muss es uns zeigen.«

Lyn sah an Thomas' Gesichtsausdruck, dass er wusste, was sie wollte.

»Ohne das SEK?«, entgegnete er auch schon. »Das geht nicht. Es wäre viel zu gefährlich.«

»Er ist nicht in einem Haus, sondern draußen. In der Pampa, Thomas.«

Er schnaubte, sagte dann aber: »Na gut. Aber ich hole unsere Westen. Dein Holster hast du noch um?«

Lyn nickte und klopfte auf ihre Jacke, unter der sie das Schulterholster trug. Thomas rannte los. Er war Hendrik sehr ähnlich, fiel ihr auf. Auch er hätte nicht lange gezögert.

Sie sah den Schutzbeamten an. »Schmeißen Sie den Wagen schon mal an, Herr Wollenhaupt. Jana sagt uns, wohin wir fahren müssen.« Sie strich dem Mädchen über das struppige Haar, und Jana nickte unter Schniefen.

»Sie wissen schon, dass das –«

»Ja, ich weiß«, fuhr Lyn ihm über den Mund. »Ich übernehme die Verantwortung.«

Jana weinte vor Erleichterung laut auf, als Wollenhaupt vor sich hin murmelnd auf den Fahrersitz wechselte. Wenig später war Thomas zurück. Er warf sich auf den Beifahrersitz, knallte die Tür zu und reichte Lyn ihre kugelsichere Weste. »Gib Gas, Kollege«, sagte er zu dem Beamten und mit Blick in den Seitenspiegel: »Die Sanis waren nicht begeistert, als ich ihnen sagte, dass sie auf ihre Patientin noch ein paar Minuten warten müssen.«

Lyn griff nach Janas Hand und hielt sie fest. »Alles wird gut.« Sie wandte den Kopf und sah, wie die beiden Rettungssanitäter ihnen hinterherblickten. Kopfschüttelnd.

Sie mussten fast Schritttempo fahren, so schlecht wurde die sich stark verengende Straße, die nur aus Unebenheiten und Schlaglöchern zu bestehen schien. Grasbüschel wucherten in der Mitte aus dem gebrochenen Asphalt.

Lyn nutzte die Zeit, um sich die Weste anzuziehen. Sie verzichtete darauf, Jana zu ermahnen, sich anzuschnallen. Das Mädchen hatte beide Hände an die Kopfstützen der vorderen

Sitze gekrallt und hing mit dem Kopf zwischen den beiden Männern.

»Da vorn ist Opas Haus!«, stieß sie nach einem guten Kilometer aus. »Die nächste Einfahrt!«

»Das Haus deines Opas?«, fragte Lyn. Da war also der Zusammenhang!

»Dahinten!«, rief Jana, »bei den Sträuchern. Da hab ich ihn hingezogen. Er liegt im hohen Gras.«

Lyn hielt Jana zurück und sah sich um. Die Gegend war menschenleer. Und ein Fahrzeug war auch nicht in Sicht. Linker Hand gab es den Birkenwald, rechts die Felder und in der Ferne das Haus. Wollenhaupt lenkte den Wagen bis auf Höhe der Sträucher die Zufahrt hinauf.

»Du bleibst hier drinnen«, sagte Lyn und packte Jana am Arm, als sie die Tür öffnen wollte. »Passen Sie auf sie auf«, wies sie Wollenhaupt an und wartete, bis er auf der Rückbank saß, bevor sie ihre Tür öffnete und Thomas folgte, der seine Waffe gezogen hatte und seinen Blick auf das helle Birkenwäldchen gerichtet hielt, das nicht so undurchsichtig wie ein Tannenwald war. »Hier sind nur wir«, sagte er, und sie rannten beide in leicht geduckter Haltung zu dem großen Strauch, den Jana ihnen gewiesen hatte.

»Scheiße«, sagte Thomas nur, als sie dort ankamen. Er rannte weiter zum nächsten Strauch, aber Lyn wusste, dass es umsonst war. Der Junge hatte hier gelegen. Hinter diesem Strauch. Im hohen Gras zeichnete sich deutlich eine platt gelegene Stelle ab.

Aus dem Wagen waren Janas Schreie zu hören. Da Thomas die anderen Sträucher kontrollierte, hatte sie wohl erkannt, dass Theo nicht mehr hier war. Und da er nicht laufen konnte, war das kein gutes Zeichen.

Lyn blickte zu der Kate in der Ferne. War Theo dort?

Thomas kam zurückgerannt. »Verdammt!«, schnaubte er. »Ein paar Minuten eher, ein paar Minuten nur, und wir hätten den Kleinen jetzt vielleicht.« Er folgte ihrem Blick zum Haus. »Wir müssen auf das SEK warten. Allein zu der

Kate zu fahren wäre unverantwortlich. Obwohl ich kaum glaube, dass die Entführer so dämlich sind und sich noch dort aufhalten.«

Lyn nickte. »Erst mal bringen wir Jana zum Rettungswagen zurück.«

Jana war bereits auf dem Weg ins Krankenhaus, als das SEK eintraf. Arnd Kremer hatte eine Ringalarmfahndung nach dem von Jana beschriebenen silberfarbenen Kombi ausgelöst und Lyn und Thomas zur Verstärkung die Kollegen Thilo Steenbuck und Karin Schäfer geschickt.

Thilo war es, der den Rollstuhl am Wasser entdeckte. Lyn hatte kein gutes Gefühl, als das SEK schließlich die Kate stürmte. Aber als alle Räume, der Schuppen und der verwilderte Garten gesichert waren, stand fest: Es gab hier niemanden. Die Entführer waren fort. Aber, und das war eine große Erleichterung, es gab auch keine Leiche von Theo.

»Drei Entführer, drei Matratzen«, sagte Thomas, als sie im Wohnzimmer standen. »Passt.«

Lyn nickte. »Die Frau hat hier auf Theo aufgepasst, während die beiden Männer das Lösegeld geholt haben.«

Sie ging in die kleine Küche und blickte in die Kiste mit den Lebensmitteln. Dosensuppen, Fertigkost, Marmelade, Pakete mit Toastbrot ... Es war noch reichlich Verpflegung da. Mangels Handschuhen zog sie sich den Jackenärmel über die Hand und öffnete den Kühlschrank. Auch der war mit drei Litern Milch und jeweils zwei geschlossenen und einer geöffneten Packung Käse und Salami noch gut gefüllt. Anscheinend hatten die Entführer vorgesorgt für den Fall, dass die Lösegeldübergabe scheiterte und ein neuer Versuch gestartet werden müsste.

»Wir können den Täterkreis eingrenzen«, sagte Thomas hinter ihr. Er zeigte auf das Seitenfach, in dem mehrere Flaschen standen. »Es sind Biertrinker.«

»Sehr hilfreich.« Lyn lächelte schief und schloss den Kühlschrank. »Die Bande ist auf jeden Fall sehr klug vorgegangen.

Sie haben, auf den ersten Blick, nichts Persönliches zurückgelassen. Bis auf diese Maske.« Lyn deutete auf die Maske über dem Treppenpfosten. »Mr. Trump.«

»Ja, eigenartig«, sagte Thomas.

»Ich geh noch mal nach oben.«

»Dann beeil dich. Die Spurensicherung muss gleich hier sein.«

Lyn ging die Treppe hoch, ohne den Handlauf zu berühren. Es war unprofessionell, die Räume zu betreten, bevor die Spuren gesichert waren, aber da sie nach dem SEK sowieso schon oben gewesen war, kam es auf ein weiteres Haar, das sie eventuell verlieren könnte, auch nicht mehr an. Und ihre DNA-Daten lagen der KTU zum Ausschluss von Trugspuren schließlich vor.

In der offenen Zimmertür blieb sie stehen. Hier hatten die Kinder also die letzten Tage verbracht. Kalt war es. Muffig war es. Und es roch nach Urin.

Bevor Jana mit dem Rettungswagen davongefahren war, hatte sie noch bruchstückhaft berichtet, was geschehen war. Die Details würden sie erfragen, wenn das Mädchen untersucht war und der Arzt sein Okay gab. Aber Lyn wusste bereits, dass Jana sich in der Abseite vor der Bande versteckt gehalten hatte.

Sie betrat das Zimmer und ging an der geöffneten Schranktür vorbei zu der ebenfalls offen stehenden Tapetentür. Was war hier nur vor sich gegangen? Aus Janas wirrem Bericht hatte sie herauszuhören geglaubt, dass Jana die Mörderin, wie sie sie nannte, hier in der Abseite eingesperrt hatte. Dazu passte der Nachttisch, der anscheinend von der sich öffnenden Tapetentür in den Raum geschoben worden war. Aber der Riegel neben der Tür war unversehrt. Er war nicht herausgebrochen. Wie hatte die Frau es geschafft, sich von innen zu befreien?

Lyn stand wieder auf, und ihr Blick fiel auf die Windeln auf der Kommode. Ein Seufzer kam ihr über die Lippen. Kleiner Theo. Hoffentlich lebst du noch.

»Lyn, komm runter«, grölte Thomas von unten. »Die Spusi ist im Anmarsch.«

»Danke«, sagte sie, als sie unten war. Thomas stand mit Thilo auf dem Flur. Sie zog ihr Handy aus der Jackentasche. »Ich geh mal vor die Tür und rufe Hendrik an. Es wird heute spät werden. Mein Baby wird mich eh nicht mehr wiedererkennen, und Sophie werde ich gestehen müssen, dass aus unserem morgigen Mädels-Tag wohl nichts wird.« Ein flaues Gefühl breitete sich in ihrem Magen aus.

»Schenk Hendrik doch ein T-Shirt mit deinem Bild drauf«, riet Thilo ihr. »Kriegst du im Internet. Wenn Klein Wolff ihn dann anguckt, sieht er dich auch gleich. Zwar nur in 2D, aber immerhin …«

»Du mich auch«, brummte Lyn. Draußen ließ sie ihren Blick über die Einsamkeit des Herrenmoors gleiten. Ihr Vater hatte ihr einiges über das Hochmoor erzählt, wenn sie hier spazieren gegangen waren. Die alten Torfstiche waren alle mit Gras und Torfmoosen überwachsen. Sie erinnerte sich, dass ihr Vater sie gewarnt hatte, wenn sie darübergerannt war: »Pass auf, Gwendolyn, darunter lauern Löcher! Du könntest einsacken.« Aber das war nie geschehen. Auf jeden Fall würde sie im Sommer mit Hendrik und Emil einmal hierherfahren. Es wäre herrlich, am mit Entenflott übersäten Moorkanal spazieren zu gehen und Erinnerungen aufzufrischen.

Gerade wollte Lyn die Kurzwahltaste für zu Hause drücken, als Karin Schäfer aus dem Schuppen kam. Sie hielt ihr Smartphone ans Ohr gepresst und winkte hektisch. »Theo wurde gefunden«, flüsterte sie Lyn zu, bevor sie zum Gesprächsteilnehmer am anderen Ende sagte: »Ja, Herr Kremer, selbstverständlich bin ich ganz bei Ihnen.«

Lyns Herzschlag beschleunigte sich. Sie packte Karin am Arm. »Und?«

Karins Gesichtsausdruck war Antwort genug.

SECHZEHN

Kathrin Pinkert trat von einem Bein aufs andere, während sie am Itzehoer Bahnhof auf den Zug nach Elmshorn wartete. Vorsichtshalber hatte sie den Kombi abgestellt. Die Ratte aus der Abseite hatte vielleicht Angaben zu dem Wagen machen können, und die Polizei würde danach fahnden.

Der Wagen war ein Problem. Er war auf Nicks Namen zugelassen. Darum hatte sie ihn nicht auf einem Parkplatz abgestellt, sondern in der Karlstraße, wo die Anwohner ihre Fahrzeuge parkten. Das war unauffälliger. Und jeden silberfarbenen Kombi im Kreis Steinburg würde die Polizei kaum überprüfen. Oder doch? Sie durfte ihn nicht allzu lange in der Straße stehen lassen.

War es schlau, wenn Nick ihn als gestohlen melden würde? Nein, auf keinen Fall. Sie schloss die Augen. Die wild wirbelnden Gedanken in ihrem Kopf stressten sie. Goofy, Nick, Leon … Sie tobten durch ihre Hirnwindungen. Und sie hasste sie alle. Sollten sie sich das Scheißgeld doch aufteilen! Sie würden sowieso geschnappt werden. Aber vorher würde sie Ordnung schaffen. Damit das Fieber sie nicht verbrannte. Sie *musste* Ordnung schaffen.

Mit Leon würde sie anfangen. Mit dem Dreckskerl, der sie gelinkt hatte. Der gesagt hatte, er hätte alle Räume gecheckt. Auch oben. Und damit war klar: Er hatte das Mädchen gesehen. Er musste sie entdeckt haben. Und er hatte es vor ihr verborgen. Weil er eine Memme war. Weil er schwach war. Er hatte alles verdorben. Alles!

Ein Wutlaut brach über ihre Lippen, sodass der Mann neben ihr von seinem Handy aufblickte und sie musterte.

»Was?«, fauchte sie ihn an.

»Ist ja gut.« Er hob die Schultern. »Alles gut.« Er trat einen Schritt von ihr weg und blickte wieder auf das Display.

Kathrin ging auf dem Bahnsteig ein Stück weiter, weg von

den Leuten. Sie war doch nicht aus dem stinkenden Loch in der Kate herausgekommen, um jetzt geschnappt zu werden.

Ihre Hand wanderte zu dem glühenden Stück Eisen in ihrer Jeans. Ihr wunderbares Messer. Zum Glück war ihr in der Abseite eingefallen, dass es da war. Sie hatte das Treten an die Tür eingestellt, es gezückt, die Klinge durch den schmalen Spalt zwischen Tür und Wand geführt und den Riegel damit einfach hochgeschoben. Wäre es ihr nur früher eingefallen! Als die Kröte und die Ratte noch da waren!

Die Wut kochte wieder hoch, aber diesmal unterdrückte sie das Geräusch, das aus ihrer Kehle in die wirre Welt geschrien werden wollte. Stattdessen zog sie ihr Handy aus der Hosentasche und blickte darauf. Nicht zum ersten Mal. Sie hatte bereits gesehen, dass Nick sie wieder und wieder angerufen und mit WhatsApp-Nachrichten bombardiert hatte. Sie sah auf die Zeitanzeige. Noch acht Minuten, bis der Zug einfuhr. Zeit genug für das Gespräch, dessen Inhalt sie sich während der Autofahrt nach Itzehoe zurechtgelegt, wieder verworfen und dann doch für gut befunden hatte. Für sehr gut.

Sie wählte Nicks Nummer. Nach dem ersten Klingeln war er schon dran. »Endlich, Kat!«, fauchte er sie an. »Wieso gehst du nicht ans Telefon? Ist alles in Ordnung bei dir?«

»Nicht wirklich. Ich habe draußen Geräusche gehört, so als wenn jemand ums Haus schleicht. Ich habe zwar niemanden gesehen, aber vorsichtshalber gibt es eine Planänderung.«

Eine Sekunde lang herrschte Schweigen in der Leitung, dann fragte Nick: »Eine Planänderung? Was heißt das?«

Kathrin bemühte sich, einen möglichst lockeren Ton anzuschlagen, was nicht einfach war mit all der Innereien fressenden Wut im Bauch. »Ich stehe auf einem Rastplatz auf der B 206, unterwegs zum Wald. Die Kröte schlummert sediert im Kofferraum. Ich lege ihn ab wie besprochen, nur eben ein wenig eher als geplant.«

»Was?«

Bei Nicks Schrei nahm sie kurz das Handy vom Ohr, bevor sie sagte: »Du hast mich schon verstanden, Nick. Ich musste handeln. Und bei euch hat ja alles geklappt laut deiner WhatsApp? Ihr habt das Geld?«

»Ja, verdammt, aber ... du kannst nicht einfach den Ablauf ändern, Kat! Der Junge kann doch jetzt noch nicht –«

»Ich kann alles«, unterbrach sie ihn. »Alles! Die Kröte liegt einfach nur ein paar Stunden eher im Wald rum. Und wenn er dann von jemandem gefunden wird, bevor seine Eltern den Brief erhalten ... so what? Stört uns doch dann nicht mehr.«

Kathrin verzog den Mund zu einem spöttischen Grinsen, als sie Nick mit Leon diskutieren hörte. Dann war Nick wieder dran und fragte: »Hast du das mit Goofy abgesprochen?«

»Ja, habe ich. Goofy war natürlich nicht begeistert, aber uns bleibt nun mal keine Wahl. Für euch bedeutet das: Ihr fahrt jetzt nicht zur Kate, sondern direkt in unsere Wohnung. Da wartet ihr auf mich. Wo seid ihr jetzt? ... Okay, dann braucht ihr höchstens dreißig Minuten bis zur Wohnung. Ich fahre jetzt weiter. Je eher wir die Kröte vom Hals haben, desto besser.«

»Aber –«

»Ihr fahrt jetzt in die Wohnung, verstanden?« Sie drückte ihn einfach weg.

Ihr Blick ruhte auf der Zeitanzeige des Handys. Noch drei Minuten, bis der Zug kam. Zwanzig Minuten Fahrtzeit, bis sie in Elmshorn am Bahnhof ausstieg. Von dort waren es gute zwanzig Minuten Fußweg bis zur Wohnung. Das waren insgesamt dreiundvierzig Minuten, bis sie Leon Jahn ihr Messer in die Brust rammen würde. Wieder. Und wieder. Und wieder.

***

»Das läuft doch alles völlig aus dem Ruder!« Leon heulte auf. Er fühlte sich wie mit heißem Wasser aufgegossen. »Kat kann doch den Jungen nicht jetzt schon in den Wald bringen. Der kann da nicht so lange rumliegen! Und überhaupt: Wir wollten das nachts machen! Wenn keiner es sehen kann! Wie will sie ihn denn überhaupt allein tragen? Sie kann ihn doch nicht dahin schleifen. Sie reißt ihm ja die Haut auf!«

Nick reagierte nicht. Er starrte auf die Autobahn vor sich. Er fuhr immer noch so langsam wie während des Gesprächs mit Kathrin. Alle anderen Wagen zogen an ihnen vorbei.

»Hörst du mir zu?« Leon hörte auf, an seinem Nagel zu pulen. »Hat sie sonst noch was gesagt? Wer da rumgeschlichen ist? Draußen, sagst du?« Er packte Nick, der immer noch nicht reagierte, am Arm. »Rede mit mir, verdammt!«

Nick wandte ihm den Blick zu. »Irgendwas stimmt nicht.«

Leon wurde noch heißer. »Was meinst du damit? Was stimmt nicht?«

»Goofy hätte nie und nimmer zugestimmt, dass der Junge so lange allein im Wald liegt. Kat hat sich auch irgendwie komisch angehört. Ich kann das nicht beschreiben, aber ... wenn da wirklich einer am Haus gewesen wäre, hätte sie sich anders angehört. Es klang eher, als wollte sie uns partout nicht bei der Kate haben, sondern in der Wohnung.«

Leon schluckte. »Es ... es gibt da ...«

Nick sah ihn an. »Was?«

Leon atmete tief durch. »Ich muss dir was sagen.«

Nicks Augenbrauen wurden zu einem Strich. »Was?«

»Der Junge ... er war nicht allein im Zimmer.«

***

Lyn wechselte einen kurzen Blick mit Karin Schäfer, als sie am Haus der Fahrenkrugs in Kasenort den Klingelknopf drückte. Ob Karin auch daran dachte, wie oft sie Angehörigen schlechte Nachrichten überbringen mussten?

Nachfragen konnte sie nicht mehr, denn Magnus Fahrenkrug zog die Tür auf. Er schien ihren Gesichtern schon anzusehen, was sie zu sagen hatten.

»Sie haben ihn gefunden?« Nackte Hoffnung sprach aus jedem seiner Worte. »Theo lebt?«

Lyn strahlte weiter. Es war so schön, endlich einmal gute Nachrichten überbringen zu dürfen. Sie überließ es Karin, die Nachricht in Worte zu fassen.

»Ja, Herr Fahrenkrug.« Tiefe Freude klang durch Karin Schäfers Stimme. »Theo lebt. Er befindet sich im Krankenhaus, aber es geht ihm so weit gut. Ein …«

Er hörte nicht weiter zu, sondern wandte sich um und brüllte über den Flur: »Vivi! Hilke! Er lebt! Theo lebt! … Er ist frei!« Er ließ Lyn und Karin vor der Tür stehen und stürzte Richtung Wohnzimmer, aus dem ihm seine Frau schon mit einem Freudenaufschrei entgegengehumpelt kam. Sie hing weinend in seinen Armen, als Hilke Fahrenkrug von oben die Treppe herunterflog und Sören aus der Küche kam.

Hilke hatte nur Augen für Lyn und Karin, die das Haus betraten. Lyn konzentrierte sich darauf, die Reaktionen der einzelnen Familienmitglieder zu beobachten. So hatten Karin und sie es abgesprochen. Schließlich konnte das im Hinblick auf die Person, die eventuell Informationen an die Entführer weitergegeben hatte, durchaus aufschlussreich sein.

»Theo … er lebt?«, stammelte Hilke und sah von Karin zu Lyn.

»Ja, Frau Fahrenkrug. Ihrem Sohn geht es gut«, sagte Lyn und packte gemeinsam mit Karin zu, als Theos Mutter in die Knie sackte.

Gemeinsam führten sie Hilke an Magnus und Vivien vorbei zu der antiken Bank, die im Flur stand. Als Lyn wieder aufsah, fiel ihr Blick auf Sören, der in der Mitte des Flurs stand und irgendwie verloren wirkte. Er hatte Tränen in den Augen und blickte auf das sich umschlungen haltende Paar neben ihm. Magnus Fahrenkrug streichelte fortwährend Viviens zuckenden Rücken.

Lyns Aufmerksamkeit wurde aber gleich wieder abgelenkt, denn eine weitere Person trat aus dem Wohnzimmer auf den Flur. Lyn glaubte im ersten Moment, es sei der Kollege der Verhandlungsgruppe, aber es war eine Frau. »Frau Munck«, sagte Lyn erstaunt und trat auf sie zu.

Tessa trug ihr blondes Haar heute offen, was sie jünger und weniger streng aussehen ließ. Die legere Jeans und ein weißer Pulli unterstrichen diesen Eindruck.

Tessa lächelte ihr entgegen. »Was für schöne Nachrichten.« Ihr Blick glitt über die Anwesenden, und Lyn hatte das Gefühl, dass auch sie die Reaktionen der anderen beobachtete. Tessas Blick blieb kurz an Sören haften, der sich gerade eine Träne von der Wange wischte und immer noch sprachlos war, und wanderte weiter zu dem eng umschlungen dastehenden Paar.

»Ich freue mich für alle«, sagte sie und blickte zu Hilke, die mit geschlossenen Augen auf der Bank saß, zitterte und schniefte. Dann sah sie Lyn an. »Ich glaube, ich gehe dann mal. Ich bin hier überflüssig.«

Lyn bewunderte wieder einmal ihr Feingefühl. Tessa Munck verschwand im Wohnzimmer.

Magnus Fahrenkrug wandte sich Lyn zu, Vivien nicht loslassend. »Er ist im Krankenhaus, sagten Sie. Ist er verletzt? Können wir zu ihm?«

Hilke erwachte zum Leben. Sie sprang auf. »Er ist im Krankenhaus? Was fehlt ihm?«

»Es geht ihm so weit gut«, wiederholte Lyn Karins Worte. »Er wird gerade vorsorglich untersucht. Frau Schäfer und ich begleiten Sie gleich ins Krankenhaus.«

»Ja!« Hilke strich sich durch das Haar. »Lassen Sie uns fahren.« Sie sah zu Magnus und Vivien und streckte dann die Hand nach Sören aus, der immer noch an derselben Stelle stand. »Er lebt«, sagte sie zu ihm, als wenn er es noch nicht verstanden hätte. »Dein Bruder lebt.«

Sören löste sich aus der Starre, ging zu seiner Mutter und riss sie in die Arme. »Ja. Gott sei Dank!«

Tessa Munck kam aus dem Wohnzimmer zurück. In der Hand trug sie eine Aktentasche. Sie legte Magnus kurz die Hand auf den Arm und sagte: »Ich freue mich so für euch. Und vor allem für Theo ... In der Firma komme ich so weit klar. Genießt jetzt in den nächsten Tagen erst einmal euer Glück.« Sie nickte Vivien zu und ging zur Tür.

Lyn folgte ihr nach draußen zu dem schwarzen Golf. »Mich würde noch interessieren, warum Sie hier waren, Frau Munck.«

Tessa hob ihre gezupfte Augenbraue. Und die Tasche. »Geschäftlich. Warum sollte ich sonst hier sein?«

»Nun, es ist Samstagnachmittag. Wochenende.«

»Würden Sie Ihren Chef hängen lassen bei so einer Belastung? Glauben Sie mir, ich liebe meine Wochenenden. Ich fahre dann leidenschaftlich gern Rad. Aber in diesem Fall mache ich die Überstunden gern. Es bleibt einfach viel liegen, wenn Magnus nicht da ist, und es ist das Einzige, was ich für ihn tun kann.«

Lyn schwieg und sah zu, wie Tessa die Tasche auf den Beifahrersitz legte, bevor sie um den Wagen herum zur Fahrerseite ging. Sie blickte Lyn an. »Wo wurde Theo denn gefunden? Haben Sie die Entführer auch geschnappt?«

»Dazu darf ich Ihnen nichts sagen, Frau Munck. Aber …«, Lyn lächelte, »Sie haben ja ein sehr gutes Verhältnis zu Magnus Fahrenkrug. Sie werden Ihre Fragen bestimmt zeitnah beantwortet bekommen.«

Einen Moment lang musterten sie sich stumm, dann stieg Tessa ein und fuhr davon.

Lyn blickte dem Wagen hinterher, als ihr auffiel: Tessa war die Einzige, die gefragt hatte, *wo* Theo gefunden worden war. Und ob die Entführer gefasst worden waren.

Sie ging zum Haus zurück, grübelnd, und kam zu dem Schluss, dass es der Aufregung geschuldet war, dass die Fahrenkrugs diese Fragen noch nicht gestellt hatten. Bei der unermesslichen Freude darüber, dass ihr Kind, dass der Bruder lebte, waren solche Fragen natürlich nebensächlich. Wahrscheinlich berichtete Karin ihnen gerade, dass ein Mitarbeiter der Unteren Naturschutzbehörde des Kreises Steinburg Theo gefunden hatte.

Lyn seufzte. War es einfach Glück gewesen, dass der Mann sich gerade im Moor aufgehalten hatte, um in der Nähe Messungen an einem Brunnen vorzunehmen? Oder hatte ein gütiger Gott ihn als Schutzengel gesandt? Wie auch immer. Theo war frei und lebte. Nur das zählte.

Und doch war da dieser erneute feine Spinnwebfaden, der in Lyns Gedanken verhaftet blieb. Hatten die Fahrenkrugs *alle* vor Aufregung nicht nach den Details zu Theos Rettung gefragt? Oder wusste einer von ihnen ganz genau, wo Theo gewesen war?

***

Der Zug war mit leichter Verspätung in den Elmshorner Bahnhof eingefahren. Kathrin hatte die Knechtschen Hallen bereits hinter sich gelassen und hastete die Berliner Straße entlang. Ihr Atem ging heftig, aber sie wusste, dass es nicht an ihrer Konstitution lag. Wenn es danach ginge, hätte sie noch bis Hamburg laufen können. Sie konnte es einfach nicht erwarten, ihre Wohnung zu betreten. Wo Nick und Leon auf sie warteten. Wahrscheinlich nervös hin und her liefen. Flennten.

Als sie den großen Block in der Meteorstraße betrat, hatte sie das Messer schon in der Hand. Sie ignorierte den Fahrstuhl und lief die Treppen hinauf in den dritten Stock, immer zwei Stufen auf einmal nehmend. Niemand kam ihr entgegen. Vor der Wohnung pfriemelte sie den Haustürschlüssel aus der Hosentasche, ließ ihn fallen und fluchte lauter als gewollt. Während sie in die Knie ging und ihn aufsammelte, war ihr Blick auf die Tür der Nachbarwohnung gerichtet. Ihre rechte Hand, die um das Messer gekrallt war, kribbelte. Komm raus, alte Hexe! Doch diesmal blieb die Tür geschlossen.

Mit einem Knurren, das tief aus ihrer Kehle kam, schloss Kathrin die Wohnung auf. Während sie die Tür öffnete, lauschte sie nach drinnen. Wieso waren die Jungs nicht zu hören? Mit dem Messer in Angriffsposition betrat sie die Wohnung. Die Küchentür stand offen. Es war niemand darin. Die Wohnungstür mit dem Rücken schließend, rief sie: »Hallo? Wo steckt ihr?«

Es kam keine Antwort. Obwohl der Messergriff in ihrer Hand sie verbrennen wollte, setzte sie bedacht einen Schritt vor den anderen. Sie stieß die Tür zum Arbeitszimmer auf. Leer.

»Hallo?« Sie ging weiter. Die Tür zum Wohnzimmer stand ebenfalls offen. Auch hier keine Menschenseele. Mit einem

Wutschrei stieß sie die Türen zu Bad und Schlafzimmer auf, ohne zu erwarten, Nick oder Leon dort zu finden.

»Wo steckt ihr?«, schrie sie, sich wild drehend. Sie hätten längst hier sein müssen!

Sie durchquerte das Wohnzimmer im Eilschritt, riss die Balkontür auf und trat hinaus. Von oben blickte sie auf die Parkplätze hinter der Rasenfläche. Sie scannte die Reihe der Wagen bis zum nahen Edeka-Markt, aber Leons schäbiger blauer Mazda war nicht zu sehen. Sie ging zurück ins Wohnzimmer, zog das Handy aus der hinteren Hosentasche, ohne das Messer aus der Hand zu legen, und wählte Nicks Nummer.

Es klingelte. Einmal, zweimal, dreimal. Beim vierten Mal begann sie auf die Lehne des alten Ledersessels einzustechen, während sie mit der linken Hand weiter das Handy ans Ohr presste. »Wieso gehst du nicht ran?«, schrie sie in die Stille und wählte Leons Nummer. Das gleiche Spiel. Sie hackte das Messer in den Sessel und lauschte. Nichts.

»Wo steckt ihr?«, schrie sie noch einmal und warf das Handy aufs Sofa. Das Messer flog hinterher, und mit den Händen rupfte sie das Füllmaterial aus dem zerstochenen Ledersofa, warf es um sich und brüllte vor Wut. Dann lief sie auf den Flur, ins Schlafzimmer und wieder zurück ins Wohnzimmer und trat auf den Sessel ein. Als ihr Fuß zu schmerzen begann, presste sie die Hände an die Schläfen und schrie ihre Wut hinaus.

Während sie neuen Atem schöpfte, ertönte eine schwache Stimme aus Richtung der offenen Balkontür. »Herr Mattow? Ist alles gut bei Ihnen? … Frau Pinkert? Hallo?«

Kathrin hielt den Atem an. Die Stimme der alten Kankowski drang wie ein Versprechen vom Nachbarbalkon herüber. Wie ein Versprechen auf Erlösung.

»Ich brauche mal ein Pflaster, Frau Kankowski«, rief sie zurück, der Mund trocken wie Wüstensand. »Ich komme an Ihre Wohnungstür.«

***

Als Lyn und Karin mit Familie Fahrenkrug im Krankenhaus eintrafen, begrüßte sie Oberarzt Dr. Springfeld auf der Kinderstation persönlich. Mit ausgebreiteten Armen kam er auf die Fahrenkrugs zugeeilt. Und Lyn musste sich nicht lange fragen, wieso. Man kannte sich.

»Magnus, du Armer! Hilke, meine Liebe! Ihr müsst am Ende sein. Aber jetzt ist alles gut. Eurem Theo geht es so weit gut.« Vivien Fahrenkrug und Sören siezte der Arzt allerdings, als er sie mit Handschlag begrüßte. Die Freundschaft rührte also aus alten Zeiten. Vielleicht aus dem Golfclub, mutmaßte Lyn.

»Was heißt ›so weit‹, Olaf?«, hakte Magnus gleich nach.

»Theo ist beim Röntgen. Ich möchte eine eventuelle Unterschenkelfraktur bestätigen lassen. Und er hat einige Blessuren und Abschürfungen an Füßen und Beinen.«

»Oh Gott, er hat ein Bein gebrochen?«, rief Hilke schrill.

»Gleich wissen wir Genaueres«, antwortete Dr. Springfeld. »Wir werden in seinem Zimmer auf ihn warten. Ein Pfleger bringt ihn umgehend aus der Radiologie zurück, sobald das Röntgen erledigt ist. Kommt.«

Er führte sie den Gang hinunter in das Krankenzimmer, das für Theo vorbereitet war – ein Zimmer, in dem ein unbenutztes Bett stand, das mit in Folie verpackter Bettwäsche bestückt war. Der Platz für das andere Bett war leer. Theo war wohl im Bett zum Röntgen geschoben worden.

Dr. Springfeld sah Vivien an, sagte: »Bitte, Frau Fahrenkrug«, und deutete auf die Stühle am Tisch. Er hatte zweifellos bemerkt, dass Vivien stark humpelte. Aber sie ignorierte den Stuhl und blieb neben Magnus stehen, ihre Hand mit seiner verschränkt.

»Und sonst?«, fragte Magnus. »Wie geht es ihm psychisch? Wurde er gut behandelt?«

»Ja, ja«, fiel Hilke ein. »Er muss doch so schreckliche Angst gehabt haben!«

»Nun, auf den ersten Blick ist sein psychischer Zustand gut, wenn man die Umstände bedenkt. Aber eine psychotherapeutische Behandlung ist natürlich bei dem, was er erlebt und mitgemacht hat, unerlässlich.« Dr. Springfeld sah Magnus an. »Euer Sohn befand sich in einer Extremsituation. Auch wenn er jetzt oder in den nächsten Tagen vielleicht gut klarzukommen scheint, kann er trotzdem ein Trauma ausbilden. Ich werde euch einen auf Traumata spezialisierten Kollegen empfehlen und ...« Er brach ab, weil sich die Tür öffnete.

Der Pfleger, der sie aufgezogen hatte, stutzte kurz, dann gab er den Blick auf das Bett frei, das er hineinschieben wollte. »Sieh mal, Theo«, sagte er mit einem Lächeln und trat zur Seite. »Da sind sie.«

Das Kopfteil des Bettes war hochgestellt. Der Junge, dessen rothaariger Kopf auf dem Kissen ruhte, kam hochgeschossen. Auf seinem blassen, schmalen Gesicht legte sich ein Schalter um. Von einer Sekunde zur anderen strahlte er. »Mama! Papa!« Er breitete die Arme aus, und Lyn wusste, hätte er laufen können, wäre er aus dem Bett gesprungen.

»Theo-Schatz!«

»Theo!«

Von Vivien kam ein ersticktes Aufschluchzen, dann umringten auch schon alle das Bett auf dem Flur. Lyn lächelte breit, sie merkte es selbst. Aber warum sollte sie es auch unterdrücken? Es war zu schön, die Wiedersehensfreude der Familie mitzuerleben. Die Freudentränen, das Geschluchze, der schmale sommersprossige Rotschopf, der von allen abgeküsst und gestreichelt wurde. Sören hielt sich ein wenig zurück, aber auch er hatte Tränen in den Augen und streichelte über die Bettdecke, unter der die dünnen Beine des Jungen kaum auszumachen waren.

Bei aller Mitfreude beobachtete Lyn die Anwesenden dennoch wachsam. Waren die Gefühle, die sie hier sah und miterleben durfte, alle echt? Sicherlich. Denn selbst wenn sich eine tatbeteiligte Person unter ihnen befand, wäre diese Person zweifellos heilfroh, Theo gesund und munter zu wissen.

Nach ein paar Minuten sagte Dr. Springfeld: »So, jetzt wollen wir den jungen Mann mal ins Zimmer schieben. Und ich schaue mir die Röntgenbilder an.« Er nahm sie vom Fußende des Bettes und las den beiliegenden Bericht, während der Pfleger mit Sörens Hilfe das Bett an seinen Platz stellte.

»Ah, das Wadenbein ist glücklicherweise nicht komplett gebrochen«, sagte der Arzt, obwohl ihm nur Karin und Lyn zuhörten. Außer Sören saßen nun alle drei Fahrenkrugs auf Theos Bett. Hilke hielt ihren Sohn.

Karin trat auf Dr. Springfeld zu: »Ist der Junge vernehmungsfähig?« Sie sprach leise, um die Eltern nicht zu verschrecken. »Je schneller wir Informationen bekommen, desto größer ist die Chance, die Täter zeitnah zu fassen.«

»Ich denke, ich kann das verantworten.« Dr. Springfeld sah zu Theo, der im Arm seiner Mutter gerade lebhaft von seiner Rettung durch den Mitarbeiter der Naturschutzbehörde berichtete.

Theo klang aufgeregt, aber keinesfalls hysterisch, obwohl der Inhalt seiner Worte das gerechtfertigt hätte. »Als ich die Schritte gehört hab, dachte ich, die Trump-Frau holt mich. Ich dachte, dass ich gleich tot bin. Wegen der Hand an meinem Hals, aber der Mann wollte nur fühlen, ob ich noch lebe. Ich lag da ja ganz still.«

»Trump-Frau?«, unterbrach sein Vater ihn verwirrt. »Wer ist die Trump-Frau, Theo?« Er streichelte fortwährend über die Hand seines Sohns, die er hielt.

Theo sah ihn an. »Die von der Bande. Die waren doch drei. Die Trump-Frau und zwei Männer. Das hab ich dir geschrieben. *Kim.* Hast du das verstanden mit dem Meerschweinchen? Drei Buchstaben.«

»Ja, mein Schatz, das hab ich«, sagte Magnus.

»Aber sie hat das rausgekriegt«, stieß Theo mit aufgerissenen Augen aus. »Sie ist voll ausgetickt.«

»Entschuldigung«, ging Lyn jetzt nach einem schnellen Blickwechsel mit Karin dazwischen. »Entschuldigung, Herr Fahrenkrug, darf ich Sie und Ihre Familie bitten, das Zimmer kurz zu verlassen? Wir möchten Theo gern befragen.« Sie hoffte, Theo allein und unbeeinflusst sprechen zu können, aber wenn seine Eltern dabei sein wollten, mussten sie sich beugen.

Alle sahen sie an. Auch Theo, der erst jetzt zu registrieren schien, dass außer seiner Familie und dem Arzt noch zwei Fremde im Raum waren. Er musterte sie und fragte seinen Vater: »Wer sind die?«

»Das ist die Kriminalpolizei.« Magnus richtete einen grimmigen Blick auf Lyn und Karin. Empört setzte er hinzu: »Sie werden doch jetzt nicht meinen Sohn vernehmen wollen! Er muss sich erst mal erholen!«

»Herr Dr. Springfeld hat sein Okay zu einer Befragung gegeben«, sagte Lyn ruhig. »Es wird auch nicht lange dauern. Sie dürfen dabei sein, wenn Sie möchten.« Sie lächelte Theo an, der sie und Karin mit seinen blauen Augen aufmerksam musterte.

»Ich hab mir viele Sachen gemerkt«, sagte er aufgeregt. »Extra für die Polizei. Damit Sie die schnappen können.« Seine Augen weiteten sich. »Die Trump-Frau müssen Sie zuerst kriegen. Die ist viel gefährlicher als Shrek und der Affenmann. Die wollte mich erstechen, glaub ich.«

Die Reaktionen seiner Familie auf dieses Statement waren vielfältig.

Hilke schrie auf.

Vivien stieß ein entsetztes »Theo-Liebling!« aus.

»Oh Gott!«, kam zeitgleich von Sören.

Und Magnus sah seinen Sohn an. »Shrek? Affenmann? Was in Gottes Namen …?«

Theo ignorierte das alles. »Sie hat Janas Freundin umgebracht. Mit ihrem Messer, sagt Jana.« Er sah nach wie vor Lyn an. »Stimmt das denn?«

Lyn sah keinen Grund, ihn zu belügen. Sie nickte. »Ja, Theo, das stimmt. Janas Freundin Neele wurde ermordet. Und damit wir die Täter finden, brauchen wir jetzt deine Hilfe.«

»Du musst gar nichts sagen, mein Schatz, wenn du nicht willst.« Hilke küsste Theo auf den roten Schopf. »Wenn du dich erst mal ausruhen willst, dann –«

»Aber ich will ja alles sagen!«, stieß er aus. »Wie soll die Polizei die denn sonst kriegen?« Er sah seinen Vater an. »Ihr könnt ruhig rausgehen.«

»Er kann Sie jederzeit hereinrufen«, sagte Lyn zu den Eltern. Sie sah, wie Magnus Fahrenkrug mit sich rang.

»Also gut«, sagte er schließlich. »Wenn irgendetwas ist oder du dich unwohl fühlst, Theo, dann ruf uns rein. Wir sind vor der Tür.«

Die Fahrenkrugs und der Arzt hatten das Zimmer kaum verlassen, als Theo fragte: »Wo ist Jana? Kann ich zu ihr hin? Der Arzt hat gesagt, dass es ihr gut geht. Stimmt das auch? Geht es ihr gut?«

Lyn musterte sein blasses sommersprossiges Jungengesicht. Er war tough, aber seine Bitten um Bestätigung bewiesen seine innere Unsicherheit. Was er jetzt brauchte, waren Beständigkeit und Offenheit.

»Ja, Theo, das stimmt«, antwortete sie ihm. »Jana ist auch hier im Krankenhaus. Sie ist wohl noch etwas schwach, aber ihr könnt euch später bestimmt sehen. Wir werden sie auch noch befragen. Doch zuerst wollen wir uns jetzt anhören, was du uns zu sagen hast.«

Karin nahm das mobile Videogerät aus ihrer Tasche und erklärte Theo, dass sie das Gespräch damit aufzeichnen würden. Sie deponierte es auf dem Nachttisch. Dann zogen Lyn und Karin sich links und rechts je einen Stuhl an das Bett und ließen ihn erzählen. Lyn hatte ihr Notizheft auf dem Schoß und notierte Fragen, die sich aus Theos Bericht ergaben, während Karin das Gespräch lenkte.

Sie erfuhren wichtige Details zu den Entführern. Theo konnte deren Statur und Kleidung mehr als gut beschreiben. Lyn und Karin lobten ihn mehrfach dafür, dass er so viele besondere Einzelheiten wiedergeben konnte.

»Die Trump-Frau hatte immer schwarze Stiefel an. Mit zwei silbernen Schnallen an der Seite … Der Affenmann hat am Handschuh immer am Zeigefinger gepult … Der Kapuzenpulli von Shrek war an der Tasche eingerissen, an der linken Seite …«

Die Gesichter der Männer hatte er nie gesehen. Sie waren unter den Masken verborgen gewesen. Auch die Hände waren ständig von Handschuhen bedeckt gewesen. Aber die »Trump-Frau« war bei ihrem letzten Auftauchen ohne Maske in sein Zimmer gekommen, was Lyn eine Gänsehaut über die Arme jagte. Dass sie sich unmaskiert gezeigt hatte, konnte bedeuten, dass sie tatsächlich vorgehabt hatte, Theo zu töten. Er beschrieb sie als nicht so groß, schlank und blond. Theo traute sich zu, am nächsten Morgen ein Phantombild mit dem Zeichner aus Kiel zu erstellen.

Als Lyn nach dem Alter der Frau fragte, sagte Theo: »Weiß nicht genau. Die ist noch nicht so alt.«

»Noch nicht so alt wie Frau Harms hier, zum Beispiel?«, hakte Karin nach, um eine ungefähre Vorstellung zu bekommen. »Frau Harms ist dreiundvierzig.«

»Doch nicht so alt. Viel jünger!« In Theos Stimme lag so viel Entrüstung, dass es Lyn ein bisschen wehtat. »Vielleicht so alt wie Sören oder so«, wagte er jetzt eine Schätzung.

»Was ist mit den Stimmen, Theo?«, fragte Karin ihn. »Kamen sie dir irgendwie bekannt vor? Oder hat vielleicht jemand, den du kennst, eine ähnliche Stimme?«

Theo musste nicht überlegen. Er schüttelte vehement den Kopf. »Nee, die kannte ich alle drei nicht. Aber die kannten mich. Die wussten sogar, welche meine Lieblingspizza ist. Die mit Lachs und Spinat.«

»Aha?« Karin warf Lyn einen schnellen Blick zu, bevor sie Theo fragte: »Du sagtest vorhin, dass die Frau herausgefunden hatte, dass du deinem Vater im Brief den Tipp mit dem Meerschweinchennamen gegeben hast. Dass sie ausgerastet ist.«

Er nickte.

»Sie hat es dich aber schreiben lassen. Da wusste sie es also noch nicht?«

»Nee. Sie hat erst überlegt, aber dann hat sie gesagt, ich soll das ruhig schreiben. Das macht die Sache dramatischer, hat sie gesagt. Und dann hat sie noch gesagt, dass Kim ein dämlicher Name für ein Meerschweinchen ist. Und ich hab gedacht, dass sie dämlich ist.« Er lächelte stolz. »Weil sie nicht gemerkt hat, dass ich Papa und der Polizei damit einen Tipp gebe.«

»Sie ist also erst später ausgerastet«, sagte Lyn. »Weißt du noch, wann das war? Viel später? Eine Stunde später oder einen Tag?«

»Hmm …«

Lyn hätte ihn am liebsten in die Arme gezogen und geknuddelt, weil es so süß anzusehen war, wie sich die blasse Stirn des kleinen Rotschopfs in Falten legte, während er angestrengt überlegte.

»Ich glaub, das war vorgestern … Ist eigentlich heute Samstag? Oder Sonntag? Die Minuten sind da viel länger als sonst gewesen.«

»Heute ist Samstag, Theo«, sagte Karin. »Ist dir sonst noch etwas aufgefallen, das die drei über dich oder von dir gewusst haben? Etwas, das Fremde eigentlich nicht wissen könnten?«

Die Antwort kam umgehend: »Die wussten, dass ich am liebsten ›Die drei ???‹ lese. Die Bücher in der Tüte kannte ich aber alle schon.«

»Sie hatten eine Tüte mit deinen Lieblingsbüchern für dich?«

Er nickte und sah zu dem Beistelltisch, der bis auf das Videogerät leer war.

»Suchst du etwas, Theo?«, fragte Lyn.

»Ich hab so Durst.«

Karin, die näher an der Tür saß, stand auf. »Ich hol dir was.«

Theo sah ihr nach. »Da hab ich mein Wasser immer mit Jana geteilt.« Er blickte Lyn an. »Und jetzt geht es ihr gut, ja?«

»Ja, Theo«, gab Lyn ihm noch einmal die Bestätigung, die er anscheinend brauchte. Wie rührend seine Sorge um Jana war. »Jetzt geht es ihr gut. Ihr seid beide in Sicherheit.«

»Bestimmt hat sie schon geduscht, oder? Das wollte sie bestimmt am allermeisten.« Er sah sie aus großen Augen ernst an. Seine Stimme wurde leiser, so, als hätte er Angst, jemand anderes könnte ihn hören. »Sie hat sich in die Hose gemacht. Als der Affenmann unter das Bett geguckt hat.«

Lyn starrte ihn an. »Jana war unter dem Bett? Ich dachte, sie war in der Abseite?«

Die Tür öffnete sich. Karin kam mit einer Flasche Mineralwasser und einem Glas zurück, schenkte das Glas voll und reichte es Theo. Nachdem Theo in großen Schlucken getrunken hatte, berichtete er über die Umstände, wie Jana unter das Bett gekommen war.

»Der Mann, der Affenmann, hat Jana gesehen und nicht verraten?«, hakte Lyn ungläubig nach, als Theo geendet hatte.

Theo nickte heftig. »Er ist nett. Er hat mir auch eine Haribo-Tüte gegeben. Oh!« Theo riss die Augen wieder auf. Eindeutig war ihm etwas eingefallen. »Die Trump-Frau wusste, dass ich keine Lakritze mag.«

Er blickte von Lyn zu Karin. »Woher wussten die das alles? Das können die doch gar nicht gewusst haben. Die waren Fremde!« Der letzte Satz war Anklage pur. Und Lyn wusste, dass er längst ahnte, dass jemand, der ihn kannte, jemand, den *er* kannte, diese Informationen weitergegeben haben musste.

Lyn griff nach seiner Hand. »Wir müssen davon ausgehen, Theo, dass die Täter die Informationen über dich von jemandem erhalten haben, der dich gut kennt«, entschied sie sich für die Wahrheit. »Und wir wollen herausfinden, wer das ist. Darum suchen wir nicht nur die drei Leute, die dich entführt haben, sondern auch noch diese vierte Person.«

Theo schluckte, überlegte ... Lyn sah, wie es in ihm arbeitete.

»Ist dir noch etwas eingefallen?«, fragte Karin auch schon. »Jede Kleinigkeit ist wichtig für uns. Auch wenn du glaubst, dass es vielleicht nicht wichtig ist.«

»Ich glaub, die vierte Person war da«, stieß er aus, die Augen weit aufgerissen. »Einmal.« Er sah weder Lyn noch Karin an, sondern schien wieder in dem Zimmer zu sein. »Sie haben mir die Augen verbunden. Und die Hände festgebunden. Und ich dachte ...«, er stockte, und seine Lippen begannen zu zittern. Er sah die beiden Frauen an. »Jungs dürfen auch weinen, oder? Ich mein, wenn sie richtig Angst haben ... *Richtige* Angst. Nicht normale Angst.«

Lyn spürte ein Ziehen in der Brust. Er meinte Todesangst. »Jungs dürfen immer weinen, wenn ihnen danach ist«, sagte sie mit belegter Stimme. »Genauso, wie Männer das auch dürfen.« Und da Karin die rechte seiner Hände ergriffen hatte, bekam er beide gestreichelt.

»Und hat die Person etwas zu dir gesagt?«, fragte Lyn nach kurzer Pause, während sie versuchte, die Stimmen vor der Tür auszublenden. Zweifellos wollten die Fahrenkrugs wieder zu ihrem Sohn. »War es ein Mann oder eine Frau?«

»Weiß ich nicht. Die Person hat nichts gesagt. Gar nichts.«

»Was hat die Person denn gemacht?«, fragte Karin. »Warum war sie bei dir? Sie muss doch irgendetwas gewollt haben.«

Theo zog die Schultern hoch. »Weiß ich nicht, aber sie hat mich gestreichelt.«

»Was?«, riefen Lyn und Karin gemeinschaftlich.

»An der Wange.« Er strich sich in der Erinnerung über seine linke Wange. »Ich bin voll zusammengezuckt.«

Lyn und Karin sahen sich an. *Gestreichelt.* Der Kreis grenzte sich ein. Und in diese Erkenntnis hinein wurde die Tür aufgezogen.

Dr. Springfeld trat ein. »Es tut mir leid«, wandte er sich an Lyn und Karin, »aber ich muss Sie jetzt bitten, die Befragung abzubrechen. Wir wollen Theo nicht zu viel zumuten. Und seine Familie möchte wieder zu ihm.« Er warf einen Blick zu dem Jungen.

»Schon gut«, sagte Karin, »wir packen zusammen.« Sie baute das Videogerät ab, während Lyn aufstand und zu Magnus Fahrenkrug und dem Arzt trat. »Bitte kommen Sie alle kurz mit raus«, sagte sie leise und deutete zur Tür.

»Geht es ihm gut? Haben Sie ihn auch nicht überfordert?«, überfiel Hilke Fahrenkrug sie auf dem Flur mit Fragen.

Lyn sah ernst in die Runde. »Wir haben ihn einfach reden lassen. Und er konnte wertvolle Angaben zu den Tätern machen. Fest steht auf jeden Fall, und darum wollte ich Sie sprechen, bevor Sie wieder zu Theo hineingehen: Er weiß noch nicht, dass Noa Ruiz tot ist.«

Lyn ignorierte Viviens Aufschluchzen. »Er hat geschildert, wie der Lieferwagen vor ihm hielt, einer der Täter heraussprang und ihm etwas ins Gesicht gedrückt hat. Seine Erinnerung setzt dann erst wieder in dem Haus im Moor ein.«

»Mein Gott«, murmelte Magnus.

»Er war betäubt und hat nichts von der Ermordung Noas mitbekommen.« Lyn und Karin hatten sich mit nur einem Blick darauf verständigt, es ihm nicht zu sagen. Er wäre dann kaum noch in der Lage gewesen zu berichten.

Lyn sah den Arzt an. »Was raten Sie, Herr Dr. Springfeld? Und Sie als Familie?« Sie blickte in die Runde. »Möchten Sie, dass wir es ihm sagen?«

Der Arzt sah Magnus und Hilke Fahrenkrug an. »Wenn ihr dazu in der Lage seid, sagt es ihm selbst. Ihr könnt ihn dann emotional gleich auffangen. Aber nicht mehr heute, verschiebt es auf morgen. Es sei denn, er bringt Noa selbst ins Gespräch. Dann verschweigt es ihm nicht, lügt ihn nicht an. Was er jetzt am meisten braucht, ist Vertrauen.«

Hilke klammerte ihre Hand in Magnus' Arm. »Ich kann das nicht. Ich kann das nicht.«

Magnus nickte dem Arzt zu. »Ich werde es ihm morgen früh sagen. Ich möchte nicht, dass er es womöglich von anderer Seite erfährt.«

Als die Fahrenkrugs mit dem Arzt zu Theo hineingingen und Karin heraustrat, blieben Karin und Lyn einige Minuten lang auf dem Flur stehen und besprachen sich leise. Sie würden jetzt zu Jana gehen. Und dann würden sie sich die Fahrenkrugs vornehmen. Einen nach dem anderen, denn Theos Aussage klang nach: Sie hat mich gestreichelt.

Als sie losgingen, hörten sie im Zimmer hinter sich Theo aufweinen, laut, voller Schmerz. Er hatte wohl nach Noa gefragt.

SIEBZEHN

Das Fieber war weg. Und das war gut. Irgendwie. Kathrin sah dem Wasser nach, das hell und klar aus dem Hahn kam und mit rötlichen Schlieren wirbelnd im Ausguss des Waschbeckens verschwand, während sie sich die Hände wusch. Dann nahm sie das Messer vom Waschbeckenrand. Ihre Finger glitten so lange über die Messerklinge, bis der Stahl sauber war. Sie rieb das Messer trocken, klappte die Klinge ein und steckte es in die Hosentasche. Dann verharrte sie einen Moment.

Da war keine Hitze mehr in ihr.

»Gut. Das ist gut, Kat«, sprach sie mit sich selbst und sah auf. Als ihr Spiegelbild sie anblickte, drehte sie den Wasserhahn wieder auf. Hektisch warf sie sich kaltes Wasser ins Gesicht, pumpte wild auf dem Seifenspender herum und schäumte ihr Gesicht ein. Sie spülte den Schaum ab und wagte einen erneuten Blick in den Spiegel. Die Wassertropfen liefen klar an Wangen und Kinn hinunter. Ohne rote Schlieren.

Sie hielt den Kopf unter den Hahn und trank. Bewusst ein- und ausatmend trocknete sie sich schließlich das Gesicht ab und versuchte, ihre Atmung zu kontrollieren, die noch nicht auf dem normalen Level war. Sie hatte jetzt ein weiteres Problem.

Aber die Alte bekommt nie Besuch, versuchte sie sich zu beruhigen. Nie. Und das war doch gut. Sie musste einfach ein Problem nach dem anderen angehen. Bleib ruhig, Kat! Du musst ruhig bleiben! Sie sah an sich hinunter. Erst einmal musste sie aus den klebrigen Klamotten raus.

Im Schlafzimmer schlüpfte sie aus Jacke, Shirt und Jeans und zog sich frische Sachen an. Sie stopfte die besudelten Sachen in eine Plastiktüte, in der bereits die Handtücher lagen, mit denen sie den Flur gewischt hatte, und legte die Tüte an der Wohnungstür ab. Sie würde sie nachher mit runternehmen. Die DNA der Alten durfte sie nicht verraten. Am besten war es vielleicht, die Tüte irgendwo zu versenken.

Kathrin nahm die Wanderung durch die Räume ihrer Wohnung wieder auf. Diesmal langsam. Ihr Kopf funktionierte wieder. Es konnte einen guten Grund dafür geben, dass die Jungs noch nicht hier waren. Vielleicht hatte es einen Stau auf der Autobahn gegeben. Ja, das konnte sein. Vielleicht ein Unfall. Das musste herauszufinden sein.

Sie ging zum Sofa, wo ihr Smartphone lag, und nahm es in die Hand. Aber noch während sie den Staumeldeservice aufrief, fiel ihr auf, dass ein Stau kein Grund war, nicht ans Handy zu gehen. Die Jungs waren nicht rangegangen. Beide. Und das hieß, dass sie entweder geschnappt worden waren – dann würde die Polizei nicht mehr lange auf sich warten lassen –, oder aber ... sie spielten ihr eigenes Spiel.

Nun, sie würde mitspielen.

Und darum war es gut, dass ihr Kopf klar war. Sie durfte keinen Fehler machen. Vor allem musste sie mit Goofy Kontakt aufnehmen. Sie musste wissen, was mit der Kröte war. Und der Ratte aus der Abseite.

Beim Gedanken an die beiden spürte sie ein Kribbeln in den Fingerspitzen. Und ... erhöhte sich nicht auch gerade die Raumtemperatur?

***

»Ein Doppelzimmer. Mit getrennten Betten, wenn Sie haben«, sagte Nick Mattow zu dem Mann hinter der Rezeption des Hotels in Pinneberg, das sie nach Verlassen der Autobahn angesteuert hatten. Das Hotel war klein und eher schäbig, so wie der Typ hinter dem Tresen, aber hier konnten sie erst einmal in Ruhe überlegen, wie es weitergehen sollte.

Nick füllte die Anmeldung aus, während Leon neben ihm von einem Bein aufs andere trat und das Blut von seinem Zeigefinger leckte, weil er beim Nagelpulen die Haut des Fingers eingerissen hatte.

Fünf Minuten später saßen sie sich auf den Betten eines kleinen Zimmers gegenüber. Nick hatte seinen Rucksack mit dem Lösegeld neben sich abgestellt. Seine Finger klopften unrhythmisch darauf herum.

»Und nun?« Leon war blass. Statt an seinem Finger pulte er jetzt am Kissen, das er sich auf den Schoß gezogen hatte. Kleine Blutflecken auf dem weißen Stoff zeigten, dass er eigentlich ein Pflaster brauchte, aber Nick sagte nichts. Ein blutiger Finger war wahrlich nicht ihr größtes Problem.

»Und nun, und nun«, blaffte er Leon an. »Weiß ich auch nicht, Mann. Ich bin gerade überfordert.«

Diese Aussage entlockte Leon ein Wimmern, und Nick bereute es, zugegeben zu haben, dass er keine Ahnung hatte, wie es weitergehen sollte. Leon brauchte das Gefühl, dass zumindest einer wusste, was getan werden musste. »Aber wir überlegen uns jetzt was«, sagte er schnell. »Wir gehen verschiedene Möglichkeiten durch und entscheiden gemeinsam, welche davon die beste ist. Okay?«

Leon nickte wie ein Schuljunge, den man gefragt hatte, ob er einen Lolli möchte.

»Auf jeden Fall können wir uns nicht ewig hier vor Kat verstecken«, begann Nick.

»Warum nicht? Wir schicken ihr einfach ihren und Goofys Anteil per Post und ...« Leon brach ab und seufzte.

»Gut, dass du selbst noch merkst, wenn du Schwachsinn redest«, stieß Nick aus und stand auf. Er stellte sich ans Fenster und starrte auf die Straße hinunter. Sie waren im dritten Stock, und der Verkehrslärm drang trotz des geschlossenen Fensters herein.

Er wandte sich wieder Leon zu. »Vielleicht spinne ich ja auch. Vielleicht hab ich mir nur eingebildet, dass Kat komisch klang. Es kann ja durchaus sein, dass alles so war, wie sie es geschildert hat. Aber wenn sie das Mädchen tatsächlich gefunden hat ...« Er ließ den Satz offen.

Wenn es so war, wusste Kat, dass Leon von Jana gewusst und es vor ihr verborgen hatte. Darum hatten sie auf der Autobahn beschlossen, ihr noch nicht unter die Augen zu treten.

»Aber wie willst du das rausfinden?«, fragte Leon weinerlich.

»Erst mal warten wir ab, was die Presse bringt. Sobald der Junge gefunden wurde, werden die Zeitungen voll davon sein. Und dann wissen wir auch, was mit dem Mädchen ist.«

»Aber bis dahin können noch zwei Tage vergehen. Willst du dich so lange nicht bei Kat melden?« Leons Gesicht verzog sich in Voraussicht. »Die wird voll durchdrehen.«

»Ja«, murmelte Nick und blickte durch die ungeputzten Scheiben in den nur leicht bewölkten Himmel.

»Vielleicht sollten wir mit Goofy reden? Wegen Kat?«

»Nein.« Nick wandte sich seinem Kumpel zu. »Das sollte uns als letzte Möglichkeit vorschweben. Ich weiß, dass es nicht leicht ist, sich zu gedulden, aber es erscheint mir einfach am vernünftigsten, auf die Pressemeldungen zu warten. Dann passiert uns wenigstens kein Fehler.«

»Aber Kat …«

»Das mach ich schon«, sagte er bar jeder Ahnung, was er tun sollte. Er zog sein Smartphone aus der Hosentasche und blickte aufs Display. Außer von seiner Mutter, die nach wie vor glaubte, er sei an der Ostsee, war keine Nachricht eingegangen. Nichts mehr von Kat. Wieso bombardierte sie ihn nicht mehr mit Anrufen, mit WhatsApp-Nachrichten, so wie vorhin, als er nicht rangegangen war?

Auch Leon hatte sein Handy gecheckt. »Sie meldet sich gar nicht mehr.« Mit großen Augen sah er Nick an. »Warum nicht? Das ist doch komisch, oder? Das ist irgendwie … beunruhigend. Oder?«

Allerdings, dachte Nick, aber er entschied sich zu lügen. »Wir machen uns vermutlich wirklich nur zu viele Sorgen. Wir überlegen uns jetzt, was wir ihr sagen können, und dann kann ich sie nachher immer noch anrufen. Wenn wir das wollen.«

Leons Finger waren in das Kissen verkrallt. »Hast du keine Angst vor ihr?«

»Nein.« Nick öffnete das Fenster und fummelte die Zigarettenpackung aus der Hosentasche. Dass seine Finger zitterten, als er die Zigarette anzündete, lag einzig an seiner Anspannung.

***

»Hallo, Jana«, begrüßte Lyn Jana Roffler mit einem von Herzen kommenden Lächeln, nachdem sie mit Karin und einem Pfleger das Zimmer betreten hatte. Auch Jana lag auf der Kinderstation. »Wie geht es dir?«

Jana hatte anscheinend gerade geduscht, denn ihr langes Haar fiel feucht über eine Schulter. Jetzt, wo ihr Gesicht nicht mehr verdreckt und das Haar nicht mehr staubig war, fiel noch mehr auf, wie dunkel die Schatten unter den Augen waren. Augen, die nicht mehr so angstvoll dreinblickten, denen anzusehen war, dass Jana ein Beruhigungsmittel bekommen hatte.

»Hallo«, sagte Jana nur. Das Kopfteil des Bettes war halb aufgerichtet, und ihr Kopf ruhte auf dem Kissen. Ohne ihn anzuheben, sah sie hinüber zu der Patientin, mit der sie das Zimmer teilte. Der Pfleger führte das dunkelhäutige Mädchen gerade hinaus, damit Lyn und Karin Jana befragen konnten.

»Wie geht es dir jetzt, Jana?«, fragte Lyn noch einmal, nachdem Karin sich vorgestellt hatte und von Jana nur stumm betrachtet worden war.

Jana sah Lyn an. »Wo ist Theo? Geht es ihm gut?«

Lyn setzte sich zu ihr aufs Bett und griff nach ihrer Hand. »Genau das Gleiche hat er uns auch gerade gefragt. Ob es dir gut geht.«

»Ja?« Leben kam in Janas Gesicht.

»Ja. Er möchte dich unbedingt sehen.«

Jana setzte sich auf. »Ich möchte ihn auch sehen.«

Lyn nickte. »Ihr werdet euch schnellstmöglich treffen können, spätestens morgen früh, da bin ich sicher. Allerdings hat Theo sich ein Bein gebrochen, und darum –«

»Oh!«, fiel Jana ihr ins Wort. »Das war ich.«

»Du?«, fragte Karin überrascht.

»Ich wollte das nicht!« Jana sah Karin an. »Wir mussten so schnell weg. Sie hätte die Abseitentür doch jeden Moment aufgebrochen! Ich wollte Theo in den Rollstuhl ziehen und bin über sein anderes Bein gestolpert.« Sie schüttelte sich. »Ich wollte das nicht.«

»Du musst dich für nichts entschuldigen«, sagte Karin und streichelte ihr über den Arm. »Für rein gar nichts. *Du* hast Theo aus dem Haus geschafft und ihn damit gerettet. Und damit wir die Täter so schnell wie möglich fassen können, erzähl uns jetzt bitte ganz genau, was geschehen ist, Jana. Wir werden das aufzeichnen. Dafür haben wir uns die Erlaubnis beim Jugendamt in Kiel eingeholt. Sie haben deiner Vernehmung zugestimmt.«

Sie gab Lyn das Videogerät rüber, damit sie es aufstellen konnte, und belehrte Jana über ihre Rechte als Zeugin. »Uns interessiert jede Einzelheit, jedes Detail«, sagte Karin, als das Videogerät lief. »Beginne am besten bei der Moorkate. Wie bist du dort hingekommen? Und was hast du dort erlebt?«

Jana musste nicht lange überlegen. »Sie hat sie umgebracht!«, brach es aus ihr heraus. In ihre Augen trat wieder der wilde Ausdruck, mit dem Lyn sie kennengelernt hatte. »Die Mörderin hat Neele umgebracht! Einfach so! Wir wollten hinten am Haus vorbei, weil wir nicht wollten, dass die uns sehen. Aber dann ging die Hintertür auf. Ich konnte noch wegspringen, aber Neele nicht. Der Mann hat sie gesehen und geschrien: ›Kommt raus, hier ist ein Mädchen!‹ Und dann ist Neele weggerannt. Aber sie ist umgeknickt und hingefallen, der Mann hat sie eingeholt, und dann kam die Frau und … Ich hab mich versteckt, hinter Opas Kaninchenkäfigen, und Neele hat geschrien. Sie hat so schrecklich geschrien, und ich bin nach vorne geschlichen. Dann war es plötzlich still. Ganz still. Neele hat nicht mehr geschrien.«

Janas Finger waren in die Bettdecke gekrallt. »Ich hatte so schreckliche Angst. Und dann kam der Mann mit der Shrek-Maske rausgelaufen. Zum Glück hat er mich nicht gesehen. Er ist um die andere Hausecke gerannt. Ich wusste nicht, wo ich hinsollte, und bin reingelaufen. Ich wusste ja, wo Opas Abseite war und …«

Lyn und Karin ließen sie erst einmal erzählen. Als Jana erschöpft innehielt, spürte auch Lyn ihre Nerven. Zu hören, was Jana durchgemacht hatte, war schwer zu ertragen: die auf so grausige Art verlorene Freundin, das dunkle Versteck, das unheimliche Gebot des ständigen Leiseseins, die ständige Angst vor dem Entdecktwerden …

Obwohl sie jetzt in Sicherheit war, war in Janas Augen zu lesen, dass die Angst sie noch nicht verlassen hatte. Sie hockte in ihr, auch wenn Jana selbst vielleicht glaubte, sie wäre weg. Die Angst lauerte in der Mädchenseele wie eine Ratte in einem Versteck, immer bereit, hervorzuspringen. Lyn wusste, dass es dauern würde, bis die Ratte verschwunden war. Und vielleicht würde sie niemals ganz gehen. Auch Jana würde eine Traumatherapie brauchen.

Nach einer Atempause, verbunden mit dem Lüften des Zimmers, machten sie weiter. Lyn stellte die Fragen, die sie während Janas Bericht notiert hatte. Am Ende stand fest: Jana hatte das Gesicht des Affenmanns von der Seite gesehen und traute sich zu, mit dem Phantombildzeichner aus Kiel ein seitliches Profilbild zu erstellen.

»Und die Frau hast du nur von hinten gesehen?«, hakte Karin noch einmal nach.

Jana nickte. »Ich war ja hinter den Käfigen. Zweimal hab ich geguckt. Aber ich hab nur ihr blondes Haar gesehen. Das ging bis über die Schultern. Und war gestuft.«

Jana konnte noch weitere brauchbare Einzelheiten zu der Frau nennen. Sie beschrieb sie als nicht sehr groß und zierlich. Sie hatte hautenge Bluejeans und einen schwarzen Pulli getragen. Und Jana hatte auch den merkwürdigen nächtlichen Besuch erwähnt, von dem Theo berichtet hatte. Der Besuch der vielleicht vierten Person. Aber in ihrem Versteck hatte Jana natürlich nichts gesehen. Und gesprochen hatte die Person nicht.

»Was passiert denn jetzt mit mir?«, fragte Jana in einer Gesprächspause. »Ich muss doch nicht ins Heim zurück, oder? … Ich will zu Mama. Sie holt mich bestimmt ab.«

»Deine Mutter wurde benachrichtigt, Jana«, sagte Karin und streichelte die Hand des Mädchens. »Sie hatte heute keine Möglichkeit, herzukommen, aber morgen nimmt die Heimleitung, Frau Oberath, sie mit hierher. Und dann besprecht ihr ganz in Ruhe das weitere Vorgehen. Du musst dir keine Sorgen machen. Erst einmal wirst du ein paar Tage hier im Krankenhaus bleiben und dich von den Strapazen erholen.«

Wie die Knospen einer Nachtkerze in der einsetzenden Dunkelheit blühte in Janas Augen bittere Enttäuschung auf, und Lyn fühlte mit ihr. Wie musste eine Mutter gestrickt sein, um nicht gleich an das Bett ihres Kindes zu eilen, das so Furchtbares erlitten hatte?

Lyn kannte die Antwort. Karin hatte Jana gerade sehr beschönigend beschrieben, was Janas Mutter dem Bezirkskriminalinspektionsleiter Arnd Kremer, der sie persönlich benachrichtigt hatte, am Telefon entgegengelallt hatte. Nadine Roffler war volltrunken und kaum in der Lage gewesen, die Nachricht aufzunehmen, dass ihre Tochter gerettet war und sich im Krankenhaus befand. Wenigstens hatte sie versprochen, morgen die Heimleiterin, die sich mit ihr in Verbindung gesetzt hatte, zu begleiten.

Als Jana in Tränen ausbrach und heftig zu zittern begann, holte Lyn eine Krankenschwester, die den Arzt rief. Lyn und Karin gingen. Dieses Kind brauchte erst einmal Ruhe. Morgen würde, wenn Janas Zustand es zuließ, der Phantombildzeichner vom LKA Kiel hierherkommen – auch wenn es ein Sonntag war.

Lyn und Karin warfen noch einen Blick in Theos Zimmer, bevor sie gingen. Theo schlief tief und fest – wahrscheinlich nach der Gabe eines Beruhigungsmittels. Im Bett daneben lag zugedeckt Hilke Fahrenkrug. Sie wandte den Kopf, als die beiden Frauen ins Zimmer sahen. Hilke legte den Zeigefinger an die Lippen und stieß ein leises »Pst« aus.

Lyn nickte, zog die Tür zurück ins Schloss und sagte leise zu Karin: »Hilke Fahrenkrugs Befragung sollten wir auf morgen verschieben. Sie sollte bei Theo sein, falls er aufwacht.«

»Ja, unbedingt«, stimmte Karin ihr zu. »Aber Vivien nehme ich mir jetzt gleich noch vor. Ich bringe dich zur Dienststelle und fahre dann weiter nach Kasenort und hole sie ab.«

»So machen wir es. Und ich werde Kremer drängen, umgehend Personenschutz für Theo und Jana zu veranlassen. Solange diese Mörderin nicht geschnappt ist, erscheint mir das sicherer.«

Es war nach zweiundzwanzig Uhr, als Lyn das Polizeihochhaus in der Großen Paaschburg verließ und zum Parkplatz ging. Entgegen ihrer Befürchtung sprang der Beetle sofort an, was dem Armaturenbrett eine Streicheleinheit bescherte und ihr staubige Finger.

Da Itzehoe um diese Uhrzeit ausgestorben war, kam sie schnell durch die Stadt, und nach dem Ortsschild trat sie aufs Gaspedal, um nach Hause zu kommen. Morgen hatte sie frei. Es tat gut, das zu wissen. Karin befragte zurzeit Vivien Fahrenkrug auf der Dienststelle, denn den Heimvorteil wollte man ihr nicht noch einmal gewähren. Und Thomas würde morgen früh ins Krankenhaus fahren und sich Hilke Fahrenkrug vorknöpfen.

»Sie hat mich gestreichelt.« Theos Aussage hielt Lyn gefangen. Wer war die geheimnisvolle Besucherin gewesen? Wäre eine der Fahrenkrug-Frauen wirklich in der Lage, Theo die Grausamkeit einer Entführung anzutun, aus welchen Gründen auch immer? Unabhängig von der Tatsache, dass die Situation völlig eskaliert war und es am Ende zwei tote Mädchen gab.

Ja, gab Lyn vor sich selbst zu. Die jahrelange Erfahrung als Kriminalbeamtin hatte sie gelehrt, dass starke Gefühle – Hass, Rachsucht oder unerwiderte Liebe – Menschen zu den grausamsten Taten treiben konnten. Und damit war auch Tessa Munck im Spiel. Und Sören Fahrenkrug. Denn die Gier nach Geld trieb dieselben grauenhaften Blüten wie dunkle Emotionen. Theo mochte geglaubt haben, dass eine Frau ihn besucht hatte, aber das musste nicht stimmen. Die Person hatte nicht gesprochen. Es konnte genauso gut ein Mann gewesen sein, der Theos Gesicht gestreichelt hatte.

Dass Lyn ihre Gedanken nicht abschalten konnte und vor allem schnell nach Hause wollte, rächte sich auf der B 5, wo wegen Bauarbeiten ein Tempolimit von fünfzig Stundenkilometern galt. Sie hatte fast dreißig mehr auf dem Tacho, als es von der Seite blitzte. Die Schimpfwörter, die sie benutzte, wären in einer Comicsprechblase als Sternchen zu sehen gewesen. Die restliche Fahrt über hielt sie sich an das Tempolimit.

In Wewelsfleth musste sie genervt feststellen, dass die Parkplätze in den Mühren komplett belegt waren, sodass sie zurückfahren und in der Schulstraße parken musste. »Jetzt reicht's auch für heute«, murmelte sie erschöpft und ging über den Friedhof zu ihrem Häuschen.

Im oberen hinteren Zimmer brannte kein Licht, was sie, und sie schämte sich dafür, bedauerte. Emil schlief natürlich längst. Und weil er ein zufriedenes Baby war, würde er bis morgen früh durchschlafen und nicht seiner lieblosen Mutter wegen, die erst nächtens nach Hause zurückkehrte, noch einmal wach werden. Dafür herrschte im Rest des Hauses Festtagsbeleuchtung. Als sie die Haustür aufschloss, schmolz ihre Hoffnung auf einen entspannten Restabend dahin wie Schnee im August.

Sophies Weinen drang aus dem Wohnzimmer. Wobei es weniger ein Weinen als vielmehr ein hysterisches Heulen war, was Lyns Herzschlag wieder ein wenig normalisierte. Sie warf die Schlüssel in die alte Kristallschale auf der Kommode und ging ins Wohnzimmer. »Was ist denn hier los?«

Hendrik stand vor dem Sofa, auf dem Sophie in ein Kissen heulte, und rührte in einem dampfenden Becher herum. Sein »Ach, gut!«, als er Lyn sah, klang mehr als erleichtert.

Sophie riss das Kissen vom Gesicht und schluchzte Lyn entgegen: »Weißt du, warum ich nicht zu Papa durfte? Weil sie ein Baby kriegen!« Sie riss das Kissen wieder hoch und verschwand dahinter, weiter heulend.

Lyn starrte auf das Kissen. Ihr Exmann wurde Vater? Miriam, die Frau, für die Bernd sie seinerzeit verlassen hatte, war schwanger von ihm?

Lyn fühlte Hendriks Blick auf sich. Wollte er ergründen, wie sie sich mit dieser Neuigkeit fühlte? Mit einem Lächeln und einem »Hallo, Liebling« trat sie auf ihn zu und küsste ihn. Und weil Sophie so laut heulte, dass sie nichts mitbekommen würde, konnte sie es ruhig laut aussprechen.

»Es ist mir völlig egal, ob Bernd Hollwinkel Vater wird oder den Ärmelkanal in einer Gummiente überquert«, sagte sie zu Hendrik, und es war die reine Wahrheit. Kein schmerzhaftes Zusammenzucken mehr. Es hatte durchaus auch andere Zeiten gegeben.

»Er hat vor einer Viertelstunde angerufen. Seitdem weint sie. Ich hab ihr Kakao gemacht«, sagte Hendrik, weiter hilflos im Becher rührend.

Lyn setzte sich neben Sophie auf das Sofa und entzog ihr das Kissen. »Nun komm mal her«, sagte sie und zog ihre Tochter in die Arme. »Krümel«, sie strich ihr über das Haar, was das Heulen verstärkte. »Warum weinst du denn jetzt so? Weil du noch ein Geschwisterchen bekommst?«

»*Halb*geschwisterchen«, warf Hendrik ein, was ihm einen genervten Blick von Lyn einbrachte.

»Weil Papa mich angelogen hat!«, stieß Sophie nah am Schreien aus. »Warum sagt er denn, dass sie Magen-Darm-Grippe hat? Blöde Lügner!« Sie löste sich aus Lyns Armen.

»Vielleicht hatten sie noch nicht das vom Arzt bestätigte Ergebnis«, nahm Lyn ihren Exmann in Schutz. »Sie wollten vielleicht erst ganz sicher sein, bevor sie es dir und Lotte sagen.«

»Er hat mich angelogen!«

Lyn küsste Sophie auf die feuchte Wange. »Was hat Papa denn gesagt? Wann kommt das Baby?«

»Weiß ich nicht. Ich hab nicht mehr zugehört. Ist mir auch egal. Ich fahr sowieso nicht mehr zu ihm.«

»Im November«, sagte Hendrik, und auf Lyns erstaunten

Blick fügte er hinzu: »Ich habe das Gespräch übernommen, als Krümel zu heulen begann.«

»Ich hab nicht geheult, ich hab geweint. Das ist ein Unterschied.«

»Allerdings«, sagte Lyn. »Darum trink jetzt deinen Kakao, und dann reden wir.« Sie sah Hendrik an. »Würdest du mir auch einen Kakao machen?«

Er stellte Sophies Becher auf dem Tisch ab und verschwand ohne ein Wort in der Küche. Lyn sah ihm nach. Wie sehr sie ihn liebte.

Sophie schluchzte, griff nach dem Kakaobecher und trank in kleinen Schlucken.

Lyn musterte sie mit einem Lächeln. Sophie war fast sechzehn, aber sie verhielt sich wie eine pubertierende Zwölfjährige. Hendrik hatte schon recht damit, wenn er sagte, sie sei eine Spätentwicklerin. Das machte sich auch darin bemerkbar, dass viele ihrer Freundinnen schon feste Freunde hatten, Sex hatten. Bei Sophie war das noch undenkbar.

Lyn strich ihr über die heiße Wange. »Was hältst du von Eisessen, Kino, Abendessen. In der Reihenfolge. Morgen. Nur wir beide?«

Sophie hielt inne und sah sie an. »Echt? Ich dachte, du hast keine Zeit, weil ihr doch Theo gefunden habt. Und das Mädchen.«

Hendrik hatte es ihr also erzählt. Aber das war okay. Sophie wusste, dass sie kein Wort von dem, was hier im Haus dienstlich besprochen wurde, nach außen tragen durfte. Und sie hielt sich vorbildlich daran, wissend, dass sie niemals wieder etwas erfahren würde, wenn es anders wäre.

Sophie stellte den Becher ab. Ihre Augen leuchteten. »Erzählst du mir mehr davon? Wo habt ihr Theo gefunden? Ist er okay? Hat er noch alle Finger?«

Lyn schüttelte den Kopf. »Hör auf, solche Sachen zu lesen.« Sie erzählte ein paar vage Dinge, die am Montag auch in der Zeitung zu lesen sein würden, während sie den Kakao trank, den Hendrik ihr hinstellte. Er setzte sich auf den Sessel.

Sophie bohrte noch ein wenig weiter, aber irgendwann gab sie auf. »Ich geh schlafen«, sagte sie. Ihr Gesicht verzog sich wieder theatralisch. »Und träume bestimmt von dem neuen Schreihals.«

»Du wirst dein neues Geschwisterchen genauso lieb gewinnen wie Emil«, sagte Lyn, was Sophie mit einem Grunzen quittierte, als sie das Wohnzimmer verließ.

»Was wird es denn?«, fragte Lyn Hendrik, als er vom Sessel aufstand, sich neben sie setzte und sie in seine Arme zog. »Wissen sie das schon?«

»Als ich ihm die Frage stellte, hat er mit saublödem Lachen gesagt: Du weißt doch, Hendrik, Jungs machen Jungs. *Männer* machen Mädchen.«

»Du ärgerst dich doch wohl nicht darüber?«

»Natürlich nicht.«

Lyn lächelte, als Hendrik ein Murmeln hinterherschickte. »Dieses Arschloch.«

ACHTZEHN

Theo war froh, als der Phantombildzeichner weg war. Der Mann hatte zwar gesagt: »Das hast du gut gemacht, Theo«, aber er selbst konnte dieses Gefühl nicht teilen. Es hatte ewig lange gedauert, bis das Bild fertig gewesen war. Auf einem Laptop, den der Mann mitgebracht hatte.

Theo hatte sein Bestes gegeben, aber es war nicht so einfach gewesen, wie er es sich vorgestellt hatte. Die Augen der Trump-Frau waren ganz gut geworden, aber die Nase und der Mund … Das Phantombild sah auf jeden Fall nicht genauso aus wie die echte Trump-Frau. Aber besser kriegte er es nun mal nicht hin. Er hatte sie ja auch nur kurz gesehen. Ob Jana den Affenmann besser beschrieben hatte? Der Zeichner war bei ihr gewesen, bevor er zu ihm gekommen war.

Sein Vater hatte die ganze Zeit über stumm dabeigesessen.

Jetzt musterte Theo ihn unbehaglich. Irgendwas stimmte nicht. Irgendetwas beschäftigte Papa. Er war nicht so fröhlich, wie er tat. Wegen Noa? Theo schossen Tränen in die Augen. Wieder einmal. Am liebsten würde er gar nicht mehr aufhören zu weinen.

Die Trump-Frau hatte Noa erstochen. Das war so unglaublich unvorstellbar. Sein Vater hatte es ihm gestern Abend gesagt, als er gefragt hatte, ob Noa abgereist war. Er hatte mit dem Weinen gar nicht aufhören können. Darum hatte er eine Spritze bekommen. Und wegen der Spritze hatte er wohl so gut geschlafen. Er fühlte sich auch jetzt noch müde, obwohl er andererseits am liebsten einen Ball gegen die Wände geschmissen hätte. Immer wieder. Oder Sachen. Irgendwas. So lange wollte er Sachen an die Wand schmeißen, bis dieses schreckliche Gefühl im Bauch, in der Brust, im Hals weg war.

Seit er aufgewacht war, versuchte er sich zu erinnern, was am Entführungstag geschehen war, aber da war nichts. Gar nichts. Er hatte Noa nicht einmal gesehen. Sie musste hinter dem Gebüsch gehockt haben. Eine Träne löste sich aus dem Augenwinkel, und Theo wischte sie schnell weg.

»Wo ist Vivi?«, fragte er. Dass sie seinen Vater nicht begleitet hatte, wunderte ihn. »Und wann kommt Mama wieder?« Sein Blick wanderte zu dem leeren Bett, wo seine Mutter geschlafen hatte. Vor einer halben Stunde war eine Krankenschwester ins Zimmer gekommen und hatte sie rausgeholt. Seitdem war sie nicht wieder aufgetaucht. Dafür war sein Vater bei ihm.

Sein Vater öffnete die Lippen, dann schloss er sie wieder. Schließlich sagte er mit einem zittrigen Lächeln. »Vivi und Mama werden noch einmal von der Polizei befragt, Theo, weil …« Er holte tief Luft. »Weil du gesagt hast, dass diese Person, diese vierte Person, dich gestreichelt hat, als du in dem Zimmer festgehalten wurdest. Und darum …« Er brach ab.

Theo starrte ihn an. Papa würde doch nicht weinen? Er klang gerade so. Theo wurde kalt. Er sah auf seine Arme, ohne die Gänsehaut wahrzunehmen, die sich gebildet hatte. Sein Herz schlug schneller, und in seinem Bauch stieg etwas Unheimliches empor, das sich nicht gut anfühlte und Übelkeit transportierte. »Aber … wieso denn Vivi und Mama?« Theo begann zu zittern. »Die waren das doch nicht! Mama und Vivi doch nicht!«

»Ach, mein Schatz.« Sein Vater zog ihn in die Arme. »Wir beide wissen, dass sie es nicht waren, aber die Polizei … die müssen das eben überprüfen. Das ist ihr Beruf. Die glauben das auch nicht, aber sie müssen es eben … prüfen.«

Theo roch das Waschmittel an dem dünnen blauen Pulli, den sein Vater trug, während er gehalten wurde. War die Polizei dumm? Vivi und Mama doch nicht!

Als sich die Tür öffnete, lösten Vater und Sohn sich voneinander. Theo hoffte, dass es seine Mutter war, doch es war der Oberarzt, der das Zimmer betrat. Er war nicht allein.

»Jana!«, stieß Theo freudig aus. Er stützte sich mit den Händen ab, um in eine höhere Sitzposition zu gelangen, während Dr. Springfeld hinter Jana die Tür schloss.

Jana sah Theo an, dann seinen Vater, der aufgestanden war

und sagte: »Das ist sie also, deine Lebensretterin, Theo ... Jana, wir haben dir so viel zu verdanken.«

Er ging auf sie zu, aber Jana suchte wieder Theos Blick. Und dann stürzte sie mit zwei Schritten ans Bett. Mit einem lauten Aufweinen umarmte sie Theo und presste ihn an sich. Sie hielt ihn und wiegte ihn in ihren Armen, während sie herzerweichend schluchzte. Theo hatte die Arme um sie geschlungen, als wollte er sie nie wieder loslassen, und weinte aufgewühlt an ihrem Hals.

Dr. Springfeld sagte leise: »Man sieht, wie die grauenhaften Ereignisse die Kinder miteinander verwoben haben. Die gemeinsamen Tage in dem Zimmer der Kate sind ein Knoten, der deinen Theo und Jana wohl für immer miteinander verbinden wird.«

Theo hörte seinen Vater schlucken, bevor er antworten konnte. »Ich glaube auch, dass es sie stark gemacht hat, einander zu haben.«

Irgendwann ebbte das Weinen ab, und Jana und Theo versicherten sich gegenseitig, dass es ihnen gut ging. Theo wurde ganz still, als Jana ihm berichtete, wie sie gerannt war, nachdem sie ihn zurückgelassen hatte, gejagt von der Angst, gejagt von der »Mörderin« und gerettet von alten Leuten mit bunten Helmen.

»Ich hab deine Schreie gehört«, sagte er, und sie klangen in diesem Moment wieder in seinen Ohren nach. »Und ich wollte, dass du schreist. Weil ich dadurch wusste, dass du ... dass sie dich nicht ...« Er konnte es nicht aussprechen. Und das musste er auch nicht, denn Jana nickte. Sie verstand ihn. Dann erzählte Theo von seiner Rettung durch den Landesbeamten, von dem er geglaubt hatte, sie sei es, die gefürchtete Trump-Frau.

Als Jana sagte, dass ihre Mutter heute kommen würde und sie so schnell wie möglich nach Hause wolle, trat der Arzt ans Bett und klingelte nach der Schwester. »Für heute reicht es, Kinder. Ihr könnt euch morgen weiter unterhalten.« Er strich erst Theo über den Schopf, dann Jana über das Haar. Sie zog den Kopf weg. »Die Schwester bringt dich jetzt in dein Zimmer zurück, Jana.«

Nachdem Jana von der Schwester abgeholt worden war, wandte Dr. Springfeld sich mit einem Lächeln an Theo. »Na, wie geht es denn unserem tapferen Patienten jetzt?«

Theo wollte antworten, aber der Arzt wandte sich schon seinem Vater zu. »Er hat gut geschlafen, Magnus.«

Theo bekam erneut ein aufmunterndes Lächeln des Arztes geschenkt, worüber er sich ärgerte. Er hatte Papa schon selbst gesagt, dass er gut geschlafen hatte. »Ich will nach Hause«, sagte er und hörte selbst, wie bestimmt er geklungen hatte. Darum sahen Papa und der Arzt ihn wohl so erstaunt an.

»Ja, junger Mann, das glaube ich gern, dass du das möchtest«, antwortete Dr. Springfeld und trat zu ihm ans Bett. »Aber damit wollen wir lieber noch ein paar Tage warten. Erst einmal wollen wir –«

»Ich … will … nach … Hause!«, fiel Theo ihm ins Wort.

»Theo«, sein Vater griff nach seiner Hand, die er in die Bettdecke gekrallt hatte, »alles ist gut. Du kannst nach Hause, sobald Herr Dr. Springfeld sein Okay gibt. Vorher müssen wir uns auf seinen Rat verlassen. Du hast viel mitgemacht, mein Schatz. Da ist es besser, wenn du zur Beobachtung noch ein paar Tage hierbleibst. Und es ist doch immer jemand von uns hier. Du wirst nie allein sein. Die Polizei ist auch vor Ort.«

Der Arzt nickte bestätigend. »Du darfst uns bald verlassen, junger Mann. Aber heute lieber noch nicht.«

Theo spürte, wie das mulmige Gefühl weiter zunahm. Er wollte nicht mehr hier sein. Er schaffte es, nicht zu schreien, und sagte mit erstickter Stimme: »Ich *will* nach Hause, Papa, bitte! Bitte, nimm mich mit!« Er grub seine Finger in die Hand seines Vaters und sah ihn beschwörend an. »Ich will hier weg. Ich will in mein Zuhause! Die Polizei kann doch auch da auf mich aufpassen.«

Er sah, wie sein Vater einen Blick mit dem Arzt wechselte.

»Das ist keine gute Idee, Magnus«, sagte der Arzt. Der Blödmann.

Theo glaubte schon, verloren zu haben, aber dann sagte Papa die erlösenden Worte: »Okay, ich kläre das mit dem Personenschutz. Dann nehme ich dich mit, mein Schatz.« Er wandte sich wieder an den Arzt. »Ich kann ihn jeden Tag zu einer ambulanten Kontrolle hierherbringen, wenn es sein muss.«

Dr. Springfeld sah nicht mehr so freundlich aus. »Deine Verantwortung, Magnus. Körperlich spricht nichts dagegen. Theo kann mit der Schiene genauso bei euch liegen, wenn er entsprechend versorgt wird, aber psychisch …«

Theo nutzte die bedeutungsschwere Pause hinter den Worten für ein flehendes »Bitte, Papa, bitte! Zu Hause ist es viel schöner. Da hab ich doch mein Spielzeug. Und Levi kann mich jeden Tag besuchen.«

Sein Vater überlegte kurz, dann nickte er. »Also gut. Auf nach Hause.«

Zu Hause in Kasenort öffnete Vivien die Tür, als Theos Vater gerade den Schlüssel ins Schloss steckte. »Ich habe euch schon durchs Fenster gesehen.«

Sie wartete, bis er den Krankenhausrollstuhl über die Schwelle geschoben hatte, dann bückte sie sich zu Theo hinunter und umarmte ihn lange und innig. »Wie schön, Theo, wie schön, dass du wieder hier bist. Zu Hause.« Sie sah ihn an, musterte sein Gesicht und drückte ihm schließlich einen Kuss auf beide Wangen. »Ich freu mich so.« Dann strich sie vorsichtig über das angebrochene Bein. »Einen Gips hätten wir bunt anmalen und beschriften können. Aber die Schiene ist dafür viel leichter zu tragen.«

Theo sah zu, wie sie anschließend seinen Vater umarmte und küsste. Sein Vater hatte Vivi vom Krankenhaus aus angerufen und Bescheid gesagt, dass sie zu dritt nach Hause kommen würden. Der Polizist, der zu seinem Schutz abgestellt war, parkte draußen noch den Wagen um.

Theo musterte seine Stiefmutter. Sie sah blass aus. Fertig. Das war ihm gestern Abend gar nicht so aufgefallen. Die Schatten unter ihren Augen waren fast so dunkel wie die von Jana, von der er sich im Krankenhaus noch verabschiedet hatte. Sie hatten beide geweint. Theo hatte versprochen, sie so schnell wie möglich zu besuchen. Und sie sollte ihn auch besuchen.

Theos Blick blieb an Vivien hängen. War sie so blass, weil die Polizei sie noch mal verhört hatte? »Was hat die Polizei gesagt?«, fragte er.

Viviens Wangen kriegten einen Hauch Farbe. »Es ist alles gut, Theo. Es waren nur Routinefragen. Willst du dich oben hinlegen? Dann beziehe ich dir schnell dein Bett frisch. Oder möchtest du lieber im Wohnzimmer auf dem Sofa liegen?«

Als es klopfte, zog sie die Haustür auf.

Der Personenschützer trat ein und sagte: »Danke, aber wenn das nächste Mal jemand klopft oder klingelt, fragen Sie bitte vorher unbedingt, wer es ist, bevor Sie die Tür öffnen. Okay?«

Vivien bekam rote Wangen. »Natürlich.«

Auch sein Vater nickte, und Theo überlief eine Gänsehaut. Er wollte sich nicht vorstellen, wer davorstehen könnte.

Während Vivien den Polizisten ins Wohnzimmer bat, trat sein Vater hinter den Rollstuhl. »Erst mal geht's jetzt ab ins Bett.« Er schob Theo zum Fahrstuhl, und weil der nicht für alle Platz bot, humpelte Vivien zur Treppe, als sie aus dem Wohnzimmer zurückkam. Sein Vater drückte den Knopf, und der gläserne Fahrstuhl setzte sich aus dem Obergeschoss in Bewegung.

Bevor sich die Fahrstuhltür öffnete, sah Theo zu, wie Vivien bei der Treppe die erste Stufe nahm. So wie immer seit dem Unfall. Sie setzte zuerst das linke Bein auf die Stufe und zog dann das rechte auf dieselbe Stufe nach. Und so ging es weiter. Erst das linke Bein auf die nächste Stufe, das rechte zog sie hinterher.

Tipp-tipp, tipp-tipp, tipp-tipp.

Theo überlief es eiskalt vom Nacken bis in die Fingerspitzen. Sein Mund wurde trocken. Dann schob sein Vater ihn in den Fahrstuhl, quetschte sich neben ihn, und sie fuhren nach oben. Oben schob sein Vater ihn wieder hinaus. Vivien war auf der vorletzten Stufe. Tipp-tipp. Dann war sie oben.

Theo wurde schwindlig. »Papa …«

»Oh, Junge!« Sein Vater packte zu, bevor Theo seitlich wegsacken konnte. »Verdammt, es war doch zu früh«, schimpfte er mit sich selbst. »Geht es?«, fragte er, als Theo sich in seinen Armen zu winden begann.

Theo öffnete den Mund, schluckte. Dann nickte er. »Geht wieder.« Er sah Vivien nicht an. Aber als sie ihre Hand mit einem »Du bist ganz blass geworden« an seine Stirn legte, zog er den Kopf ruckartig weg.

»Wo ist Mama?« Theo blickte seinen Vater flehentlich an. »Kann Mama kommen?«

Papa schob ihn in sein Zimmer und dirigierte den Rollstuhl direkt neben das Bett. »Sie wird bald hier sein, mein Schatz. Die Befragung kann ja nicht ewig dauern.«

»Ich brauch kein neues Bettzeug«, stieß Theo aus, als Vivien gleich darauf mit einem Stapel Bettwäsche hinter ihnen auftauchte. Dann fasste er nach der Hand seines Vaters. »Du bleibst doch hier, oder? Du lässt mich nicht allein?«

»Ich bin da, mein Schatz«, beruhigte der ihn. »Einer von uns ist immer da. Sören wird auch gleich noch reingucken.«

Vivien lächelte ihn an. »Na gut, dann beziehe ich dein Bett, wenn du später unten bist.« Sie humpelte wieder aus dem Zimmer.

»Alles gut, mein Schatz?«, fragte sein Vater besorgt, nachdem er Theo geholfen hatte, vom Rollstuhl aus ins Bett zu kommen. Sie waren ein eingespieltes Team, aber mit der Schiene war es noch ungewohnt. »Du bist ganz blass. Es ist doch zu früh gewesen, dich nach Hause zu holen.«

Theo starrte zur Tür, hinter der Vivien verschwunden war. Das konnte nicht sein! Das konnte einfach nicht sein!

Dann erklang an der Tür ein fröhliches »Hallo, Kleiner«. Sören trat mit einem Lächeln ins Zimmer. »Wie geht's meinem Lieblingsbruder?

***

Lyn rieb sich mit den Fingern der linken Hand über den Nasenrücken, während sie mit der Gabel in der Rechten eine Pommes aufpikte und großzügig in die Majo tunkte. Sie hatte immer noch das Gefühl, die 3D-Brille zu tragen.

»Gibt es eigentlich eine Petition – die ich sofort unterschreiben würde –, dass Kinos gefälligst alle Filme auch in 2D zeigen sollen? Ich hasse diese Brillentragerei im Kino. Ich will mich entspannen und nicht angestrengt durch dieses Plastikding gucken, um in hundertzwanzig Minuten Filmzeit lächerliche drei ›Ooh‹-Momente zu haben.«

Sophie sah sie an. »Du bist so voll retro.«

»Ich will einfach nicht gezwungen sein, eine Brille zu tragen, wenn ich einen Film gucke.«

»Ja. Retro.«

Lyn seufzte. Nach dem Film im Cineplex in Elmshorn waren sie direkt in die »Scheune« gegangen. Lyn hatte sich für Hähnchen-Gyros entschieden, Sophie für Lasagne. Der riesige Gastraum des Restaurants war wie immer gut besucht, und entsprechend hoch war der Lautstärkepegel. Lyn genoss das Zusammensein mit ihrer Tochter. Sophie hatte, seit sie hier saßen, nicht einmal den Mund gehalten, und Lyn freute sich, dass sie heute mehr aus Schule und Sophies Freundeskreis hörte als in den ganzen Wochen zuvor. Was bedeutete, dass sie für die Zukunft unbedingt mehr Mutter-Tochter-Tage einplanen musste.

»Hatte ich dir schon erzählt, dass Annemie mich hasst?«, fragte Sophie, während sie sich Tomatensoße vom Kinn wischte.

»Äh, nein.« Lyn sah ihre Tochter gespannt an. *Hassen.* Wahrscheinlich hatte Krümel Annemie gesagt, dass sie deren Frisur oder Klamotten grottig fand. Hassen gehörte im Teenager-Alter zum täglichen Vokabular.

Was Sophie direkt bestätigte. »Annemie will den Freund ihrer Mutter bei der Polizei anzeigen, wenn der zu ihnen zieht. Sie hasst ihn.«

Lyn grinste und nahm einen Happen Salat. »Ein Einzug bei

der Mutter ist bisher noch kein Straftatbestand.« Dann hättest du vermutlich auch Hendrik angezeigt, verkniff sie sich zu sagen.

»Mann! Sie will den anzeigen wegen Missbrauch oder so was. Sie hat gesagt, wenn er einzieht, will sie behaupten, dass er sie angefasst hat.«

Lyn hörte auf zu kauen. »Ernsthaft?«

»Ja. Voll krank. Und das hab ich ihr gesagt.«

»Sehr gut, mein Schatz. Und darum hasst sie dich jetzt?«

»Nee, eher weil ich gesagt habe, dass ich zur Polizei gehe, wenn sie das macht, und denen sage, dass sie lügt.« Sophie löffelte weiter ihre Lasagne und brabbelte mit vollem Mund: »Wenn sie so dämlich ist und das vorher ausplaudert …«

»Damit ist wirklich nicht zu spaßen«, sagte Lyn ernst. »Hoffen wir also, dass sie sich nur wichtigmachen wollte. Dass du jetzt mit ihr Stress hast, tut mir leid. Aber ich bin stolz auf dich. Das war genau die richtige Reaktion.«

Nach dem Essen warf Lyn einen Blick auf ihr Handy.

»Na, musst du erst mal gucken, ob Hendrik mit dem Kronprinzen klarkommt?«, sagte Sophie und holte ihr Handy auch raus.

»Ich weiß genau, dass du Emil wahnsinnig lieb hast, auch wenn du dauernd so dumme Bemerkungen machst«, antwortete Lyn, ohne sie anzusehen. »Also hör doch einfach auf damit.«

Dass Sophie falschlag, sagte sie ihr nicht. Lyn wollte nicht wissen, ob Emil schon im Bett war – das war er, laut Hendrik –, sondern ob Karin Schäfer oder Thomas Martens sich gemeldet hatten. Sie brannte darauf, zu erfahren, was bei den Vernehmungen von Vivien und Hilke Fahrenkrug herausgekommen war. Aber ihre Kollegen schienen der Meinung zu sein, dass sie ihren freien Tag genießen sollte, ohne mit dienstlichen Angelegenheiten konfrontiert zu werden.

Die lieben Kollegen. Aber es wäre schon schön gewesen, zu wissen, was Sache war.

»Kann ich noch einen Nachtisch haben?«, fragte Sophie, während ihre Finger über das Display flogen.

»Ja, klar«, sagte Lyn und schrieb, nur halb so flott wie ihre Tochter, an Hendrik. Dann stand sie auf. »Ich geh mal kurz vor die Tür und rufe Karin an.«

Sophie sah auf. Ihre Augen glänzten. »Gibt's was Neues? Haben sie die Mörder?«

»Nein, ich will nur mal hören, ob sich heute etwas Relevantes ergeben hat.«

»Danke, dass dir meine Gegenwart nicht reicht.« Sophie widmete sich mit grimmigem Gesichtsausdruck wieder ihrem Smartphone.

»Du bist doch beschäftigt«, sagte Lyn unbeeindruckt und ging raus.

Karin war zu Hause, als Lyn sie auf ihrem Handy anrief. Vivien und Hilke hatten den Befragungen, in denen sie direkt mit den Vorwürfen der Mittäterschaft konfrontiert worden waren, mehr oder weniger gut standgehalten. Beide waren letztendlich in Tränen ausgebrochen, berichtete Karin. Eingeknickt war keine von beiden. Sie behaupteten nach wie vor, nichts mit Theos Entführung zu tun zu haben.

Als Lyn zurück ins Restaurant ging, wurde Sophie gerade ihr Dessert serviert, ein Eisbecher. Sie freute sich, dass Sophie einen zweiten Löffel dazugeordert hatte.

Auf der Fahrt nach Hause fühlte Lyn sich rundum wohl und drehte das Autoradio beim neuen Song von Ed Sheeran lauter. Sophie sang unerwarteterweise nicht mit, was sie sonst liebend gern tat, sondern drehte den Song sogar wieder leiser. Anscheinend ließen ihr die Gedanken an ihre Schulfreundin noch keine Ruhe.

»Wie würde der Richter eigentlich rausfinden, wer recht hat, wenn Annemie wirklich sagen würde, der Freund ihrer Mutter hätte sie angefasst?«, fragte sie. »Der Typ würde das ja leugnen, weil er nichts gemacht hat.«

»Nun, erst einmal müsste sie an der Polizei vorbei, wenn sie eine Anzeige machen würde. Und glaub mir, wir sind *gut* im Rauskitzeln. Da würde sie vermutlich schon einknicken. Wenn es tatsächlich zu einer Verhandlung kommen sollte, was eher unwahrscheinlich ist, würde es tatsächlich heikel werden, wenn Wort gegen Wort steht.«

»Hm«, sagte Sophie. »So einfach ist es also, jemanden dranzukriegen, wenn man ein Gerücht in die Welt setzt. Krass.«

Über diese Worte dachte Lyn zwei Stunden später nach, als sie in Hendriks Armen im Bett lag. Sein leises Schnarchen, wohl hervorgerufen durch die beiden Gläser Wein, die sie noch zusammen getrunken hatten, hörte sie kaum, weil Sophies Worte etwas geweckt hatten, das in ihr bereits geschlummert hatte.

Wäre das möglich? Das, was sie sich gerade zurechtgedacht hatte?

Nun, sie würde es morgen überprüfen.

***

Theo löste den Blick vom Fernsehbildschirm, legte das Gamepad aber nicht aus der Hand, als er seine Mutter ansah. »Nein, ich brauch nichts, Mama. Ich hab jetzt keinen Hunger. Und keinen Durst.«

Sein Bruder Sören, der neben dem Bett auf einem Stuhl saß, stieß einen gespielt theatralischen Seufzer aus und sagte: »Jetzt verschwinde endlich, Mama.« Er schenkte seiner Mutter ein Lächeln und hob das Gamepad in seinen Händen an. »Du störst uns beim Spiel … Es ist alles gut. Ich bin bei ihm.«

Theo nickte. Aber nur, weil Sören es wohl erwartete, schließlich bildeten sie ein Team. Er selbst hatte gar keine Lust, weiter Fortnite zu spielen, was er eigentlich liebte. Er hatte auf nichts Lust. Er fühlte sich furchtbar. Und das lag nicht an seinem Bein. Da spürte er sowieso nichts. Aber innen drin war bei ihm gar nichts gut. Sein Kopf surrte, und immer wieder kam die Übelkeit zurück. Seine Brust fühlte sich merkwürdig an. So, als ob nicht nur um sein Bein, sondern auch um seinen Oberkörper eine Schiene lag. Schwer, drückend …

»Ja, ich lass euch ja schon in Ruhe«, sagte Hilke und schaute ihre Söhne mit einem schwachen Lächeln an. »Spielt weiter.

Aber nicht mehr so lange. Theo sollte lieber ruhen, als dieses furchtbare Spiel zu spielen, in seinem Zustand … Ich bin in meinem Zimmer, wenn etwas ist.« Sie drückte Theo noch einen Kuss auf den Kopf und ging.

Theo blickte ihr hinterher. Sie hatte nicht viel erzählt, als sie mittags von der polizeilichen Befragung aus Itzehoe zurückgekommen war. Nur, dass alles gut war. Aber sie sah nicht aus, als wäre alles gut. Irgendwie wirkte Mama viel älter als sonst. Und sie war auch so nervös. Das war sie auch vor seiner Entführung schon oft gewesen, aber so … Sie musste sich furchtbare Sorgen um ihn gemacht haben.

Sie daddelten noch einen Moment weiter, dann legte Sören sein Gamepad auf das Bett. »Du kannst dich gar nicht konzentrieren, nicht wahr? Wollen wir aufhören?«

Theo nickte und ließ sein Pad erleichtert sinken. Er sah Sören an. Schluckte. Er wollte etwas testen. Und Sören musste ihm dabei helfen. Was es war, würde er seinem Bruder allerdings nicht sagen. Noch nicht. Er musste es erst wissen.

»Hilfst du mir in den Rollstuhl und schiebst mich ins Bad?«, fragte Theo.

Sören blickte ihn erstaunt an. »Was willst du denn da?«

Die Frage war nicht unberechtigt. Was konnte er schon im Bad wollen? Er war katheterisiert. Zum Waschen oder Duschen würde eine Pflegerin kommen. Das hatte Papa gleich organisiert.

»Ich will was gucken.«

»Was gucken?« Sören blickte immer noch irritiert.

»Bring mich einfach hin, ja?«

»Na gut.« Sören stand auf. »Aber du sagst mir schon noch, was du da willst?«

Theo nickte, obwohl er sich da noch nicht sicher war.

Es dauerte, bis er im Rollstuhl saß, aber schließlich schob Sören ihn aus dem Zimmer zu dem Bad, das extra für Theo in einem der ehemaligen Gästezimmer rollstuhlgerecht eingerichtet worden war, mit großer Dusche und herabgesetztem Waschbecken und Regalen.

»Nein«, rief Theo jedoch, als Sören die Badtür öffnen wollte. »Ich will in Papas und Vivis Badezimmer.«

»Was? Wieso das denn?« Sörens Augenbrauen bildeten eine Linie.

»Ich will … was rausfinden. Bitte mach einfach. Dann sag ich dir auch, wieso.«

»Na gut.« Sören öffnete die Tür zu dem Bad daneben und schob Theo hinein. Dunkles und helles Grau beherrschte den Raum mit der großen Dusche, einer frei stehenden Badewanne und zwei Waschschalen auf edlem Marmor. »Und nun?«

Theo deutete auf das schmiedeeiserne Regal neben den Partnerwaschbecken. Auf dem Regal befanden sich Viviens diverse Kosmetikartikel, einzeln oder in Körbchen aus verschiedenen Materialien, allesamt in Senftönen. Die Sachen seines Vaters benötigten nur ein Fach. Theos Blick blieb auf dem obersten Fach haften. Viele verschiedene Flakons standen dort. Er sah Sören an. »Gibst du mir mal die Parfümflaschen?«

»Was?« Sören sah ihn an, dann zu den Fläschchen. »Was willst du denn mit Vivis Parfüm?«

»Ich will da nur mal dran riechen. Bitte. Ich will was rausfinden.«

Sören verschränkte die Arme vor der Brust. »Du sagst mir jetzt, was das soll.«

Theo schossen die Tränen in die Augen. Wieso konnte er nicht selbst stehen? Dann wäre er an die Flaschen rangekommen. Immer musste er Hilfe haben. Immer! Warum konnte er nicht mal ein Geheimnis haben?

Er schniefte, schluckte, dann flüsterte er: »Ich glaub, dass Vivi es war.«

»Was war Vivi?«

»Na, die, die bei mir in dem Zimmer war. In dem Haus!«

Jetzt war es Sören, der schluckte. Er löste die Arme vor der Brust und fuhr sich mit den Fingern durch die Haare. »Wie kommst du darauf? Was …?« Er ließ den Satz in der Luft hängen.

»Das Humpeln … genauso haben sich die Schritte auf der

Treppe angehört«, flüsterte Theo weiter. »Nicht tipp-tapp wie bei den anderen, sondern wie Vivis Humpeln eben. Tipp-tipp, weil sie doch das eine Bein immer so hinterherzieht auf die Stufe.«

»Das ist doch völliger Quatsch.« Sörens Auflachen glückte nicht ganz. »Das ist doch ...« Er schüttelte wieder den Kopf. »Und was hat das mit dem Parfüm zu tun?«

»Die hat so gerochen, die Frau. Nach einem Parfüm oder so. Und darum will ich jetzt Vivis Parfüm riechen.«

Sören blickte zu den Fläschchen, dann wieder zu Theo. »Du kannst doch nicht glauben, dass Vivi so was tun würde?«

Theo begann zu weinen. »Ich will da jetzt dran riechen!«

Sören tätschelte unbeholfen seine Schulter, dann griff er nach einem der Fläschchen.

Theo nickte und zog den Rotz hoch, um die Nase frei zu haben, als Sören den ersten Flakon öffnete und ihn ihm mit zittrigen Fingern unter die Nase hielt. Theo sog den Duft tief ein.

Nein, so hatte die Person nicht gerochen.

Das nächste Fläschchen. Nein. Und das nächste. Nachdem Theo auch beim letzten Flakon den Kopf schüttelte, atmete Sören tief aus. »Das wäre doch auch unmöglich gewesen, Theo. Diese Schritte auf der Treppe ... das hast du verwechselt. Die hatten dir doch die Augen verbunden.«

Ja, die Augen, aber nicht die Nase, dachte Theo, sagte aber nichts. Er war auch erleichtert. Einerseits. Bei all diesen verschiedenen Parfüms hatte sich nichts bei ihm geregt. Andererseits war er sich jetzt, wo all diese Duftnoten in der Luft hingen, nicht mehr sicher, ob er den Duft überhaupt wiedererkennen würde.

»Sag bloß Vivi nichts davon. Und auch niemand anderem«, sagte Sören leise, als er ihn über den Flur zurück zu seinem Zimmer schob. »Die Polizei wird die Täter schon finden. Vergiss diese Schritte einfach, Theo.«

NEUNZEHN

Kathrin Pinkert schloss die Wohnungstür hinter sich, ließ die Tüte mit den Einkäufen einfach auf den Fußboden im Flur fallen und zog die Zeitung heraus, deren fette Schlagzeile ihr am Zeitungsstand im Edeka-Markt direkt ins Auge gesprungen war.

»Theo lebt!«, lautete der Aufmacher auf Seite eins.

Weil ihr die Ruhe zum Sitzen fehlte, las sie den Artikel im Stehen am Küchenfenster. Mit einem Wutschrei knüllte sie die Zeitung zusammen, versuchte, sie gleichzeitig zu zerreißen, und warf sie, als sie scheiterte, mit einem weiteren Schrei von sich und trampelte mit den Füßen darauf herum. Diese Mistkrücke, dieses verdammte Mädchen! Die Bitch! Die hatte sie gelinkt. Die hatte es tatsächlich geschafft, Kat Pinkert auszutricksen.

Das war nicht gut für die Bitch. Oh nein. Kathrin sog den Speichel auf, der ihr aus dem Mundwinkel laufen wollte. Dann lachte sie keckernd auf. Ihre Liste wurde immer länger. Da wusste man ja gar nicht mehr, wer zuerst dran glauben sollte. Leon, die Kröte, die Bitch … Oder Nick. Es war auf jeden Fall Zeit, endlich wieder ein Single-Leben zu führen. Aber sie musste sich gut vorbereiten.

Sie ging ins Badezimmer, legte die Hände auf dem Waschbeckenrand ab und starrte ihr Spiegelbild an. Minutenlang. Sie strich mit den Fingern durch das lange blonde Haar, während ihre Augen nicht vom Gegenüber ablassen konnten. Die Frau im Spiegel sah blass aus. Und die Augenringe waren hässlich. Aber die Augen glitzerten so schön. Zärtlich strich sie am Spiegel darüber. Die Spiegelfrau war schön. Und trotzdem musste sie ihr jetzt die Haare abschneiden. Es war besser so. Sie hatte doch noch so viel zu erledigen.

Mit jeder Strähne, die ins Waschbecken fiel, verzerrte sich das Gesicht der Spiegelfrau mehr. Immer wütender wurde sie, wütend, wütend, und schließlich schrie sie auf, legte den Kopf in den Nacken, ruckte vor und ... Schmerz explodierte in Kathrins Kopf.

Wie aus einem Traum erwachend, sah sie sich im Spiegel an. Warm lief ihr das Blut von der Stirn, vorbei am Nasenrücken. Hektisch wischte sie es weg, verschmierte es dabei aber nur. Sie drehte den Wasserhahn auf und wusch sich das Gesicht mit kaltem Wasser, wobei die offene Stirnwunde höllisch brannte. Dann trocknete sie sich ab, fingerte ein Pflasterpäckchen aus der Kiste auf dem weißen Plastikregal und schnitt ein großes Stück ab. Die Wunde war nicht klein. Weil das Blut wieder lief, fuhr sie mit dem feuchten Handtuch noch einmal darüber, bevor sie das Pflaster daraufklebte. Dann wischte sie mit dem Handtuch ihr Blut vom Spiegel.

Mehrfach tief ein- und ausatmend begann sie, die Frisur in Form zu schneiden.

»Ja, so müsste es gehen«, murmelte sie schließlich und zupfte an einer der kurzen Strähnen. *So* kurz. Und weil die Hitze wieder durch ihre Glieder zu strömen begann, ging Kathrin schnell auf den Flur und wühlte das Päckchen mit dem Haarfärbemittel aus der Tüte.

Als sie das kurze rotbraune Haar geföhnt und gestylt hatte, war sie mit sich zufrieden. Gar nicht so schlecht. Gar nicht Kathrin Pinkert.

Dann entschied sie sich, im Fitnessstudio anzurufen, um ihre Stunden, die sie in dieser Woche geben sollte, abzusagen. Nicht auffallen.

Nick und Leon zu erreichen hatte sie aufgegeben. Beide gingen nicht an ihr Handy. Kathrin rechnete kaum damit, Erfolg zu haben, aber sie musste es versuchen und rief bei Leons Firma an, in der er als Werkstudent arbeitete. Er hatte sich krankgemeldet. Der Anruf in der Kneipe in Hamburg, wo Nick sich sein Studententaschengeld verdiente, ergab das Gleiche. Krank.

Okay, die beiden hatten also die gleiche Idee gehabt wie sie. »Aber ich werde euch finden«, murmelte sie. »Ihr könnt euch nicht ewig vor mir verstecken. Im Grunde seid ihr schon tot.«

***

Im Küchenstudio Fahrenkrug herrschte Betrieb, als Lyn am Montagvormittag die Räumlichkeiten betrat. Zwei Mitarbeiterinnen waren im Gespräch mit Kunden, ein junger Mann, der am Empfang telefonierte, signalisierte ihr, sich auf einen der Barhocker an einem Küchentresen zu setzen.

Lyn winkte ab und ging zu der Nische mit der zartgrauen Ausstellungsküche. Hach, die war einfach schön. Sie holte ihr Handy aus der Tasche und fotografierte die Küche aus verschiedenen Blickwinkeln. Sie Hendrik einmal zu zeigen konnte nicht schaden.

»Guten Morgen, kann ich Ihnen helfen?«, erklang die Stimme einer Frau hinter ihr.

Lyn drehte sich um. »Guten Morgen, Frau Selchow.«

»Ach, Sie sind es«, sagte Lena Selchow mit einem nicht mehr so kundenfreundlichen Lächeln.

»Sie können mir helfen, indem Sie mir noch ein, zwei Fragen beantworten«, sagte Lyn. »In einem ruhigen Raum.«

Lena Selchow führte sie in das kleine Büro hinter dem Verkaufstresen, in dem sie vor ein paar Tagen bereits miteinander gesprochen hatten.

»Es geht mir um die Gerüchte um Frau Munck und Magnus Fahrenkrug«, begann Lyn. »Bitte kramen Sie doch noch einmal in Ihrer Erinnerung und sagen Sie mir, von wem Sie das erste Mal von dem angeblichen Verhältnis zwischen den beiden gehört haben.«

»Puh.« Lena Selchow riss die Augen auf. »Keine Ahnung. Vielleicht von meiner Kollegin Ina? Also Ina Brandt … Ja, das kommt hin.« Sie wurde leiser. »Das fing damals mit diesen ständig zerzausten Haaren bei der Munck an. Und Ina ist es, glaube ich, als Erster aufgefallen. Na, und dann haben wir natürlich alle darauf geachtet.«

»Okay. Sie sagten bei unserem letzten Gespräch, dass Frau Munck die Mitarbeiter aufgefordert hat, das Verbreiten der Gerüchte um sie und Herrn Fahrenkrug einzustellen. Richtig?«

»Ja.«

»Und Sie sind sich sicher, dass die Gerüchte bereits kursierten, bevor Tessa Munck diese selbst erwähnte, indem sie sich diese verbat?«

»Hä? Ja, klar.« Lena Selchow sah Lyn an, als wüchse ihr rasant ein Pickel auf der Nasenspitze. »Sonst hätte sie ja nicht gesagt, dass wir das lassen sollen, also, Gerüchte in die Welt zu setzen.« Sie verharrte kurz. »Wobei ... Also, wenn ich's mir jetzt recht überlege ... Ich weiß, dass ich damals – ist jetzt ja schon über ein Jahr her – ziemlich angepieselt war. Schließlich hatte ich gar nichts erzählt.«

»Und die falsch zugeknöpfte Bluse von Frau Munck? Wann ist Ihnen das aufgefallen?«

»Hm, das war später. So vor einem Vierteljahr vielleicht.«

»Haben Sie selbst Herrn Fahrenkrug und Frau Munck einmal in einer Situation gesehen oder erlebt, auf die das Gerücht zutreffen würde?«

Lena Selchow schüttelte den Kopf. »Nein, das nicht.«

»Okay, danke«, sagte Lyn. »Dann schicken Sie mir doch jetzt bitte Frau Brandt rein, sobald sie keine Kundschaft mehr hat.«

Als Ina Brandt fünfzehn Minuten später im Grunde das Gleiche erzählte, bedankte Lyn sich und machte sich auf den Weg zu Tessa Muncks Büro.

Tessa saß am Schreibtisch vor dem geöffneten Laptop und tippte etwas. »Frau Harms«, sagte sie, nachdem Lyn eingetreten war. »Was kann ich für Sie tun?« Sie klang freundlich distanziert.

»Guten Morgen.« Lyn fand, dass sie blasser aussah als beim letzten Treffen. Und sah sie nicht auch deutlich gestresst aus? Dieser Zug um den Mund ... Lyn beschloss, Tessa umgehend mit ihrem Verdacht zu konfrontieren. »Es geht noch einmal um die Gerüchte in der Firma, Frau Munck, bezüglich Ihnen und Herrn Fahrenkrug.«

»Ja?« Sie klang genervt.

»Ich glaube, dass Sie diese Gerüchte selbst in die Welt gesetzt und gestreut haben.«

»Was? Sind Sie verrückt geworden?« Tessa hielt Lyns Blick, allerdings begann ihr Lid zu flackern. »Was soll diese dumme Unterstellung? Ich bin doch sogar hingegangen und habe die Belegschaft gebeten, das Gerede einzustellen.«

»Ja, genau«, sagte Lyn. »Und ich glaube, dass Sie damit die Aufmerksamkeit der Mitarbeiter erst darauf gelenkt haben. Und das war Ihre Absicht dabei.«

Tessa starrte sie an. »Und warum, bitte, sollte ich so einen Schwachsinn machen?«

»Das frage ich mich auch.« War Tessa Munck nur eine Wichtigtuerin, die sich vielleicht in den Gerüchten, etwas mit dem Chef zu haben, suhlte? Solche Frauen gab es.

»Das ist absurd.« Tessa stand abrupt auf. »Das ist wirklich unverschämt.« Ihre Stimme bebte.

Lyn wurde mulmig zumute. Sie konnte mit dieser Unterstellung auch völlig danebenliegen. Trotzdem sagte sie mit fester Stimme: »Ihre Mitarbeiter erwähnten zerzauste Haare und eine nicht richtig zugeknöpfte Bluse.« Lyn musterte ihr Gegenüber. »Ich denke, Sie haben das selbst gemacht, Frau Munck.«

Tessa kam um den Schreibtisch herum. »Ich muss mir das nicht gefallen lassen. Laden Sie mich gern vor. Ich bringe dann einen Anwalt mit. Mich dermaßen zu beleidigen … Das muss ich mir, auch wenn es um die Entführung von Theo geht, nicht gefallen lassen. Und jetzt entschuldigen Sie mich bitte.« Sie deutete mit bitterbösem Gesichtsausdruck zur Tür.

Lyn stand auf. Dann würde sie Tessa Munck eben im Vernehmungsraum noch mal richtig in die Mangel nehmen. »Sie hören von mir.«

»Hoffentlich eine Entschuldigung«, klang ihr die harte Stimme von Tessa Munck hinterher.

Vor dem Polizeigebäude in der Großen Paaschburg in Itzehoe traf Lyn auf Thomas Martens, der das Gebäude gerade verließ.

»Hallo, Thomas.«

»Hallo, Lyn.«

»Ist alles klar bei dir?«

»Passt schon.«

Lyn musterte sein schmal gewordenes Gesicht. »Wann war noch dein Screening-Termin? Donnerstag?«

Thomas nickte. »Um elf soll ich da sein.«

»Soll ich dich hinfahren? Du wirst aufgeregt sein.«

»Danke. Aber ich bin ein großer Junge. Ich schaff das.«

»Der große Junge hat ein halbes Jahr gewartet, bevor er sich einen Termin beim Onkel Doktor geholt hat.«

Er lächelte und verabschiedete sich.

Lyn sah ihm nach, als er zum Auto ging. Thomas hatte einen großen Freundeskreis, aber familiär hatte er niemanden in seiner Nähe. Sein Vater war verstorben, seine Mutter lebte von Oktober bis Mai auf Mallorca und seine Schwester in Rom. Anscheinend hatte er zurzeit auch keine Freundin. In Beziehungen war er sprunghaft. Zuletzt war er mit einer Kollegin vom K4 liiert gewesen, allerdings auch nur ein paar Monate lang.

Sie seufzte, als sie ins Gebäude ging. Hoffentlich war alles gut bei ihm.

***

»Seid ihr fertig? Abmarschbereit?« Magnus Fahrenkrug blickte strahlend von Theo zu Vivien, die einen cremefarbenen Cardigan von der Garderobe nahm.

Theo nickte. Sie wollten Jana im Krankenhaus besuchen. Er hatte darauf bestanden, obwohl er nachts sehr schlecht geschlafen hatte und ihm heute Morgen nicht gut gewesen war. Er musste sie einfach sehen.

Er sah seinen Vater an, der an der offenen Haustür stand. Papa war gut gelaunt. Seine Stimme klang fröhlich, und er sah auch fröhlich aus. Wie er wohl ausgesehen hatte, als er, Theo, weg gewesen war?

Zu Vivien sah Theo nicht, als sie seinem Vater mit einem »Ich bin gleich so weit, Big« antwortete. Theo sah sie kaum mehr an. Und wenn sich ihre Blicke doch einmal trafen, schaute er immer schnell weg.

Aus dem Augenwinkel nahm er wahr, dass sie ihre Handtasche öffnete und etwas herausnahm. Es war ein Lippenstift. Sie stellte sich vor den Flurspiegel und zog die Lippen nach. Theo lief es eisig über den Nacken, als sich ihre Blicke im Spiegel begegneten. Abrupt wandte er den Kopf ab. Aber er spürte, dass sie ihn noch ansah. Es war nicht das erste Mal, dass er dieses Gefühl hatte, seit er zu Hause war. Heute Morgen beim Frühstück hatte sie ihn so eigenartig gemustert. Irgendwie lauernd.

Mit einem Kribbeln auf der Haut drehte er die Rollstuhlreifen, um näher zu seinem Vater zu kommen. Der trat hinter ihn und schob ihn hinaus zum Wagen. »Jana wird sich freuen, dich zu sehen«, sagte sein Vater, als alle im Wagen saßen und der Rolli verstaut war. »Vivi und ich haben eine Überraschung für sie. Jana hat sich etwas Besonderes verdient. Ohne sie …« Er schluckte, startete den Wagen, fuhr die Auffahrt herunter und nahm die Straße an der Schleuse vorbei.

Theo nickte ihm im Rückspiegel zu. Papa hatte beim Frühstück schon davon gesprochen, dass er Jana belohnen wollte. Er hatte aber nicht verraten wollen, was er sich ausgedacht hatte. Und Mama hatte auch nichts verraten. Sie war in Eile gewesen, hatte einen Arzttermin und das Haus schon vor einer Stunde verlassen.

»Papa, ich …«, Theos Herz klopfte vor Aufregung, »ich hab mir auch was überlegt. Weil sie ja, also, weil Jana ja meine Lebensretterin ist und wir Freunde sind und sie nicht im Heim sein will … Könnt ihr sie nicht adoptieren? Du? Oder Mama?« Theo redete so schnell er konnte, um nicht unterbrochen zu werden. »Dann muss sie nicht mehr im Heim sein. Da läuft sie bestimmt wieder weg. Ich möchte auch nicht in einem Heim sein. Und Heimkinder kann man doch adoptieren.«

»Ach, Theo, das ist doch Unsinn«, sagte sein Vater in dem gönnerhaften Ton, den Theo hasste. Es war der Ton, bei dem er sich als Baby fühlte.

Vivien drehte sich zu ihm um und lächelte. »Theo-Schatz, das geht doch nicht.«

Theo musterte sie. Sie war nicht mehr so hübsch wie sonst. Irgendwie sah sie anders aus. Hässlicher. Schnell wandte er den Blick seinem Vater im Rückspiegel zu. »Warum denn nicht? Man kann alles, wenn man will, sagst du doch immer.«

Sein Vater schüttelte den Kopf. »Theo, Jana hat doch eine Mutter. Wir können sie nicht adoptieren. Außerdem wird sie nicht immer im Heim bleiben. Wenn es ihrer Mutter wieder besser geht, wird sie nach Hause dürfen.«

Theo zog die Augenbrauen zusammen. Anscheinend hatte Papa das mit Dr. Springfeld besprochen. Woher sollte er das sonst wissen?

Jana freute sich wirklich riesig, als sein Vater ihn in das Krankenzimmer schob. Sie saß im Schneidersitz auf dem Bett und las in einer Bravo. Das dunkelhäutige Mädchen im anderen Bett war mit einem Tablet beschäftigt, sah aber neugierig zu ihnen. Jana sprang auf, trat an den Rolli und umarmte ihn.

Theo atmete ihren Duft ein. Sie roch frisch und irgendwie nach Blumen. Als sie ihn losließ und musterte, fiel ihm auf, dass sie hübsch war. Ihre braunen Haare hingen lang und glatt über eine Schulter, und ihr Gesicht war nicht mehr so … so … ihm fehlte das passende Wort. Verzerrt, ja, es sah nicht mehr so verzerrt aus wie in dem alten Haus.

»Wir möchten uns bei dir bedanken, Jana«, sagte sein Vater, nachdem sie ein paar Sätze, nichts Wichtiges, gewechselt hatten. »Du hast uns unseren Theo wiedergebracht. Dafür werden wir dir ewig dankbar sein. Wer weiß, was geschehen wäre, wenn du nicht so mutig gewesen wärst.« Papas Stimme brach wieder weg. Er räusperte sich, während Vivien ihm über den Arm strich.

»Wir möchten ein Konto für dich anlegen, Jana. Sozusagen ein Ausbildungskonto. Wir werden jeden Monat eine feste

Summe darauf überweisen, und wenn du dann mit der Schule fertig bist und vielleicht studieren oder eine Lehre beginnen willst, hast du ein schönes Startkapital, das dir das Leben ein wenig erleichtern wird. Und als Sofort-Dankeschön darfst du nach Herzenslust shoppen gehen und kaufen, was immer du willst. Wir zahlen die Rechnungen.«

Jana starrte seinen Vater an, dann Theo. Und Theo erwiderte ihren Blick und hob unsicher die Schultern. Er hatte nicht gewusst, welche Belohnung sein Vater im Sinn gehabt hatte, aber ... »Das ist doch gut, oder?«, fragte er sie unsicher. Mädchen kauften doch gern ein. Und bestimmt konnte sie das Geld später auch gut gebrauchen.

»Danke«, sagte Jana leise. Sie öffnete den Mund erneut, schloss ihn aber wieder. Dann fragte sie: »Und das Geld, das ... das kann ich erst später nehmen?«

Magnus lächelte. »Ja, es soll ein Zusatzeinkommen für dich sein. Für deine Ausbildung.«

Theo sah, dass Jana mit sich kämpfte. Schließlich sagte sie mit Wangen, die sich rot verfärbt hatten: »Meine Mutter hat nicht viel Geld. Sie kann das auch jetzt schon gut gebrauchen.«

Magnus und Vivien wechselten einen schnellen Blick. Theo fragte sich, ob sie mit dieser Antwort schon gerechnet hatten, denn sein Vater sagte mit einem Lächeln zu Jana: »Wir werden sehen, Jana. Auf jeden Fall musst du erst einmal gesund werden, und dann sehen wir weiter.«

Theos Augenbrauen zogen sich erneut zusammen. Das war auch so eine blöde Erwachsenenantwort. Dann sehen wir weiter. Kotz.

Ob Jana das auch dachte? Jedenfalls schwiegen alle. Es war eine unangenehme Stille, aber Theo wusste in diesem Augenblick auch nichts zu sagen, obwohl er eigentlich so viel zu sagen hätte. Wie gern würde er mit Jana allein sein! Ohne Papa und Vivi und das Mädchen im anderen Bett. Um alles rauszulassen. Um das, was in ihm wühlte und brodelte, jemandem sagen zu können, der ihn ernst nehmen würde. Jana würde ihn anhören und ihn nicht, wie Sören gestern, abwürgen.

Vivien schien die Stille auch als unangenehm zu empfinden, denn sie klang künstlich fröhlich, als sie sagte: »Na, wie sieht's aus, soll ich für alle ein Eis holen?« Sie hatte ihre Handtasche schon in der Hand und nahm ein Portemonnaie heraus.

Theo hatte zwar keinen Appetit, aber jeder Moment, den er nicht in Vivis Nähe verbringen musste, war ein guter Moment. »Ich nehm ein Wassereis.« Das würde er runterkriegen.

»Ich auch«, sagte Jana.

»Ich kann doch gehen.« Sein Vater erhob sich von Janas Bett, doch Vivi stand schon. Sie legte die Handtasche am Fußende des Bettes ab. »Ich mach das schon. Cornetto Nuss, Big?«

»Ja.«

Theos Blick verharrte auf der Handtasche, als Vivien das Zimmer verließ. Sein Vater setzte sich wieder auf das Bett, und die Tasche kippte zur Seite. Vivi hatte den Reißverschluss nicht zugezogen, sodass ein Teil des Inhalts zu sehen war. Eine Haarbürste, ein Päckchen Papiertaschentücher, ein Schlüsselbund. Der Lippenstift, den sie benutzt hatte, war nicht zu sehen, aber ein silberfarbener Verschluss.

Theo schluckte. War das der Deckel eines Parfümfläschchens? Unwohlsein kroch seinen Nacken hinauf und hinterließ eine kalte Spur. Ohne weiter zu überlegen, sah er seinen Vater an und sagte: »Papa? Kannst du Vivi sagen, dass ich doch kein Wassereis will? Ich nehm auch ein Cornetto.«

»Was? Hättest du nicht ...« Er schluckte runter, was ihm auf der Zunge lag, strich Theo übers Haar und stand auf. »Ja, klar. Bin gleich wieder bei euch.«

Theo beugte sich vom Rollstuhl aus vor und griff nach Viviens Tasche, kaum dass sich die Tür hinter seinem Vater geschlossen hatte.

Jana sah ihn erstaunt an, sagte aber nichts. Stumm beobachtete sie, wie er seine Hand in die Tasche steckte. Erst als er das Parfümfläschchen herauszog, kräuselte sich ihre Stirn. »Willst du dich mit Frauenparfüm einsprühen?«

Seine Finger zitterten, als er sie um die Verschlusskappe legte. Er zögerte, schluckte.

»Was ist los, Theo?« Jana klang alarmiert. Anscheinend sah sie ihm an, dass etwas nicht stimmte.

»Ich hab Angst«, stieß er leise aus, und er merkte, dass auch seine Lippen zu zittern begannen. Er brachte es nicht über sich, den Deckel abzuziehen.

»Aber …«

»Hier.« Er hielt Jana die Flasche hin. »Mach du sie auf und … sprüh.«

»Was?« Sie griff automatisch nach dem Parfüm, sah ihn aber weiter verwirrt an.

Theos Stimme wurde noch leiser. »Ich muss das riechen, weil …« Er brach ab, blickte zu dem anderen Mädchen und wollte eigentlich noch etwas sagen, aber dann erklang schon das Geräusch eines Sprühstoßes. Sein Kopf schnellte wieder herum. Janas Zeigefinger lag noch auf dem Sprühknopf, den sie gedrückt hatte, als der Duft bereits Theos Nase erreichte.

Und dann war er wieder dort, in dem Haus am Moor. Da lag er, im Bett, mit verbundenen Augen und mit dieser furchtbaren Angst in der Brust. Die Schritte auf der Treppe waren da. Tipp … tipp. Und er roch den Duft und spürte das Gummi der Handschuhe an seiner Wange, als die Finger ihn streichelten.

Dann hörte er einen Jungen schreien. Schreien, schreien. Und durch die Schreie hindurch hörte er Jana schreien. »Theo? Oh Gott, Theo? Was ist denn?«

Aber er konnte nicht antworten. Weil der Junge schrie und schrie.

ZWANZIG

Es war zwanzig Uhr, als Lyn den Vernehmungsraum verließ, um eine neue Flasche Wasser zu holen. Gemeinsam mit Arnd Kremer vernahm sie seit Stunden Vivien Fahrenkrug, die vorläufig festgenommen worden war. Wieder und wieder konfrontierten sie sie mit Theos Aussage. Der Junge war am Morgen in Janas Krankenhauszimmer zusammengebrochen und in die Psychiatrie gebracht worden. Nach einem – laut Oberarzt – durch einen Duft ausgelösten Trauma war Theo behandelt und mit Medikamenten ruhiggestellt worden. Und als er wieder in der Lage gewesen war zu sprechen, war so viel aus ihm herausgebrochen, dass Dr. Springfeld die Kripo alarmiert hatte.

Lyn und Karin waren ins Krankenhaus gefahren und hatten sich dort dem verzweifelten Magnus Fahrenkrug gegenübergesehen, einer hysterischen Vivien Fahrenkrug und – in einem Krankenzimmer, in Obhut eines Pflegers – dem winzig wirkenden, unter Beruhigungsmitteln stehenden Theo, von dessen wirren Erzählungen ein Satz, den er immer wieder gestammelt hatte, der entscheidende gewesen war. »Vivi war das! Vivi war die Frau!«

Als Lyn über den Flur zu der kleinen Kommissariatsküche ging, hörte sie aus dem Büro von Thomas Martens Stimmen, allerdings ohne zu verstehen, was gesagt wurde. Lyn steckte die leere Flasche in die Kiste, nahm eine volle heraus und ging zurück in den Vernehmungsraum.

Vivien sah aus, als hätten sie bei der Vernehmung Folterinstrumente benutzt. Das unbarmherzige Licht der Neonlampe offenbarte eine Gesichtshaut, die man einfach nur als alt und grau bezeichnen konnte. Viviens unentwegt zitternde Lippen waren blass, und die Schatten unter den Augen waren dunkler denn je. Auch ohne Theaterschminke.

Die Kiste mit der Schminke hatte Kollege Jochen Berthold

in Viviens Arbeitszimmer auf einem Regal entdeckt, nachdem Staatsanwalt Meier »mit argen Bauchschmerzen« den Durchsuchungsbeschluss beim Richter erwirkt hatte. Jetzt stand die Kiste auf dem Tisch des Vernehmungsraums. Als Lyn sich setzte, hatte Arnd Kremer wieder einmal die Tube in der Hand, mit der man perfekte Augenringe in ein Gesicht zaubern konnte.

»Nun geben Sie doch endlich zu, Frau Fahrenkrug, dass Sie das alles hier«, er deutete auf die Schminkutensilien, »genutzt haben, um die verzweifelte Stiefmutter zu spielen.«

»Nein!«, schrie Vivien dazwischen und hielt sich die Ohren zu, was dramatisch aussah. »Nein, nein, nein!«

Lyn schenkte in alle drei Gläser Wasser nach. Seit Stunden hielt Vivien den Vorwürfen stand, und das, obwohl Kremer und auch sie selbst nicht zimperlich gewesen waren – natürlich immer im Rahmen des gesetzlich Erlaubten. Bemerkenswert war, dass Vivien einen Anwalt abgelehnt hatte, obwohl ihr Mann sie inständig angefleht hatte, den Anwalt anrufen zu dürfen. Magnus Fahrenkrug wartete jetzt unten beim Pförtner.

»Theo hat sich das nicht ausgedacht, Frau Fahrenkrug, sondern alles mehr als glaubhaft geschildert«, wiederholte Lyn sich zum x-ten Mal. »Wir haben alles für Theo nachgestellt. Die Schritte auf einer Holztreppe, während er im Nebenraum lag … den schleppenden Gang. Und vor allem der Duft Ihres Parfüms, der das Trauma heute Morgen auslöste, hat –«

»Glauben Sie, ich bin die Einzige, die dieses Parfüm benutzt?«, fiel Vivien ihr ins Wort, auch zum wiederholten Mal. Ihr Gesicht war hässlich verzerrt. »Tausende Frauen haben das gekauft! Wollen Sie die auch alle verhaften?«

»Nein«, antwortete Arnd Kremer ruhig. »Wir verhaften nur die, die ein Motiv haben, einem kleinen behinderten Jungen so etwas anzutun.«

»Aber ich habe keines!«, schrie Vivien und spie dabei Speichel aus. »Ich … liebe … Theo!«

Lyn atmete tief durch. War diese Frau eine so gute Schauspielerin? Hatte sie sie vom ersten Moment an gelinkt? Die dicken Tränen, die sie von Anfang an vergossen hatte, waren die alle unecht gewesen? Zwei ehemalige Theaterkollegen von Vivien, mit denen Lyn heute Nachmittag telefoniert hatte, hatten bestätigt, dass Vivien durchaus über ein großes Talent verfügte. Lyn hatte sich weiter schlaugemacht. Schauspieler hatten ihre Tricks, um Tränen auf Knopfdruck fließen lassen zu können. Es gab Hilfsmittel wie Mentholstifte, aber viele Schauspieler nutzten ihre Emotionen, um echte Tränen zu vergießen.

»An welches traurige Erlebnis denken Sie, Frau Fahrenkrug, um in Tränen ausbrechen zu können?«, fragte Lyn erneut.

Vivien riss den Mund zu einer heftigen Erwiderung auf, schloss ihn aber wieder. Sie schluckte und sah Lyn an. »Was denken Sie nur von mir? Haben Sie so eine schlechte Menschenkenntnis?« Ihre klangvolle Stimme wurde lauter. »Ich habe auf einen Anwalt verzichtet, weil ich nichts, absolut nichts getan habe. Allein das sollte Ihnen zeigen, dass ich unschuldig bin.«

»Das sollen wir vielleicht glauben«, sagte Lyn. »Sie wären nicht die Erste, die es so versucht. Bei Mord gehen wir im Übrigen nicht nach Menschenkenntnis, sondern nach Fakten und Motiven.«

»Aber ich habe kein Motiv!«, schrie Vivien.

»Wirklich?« Lyn verzog die Lippen. »Denn vielleicht ist ja das Gerücht, dass Sie ein Verhältnis mit Sören Fahrenkrug haben, gar kein Gerücht?«

Viviens Gesicht wurde starr.

»Vielleicht wollten Sie ja versuchen, Ihrem Liebhaber mit dem Lösegeld aus seiner finanziellen Misere zu helfen? Vielleicht stecken Sie beide unter einer Decke?«

»Sie sind doch …« Vivien schüttelte den Kopf. »Was für ein ausgewachsener Schwachsinn.«

»Das wird sich zeigen«, setzte Lyn alles auf eine Karte. »Zwei Zimmer weiter vernehmen meine Kollegen Sören Fahrenkrug. Wir sind gespannt, was er zu der Sache sagen wird.«

Vivien starrte sie an. »Sören ist hier?« Sie schluckte. »Das ist … Selbst wenn er was sagen würde … Er ist vielleicht in mich verliebt, aber ich nicht in ihn!«

»Aha?«, sagte Lyn. »Langsam kommen wir der Sache näher, was? Nur er ist also in Sie verliebt … Hören Sie sich eigentlich selbst beim Sprechen zu, Frau Fahrenkrug?«

Vivien brach in Tränen aus. »Ich will jetzt einen Anwalt. Sofort. Mit Ihnen kann man ja nicht reden.«

***

Drei Tage waren seit Vivien Fahrenkrugs Festnahme vergangen. Der Richter hatte nach Ablauf der Frist am Ende des auf die Festnahme folgenden Tages eine Woche Untersuchungshaft verfügt. Vivien saß im Itzehoer Gefängnis, das sich in Sichtweite des Polizeigebäudes befand. Hilke Fahrenkrug war mit Theo in ihr Haus in der Lessingstraße zurückgekehrt, obwohl die Arbeiten bezüglich des Rohrbruchs noch nicht abgeschlossen waren.

Lyn arbeitete im Büro an ihrem PC, als ihr bei einem Blick auf den Kalender mit einem unguten Gefühl einfiel, warum Thomas während der ewig lang dauernden Frühbesprechung vorzeitig aufgestanden war. Heute war sein Screening-Termin. Und sie hatte ihm nicht einmal alles Gute gewünscht.

»Gott, lass bitte alles gut sein«, murmelte sie und versuchte, sich wieder auf das Aussageprotokoll von Vivien Fahrenkrug zu konzentrieren, das sie bereits mehrfach gelesen hatte, um nach einem neuen Ansatz zu forschen, der sie weiterbringen konnte. Als sie merkte, dass sie nicht mehr bei der Sache war, griff sie nach ihrem Handy und tippte eine Nachricht ein: »Hallo, Thomas, bist du schon mit den Untersuchungen durch?«

Es waren Stunden vergangen. Und dass er noch nicht wieder hier war, bedeutete entweder, dass die Untersuchungen noch nicht abgeschlossen waren oder aber … Lyn wollte nicht zu Ende denken, dass er ein niederschmetterndes Ergebnis bekommen haben könnte.

Thomas' Antwort kam allerdings umgehend. »Ja, bin gerade

mit allem durch. Ich warte jetzt auf die Ergebnisse beziehungsweise das Arztgespräch.«

Ohne weiter zu überlegen, stand Lyn auf, griff nach Jacke und Tasche und verließ das Büro. Bis zum Klinikum waren es nur ein paar Fahrminuten.

Sie parkte den Beetle direkt bei der Radiologie und betrat das Gebäude. An der durch gläserne Wände abgetrennten Anmeldung ging sie vorbei und steuerte direkt das Wartezimmer an. Sie hatte Thomas bereits von draußen gesehen. Er saß allein in einer von mehreren Sitzgruppen und fingerte auf seinem Smartphone rum.

»Lyn!« Er war überrascht, als sie sich auf den freien Stuhl neben ihm setzte. »Was machst du denn hier?«

»Ich dachte, es kann nicht schaden, dir die Wartezeit zu vertreiben, während du auf dein Ergebnis wartest.«

Thomas steckte sein Handy ein, während er seinen Blick nicht von ihrem Gesicht löste. »Die Wartezeit vertreiben …« Er schenkte ihr ein Lächeln. »Danke, Lyn.«

Sie nickte nur. Sie wussten beide, dass es nicht um die Wartezeit ging, sondern um das Ergebnis. Als er nach weiteren zehn Minuten von einer der Angestellten zum Arztgespräch gebeten wurde, atmete er tief durch, bevor er aufstand. Lyn griff nach seiner Hand, sagte aber nichts.

Während sie wartete, betrachtete sie die Menschen, die kamen und gingen. Bei einigen war offensichtlich, warum sie hier waren, denn sie trugen Verbände oder gingen an Krücken. Ein Mann um die dreißig, der einen Arm in einer Schlinge trug, kam ihr vage bekannt vor, aber ihr fiel nicht ein, woher sie ihn kannte.

Thomas kam schneller wieder, als Lyn erwartet hatte. Sie stand auf. Als er die Tür vom Arztzimmer hinter sich schloss und auf sie zueilte, sagte sein Gesicht alles. Er lächelte breit und erlöst.

Lyn atmete auf. »Alles gut?«, fragte sie überflüssigerweise, als er die Arme ausbreitete und sie so umarmte, dass es sie von den Füßen hob.

»Alles gut.« Er setzte sie wieder ab. »Jedenfalls«, er senkte seine Stimme, »sind es keine Metastasen. Knochen, Lunge … alles bestens. Und alles andere ist mir gerade scheißegal.« Er strahlte und atmete noch einmal durch die gespitzten Lippen aus. »Und jetzt raus hier.«

»Und was hat der Arzt nun gesagt?«, fragte Lyn, als sie draußen waren. »Woher kommen die Schmerzen?«

»Das konnte er mir auch nicht sagen«, antwortete Thomas, ohne darüber einen Hauch unglücklich zu sein. »Das muss jetzt weiter untersucht werden. Eventuell ist es eine Fibromyalgie, meint er. Das ist so ein merkwürdiges Syndrom, bei dem alle möglichen Körperteile schmerzen, als sei es Rheuma, aber es ist nichts Entzündliches.« Er atmete tief durch. »Ist mir jetzt auch gerade egal. Es sind keine Metastasen!« Er drückte sie noch einmal.

Lyn konnte sich kaum vorstellen, wie groß seine Erleichterung sein musste. Schließlich fühlte sie selbst sich schon unendlich erleichtert.

Als sie zu ihren Autos gingen, blieb Thomas plötzlich stehen. »Lyn, irgendwie ist es mir jetzt ehrlich gesagt ziemlich peinlich, dass ich so … na, dass ich dir die Ohren vollgejammert habe«, stammelte er. »Du musst mich für ein absolutes Weichei halten.«

Lyn verdrehte die Augen. »Ja, das geht gar nicht, dass ein Mensch, der an Krebs erkrankt war, Angst hat, dass die Krankheit ihn wieder einholt.«

Er sah sie an, so intensiv, dass Lyn heiß wurde. Er sollte sie nicht so angucken. *Das* war ihr unangenehm.

»Du weißt gar nicht, wie gern ich dich habe«, sagte er und strich ihr über die Wange. »Danke, dass du hier warst.« Er grinste glücklich. »Ich würde das für dich auch tun. Rechts von dir säße Hendrik, links ich.«

Lyn lachte auf. »Schön, dass du deinen Humor wiederhast. Und jetzt auf ins Büro.«

Mit einem Winken stieg sie in den Beetle ein, Thomas in seinen BMW. Er blieb bis zur Kreuzung Robert-Koch-Straße/

Edendorfer Straße hinter ihr, dann musste er Vorfahrt gewähren. Lyn wartete schließlich auf dem Parkplatz des Polizeigebäudes auf ihn. Gemeinsam fuhren sie mit dem Fahrstuhl nach oben.

Zurück im Kommissariat kamen sie allerdings nicht einmal dazu, die Jacken auszuziehen. Wilfried Knebel fing sie auf dem Flur ab.

»Wo steckt ihr denn alle? Wir haben einen neuen Fall. Eine Leiche in der Meteorstraße in Elmshorn. Ich möchte, dass ihr beide hinfahrt. Die Kollegen von der Kriminaltechnik sind bereits unterwegs.« Er drückte Lyn einen Zettel mit der genauen Adresse in die Hand.

Lyn und Thomas nahmen die dunkel marmorierte Treppe in den dritten Stock des Elmshorner Blocks, da die Spurensicherer den Fahrstuhl für ihre Untersuchungen gesperrt hatten. Die Kollegen hatten sie bereits unten mit Schutzausrüstung versehen.

»Bah!«, stieß Lyn auf dem Weg nach oben angeekelt aus und nahm eine Packung Taschentücher aus der Tasche. Zwei der Tücher besprühte sie mit ihrem Parfüm und gab eines an Thomas.

Er sog den Duft tief ein. »Hm ... danke.« Dann presste er das Tuch, genau wie Lyn, an die Nase, während sie weitergingen. Vor der geschlossenen Wohnungstür im dritten Stock war ein Kollege der Spurensicherung damit beschäftigt, den Klingelknopf abzupudern. Lyn linste über seine Schulter und konnte das Namensschild über der Klingel lesen. Elisabeth Kankowski.

Als sie eintraten, war Lyn mehr als dankbar für das parfümierte Tuch unter ihrer Nase. Atemraubender Verwesungsgeruch hing in der Luft. Das Mordopfer lag direkt vor ihnen auf dem Wohnungsflur.

»Herrje!«, murmelte Thomas erschüttert, während er die Tür wieder schloss. Er steckte sein parfümiertes Tuch in die Tasche des weißen Overalls. Anscheinend wollte er vor den Kollegen der Spusi nicht als Weichei gelten.

Sie traten an die Leiche heran, ohne die kleinen Tafeln mit den Spurennummern zu verschieben, die die Kollegen zur Beweissicherung aufgestellt hatten. Ein Täfelchen stand neben einem Pflasterpäckchen, das blutbesudelt neben der Leiche lag.

Lyn atmete unter dem Taschentuch heftig durch den Mund ein und aus, während sie mit der anderen Hand ein paar Fliegen verscheuchte. Die Leiche der alten Frau zu ihren Füßen sah grauenhaft aus. Lyn mutmaßte aufgrund des Verwesungszustands, dass Elisabeth Kankowski, wenn sie es denn war, seit mindestens vier, fünf Tagen tot war. Allerdings war es extrem warm in der Wohnung. Das konnte die Zersetzung auch beschleunigt haben. Fest stand: Die alte Frau war bestialisch ermordet worden. Die Steppweste über der karierten Bluse war so zerfetzt und mit Blut getränkt, dass die beige Farbe der Weste nur noch am unteren Rand zu erkennen war. Das teigige Gesicht war unversehrt, aber Hals, Ober- und Unterkörper waren eine bräunliche Masse aus getrocknetem Blut und Fleisch.

»Jedenfalls muss ich mir keine Gedanken machen, wovon ich heute Nacht träumen werde«, murmelte Lyn und wandte sich ab. Ihr Blick blieb an Schuhabdrücken hängen, die in dem angetrockneten Blut am Boden gut zu erkennen waren. Sie passten eindeutig nicht zu den grauen Filzpuschen der Toten. »Da war aber jemand unvorsichtig«, sagte sie und wies auf die Abdrücke.

»Oder in Eile«, antwortete Thomas. Er betrachtete die Schuhabdrücke, dann platzierte er seinen über dem Boden schwebenden Fuß daneben. Er trug zwar die weißen Überschuhe, aber auch ohne sie wären seine Abdrücke erheblich größer gewesen.

»Ein Frauenschuhabdruck?«, fragte Lyn, und ihr Bauch begann zu kribbeln.

Kriminaloberkommissar Alex Mamadou, ein Kollege der Spurensicherung, trat zu ihnen. »Auch meine Vermutung. Oder ein kleiner Mann.«

»So schöne Abdrücke. Da freut sich das Spusiherz, was, Mama?«, sagte Thomas und schlug ihm auf die Schulter.

Lyn lächelte. Alex Mamadou wurde oft Mama genannt. Oder auch mal Papadou. Den Vornamen hatte ihm seine deutsche Mutter verpasst, den Nachnamen sein afrikanischer Vater.

»Weiter ist euch nichts aufgefallen?«, fragte er. Sein dunkler Kopf stach unter der weißen Overallkapuze hervor. Er zog die Wohnungstür auf.

Lyn und Thomas sahen ins Treppenhaus. »Dort gibt es keine Schuhabdrücke«, stellte Lyn fest.

Alex nickte. »Genau. Sie müssen auf dem Boden weggewischt worden sein. Was die Frage aufwirft, warum der Täter das dort gemacht hat, hier drinnen aber nicht.«

»Weil er nicht mehr reinkam?«, fragte Lyn vor sich hin sinnierend. Sie deutete auf die Leiche. »Sie liegt direkt an der Tür. Wir können also davon ausgehen, dass sie ihrem Mörder beziehungsweise ihrer Mörderin die Tür selbst geöffnet hat.«

»Und dann direkt niedergestochen wurde«, ergänzte Thomas.

»Genau«, sagte Lyn. »Der Täter bekam Panik und ist raus, hat die Tür zugezogen und kam nicht wieder hinein.«

»Auch meine Vermutung«, sagte Alex. Er zeigte auf den Boden. »Oberflächlich ist nichts zu sehen. Aber wir haben ja unser gutes Luminol. Wir sprühen es gleich auf, und dann schauen wir mal, wie weit die Spuren die Treppe hinunterführen.«

»Oder zum Fahrstuhl«, sagte Lyn.

Alex nickte. »Zu sehen ist nichts. Aber auch dort könnte gewischt worden sein.«

Lyn richtete den Blick noch einmal auf die Leiche und die blutigen Schuhspuren. Dann hatte sie genug gesehen. Die Leiche betreffend blieb glücklicherweise alles Weitere der Rechtsmedizin überlassen.

Und wie aufs Stichwort trat Dr. Helbing aus einem Raum, bei dem es sich um das Badezimmer handelte, wie Lyn sah, bevor er die Tür schloss.

»Oh«, sagte sie. »Sie sind schon da, Dr. Helbing.« Das Rauschen einer WC-Spülung war hinter der geschlossenen Tür zu hören. War er etwa *hier* einem dringenden Bedürfnis nachgegangen? Das konnte doch wohl nicht sein. Denn dies war definitiv nicht nur der Fund-, sondern auch der Tatort. Das bezeugte die große Menge an Blut, die sich über den Flur ergossen hatte. Selbst Wände und Türen waren besprenkelt.

Er schien ihr ihre Gedanken anzusehen, während er Handschuhe überstreifte. »Ich bin quasi hierhergeflogen. Hatte keine Zeit mehr, im Institut aufs Klo zu gehen. Ich habe ja eine Ochsenblase, aber irgendwann ist auch die mal voll. Darum waren Ihre Kollegen von der Spurensicherung so nett, sich des Bads zuerst anzunehmen.« Er deutete auf die Tür. »Sie haben es freigegeben.«

Es war schon sehr kurios, dass der Doc an einem Tatort das WC nutzte, aber Lyn verzichtete auf einen Kommentar.

»Wer auch immer das war, derjenige war im Blutrausch«, sagte Thomas, und Lyn war für den Themenwechsel sehr dankbar.

»Nicht anfassen!«, stieß Dr. Helbing drohend aus, während Thomas neben der Leiche in die Knie ging.

»Na!«, erwiderte Thomas unwirsch. »Mach ich das zum ersten Mal?«

»Ihr fasst immer alles an.« Dr. Helbing gab nicht nach. »Obwohl ihr wisst, dass mich das sehr, sehr böse macht.«

»Gerade klingen Sie nach einem Trump-Tweet«, murmelte Thomas. »Sehr, sehr böse …«

»Das verbitte ich mir«, erwiderte Dr. Helbing nicht wirklich erbost. »Mit dem Flötenheini will ja nun wirklich niemand verglichen werden.« Er hockte sich neben Thomas und drehte die Hand der Toten.

»Echt jetzt?«, kommentierte Thomas.

Der Rechtsmediziner ignorierte das. »Es gibt keinerlei Abwehrspuren. Vielleicht war schon der erste Stich tödlich, oder sie war einfach zu überrascht. Und die mangelnde Reaktionsfähigkeit des Alters kommt natürlich auch dazu.«

»Stich?«, hakte Lyn nach. »Sie gehen von einem Messer als Tatwaffe aus?«

»Von einem Stichwerkzeug jedenfalls. Gefunden haben wir die Tatwaffe nicht. Je schneller ich die Leiche in Hamburg auf dem Tisch habe, desto schneller kriegt ihr präzisere Antworten.«

»Schon wieder ein Stichwerkzeug. Ist das Zufall?«, fragte Lyn. Das Bauchgrummeln verstärkte sich. »Die alte Frau, die beiden Mädchen … könnte es da einen Zusammenhang geben?«

»Nicht zwingend«, sagte Thomas, ging in die Küche und sah sich um. »Die Frau hier wurde regelrecht abgeschlachtet. Das war bei Noa nicht so. Allerdings bei Neele Haack …« Er sah Lyn an.

»… wurden sechs Einstiche festgestellt«, beendete sie seinen Satz. »Da steckt eine Menge Mordlust dahinter.«

»Dann haben wir es mit einer Psychopathin zu tun?« Thomas öffnete die Schränke und zog alle Schubladen auf. Er nahm ein schäbiges weinrotes Portemonnaie aus einer der Schubladen. »Auf jeden Fall war es kein Raubmord«, sagte er, als er das Fach für die Scheine kontrolliert hatte.

Lyn drückte das parfümierte Taschentuch fester an die Nase. Zwei Fünfziger und ein Zehner steckten darin. Ebenso eine Bankkarte der Volksbank.

»Jemand, der im Blutrausch tötet, ist nicht unbedingt ein Psychopath«, schaltete Dr. Helbing sich ein, während er seinen silberfarbenen Koffer öffnete. »Mit dem Begriff Psychopath wird sowieso viel zu schludrig umgegangen. Ich bin zwar kein Psychotherapeut, aber es ist erwiesen, dass Menschen mit Persönlichkeitsstörungen *nicht* dazu neigen, häufiger straffällig zu werden als gesunde. Das kann man gar nicht oft genug sagen. Allerdings … wenn das hier wirklich auf das Konto eines wahren Psychopathen geht«, er sah Lyn an, »dann solltet ihr diese Person schnellstens finden.«

Lyn schluckte.

Dr. Helbing fuhr fort: »Psychopathen brauchen den Kick.

Sie können nicht unterdrücken, was in ihnen schwelt, und müssen ihr Bedürfnis befriedigen. Und in vielen Fällen erfolgt eine sexuelle Stimulierung durch das Töten.« Er sah Lyn durch seine Brille ernst an. »Er oder sie wird weitermachen.«

»Wenn es tatsächlich in allen drei Fällen dieselbe Person ist, haben wir es aller Wahrscheinlichkeit nach mit einer Frau zu tun«, sagte Lyn. »Zumindest bei Neele Haack können wir das aufgrund der Zeugenaussage von Jana Roffler mit Sicherheit sagen.«

»Weibliche Psychopathen sind eher selten, zumindest unter den Gewaltverbrechern, aber natürlich existent«, sagte Dr. Helbing. »Sehen Sie zu, dass Sie sie finden. Ihre Schuhabdrücke haben Sie schließlich.«

Lyn hätte gern durchgeatmet, aber nicht hier in der Wohnung. »Ich spreche mal mit der Zeugin, die die Polizei angerufen hat.«

Sie war dankbar, die Wohnung verlassen zu können. Lyn wusste jetzt schon, dass sie ihre Kleidung komplett in die Waschmaschine stecken und sofort duschen würde, wenn sie zu Hause war. Verwesungsgeruch war einzigartig. Einzigartig furchtbar.

Einer der Schutzpolizisten teilte ihr mit, wo sie die Zeugin finden konnte. Es war die Wohnung gegenüber. »L. u. K. Harbert«, stand auf dem Namensschild. Lyn klingelte, und die Tür wurde umgehend aufgezogen. Eine Frau mittleren Alters mit zu einem nachlässigen Knoten aufgestecktem braunen Haar öffnete ihr. Als Lyn ihren Dienstausweis zeigte, trat Frau Harbert zur Seite. »Kommen Sie schnell rein.«

Lyn hatte Verständnis für die Hektik. Auch Frau Harbert versuchte anscheinend alles, um den Geruch loszuwerden, denn es roch nach Deo und/oder Haarspray. Lyn lehnte das angebotene Wasser ab, als sie im Wohnzimmer Platz nahmen. »Frau Harbert, Sie haben die Polizei gerufen?«

»Nein, ich habe den Hausmeister angerufen wegen des Gestanks, der immer stärker wurde. Dieser Geruch … ich hab so was noch nie gerochen.« Sie verzog ihr Gesicht. »Als Herr

Maske, also unser Hausmeister, kam, hat der schon geahnt, was los ist. Er hat die Polizei gerufen. Und dann hat die Polizei überall geklingelt, weil man auf dem Flur nicht so genau riechen konnte, aus welcher Wohnung es kommt. Frau Mayer war zu Hause. Bei Frau Kankowski hat keiner aufgemacht und bei den jungen Leuten auch nicht. Aber wohl weil Frau Kankowski schon so alt ist, hat die Polizei dann ihre Tür zuerst öffnen lassen. Und das war ja auch richtig.« Ihre Lippen verzogen sich erneut.

»Wann haben Sie Frau Kankowski zuletzt gesehen?«, fragte Lyn. »Bitte versuchen Sie sich genau zu erinnern. Es ist wichtig.«

»Sie wurde ermordet, nicht? Ich hab ja nur einen kurzen Blick auf sie werfen können, aber ... das viele Blut. Wer tut denn nur so was einer alten Frau an?«

»Das versuchen wir herauszufinden. Darum beantworten Sie bitte meine Frage: Wann haben Sie Ihre Nachbarin zuletzt gesehen?«

»Na ja, ich glaube, das war vor drei Tagen. Oder vier?« Sie überlegte. »Sie hat gerade ihre Post aus dem Briefkasten genommen, als ich unten reinkam. Und dann hat sie gleich angefangen zu reden. Sie hat immer so viel geredet, und ich ...«, sie schluckte, »ich hab sie abgewimmelt. Ich hatte ja noch die Betäubung drin. Vom Zahnarzt.« Ihre Wangen färbten sich rot. »Und das war das letzte Mal, dass ich sie gesehen hab.«

»Sie konnten ja nicht ahnen, dass Sie sie das letzte Mal sehen, Frau Harbert«, tröstete Lyn sie. »Aber auf jeden Fall können Sie mir jetzt sagen, wann genau das war. Nämlich an dem Tag, als Sie beim Zahnarzt waren.«

»Stimmt.« Sie nickte. »Beim Zahnarzt war ich Samstagmorgen. Beim Notdienst.«

Lyn notierte es in ihrem Notizbuch, obwohl das Diktiergerät alles aufzeichnete. Wichtige Details hielt sie immer schriftlich fest. »Wichtig ist jetzt, dass Sie mir alles sagen, was Ihnen danach im Haus aufgefallen ist. Haben Sie Fremde gesehen? Im Treppenhaus oder vor dem Haus? Haben Sie ungewöhnliche Geräusche gehört? Oder Schreie?«

Frau Harbert nickte heftig. »Ich hab Schreie gehört. Vor ein paar Tagen. Aber ich hab doch nicht geahnt, dass das Frau Kankowski ist! Ich dachte, das wäre die Freundin von dem Mattow, die da so schreit. Es hat sich jedenfalls so angehört.« Sie stieß einen tiefen Seufzer aus. »Vielleicht hätte ich ihr noch helfen können. Die arme Frau Kankowski.«

»Freundin? Mattow?«, hakte Lyn nach. »Wer ist das?«

»Der Mattow ist der Nachbar, neben Frau Kankowski. Seine Freundin ist ständig da. Wenn Sie mich fragen, ist die da eingezogen. Hören gerne mal laut Musik. Einmal war ich drauf und dran, die Polizei zu rufen.«

»Und wieso glaubten Sie, die junge Frau habe geschrien?«

»Na, weil es sich so angehört hat. So laut und hysterisch. Ich dachte, der verkloppt sie oder so. Na ja, aber dann war plötzlich Ruhe, und ich hab mich nicht weiter darum gekümmert. Es waren wohl die Todesschreie von Frau Kankowski?« Sie sah Lyn entsetzt an.

»Wann genau war das?«, fragte Lyn nach. »Ich brauche den Tag und die Uhrzeit, als sie die Schreie gehört haben.«

Frau Harbert war sich sicher, dass es der Samstagnachmittag gewesen war. »Ja, es war am Wochenende. Und darum muss es der Samstag gewesen sein, weil ich Sonntag mit meinem Mann im Haus am See Kaffee trinken war, in Norderstedt. Meinem Zahn ging's da wieder besser.«

Mehr wollte Frau Harbert nicht einfallen, aber Lyn war durchaus zufrieden. Zumindest wussten sie jetzt, dass Frau Kankowski am Samstagmorgen noch gelebt hatte. Lyn bedankte sich und ging direkt zu der Wohnung neben der der Toten. Auf dem Namensschild stand nur der Name »Mattow«. Sie klingelte.

»Da ist niemand«, sagte Thomas, der aus der Wohnung von Frau Kankowski kam und sich an dem Kollegen der Spurensicherung vorbeidrückte, der das Treppengeländer abpinselte.

Lyn notierte den Namen vom Klingelschild. »Die sind wahrscheinlich arbeiten. Ich finde das mal raus.«

»Karin kommt gleich zur Verstärkung. Dann sind wir

schneller mit der Befragung der anderen Hausbewohner durch.«

Lyn und Thomas waren auf dem Weg nach unten in den zweiten Stock, als Alex Mamadou sie zurückrief.

»Was ist?«, fragte Thomas noch auf der Treppe.

»Das müsst ihr euch ansehen.«

Als Lyn und Thomas oben waren, starrten sie auf das Blut, das der Spurensicherer gerade mit dem Luminol sichtbar gemacht hatte. Die schimmernden Abdrücke auf dem Flurboden führten weder zur Treppe noch zum Fahrstuhl, sondern direkt zur Nachbarwohnung.

»Scheiße!«, stieß Lyn aus. Sie sah Thomas an.

»Wir gehen da nicht allein rein«, sagte er leise. »Es ist alles ruhig dahinter, aber das muss nichts bedeuten.«

Lyn nickte, griff zum Handy und wählte die Nummer des Leiters der Bezirkskriminalinspektion. »Herr Kremer, wir brauchen hier in Elmshorn sofort das SEK.«

EINUNDZWANZIG

Es war zwanzig Uhr, als der Pizzabote die Bestellungen im Itzehoer Polizeigebäude ablieferte. Lyn und das Team der Aufbauorganisation aßen im Besprechungsraum, während sie zusammentrugen, was sie in den letzten Stunden durch persönliche Befragungen und Telefonate recherchiert hatten. Es war einiges dabei herausgekommen.

Die Wohnung in Elmshorn war leer gewesen, als das SEK sie gestürmt hatte. Nick Mattow, der Mieter der Wohnung, in die die blutigen Schuhspuren geführt hatten, war seit zehn Tagen nicht in der Uni Hamburg erschienen – seit dem Tag der Entführung. Bei seinem Minijob-Arbeitgeber, einem Gastwirt einer Hamburger Kneipe, hatte er sich krankgemeldet.

Seine Eltern waren aus allen Wolken gefallen, als Lyn und Thomas vor deren Tür gestanden hatten. Sabine Mattow hatte ihren Sohn auf Lyns Bitte hin auf dem Handy angerufen, und er war rangegangen. Lyn hatte das Gespräch direkt übernommen, bevor seine Mutter ihn aufklären konnte, worum es ging. Als sie ihn gefragt hatte, wo er sich aufhielt, hatte er aufgelegt und war seitdem nicht mehr an sein Handy gegangen. Die Handy-Ortung war durch den Staatsanwalt umgehend autorisiert worden, insbesondere da Mattows Eltern Besitzer eines Mercedes Sprinter waren, den Nick am Tag der Entführung ausgeliehen hatte. Und Nick selbst fuhr einen silbernen Kombi.

Ebenso geortet werden sollte Kathrin Pinkert, die, wie Nick Mattows Eltern berichtet hatten, seine Freundin war und sich angeblich mit ihm an der Ostsee aufhielt. Kathrin Pinkert war nicht an ihr Handy gegangen, als Thomas sie angerufen hatte, nachdem er die Nummer über den Anbieter herausgefunden hatte. Über das Einwohnermeldeamt hatte er versucht, ihre Adresse herauszufinden, war allerdings enttäuscht worden. Aus der WG, in der Kathrin Pinkert noch gemeldet war, war sie vor Wochen ausgezogen. Laut Auskunft einer der Mitbewohnerinnen, um zu ihrem Freund Nick zu ziehen, wo sie allerdings nicht gemeldet war.

Karin Schäfers Recherchen zu den Eltern von Kathrin Pinkert waren keine Hilfe gewesen. Der Vater hatte seine kleine Familie bereits vor dreizehn Jahren verlassen und hatte keinen Kontakt zu seiner Tochter. Die Mutter war vor drei Jahren verstorben.

Lyn pikte eine Olive von ihrer Pizza auf. Die Spurensicherer hatten die DNA-Spuren aus der Wohnung umgehend nach Kiel gesandt. Die KTU und der Abgleich mit den Spuren aus der Kate würde noch einige Tage in Anspruch nehmen, doch man konnte davon ausgehen, dass mit Nick Mattow und Kathrin Pinkert zwei der Entführer gefunden waren.

Nach den beiden wurde bereits öffentlich gefahndet. Dazu verwendete der Pressesprecher Fotografien aus Mattows Wohnung. Die Bilder waren vor einer Stunde online gegangen. Morgen würden sie in der Presse erscheinen. Theos Phantombild war damit hinfällig. Nach Lyns Meinung hätte es sie sowieso nicht zum Erfolg geführt, denn bis auf die Augenpartie sah es Kathrin Pinkert nicht wirklich ähnlich.

Wer der Dritte im Bunde der Entführer war, stand noch nicht fest, aber die Eltern von Nick Mattow glaubten bei Janas Phantombild eine Ähnlichkeit zu einem von Nicks Freunden erkannt zu haben, dessen Nachnamen sie jedoch nicht wussten. Leon hieß er. Auf jeden Fall würden sämtliche Freunde von Nick Mattow überprüft werden, deren Namen seine Eltern aufgelistet hatten. Einer von ihnen kannte vielleicht auch besagten Leon.

Während Arnd Kremer die Fakten mit dem Beamer an die Wand warf, blieben Lyns Gedanken bei Kathrin Pinkert. Wenn sie diejenige war, die die beiden Mädchen ermordet hatte, suchten sie vielleicht nach einer einsamen Wölfin. Einer psychopathischen Wölfin. Lyn schob ihren Teller mit der nur zu zwei Dritteln gegessenen Pizza von sich.

Arnd Kremer sprach aus, was auch ihr am meisten Sorge

bereitete: »Aller Wahrscheinlichkeit nach hat Kathrin Pinkert drei Menschenleben auf dem Gewissen: zwei junge Mädchen und eine alte Frau. Sie ist anscheinend völlig gefühlskalt, vielleicht psychopathisch veranlagt. Wir müssen sie dringend, ich wiederhole, *dringend* finden, bevor sie erneut mordet. Wichtig ist, dass beide Kinder, Theo und Jana, ständig unter Polizeischutz bleiben, solange die Täter, insbesondere Kathrin Pinkert, nicht gefasst sind.«

***

»Tatütata«, machte Lyn mit hoher Stimme, während Emil, der nackig vor ihr auf der Wickelkommode saß, fröhlich ein paar Silben brabbelte und das kleine Polizeiauto von Duplo befummelte, das er in Händen hielt. Er liebte diese Momente, bevor er wieder eine Windel umgelegt bekam und angezogen wurde. Die Mini-Jeans und der rote Sweater mit dem Bären-Piratenkopf lagen schon bereit. Emil wuchs rasant aus seinen Sachen heraus. Lyn hatte sich vorgenommen, beim Flohmarkt während der Itzehoer Woche zuzuschlagen.

»Hast du alles eingepackt, Krümel? Wanderstiefel? Sonnenschutz?«, rief Lyn durch die offene Tür in Richtung von Sophies Zimmer, in dem die übliche Hektik herrschte, wenn es zum Vater nach Franken ging. Bernd hatte noch einmal angerufen, sich für die »Light-Lüge« entschuldigt und Krümel quasi angefleht, doch die Osterfeiertage bei ihnen zu verbringen. Und Madame hatte sich gnädig bereit erklärt, der Bitte des Vaters zu folgen, insbesondere, weil auch Charlotte und Markus da sein würden. Heute, am Karfreitagmorgen, ging es los. Hendrik würde Sophie gleich mit Emil zum Hamburger Hauptbahnhof fahren, während Lyn zur Arbeit musste.

»Ich finde meinen neuen Hoodie nicht«, rief Sophie zurück.

»Vielleicht liegt er am Fuße des Mount-Everest-Klamottenbergs auf deinem Stuhl?«

»Nei-hein. Da hab ich geguckt.«

»Dann im Wäschekorb?«

»Boah, wehe Hendrik hat den noch nicht gewaschen.«

Grinsend beugte sich Lyn herunter und küsste Emils kleine Zehen. Gut, dass Hendrik gerade losgeradelt war, um frische Bolten-Eier zu holen. Aber sie wusste, selbst wenn er Sophie gehört hätte, hätte er sich ein »Wasch deinen Kram selbst« verkniffen. Er kämpfte noch immer unermüdlich um ihre Zuneigung.

Lyn blickte auf ihre Armbanduhr, während sie Emil die Windel umlegte. Wenigstens konnten sie den Feiertag noch mit einem gemeinsamen Frühstück beginnen.

Als sie eine Stunde später durch die Straßen Itzehoes zur Großen Paaschburg fuhr, wähnte sie sich kurz in einer Episode von »The Walking Dead«. Die Stadt war wie leer gefegt, nur die sabbernden Zombies fehlten. Als sie schließlich im Polizeihochhaus aus dem Fahrstuhl trat und die Tür zum K1 aufzog, war von Karfreitagsruhe allerdings nichts mehr zu spüren. Geschäftiges Treiben herrschte. Aus den Büros waren die Stimmen telefonierender Kollegen zu hören, ein Kollege vom K2 eilte mit Ordnern über den Flur.

»Guten Morgen, Lyn«, warf Sekretärin Birgit ihr zu, als sie mit zwei Kaffeekannen in den Händen aus der kleinen Küche trat und Richtung Besprechungsraum ging.

Lyn erwiderte den Gruß und steuerte Thomas' Büro an. Er saß am Schreibtisch und legte gerade das Telefon zur Seite. »Guten Morgen«, begrüßte Lyn ihn und deutete nach draußen. »Sogar Birgit ist heute hier. Hat es das schon mal gegeben?« Birgit bestand *immer* auf ihrer dienstfreien Zeit. Was ihr gutes Recht war, aber ohne sie fehlte eine große Hilfe, wenn es um Telefon- und Recherchearbeiten ging. Umso schöner, dass sie heute da war.

»Hallo, Lieblingskollegin. Zwei tote Mädchen und jetzt die alte Dame … da kann selbst Birgit nicht in Ruhe neues Hexenzeug in ihrer Gartenlaube zusammenpanschen«, nahm er Bezug auf Birgits Dauerbrenner-Hobby, das sie im Gegensatz zum Patchworken, Honigkerzenherstellen, zur Wachsmalerei und Fingerprint-Kunst noch nicht aufgegeben hatte. Zu Lyns Leidwesen. Andauernd schleppte Birgit ominöse, zumeist körnige grünliche Hautcremes an, die Lyn und Karin ausprobieren sollten.

Lyn sah aus dem Augenwinkel, dass Arnd Kremer auf dem Flur vorbeilief, um im nächsten Moment umzudrehen, denn plötzlich stand er in der Tür. »Ich brauche zwei Leute, die *sofort* nach Pinneberg fahren. Wir hatten gerade einen Anruf eines Hoteliers, der sagt, dass er Nick Mattow auf dem Pressefoto erkannt habe. Mattow und eine weitere männliche Person sollen sich in einem Doppelzimmer bei ihm einquartiert haben.«

Thomas stand schon. »Wir fahren hin. Ist das SEK informiert?«

Kremer nickte. »Sprechen Sie alles Weitere vor Ort mit dem SEK-Leiter ab und informieren Sie mich im Fünfminutentakt über die Geschehnisse. Unser Behördenleiter und der Staatsanwalt treten mir hier stündlich auf die Füße.«

Lyn und Thomas traten an den Tresen des Pinneberger Hotels und zückten ihre Dienstausweise. »Herr Müller?«, fragte Lyn. »Haben Sie uns angerufen?«

Der Mann nickte eifrig, während er anscheinend schweißfeuchte Hände an seinem knittrigen Hemd abwischte. Er sprach leise, mit Blick zur Treppe. »Die sind oben. Der eine, also nicht der Mattow, war kurz draußen, hat wohl was zum Frühstück geholt, die haben ohne Frühstück gebucht, und ist vor zehn Minuten wiedergekommen und nach oben gegangen. Ich hab mir nix anmerken lassen«, flüsterte er aufgeregt.

»Das haben Sie sehr gut gemacht, Herr Müller. Sie nennen mir jetzt bitte das Stockwerk und die Zimmernummer der beiden.«

»Zimmer vierzehn, zweite Etage.«

»Ganz sicher?«, hakte Thomas vorsichtshalber noch einmal nach.

Herr Müller war nun so nervös, dass er noch einmal nachsah. »Ja, Zimmer vierzehn, zweiter Stock«, wiederholte er.

»Sie bleiben ganz ruhig«, sagte Lyn. »Die Kollegen vom SEK, die gleich in das Zimmer reingehen werden, sehen ein wenig martialisch aus, sind aber sehr freundlich, also bleiben Sie entspannt, wenn die schwarz gekleideten Damen und Herren hier gleich vorbeimarschieren.«

Er nickte.

Zehn Minuten später betraten Lyn und Thomas Zimmer Nummer vierzehn. Auf dem Boden lagen zwei Männer auf dem Bauch, die Hände auf dem Rücken mit Handschellen fixiert. Die SEK-Kollegen zerrten sie hoch. Die beiden Männer sahen fix und fertig aus. Und das war zweifellos nicht nur dem SEK-Einsatz geschuldet.

Thomas klärte die beiden über ihre Rechte auf, während Lyn sie musterte. Beide waren unrasiert, sahen blass und übernächtigt aus. Sie trat an den von den SEK-Beamten beim Sichern des Raums geöffneten Schrank, nahm die beiden Rucksäcke, die unter der Kleiderstange lagen, heraus und öffnete sie.

»Sehr gut«, sagte sie mit Blick auf die gebündelten Geldscheine. »Damit hätten wir das Lösegeld, das Sie für Theo Fahrenkrug kassiert haben.«

Sie wandte sich an Nick Mattow. »Und jetzt sagen Sie uns, wo sich Kathrin Pinkert aufhält.« Die Vernehmung der Männer würde zwar in Itzehoe stattfinden, aber sie mussten das Überrumplungsmoment ausnutzen, um an Kathrin Pinkert heranzukommen.

»Ich sage gar nichts.« Nick Mattows Stimme zitterte.

»Es würde den Richter erheblich milder stimmen, wenn Sie jetzt kooperieren«, sagte Thomas barsch. »Zu verlieren haben Sie nämlich nichts mehr.«

Nick Mattow schluckte. »Ich sage gar nichts. … Ich will einen Anwalt haben.«

Thomas wandte sich an den anderen Mann, dessen Ausweis er in Händen hielt. Er hatte ihn aus dem Portemonnaie genommen, das die SEK-Beamten dem Mann abgenommen hatten. »Leon Jahn«, las er den Namen ab. »Möchten Sie uns weiterhelfen, bevor Sie zur Dienststelle nach Itzehoe gebracht werden, Herr Jahn? Wo hält sich Kathrin Pinkert auf?«

Leon Jahn weinte herzerweichend, aber Lyns Mitleid hielt sich in Grenzen. Insbesondere, weil er stammelte: »Ich weiß ... nichts. Ich weiß ... gar nichts.«

»Und von den drei Millionen Euro im Schrank wussten Sie wohl auch nichts?«, fuhr Thomas ihn an.

Leon Jahn wimmerte, schwieg aber weiter.

»Abführen!«, sagte Thomas.

***

Am Samstagmorgen winkte Jana ihrer Bettnachbarin Saba hinterher, als die mit ihrer Mutter das Krankenzimmer verließ. Saba war ganz anders als sie selbst, aber okay. Trotzdem war Jana nicht unglücklich, dass ihre Zimmergenossin heute entlassen wurde und nach Hause gehen durfte, denn Saba hatte nicht nur über normale Sachen gesprochen, sondern auch viel von ihrer Flucht erzählt. Und von den Zuständen in ihrer Heimat Eritrea.

Was Saba dort erlebt hatte, war Jana zu viel gewesen. Sie hatte selbst genug zu kämpfen. Sie wollte nicht noch die Horrorgeschichten von anderen hören. Sie sah zu dem nun leeren Bett. Wer würde als Nächstes kommen?

Hoffentlich holte Mama sie hier bald raus. Sie war doch schon wieder ganz fit. Das bisschen Zittern und die Alpträume würden bestimmt verschwinden, wenn sie erst zu Hause war.

Und weil das Zittern jetzt stärker wurde, stand sie auf, nahm Duschgel, Shampoo und ein Handtuch und verließ das Zimmer. Auf dem Weg zu den Duschen kam sie an einem Zimmer vorbei, in dem sich zwei Krankenschwestern unterhielten. Eine hatte ein Klemmbrett in der Hand, die andere bezog gerade ein Bett. Sie sahen sie nicht, und Jana wäre einfach weitergegangen, wäre nicht ihr Name gefallen. Abrupt blieb sie stehen und lauschte hinter der offenen Tür.

»Morgen soll Jana entlassen werden?«, hörte sie die eine

nachfragen. »Mmh … ist ja ein tolles Ostergeschenk für sie, aber ist sie denn wirklich schon so fit, dass sie rauskann?«

»Dr. Haber weiß, was sie tut«, antwortete die andere Schwester. »Eine ambulante Behandlung bei einem anderen Therapeuten reicht völlig aus, sagt sie.« Das Aufschütteln eines Betts war zu hören, dann sagte die Pflegerin: »Das Mädel ist doch tough. Die normale Umgebung wird ihr guttun.«

Wie ein Ballon, dem pure Freude eingepustet wurde, weitete sich Janas Brust. Sie durfte nach Hause! Doch das Glück währte nur kurz. Der pralle Ballon platzte lautlos, aber schmerzhaft, als die Schwester sagte: »Die Heimleiterin holt sie persönlich ab.«

Die Heimleiterin? Jana wurde schwindlig. Frau Oberath kam? Nicht Mama? Sie presste das Handtuch vor den Mund und rannte zurück in ihr Zimmer. Sie griff nach dem Kissen, drückte es vor ihr Gesicht und weinte und schrie gleichzeitig hinein. Sie wollte nach Hause! Zu Mama!

Als sie sich ein wenig beruhigt hatte, überlegte sie, was zu tun war. Dann ging sie duschen. Und während das warme Wasser über ihren Körper floss, waren ihre Gedanken bei Theo. Wie es ihm wohl ging? Nachdem er schreiend zusammengebrochen war, hatte sie nichts mehr von ihm gehört. Auch nicht von seinem Vater oder seiner Mutter. Wieso meldeten die sich nicht, verdammt? Die mussten doch wissen, dass sie sich Sorgen machte. Das hatte sie auch der Therapeutin gesagt. Frau Dr. Haber hatte geantwortet, dass die Fahrenkrugs im Moment wohl zu viele eigene Sorgen hätten.

Okay, Jana sah ein, dass Theos Vater bestimmt nicht danach zumute war, sie, Jana, zu besuchen. Schließlich war seine Frau verhaftet worden. Aber Theos Mutter hätte doch mit Theo mal zu Besuch kommen können. Oder wollte Theo das gar nicht?

Jana schrak zusammen, als an die Badtür geklopft wurde und eine weibliche Stimme fragte: »Jana? Bist du da drinnen?«

Jana stellte die Dusche ab. »Ja, was ist?«

»Die Polizei ist hier. Kannst du dich ein wenig beeilen?«

Zwanzig Minuten später saß Jana in einem Ford Mondeo auf dem Weg zum Polizeipräsidium. Sie sah die Fahrerin von der Seite an. Frau Harms war in Ordnung. Die tat nicht nur nett wie so viele andere. Sie hatte sie abgeholt, weil sie einen Mann identifizieren sollte. Den Schimpansen. Den hatte sie schließlich draußen bei Opas Kate von der Seite gesehen, bevor Neele … Jana schluckte und knetete ihre Finger.

»Ist da so eine Scheibe wie im Fernsehen?«, fragte sie. »Wo nur ich die Männer sehen kann, die mich aber nicht?«

Frau Harms lächelte. »Nein. Aber deswegen brauchst du nicht aufgeregt zu sein, Jana. Die Identifikation durch eine Scheibe ist ein veraltetes Verfahren. Du wirst die Männer nicht persönlich sehen. Das, was wir machen, nennt sich sequenzielle Videoidentifikation. Du wirst auf einem Monitor sechs verschiedene Männer sehen, alle nacheinander. Du kannst sie dir in Ruhe angucken, von vorn und im Profil.«

Jana atmete erleichtert aus. »Okay. Das krieg ich hin.«

Die Kommissarin sah sie wieder mit einem Lächeln an. »Prima.«

Als Jana im Polizeigebäude vor dem Fernseher saß, holte der winzige Paukenmann in ihrem Herzen allerdings wieder kräftig aus. Bomm-bomm-bomm-bomm … Jana wurde übel, während sie den ersten Mann betrachtete, der auf dem Bildschirm erschien.

»Bitte schau ihn dir ganz in Ruhe an«, hörte sie die ruhige Stimme von Frau Harms neben sich. »So, wie wir es eben besprochen haben.«

Jana nickte, schluckte und sah den Mann mit dem Schild mit der Nummer eins an. Die Haarfarbe passte, aber er war nicht schlank genug. »Nein«, sagte sie und schüttelte den Kopf. »Der war das nicht.« Die Nummer zwei war zu klein und zu dunkelhaarig. »Nein.« Während sie die Nummer drei, der es auch nicht war, scannte, wurde der Paukenmann noch schneller. Würde der Schimpanse gleich auftauchen?

Bei der Nummer vier winkte sie gleich ab. Dann erschien der Mann mit der Nummer fünf. Sie hielt den Atem an. Er war es. Eindeutig. Sie erkannte ihn sogar, bevor er sich zur Seite drehte, damit man das Profil sehen konnte. Er zitterte, genau wie sie jetzt. Der Paukenmann schlug die Trommel, dass sie gleich bersten musste.

Ob dem Schimpansen bei der Aufnahme genauso übel gewesen war wie ihr jetzt? Bestimmt, er sah so aus. Er war ein Loser, genau wie sie. Aber er war ein guter Mensch. Er hatte sie nicht der Mörderin ausgeliefert, sondern ihr das Leben gerettet. Nun würde sie sein Leben retten.

»Nein.« Zur Verstärkung schüttelte sie den Kopf. »Nein, der war es nicht.« Sie spürte den Blick der Polizistin und musste sich zwingen, ihr nicht ebenfalls einen kurzen Blick zuzuwerfen. Frau Harms sagte nichts. Jana schaute erleichtert auf dem Bildschirm den Mann mit der Nummer sechs an. Sie ließ sich Zeit, bevor sie wieder »Nein« sagte.

Frau Harms stellte den Monitor ab. Jana sah sie an, dann schnell wieder weg.

»Ich habe dein Zögern bemerkt, Jana«, sagte Frau Harms, und Jana fühlte sich mehr als unwohl. »Ich denke«, fuhr die Polizistin in ruhigem Ton fort, »dass du den Mann mit der Schimpansenmaske sehr wohl erkannt hast.« Sie schwieg, und Jana begann sich noch mulmiger zu fühlen.

»Nein!«, stieß sie hastig aus. »Der war das nicht.«

Frau Harms blieb ernst. »Ich glaube, ich weiß, warum du das sagst, Jana. Für das, was du momentan empfindest, gibt es sogar einen Begriff, denn dieses Gefühl hatten vor dir auch schon viele andere Opfer gegenüber Tätern. Man nennt es Stockholm-Syndrom. Du willst ihn nicht bestraft sehen, weil du glaubst, dass du ihm dein Leben verdankst. Weil er dich nicht an Kathrin Pinkert verraten hat. Aber vergiss nicht, dass er mit allergrößter Wahrscheinlichkeit ein Mitglied der Bande ist, die für den Tod deiner Freundin verantwortlich ist, Jana. Er war dabei, als Theo entführt und Noa Ruiz getötet wurde. Ohne diese drei Menschen, zu denen er gehört, ohne die Entführung, würden beide Mädchen noch leben. Neele und Noa.«

Jana wurde noch heißer. Die Kommissarin verstand das

nicht. Er hatte das nicht getan! Das hatte die Mörderin getan! »Der war aber nicht dabei!«, stieß sie darum noch einmal aus. Diesmal traute sie sich sogar, Frau Harms anzusehen.

Frau Harms nickte. »Na gut, Jana. Vorerst war es das. Ich gebe dir gleich ein Kärtchen mit meiner Telefonnummer, bevor du ins Krankenhaus zurückgebracht wirst. Du kannst mich immer und jederzeit anrufen, wenn du glaubst, dass du mir etwas sagen möchtest. Okay?«

Jana nickte. Das Kärtchen konnte Frau Harms sich auch an die Stirn pappen.

***

Karin Schäfer kam zu Lyn ins Büro und setzte sich auf den Stuhl vor ihrem Schreibtisch. »Ist Jana auf dem Weg zurück ins Krankenhaus?«, fragte sie. Dabei beugte sie sich vor und drehte den von Charlotte selbst gebastelten Bilderrahmen um, in dem ein Bild von Emil steckte. »Er ist so zuckersüß.«

Lyn lächelte. »Ja, das ist er. Obwohl er mir heute bei unserem morgendlichen Kuscheln im Bett mit seinem Holzdino fast die Nase zertrümmert hat. Aber um auf deine Frage zurückzukommen: Ja, die Kollegen von der Streife bringen Jana gerade zurück.«

»Kremer sagte, du bist sicher, dass sie bei der SVI gelogen hat?«, fragte Karin und lehnte sich im Stuhl zurück.

»Ja, du kannst es auch auf der Videoaufnahme sehen, die ich währenddessen von ihr gemacht habe. Es war so eindeutig, dass sie Leon Jahn erkannt hat. Aber sie hat sich nicht davon abbringen lassen, es zu verneinen.«

»Er hat sie in der Moorkate nicht verraten«, sagte Karin. »Aber dass sie ihn jetzt so weit schützt, ist als Dankeschön ein wenig heftig geraten.«

»Das habe ich ihr auch gesagt, aber sie hat sich nicht beirren lassen. Sie blieb bei ihrem Nein. Fast habe ich ihre Standhaftigkeit bewundert.«

Lyn stellte den Bilderrahmen zurück in die Reihe neben

die anderen beiden Rahmen, die mattsilbern glänzten. Aus dem einen strahlte Hendrik sie mit seinen traumhaften grauen Augen an. Das andere Bild zeigte die lachenden, braun gebrannten Gesichter von Charlotte und Sophie, eine Aufnahme vom Strand in St. Peter-Ording aus dem vergangenen Jahr.

»Wie weit seid ihr mit Vivien Fahrenkrug?«, erkundigte sich Lyn. »Gibt es irgendeine Verbindung zu Leon Jahn, Nick Mattow oder Kathrin Pinkert?«

»Bisher gibt es nicht einen einzigen Hinweis darauf, ob und woher sie sich kennen könnten, aber wir sind weiter dran. Jochen und Thomas überprüfen gerade, wie es sich mit den anderen Familienmitgliedern und Tessa Munck verhält. Ob es da eine Verbindung zu einem der drei gibt.«

»Sehr gut. Ich warte jetzt auf Theo und seine Mutter.«

Karin nickte. Sie wusste, dass der Junge zu einer Hörprobe kommen sollte. Nick Mattow und Leon Jahn sowie vier weitere Männer als Vergleichspersonen hatten identische Sätze eingesprochen, die Theo gleich vorgespielt werden würden. Er sollte die Stimmen der Verdächtigen identifizieren.

In diesem Augenblick kam Sekretärin Birgit auch schon ins Büro. »Theo Fahrenkrug und seine Mutter sind da. Soll ich sie abholen?«

Lyn stand auf. »Danke, Birgit, das mach ich selbst. Bis später, Karin.«

Als Lyn aus dem Fahrstuhl stieg und Theo unten beim Pförtner im Rollstuhl sitzen sah, fiel ihr auf, dass er fitter aussah als seine Mutter. Hilke Fahrenkrug zitterte, als Lyn ihr die Hand zur Begrüßung reichte. Ihre Augen waren seltsam glasig. Nahm sie weiterhin Beruhigungsmittel? Und vor allem: zu viele?

Theo schien es wieder besser zu gehen. Er hatte zwar vor Aufregung rote Wangen, wirkte ansonsten aber kräftig genug, um die Hörprobe zu überstehen. Lyn war dennoch ein wenig mulmig zumute. Was, wenn er wieder zusammenbrach, sobald er die Stimmen hörte und seine Peiniger darin wiedererkannte? Frau Dr. Haber hatte zwar gesagt, er würde es schaffen, weil er diesmal darauf vorbereitet war, aber allwissend war die Ärztin schließlich nicht.

Lyn führte Theo und Hilke Fahrenkrug nicht in den normalen Vernehmungsraum, sondern in den Raum für Kinder, die als sensible Zeugen galten. Der kleine Raum war mit Teppichboden ausgelegt und mit heimeligen Kiefernmöbeln bestückt, und es gab eine Spielzeugecke für die ganz Kleinen.

Lyn schaltete das Videogerät ein, um Theo zu filmen, während er den Stimmen lauschte, die gleich über die beiden Lautsprecher durch den Raum klingen würden. Ihm Kopfhörer aufzusetzen machte keinen Sinn, da er die Stimmen in der Moorkate auch direkt gehört hatte. Leon Jahn und Nick Mattow hatten sich geweigert, bei der Sprechprobe eine Maske zu tragen, aber Lyn war dankbar, dass die beiden Männer die vorgegebenen Sätze überhaupt gesprochen hatten. Sie hatte damit gerechnet, dass sie von ihrem Recht Gebrauch machen würden, es abzulehnen.

Theo richtete sich merklich im Rollstuhl auf, als die erste Stimme erklang. Er schüttelte den Kopf, nachdem er aufmerksam und sichtlich aufgeregt gelauscht hatte. »Nein.«

Als die Stimme von Nummer zwei ertönte, riss Theo die Augen auf. Während er lauschte, nickte er fortwährend, was schon alles sagte. Als die Aufnahme endete, waren seine Wangen gerötet. »Das ist Shrek gewesen.«

Lyn nickte weder, noch sagte sie ihm, dass er einen der Verdächtigen richtig herausgehört hatte, um ihn nicht zu beeinflussen, denn es standen noch vier weitere Stimmproben aus.

Die Nummer drei hörte Theo sich konzentriert an. »Nein«, sagte er schließlich ruhig. Lyn war gespannt, wie er bei der nächsten Stimmprobe, der von Leon Jahn, reagieren würde. Sie war sich sicher, dass er die Stimme, genau wie die von Nick Mattow, sofort erkennen würde, denn er war ein absolut aufmerksames Kind.

Und tatsächlich war seinem kleinen Gesicht sofort anzusehen, dass er Leon Jahn bereits nach den ersten Worten erkannte. Theos Augen weiteten sich, er schluckte, seine

Lippen bewegten sich kurz, dann presste er sie zusammen. Einen winzigen Moment lang sah er Lyn an, dann blickte er schnell wieder weg. Als er leise »Nein, der nicht« sagte, war Lyn so verblüfft, dass sie gar nicht mehr reagierte, während er – deutlich angespannt – die letzten beiden Proben anhörte und zweimal »Nein« sagte.

Sie stellte den Apparat ab und sah ihn an. Absichtlich lange, ohne ein Wort zu sagen.

»War's das jetzt?«, fragte Hilke Fahrenkrug. Sie wirkte irritiert.

Lyn sagte nichts, sondern sah weiter Theo an, der immer nervöser wurde. Seine Lippen zuckten, bis er schließlich fragte: »Kann ich jetzt gehen?« Er sah seine Mutter an. »Ich will nach Hause, Mama.«

»Natürlich, mein Schatz.« Hilke stand auf. »Du hast das sehr gut gemacht.«

Lyn griff nach einer von Theos Händen, die er nervös im Schoß knetete, während Hilke hinter den Rollstuhl trat. »Theo, ich habe dir angesehen, dass du den Affenmann erkannt hast.« Die Nummer durfte sie nicht nennen.

Sein Gesicht färbte sich noch roter. Seine Stimme klang aggressiv. »Der war aber nicht dabei!«

»Sie haben doch gehört, was er gesagt hat.« Hilkes Stimme klang ebenfalls wenig freundlich.

»Ich würde Sie gern kurz sprechen, Frau Fahrenkrug.« Lyn zeigte zur Tür. Sie sah Theo mit einem Lächeln an, während sie mit Hilke auf den Flur trat und hinter ihnen die Tür schloss. »Sie müssen doch gemerkt haben, dass Theo auch den zweiten Täter an der Stimme erkannt hat.«

»Ich weiß bald gar nichts mehr.« Hilke war völlig aufgebracht. Sie krallte ihre Hände in ihre Haare, was Lyn ein wenig Angst bereitete. Die Frau war mit ihren Nerven eindeutig am Ende. Und das schien sie auch selbst zu wissen, denn sie sagte im nächsten Augenblick: »Ich werde Theo zurück nach Kasenort bringen. Zu seinem Vater. Ich kann das gerade nicht … Ich kann nicht über ihn wachen und ihn beschützen.«

»Aber es ist doch ein Beamter bei Ihnen im Haus, Frau Fahrenkrug. Sie werden beide beschützt. Sie und Theo.«

»Ja, aber dieser Polizist im Haus, dieser fremde Mensch … Und dazu der Wasserschaden, das laute Brummen der Trockner …« Sie fasste sich wieder an die Schläfen. »Ich werde wahnsinnig! Ich habe so furchtbare Angst. Ich kann nicht mehr schlafen.«

Sie schluckte. »Magnus muss Theo nehmen. Ich habe mit mir selbst genug zu tun. Ich kann einfach im Moment keine gute Mutter sein.« Tränen traten in ihre Augen. »Ich denke, ich bin eine bessere Mutter, wenn ich ihn wieder nach Kasenort bringe.«

»Aber ist Theo denn damit einverstanden?«, hakte Lyn nach. Schließlich würde ihn dort alles an seine Stiefmutter erinnern. Und wenn es nicht bald neue Erkenntnisse gab, würde Vivien sogar aus der Haft entlassen werden. Theo und sie konnten unmöglich unter einem Dach leben, wenn der Fall nicht geklärt war.

Hilke sah sie erschöpft an. »Es ist mir egal. Ich kann einfach nicht mehr.«

Lyn ging mit Theos Mutter in den Vernehmungsraum zurück. Sie erklärte auch ihm noch einmal das Stockholm-Syndrom, aber auch Theo blieb bei seinem »Nein, der war es aber nicht!«.

Lyn blickte Mutter und Sohn nachdenklich hinterher, nachdem sie die beiden nach unten begleitet hatte. Beide Kinder hatten nicht nachgegeben. Es war interessant und zugleich unheimlich, wie Lebensgefahr augenscheinlich Denken und Empfinden prägte.

***

Obwohl sie am liebsten gerannt wäre, drosselte Kathrin Pinkert ihr Gehtempo. Nur nicht auffallen. Sie schob die Sonnenbrille mit dem Zeigefinger ein Stückchen den Nasenflügel hoch und zog ein zerfleddertes Papiertaschentuch aus der Hosentasche, als ihr auf dem Bürgersteig ein Pärchen entgegenkam. Sie hielt das Tuch vor die Nase und tat, als müsse sie sich schnäuzen. Das hatte sie bereits mehrfach so gehandhabt, wenn ihr jemand begegnete. Auch, als sie im Bus von Elmshorn hierhergefahren war, hatte sie das Taschentuch genutzt, um ihr Gesicht zu verdecken, das die Leute, all diese Scheißdrecksleute, jetzt aus der Zeitung kannten.

Glücklicherweise hatte sie Nicks Wohnung rechtzeitig verlassen, als der Verwesungsgeruch der alten Hexe unter der Tür hervorgekrochen war und sich im Hausflur ausgebreitet hatte. Und dann ... Eigentlich war sie vorbereitet gewesen, aber ihr Foto und das der Jungs in der Zeitung zu sehen hatte ihr dennoch einen kleinen Schock verpasst. Sie war am Arsch! Sie würde geschnappt werden. Sie war nicht so dumm zu denken, dass sie entkommen konnte. Zwei Tage und Nächte hatte sie sich in einer Laube auf dem Kleingartengelände Ramskamp verkrochen, nachdem sie sich im Supermarkt mit ein paar Lebensmitteln eingedeckt hatte.

Kathrin atmete tief durch. Vielleicht würde es ihr noch ein paar Tage gelingen, aber sie würde sich nicht ewig verstecken können. Aber bevor sie im Knast landete, würde sie vor und hinter sich aufräumen. Das würde das verdammte Fieber senken.

Sie legte ihre heiß kribbelnde Handfläche auf die kleine Beule der Hosentasche. Ihre Jeans war dreckig, genau wie ihre Jacke. Und sie roch muffig. Weil sie in der ranzigen Laube wie eine Ratte hatte hausen müssen. Sie, Kathrin Pinkert!

Aber gleich würde sie sich ein schönes heißes Bad gönnen.

Als sie ihr Ziel erreicht hatte, blickte sie sich kurz um. Kein Mensch war zu sehen, bis auf ein paar Kinder, die zwei Häuser weiter im Vorgarten Ball spielten und sie gar nicht wahrnahmen.

Kathrin klingelte, zog das Messer aus der Tasche und ließ es aufspringen. Ein zufriedenes Lächeln breitete sich auf ihren Lippen aus, als sie Schritte hinter der Tür hörte. Perfekt. Goofy war zu Hause.

»Hallöchen«, sagte sie, als die Tür aufgezogen wurde, und stellte einen Fuß auf die Schwelle. »Osterbesuch!«

***

Es war fast neunzehn Uhr, als Lyn das Wewelsflether Ortsschild passierte. Mit jedem der gefahrenen zweiundzwanzig Kilometer hatte sich das schlechte Gewissen gegenüber den Kollegen, die an Ostern arbeiten würden, weiter verflüchtigt. Sie hatte keine Vollzeitstelle mehr. Daran musste sie sich gewöhnen. Und weil es herrlich war, dass sie zwei Feiertage mit Hendrik und Emil genießen durfte, summte sie fröhlich vor sich hin.

An der Zufahrt zum Sportplatz bog sie rechts ab. Hendrik hatte ihr geschrieben, dass er mit Emil seine Oma im Seniorenheim besuchte, und so hatten sie beschlossen, sich in der Gaststätte Linke zum Essen zu treffen.

Hendrik und Emil waren noch nicht da, als Lyn den Gastraum in der Mehrzweckhalle betrat. »Hallo, Urte«, begrüßte sie die Frau hinter dem Tresen gut gelaunt.

Urte grüßte zurück. »Du hast Glück, Lyn. Euer Tisch ist gerade frei geworden.«

Lyn setzte sich auf das Sofa am Fenster. *Euer Tisch.* Vielleicht sollten sie die Häufigkeit des Essengehens überdenken? Drei weitere Tische waren besetzt. Lyn grüßte zwei Wewelsflether Paare, die sie vom Sehen kannte.

Sie hatte gerade ihre Rhabarberschorle bekommen, als Hendrik die Gaststube betrat. Er hatte Emil auf dem Arm und sah aus, als hätte er seine Oma nicht im Heim, sondern auf dem Friedhof besucht.

»Was ist los?«, fragte sie alarmiert, als er am Tisch war.

»Nichts.« Anstatt Emil in ihre ausgestreckten Arme zu geben, stopfte er den Kleinen in den Hochstuhl, den Urte bereits hingestellt hatte.

Lyn musterte Hendrik. »Nichts? So siehst du nicht aus.« Sie konnte sich nicht erinnern, ihn jemals mit solch einem Gesichtsausdruck gesehen zu haben.

»Du kannst jetzt hier etwas essen«, sagte er mit Grabesstimme. »Emil hatte schon Abendbrot. Mir ist der Appetit vergangen, nachdem ich Piet vor dem Seniorenheim getroffen habe.«

Urte kam mit den Speisekarten, legte sie auf dem Tisch ab und fragte Hendrik: »Ein alkoholfreies Weizen?«

»Einen Moment bitte noch«, winkte Lyn ab. »Piet? Ist das dein Handballkumpel?«

»Ja, mein Handballkumpel! Der Donnerstag mit einer Schulterverletzung in der Radiologie war.« Hendriks Stimme war Gift pur. »Und anscheinend nicht nur er.«

Lyn brauchte zwei Sekunden, bevor sie begriff. Scheiße. »Und ich dachte noch, dass ich den kenne«, versuchte sie es gespielt unbedarft.

»Dich jedenfalls kannte er«, spie Hendrik aus. »Er hat mich gefragt, ob wir uns getrennt haben.«

Lyn wurde immer heißer. »Das war doch nur Thomas«, sagte sie.

»Ja, wer sonst!«, blaffte Hendrik, mittlerweile so laut, dass die Leute an den Nebentischen aufmerksam wurden.

Lyn stand auf und hob Emil aus dem Hochstuhl. »Wir besprechen das zu Hause«, raunte sie Hendrik zu.

Ohne ein weiteres Wort stürmte Hendrik hinaus. Lyn war zum Heulen, als er ihr draußen Emil wortlos aus den Armen nahm, ihn in seinem Auto im Kindersitz anschnallte und losfuhr. Mit klopfendem Herzen stieg sie in ihren Beetle ein. Das hatte sie jetzt davon, dass sie es Hendrik gegenüber mit keiner Silbe erwähnt hatte.

Als Lyn zu Hause eintraf, stand Emil in seinem Laufgitter im Wohnzimmer und war dabei, sämtliches darin befindliches Spielzeug herauszuwerfen. Gerade flog sein Schmuselämmchen über das Gitter.

Hendrik lehnte in der Küche an der Arbeitsfläche und sah aus, als hätte er auch gern etwas geworfen. Er bebte vor Wut. »Kannst du dir eigentlich vorstellen, wie ich mich gefühlt habe, als Piet mich fragte, ob du einen Neuen hast?«

Lyn schluckte. »Es tut mir leid. Ich konnte doch nicht ahnen, dass –«

»Er hat gesagt, der Kerl hätte dich *in seine Arme gerissen*, und du hast ihn *angestrahlt*? Und das nicht nur einmal.«

In Lyns Bauch rumorte es. »Das bewertest du völlig über. Thomas geht es seit einiger Zeit sehr schlecht, und er hatte furchtbare Angst, dass der Krebs zurückgekommen ist. An diesem Tag sollte er das Ergebnis erfahren, und da dachte ich, es sei gut, wenn jemand bei ihm ist, falls das Ergebnis schlecht für ihn ausfällt.«

»Und das musst *du* sein? Hat der keine Familie? Keine Freundin? Der bumst sich doch durch alle Kommissariate. Da wird doch wohl eine dabei sein, die ihm das Händchen halten kann.«

»Er wollte ja gar keinen dabeihaben. Ich bin einfach so hingefahren. Als ... gute Kollegin.«

»Gute Kollegin? Willst du mich verarschen, Gwendolyn Harms?« Hendrik war nah am Brüllen. »Dann hättest du es mir gegenüber doch wohl mal erwähnt, dass er so krank ist. Und vor allem, dass du mit ihm im Krankenhaus warst?«

»Ja, das war wohl ein Fehler«, gab Lyn zu. »Aber ich habe es mit Bedacht nicht erwähnt, weil du wegen Thomas ständig diese absolut unbegründete Eifersucht an den Tag legst. Wie wir jetzt ja auch sehen. Nur aus diesem Grund habe ich es verschwiegen.«

»Ach, jetzt bin ich der Arsch?« Hendrik stieß sich von der Arbeitsplatte ab. »Schönen Dank! Wahrscheinlich will ich gar nicht wissen, was du mir sonst noch alles verschweigst.«

»Ich verschweige dir gar –«

Er ließ sie nicht ausreden, sondern stürmte einfach an ihr vorbei. Mit einem hässlichen »Frohe Ostern!«.

ZWEIUNDZWANZIG

Kathrin tauchte noch einmal unter. Es gab doch nichts Schöneres als ein Wannenbad mit einem duftenden Schaumberg. Als sie wieder auftauchte, grinste sie. Falsch, es gab doch noch etwas Schöneres. Einen Menschen sterben zu sehen. Und zu hören.

Röcheln. Was für ein wunderbares Wort dafür. »Röööcheln«, brummte sie launig. Ihr Lächeln verlor sich im selben Moment. Sterben und Tod waren zwei unterschiedliche Dinge. Der Tod war grässlich. Er stank. Das Osterwochenende hatte Goofy noch ganz gut hingekriegt, aber jetzt …

Der von der Haartönung leicht rötlich verfärbte Schaum perlte an ihrem grazilen Körper ab, als sie aus der Wanne stieg. Sie hatte noch einiges vor heute. Und sie freute sich darauf. Schon als Kind hatte sie liebend gern Kröten gefangen. Die konnte man toll aufpusten und platzen lassen.

Die Kröte, um die es heute ging, die war nicht so leicht zu schnappen. Aber Kathrin Pinkert war schlau. Sie kicherte, während sie sich mit dem weichen Frotteetuch abtrocknete. Kathrin Pinkert würde es hinkriegen. Sie durfte sich nur nicht vorher schnappen lassen.

***

Lyn setzte Sophie am Dienstagmorgen an der Kaiser-Karl-Schule ab. Der erste Schultag nach den Osterferien stand an. Während der Fahrt hatte Sophie ununterbrochen gegähnt, weil der Zug aus Franken Verspätung gehabt hatte und sie erst nach ein Uhr nachts im Bett gewesen war. Hendrik hatte sie aus Hamburg abgeholt, aber Lyn hatte auf die beiden gewartet und war ebenfalls entsprechend müde.

Alles in allem war das Osterfest für die Tonne gewesen. Hendrik und sie hatten sich am Sonntag zwar ausgesprochen, aber ein wenig quietschte es noch im Ehemotor.

»Sagst du mir, wenn es dir wieder richtig gut geht?«, hatte sie ihn gebeten, bevor sie losgefahren war. »Es ist furchtbar, wenn etwas zwischen uns steht.«

Er hatte genickt, ihr »Ich liebe dich« auch erwidert, aber ein Tröpfchen Öl fehlte irgendwie.

Die Frühbesprechung war ebenso frustrierend, wie es das Wochenende gewesen war. Kathrin Pinkert war wie vom Erdboden verschwunden. Wo steckte die Frau? Die ehemaligen Kommilitonen, die sie befragt hatten, hatten nicht weiterhelfen können. Keiner von ihnen war mit Kathrin Pinkert befreundet gewesen. Auch ihre beiden ehemaligen WG-Mitbewohnerinnen hatten kein enges Verhältnis zu ihr gehabt.

»Sie hatte durchaus ihren Charme, wenn sie wollte«, hatte eine Mitbewohnerin ausgesagt, »aber es war alles oberflächlich bei ihr. Sie tat zwar immer interessiert und mitfühlend, wenn was war, aber sie hat eben nur so getan, hatte ich ständig das Gefühl.«

Da Nick Mattow und Leon Jahn in der Untersuchungshaft nach wie vor schwiegen und Kathrin Pinkerts Mutter verstorben war, entschied Lyn sich, noch einmal den Vater, Thomas Pinkert, aufzusuchen. Vielleicht konnte er doch noch einen Hinweis auf frühere Freunde geben.

Der Resthof, auf dem Thomas Pinkert mit seiner Lebensgefährtin wohnte, befand sich in der Nähe von Geesthacht, idyllisch an der Unterelbe gelegen, umgeben von mit Butterblumen gespickten Wiesen und Weiden voller gelber Löwenzahnkleckse.

Thomas Pinkert bat Lyn auf die Terrasse, von wo man einen herrlichen Blick auf den Fluss hatte, der in Geesthacht so viel schmaler war als in Wewelsfleth. »Schön haben Sie es hier«, sagte sie und nahm dankend das Kaffee-Angebot der Lebensgefährtin an.

»Ja«, sagte Thomas Pinkert. »Silke, meine Lebensgefährtin, hat zwei Pferde. Und wir halten Hühner. Wir lieben beide die Natur.« Er sah blass aus. Das Drama um seine Tochter hatte ihn sichtlich mitgenommen.

Lyn befragte ihn noch einmal zu Kathrin, während sie beide den Kaffee aus großen geblümten Bechern tranken. »Sie haben Ihre Tochter in den letzten zehn Jahren wirklich nie gesehen?«, hakte sie nach.

Er schüttelte den Kopf. »Der Kontakt war komplett abgebrochen. Aber das lag nicht nur an Kathrin. Es lag auch an meiner Exfrau. Wir hatten uns schon in den letzten Ehejahren auseinandergelebt. Sie war eher dankbar, dass ich mich zurückgezogen habe. Unterhalt habe ich natürlich gezahlt«, fügte er schnell hinzu, als hätte er Angst, Lyn könne schlecht von ihm denken.

Lyn wollte es genau wissen. »Aber es lag auch an Kathrin? Wollte sie Sie nicht mehr sehen?« Thomas Pinkert war ihr sympathisch. Warum hatte dieser Mann keinen Wert darauf gelegt, seine Tochter zu sehen?

»Die ersten drei Jahre nach der Trennung haben wir uns ja noch ab und zu gesehen. Sporadisch.«

»Und dann nicht mehr?«

»Nein.« Er schluckte. »Eigentlich habe ich meine Familie verlassen, weil ... Es lag an ihr. An Kathrin.«

»Was genau meinen Sie?«

Er sah Lyn an, dann blickte er Richtung Elbe. »Sie war anders, also, anders als andere Kinder.«

»Inwiefern?«

»Sie war auf eine eigenartige Art und Weise ... gefühlsarm. Ja, so kann man es sagen. Sie war arm an Gefühlen. Und sie hat Tiere gequält.«

»Okay.« Lyn versuchte sich nicht anmerken zu lassen, dass sie schockiert war. Das Quälen von Tieren in der Kindheit war eines der Merkmale, das auf viele Gewalttäter zutraf. In Kombination mit dem, was Kathrin Pinkert in den letzten Wochen getan hatte, war das durchaus aufschlussreich.

»Sie war acht oder neun, als es mir das erste Mal aufgefallen ist«, fuhr Thomas Pinkert fort. »Sie hat mit Vorliebe Tiere eingefangen. Schmetterlinge und Libellen, Marienkäfer, Schnecken, Ameisen ... Alles, was kreuchte und fleuchte, hat sie in

Gläsern und Töpfen aus ihrer Sandkiste eingeschlossen. Ich meine, das haben wir alle gemacht, oder? Aber sie, sie hat sie alle zerquetscht. Einem Schmetterling hat sie mal einen Flügel ausgerissen, nur einen. Dann hat sie ihn zappeln lassen, bevor sie ihn zertreten hat.«

Er sah Lyn an. »Das Schlimmste daran war immer ihr Gesichtsausdruck. Ich meine, sie war ein kleines Mädchen, aber … es war erschreckend, wie sie dabei gegrinst hat.« Er griff nach dem Kaffeebecher, trank aber nicht.

»Ich dachte, das ist eine Phase, das vergeht wieder. Ich habe ihr erklärt, dass Tiere auch Schmerz empfinden, und sie hat mir versprochen, damit aufzuhören, aber dann …« Er stellte den Becher zurück auf den Tisch. »Ihr Meerschweinchen, das sie sich heiß und innig gewünscht hatte, lag eines Tages tot in seinem Auslauf im Garten. Erschlagen von einem Ziegel, der immer zum Halten der Abdeckplatte auf der Kante lag. Sie hat behauptet, der Stein wäre heruntergefallen und hätte Mucki erschlagen, aber wie sollte der Stein in die Mitte des Auslaufs gefallen sein?«

»Hat sie zugegeben, dass sie es getan hat?«, fragte Lyn.

»Nein. Ich habe versucht, es zu vergessen, aber ich konnte es einfach nicht ausblenden. Von diesem Tag an habe ich sie beobachtet. Ständig. Meistens war alles gut, aber manchmal hatte sie diesen Blick.« Er sah Lyn an. »Sie hat es selbst nicht wahrgenommen, das weiß ich, aber … es war richtig gruslig.« Er wandte den Blick ab und betrachtete gedankenverloren seine Finger. »Ihr Verhalten war einer der Gründe, warum ich meine Familie verlassen habe.«

Seine Augen schwammen in Tränen, als er wieder aufsah. »Ich fühle mich furchtbar schuldig. Ich hätte darauf bestehen müssen, dass sie zu einem Arzt kommt, eine Therapie macht. Aber meine Frau wollte davon nie etwas wissen. Sie wollte es einfach nicht sehen. Ich würde maßlos übertreiben, sagte sie immer. Dabei hatte sie, glaube ich, einfach nur nackte Angst, sie zu verlieren.«

Er räusperte sich, bevor er erklärend hinzufügte: »Als meine

Frau und ich uns seinerzeit kennenlernten, war sie verheiratet und hatte bereits eine Tochter. Sie hat ihre Familie für mich verlassen. Ihre Tochter blieb beim Vater und wollte keinerlei Kontakt mehr zu ihr. Sie war wohl auch vom Vater beeinflusst. Meine Frau hat darunter gelitten, aber es hingenommen und ihre ganze Energie in unsere Tochter gesteckt. Im Laufe unserer Ehe haben wir uns dann immer mehr entfremdet. Das allerdings lag, wie gesagt, nicht nur an Kathrin.«

Lyn nickte.

»Es tut mir leid, dass ich Ihnen nicht weiterhelfen konnte«, sagte er, als Lyn sich verabschiedete. »Bitte finden Sie sie, bevor noch etwas Schreckliches geschieht.«

Bedingt durch einen Stau am Elbtunnel war Lyn erst gegen fünfzehn Uhr zurück in der Dienststelle. Als sie den Flur des Kommissariats betrat, stand Karin Schäfer dort. Mit einem Kind auf dem Arm. Lyn brauchte drei Sekunden, weil das unerwartete Bild sie verwirrte.

»Emil?« Sie trat zu Karin. »Wieso ist mein Kind hier? Was ist los?«

Emil strahlte sie an und streckte die Arme mit einem »Mamamm« nach ihr aus. Sie nahm ihn Karin ab und küsste den dunkelblonden Schopf.

»Hendrik kam gerade mit ihm rein«, sagte Karin.

Als Lyn in Elternzeit gewesen war, hatte sie Hendrik und die Kollegen auch des Öfteren mit Emil besucht. Aber Hendrik hatte heute Morgen kein Wort darüber verlauten lassen, dass er vorbeikommen wollte. »Und wo ist Hendrik?«, fragte sie, sich umsehend.

Karins Mimik veränderte sich. »Hat er irgendwas? Er kam rein, hat mir euren Lütten in den Arm gedrückt und ist zu Thomas rein. Und da er die Tür mit einem ziemlichen Wumms zugeschlagen hat und die Stimmen dahinter nicht gerade leise sind …« Sie führte den Satz nicht zu Ende, sondern lauschte den Gang hinunter. »Hm … jetzt sind sie ruhig.«

Lyn war entsetzt. Mit Emil auf dem Arm ging sie zu

Thomas' Büro, aber die Tür wurde bereits aufgezogen, und Hendrik kam heraus. Er stutzte kurz, als er sie sah, dann lächelte er sie an. »*Jetzt* geht es mir besser.« Er nahm ihr Emil ab, küsste sie und winkte Karin zu. »Danke, dass du dich kurz um ihn gekümmert hast, Schäferlein. Du bist die Beste.« Dann verschwanden Klein und Groß Wolff durch die Tür hinaus.

Lyn starrte ihnen hinterher.

»Muss ich das verstehen?«, fragte Karin. »Wieso ist er so schnell wieder weg?«

»Erkläre ich dir gleich.« Mit zwei Schritten war Lyn in Thomas' Büro. Der stopfte gerade sein dunkles Hemd in die Jeans zurück.

»Meine Fresse«, sagte er und zupfte an Kragen und Knopfleiste. »Da hat einer Dampf abgelassen.« Er grinste, aber eher verhalten. »Ich kann es ihm nicht mal übel nehmen. Ich weiß nicht, ob ich an seiner Stelle meine Faust hätte stillhalten können. Respekt vor deinem Göttergatten.«

»Oh Mann.«

Thomas ließ sich auf seinen Stuhl sinken. »Verbal war er allerdings schlagkräftig. Wenn ich dich noch einmal anfasse, egal, wann, wie oder wo, prügelt er mir alle Zähne aus meiner Kackfresse.«

Da Lyn nicht wusste, was sie sagen sollte, war sie dankbar, dass Thomas' Telefon klingelte und er rangehen musste. Mit einem hastigen Winken verließ sie das Büro. Karin war nicht mehr zu sehen, und das war gut, denn Lyn hatte gerade überhaupt keine Lust, ihr das peinliche Eifersuchtsdrama zu erklären.

Kurz entschlossen holte sie den Schlüssel von Nick Mattows Wohnung aus der Asservatenkammer. Die Kollegen hatten dort zwar schon alles umgekrempelt, aber vielleicht half ein Blick auf die persönlichen Gegenstände von Kathrin Pinkert und Nick Mattow, sich ein noch besseres Bild von ihnen zu machen.

Vorsichtshalber band sie sich ihr Schulterhalfter um und

steckte die Waffe ein, denn wer sagte, dass die Irre nicht auf die Idee kam, in ihre Wohnung zurückzukehren?

***

Lyn glaubte noch einen Hauch Verwesungsgeruch zu riechen, als sie die Treppen des Wohnblocks in der Elmshorner Meteorstraße hinaufging. Im Obduktionsbericht der alten Frau Kankowski hatte sich die Mordlust von Kathrin Pinkert in einer ungeheuerlichen Zahl niedergeschlagen. Vierundzwanzigmal hatte sie zugestochen. Man konnte nur hoffen, dass gleich der erste Stich tödlich gewesen war.

Lyn löste das dienstliche Siegel, als sie Nick Mattows Wohnung erreichte, und streifte sich beim Eintreten Handschuhe über. Sie ließ sich Zeit, während sie durch die einzelnen Räume ging. Die Kollegen von der Spusi hatten im Hausmüll lange blonde Haarsträhnen entdeckt, außerdem die leere Plastikflasche einer Haartönung. Sie suchten jetzt also mit hoher Wahrscheinlichkeit nach einer kurzhaarigen, rotbraun getönten Kathrin Pinkert. Diese Mitteilung war auch an die Presse rausgegangen.

Lyn blieb vor der Poledance-Stange im Wohnzimmer stehen, nachdem sie einen Blick in die Kleiderschränke geworfen hatte. Kathrin Pinkert schien außerordentlich sportlich zu sein. Auch ihr Kleidungsstil war eher funktional. Viele Basics, keine verspielten Muster, keine Kleidchen.

Mit den Fingern strich Lyn über den zerfetzten Sessel. Was für eine unglaubliche Wut, was für ein Hass musste in dieser kranken Frau stecken?

Es gab keine Tagebücher, keine Terminkalender. Heutzutage wurde alles im Handy festgehalten. Zum Nachteil der Ermittler. Lyn verbrachte eine halbe Stunde in der Wohnung, ohne etwas zu entdecken, das in irgendeiner Art und Weise hilfreich sein konnte. Natürlich nicht, schließlich waren ihre Kollegen, die hier bereits alles auf den Kopf gestellt hatten, keine Idioten.

Als sie die Wohnung schließlich verlassen wollte, streifte ihr Blick auf dem Flur kurz das schief angeschraubte Schlüsselbord an der Wand neben dem Spiegel. Keller- und Postkastenschlüssel sowie zwei Schlüsselanhänger ohne Schlüssel hingen daran. Die Kollegen, die den Keller durchsucht hatten, hatten die Schlüssel im Bericht erwähnt.

Lyn streckte schon die Hand aus, um die Wohnungstür zu öffnen, als sie abrupt innehielt. Ihr Blick wandte sich ruckartig wieder dem Schlüsselbord zu. Mit zitternden Fingern klaubte sie den ganz rechts hängenden Schlüsselanhänger vom Haken und starrte ihn an. »Scheiße!«, stieß sie aus. Ihr Herz begann zu rasen. »Scheiße, Scheiße!« Sie zog ihr Handy aus der Tasche und wählte die Nummer von Arnd Kremer.

Er ging gleich ran. »Herr Kremer, ich denke, ich habe gerade herausgefunden, wer die Kontaktperson ist, die die Informationen über Theo weitergegeben hat.« Sie blickte auf das hässliche Strickpüppchen in ihrer Hand. »Tessa Munck.«

***

Jana saß im Schneidersitz auf dem Bett in ihrem Krankenzimmer und spielte an ihrem Handy herum, das noch im Rucksack in Opas Kate gesteckt hatte und ihr endlich von der Polizei ausgehändigt worden war. Der Frust des Wochenendes und die unbändige Wut auf ihre Mutter und Frau Oberath tobten in ihr. Anstatt sie nach Hause zu holen, hatte Mama, genau wie bei ihrem ersten Besuch, bekifft und apathisch an ihrem Bett gehockt und kaum ein Wort gesagt, nachdem sie sich über ihre eigenen Probleme ausgeheult hatte. Und nur weil sie selbst daraufhin einen Weinkrampf bekommen hatte – hätte doch wohl jeder –, hatte die bescheuerte Oberath sich geweigert, sie mit nach Kiel zu nehmen. »Ich kann die Verantwortung nicht übernehmen. Das Kind ist doch noch lange nicht so weit.«

Nun, wenn das so war, sollten sie doch alle sehen, was sie davon hatten. Als es an der Tür klopfte und die Polizistin, die auf dem Flur Wache schob, den Kopf hereinsteckte, sah Jana auf.

»Darf ich wieder dein WC benutzen?« Die Polizistin kam mit einem Lächeln herein. »Alles gut bei dir, Jana?«

»Alles bestens.« Janas Herz begann zu klopfen. Das war der Moment, auf den sie gewartet hatte. Sie deutete zum WC-Raum. »Bitte.«

Die Beamtin war kaum in der kleinen Kabine verschwunden, als Jana ihre Beine aus dem Bett schwang, den gepackten Rucksack neben dem Nachttisch hervorholte, ihre Sneakers griff und lautlos zur Tür schlich. Sie machte sich nicht die Mühe, die Tür wieder zu schließen. Jede Sekunde zählte. Die Schuhe würde sie draußen anziehen, wenn sie es denn schaffte, die Station unbemerkt zu verlassen. Falls der Tresen besetzt war, hatte sie schlechte Karten. Aber sie hatte Glück. Keine Schwester und kein Pfleger war zu sehen, und der Arzt in dem kleinen Büro dahinter nahm keine Notiz von ihr, als sie am Tresen vorbeihuschte.

Als sie draußen war, nahm sie sich nicht die Zeit, stehen zu bleiben, um einmal durchzuatmen. Mit den Schuhen und dem Rucksack, den Frau Oberath ihr mit Kleidung ins Krankenhaus gebracht hatte, rannte sie Richtung Robert-Koch-Straße, denn sie wollte es nicht wagen, an der Haltestelle am Krankenhaus auf einen Bus zu warten. Doch als ihr direkt ein Bus entgegenkam, stoppte sie und rannte zurück zur Haltestelle. Wenn der Bus schon da war, sollte sie ihr Glück auch nutzen. Es war egal, wohin er fuhr, Hauptsache, erst einmal weg hier.

Sie zahlte, setzte sich in die Mitte des Busses und starrte angespannt aus dem Fenster, während sie in die Sneakers schlüpfte. Würde die Polizistin auftauchen? Bereit, sofort auf Tauchstation zu gehen, scannte sie das Außengelände des Krankenhauses. Aber von der Polizistin war nichts zu sehen, als der Bus losfuhr. Sie suchte wahrscheinlich erst drinnen nach ihr.

Jana holte ihr Handy raus. Mit flinken Fingern tippte sie eine Nachricht an Theo: »Hallo, Theo, was ich dir jetzt schreibe, ist streng geheim.« Sie setzte einen Smiley, der den Finger vor den Mund hielt, dahinter. »Ich bin aus dem Krankenhaus abgehauen. Ich hoffe, die vom Jugendamt kapieren dann endlich, dass ich zu Mama zurückwill. Wenn sie mich schnappen, werde ich wieder abhauen. Und wieder und wieder und immer wieder, bis die Hohlis das kapieren.« Sie setzte einen Wut-Smiley. »Aber ich will dir auf jeden Fall Tschüss sagen. Ich melde mich bei dir, wenn ich in Kasenort bin. So hieß doch das Kaff? Ich trampe dahin. Ich kann ja nur nicht zu dir reinkommen. Können wir uns irgendwo draußen vor eurem Haus treffen? Kriegst du das hin, ohne dass deine Eltern das merken? Die dürfen das nicht wissen, das ist dir klar, oder? Die würden sofort das Jugendamt oder die Polizei rufen. Versprichst du mir das? Bis später! Melde mich, wenn ich da bin. Jana.«

***

Als Lyn beim Küchenstudio Fahrenkrug eintraf, waren die Kollegen schon vor Ort. Karin Schäfer telefonierte, Thilo Steenbuck stand mit Sören Fahrenkrug am Empfangstresen und winkte Lyn zu.

»Tessa Munck ist heute nicht zur Arbeit erschienen«, begrüßte Thilo sie. »Frau Selchow hier«, er nickte der Mitarbeiterin hinter dem Tresen zu, »hat gesagt, dass sie heute Morgen eine WhatsApp-Nachricht von ihr erhalten hat, was per se wohl schon ungewöhnlich ist, weil sie sich sonst telefonisch abmeldet, aber auffällig war auch der Wortlaut.«

Sören Fahrenkrug und Lena Selchow nickten im Gleichklang.

»Das ist so gar nicht ihr Stil«, sagte die junge Frau. Sie holte ihr Handy raus und las vor: »Hallo, Frau Selchow, komme heute nicht zur Arbeit. Bin krank. Die Grippe hat mich erwischt. Melde mich wieder. VG, Tessa Munck.« Sie sah Lyn an. »So kurz und abgehackt, das hat mich gewundert.«

»Dass sie nicht angerufen hat, ist wirklich eigenartig«, sagte

Sören. »Aber vielleicht kann sie nicht sprechen. Vielleicht ist sie heiser.«

Lena Selchow blickte von Thilo zu Lyn. »Was ist denn mit ihr? Müssen wir uns Sorgen machen?«

Thilo und Lyn sahen sich an. Das »Allerdings« sprachen sie beide nicht aus.

Thilo nahm Lyn am Arm und zog sie vom Tresen weg. »Das SEK ist informiert und auf dem Weg zum Haus von Tessa Munck. Wir fahren jetzt dorthin. Aber erst mal möchte ich wissen, wie genau du jetzt auf die Munck gekommen bist. Aus Kremers hastigem Schlüsselanhänger-Gewäsch bin ich nämlich nicht wirklich schlau geworden.«

Lyn zog ein Plastiktütchen aus ihrer Handtasche und hielt es Thilo vor die Nase. »Von diesem Strickpüppchen aus Nick Mattows Wohnung sitzen zwei fast identische Exemplare auf Tessa Muncks Schreibtisch.«

Thilo griff nach der Tüte. »Voodoo-Puppen, oder was? Ist ja 'ne megahässliche Fratze.«

»Genau. Darum hatte es sich mir so eingeprägt.«

Gemeinsam gingen sie zu Tessa Muncks Büro. Lyn nahm eines der Püppchen aus der Puppenküche und hielt es an den Plastikbeutel mit dem Schlüsselanhänger. »Eindeutig«, sagte sie. »Das ist sogar die gleiche Wolle.«

Sie sah Thilo an. »Ich habe mir auf der Fahrt hierher den Kopf zerbrochen, was Nick Mattow oder Kathrin Pinkert mit Tessa Munck verbinden könnte. Tessa Munck hat mir gesagt, dass die Püppchen ein Andenken an ihre Mutter sind, die vor ein paar Jahren verstorben ist.« Sie tütete die beiden Strickpuppen vom Schreibtisch ebenfalls ein. »Mir fiel ein, was Thomas Pinkert mir erzählte. Seine Exfrau war vor ihm bereits einmal verheiratet und hatte eine Tochter. Vom Alter her könnte Tessa Munck diese Tochter sein.«

»Du glaubst, die beiden sind Halbschwestern? Die Munck und Kathrin Pinkert? Das wäre uns bei der Recherche doch aufgefallen. Wir haben bei allen Verdächtigen nach Verbindungen zur Pinkert gesucht.«

»Ja, aber beim üblichen Abgleich haben wir natürlich nicht erfahren, dass die verstorbene Frau Pinkert, also Kathrin Pinkerts Mutter, davor einen anderen Namen hatte und eine geschiedene Munck war.«

»Das klären wir später«, sagte Thilo. »Wir müssen los. Kremer hat mich zum Einsatzleiter bestimmt, und ich möchte nicht, dass die SEKler vor dem Haus der Munck noch ’ne Runde Skat spielen können, bevor wir da eintrudeln.«

»Der Carport ist leer«, sagte Lyn, als sie im Itzehoer Pappelweg an dem Doppelhaus vorbeifuhren, in dem Tessa Munck eine Hälfte zur Miete bewohnte.

Thilo fuhr zügig weiter, um nicht aufzufallen. Er parkte den Dienstwagen auf dem Parkplatz hinter dem Spielplatz. Dann griff er zum Handy und telefonierte mit dem Einsatzleiter des SEKs. Sie würden sich hier treffen, um das Vorgehen zu besprechen.

Fünfundvierzig Minuten später stürmten die Männer und Frauen des aus Kiel angereisten Sondereinsatzkommandos das Haus von Tessa Munck. Nach nur fünf weiteren Minuten bekamen Lyn, Thilo und Karin, die gerade zu ihnen gestoßen war, das Go, das Haus zu betreten.

»Menschenleer«, sagte der SEK-Einsatzleiter. Er deutete ins Innere der gepflegten Doppelhaushälfte. »Wenn man von der weiblichen Leiche im Wohnzimmer absieht.«

Lyn spürte, wie sich ihr Hals zusammenzog, als sie gemeinsam das Haus betraten. Der Verwesungsgeruch war längst nicht so ausgeprägt wie in der Wohnung der alten Frau Kankowski, aber er war da. Sie bemühte sich, sich auf das Visuelle zu konzentrieren.

Der Flur war hell und freundlich eingerichtet mit Garderobe, Spiegel und einer weißen Kommode. Ins Auge fiel ein weißer Setzkasten über der Kommode, der mit bunten Disneyfiguren bestückt war, die der Größe nach aus einem Überraschungsei stammen konnten. Die Tatsache, dass Tessa Munck diese Figuren gesammelt hatte, passte irgendwie nicht in das Bild, das Lyn von ihr hatte, aber anscheinend war Tessa Munck sogar Hardcore-Disney-Fan, denn auf einem Stuhl im Schlafzimmer hockten ein Plüsch-Goofy und eine Plüsch-Minnie-Maus. Beide Figuren stammten wohl aus Tessa Muncks Kindheit, sie waren abgegriffen und zweifellos geliebt worden.

Die bunten Figuren wirkten abstrakt inmitten der ansonsten eher eleganten und modernen Wohnungsausstattung. Noch unwirklicher und wesentlich verstörender war allerdings der Anblick der Leiche auf dem Sessel im Wohnzimmer. Sie hing mit dem Oberkörper so weit über der seitlichen Lehne, dass die farblos lackierten Nägel der rechten Hand das Laminat berührten. Langes blondes Haar verdeckte das Gesicht von beiden Seiten.

»Und wieder ein Schlachtfest«, stieß Thilo erschüttert aus.

Karin presste ein »Mein Gott!« hervor.

Der Sessel hatte sich mit Blut vollgesogen, sodass das cremefarbene Leder von widerlichen rostroten Flecken durchzogen war. Vor dem Sessel hatte sich eine Lache angetrockneten Bluts gesammelt.

Lyn war sich aufgrund der Figur, Größe und Haarfarbe der Toten sicher, dass es sich um Tessa Munck handeln musste, aber sie ging vor der Leiche in die Knie, darauf achtend, nicht in die Blutlache zu treten. Vorsichtig strich sie das lange blonde Haar ein Stück zur Seite, um freie Sicht auf das Gesicht zu haben. »Es ist Tessa Munck«, sagte sie. Das bleiche, teigige Gesicht der Toten war unversehrt – wie bei den anderen Opfern.

Lyn ließ die Haare zurückfallen und stand auf. Ihr Blick streifte die Wohnzimmereinrichtung. Irgendetwas daran war eigenartig. Sie brauchte ein paar Sekunden, bis sie darauf kam, was es war. »Das gibt's nicht«, stieß sie aus und drehte sich um die eigene Achse. »Dieser Raum … das ist eine Kopie des Fahrenkrug'schen Wohnzimmers!«

»Du hast recht«, sagte Karin und sah sich ebenfalls um.

»Ernsthaft?« Thilo sah Lyn verwirrt an.

Lyn konnte es kaum glauben. »Die hellen Ledermöbel, das

würfelartige Tischchen, das Sideboard, die Anordnung der Regale und Bilder an den Wänden – das ist richtig unheimlich. Und genau wie bei den Fahrenkrugs stehen hier auch Fotografien.« Sie trat an das Sideboard und studierte die Fotos in den silbernen Rahmen. Es gab ein paar Bilder aus Tessa Muncks Kinder- und Jugendzeit, aber ins Auge stach der große Rahmen in der Mitte. Magnus Fahrenkrug und Tessa Munck strahlten den Betrachter an.

»Hatte die doch was mit dem Fahrenkrug?« Thilo deutete auf das Bild.

Lyn nahm den Rahmen in die Hand. Wenn man es nicht besser wusste, konnte man tatsächlich meinen, ein verliebtes Paar lächle einen an, aber …

»Eher nicht«, antwortete sie. »Schau mal, wenn man genau hinsieht, ist doch deutlich zu erkennen, dass diese Aufnahme ein stark vergrößerter Ausschnitt aus einem anderen Foto ist, es ist total verpixelt. Und hier, der Schulter-Arm-Bereich von Magnus Fahrenkrug«, sie tippte an den linken Rand des Bilds, »das ist eindeutig abgeschnitten. An seiner rechten Seite hat definitiv noch jemand anderes gestanden. Jemand, den Tessa Munck aber anscheinend nicht mit auf dem Bild haben wollte.«

Sie überlegte kurz. »Ich würde es nicht beschwören, aber es könnte der Ausschnitt von einem Foto sein, das ich bei Magnus Fahrenkrug im Arbeitszimmer gesehen habe. Eine Gruppenaufnahme der Belegschaft.«

Ihr Blick wanderte zu der Toten zurück. War Tessa Munck so sehr in ihren Chef verliebt gewesen, dass sie sich eine Scheinwelt aufgebaut hatte? Dass sie sich deshalb in der Firma selbst die Haare verwuselt und die Bluse aufgeknöpft hatte, um den Mitarbeitern zu suggerieren, Magnus Fahrenkrug sei ihr Geliebter? Mitleid kroch in Lyn empor. Was für ein armseliges Leben für eine so toughe Frau. Doch das Mitleid kroch genauso schnell dorthin zurück, woher es gekommen war. Tessa Munck gehörte zu der Bande, die zwei junge Mädchen auf dem Gewissen hatte.

Lyn schluckte hart. Irgendwie wurde die Luft im Raum

gerade knapp, und der Verwesungsgeruch trat wieder in den Vordergrund. »Ich muss kurz raus«, sagte sie, presste die Hand vor den Mund und stürzte nach draußen in den kleinen Vorgarten. Nach mehrmaligem Durchatmen verringerte sich der Würgereiz.

Karin war ihr gefolgt. »Geht's wieder?«

»Ja, alles okay.«

»Thilo und ich warten drinnen auf die Spusi. Informierst du Kremer, Lyn?«

Lyn griff zum Handy und streichelte Karin mit der anderen Hand über die Schulter. »Danke, dass du wieder reingehst. Ich weiß, dass es dir genauso an die Nieren geht.«

»Schon gut. Ich habe einfach den Vorteil, dass mir nicht so schnell übel wird.«

Als Karin wieder hineineilte, hatte Lyn bereits Arnd Kremer am Telefon und informierte ihn über die Sachlage. Da Tessa Muncks Auto weg war, musste umgehend eine Ringalarmfahndung ausgelöst werden. Lyn konnte ihm das Kfz-Zeichen des Golfs sofort nennen, denn es hatte sich ihr aufgrund des Verdachts, das M in der Buchstabenfolge könne für Magnus stehen, eingeprägt. Und es musste eine Warnung an die Bevölkerung rausgehen. Kathrin Pinkert war eine Gefahr für die Allgemeinheit.

***

Brennend vor Aufregung bog Kathrin Pinkert mit dem schwarzen Golf am Itzehoer Kreisel Richtung Wilster ab. Goofy hatte gesagt, dass die Kröte bei seinem Vater in Kasenort war. Goofy hatte viel erzählt, hatte alle Fragen, die sie ihr gestellt hatte, brav beantwortet. Ein Messer an der Kehle war ein prima Motivator. Geplappert und geplappert hatte sie, eine Story nach der anderen erzählt. Wie Scheherazade hatte sie um ihr Leben geredet. Mit dem Unterschied, dass Goofy am Ende nicht den König bekommen hatte.

»Sorry, Schwesterchen«, murmelte Kathrin, während sie

die B 5 entlangfuhr. Sie musste sich zwingen, das Gaspedal nicht durchzudrücken. Nur nicht auffallen.

Zuerst würde sie die Kröte erledigen. Allerdings hatte sie noch keine Ahnung, wie genau sie es anstellen sollte, ins Haus zu gelangen. Goofy hatte gesagt, dass ein Polizist bei den Fahrenkrugs Wache schob. Der Wichser! Vielleicht konnte sie ihn einfach überraschen, wenn sie klingelte? Unwahrscheinlich. Ihre Lippen verzerrten sich. Der Blick in Goofys Zeitung heute Morgen hatte gezeigt, dass die Polizei über ihr Aussehen Bescheid wusste. Mit einer Fotomontage hatten sie ihrem Foto kurze rotbraune Haare verpasst, und leider, leider sah sie fast genau so aus.

Vielleicht hätte sie doch lieber ins Krankenhaus fahren sollen? Dort sollte sich laut Goofy die Abseitenratte aufhalten. »Dich krieg ich auch noch«, murmelte Kathrin. »Versprochen.« Doch die Gefahr, erkannt und aufgehalten zu werden, war im Krankenhaus noch größer.

Kathrin drehte das Autoradio lauter. Johannes Oerding sang ihr aus der Seele. »An guten Tagen«, stimmte sie gut gelaunt ein, »gibt es nur hier und jetzt.« Sie blinkte und bog Richtung Kasenort ab.

DREIUNDZWANZIG

Als sein Handy eine WhatsApp meldete, sah Theo hastig zu dem Polizisten, der auf dem Sofa saß und mit ihm die »Phantastische Tierwesen«-DVD guckte, wenn er nicht gerade stand und aus den Fenstern oder der Terrassentür in den Garten schaute. Herr Albrecht war nett, und Theo fühlte sich sicher bei ihm. Die Pistole, die der Polizist bei sich trug, war zwar schrecklich, aber irgendwie auch cool. Und vor allem beruhigend.

Herr Albrecht hielt seinen Blick. »Ist von meinem Freund Levi«, log Theo schnell. Eher würde er sich die Zunge abbeißen, als zu verraten, dass es Jana war.

»Okay.« Herr Albrecht musterte ihn jetzt genauer. Wahrscheinlich wunderte er sich, dass er ihm gesagt hatte, wer ihm eine Nachricht schickte. Das hatte er sonst auch nicht getan.

Theo wandte sich schnell ab und las Janas Nachricht. »Bin jetzt draußen vor eurem Haus. Warte am Steg auf dich. Kriegst du das hin?«

Ihm wurde heiß. Er hatte sich seit ihrer ersten Nachricht den Kopf zerbrochen, wie er unbemerkt aus dem Haus kommen konnte, ohne dass Herr Albrecht es mitbekam.

Gut war auf jeden Fall, dass Papa vor zehn Minuten weggefahren war, nachdem Sören angerufen hatte. Irgendwas Aufregendes musste im Küchenstudio passiert sein, aber Papa war nicht mit der Sprache rausgerückt, sondern hatte sich mit Herrn Albrecht unterhalten, der auch angerufen worden war. Und Theo hatte sich darüber maßlos geärgert. Wieso sagten die ihm nicht, was los war?

Dann hatten sie jetzt auch selbst Schuld, wenn er ihnen nichts erzählte. Jana hatte nämlich recht. Die Erwachsenen wussten nicht immer besser, was gut für einen war. Und wenn sie jetzt wieder abhaute, würden sie sie, wenn sie geschnappt wurde, bestimmt wieder zu ihrer Mutter lassen. Jana war einfach schlau.

Theo steckte das Handy ein und drehte den Rollstuhl. »Ich hab Hunger. Ich schmier mir mal ein Brot. Wollen Sie auch eins?«

»Nein danke, Theo.« Herr Albrecht griff nach der Fernbedienung. »Ich stoppe den Film solange.«

Theo schüttelte hastig den Kopf. »Sie können ruhig schon weitergucken.« Der Ton musste laufen! Sonst hörte Herr Albrecht womöglich, wenn er ihn einschloss. »Den Film hab ich schon ganz oft gesehen. Ich weiß ja, was passiert.«

Glücklicherweise ging Herr Albrecht mit einem »Na gut, wenn du meinst« darauf ein und ließ den Film weiterlaufen.

Theo rollte aus dem Wohnzimmer und schloss die Tür hinter sich. Er wartete einen Moment ab, aber es war nur der Fernseher zu hören. Theos Ohren brannten vor Hitze, als er den Schlüssel so leise wie möglich im Schloss herumdrehte. Dann rollte er auf dem Flur zur Esszimmertür und schloss sie ebenfalls ab. Er atmete tief durch. Es war ja nur für kurz. Damit er sich von Jana verabschieden konnte, ohne dass Herr Albrecht sie schnappte.

Draußen rollte Theo den zur Straße abfallenden Weg neben der Kieselauffahrt flott hinunter. Papa hatte den Weg extra für den Rollstuhl anlegen lassen, weil man auf den Kieseln so schwer fahren und schieben konnte.

Auf der Straße wandte er sich nach links, wo nach ein paar Metern ein kleiner Steg in die Au ragte. Jana saß neben dem Steg an der Böschung und winkte ihm zu, als sie ihn kommen sah. Sie stand auf, erklomm die Böschung und ging ihm entgegen.

Theo freute sich riesig, sie zu sehen, und ihr schien es genauso zu gehen, denn ihr ernstes Gesicht hellte sich auf. »Du bist klasse«, begrüßte sie ihn, beugte sich herunter und umarmte ihn, als er vor ihr abbremste.

»Ich hab den Polizisten eingeschlossen«, sagte er mit breitem Grinsen, weil er sich ein bisschen wie ein Held fühlte, obwohl er ein schlechtes Gewissen hatte. »Und sonst ist eh keiner da.«

»Ich fahr nach Hamburg«, klärte Jana ihn auf.

»Aber wo schläfst du da denn?«

»Weiß ich noch nicht. Das ergibt sich schon irgendwie. Auf 'ner Parkbank oder so. Eigentlich will ich fast, dass die mich schnappen. Ich will ja zu Mama zurück.«

Das klang nach einem schlauen Plan. »Willst du mit dem Zug fahren?«

Jana nickte. »Hier in Wilster gibt es ja einen Bahnhof. Da latsch ich jetzt hin.«

»Das ist ganz schön weit bis zum Bahnhof«, gab Theo zu bedenken, während er sich zum Haus umblickte. Ob Herr Albrecht noch auf dem Sofa saß?

»Egal … Tschüs, Theo.«

Theo wurde umarmt, und er erwiderte ihre Umarmung. Als sie sich voneinander lösten, kam ein Auto aus Richtung Schleuse gefahren. Theo deutete in die entgegengesetzte Richtung. »Da musst du lang.«

Jana ging los. »Tschüs. Ich melde mich später.«

»Alles klar. Tschüs … Und viel Glück!« In Theos Brust drückte es plötzlich schmerzhaft. Er hätte ihr am liebsten hinterhergesehen, bis sie nicht mehr zu sehen war, aber er musste ins Haus zurück, bevor Herr Albrecht merkte, dass er draußen war.

Das schwarze Auto, das sich von rechts näherte, fuhr sehr langsam, stellte er fest. Er konnte ruhig losfahren und die Straßenseite wechseln. Er würde auf der Auffahrt sein, ehe das Auto ihn erreichte.

Bevor er auf der anderen Straßenseite den Rolli schließlich nach links lenkte, warf er noch einen Blick zurück. War das etwa Tessa Munck? Die hatte doch so einen schwarzen Golf. Das fehlte noch, dass die ihn hier draußen sah. Er griff hastiger an die metallenen Greifreifen. Hoffentlich war es nicht Tessa.

***

Kathrin Pinkert hatte die Geschwindigkeit verringert, als sie die Gestalten am Straßenrand wahrgenommen hatte. Aus der

Entfernung hatte sie gedacht, eine Mutter mit Kinderwagen stünde am Straßenrand, und war auf die Bankette ausgewichen, weil ein Auto entgegenkam. Aber beim Näherkommen hatte ihr Herz einen aufgeregten Hüpfer getan.

»Das gibt's ja nicht!« Konnte man so viel Glück haben? Das war kein Kinderwagen. Das war ein Rollstuhl! Und darin saß die Kröte. Und jetzt rollte der Junge gerade auf die andere Straßenseite, Richtung Haus. Kathrin gab wieder Gas. Da hatte sie sich die gesamte Fahrt über Gedanken gemacht, wie sie an den Jungen herankommen sollte, und jetzt rollte er hier vor ihr her.

Die zweite Person, eine junge Frau oder ein Mädchen, war weitergegangen und lief ein Stück vor Theo zügig auf der linken Fahrbahnseite. Kathrin schenkte ihr keine weitere Beachtung. Sie wollte einfach nur ihr Messer in die Kröte rammen. Aber als die andere Person sich kurz umdrehte und sie ihr ins Gesicht blicken konnte, begann ihr Herz zu rasen. Das Gesicht, das sie aus der Zeitung kannte. Die Ratte aus der Abseite!

Ein Wimmern wie das Winseln eines geschlagenen Hundes kam über ihre Lippen. Da waren sie vor ihr, wie auf dem Präsentierteller. Beide! Das war unglaublich. Und gemein zugleich. Jetzt musste sie sich entscheiden. Schnell.

Und Kathrin entschied sich für das Mädchen. Die Drecksgöre hatte sie eingesperrt! Sie fuhr hart an, an Theo vorbei, der die Auffahrt zum Haus gleich erreicht haben würde. Sie kicherte. Wenn sie bei der Ratte schnell genug war, würde sie vielleicht sogar noch den Jungen erwischen, bevor er im Haus war.

Mit quietschenden Bremsen kam sie zum Stehen, einige Meter vor dem Mädchen, um ihr die Flucht nach vorn abzuschneiden. Kathrin sah im Außenspiegel, dass das Mädchen stehen geblieben war und zum Auto blickte. Sie stieß die Tür auf und stürzte los. Die Schrecksekunde, als das Mädchen sie erkannte, kam ihr zugute, doch es erwies sich als ungünstig, dass sie sich nicht die Zeit genommen hatte, das Messer bereits im Wagen aus der Hosentasche zu nehmen. Jetzt, im Laufen, war es schwierig, und sie verlor die gewonnene Zeit, weil sie langsamer laufen musste, um das Messer aus der Tasche zu ziehen.

Das Mädchen stieß einen irren Schrei aus, drehte sich um und rannte. Wieder einmal rannte sie vor ihr davon! Aber diesmal würde sie sie kriegen.

Kathrin gab alles. Und sie holte auf. Meter für Meter. Sie sah, dass der Junge an der Auffahrt stehen geblieben war und zu ihnen rüberstarrte. Aber das war jetzt nebensächlich. Gleich … gleich hatte sie die Ratte erreicht.

Das Mädchen schrie aus Leibeskräften: »Hilfe! … Theo! Hilfe!«

Kathrin schrie ebenfalls, aber nicht um Hilfe, sondern einfach, weil es aus ihr herauswollte. Zwischen den Schreien hörte sie das Keuchen des Mädchens vor ihr. Gleich hatte sie sie. Die Ratte war nicht schnell genug. Gleich … Sie musste nur zupacken, das Mädchen war jetzt direkt vor ihr. Jetzt! Doch als Kathrin die linke Hand schon wie eine Kralle ausstreckte, um die Schulter des Mädchens zu packen, machte Jana einen abrupten Schlenker nach rechts. Sie rannte die Böschung hinunter und – Kathrin wollte es nicht glauben – sprang mit vollem Anlauf in die Au. Kathrin stieß einen Wutschrei aus, der ihr selbst in den Ohren nachklang, und setzte mit einem Kopfsprung hinterher.

Als sie aus dem Wasser auftauchte, war das Mädchen vor ihr. Mit der Strömung trieb Jana in der Mitte des kleinen Flusses, hektische Brustschwimmbewegungen machend. Kathrin lachte keckernd. Ratten schwammen vielleicht gut, aber sie schwamm besser. Sie steckte das Messer quer zwischen die Zähne und begann zu kraulen.

***

»Jana! … Jana!« Theo schrie sich die Lunge aus dem Hals. »Jana! Schwimm!« Noch eine Sekunde sah er den beiden nassen Köpfen in der Au hinterher, dann drehte er den Rollstuhl.

Seine Finger zitterten so sehr, dass er kaum in der Lage war, die Greifreifen des Rollis zu drehen.

»Herr Albrecht!«, schrie er wie von Sinnen. »Hilfe! … Herr Albrecht!« Vor Zittern und Aufregung und Angst lenkte er den Rollstuhl ins Kiesbett. Verzweifelt weinte er auf und bemühte sich, wieder herauszukommen. »Herr Albrecht! … Die Frau ist da! Die Trump-Frau ist da! Hilfe!«

Herr Albrecht musste ihn doch hören! Doch das Wohnzimmer lag nach hinten raus. Vielleicht konnte er ihn gar nicht hören? Und während er weiterschrie, schoss ihm durch den Kopf, dass er den Polizisten eingeschlossen hatte. Selbst wenn er ihn schreien hörte …

Theo war schweißgebadet, als es ihm endlich nach so viel vergeudeter Zeit gelang, vom Kiesbett auf den Weg neben der Auffahrt zu kommen. Er griff in die Reifen. Jetzt ging es zwar bergan, doch die Angst um Jana verlieh ihm enorme Kraft. Dann hörte er einen Motor hinter sich auf der Straße. Ein Auto. Sollte er umdrehen? Das Auto konnte Hilfe bedeuten.

Aber er hatte zu lange überlegt. Schon war das Auto vorbei. »Hilfe!«, schrie er wieder und legte alle Kraft in die Hände.

Und dann erklang vor ihm, hinter dem Haus, ein lauter Ruf. »Theo! Ich bin gleich da.«

Das war Herr Albrecht. Theo weinte vor Erleichterung auf. »Ich bin hier!«

Die Hoffnung gab ihm Antrieb. Er drehte und fuhr und drehte und fuhr … Und dann kam Herr Albrecht um die Hausecke gerannt. Er hielt die Waffe in beiden Händen und schrie: »Theo, pass auf!« Er hob die Arme mit der Waffe.

»Jana ist dahinten!« Theo musste kurz die Hand vom Reifen lösen, um zur Au zu deuten. Und dann hörte er es hinter sich knirschen. Hastige, schnelle Schritte auf der Auffahrt! Sein Kopf ruckte herum. Die triefende Gestalt, die mit vor Hass verzerrtem Gesicht auf ihn zugerannt kam, ließ ihn erstarren, als er den nächsten Ruf des Polizisten wahrnahm. Und dann peitschte ein Schuss.

Der Knall hallte in seinen Ohren nach, während die Trump-

Frau hinter den Fliederbüschen verschwand. Dann war Herr Albrecht auch schon bei ihm, griff den Rollstuhl und schob ihn mit einer Geschwindigkeit den Weg hinauf, dass Theo glaubte, sie würden fliegen. »Bleib ruhig, Theo«, hörte er die Stimme des Polizisten, die selbst nicht ruhig klang. »Wir sind gleich im Haus. Wo bist du rausgefahren? Vorne oder hinten?«

»Hinten«, schluchzte Theo und drehte sich im Rollstuhl um, als sie den Weg hochrasten. Von der Trump-Frau war nichts zu sehen. »Jana ist dahinten. Im Wasser! Sie hat Jana gejagt!«

»Ganz ruhig, Theo. Darum kümmern wir uns gleich. Erst mal bringe ich dich in Sicherheit.«

Herr Albrecht schob ihn zur Hintertür, obwohl die Vordertür viel näher lag. Ihm war klar, warum. Vorne war abgeschlossen. Und Herr Albrecht war durchs Wohnzimmerfenster gekommen. Sie konnten nur dort rein. So viel vergeudete Zeit, weil er alles falsch gemacht hatte. Weil er Herrn Albrecht, der ihn beschützen sollte, eingesperrt hatte.

Der Polizist knallte die Hintertür hinter ihnen zu, als er Theo ins Haus geschoben hatte. Er drehte den Schlüssel im Schloss zweifach, rannte zur Wohnzimmertür, schloss sie auf und eilte hinein. Theo hörte, wie ein Fenster geschlossen wurde. Dann kam Herr Albrecht zurück. Er atmete auf, bevor er sagte: »Wir gehen jetzt in die Küche und schließen uns dort ein, Theo.« Schon während er hastig sprach, schob er Theo über den Flur. »Dann telefoniere ich, und Hilfe wird kommen. Für Jana und für uns.«

***

Als Lyn in Kasenort in die Straße Bischof abbog, waren ihre Gedanken bei Vivien Fahrenkrug, die zu Unrecht in Untersuchungshaft geraten war. Der Haftbefehl würde schnellstmöglich aufgehoben werden. Lyn fühlte sich mulmig bei dem Gedanken, wie sie und Arnd Kremer Vivien bei der Vernehmung zugesetzt hatten, auch wenn es angesichts der Umstände erforderlich gewesen war.

Wahrscheinlich ging es Arnd Kremer genau wie ihr. Er hatte sie darum gebeten, direkt zu Magnus Fahrenkrug zu fahren, um ihm die aktuellen Erkenntnisse persönlich mitzuteilen. Lyn wusste, dass Magnus Fahrenkrugs Erleichterung über die Unschuld seiner Frau die Erschütterung über den Mord an Tessa Munck und deren Komplizenschaft überwiegen würde.

Kurz vor der Auffahrt zum Haus der Fahrenkrugs, nachdem sie abgebremst hatte und blinkte, nahm sie vier Menschen wahr, die ein gutes Stück entfernt am Ufer der Au über etwas gebeugt dastanden und ihr hektisch zuwinkten. Ein Mann richtete sich auf und winkte weiter, während er, wie es aussah, ein Handy ans Ohr hielt.

Lyn wollte gerade wieder Gas geben, um dorthin zu fahren, als sie im Augenwinkel eine Bewegung auf der Auffahrt der Fahrenkrugs wahrnahm. Sie wandte den Kopf und starrte auf die Person, die anscheinend aus den Fliederbüschen auf der linken Seite der Auffahrt gekommen war. Geduckt lief sie Richtung Haus. Die grazile Figur ließ auf eine Frau schließen. Sie hatte einen rötlichen Schopf, der irgendwie feucht glänzte, und … ein Messer in der Hand.

Lyns Herz begann zu hämmern. Hastig fummelte sie ihr Handy aus der Handtasche und wählte die Nummer der Einsatzleitstelle. Sie ließ den Mann am anderen Ende nicht aussprechen, sondern sagte mit Blick zu der Gruppe an der Au: »Hier ist Lyn Harms, Kripo Itzehoe, ich brauche in Wilster-Kasenort sofort einen Rettungswagen und einen Notarzt. Am Ufer der Au benötigt eine Person dringend Hilfe.«

Das war eine Mutmaßung, aber wenn Kathrin Pinkert in der Nähe war, verhieß die Menschenansammlung an der Au nichts Gutes. Sie nannte Straße und Hausnummer in Kasenort und teilte mit: »Die flüchtige Kathrin Pinkert befindet sich auf dem Grundstück der Familie Fahrenkrug. Ich brauche hier umgehend Verstärkung.«

Nach kurzer Überlegung wählte Lyn die Festnetznummer der Fahrenkrugs. Es läutete und läutete, ohne dass das Gespräch angenommen wurde. Wieso ging keiner ran? Wo war Ole Albrecht? Kurz entschlossen fuhr Lyn langsam die Auffahrt hinauf, den Blick nach links und rechts in die Büsche gerichtet, dann wieder zum Haus. Wo steckte Kathrin Pinkert?

Vorsichtshalber verschloss Lyn die Autotüren von innen und blieb direkt neben dem Haus stehen. Was sollte sie tun? Kathrin Pinkert hatte zwar keine Pistole, aber eine Psychopathin mit einem Messer durfte man nicht unterschätzen.

Lyns Blick glitt über das Haus. Die Fenster, die sie einsehen konnte, waren geschlossen – so, wie die Anweisung gelautet hatte. Keines der Fenster sollte, solange Kathrin Pinkert nicht gefasst war, geöffnet sein, auch nicht im Kipp. Lyn zog die Augenbrauen zusammen. Wo waren Ole Albrecht und Theo? Wo Magnus Fahrenkrug?

Im gleichen Moment ging ihr Handy. Es war Arnd Kremer. Er konnte ihr die offenen Fragen beantworten. »Magnus Fahrenkrug ist nicht zu Hause, Frau Harms, sondern im Küchenstudio, wie ich gerade erfahren habe. Und Herr Albrecht hat uns informiert, dass er sich mit dem Jungen in der Küche verschanzt hat. Sie warten dort auf die Verstärkung, Frau Harms. Keine Alleingänge.«

»Ja, okay«, sagte sie und beendete das Gespräch. Gerade als sie den Wagen starten wollte, um ein Stück zurückzusetzen, drang ein Laut ins Auto, bei dem sich ihr die Nackenhaare sträubten. Gefiltert durch Scheiben … aber es war eindeutig der Schrei eines Kindes.

***

Theo schrie noch, während Ole Albrecht herumfuhr und vor dem Rollstuhl in die Knie ging. »Was ist, Theo?« Der Blick des Polizisten glitt gehetzt durch die Küche.

»Da!« Theo zeigte zu dem zweiten Küchenfenster, das nach hinten zum Garten lag. Das Fenster, aus dem Herr Albrecht gerade nicht geblickt hatte. Theo begann am ganzen Leib zu zittern. Eine Fratze mit roten Schlieren im Gesicht hatte ihn angestarrt. *Sie* hatte ihn angestarrt, ganz kurz nur, aber es fühlte sich an, als hätte ihm jemand eine Faust in den Magen gerammt.

»Sie hat da reingeguckt«, schrie er. »Die Trump-Frau! ... Aber sie war gar nicht blond.« Er krallte seine Hände in den Arm von Herrn Albrecht, der Anstalten machte, aufzustehen. Er sollte nicht aufstehen. Er sollte hier bei ihm bleiben, ganz dicht, ganz nah.

Aber Herr Albrecht stand trotzdem auf. »Lass mich gucken«, sagte er, nachdem er fahrig über Theos Hand gestreichelt hatte, und ging mit vorsichtigen Schritten, die Waffe mit gestreckten Armen hochhaltend, zu dem Fenster, durch das die Trump-Frau gestarrt hatte.

Theo schloss die Augen und presste die Hände an die Ohren. Er wollte die Fratze nicht wieder sehen. Und er wollte den Knall nicht hören, wenn Herr Albrecht durch die Scheibe schoss. Theo zuckte zusammen und riss die Augen wieder auf, als sich eine Hand um sein Handgelenk legte, aber es war nur Herr Albrecht. Er deutete zum Fenster. »Sie ist nicht zu sehen, Theo. Es ist alles gut. Sie kommt hier nicht rein. Bleib ganz ruhig. Ich telefoniere jetzt noch mal.«

Theo nickte. Herr Albrecht passte auf ihn auf. Und die Trump-Frau hatte ja nur ein Messer. Eine Waffe war viel besser. Und Herr Albrecht hatte eine Waffe.

Theo versuchte zu erlauschen, was Herr Albrecht, mit wem auch immer er da gerade so leise telefonierte, sagte. Klang er nicht hektisch? Wenn alles gut war, musste man doch nicht hektisch klingen. Im gleichen Moment schrie Theo auf. Auch Herr Albrecht hatte einen Schreckenslaut nicht unterdrücken können. Ein heftiges Klirren aus dem oberen Stockwerk war zu ihnen gedrungen. Das Zerschmettern einer Scheibe.

Er und Theo starrten sich eine Sekunde lang an, dann sah Theo, wie der Polizist zur Küchentür stürzte und an der Klinke ruckelte. Eindeutig, um sich zu vergewissern, dass er auch wirklich abgeschlossen hatte. Dann rannte er zurück zum Fenster, beugte sich vor und sah nach oben, dorthin, wo der Balkon von Vivis Arbeitszimmer lag.

Die Trump-Frau konnte doch nicht auf den Balkon gekommen sein! Wie denn? Theo schluckte. Hatte sie eine Leiter? Neben dem Balkon war schließlich nur das Rosengitter. Die würde doch nicht am Gitter hoch …? Theos Herzschlag nahm weiter Fahrt auf.

Herr Albrecht klang beunruhigend *unruhig*, als er ins Handy, das er immer noch ans Ohr gepresst hielt, hineinzischte: »Wo bleibt die Verstärkung, verdammt? Sie ist hier! Sie ist im Haus.«

***

Lyn wusste, dass es falsch war, dass es gegen jede Vernunft verstieß und vor allem gegen jede Vorschrift, aber sie wusste auch, dass sie immer wieder so handeln würde: das Auto verlassen, um ein Kind zu retten. Und das Klirren, das Bersten einer Scheibe, das gerade von hinten zu ihr gedrungen war, besagte einfach nur, dass keine Zeit war, auf die Wilsteraner Kollegen zu warten, die hoffentlich schon unterwegs waren.

An die Hauswand gepresst, die Waffe mit beiden Händen vor sich haltend, ging sie Meter um Meter vorwärts, immer einen Blick in das jeweilige Fenster werfend, das sie passierte. Durch das letzte Fenster vor der Hausecke – sie wusste, dass es die Küche war – sah sie eine Bewegung. Sie zuckte kurz zurück, dann schaute sie vorsichtig wieder durch die Scheibe und konnte gerade noch einen Schrei unterdrücken. Ole Albrecht richtete durch das Fenster seine Waffe auf sie. Er nahm die Arme runter, als er sie erkannte.

Lyn legte einen Finger auf die Lippen und zeigte erst auf sich, dann nach hinten. Ole Albrecht hob den Zeigefinger nach oben.

Kathrin Pinkert war oben? Lyn nickte und schlich leise vorwärts. Vorsichtig linste sie um die Ecke. Eine Terrasse lag vor ihr. Im weitläufigen Garten und auf den Wiesen dahinter war keine Bewegung auszumachen. Ihr Blick wanderte zum Balkon hoch. Auch dort war nichts zu sehen oder zu hören.

Sollte Kathrin Pinkert die Balkontür eingeschlagen haben, würde sie es aus dieser Perspektive nicht sehen können. Sie schlich zurück und blickte wieder durch das Küchenfenster an der Auffahrtseite. Diesmal nahm sie auch Theo wahr, der in seinem Rollstuhl winzig wirkte und sie mit großen Augen anblickte.

Lyn nickte Ole Albrecht zu und machte eine Handbewegung, die ihm signalisierte, das Fenster zu öffnen, was er umgehend tat. »Helfen Sie mir rein«, flüsterte sie und steckte die Waffe ins Holster, um beide Hände frei zu haben. Das Fenster lag zu hoch, als dass sie es ohne seine Hilfe hätte schaffen können. Er legte seine Walther P99 zur Seite, stieg auf die marmorne Arbeitsfläche und packte ihren linken Arm, während sie sich mit dem rechten an der äußeren Fensterbank hockdrückte.

Theos Augen waren weiterhin riesig, als sie mit einem aufmunternden Lächeln für ihn von der Arbeitsfläche sprang. Ole Albrecht schloss das Fenster und nahm seine Waffe wieder an sich. Lyn zog ihre Walther ebenfalls wieder aus dem Holster.

Theos Hände waren in die Lehnen des Rollis verkrampft. Genauso verkrampft klang seine Stimme, als er sagte: »Die Trump-Frau ist hier!«

Lyn ging vor Theo in die Knie und strich über seine schmale Hand, deren Fingerknöchel weiß vor Anspannung waren. »Du machst das ganz prima, Theo. Gleich kommen unsere Kollegen, und die nehmen dann Frau Pinkert fest. So heißt die Frau, Theo. Kathrin Pinkert.« Vielleicht nahm ihm die Tatsache, dass die grausige Trump-Frau einen normalen Namen hatte, einen Hauch der Angst, die sie in ihm auslöste. »Und solange bleiben Herr Albrecht und ich hier bei dir und passen auf dich auf.«

Er nickte tapfer, und Lyn stand auf. Sie suchte Ole Albrechts Blick, und gemeinsam lauschten sie in die Stille des Hauses. Oben war alles ruhig. Dafür war von draußen Motorengeräusch zu hören. Ein Auto kam die Auffahrt raufgefahren.

»Endlich!«, stieß Ole Albrecht erleichtert aus. Mit einem Lächeln wandte er sich an Theo. »Das sind die Kollegen.«

Theo sah ihn an. »Die fahren mit einem SUV?« Seine Augenbrauen zogen sich zusammen.

»Was? Nein …« Der Polizist beugte sich über die Marmorfläche am Fenster, um sehen zu können, wer die Auffahrt hinaufkam.

»Mamas Auto hört sich so an«, sagte Theo in dem Moment, in dem der Motor des Wagens abgestellt wurde.

»Scheiße!«, stieß Ole Albrecht aus. Lyn trat neben ihn und beugte sich vor. Es war Hilke Fahrenkrug, die die Autotür eines weißen Audi Q7 öffnete. Ole Albrecht schwang sich auf die Arbeitsfläche und öffnete das Fenster. »Gehen Sie sofort in den Wagen zurück, Frau Fahrenkrug!«, rief er ihr zu. »Sofort! Und verlassen Sie umgehend das Grundstück!«

Lyn sah, dass Hilke stehen geblieben war und zum Küchenfenster starrte. Sie machte keine Anstalten, ins Auto zu steigen, und Lyn hatte Verständnis dafür. Wie sollte sie wissen, was hier los war? Und es war nicht hilfreich, dass Theo, während Ole Albrecht seine Worte wiederholte, zu schreien anfing. »Mama! Mama, geh weg! Die Trump-Frau ist hier!«

»Theo?« Hilke stand wie erstarrt da, während sie wild umherblickte.

Lyn und der junge Polizist sahen sich an. Dann entschied Lyn: »Gehen Sie raus, schnappen Sie sich Frau Fahrenkrug und bugsieren Sie sie ins Auto. Und dann fahren Sie sie so weit von hier weg, dass sie keinen von uns oder sich selbst in Gefahr bringen kann. Ich bleibe hier bei Theo. Und …«, sie deutete zu dem anderen Küchenfenster, »gebe Ihnen Rückendeckung.«

Ole Albrecht sprang raus, ohne lange zu debattieren, und eilte auf Hilke Fahrenkrug zu, die sich aus ihrer Starre gelöst hatte und auf ihn zurannte. Während Lyn zusah, wie Ole Albrecht auf sie einredete und sie am Arm hinter sich her zum Auto zerrte, erklang von oben ein Geräusch. Sie ruckte herum.

Sie und Theo sahen sich an und lauschten.

»Ist das …?« Lyn horchte.

»Der Fahrstuhl«, vervollständigte Theo vor Angst flüsternd ihren Satz, während draußen der Audi gestartet wurde. »Sie kommt runter!«, fügte er angstvoll hinzu.

Lyn lief zur Küchentür, obwohl sie sicher war, dass der Kollege abgeschlossen hatte. Während sie an der Klinke rüttelte, sagte Theo auch schon: »Ist abgeschlossen.«

Sie ging zu der anderen, weitaus schmaleren Tür neben einem amerikanisch anmutenden Riesenkühlschrank. Dort steckte kein Schlüssel im Schloss. Sie öffnete die Tür, während Theo sagte: »Das ist nur der Vorratsraum.«

»Ohne Zugang vom Flur?« Lyn scannte den Raum nach Türen und Fenstern, die es aber nicht gab, wie Theo auch bestätigte: »Da ist keine Tür.«

Lyn schloss die Tür und stellte sich lauschend vor die Küchentür. Der Fahrstuhlmotor brummte immer noch. »Fährt der Fahrstuhl so langsam?«, fragte sie flüsternd und sah Theo an.

Er zuckte mit den Schultern. »Geht so.« Und dann riss er die Augen wieder auf und flüsterte: »Vielleicht fährt sie ja in den Keller?«

»Es gibt einen Keller?«

Er nickte. »Da ist unser Trainingsraum drin. Also, Papas und meiner. Und unsere Bastelwerkstatt.«

»Kommt man von außen in den Keller rein?« Lyn hielt ihr Handy schon in der Hand. Sie musste Kremer informieren, damit das SEK Bescheid wusste.

»Durch die Garage.«

»Und es gibt außer dem Fahrstuhl vermutlich noch eine Treppe, die vom Erdgeschoss in den Keller führt, Theo?«, fragte Lyn sanft.

Wie erwartet nickte er. Doch im gleichen Augenblick riss er die Augen auf. Seine Lippen begannen zu zittern, und er starrte auf die schmale Tür, die in den Vorratsraum führte. »Und … da!« Er zeigte mit dem Finger zur Tür. »Da geht auch noch eine Treppe in den Keller.«

»Was?« Lyn sah ihn verwirrt an. Sie hatte den Raum doch gecheckt. Da war keine Treppe.

»Neben der Kühltruhe, um die Ecke. Das ist nur eine kleine Treppe, die alte, von damals, als das Haus noch das alte Haus war.«

Lyn überlief es heiß. Die Waffe in der Rechten, öffnete sie mit der Linken vorsichtig die Tür, trat in den Vorratsraum und ging um die Ecke. Unebene, zum Teil gerissene schmale Betonstufen führten ins Dunkle. Fuck! Eilig und so leise wie möglich huschte sie zurück in die Küche und schloss die Tür. Die Tür, die keinen Schlüssel hatte! Und da sie nach innen aufging, nützte es auch nichts, etwas davorzustellen.

»Wohin führt die Treppe?«, fragte sie Theo flüsternd.

»Das ist so 'n Abstellraum. Neben Papas Werkstatt.«

»Okay.« Lyn versuchte die Hitze, die sie überlief, zu ignorieren. Ihr Blick hetzte durch die Küche. »Gibt es hier irgendwo ein Seil, eine Leine oder ein Band, Theo?«

Er überlegte. »Geht auch Geschenkband?«

Lyn nickte. Alles war besser als nichts. »Wo ist das Band?«

Er rollte zu einer der Schubladen und zog sie auf. In einem Kästchen lagen Ringelbandknäuel in verschiedenen Farben, ein paar Schleifen und eine kleine Schere. Sie griff nach dem weißen Knäuel, das breiter war als die anderen.

»Fahr dort rüber und sei ganz ruhig«, flüsterte sie und zeigte auf die Ecke der Küche, die von der Tür zum Vorratsraum am weitesten entfernt war. Sie steckte die Walther in den Hosenbund, eilte zur Vorratsraumtür, knotete hastig das Ende des Knäuels daran und schlang es mehrfach um den Griff. Mit dem Knäuel, das ablaufende Band straff haltend, hastete sie zum Fenster, wickelte es dort mehrfach um den Fenstergriff, zog das Band meterweise aus dem Knäuel und lief damit wieder zurück zur Tür, um es erneut um den Griff zu wickeln. Die Länge des Knäuels reichte gerade, um noch einmal zum Fenster zu kommen.

Lyn wusste, dass es nicht ewig halten würde, sollte Kathrin Pinkert tatsächlich den Eingang zum Vorratsraum entdecken und hier hochkommen, aber es verschaffte einen Moment Zeit.

»Jetzt brauchen wir einen Plan, Theo«, flüsterte sie mit aufmunterndem Lächeln. »So wie die drei Fragezeichen. Und ich möchte, dass du mir jetzt genau zuhörst.« Sie deutete zu der Vorratsraumtür. »Wenn Frau Pinkert durch diese Tür kommen will, dann hören wir das, weil sie vielleicht schreien wird, wenn sie die Tür nicht sofort aufbekommt.«

Theos Augen waren riesig, voller Angst, aber er nickte stakkatomäßig.

»Ich möchte, dass du jetzt zur Küchentür rollst, Theo, und dort wartest. Sollte Frau Pinkert tatsächlich an der Tür ziehen, möchte ich, dass du sofort die Küchentür aufschließt, den Schlüssel abziehst und auf den Flur rollst. Dort steckst du den Schlüssel wieder in das Schloss. Dann komme ich schnell hinterher, und wir schließen die Tür ab und ...« Lyn brach ab, weil in der Ferne die Sirenen von Polizeiwagen erklangen. Endlich!

Auch Theo hatte es gehört. »Die Polizei«, stieß er erleichtert aus, doch dann erstarrte sein schmales Jungengesicht. Lyn folgte seinem Blick zur Vorratsraumtür. Ganz langsam senkte sich der Griff.

Lyns Herz begann zu rasen. Kathrin Pinkert handelte überlegt. Sie hoffte, sie zu überraschen. Lyn wies zur Küchentür. »Mach, was ich dir gesagt habe«, flüsterte sie mehr als leise, während sie ihre Waffe zog und auf die Tür zum Vorratsraum richtete, deren Klinke jetzt ganz heruntergedrückt war.

Theo rollte zur Tür, während im gleichen Moment ein irrer Schrei aus dem Vorratsraum drang. Kathrin Pinkert hatte gemerkt, dass die Tür zu war. Das Geschenkband spannte sich.

Lyn war mit einem Satz an der Vorratsraumtür, packte mit einer Hand die Klinke und hielt gegen die Kraft, die aus dem Vorratsraum heraus an der Tür zerrte. Adrenalin oder Dopamin oder was auch immer verlieh Kathrin Pinkert Bärenkräfte. Lyn hielt dagegen, so gut sie konnte. Ihr Bizeps war hart wie Stein. »Schließ auf!«, wies Lyn Theo laut und deutlich an, während sie mit der rechten Hand die Waffe auf die Tür gerichtet hielt. Sie sah nicht zu dem Jungen, hörte aber, wie er aufschloss und den Schlüssel abzog.

Kathrin Pinkert zog und zerrte am Türgriff und schrie sich die Lunge aus dem Leib. Es war wildes, unartikuliertes Geschrei, furchterregend, aber Lyn spürte, wie bei ihr das Gegenteil eintrat. Sie wurde trotz der enormen Kraftanstrengung, die auf ihrem Arm lastete, ganz ruhig.

In dem Augenblick, in dem Theo vom Flur schrie: »Fertig!«, ließ Lyn die Klinke los. Das Geschenkband spannte sich, knarzte und riss. Lyn hatte den Vorteil, dass Kathrin Pinkert von dem Ruck, mit dem die Tür aufsprang, nach hinten gerissen wurde, und hetzte mit wenigen Schritten auf den Flur, knallte die Tür zu und drehte den Schlüssel zweimal im Schloss. Keine zwei Sekunden später ruckelte Kathrin Pinkert an der abgeschlossenen Küchentür.

Lyn drehte den Rollstuhl und schob Theo eiligst Richtung Esszimmer, während Kathrin Pinkerts irre Schreie ihnen folgten und von draußen die Sirenen hereindrangen, laut und erlösend. Und dann klirrten im Haus auch schon die Scheiben.

Lyn ging vor Theo in die Knie. Sie nahm seine Hand und sah ihm in die Augen. »Gleich werden vielleicht Schüsse fallen«, sagte sie. »Das sind dann Warnschüsse für Frau Pinkert, damit sie ihr Messer weglegt«, log sie, um ihm ein wenig von dem Horror zu nehmen, den sie ihm nicht ersparen konnte. Es würden jede Sekunde Schüsse fallen, denn Kathrin Pinkert, das stand fest wie das Amen in der Kirche, würde ihr Messer nicht weglegen, sondern auf die Kollegen zustürmen.

Und dann knallte es auch schon. Einmal, zweimal, dreimal.

Theo zuckte bei jedem der Schüsse zusammen.

Kathrin Pinkert hatte aufgehört zu schreien.

Lyn beugte sich über Theo, nahm ihn in die Arme und wiegte ihn hin und her.

Er presste seine Arme um sie. »Jetzt ist sie endlich, endlich tot, oder?«, stieß er an ihrem Hals aus. Nackte Hoffnung sprach aus seinen Worten.

Lyn wiegte ihn weiter. »Ja, Theo.«

VIERUNDZWANZIG

Lyn bahnte sich draußen den Weg zu Theo durch, der von seiner schluchzenden Mutter im Arm gehalten wurde, während einer der Sanitäter vor ihm hockte und ruhig auf ihn einsprach. Zehn Minuten waren vergangen, seit sie das Haus verlassen hatten. Überall herrschte geschäftiges Treiben. Die Kollegen von der Spurensicherung würden jeden Moment eintreffen. Aber das Prozedere der Ermittlungen interessierte Lyn gerade nicht die Bohne.

»Theo!« Sie ging neben dem Sanitäter in die Knie. »Jana geht es gut. Sie ist unverletzt.«

»Ja?« Theo schluckte und sah sie an. »Wirklich? Die Trump-Frau hat sie nicht …?« Er konnte es nicht aussprechen.

»Ich schwöre es.« Lyn strich ihm über das Haar. »Jana hat ganz viel Glück gehabt. Ein paar Paddler sind ihr auf der Au zur Hilfe gekommen. Sie haben Kathrin Pinkert mit den Paddeln geschlagen und vertrieben.«

Theo begann vor Erleichterung lauthals zu weinen, während Lyn weitersprach.

»Jana geht es sehr gut. Sie ist aber trotzdem auf dem Weg ins Krankenhaus, wo sie erst einmal ein warmes Bad nehmen kann und dann, genau wie du auch gleich, noch einmal gründlich durchgecheckt wird. Aber im Krankenhaus könnt ihr euch bestimmt sehen.«

Zehn Minuten später trafen Magnus und Sören Fahrenkrug ein. Sie machten allerdings direkt wieder kehrt, um dem Rettungswagen zu folgen, mit dem Theo zusammen mit seiner Mutter ins Klinikum Itzehoe gebracht wurde. Vielleicht würden die Ärzte Hilke Fahrenkrug auch gleich dortbehalten? Ihr Schluchzen war am Ende hysterisch geworden, und ein Sanitäter hatte sie von Theo gelöst.

Lyn ging zu Ole Albrecht, der mit angezogenen Knien an der Hauswand hockte, direkt unter dem von den Kollegen eingeschlagenen Küchenfenster, und einfach nur geradeaus starrte. Lyn hockte sich in der gleichen Stellung neben ihn an die Wand. Er sah sie an. »Wir waren ein gutes Team, oder?«

Lyn nickte. »Ja, das waren wir.«

Und dann sahen sie Arnd Kremer entgegen, der auf sie zueilte. Sie blieben beide sitzen. Die Wand im Rücken bot einen guten Halt.

***

Als Lyn ihr Büro betrat, sprang Hendrik aus ihrem Schreibtischstuhl auf. »Da bist du ja endlich. Alles gut?«, fragte er besorgt und nahm sie in die Arme.

»Was machst du denn hier?«, murmelte sie an seinem Hals. Sie hatte ihm noch aus Kasenort geschrieben, was passiert war, allerdings war er noch zu Hause gewesen, als er ihr geantwortet hatte.

»Ich dachte, nach dem Schrecken könnte dir eine Umarmung nicht schaden.« Er küsste ihr Haar, und Lyn kuschelte sich noch mehr in seine Arme. Er roch so gut, er tat so gut. Sie hob den Kopf und küsste ihn. »Wo ist Emil?«, fragte sie, als sie sich voneinander lösten.

»Bei Opa Henning und Oma Vera.«

»Oh.« Lyn lächelte. Im Gegensatz zu Hendriks Eltern passten ihr Vater und seine Freundin nicht so wirklich gern auf Emil auf, sofern nicht auch Sophie oder Charlotte zur Unterstützung anwesend waren. Eine gewisse Hilflosigkeit, wenn Emil als Baby geschrien hatte, war wohl der Grund dafür.

»Ich dachte, es kann allen dreien nicht schaden, wenn sie ihn mal ein Stündchen bespaßen«, sagte Hendrik auch schon. »Als ich ging, saß unser Mini-Wolff jedenfalls quietschvergnügt auf Opas Schoß. Henning blätterte in einem Buch. Wenn ich mich nicht täusche, war es ›Struwwelpeter‹, denn er rezitierte aus dem ›Suppenkaspar‹.«

Lyn lachte auf. »Das passt zu Papa. Er kann es einfach nicht abwarten, Emil die Klassiker vorzulesen. Das hat er bei den Mädchen auch mit Hingabe gemacht. Die Geschichte vom ›Suppenkaspar‹ kann er bei unserem kleinen Dickwanst allerdings eher vernachlässigen.«

Hendrik grinste. »Emil hatte auch mehr Interesse daran, die Seiten aus dem Buch herauszureißen. Aber nun erzähl.«

Lyn berichtete in allen Einzelheiten, was passiert war. »Am Ende ging alles so schnell. Der Kollege hat noch in ihr Bein geschossen, aber das hat sie nicht gestoppt. Um nicht abgestochen zu werden, hat er ihr zweimal in die Brust geschossen. Sie war sofort tot.«

»Wie geht es dem Kollegen?«

»So, wie man es erwarten kann.«

Hendrik und Lyn sahen sich an. Sie wussten beide: Es war Notwehr gewesen, Gefahrenabwendung, der Job eines Polizisten, und dennoch verletzte sich die Seele, wenn man einen Menschen tötete. Das prallte an keinem Polizisten ab, auch nicht mit bester psychiatrischer Betreuung. Es würde seine Zeit brauchen.

»Es wird spät werden heute Abend«, sagte Lyn, und Hendrik nickte verständnisvoll. Die Täter waren gefasst oder tot, die Gefahr abgewendet. Doch jetzt kamen die Aufarbeitung und der Schreibkram. Nick Mattow und Leon Jahn würden erneut vernommen werden. Sie blickte auf ihre Armbanduhr. In zehn Minuten war eine Zusammenkunft der Aufbauorganisation im Besprechungsraum angesetzt.

»Weck mich, wenn du kommst«, sagte Hendrik und küsste sie zum Abschied. »Du wirst in meinem Arm besser einschlafen können.«

Als er an der Tür war, sagte Lyn mit Tränen in den Augen: »Hendrik?«

Er drehte sich um. »Ja?«

»Ich liebe dich. Für immer und ewig.«

***

»Ich möchte Sie von Herzen um Entschuldigung bitten, Frau Fahrenkrug.« Lyn hatte eine kurze und unruhige Nacht hinter sich, als sie Vivien Fahrenkrug ernst in die Augen blickte und ihr die Hand entgegenstreckte. Vivien hatte ihr persönlich die Haustür geöffnet. Sonst war von keinem Familienmitglied etwas zu hören oder zu sehen.

Vivien musterte sie kurz, dann trat sie zur Seite, ohne Lyn die Hand zu reichen. »Kommen Sie rein.«

Sie folgte Vivien, deren Humpeln heute stärker ausfiel, was Lyns Schuldgefühl noch verstärkte. Viviens angegriffene Psyche hatte bestimmt einen Anteil an ihrem Schmerzempfinden.

»Ich hoffe, Sie können irgendwann verstehen, dass Herr Kremer und ich Sie ...«, Lyn stockte kurz, »... so bedrängt haben. Aber Theos Aussage ließ uns keine Wahl.«

»Hören Sie auf!«, sagte Vivien harsch. »Ich will davon nichts mehr hören.« Sie deutete auf die Stühle am Esszimmertisch und ließ sich selbst auf einen fallen. »Ich will nur noch nach vorn blicken. Für Theo, für meinen Mann, und für mich.«

Lyn setzte sich Vivien gegenüber.

Vivien scannte ihr Gesicht. »Ich kann immer noch nicht fassen«, sagte sie schließlich, »dass Sie mir so etwas zugetraut haben.«

»Das mag Ihnen absurd erscheinen, denn Sie wussten natürlich, dass Sie unschuldig sind. Aber wir wussten das nicht. Letztendlich habe ich meinen Job gemacht, Frau Fahrenkrug. Wenn Sie wüssten, was ich schon zu hören bekommen habe ... Vielleicht würden Sie dann ein wenig Verständnis aufbringen können.«

»Ich liebe Theo wie meinen eigenen Sohn!«

Lyn schwieg.

»Ich bin für sein Unglück verantwortlich!«, fuhr Vivien aufgebracht fort. »Meinetwegen wird er sein ganzes Leben im Rollstuhl verbringen! Er wird niemals wieder laufen, niemals wieder Fußball spielen können! Nie! Nie!« Sie brach in Tränen aus und schluchzte: »Wie konnten Sie auch nur ansatzweise davon ausgehen, dass ich ihm das angetan haben könnte?«

Als sich hinter Lyn eine Tür öffnete, stieß Vivien ein erleichtertes »Big!« aus.

Lyn drehte sich zu Magnus Fahrenkrug um. Er begrüßte sie mit Handschlag und sagte: »Ich habe Theo gerade zu seinem Freund Levi gefahren. Für ein Stündchen, damit er mal ein bisschen abgelenkt ist.«

Er hatte dabei aber nur Augen für seine Frau, die sich die Tränen von den Wangen wischte und tief durchatmete. Er ging zu ihr, stellte sich hinter ihren Stuhl und streichelte ihre Schultern. »Alles gut?«, fragte er dabei leise.

»Ja.« Vivien hustete die belegte Stimme frei. »Ja, es geht wieder.«

Magnus sah Lyn an. Seine Miene drückte Fassungslosigkeit aus. »Ich kann nicht glauben, dass Tessa uns das angetan hat.«

»Sie muss obsessiv in Sie verliebt gewesen sein, Herr Fahrenkrug«, sagte Lyn. »Tessa Muncks Vernunft war wohl ausgeschaltet.«

»Dennoch … Wir haben *so gut* zusammengearbeitet. Nie, wirklich nie, hat sie sich anmerken lassen, dass sie in mich …« Er brach ab. »Dass sie Theo das antun konnte! Für schnödes Geld!« Jetzt klang er nicht mehr ungläubig, sondern böse, wütend. »Dass sie sich mit diesen Leuten eingelassen hat, um so etwas zu tun!«

»Kathrin Pinkert war ihre Halbschwester«, erinnerte Lyn ihn. Das grobe Konstrukt kannten die Fahrenkrugs, da Arnd Kremer es bereits weitergegeben hatte. »Die beiden Schwestern haben diesen Plan gemeinschaftlich ausgetüftelt, laut Aussage von Leon Jahn. Er und Nick Mattow haben sich dann von Kathrin Pinkert zu der Tat überreden lassen. Tessa Munck war übrigens auch diejenige, die die alte Moorkate ausgewählt hat. Laut Leon Jahn hatte sie sie auf einer ihrer Radtouren durch die Marsch entdeckt.«

Nick Mattow verweigerte noch immer die Aussage, aber Leon Jahn war bei den weiteren Vernehmungen zusammengebrochen. Er sang mittlerweile wie ein aus dem Nest gefallener Vogel.

»Wir können davon ausgehen«, fuhr Lyn fort, »dass das Trio Pinkert-Mattow-Jahn die Tat wegen des Geldes begangen hat. Tessa Munck dagegen hatte vermutlich eine andere Intention, eine perfide.« Sie sah Vivien an. »Sie hat Sie imitiert, Frau Fahrenkrug. Das Humpeln auf der Treppe, Ihr Parfüm, das Streicheln … das alles war eine Inszenierung für Theo, der genau das glauben sollte, was er letztendlich dann ja auch geglaubt hat: dass Sie diejenige waren, die ihn in der Nacht in der Kammer besuchte.«

»Das ist so krank«, stieß Magnus aus.

»Sie wollte Sie wohl weghaben, Frau Fahrenkrug. Sie wollte Sie im Gefängnis sehen. Wahrscheinlich in der Hoffnung, dass Sie«, sie richtete ihren Blick auf Magnus Fahrenkrug, »sich dann ihr zuwenden würden.«

Magnus Fahrenkrug schüttelte sprachlos den Kopf.

»Aber wie kann Tessa das alles gewusst haben?«, fragte Vivien. »Dass Theo am liebsten Pizza mit Lachs und Spinat isst, dass er keine Lakritze mag …«

Magnus Fahrenkrug ließ die Schultern seiner Frau los und begann hinter ihr hin und her zu laufen. »Das habe ich dir doch schon gesagt: Es kann sein, dass ich es ihr gegenüber irgendwann erwähnt habe. Sie hat immer viel Interesse gezeigt, was Theo anging. Jetzt weiß ich natürlich, warum, aber das konnte ich doch nicht ahnen!«

Er setzte sich neben Vivien und sah Lyn an. »Manchmal hat sie für mich auch etwas besorgt. Ein Geschenk für ihn oder etwas zu naschen, wenn … ich mal keine Zeit hatte.« Schuldbewusst sah er Vivien an. »Da kann ich durchaus mal gesagt haben, was er mag und was er nicht mag.«

Lyn seufzte unhörbar. Ein klassischer Workaholic. Die Sekretärin besorgte die Geschenke für die Familie. Daher hatte Tessa Munck wahrscheinlich auch gewusst, welches Parfüm Vivien benutzte. Oder sie hatte es bei einem ihrer Besuche im Haus Fahrenkrug herausgefunden.

»Wir werden vielleicht noch mehr Details dazu von Leon Jahn erfahren«, sagte Lyn. »Er wird zweifellos alles ausplaudern, was wir wissen wollen, um das Strafmaß so gering wie möglich zu halten.«

»Er hat den Kindern in der Kate letztlich das Leben gerettet, oder?«, sagte Vivien. »Kathrin Pinkert hat Theo bestimmt töten wollen. Sonst hätte sie sich ihm doch nicht ohne die Maske gezeigt?«

»Das können wir nur vermuten«, sagte Lyn. Aber die Wahrscheinlichkeit war mehr als hoch.

»Wird sich das auf seine Haftzeit mildernd auswirken?«, hakte Vivien nach.

»Ja, das wird es wohl. Die Strafe wird dennoch hoch ausfallen. Neben Tessa Munck haben zwei junge Mädchen und eine alte Frau ihr Leben verloren. Sollten sie nur für den Menschenraub zur Verantwortung gezogen werden, hätten sie es einem guten Verteidiger zu verdanken.«

Die Fahrenkrugs schwiegen, und Lyn schloss sich ihnen an. So viel Furchtbares war geschehen. So viel Leid über Familien hereingebrochen.

Als hätte Magnus ihre Gedanken erraten, sagte er: »Ich werde heute Abend noch nach Valencia fliegen. Noa wird morgen beerdigt.« Er räusperte sich, und Vivien legte ihm die Hand auf den Arm.

Sie sah Lyn an. »Ich wäre gern mitgeflogen. Wirklich. Aber ich kann nicht. Mir fehlt einfach die Kraft. Noa … unsere fröhliche, liebe Noa … in einem Sarg.« Sie begann bitterlich zu weinen.

»Theo wollte unbedingt mit, aber das konnten wir einfach nicht zulassen.« Magnus Fahrenkrugs Stimme klang noch belegt. »Er ist jetzt böse mit uns, aber … er kann das noch nicht abschätzen. Er begreift nicht, dass wir ihn damit behüten, wenn wir ihn von der Beerdigung fernhalten. Das wäre für seine Seele doch viel zu viel!« Er sah Lyn an, als brauchte er eine Bestätigung für seine Entscheidung.

Und die wollte sie ihm gern geben. »Ich denke, Sie haben das genau richtig entschieden. Vielleicht wissen unsere Kinder tatsächlich manches besser als wir. Aber nicht immer. Manchmal müssen wir unattraktive Entscheidungen für sie treffen, um sie zu schützen.«

Magnus Fahrenkrug nickte dankbar.

»Sie beide können mit Theo nach Valencia fliegen, wenn es ihm und Ihnen«, Lyn sah Vivien an, »wieder besser geht. Dann kann er Blumen auf Noas Grab legen und sich von ihr verabschieden. Das wird ihm guttun.«

Vivien lächelte ihren Mann unter Tränen an. »Genau das habe ich auch zu dir gesagt, nicht wahr? Er braucht einen Abschied. Und ...«, sie sah Lyn an, »er braucht auch weiterhin den Kontakt zu Jana. Sie geht morgen ins Heim zurück. Aber wir werden sie besuchen. Oft.«

Lyn nickte. Sie würde im Anschluss zu Jana ins Krankenhaus fahren. Zu dem Mädchen, das keine Familie hatte, die es so liebevoll auffangen konnte, wie die Fahrenkrugs Theo auffingen. Sicherlich würden die Heimmitarbeiter tun, was in ihrer Macht stand, aber würde das genug sein? Jana hatte überlebt, ja, aber ihre Seele war verwundet. Und es war so viel Fürsorge nötig, um sie heilen zu lassen.

Lyn schluckte jetzt auch gegen Tränen an. Es gab so wahnsinnig viele Verlierer in diesem Fall. Und einer davon war Jana. Tapfere, mutige, wunderbare Jana.

Mein herzlicher Dank gilt

meinem Bruder Dirk als Ansprechpartner für die Polizeiarbeit, der oftmals ein Auge zukneifen muss, wenn Lyn über die Strenge schlägt.

Ute Lange, die ihr vielfältiges Wissen über das Herrenmoor bei Kleve mit mir geteilt und mich durch das Moor geführt hat. Eine interessante Tour!

meinen Testlesern, deren Fazit mich sehr glücklich gemacht hat.

meiner Lektorin Hilla Czinczoll und dem Team des Emons Verlags für die erneut wunderbare Zusammenarbeit.

Heike Denzau

TOD IN WACKEN

Broschur, 256 Seiten

ISBN 978-3-95451-064-1

»Es ist ihr hervorragend gelungen, die Atmosphäre des Festivals einzufangen. Absolut empfehlenswert – auch für Nicht-Metal-Fans.« shz

»Der dritte Krimi mit Oberkommissarin Lyn Harms ist nicht nur spannend, sondern auch witzig.« Norddeutsche Rundschau

»Der Krimi rockt! Ein schlüssiger Krimi mit viel Lokalkolorit – ein Muss für Metalheads.« Lübecker Nachrichten

Heike Denzau

SCHWARZE ELBE

Broschur, 384 Seiten

ISBN 978-3-95451-502-8

»Meine absolute Leseempfehlung für dieses durchdachte Krimi-highlight.« Krimi Kiosk

www.emons-verlag.de

Heike Denzau
DUNKLE MARSCH
Broschur, 400 Seiten
ISBN 978-3-95451-970-5

»›Dunkle Marsch‹ liest sich wie eine Familien-Sage – bleibt aber stets ein Kriminalroman mit all den wichtigen Zutaten.«
Peter M. Förster, Meine-Kommissare.de

Heike Denzau
DER TEUFEL VON WACKEN
Broschur, 336 Seiten
ISBN 978-3-7408-0315-5

»Raub, Mord und Heavy Metal. Heike Denzau hat den Roman sehr clever konstruiert, sodass der Showdown als logische Folge der Ereignisse erscheint. An Dramatik kaum zu überbieten.«
dpa Deutsche Presse-Agentur GmbH

www.emons-verlag.de

Heike Denzau
TODESENGEL VON FÖHR
Broschur, 352 Seiten
ISBN 978-3-95451-251-5

»Ein uraltes Buch, ein mysteriöser Geheimbund und eine dreißigjährige Jungfrau – aus diesen Komponenten hat die Wewelsflether Krimi-Autorin Heike Denzau eine spannende und ebenso mystische Geschichte mit einem Schuss Humor geschaffen. Itzehoe und Föhr sind unter anderem Schauplätze dieser Story à la Dan Brown.« LandGang

Heike Denzau
NORDSEENEBEL
Broschur, 320 Seiten
ISBN 978-3-7408-0501-2

Raphael Freersen liebt Frauen, Boxen und das Nichtstun. Als sein vermögender Vater ihm den Geldhahn zudreht, ist er allerdings gezwungen, sich seinen Lebensunterhalt selbst zu verdienen. Er reist nach Föhr, um das Erbe seines verstorbenen Onkels anzutreten: eine Detektei. Raphael hatte eigentlich nicht vor, Ermittler zu spielen, doch beim Durchsehen der Akten stößt er auf den Fall der verschwundenen Dalika Gorden, der ihn nicht mehr loslässt. Lebt die schöne Einheimische noch? Oder wurde sie womöglich ermordet?

www.emons-verlag.de